DU MÊME AUTEUR

Aux Éditions Gallimard

LE GRAND INCENDIE

Du monde entier

SHIRLEY HAZZARD

LE PASSAGE DE VÉNUS

roman

Traduit de l'anglais (Australie)
par Claude Demanuelli

nrf

GALLIMARD

L'auteur remercie le professeur E. M. Burbidge qui a si généreusement répondu aux questions d'une néophyte sur l'astronomie.

Titre original :

THE TRANSIT OF VENUS

Pour Francis, une fois encore

J'ai tellement rêvé de toi,
J'ai tellement marché, tellement parlé,
Tellement aimé ton ombre,
Qu'il ne me reste plus rien de toi.

Attribué à ROBERT DESNOS
Le Dernier Poème

PREMIÈRE PARTIE

L'ancien monde

1

En début de soirée, les manchettes des journaux feraient état d'un cataclysme.

La vérité est que le ciel, par un jour sans ombre, s'abaissa soudain comme une grande toile de tente. Un silence violet pétrifia les branches des arbres et fit se dresser les récoltes dans les champs comme des cheveux sur une tête. Une trace de peinture blanche récente jaillit ici au flanc d'une colline, là sur une dune, plus loin déchira un bord de route d'un trait de clôture. Cela se passait peu après midi, un lundi d'été, dans le sud de l'Angleterre.

Le lendemain matin encore, de courts paragraphes paraîtraient dans les journaux en manque de copie suite à un temps mort côté élections, crimes crapuleux et guerre de Corée. On y parlerait, chiffres et superficies à l'appui, de maisons aux toits arrachés, de vergers ravagés ; et on se contenterait, mais en toute fin de parcours, de mentionner brièvement un corps retrouvé là où un pont avait été emporté.

En ce midi, un homme pénétrait lentement dans un paysage dominé par les éclairs. Une attente presque humaine faisait comme un cadre à ce tableau, dans lequel il entrait par le coin inférieur gauche. Le moindre nerf — jusqu'aux granges, brouettes et objets dépourvus de tissu qui en de tels moments s'innervent — attendait, fataliste. Lui seul était en mouvement, avançant envers et contre tout vers une destination unique et bien précise.

Les fermiers procédaient avec méthode, conduisant le bétail ou leurs machines à l'abri. Au-delà de l'horizon, une agitation fébrile s'empara des rues provinciales dès les premières gouttes. Des essuie-glaces balayèrent les pare-brise, et les gens se précipitèrent à droite et à gauche, avec la même frénésie. Des paquets furent enfouis à la hâte sous des manteaux, des journaux retournés sur des permanentes toutes fraîches. Un chien détala dans une cathédrale. Des enfants quittèrent en toute hâte leur cour de récréation, excités comme des puces, des fenêtres battirent, des portes claquèrent. Des femmes affolées sortaient des maisons en criant « Ma lessive, ma lessive ! ». Et soudain un éclair scinda la terre et le ciel.

C'est alors que le marcheur atteignit le sentier, et s'arrêta. Au-dessus de lui, quatre vieilles maisons se dressaient à l'écart les unes des autres sur une éminence assez haute, tels des poids judicieusement disposés pour contenir les ondulations du sol alentour. Au village, on lui avait donné leurs noms — des noms d'habitations, pas de propriétaires. Les murs en brique, décrépis, avaient viré à l'ocre ; l'un d'eux était en partie recouvert d'un lierre vert comme un gazon fraîchement sorti. La maison la plus grande et la plus éloignée se détachait à l'entrée d'un bois, affichant nettement sa suprématie.

L'homme observa la scène, rompant l'équilibre de son immobilité, comme si, sur une immense horloge, il surprenait le passage de la grande aiguille à la minute suivante. Il quitta la route à la première rafale de pluie et de vent, posa sa valise à terre, enleva sa casquette trempée, avant de la taper sur sa cuisse et de la fourrer dans sa poche. Ses cheveux se redressèrent comme les épis entre deux bourrasques et, comme eux, se retrouvèrent vite aplatis et détrempés. Il gravit la colline sous la pluie, d'un pas égal, sans paraître le moins du monde affecté. À un moment, il s'arrêta pour regarder la vallée derrière lui — ou le val, comme on pourrait plus joliment et plus modestement l'appeler. Le tonnerre la parcourait d'un bout à l'autre, sans répit, si bien que les moissons dociles semblaient elles-mêmes en renvoyer l'écho. Sur une colline, en face, il y avait un château — gris, tarabiscoté, doté de tourelles, et plutôt en harmonie avec le paysage d'orage.

En approchant de la maison la plus éloignée, il s'arrêta à nouveau et l'examina avec autant de soin et d'intérêt que s'il avait fait beau. Comme il avait levé la tête, l'eau lui coulait dans le cou. Deux ou trois siècles d'additions mineures n'avaient pas empêché Peverel de respecter les principes d'équilibre et de congruence ; l'ensemble était resté harmonieux, à l'exception d'une haute fenêtre plus grande que les autres — aménagement intentionnellement frivole, à l'instar du percement d'une oreille destinée à recevoir un ornement

La boue ruisselait sur le gravier et la terre battue. Des haies de troènes se courbaient sous les rafales. Telle une créature marine, l'homme émergea devant l'entrée de la maison et tira une sonnette. Les pas pressés derrière la porte n'étaient peut-être que l'écho des battements de son cœur. La femme qui lui ouvrit était vieille, lui sembla-t-il. S'il avait eu lui-même quelques années de plus, il lui aurait sans doute fait la grâce de la classer parmi les personnes d'âge mûr. Sa vieillesse se lovait dans des cheveux gris bien lissés, se lisait dans une peau trop délicate pour être celle d'une jeune femme et un port altier, sinon tout à fait martial. Elle le fit entrer sur le dallage d'un hall qui avait dû être beau en son temps. Ses yeux étaient agrandis, et voilés d'avoir découvert ce que, d'un commun accord parmi les mortels, il est préférable de laisser dans l'ombre.

Ce fut dans le plus grand calme et le plus naturellement du monde qu'ils échangèrent leurs noms, indifférents au déluge dans son dos et à ses vêtements gorgés d'eau. La valise bon marché suintait en petites rigoles orange sur le sol noir et blanc, tandis que Ted Tice ôtait son imperméable et le suspendait à une patère, comme on l'y avait invité. Une odeur âcre de laine mouillée, de chaussettes et de transpiration s'échappa dans le vide ambiant, froidement récuré et soigneusement ciré.

Ces opérations, menées lentement, avaient pris un certain temps, le temps de constater que le hall était circulaire, qu'une coupe de roses ornait un guéridon où se trouvait également un quotidien banal, le tout au-dessous d'un tableau aux couleurs sombres dans un cadre doré. Sous l'envolée incurvée d'un escalier, une porte ouverte donnait sur un couloir où courait un long tapis d'Orient. Au sommet de l'arc formé par les marches se tenait une jeune femme, immobile.

Tice leva les yeux vers elle. Il eût été anormal de ne pas le faire. Il la regarda d'en bas, d'un monde de chaussures trempées, d'odeur de chien mouillé, de traces orange laissées par un bagage bon marché. Elle le regarda d'en haut, détachée et au sec. Il eut une image de son corps dans toutes ses dimensions, comme s'il était passé derrière elle et avait pu voir sa solide colonne, les cheveux noirs partagés en leur milieu sur le cordon saillant de la nuque, le pli fragile derrière le genou. Son visage était dans l'ombre. De toute façon, c'eût été trop à propos, trop parfait, si l'on avait pu s'apercevoir qu'elle était belle.

« Je cherchais Tom », dit-elle, avant de disparaître.

Ted Tice s'empara de sa valise déliquescente ; profane au milieu d'initiés, il devait se montrer discret. Même si lui-même ne tarderait pas à chercher Tom ou à apprendre pourquoi d'autres voulaient le voir.

« Mon mari, dit Charmian Thrale, se sent beaucoup mieux et descendra pour le déjeuner. » Ted Tice était venu travailler avec le professeur Sefton Thrale, l'homme qui se sentait beaucoup mieux, pendant les mois de juillet et d'août. Pour l'instant, il se laissait conduire par Mrs Thrale le long du tapis d'Orient, entre des murs où étaient accrochées de vieilles photographies, une lettre encadrée et frappée d'armoiries dorées et une série de gravures représentant les ports britanniques. Il ne restait plus à Mrs Thrale qu'à dire : « Voici votre chambre », et à lui qu'à se retrouver seul.

« Cette porte à deux battants au bout du couloir, c'est la pièce dans laquelle nous nous retrouvons. Si vous voulez bien attendre là quand vous serez prêt, une des filles viendra vous chercher. » Comme s'il avait eu quelque chose contre le fait d'être seul, alors même qu'il appréciait la solitude comme personne.

Elle lui indiqua aussi la salle de bains. Puis elle dit qu'elle devait aller mettre la table. Lui aussi finirait par maîtriser l'art qui consistait à parler avec assurance avant de quitter une pièce.

Dans l'unique fenêtre basse se dissolvaient les contours d'arbustes échevelés et de palissades mouillées — tout de travers, tronqués par l'encadrement, comme sur une photo prise par un débutant. La vitre gardait encore des traces de la peinture du temps du black-out. La chambre était des plus simples, et aurait pu être à une époque celle d'un domestique de haut rang. « Domestique de haut rang », l'expression vint à l'esprit de Tice sans qu'il sût au juste ce qu'elle avait pu recouvrir en son temps. Il avait été dépêché en ces lieux pour aider un scientifique éminent, vieillissant et dolent, à rédiger son avis de spécialiste sur l'emplacement à choisir pour l'installation d'un nouveau télescope, et, pour ce qu'il en savait, il était peut-être bien lui-même dans la position d'un domestique de haut rang. Jeune et pauvre, il était doté d'excellentes références — à l'image de ces gouvernantes des vieilles histoires qui finissent par épouser le fils de famille.

Il étala ses vêtements froissés un peu partout dans la chambre et fouilla dans ses affaires à la recherche d'un peigne. Même ses cheveux mouillés sentaient, une odeur auburn. Sur la table où il posa ses livres, il y avait un encrier en cuivre et en porcelaine et deux plumes munies d'un manche en bois. Il fredonna tout en s'asseyant pour changer de chaussures, substituant de temps à autre au simple fredonnement les paroles d'une vieille chanson :

Souffle le vent du sud, du sud souffle le vent,
Souffle le vent au sud sur le bel océan bleu.

Puis il porta son poing à sa bouche et réfléchit, le regard fixe, comme s'il allait lui falloir du temps pour se pénétrer de la chose.

Dans la pièce sur laquelle ouvrait la porte à deux battants, il faisait aussi froid que dans le couloir. Fauteuils d'un confort discutable, banquette délicate mais pas vraiment moelleuse, livres vieillissants plutôt que vieux, et toujours des fleurs. Le vent grondant dans une cheminée froide, l'orage déversant ses cascades sur la grande fenêtre. Ted Tice prit place dans l'un des fauteuils éléphantesques et appuya la tête sur le morceau de tissu pelucheux qui sentait le renfermé, absorbé par cette nouveauté et la perspective de celles à venir. La pièce avait dû être un bureau à une époque, ou un boudoir — le mot « boudoir » appartenant à la même vague catégorie littéraire que « domestique de haut rang ». Quelque part existait forcément une pièce plus grande, parfaitement inchauffable, fermée « pendant toute la durée ». L'expression courante à l'époque de la guerre venait immédiatement à l'esprit, même en temps de paix ; même si on se demandait aussitôt : la durée de quoi.

Dans le foyer de la cheminée, au-dessous de la grille vide, il y avait une rangée bien nette de fragments, cinq ou six, de pain grillé, tartinés d'une pâte foncée et recouverts d'une fine couche de cendres.

Ted Tice ne craignait pas le froid, et était aussi à l'aise que si la pièce avait été chauffée. Il était physiquement incapable de faire preuve d'une semblable indifférence en présence des autres, pour la simple raison que la version adulte de son corps ne lui était pas franchement familière, mais il n'avait aucun problème avec son esprit, alerte et pour autant posé. Selon toute vraisemblance, son corps s'était attendu à quelque autre habitant. Il pensait bien qu'avec le temps, ils finiraient par se réconcilier, ce corps et cet esprit, de même que, avec le temps, il finirait par apprendre que les toasts tartinés n'étaient là que pour empoisonner les souris, et que Tom était le chat de la maison.

Un livre à côté de son siège était refermé sur un crayon qui marquait une page. Il le prit et lut au dos « *Zanoni.* Un roman du Très Honorable Lord Lytton ». Que pareil ouvrage se trouvât sur les rayons de pareille pièce tombait sous le sens. Beaucoup plus improbable, en revanche, le fait qu'on l'en ait sorti pour l'ouvrir et, qui plus est, le lire.

Un instant, il crut que la fille qui entrait dans la pièce était la même que celle du sommet de l'escalier. Ce qui était compréhensible puisqu'elles étaient sœurs, même si celle-ci était blonde, et plus petite.

« Je me présente : Grace Bell », dit-elle.

Le jeune homme se leva et donna à nouveau son nom, tout en tendant la main. Elle portait une fort belle robe neuve en laine, couleur de rose. Ils surent d'emblée l'un comme l'autre — impossible de l'ignorer — qu'il la trouvait belle. Mais l'un comme l'autre, en raison de leur jeunesse, firent semblant de rester indifférents à cette beauté-là, comme à toute autre

« On vous a laissé attendre ici longtemps.

— Cela m'a échappé, dit-il, encore qu'il n'y fût pour rien.

— Il y a eu une coupure de courant. On m'a envoyée vous chercher. »

S'il avait attendu ici dans l'obscurité, c'était à cause de l'orage.

« Par ici. » Elle s'exprimait en phrases courtes. Son assurance prouvait qu'elle avait toujours été belle, depuis l'enfance. « Quelle jolie petite ! », puis plus tard : « Grace devient... se fait si... c'est une vraie beauté. » La beauté chez elle résidait à l'intérieur aussi bien qu'à l'extérieur. Il y avait eu aussi des leçons de maintien

Il admira sa capacité à marcher naturellement et sans heurts, alors qu'il était sur ses talons. Sans être dodue le moins du monde, elle donnait une impression de moelleux, de chair fondante. La robe était pour lui une rareté — autant par la coupe que par le tissu. C'était la première fois que Ted Tice remarquait la façon dont était fait un vêtement, même si, plus d'une fois, il avait été amené à ciller devant les efforts vestimentaires des pauvres.

La robe rose-rouge était arrivée du Canada, après avoir été confiée aux soins de la poste par le fils de la maison, un fonctionnaire de Sa Majesté, auquel Grace Bell était présentement fiancée. Il devait lui en rapporter une autre à son retour en Grande-Bretagne au terme de la conférence d'Ottawa ; après quoi, ils se marieraient.

En la voyant approcher, un petit chien frisé aux allures de chrysanthème se trouva transporté au septième ciel. « Grasper, Grasper ! » L'animal sautait sur place, sans voix, comme étouffé par l'émotion. Quelqu'un agitait une clochette. Grace ouvrait une porte. Et les lumières s'allumèrent d'elles-mêmes, comme sur une scène de théâtre.

2

On voyait aisément que les deux sœurs avaient traversé une expérience sans équivoque, qui, si elle ne présentait guère d'intérêt pour les autres, avait formé leur personnalité et forgé entre elles un lien parfaitement indissoluble. On le voyait à la gravité avec laquelle elles s'asseyaient, mangeaient, parlaient, et, aurait-on pu presque dire, riaient. À leurs propos, quelle qu'en fût la nature, qu'elles échangeaient sans se regarder, mais d'une certaine façon en parlant d'une seule voix. À leurs yeux qui se posaient sur vous, le mur ou la table, évaluant la situation avec le recul d'événements et de sentiments partagés, des yeux également sombres, quoique inégalement distingués.

Leurs traits étaient si semblables que les contrastes de couleur n'en ressortaient que davantage. Ce n'était pas seulement que l'une était brune et l'autre blonde, mais que celle qui s'appelait Caro avait les cheveux si noirs, si raides, d'une texture lourde et rêche quasi orientale, que Grace n'en apparaissait que plus blonde — de même qu'elle était jugée plus légère, plus docile, au regard de la force de Caro. On exagérait facilement sa blondeur pour l'amour des contrastes : l'une brune, l'autre blonde.

Vêtue d'un cardigan qui avait peut-être été bleu, Caro se versait de l'eau avec une carafe. À la voir, on pouvait en toute confiance faire le pari de sa beauté à venir. Pour l'instant, elle n'était pas tout à fait finie, physiquement parlant, comme en attente d'une révélation, qui était peut-être tout simplement la prise de conscience de sa propre beauté ; contrairement à Grace, qui, elle, était achevée, sinon complète. Grace souriait, tout en servant corned-beef et pommes de terre, s'exerçant ainsi pour le jour où viande et légumes seraient les siens. Ce n'est qu'alors que Ted Tice aperçut la bague sertie de diamants qu'elle portait à la main gauche, pour la bonne raison que c'était sur Caro qu'il avait gardé les yeux fixés avant de remarquer ce détail.

Caro ne faisait pas nécessairement partie de cet environnement : c'était elle qui déciderait de la table à laquelle elle s'assiérait. Elle était trop jeune pour l'avoir déjà compris. Son autre découverte d'importance manquait tout autant d'originalité : c'était que la vérité est dotée d'une vie propre. Elle avait sans doute consacré toute son énergie à ces découvertes, laissant son physique suivre tant bien que mal.

Ses lectures l'avaient de toute évidence rendue très intolérante à l'égard de la disparité fondamentale entre l'homme tel qu'il est et l'homme tel qu'il pourrait être. Elle insistait tout autant auprès des autres que d'elle-même pour imposer sa foi primaire en l'existence de l'héroïsme, de l'excellence, et ce jusqu'à ce qu'elle-même ou les autres cèdent. Même rares et peu plausibles, des cas exceptionnels pouvaient se présenter, suggérant qu'elle avait peut-être raison. C'était à ces exceptions qu'elle accordait toute la dévotion dont elle était capable. Pour elles qu'elle réservait son humilité.

Ces attitudes se déduisaient en partie de son apparence. Dans la mesure où elle n'avait pas encore commencé à agir, elle pouvait se permettre d'entretenir des théories. Dans le même temps, ses lèvres étaient entrouvertes, tendres, vulnérables, comme elles auraient pu l'être dans le sommeil.

Ils ne s'étaient pas encore adressé la parole à table, ces deux filles et ce jeune homme. Lui, monument de simplicité impénétrable, écoutait le vieil astronome, le savant éminent, qui siégeait à la place d'honneur. Votre éminence : un escarpement en saillie sur lequel avaient été placés avec la plus grande précision col, cravate et lunettes. Ensemble, le jeune homme et le vieillard devaient lire l'horoscope du monde. Tout entier à l'écoute du vieil homme, comme il se devait, Ted Tice n'en tarda pas moins à apprendre que les deux jeunes filles venaient d'Australie, que Caro séjournait là en attendant un poste dans l'administration à Londres, et que le fils de la maison, alors au Canada pour la conférence d'Ottawa, portait le nom de Christian.

En dépit de son angine de poitrine, le père avait des gestes rapides et assurés, se saisissant de son verre d'eau avec une certaine efficacité et le reposant d'un petit coup sec. Pressant rapidement sa serviette sur sa bouche sculptée, afin de ne pas perdre de temps. Hop, hop, hop et hop. Il aurait aussi bien pu être à un bureau qu'à une table de salle à manger. Son débit était marqué par la même vélocité abrupte, et c'était un homme qui vivait déjà la fin du monde.

« Votre génération peut s'apprêter à souffrir. Jusqu'à présent, vous direz ce que vous voudrez, mais il existait une certaine forme de structure sociale. Tout cela, c'est fini. Et c'est vous qui allez en faire les frais. »

Un instant amusé, il fit ressortir à Ted et aux jeunes filles leur manque de chance presque coupable. Un peu à la manière dont les nouveaux arrivants dans une station balnéaire sous la pluie sont accueillis par un : « Jusqu'à aujourd'hui, il faisait très beau. »

« Globalement, nous avons connu une forme d'ordre. Vous direz ce que vous voudrez. »

Ce que, bien entendu, ils ne pouvaient se permettre de faire.

Quand Sefton Thrale prononçait le mot « globalement », on avait l'impression que la Terre était ronde et lisse comme un ballon, ou blanche et glabre comme un œuf. Et il fallait se souvenir qu'il y avait en ce bas monde, pour le meilleur et pour le pire, des aspérités et des dépressions. Il fallait pour se tranquilliser penser aux Alpes, à l'océan, à un volcan en activité.

Le professeur Thrale n'appréciait pas outre mesure le fait que Grace venait d'Australie. Pour lui, c'était un pays qu'on aurait dû s'excuser d'avoir créé, un sujet de grasses plaisanteries. Seule une fortune éhontée provenant de ses ressources nouvellement exploitées (moutons, par exemple, ou bain parasiticide) aurait pu en partie racheter une origine australienne. Or, aucune propriété fabuleuse au nombre d'hectares ou de kilomètres carrés incalculable, aucun parasiticide miracle ne s'attachait au nom de Grace. Pire, celle-ci était arrivée encombrée d'une sœur ; et même d'une demi-sœur, fort heureusement absente pour l'instant, car en villégiature à Gibraltar. Sefton Thrale disait volontiers : « Voyez-vous, Christian est allé se fiancer (l'expression dénotait chez le jeune homme inconséquence et naïveté) — à une Australienne. » Sur quoi, il lui arrivait d'ajouter, avec une bienveillance appuyée, que Grace était une jeune femme remarquable et que pour sa part il était ravi. « Oui vraiment, ravi. »

L'orage s'était un peu calmé. À la lumière du jour, le visage de Ted Tice apparaissait moucheté et écaillé, grossier comme un visage reflété dans la glace piquée par le sel d'un kiosque de bord de mer en été. Son front était fendu d'un léger pli vertical. Il avait une cicatrice à un œil, souvenir du jour où son jeune frère et lui s'étaient amusés dans la cour avec un bâton : une fine rayure sur le globe oculaire, comme la trace laissée par un ongle dans de la peinture fraîche.

« Un peu de moutarde, Mr Tice ? » Le professeur Thrale trouvait qu'il était du dernier chic, ces temps-ci, d'être pauvre et originaire d'une ville noire, mais suffisamment astucieux pour s'introduire (le verbe lui-même en disait long) dans une grande université et s'y faire remarquer. Sans bagages encombrants, les gens de ce genre avançaient vite ; et pouvaient fort bien, comme dans le cas présent, s'intéresser aux nouveaux développements de l'astronomie à partir des techniques radar de la dernière guerre. Tout cela tenait debout. Sefton Thrale se souvenait d'un article, avec un pincement au cœur comme si sa maladie se rappelait à son souvenir, qui témoignait, contre toute attente, des compétences précoces de Ted Tice, et dans lequel l'opiniâtreté du chercheur n'était pas démentie par d'aberrants projets — études sur la radiation dans le Japon d'après-guerre, séjour à Paris l'hiver suivant pour travailler avec un physicien controversé.

Sefton Thrale se dit que Ted Tice finirait en Amérique : « Oui, c'est là qu'il finira », comme s'il n'y avait pas meilleure fin pour un jeune homme aux dents longues.

« Les légumes, dit Mrs Thrale, viennent de notre jardin. »

Pendant qu'il avalait son céleri braisé, Sefton Thrale se prit d'une aversion tout à fait immodérée pour les vêtements, les boucles, l'accent de Ted Tice, et pour cet œil abîmé. Impossible de parier sans risque de se tromper sur la réussite future de Tice, comme on pouvait le faire sur la beauté à venir de Caro. Aucun indice clair ne permettait de décider s'il ferait partie des vainqueurs ou des vaincus — la balance semblant pour l'instant pouvoir pencher également dans un sens ou dans l'autre. Même s'il devait un jour connaître le triomphe, il était difficile de l'imaginer en vieil homme illustre, comme l'était le professeur lui-même. Difficile de prédire qu'un nom comme Tice pourrait un jour avoir du poids ou qu'une balafre à l'œil deviendrait un signe de distinction.

De fait, Edmund Tice devait s'ôter la vie avant de connaître la consécration. Mais cela ne se produirait que bien des années plus tard, dans une ville du Nord.

Son œuvre importante, Sefton Thrale l'avait accomplie pendant sa jeunesse, avant la Grande Guerre. Par la suite, il était devenu une personnalité connue grâce à un petit ouvrage qui ne manquait pas de lucidité et comblait, c'était du moins son intention, une lacune, qu'il voyait lui comme une béance. Le pied vissé sur le pare-feu, une main dans la poche, il avait parlé du futur, et ce pendant si longtemps et si publiquement que des tas de gens le reconnaissaient maintenant au premier coup d'œil dans les journaux du dimanche (« Toujours gaillard, le vieux, y a pas à dire »). Vieillard encombrant sanglé dans un blazer à rayures noires et blanches, lequel — tiré vers le bas d'un côté par une main enfoncée dans la poche et vraisemblablement refermée sur une pipe — donnait l'impression d'une maison à demi charpentée prête à s'affaisser.

Il employait une langue désuète : « Avoir pignon sur rue », « Passer par la Chine pour aller à l'autre bout de la ville », « La vieille dame de Threadneedle Street », des expressions déjà passées de mode avant son temps, qu'il cultivait et gardait en vie, sinon en bonne santé. Parlait toujours de la Turquie comme de « l'homme malade de l'Europe », alors que le continent tout entier avait depuis longtemps l'allure d'un pavillon d'urgences. Préférait les distances gérables du passé aux étendues insondables de l'avenir. Le futur n'avait été que matière à causerie, le pied vissé en toute sécurité sur le pare-feu.

Il était facile, pour la jeunesse, de flairer une telle attitude et de la condamner. Moins facile d'y discerner ce qu'elle pouvait avoir d'humain, voire de pitoyable.

Pour l'essentiel, on laissait le professeur se répandre, comme il le faisait en ce moment, en petits discours que l'on n'était pas censé contredire. Mais si l'on mettait en doute ses propos, il perdait vite tout contrôle de la pipe et de l'avenir. Un nuage de confusion indignée montait alors de lui, assez semblable à la poussière qui s'échappe d'un vieux livre que l'on referme d'un coup sec pour le dépoussiérer. Dans sa vie privée, il n'avait pas fait preuve d'une grande sagacité et avait dilapidé la fortune de son épouse, en même temps que ses propres disponibilités, à force d'investissements peu judicieux. Un titre de chevalier, qui ne devait plus tarder maintenant, avait été longtemps différé. Mais son nom était connu du public, et on ne pouvait guère tenir sa personne à l'écart d'une affaire publique et politique telle que le choix d'un emplacement pour un nouveau télescope.

Ted Tice se servit de moutarde. Il apparut que, ces deux dernières semaines, il était en vacances et qu'il était allé faire une randonnée dans les comtés de l'Ouest. Que, par ailleurs, il prenait quelque intérêt aux monuments préhistoriques et qu'il avait passé le solstice sur un champ de fouilles près d'Avebury Circle. On l'imaginait sans peine au milieu des hautes pierres.

Mrs Thrale dit qu'il leur arrivait, ici à Peverel, de sentir les vibrations en provenance de la base de missiles des environs de Stonehenge. Bien que la mise à feu se fît à bonne distance du monument, les fusées n'étaient pas sans danger pour les locaux. Un jour, une vitre s'était brisée dans une chambre d'amis, heureusement sans blesser personne.

« Ah, oui, dit Sefton Thrale. Mais Paul Ivory est un petit veinard. » C'était ramasser l'invité inconnu dans les éclats de verre et le brandir bien haut, histoire d'exclure Ted Tice, tout en lui offrant l'avantage, en raison de ce besoin caractéristique d'impressionner son monde. « Au fait, on a des nouvelles de Paul ? »

Ted Tice n'était pas sans savoir que les hommes attendaient déjà qu'il ait d'eux une opinion favorable. Et que, s'ils s'en voyaient privés, ils pouvaient se risquer à la condescendance.

Dans un effort conjoint pour tenter de pallier l'inconduite du professeur, les trois femmes s'empressèrent de faire état d'une totale absence de nouvelles. Et Ted Tice de s'apercevoir que l'indulgence des femmes avait dû être une composante indispensable de la célébrité de Sefton Thrale. Comme on l'attendait d'elle, Mrs Thrale révéla que Paul Ivory était son filleul, et qu'il devait d'ici peu venir séjourner chez eux. Peut-être Ted avait-il entendu parler des pièces de Paul Ivory, dans des productions universitaires. Non, ce n'était pas le cas. En tout état de cause, il s'agissait d'un jeune homme plein de promesses, dont l'une des œuvres devait prochainement être montée sur une scène londonienne.

« Paul a toutes les qualités, dit Sefton Thrale, avec peut-être l'intention d'inviter une comparaison.

— Est-il apparenté au poète du même nom ? demanda Ted.

— Son fils, ni plus ni moins. »

Ted Tice ne pouvait guère soupçonner le subtil malaise que venait d'engendrer sa question — l'amour des poètes géorgiens étant chez le vieil homme une survivance du meilleur de Sefton Thrale, lequel, au même titre que ses meilleurs ouvrages, appartenait à un passé déjà ancien. Il avait pour habitude de les introduire dans la conversation avec une loyauté calculée, ces poètes oubliés ou décriés de sa jeunesse : d'abord la citation poignante, puis la question du journaliste : « C'est de qui ? » et la réponse de Thrale : « D'un grand poète, mort à l'époque où vous êtes né, jeune homme » (car le professeur connaissait toutes les répliques qui faisaient mouche sans faire mal, pour avoir souvent pratiqué l'interview) ; enfin arrivait le nom du poète : Bridges, Drinkwater, Shanks, ou Humbert Wolfe ; Thomas Sturge Moore, voire Rupert Brooke, les jours où il était en rogne. Ou encore Rex Ivory.

« Rex Ivory n'était pas un grand poète, mais c'était un poète authentique, fit remarquer Mrs Thrale, qui ajouta qu'on avait tort de penser que les scientifiques n'avaient aucun goût pour la littérature. Je pourrais citer bien des exemples à cet égard.

— Je crois qu'on nous accorde tout de même le droit d'être mélomanes », dit Ted en souriant.

À l'occasion, les yeux de Caroline Bell avaient la douceur de ceux de sa sœur. « On dit aussi que ces gens-là sont volontiers taciturnes.

— Il est possible que je devienne plus renfermé en prenant de l'âge. »

Charmian Thrale désigna une photographie au-dessus de la desserte. Trois jeunes gens dans un jardin, deux assis dans des fauteuils en osier, le troisième debout, bras levés et mains écartées, vêtu d'une chemise à col ouvert et d'un pantalon blanc, en train de déclamer à l'intention des autres, qui portent la tenue conventionnelle des années d'avant-guerre. Les chevelures claires forment des casques, des couronnes, des nimbes. Un nuage plus gros dessine un arc au-dessus du jardin, où l'on voit un feuillage dense surplomber des pieds-d'alouette et une longue pelouse déployer les bandes régulières laissées par le passage du rouleau. Le crépuscule semble proche. Et les trois jeunes gens magiques sur le gazon sont d'ores et déjà condamnés par la guerre imminente, même les survivants.

« Comme un soir dans un monde avant la chute », dit Charmian Thrale.

La question inattendue d'Edmund Tice fit que ce qu'il restait aujourd'hui du Sefton Thrale assis sur cette photo d'avant la chute aurait aimé se rapprocher de lui. À nouveau les femmes le sentirent, et soupirèrent intérieurement en entendant la réponse abrupte du vieil homme : « Son fils, ni plus ni moins. »

Le professeur s'employa à développer ses préférences, après avoir habilement mis couteau et fourchette à l'alignement. « Paul Ivory s'est déjà fait une place dans le monde littéraire. Et il grimpe si vite qu'il serait bien difficile de dire aujourd'hui jusqu'où il ira. »

Loin de se montrer désarmé, Ted Tice eut un grand sourire : « Comme le principe d'incertitude de Heisenberg. Impossible de mesurer simultanément vitesse et position. »

Il apparut alors que Caroline Bell était capable de pouffer de rire comme n'importe quelle jeune fille.

« Et il est pratiquement fiancé (le professeur était décidé à l'emporter) à la fille de notre voisin, le châtelain. »

Ted se demanda ce que pouvait signifier ce « pratiquement fiancé », et vit Caro esquisser un sourire à cette même pensée. L'hérésie, si elle avait jamais existé dans cette maison, ne pouvait venir que de la domesticité de haut rang.

Il se souvint du château, de ses murs gris capables de décourager jusqu'au lichen.

Devinant leurs pensées, le professeur leur dit : « Il faut du courage de nos jours pour épouser la fille d'un lord. Avec tous les radicaux de votre acabit. » Ceci à l'adresse de Ted et de Caro, étant donné que la façon dont Grace empilait docilement les assiettes l'absolvait complètement. Ce fut pourtant elle qui leva les yeux pour dire : « Peut-être qu'il l'aime, après tout.

— Tout à fait juste. Les jeunes devraient suivre leur inclination. Pourquoi pas ? Je suis sûre que Caro, par exemple, épouserait un mécanicien, si l'envie lui en prenait.

— Je n'ai pas l'âme mécanique », dit Caro, sur laquelle tous les regards avaient convergé.

Sefton Thrale avait toujours l'impression d'avoir le dessous quand il y avait des rires autour de lui.

« C'est vrai, reprit la donzelle. Non seulement je suis d'une ignorance crasse dans ce domaine, mais je n'ai aucune affinité pour la mécanique. Ou la science, pour tout dire.

— Vous devez pourtant votre existence à l'astronomie, jeune fille. » « Jeune fille », « jeune homme », quand eux-mêmes ne pouvaient pas dire « vieil homme » ou « vieille femme ». Le professeur s'apprêtait à s'expliquer mais Caro ne lui en laissa pas le temps : « Vous pensez au passage de Vénus ? »

Ce n'était pas la première fois qu'elle mettait les pieds dans le plat.

« Pourquoi croyez-vous, enchaîna l'autre, comme si elle n'avait rien dit ni gâché ses effets, que James Cook ait embarqué sur l'*Endeavour* et mis le cap sur l'Australie, terre encore inconnue, sinon pour observer en route, à Tahiti, la planète Vénus passer devant le Soleil, le 3 juin 1769, ce qui lui a permis de calculer la distance de la Terre au Soleil ? » Il était parti pour leur faire un cours.

À nouveau, les regards se portèrent sur Caro, élevée au rang d'enfant de Vénus.

« Les calculs étaient très loin du compte, dit Tice, prenant le parti de la jeune fille. Comme c'est souvent le cas avec Vénus.

— Mais au moment du calcul, le disque de Vénus présentait des distorsions, dit Sefton Thrale. Un phénomène d'irradiation lors du passage. » À l'entendre, on aurait pu croire que c'était *son* expédition, ou *son* travail, qu'il était en train de défendre. « Nous appelons cela la "goutte noire".

— Toutes ces années de préparation, s'étonna la jeune fille. Et au moment crucial, plus rien. »

Le jeune homme expliqua qu'il y avait des étapes. « Il y a les contacts, dit-il, puis la culmination. »

Tous deux rougirent pour le compte de l'Univers.

« Mais là, vous parlez d'éclipse, intervint le professeur. Vénus ne peut pas masquer le Soleil. » Il donna une pichenette sur sa manche pour en faire tomber les miettes. Impossible de raconter en présence de deux jeunes vierges qu'en ce jour torride de juin 1769, à Tahiti, Vénus avait d'autres fers au feu : tandis que les officiers de l'*Endeavour* avaient les yeux rivés sur les télescopes de James Short, les hommes d'équipage envahissaient les magasins de Fort Venus pour y voler des gros clous à large tête — dont ils se servirent ensuite pour se procurer les faveurs temporaires de certaines Tahitiennes, récoltant du même coup l'infection chronique d'une maladie vénérienne que le fouet qu'ils subirent incontinent s'avéra bien incapable de soigner.

« Un autre astronome est lui aussi allé au bout du monde, dit Ted Tice, pour observer le même passage. Et lui aussi a échoué. » Dit sur ce ton pénétré qu'ont les hommes quand ils parlent, d'un air apparemment détaché, de ce qui les passionne. Tice ne pouvait pas faire un cours, mais il tenait à rendre un hommage. « Des années auparavant, un Français avait voyagé jusqu'aux Indes pour observer un passage antérieur, mais il fut retardé en route par les guerres et divers contretemps. Ayant manqué son premier rendez-vous avec Vénus, il passa huit années en Orient à attendre le passage suivant, celui de 1769. Quand l'heure arriva enfin, la visibilité était désastreuse, impossible de voir quoi que ce soit. Il s'écoulerait un siècle avant qu'une nouvelle occasion se présente. »

Son histoire, il l'avait adressée uniquement à Caroline Bell. À cet instant, lui et elle, dans leur humeur élégiaque, auraient pu passer pour les aînés à cette table. « Des années à attendre Vénus ! dit-elle.

— Son histoire a tant de noblesse qu'on peut difficilement la considérer comme celle d'un échec. » Ted Tice rendait hommage à la foi de l'astronome.

Thrale trouvait que cela avait assez duré. « Et le pauvre diable rentra en France pour constater, autant qu'il m'en souvient, qu'on l'avait déclaré mort en son absence, et que ses biens avaient été dispersés. » En guise d'échec, difficile de faire mieux.

« Comment s'appelait-il ? demanda la jeune fille à Ted Tice.

— Legentil. Guillaume Legentil. »

Mrs Thrale avait fait une crème renversée. Une bonne irlandaise au teint marbré apporta les coupes sur un plateau. Mrs Thrale avait été élevée dans la croyance que, sauf à perdre la face, son dos ne devait jamais, au grand jamais, toucher le dossier de sa chaise. Ce qui ajoutait grandement à son air d'endurance et la faisait paraître, par ailleurs, vous regarder toujours droit dans les yeux, plus qu'il n'était séant. C'était elle qui avait pensé à un bord de mer en été en relation avec la personnalité de Ted Tice — la glace piquetée accrochée au milieu des étiquettes de chaises longues et des clés de cabines, toutes frémissantes de pas tièdes amortis par le sable. D'un autre côté, pour le définir, il y avait ses nuits passées au milieu des pierres préhistoriques.

Son penchant pour l'isolement amenait Charmian Thrale, désormais libérée de toute espèce de désir ou d'ambition, à se contenter de chérir quelques rares secrets — elle avait un jour retiré une pomme de terre d'une casserole d'eau bouillante parce qu'elle venait d'y voir un germe ; et, une autre fois, elle était revenue chez elle, alors qu'elle allait à un rendez-vous impératif, simplement pour vérifier un vers de Meredith. Elle s'arrangeait pour ne pas avoir trop de pensées que son mari fût incapable de deviner, de peur d'en arriver à le mépriser. Écouter les autres avait occupé une grande partie de sa vie : elle s'acquittait de la tâche avec sérieux — et, dans la mesure où les gens sont habitués à ce qu'on ne les écoute qu'à moitié, ils étaient troublés par tant d'attention et finissaient par se demander s'ils n'étaient pas en train de dire des bêtises. C'est ainsi qu'elle avait un effet apaisant sur son entourage et contribuait à endiguer gentiment le flot ininterrompu des bavardages inconsidérés. Bien qu'elle exprimât peu ses opinions, celles-ci étaient connues des autres d'une manière qui n'est pas vraie des gens qui, sans arrêt à vouloir juger de tout, ne gardent jamais un avis pour eux.

Les nuques inclinées des jeunes filles penchées sur leur dessert étaient exposées à la vue d'une manière presque indécente : on aurait pu sentir le vent de la hache. La toujours droite Mrs Thrale ne serait jamais abattue de la sorte, du moins pas pour l'instant. Le jeune homme et les jeunes filles échangèrent des remarques sur la saison qui était très en retard, cet « été tardif » qui menaçait de mourir sans être arrivé à maturité. Un peu à la manière de voyageurs s'exprimant dans une langue qui n'est pas la leur et condamnés de ce fait à parler à coups d'infinitifs. Tout portait à la fois menace et promesse de sens. Plus tard, il y aurait de plus en plus de souvenirs, qui seraient de moins en moins mémorables. Il faudrait une bombe, plus tard, pour dégager l'espace mental nécessaire à une scène comme celle-ci.

L'expérience s'amoncelait aux quatre coins de la pièce, telle une énorme déferlante.

Tandis que les jeunes filles débarrassaient la table, le professeur entraîna le jeune homme jusqu'à la fenêtre, en lui disant : « Laissez-moi vous montrer. » De sa main sèche et décidée, il frotta la vitre humide, mais ne réussit qu'à l'obscurcir davantage. Il se détourna, l'air contrarié. « Ah, on ne voit rien pour l'instant. » Sans préciser quel nouveau cours il s'apprêtait à donner sur ce tableau noir.

Ted Tice savait qu'il s'agissait de la route qu'il avait empruntée.

3

L'année précédente, Christian Thrale, qui n'avait pas encore trente ans, s'était retrouvé, de manière inattendue, avec une soirée libre devant lui après avoir travaillé le week-end dans son bureau au ministère où il était employé. Avec le recul, cette soirée apparut comme un moment où il avait été libéré non seulement de ses obligations mais aussi de lui-même. Il n'allait que rarement seul à un concert ou à une manifestation de type culturel. Seul, on était trop à la merci de ses réactions. Accompagné, en revanche, on était tenu de se contrôler, de pousser des soupirs appuyés et de faire état d'hypothétiques exigences. Plus tard, tout en rentrant chez soi à pied, on pouvait aussi faire connaître son opinion, négative de préférence, sur le spectacle.

Quant à éprouver du plaisir... il se méfiait de tout ce qui était de nature à soulager ses sentiments.

Le concert, ce soir-là, était en outre d'un accès trop facile. Pourtant, en passant devant la salle sous une petite pluie fine et après avoir vu l'affiche, il avait acheté une place en bout de rangée.

À peine était-il assis qu'il fut obligé de se relever pour laisser passer deux femmes. Il s'empara de l'imperméable replié, du chapeau et du parapluie humide qu'il avait entassés sur le siège vide à côté de lui, là où s'asseyait maintenant la plus jeune des deux femmes, après s'être effacée pour laisser passer la plus âgée. Il avait immédiatement remarqué ses grands yeux et sa beauté, quand elle avait levé vers lui son regard en lui disant « Pardon ». Mais tandis qu'on se contorsionnait pour se débarrasser des manteaux et qu'on tirait sur des gants récalcitrants, il cessa de s'intéresser à sa voisine.

En fait, c'est sur l'autre femme qu'il reporta son attention.

La plus âgée, petite et brune, portait un bandeau en feutre rouge sur la tête, orné d'un ruban bleu marine. Autour de ses épaules, une fourrure faite de petites queues rases, les griffes acérées de l'une des pattes de fermeture agrippant l'autre, à la manière d'une pince à linge. Sur ses genoux, un sac bourré au point d'être trapu, qu'elle entreprit de sécher avec un morceau de papier chiffonné. Qu'elle fût apparentée à la jeune fille, quoique trop jeune pour être sa mère, ne faisait aucun doute si l'on en jugeait par leur comportement l'une vis-à-vis de l'autre.

Difficile de se faire une idée, même en faisant travailler son imagination, de la nature de leur relation. Soudain, alors qu'entraient les premiers musiciens et que de nouveaux arrivants se frayaient un chemin dans la rangée, Christian Thrale trouva la bonne formule : elle est en son pouvoir.

L'aînée s'était laissée fléchir et avait finalement accepté de sortir, désespérant de voir jamais se terminer ce dimanche. Qu'elle n'attendît rien de la musique elle-même se voyait à la façon dont elle ne cessait de se tourner dans tous les sens, tout en imitant de ses commentaires discordants un instrument qui s'accorde. « Les gens ont une façon de s'affubler, regarde-moi celle-là, je te demande un peu. » « Ils auraient quand même pu refaire un peu la décoration, tu ne trouves pas ? Mais non, la guerre va leur servir d'excuse pendant encore un bon bout de temps. » La jeune fille restait assise sans rien dire, dérobade que l'on ne laisserait certainement pas passer.

« Tu es d'un gai, vraiment ! Tu commences par me dire que je suis déprimée, et maintenant, c'est toi qui n'en décroches pas une. »

Même s'il savait désormais leur relation fondée sur la peur, il continuait à se demander si les deux femmes étaient cousines, peut-être, à moins qu'il ne s'agît d'une tante et de sa nièce. Quand elle se tourna de son côté, il constata que les joues colorées de la petite femme rappelaient par leurs méplats celles de la jeune fille.

« On étouffe là-dedans, dit-elle en agitant les pattes sur sa poitrine, le petit museau denté du renard soudain pris de convulsions. C'est le meilleur moyen d'attraper des cochonneries. Fais-moi penser de me faire un gargarisme en rentrant. »

Les lumières s'éteignirent. Pendant tout le premier morceau, Christian fut conscient de la femme qui cuisait à feu doux sur son siège, eau frémissante prête à bouillir à la moindre sollicitation. La jeune fille, entre eux, restait impassible, mains légèrement croisées sur des genoux minces, à l'alignement sous la jupe foncée. Pendant l'entracte, la petite femme murmura quelque chose à l'oreille de sa compagne et se leva pour aller aux toilettes.

Elle n'avait pas plus tôt emprunté l'allée que Christian engageait la conversation. De sa vie, il n'avait fait une chose pareille, mais il savait que le temps était compté. Ils échangèrent rapidement quelques platitudes à propos de Sibelius, et la duègne n'était pas revenue que Christian avait déjà griffonné un numéro de téléphone et suggéré une rencontre le samedi suivant. Ce qui aurait dû lui sembler extraordinaire semblait parfaitement approprié, pour ne pas dire inévitable.

Il se leva, et Grace le présenta : « Dora, Mr Thrale. » Il lut en un éclair sur le visage de celle-ci la conscience d'avoir été prise de vitesse et l'envie de tout gâcher. Dora, de son côté, vit un homme blond-roux, plutôt grand, qui pouvait aisément représenter une menace. Christian avait découvert qu'elles étaient demi-sœurs et originaires d'Australie. Une fois le concert terminé, il les mit dans un taxi.

Pas une fois, au cours de la semaine, il ne se dit « fallait-il que je sois nigaud », même si « nigaud » était un de ses mots favoris. Il se préparait quelque chose d'exceptionnel, il le sentait. Mais il ne s'en demandait pas moins si le sentiment survivrait à une seconde rencontre avec Grace, dont le charme risquait de ne plus guère opérer dans le cadre d'un meublé. On se verrait alors confronté à la nécessité de reprendre ses esprits. Pour lui rendre justice, Christian Thrale craignait pareille éventualité, plus qu'il ne l'espérait.

Le samedi, il se rendit en taxi dans le West 11, histoire de lever le voile. L'escalier, recouvert d'un tapis écarlate, venait d'être repeint en blanc. Il y avait un vase de fleurs jaunes sur un palier.

Des fleurs, il ne lui était pas venu à l'idée d'en apporter.

Tout en montant, il eut quelque honte à éprouver un sentiment d'aventure qui faisait ressortir le manque très net d'envergure de ses propres aventures. Après une entame aussi impétueuse, ne risquait-il pas de les déconcerter en se révélant guindé et réservé ? Dans une glace dorée accrochée près de la porte, son reflet le surprit, celui d'un homme encore jeune.

La beauté de Grace justifiait tous les risques. Il avait misé sur cet atout, et il était au rendez-vous. Grace était calme, comme lors de leur première rencontre, et souriante. Sur la table, encore des fleurs jaunes. Christian prit place sur un divan de meublé. Non, non, il avait trouvé l'adresse sans peine, en fait il connaissait bien le quartier, pour avoir eu dans le temps un dentiste dans les parages. Une bouilloire qui sifflait dans une kitchenette fut promptement réduite au silence par, c'est du moins ce qu'il supposa, Dora.

Ce fut Caro qui apporta le plateau. Ma sœur. On fit de la place pour les tasses et les assiettes. Christian se rassit, Caro en face de lui, et Grace penchée entre eux deux : Trop fort, peut-être, ils viennent de chez Fortnum. Aidée d'une lame en argent, elle découpa un quart de gâteau. Le petit pli qui s'était creusé entre ses yeux sous l'effet de la concentration était aussi attendrissant que le museau ridé d'un chaton. Sur son divan, Christian avait tout d'un homme au bord d'une rivière, occupé moins à observer l'autre rive qu'à considérer le courant dans lequel il va devoir plonger. Il voyait Grace scintiller et faire des vaguelettes sous le soleil de l'après-midi. Elle me conduit au bord des eaux tranquilles.

En face de lui, les eaux tranquilles de Caro étaient profondes.

Vraiment dommage, mais Dora avait dû aller jusqu'à Wigmore Street chercher ses nouvelles lunettes. Dieu soit loué. De toute évidence, Dora savait mettre à profit toutes les occasions qui s'offraient, et seule la nécessité, et non le tact, la poussait à s'absenter. Il était clair que, comme au concert, il leur fallait tirer le meilleur parti du temps dont ils disposaient avant son retour, et amener les choses jusqu'à un point de non-retour. Soulagé de cette absence, Christian se décontracta et accepta, ravi, une seconde tasse de thé. Dans le meublé défraîchi, une fenêtre ouverte laissait entrer l'air frais, et un parfum flottait, de sels de bain ou d'eau de Cologne.

À contre-jour, la tête et les épaules de Caro apparaissaient remarquables. Une ou deux fois, il la fit rire. Mais quand il se pencha pour reprendre un biscuit, il sentit son regard sur lui, comme si... Comme si, par exemple, elle était au courant du sentiment d'aventure qu'il avait éprouvé en montant leur escalier.

Il trouva ces deux jeunes femmes incroyablement maîtresses d'elles-mêmes, étant donné leur situation d'Australiennes vivant dans un meublé londonien. Il eût aimé qu'elles se montrent davantage impressionnées par sa visite, au lieu de quoi il se surprit à agir suivant les principes qu'il pensait être les leurs, tout en espérant que ses efforts dans ce sens ne se verraient pas trop. La vivacité lui revenait comme un talent longtemps négligé qu'on appelle à la rescousse dans une situation d'urgence, un peu comme s'il montait sur une estrade dans un état d'agitation extrême et s'éclaircissait la voix pour chanter.

La pièce elle-même ne semblait pas le moins du monde impressionnée par sa présence — non pas en raison d'un quelconque désordre, mais par pur naturel. Ce qui n'aurait pas été le cas si elle avait trahi certains préparatifs d'attente — coussins redressés et regonflés, magazines adroitement disposés, vide laissé ici ou là par quelque objet offensant hâtivement soustrait à la vue, suspense s'étiolant lentement dans les plis des rideaux. Non, décidément, aucune tension, aucune inquiétude ne régnait dans la pièce. Rien ne venait y déranger la somnolence du quotidien. Aucun signe ici d'un quelconque préparatif en son honneur, en dehors, peut-être, des fleurs, qui étaient fraîches, et que lui-même, si seulement il y avait songé...

C'était une pièce haute de plafond qui, à entendre Grace, avait connu des jours meilleurs.

« Je ne saurais imaginer un jour meilleur que celui-ci », dit Christian.

Quelques objets, et surtout des livres, de toute évidence les leurs. Une tête de femme peinte sur un panneau de bois gauchi.

« Caro l'a acheté à Séville.

— C'est un ange. »

Caro avait passé trois mois en Espagne pour apprendre la langue. Pour ce faire, elle s'était engagée comme bonne d'enfants auprès d'une famille anglaise, qui l'avait ensuite emmenée avec elle en France, puis en Italie. Caro travaillait maintenant — servait, comme elle le dit elle-même — dans une librairie tout en préparant un concours de l'administration.

La situation de Grace était encore pire : elle était au service des réclamations chez Harrods.

Aucune issue à de telles activités en dehors du mariage, c'était clair. Christian savait tout ce qu'il y avait à savoir du concours de Caro, un concours auquel elle ne réussirait jamais. Il n'était ouvert aux femmes que depuis peu, et, à sa connaissance, aucune candidate ne l'avait jamais passé avec succès. « C'est dur », dit-il. Et puis, aucune perspective d'avenir, on entrait à l'échelon le plus bas, c'était simplement une manière de recruter des gens parlant plusieurs langues, sans leur offrir une carrière digne de ce nom.

« Une forme d'exploitation, si vous voulez, conclut-il.

— Non, je ne veux pas, dit Caro, en prenant une gaufrette à la crème. Peek Frean's, lut-elle sur le biscuit, avant de mordre dedans.

— Je me contenterai de dire... », commença-t-il, avant de s'arrêter brutalement. Mais où allait-il pêcher ces expressions ? Je me contenterai de, force m'est de, je m'abstiendrai, je m'interdis tout commentaire... il se donnait l'impression de s'être lui-même assigné à résidence. Peut-être les tenait-il de son père. Il demanda à Caro à qui elle avait eu affaire, à quel endroit elle devait se présenter. Opinant du chef en connaisseur à chaque mention qu'elle faisait d'un service ou d'un responsable — à la manière d'un Grec hochant doctement la tête aux noms d'Hésiode ou de Pindare, même s'il n'en a jamais lu la première ligne.

La situation de Grace était encore plus délicate, une vraie voie de garage. Que pouvait-elle bien apprendre dans un service de réclamations ?

« Eh bien, j'ai appris, dit Grace Bell, qu'une réponse posée ne saurait détourner la colère. » Les deux jeunes filles s'esclaffèrent de conserve, légèrement inclinées l'une vers l'autre, au-dessus de la table basse.

« Notre réussite, notre carrière pour l'instant, lui dit Caro, c'est Londres. Être arrivées ici, poursuivit-elle, comme si son front avait été de verre et qu'elle ait pu lire dans ses pensées, est déjà une victoire en soi, vivre ici, une occupation. »

Comme un animal débusqué de son terrier, il s'empressa de trouver un autre abri. « Très sensé de votre part de ne pas faire de projets à long terme. »

Elles parleraient certainement de lui par la suite, et Caro livrerait son verdict. Grace agirait-elle en conséquence ? Caro le casserait en deux d'un coup de dent comme elle avait mordu dans son biscuit. Il se demanda comment Caro se comportait vis-à-vis de Dora et aurait été curieux de les voir face à face. Quand Caro se levait, apportait de l'eau chaude ou allait fermer une fenêtre, elle donnait de l'importance à ses gestes, comme pour nier la banalité de l'existence.

Les jeunes filles étaient encore toutes petites quand leurs parents avaient péri dans le naufrage d'un ferry. Christian, sa vie durant, devait en parler comme d'un « accident de bateau ».

« Avez-vous l'intention, demanda-t-il, voulant afficher une totale indépendance vis-à-vis de leur avenir, de vous essayer à la vie ici avant de retourner à... Sydney, c'est ça ?

— Ça ne marche pas comme ça, la vie », dit Caro, en riant.

Comme si elle savait ce qu'il en était, et lui pas.

Une assiette, maintenant débarrassée de ses biscuits, apparut ancienne, ébréchée, italienne, et bordée d'une inscription en lettres tarabiscotées. Caro l'avait rapportée de Palerme. « Puis-je ? » demanda Christian, qui entreprit de déchiffrer à haute voix l'inscription tout en tournant l'assiette dans ses mains : « *Chi d'invidia campa, disperato muore.* Qui vit — si je ne me trompe pas — dans l'envie meurt dans le désespoir. » Il la reposa sur la table. La figure d'ange avait été charmante ; l'assiette, elle, n'était pas sans épines.

Comme il était heureux, malgré tout, ce Christian qui craignait souvent de se retrouver dans un environnement terne, un milieu monochrome où ses propres couleurs risquaient de déteindre ! Étant donné les circonstances présentes — le meublé, Sydney et ce qu'une telle ville représentait, le bureau chez Harrods, le concours échoué avant même que d'être passé —, c'est ainsi qu'aurait dû lui apparaître la situation. Mais pas du tout, pas le moins du monde.

Ces deux jeunes femmes offraient à Christian quelque chose de nouveau : une vision claire des choses, que ne venait troubler aucune suspicion. Leur distinction, elles la devaient non seulement à leur beauté et à leur façon d'être l'une vis-à-vis de l'autre, ou à leur criant besoin d'un secours qu'elles ne réclamaient pourtant en aucune manière, mais aussi à une bonne dose d'une candeur pleine d'humour pour laquelle — il ne trouvait pas d'autre expression — elles auraient été prêtes à se sacrifier.

Christian était heureux. Voilà ce que Grace avait accompli. Elle le rendrait heureux.

Ce qu'on attendait de lui en matière de confiance se résumait à un léger abandon, mais il craignait de saboter cet après-midi. C'était son avenir qui lui semblait en jeu, et lié aux couleurs des robes des jeunes filles, aux pans des rideaux accrochés aux fenêtres, à un ange peint ; et même à un couvre-théière orange au crochet, pelucheux à force d'avoir été manipulé, qui en disait long sur le propriétaire. Tournées vers lui, deux longues silhouettes à contre-jour. Il aurait aimé pouvoir penser à Sargent, mais craignait qu'il ne faille songer à quelque chose de plus dérangeant, dans le style de Vermeer.

À certains moments, il avait conscience d'être lui-même celui des trois qui avait besoin d'être secouru, n'était pas loin de penser que Grace aurait facilement pu trouver mieux que lui, et que Caro réussirait brillamment son concours. Mais la santé ne se préservait pas aussi facilement : il fallait compter avec les accès de suffisance, insidieux comme une fièvre chronique.

Il y avait autre chose maintenant, entre eux trois, dans cette pièce, une sorte d'événement, ou à tout le moins un moment privilégié. Quoi que ce fût, l'excitation ambiante rompit le calme, le charme, qui avaient prévalu jusque-là. Mais la rupture ne dura pas. Christian savait trop que Grace représentait l'étendue de ses compétences ; en soi, elle était déjà dans sa vie une anomalie, pourtant délibérément choisie. Caro, elle, dépassait ses moyens, c'était une évidence. Il se fit l'effet d'un ministre du gouvernement confronté à une décision capitale. C'est ainsi que, assis sur le bord du divan, il renonça définitivement à toute tentative en direction de Caro. Renoncement qui s'accompagna d'un sentiment de délivrance et d'un flux d'émotion propitiatoire en direction de Grace.

Maintenant que Caro s'était révélée au-delà de ses capacités, il en conçut pour elle une certaine antipathie.

Grace racontait l'histoire d'une cliente qui avait renvoyé un canari mort dans une boîte, pour être remboursée. Christian ne devait plus tarder à clarifier ses intentions. Une troisième rencontre signifierait une manière d'engagement, la mise en place de conditions nouvelles.

« Et le département de taxidermie le lui a réexpédié empaillé, conclut Grace, assorti d'une facture de cinq guinées. »

Soulagé, Christian riait à gorge déployée. Conscient d'un rire qui montrait ce dont il était capable quand on lui en donnait l'occasion. Envahi du sentiment que rire ainsi, c'était déjà comme prendre Grace dans ses bras.

Elle descendit pour le raccompagner. Dora, que l'on apercevait maintenant au bout de la rue, remplit son rôle habituel, qui était de précipiter les choses. Christian demanda à Grace de dîner avec lui un soir de la semaine suivante, elle se décida pour le mercredi. Ils se répétèrent le jour et l'heure comme autant de vœux, définitivement hors d'atteinte du claquement sec des talons de Dora sur le trottoir.

Christian ne tenait pas du tout à rencontrer Dora, mais s'obligea à l'attendre pour la saluer, espérant que Grace lui en saurait gré. Les cheveux de Dora étaient emprisonnés dans une voilette, comme le chaume sous un grillage. Elle fit tomber sa clé et se cogna la tête contre celle de Christian, en se penchant en même temps que lui pour la ramasser. Ce qui provoqua chez elle une avalanche de petites exclamations d'excuse parfaitement exagérées. Christian connaissait ce genre de personnes, de celles qui sont prêtes à se glisser avec vous dans le même vantail d'une porte à tambour sous prétexte de moins gêner.

Il n'avait pas atteint son domicile qu'il avait déjà oublié Caro. Il s'écoulerait des années avant qu'il songe à nouveau sérieusement à elle, ou qu'elle fasse l'objet d'une seconde décision d'envergure ministérielle. Bien avant le mercredi, il se mit à rêver de Grace, et quand il la vit enfin, se montra plus charmant à son endroit qu'il ne l'avait été avec quiconque jusque-là.

4

« Est-ce qu'on l'aurait manqué ? »

Ted Tice cherchait le car à l'horizon de la route de campagne. Caroline Bell regardait, elle, les arbres du bord de la route et le fouillis des jardins qu'aucun Australien n'aurait trouvé naturel. Il ne restait guère de traces de la tempête du mois dernier : on avait beau regarder avec attention, la terre persistait à dire que tout allait bien. Tice, dégingandé, attendait, sa personnalité posée sur lui de manière assez lâche ce jour-là, comme des vêtements trop grands. Sa question ne réussit pas à la réveiller.

Ils n'avaient pas grand-chose à se dire sous les arbres lourds de feuillage. Ce n'est que quand le car arriva en brinquebalant et qu'ils furent montés à bord qu'ils se mirent à parler, au milieu des pétarades du vieux moteur, du fracas métallique des flancs et des voix soudain haut perchées des autres passagers. Le car leur imposa un comportement social. À moins que ce ne fût le départ, agissant comme un rappel, qui leur ait délié la langue, tandis qu'ils abordaient les méandres de la Test Valley. Caro, bien qu'assise droite, et prenant appui du bras sur le dossier devant elle pour se protéger des chaos, ne montrait aucune envie de prendre la situation en main. Ted Tice laissa glisser son regard sur le profil : paupière, lèvres, épaule habillée de bleu, sein, puis remonta le bras nu jusqu'à la main agrippée à la barre rouillée du dossier. Le corps de la jeune femme prenait des contours plus spécifiques en l'absence de sa sœur.

Une heure de cette journée qu'ils étaient appelés à passer ensemble s'était déjà écoulée. Ted Tice était reconnaissant de chaque kilomètre supplémentaire, qui, au bout du compte, serait au moins à refaire dans l'autre sens. Cette ferme rouge, bien visible, cette église, ce brusque virage à droite, autant de garanties du temps qu'il aurait à passer avec elle. « Vous trouvez tout cela bien sage, non ? » demanda-t-il. Il pensait à l'été anglais, avec ses fleurs, mais aurait pu être compris autrement. De fait, il n'était pas suffisamment hardi pour la toucher, et il dirigea son geste ébauché en direction de la tête de sa compagne. « Alors, qu'en pensez-vous ? »

Caro, qui regardait par la fenêtre, tourna vers lui le même regard vaguement curieux qu'elle accordait jusque-là au paysage. Cet homme n'était rien de plus pour elle qu'un blanc-bec aux cheveux roux dans un pull à torsades. Le car de campagne fit une embardée sur la route semée d'ornières. La fille se dit que dans un roman on lirait sans doute qu'elle et lui furent jetés l'un contre l'autre, mais qu'en l'occurrence, c'était impossible. Être jetés l'un contre l'autre, ça n'arrive qu'à ceux qui le veulent bien. Comme être violée, à en croire les hommes.

« Je trouve l'été violent, plutôt que sage. » C'était son deuxième été dans l'hémisphère Nord, pour elle une exubérance confondante, tout comme l'était la certitude qu'une telle abondance pouvait être démontée et remontée indéfiniment : la nature dans son humeur impassible, prodigieuse, absolue. « L'été australien est une fournaise, il n'y a pas une feuille de trop. Là-bas, toute la force est dans l'absence, la rareté, la distance. » En se rappelant les immensités sans âge et désolées, elle se demanda si ce n'était pas la fragilité qu'elle était en train de définir. « Pour avoir des couleurs comme celles-ci, il faut de l'eau. » Mais même avec de l'eau, les pigments en Australie risquaient de faire défaut. On pouvait douter que la terre là-bas contînt des roses et des bleus à l'état latent, sans parler du vert au prestige affirmé.

Elle regarda à nouveau par la vitre, tournée carrément face au paysage, comme un enfant, et se dit qu'ici, même les champs semblaient faits pour le plaisir. Quant aux opérations de multiplication et de soustraction des saisons, elle savait bien évidemment, avant son arrivée, que les feuilles tombent dans cette Angleterre caduque. Sans être pour autant préparée à un phénomène aussi extrême que l'automne, qui, dans son hécatombe rouge, tenait davantage d'un acte humain que d'un acte divin.

Ils laissèrent derrière eux une abbaye au sommet d'une éminence boisée, et traversèrent une ville de petites boutiques déprimées et de fils électriques tendus en travers des rues.

« *Les Grandes Espérances* », dit Caro, en lisant l'affiche sur la façade d'un cinéma pourtant éloigné. Le car s'arrêta et repartit, toujours brinquebalant. L'alignement régulier des rues de banlieue avait été rasé pour faire place à une nationale : la nouvelle route déployait son éventail dans une côte, les maisons s'évasant à leur tour comme les derniers boutons d'une veste sur une panse rebondie. Dans un champ à l'abandon, un manège de chevaux de bois couché sur le côté commençait à rouiller; un panneau encore debout avait perdu ses premières lettres KER et ne proposait plus que MESSE. Une grange squattait le bord de route, tel un fourgon abandonné. Le car plongea dans la descente. En entendant son rugissement, une petite voiture disparut dans une haie ; un animal donna de la voix.

« Dans le temps, en Angleterre, on n'était jamais loin de la campagne, dit Ted Tice. Maintenant, on est toujours près d'une ville. » Il commençait à regarder le monde avec les yeux d'un homme des antipodes, à cause de Caro.

« Je vais devoir habiter une ville, et pour longtemps, dit Caroline Bell, qui devait sous peu commencer à travailler dans un bureau de l'administration. J'attends que le poste se libère. »

Il se dit : elle utilise déjà le jargon en vigueur, mais elle poursuivit : « Poste... posté... comme un colis expédié en petite vitesse. Comme un chasseur à l'affût. »

Ils sourirent à cette image de Caro en chasseur camouflé. Tout ce qu'ils pouvaient dire avait pour lui de l'importance. Au lieu de faire des commentaires sur les villes ou l'administration, ils auraient tout aussi bien pu demander : « Qu'allons-nous devenir ? » ou bien : « Croyez-vous en Dieu ? » La jeune fille sentait sur sa nuque le souffle d'un homme qui parlait. Une rivière égrenait des saules ; un clocher pâle apparut, d'aspect à peine minéral. Le car plongea en avant et se redressa brutalement, décidé à les déloger de leur siège. Nous sommes jetés l'un contre l'autre.

Là où ils descendirent, des grilles en fer forgé étaient repliées comme les pages d'un grand livre. Le gardien de cette calligraphie était un homme à cheveux blancs, manchot, la poitrine bardée de rubans et de médailles.

« Vous arrivez juste à temps. » Un panneau affichait les heures de visite, comme si la grande maison au bout de l'allée avait été un malade dans un hôpital. Le gardien cria dans leur dos : « Allez, un peu d'entrain ! » Et ils éclatèrent de rire, comme pour répondre à son exhortation.

Caro avait repris une chanson de Ted Tice et chantait à

tue-tête *Souffle le vent du sud*, d'une voix de fausset pas tellement juste, tout en s'abritant les yeux des deux mains. À cet instant, du moins, ils n'étaient que ce pour quoi les prenait le monde : deux êtres jeunes, pleins d'espoir, et sans doute bientôt amants.

« Bien entendu, nous n'avons jamais rien vu de tout ça. » C'était la grande maison où, enfant, Ted Tice avait été évacué pendant le Blitz. « On dirait même que ce n'est pas la même maison. » À l'intérieur, les couleurs resplendissantes de la soie, du velours et de la porcelaine, auraient pu être à elles seules une prérogative des classes dirigeantes.

« On n'a peut-être pas pris le bon car », dit Caro. Ils riaient et regardaient par les fenêtres. La maison était tout en pierre. À l'extérieur, sous le large rebord de la fenêtre, un foisonnement de seringas, des buddleias violets pleins d'abeilles, des roses, bien entendu, et des pois de senteur. Des jardiniers ramassaient les branches taillées des arbustes d'ornement — l'Angleterre tout entière élaguée, rabattue, de plus en plus près du sol.

« L'Enlèvement des Sabines, cela vous dit quelque chose ? »

La guide tendait une baguette blanche en l'air. Sa voix, qui semblait marcher sur la pointe des pieds, à l'anglaise, était pourtant suffisamment audible pour le groupe de touristes dociles. Lequel regardait le tableau, immense, à l'italienne : entrelacs de membres distordus, lèvres rouges ouvertes sur les cris figés. Caro et Ted riaient près des fenêtres. Non, l'Enlèvement des Sabines ne leur disait rien.

La visite se poursuivait, lentement. Un cordon tressé marquait une limite à ne pas franchir, et un panneau disait : LES VISITEURS SONT PRIÉS. Une cascade d'ornements peints tombant d'une hauteur immense fut dûment appréciée. Il y avait là des déesses, des guirlandes fantastiques, des urnes, des balustrades, de la dorure à foison. Dans cette pièce, la maison donnait l'impression d'héberger quelque nation étrangère, trop prodigue ; et, de ce fait, avait du mal à échapper à une condamnation pour haute trahison.

« Ces murs furent condamnés à l'aide de planches pendant la guerre. Ils sont de Rubens. » Le groupe se fit attentif, voyant moins les peintures elles-mêmes que l'ingénieux assemblage de planches qui, jadis, les avait masquées. « La scène de bataille sur le mur ouest mérite une attention toute particulière, surtout si l'on songe que le second front a été préparé dans cette pièce. » C'était vrai : des commandants en tenue de campagne s'étaient assis là, et une carte de la France avait été déroulée, masquant à son tour le bois qui cachait les draperies déployées et les chairs irisées ; et Mars, en vérité, avait recouvert Vénus. Un général chauve s'était exercé au golf sur la thibaude, tandis qu'un Premier ministre, histoire de ne pas être en reste, y était allé d'un tableau de son cru.

Les visiteurs ne se doutaient pas de ces récents développements. Ils étaient tous partis du principe que la phase sérieuse de la maison était révolue depuis longtemps. Ils voulurent savoir comment était placée la table où se tenait Montgomery.

« Oui, ils étaient ici. » La guide, en gris tourterelle, avait posé sa baguette sur une table, et montrait avec ses mains, comme une artiste. « Tous les architectes de l'invasion. » Comme si la guerre, elle aussi, était une sorte de majestueux édifice. Elle avait ôté ses lunettes, qui avaient laissé une petite empreinte rouge de chaque côté de son nez, et ressemblait ainsi à un oiseau délicatement marqué. Elle était heureuse de faire plaisir en apportant ses informations capitales — les putts du général, la place du chevalet du Premier ministre.

Heureuse aussi pour le compte de la famille, propriétaire de ces biens inestimables.

La visite guidée se déplaça jusqu'à un autre cordon. À nouveau, un panneau demandait, ou priait, que l'on fît ou que l'on s'abstînt de faire ceci ou cela, et ensuite précisait que la bibliothèque était tapissée de livres jusqu'à moins de deux mètres du plafond (lequel rapportait l'histoire — pastel, concave, un rien inconvenante — d'Héraclès et Déjanire). Très loin en dessous, les couleurs pâles du tapis faisaient écho au plafond historié. Sur des tables soigneusement cirées se dressaient des photographies dans des cadres argentés ; elles étaient toutes signées. Sur la plupart, on voyait le grand R, après le nom.

« La reine Alexandra, la princesse Pat. » Les gens les repéraient facilement, témoignant du moins dans ce domaine d'une grande expertise. Ils rôdaient au milieu des chiffonniers et des crédences, et personne n'avait le cœur de s'insurger. Les morts et les exécutés, les princes russes ou prussiens, n'excitaient ni la pitié ni la terreur : le sort qu'ils avaient connu allait de pair avec leur destinée privilégiée, ne faisait qu'un avec la munificence, les tiares, les étoiles, les jarretières, et les longs sautoirs de perles.

Un homme en veste à chevrons s'exclama : « Ah, voilà l'hémophile ! » Brusques mouvements de têtes, suivis de hochements affligés pour le petit tsarévitch condamné.

« Remarquez le regroupement inhabituel des générations. Et le duc de Kent peu de temps avant qu'il se fasse tuer par Cecil Beaton. » On ne se fit pas faute d'apprécier. Une femme en robe imprimée fut priée, demande tout à fait compréhensible, de ne pas toucher.

« C'est bien la même maison », dit Ted Tice. Quand ils virent un panneau indiquant la sortie, ils suivirent la flèche et descendirent ensemble l'escalier.

De l'extérieur, la maison semblait directement taillée dans la pierre. Impossible d'imaginer piliers, poutres, architraves, ou les étapes successives de la construction. La vigne vierge montait jusqu'aux fenêtres écaillées de la pièce où les généraux avaient planifié la mort; et un grand ampélopsis étranglait les colonnes d'un portique silencieux. La maison se préparait à la décrépitude, comme à une autre phase de sa vie.

Ted Tice s'assit sur la pelouse avec Caro. La jeune fille entoura ses genoux de ses bras et dit : « Les créateurs d'une telle maison devraient eux-mêmes être beaux.

— La maison est sans doute tout ce qu'ils ont pu faire en matière de beauté. » L'homme aux cheveux roux s'allongea sur le gazon, croisa les bras derrière la tête, et déclama avec son accent régional :

Pour qu'eux,
Hommes pleins de violence et d'amertume,
Puissent graver dans la pierre le témoin
De cette douceur à laquelle tous aspiraient nuit et jour.

La robe de Caro moulait un genou bleu. « Croyez-vous que quelqu'un quelque part aspire à quelque chose de nos jours ou veuille encore porter témoignage?

— Si oui, ils ont intérêt à travailler en secret, s'ils ne veulent pas trinquer. » À l'heure actuelle, l'aspiration en soi risquait de passer pour un aveu d'échec. « "Beauté" est le mot tabou de notre époque, dit Ted, comme l'était "sexe" pour les Victoriens. Mais n'a pas, comme lui, le pouvoir de se réaffirmer envers et contre tout. » On aurait presque cru entendre Sefton Thrale : C'est vous qui allez en faire les frais.

Ted Tice était assis sur la pelouse avec Caro. Le silence

s'installe facilement entre ceux qui n'estiment pas être en eux-mêmes un sujet de conversation. Et de toute façon, l'air était empli des bruits assourdis et des odeurs vertes de la taille et de l'élagage. L'Angleterre se faisait tailler au ras du sol, pour son bien : c'est ainsi qu'on forge une personnalité. Les jardiniers en chemises grises s'employaient à mettre un terme à la croissance, ou du moins à la maîtriser. Le vert tombait sous d'innombrables formes, et était emporté dans des paniers.

« C'est la couleur même qu'ils sont en train de détruire. » Caroline Bell se pencha en avant et sourit, heureuse de voir son ancienne croyance enfin justifiée. « Le vert, nous ne le connaissions qu'à travers les livres. »

5

L'hiver et sa grisaille, tels des hôtes ennuyeux, s'en sont enfin allés,
Et voilà que, pour notre récompense,
Arrivent septembre et le vent d'ouest avec lui,
Et le printemps dans sa parure.

À réciter en cours de diction, mais plus difficile à intégrer dans un cours de poésie anglaise. Comme si le poète avait délibérément choisi le camp des perdants, qui était aussi celui des Australiens. Il avait pris le taureau par les cornes. Mais un taureau pris reste un taureau, et le prendre, par les cornes ou toute autre partie de son anatomie, n'est pas un acte naturel. Ce qui était naturel, c'étaient les haies, l'aubépine, les alouettes, le pinson sur la branche du verger. Sans avoir jamais rien vu de tout cela, on était prêt à y croire les yeux fermés. Comme on croyait aux saisons humides, caduques et disciplinées de la littérature anglaise, au velours émeraude des pelouses ou à des fleurs qui, en Australie, ne pouvaient pousser qu'une fois la sécheresse finie et la terre fertilisée. La littérature ne s'était pas contentée de rendre tout cela authentique. Elle avait mis l'Australie dans une position de violation perpétuelle et flagrante de la réalité.

Les petites filles chantaient en chœur :

Allons à Kew à la saison du lilas (Ce n'est pas loin de Londres !)

S'embarquant ainsi pour un voyage de quinze mille kilomètres. En guise de punition, on pouvait se retrouver, après l'école, à copier cent fois :

Respect de soi-même, connaissance et maîtrise de soi,
Seules ces vertus peuvent mener au pouvoir souverain.

Les petites filles suçaient leur plume en métal et tortillaient leurs nattes, se préparant au souverain pouvoir.

L'histoire, à l'école, c'était le dépliant en couleurs du couronnement qu'on avait punaisé sur le mur de la classe : la cérémonie à l'abbaye de Westminster, avec tous les noms des participants imprimés dessous. Le duc de Connaught, le comte d'Athlone, le roi élancé, tout d'hermine vêtu. Dora avait acheté une chope du couronnement chez Woolworth : Longue vie aux souverains. L'histoire, c'était ça, dans le droit-fil du Prince Noir et de la guerre des Deux-Roses. Grace et Caro avaient été autorisées à veiller un soir d'été pour écouter le récit de l'Abdication crépiter sur les ondes courtes. Un événement dont on se souviendrait toute sa vie.

Quant à l'histoire de l'Australie, qui ne donnait lieu qu'à un cours par semaine, elle tenait facilement dans un petit livre, aussi terne d'aspect que son contenu. Inaugurée, lors de sa naissance brièvement virginale, par le capitaine Cook (dentelles d'or, perruque blanche, dos à dos, dans les illustrations, avec Sir Joseph Banks), l'histoire de l'Australie ne tardait pas ensuite à s'enliser. Engloutie dans la sombre puanteur de prisonniers anonymes, dont la seule activité semblait avoir été de construire, pour y être eux-mêmes incarcérés, leurs prisons aux murs de pierre, désormais vides, et visitées à l'occasion par les petites filles lors d'une sortie dominicale : voici les cellules des prisonniers condamnés à l'isolement, c'est là qu'ils... L'histoire de l'Australie se perdait dans des expéditions condamnées d'avance, ne débouchant sur rien, ni découverte ni rencontre significative, et conduites par des hommes hâves et défaits, dont les visages dans les portraits de l'époque portaient avant l'heure les stigmates de l'épuisement et d'une destinée contraire — les yeux brillant d'un éclat fiévreux au fond d'orbites creusées comme celles d'un squelette.

Telles étaient les squelettiques annales : maigres, honteuses, dénuées de grandeur, expédiées par des professeurs pressés d'en revenir au service de l'abbaye. Le fardeau d'un continent trop sale était trop lourd pour les frêles épaules d'un enfant. L'Histoire elle-même suivait son cours, splendide, spiritualisée, sans un regard pour l'Australie. Plus grande que la nature, aussi incontournable que les formules des prières du matin : Ô Seigneur, créateur de la paix et fervent de la concorde, vous qui tenez dans vos mains notre vie éternelle et que nous servons en toute liberté.

Sentiments d'une ampleur à laquelle seul un Australien très affecté, très téméraire, ou sur le point d'émigrer, était susceptible d'aspirer.

Dans le seul hémisphère digne de ce nom, celui du Nord, au-delà de l'Équateur, qui, en dépit de son nom, n'avait aucun pouvoir d'équation, même l'eau de la baignoire s'écoulait dans la direction opposée. Peut-être les microsillons, sur les phonographes, tournaient-ils dans l'autre sens. Les Australiens ne pouvaient que faire semblant d'appartenir à ce monde, en espérant que personne ne verrait dans leur jeu.

De temps à autre, à moins que ce ne fût tout le temps, on pressentait qu'un événement extraordinaire mais néanmoins inévitable s'annonçait. Comme le jour où des garçons au carrefour harcelaient un ouvrier agricole et qu'un homme sorti de nulle part leur avait dit : « C't'un êt' oumain après tout. »

Quand les feux de décembre envahissent la forêt...

Elles vivaient dans une maison dotée d'une tour et d'une vue sur les Heads. Disposaient de chaises au petit point, de plats en cristal qui tintaient sous l'ongle, et d'un fragment de chêne provenant du vaisseau amiral de Nelson, conservé dans une petite boîte garnie de velours. À l'école, Caro en était à la Grande Armada et au cœur solitaire de Ruth, quand le *Benbow* chavira dans le port de Sydney et sombra dans l'horreur. Grace, elle, était assise sur une chaise bleue de la maternelle, où elle avait encore Miss McLeod, qui était arrivée après la Grande Guerre et devait prendre sa retraite à Noël.

Miss McLeod accompagnait à l'harmonium les prières du matin. *Plus près de toi, mon Dieu*, *Tous les saints du ciel*, et, quand c'était l'époque, *Autrefois dans la cité du roi David.* Tout le monde était Church of England, ou quelque chose du même genre, à l'exception de Myfanwy Burns et de la fille Cohen. La religion, c'était le petit Jésus dans sa crèche, le garçon à la fronde, l'habit aux multiples couleurs.

Caro et Grace n'ignoraient pas que ce qui leur était arrivé était terrible. Elles le devinaient aux attentions flatteuses dont elles étaient maintenant l'objet et qui semblaient peu en rapport avec une perte lancinante à laquelle elles avaient du mal à croire. Elles mirent longtemps à renoncer à tout espoir d'un renversement de situation miraculeux, et s'éveillaient tous les matins, incrédules, pour retrouver l'air lourd qui pour elles était celui de la mort. Difficile, en tout état de cause, d'imaginer un climat adéquat ou consolateur, mais cette chaleur, décidément, ne semblait pas neutre.

Par dix mètres de fond repose ton père. Mrs Horniman, qui habitait la maison avec sa pelouse à l'anglaise, disait qu'elle était prête à tout pour ces enfants. Et le jour de Noël, elles étouffèrent autour de l'arbre en celluloïd des Horniman, tandis qu'un feu de broussailles se déclarait à Clontarf. Grace trouva une pièce de trois pence dans le pudding, mais l'après-midi tourna à l'épreuve. Les enfants n'eurent pas le droit de se baigner à cause de la dinde, et Athol Horniman blessa Caro avec une balle de cricket.

Quelques jours plus tard, Dora leur annonçait : « On est maintenant en 1939. »

Dora leur faisait l'impression d'une étrangère. Elles avaient du mal à reconnaître celle qui, autrefois, avait fait partie d'une famille de cinq. La Dora de maintenant semblait ne jamais avoir partagé la vie d'avant le *Benbow*. Ne restait qu'un seul incident, une trace qui n'avait pas encore acquis le statut de souvenir : Dora hurlant derrière une porte close, et père qui s'exclamait : « Non mais quelle fille j'ai là ! »

Difficile de savoir où pouvait bien être Dora, par exemple, les matins de ce grand passé où on emmenait Grace et Caro acheter leurs nouveaux uniformes d'écolière. Père les déposait, leur mère et elles, dans cette espèce de brouillard où les odeurs métalliques de la ville circulaient dans le sillage des voitures, paresseuses entre d'étroites rangées de bâtiments. Un tramway aux allures de porte-toasts, d'un jaune décoloré, les ballottait sur des banquettes de bois lustrées par l'usure du temps. Il y avait là des employées de bureau, aux cheveux en rouleaux, coiffées de chapeaux de marin en feutre ou en paille, mais, à bien y réfléchir, pas trace de Dora. Les hommes s'asseyaient dans les compartiments à ciel ouvert situés à chaque extrémité de la voiture, leurs lourds gilets déboutonnés à cause de la chaleur ; jetant leurs mégots sur le plancher à lattes et se penchant à l'extérieur pour cracher. Quand il pleuvait, on leur déroulait une bâche sur une tringle. Dans le compartiment couvert, Grace était debout entre les genoux de sa mère, et Caro chancelait au milieu d'une forêt de jambes. Une entière et deux demies, comme les tarifs ; mais pas de Dora.

La mère de Dora était morte à sa naissance, comme il arrive souvent dans les histoires. Dora avait vingt et un ans, mais avait abandonné ses études à l'école normale d'institutrices.

Là où elles descendaient du tram, il y avait des vitrines colorées, remplies de gants, de sacs à main et de chaussures en soie, et des galeries de boutiques qui brillaient comme des arcs-en-ciel. Les femmes que l'on croisait dans Pitt Street ou Castlereagh avaient des visages plus frais et des chapeaux chargés de violettes ou de boutons de rose et recouverts d'une voilette. Ce qui n'empêchait pas des tonnelets de bière de passer devant les plus beaux magasins sur des haquets tirés par des attelages de Clydesdale : encolures brunes tendues sous l'effort dans des colliers de cuir tachés de transpiration, sabots énormes sous des collerettes de poils striées ; conducteur, sans veste ni col de chemise, veston effrangé ouvert, visage tanné, moustache de crin en bataille. Crottin sous le pied, relents meurtris de choux écrasés sous le sabot de poneys à œillères attelés à des charrettes de maraîchers. Le long du trottoir, des voitures des quatre saisons croulant sous les oranges, Jaffa ou Navel, et les pommes de Tasmanie. Tout un monde, rural et un peu canaille, posé là, au carrefour chic de Market Street et de Castlereagh.

C'est à ce même endroit que Grace et Caro tombaient sur les spectres tant redoutés d'elles-mêmes, et, à en croire les regards et les têtes détournées, de tous ceux qui passaient là. Des apparitions terrifiantes de ce genre, il y en avait dans toute la ville, et elles n'étaient pas rares dans les centres commerciaux de la banlieue. On pouvait être certain de leur affreuse présence à ce carrefour opulent, qui, pour cette raison même, n'avait plus rien d'une rue, mais tout d'une fosse ou d'une arène.

Certains étaient debout, même les unijambistes. Les hommes-troncs, on les trouvait par terre, appuyés contre les devantures des magasins. Les aveugles avaient autour du cou une petite pancarte signifiant leur état — avec parfois la mention SUVLA ou GALLIPOLI. De même, sur la pancarte GAZÉ suspendue à côté des médailles épinglées, pouvait-on lire à l'occasion une information supplémentaire, comme YPRES ou ARRAS. À moins que ce ne fût MÉSOPOTAMIE, tout simplement, comme on aurait pu écrire ENFER.

Ils se tenaient à l'écart les uns des autres, avec un chien peut-être, ou un enfant, ou bien une femme décharnée qui tendait silencieusement une casquette. Plus souvent, ils étaient seuls. Mais ce que chacun avait pu être, en tant qu'individu, était perdu dans l'uniformité de leurs regards creusés. On ne pouvait rien leur faire de plus, mais toujours ils supporteraient ce mal inégalable. Une immobilité résignée habitait leurs yeux — même ceux des aveugles, refermés sur Dieu sait quelle dernière vision.

Quelle musique, quelles chansons ne produisait-il pas, cet orchestre épouvantable en vêtements de serge élimée et découpée ici et là, avec ses violons aux cordes détendues, ses concertinas poussifs et cet harmonica rouillé malhabilement serré dans l'unique main ; et toutes ces voix en accord seulement avec une extrême intensité. Quel supplice insoutenable n'infligeait-il pas, pour ramasser quelques sous, à un auditoire peu enclin à les écouter ! Et quel répertoire : *The Rose of No Man's Land*, *The Roses of Picardy*, *The Rose of Tralee*, et *Oh My, I don't want to die, I want to go home*. La guerre des roses, les roses, et les sourires, encore et encore.

Tra-la-la, tra-la-laire,
Ramenez-moi en Angleterre,
Le pays de mes pères.

Même les enfants — ces enfants qui n'avaient pas encore fait l'expérience de la vertu et pouvaient se montrer cruels à l'égard de leurs camarades de jeux — devenaient adultes sous l'effet de la pitié ; comme si la Grande Guerre leur était intimement connue, appréhendée de source directe et non à travers le souvenir, comme les tout-petits qui ne font l'expérience du macabre que dans leurs rêves. Rien n'aurait pu véritablement les surprendre, quand bien même on leur eût parlé crûment des chevaux éventrés, des corps explosés, des gestes figés dans la mort, des maladies des tranchées, des obus, de la terreur. Cette brute de sergent-major hurlant de ne pas allumer une pipe à des hommes déjà à demi morts, l'homme d'État en visite plaisantant derrière les lignes. Ils avaient entendu parler de Wipers et de Plug Street. Ils s'étaient débrouillés pour découvrir tout cela à travers les instructions muettes de ces professeurs postés aux carrefours et grâce aux chansons sur les roses et à Mlle d'Armentières. L'avaient découvert au mépris des fragiles couronnes brunes déposées sur les cénotaphes, des minutes de silence, des flaques commémoratives où flottaient les bouteilles de bière, et des monuments élevés aux symboles les plus propres de la guerre — le soldat, fusil en bronze au repos, qui soutient son camarade tombé au combat mais dans une posture digne, le maréchal victorieux sanglé dans son uniforme, monté sur une jument irréprochable.

Qu'elles furent donc longues, d'une longueur sans pareille, ces quatre années qui jamais ne prendraient fin !

Le jour des anciens combattants ou de la commémoration de l'Armistice, on emmenait Grace et Caroline Bell regarder défiler des hommes aux visages émaciés, en costume de ville correct s'ils en avaient un, des bouts de galon alignés sur la poitrine comme autant de petits arcs-en-ciel, le coquelicot de papier rouge fiché dans la boutonnière, ainsi que le brin de romarin. Parce qu'elles étaient petites et sous prétexte qu'elles en avaient davantage besoin que les autres, on poussait Caroline et Grace Bell jusqu'au premier rang pour assister au spectacle.

Le savoir leur était venu, à la faveur d'un serrement de cœur. Un savoir terrifiant, impuissant, qui était là maintenant dans leurs petites poitrines, tandis que, détournant le regard, elles déposaient deux pennies dans la casquette tendue ou écrasaient entre leurs doigts le romarin pour en respirer le parfum.

La maison dans laquelle elles déménagèrent avec Dora était plus petite : sur la pelouse, quelques camélias et, partout, des hortensias. À l'arrière, des herbes folles, des épineux, et une rocaille creusée à même la pente de grès. À l'intérieur, le cristal qui tintait sous l'ongle, le fragment de la vraie croix du *Victory* étaient devenus des pièces de musée, reliques d'une autre vie. De chaque côté de la section plate où se trouvait la maison, les longues rues descendaient vers la mer. Les occupantes auraient tout aussi bien pu se croire, si elles avaient connu ces villes, à Rio ou à Valparaíso. Les nuits se succédaient, dominées par un silence océanique que ne venaient plus briser maintenant les couinements des taupes prises au piège sur la pelouse anglaise des Horniman.

Dans l'échancrure entre deux promontoires rocheux, le Pacifique roulait ses vagues, tel un jouet bleu entre deux grosses pattes. Le port festonné était un pays à lui tout seul, aussi familier que l'archipel imaginé par un enfant au milieu des rochers et sur lequel il règne en maître : il semblait que la pleine mer ne pût rien offrir de plus. Et pourtant, gagnant ce Pacifique échancré en direction du large, des paquebots emportaient les élus vers l'Angleterre, les Broadhurst, les Fifield. On allait jusqu'au quai leur faire ses adieux. Il y avait eu un déjeuner à bord, que Dora n'avait pas apprécié à cause d'une petite arête qui s'était coincée dans sa gorge. Les sirènes mugissaient, on s'envoyait des baisers ; les mâts craquaient, les nerfs aussi. Et le *Strathaird* ou l'*Orion* appareillaient, énormes. On pouvait être rentrés à temps pour les voir passer entre les promontoires, et Caro arrivait même à lire le nom sur la poupe ou la proue. Jusqu'à Dora qui restait sans voix devant le spectacle d'une délivrance aussi manifeste.

Aller en Europe, avait écrit quelqu'un, était aussi définitif qu'aller au ciel. Passage mystique vers une autre vie, d'où l'on revenait transformé.

Ceux qui rentraient sur de tels bateaux étaient invincibles : ils avaient conquis le Graal, et pouvaient maintenant disserter sur le cottage d'Anne Hathaway ou la Tour de Londres avec une assurance que Sydney était incapable de générer. Rien de mythique ni d'exemplaire à Sydney : tout ce qui était important — objets, gens, événements — se produisait à l'étranger, ou dans l'ailleurs des livres. Qu'un poète ait pu y naître, qu'un grand peintre pût arpenter ses rues, jamais Sydney n'aurait osé envisager pareilles éventualités, considérées comme parfaitement banales n'importe où en Europe. Cette seule idée ne serait même jamais venue à ses habitants, qui n'avaient pas le sentiment de mériter un tel honneur. On voyait bien là les effets du ressentiment né de l'obscurité à laquelle ils étaient condamnés : ils étaient incapables de concevoir que l'un des leurs pût la dénoncer ou la glorifier.

Il y avait le port, et le large. Un décor où admirer à loisir un coucher de soleil, mais rien d'autre en dehors. Toute émotion de nature plus personnelle — née de la lumière, de la pénombre, d'un feuillage ou du fer forgé d'une grille — tenait de la révélation et était fortement découragée ; même chose pour la glycine ou le torchis d'un mur par des matins plus neufs, à n'en pas douter, que tout ce qui se pouvait faire n'importe où ailleurs en matière de matins. Il y avait, certains soirs, un calme, une forme particulière de rocher ou un motif de rameaux alanguis contre le ciel qui pouvaient être annonciateurs de gloire. Encore qu'il apparût déplacé de prendre du plaisir là où Dora se montrait affligée, les petites enfouissaient leurs visages lisses dans les gardénias, respirant décembre à pleins poumons pour le restant de leur vie.

À l'intérieur des terres, c'était le Bush, le nom lui-même évocateur d'un fouillis rabougri et desséché. À l'intérieur, une étendue désolée, un continent mystérieux, sans eau, sans visiteurs, un horizon oublié accroché à du barbelé mal tendu. Dora refusait d'aller plus loin que Gosford en voiture, et aucune d'entre elles n'avait jamais vu un Aborigène. À Pâques, les Whittle les emmenaient à Bulli Pass, où le radiateur de la voiture débordait, et où ils attendaient tous, plantés au bord de la route après avoir roulé des pierres pour caler les roues arrière. Quand il descendait du véhicule pour pousser avec les autres, le bedonnant Mr Whittle faisait penser à un tout petit qui commence à grandir et dont le premier réflexe est d'essayer de pousser la voiture d'enfant qui jusque-là l'a transporté. De retour à la maison, Dora s'asseyait sur une chaise qui n'était pas la sienne habituellement avant de dire : « Plus jamais on ne m'y reprendra. »

Formant comme un vaste intérieur des terres à leur propre littoral, Dora était en train de devenir une zone à risques, une source d'embrasements soudains. Se pliant à toutes ses humeurs, les filles se demandaient comment son existence, comme elle ne cessait de le leur répéter, pouvait être soumise à la leur. Il y avait là quelque chose qui les dépassait. Les ennuis trouvaient en Dora un terrain fertile, et elles étaient toujours les premières à le savoir. Il lui arrivait encore de les prendre dans ses bras — mais avec véhémence, comme si on ne pouvait que rarement leur accorder pareilles étreintes, et sans leur offrir de véritable refuge. La condition de Dora empiétait sur la leur comme l'ombre du soir, alors qu'elles faisaient encore semblant de distinguer les contours et les couleurs de la lumière du jour. Tout en observant les dehors de l'affection, elles apprenaient à apaiser et à se tenir sur leurs gardes. Il fallait craindre désormais les réactions explosives de Dora à l'erreur, comme il fallait craindre la moindre étincelle de son esprit irritable. Il fallait dissimuler les bleus laissés par une chute, sous peine de déchaîner les cris et l'hystérie, ce qui fut bientôt valable pour les chutes et les bleus de tous ordres.

Elles étaient en train de perdre leur mère une seconde fois.

Caro prenait conscience du fait que le malheur n'arrivait pas qu'aux autres, se rendait compte que Dora créait le chagrin et qu'elle-même était liée à Dora. Personne ne viendrait plus à leur rescousse, il était maintenant trop tard. En grandissant, Caro commençait, plus qu'elle ne devançait, son long apprentissage. Du moins pour l'instant, était-elle plus forte que Grace, et assumait-elle Dora comme on assume une obligation morale. Celle-ci était sans conteste la plus forte des trois, grâce au pouvoir qu'elle avait d'accuser, de juger, d'infliger la souffrance : un pouvoir souverain. Son esprit rompu au soupçon sondait l'âme sans faillir, débusquait les pensées les plus honteuses pour les exposer à la vue de tous ; mais jamais elle n'amenait au jour ce qu'on pouvait avoir de bon. Comme si elle connaissait cette vérité intérieure, rationnelle, qui protestait en vous, et voulait vous défier de l'extérioriser, dans un acte qui serait passé pour une trahison. Il y avait, d'un côté, Dora cherchant à faire des ravages, de l'autre, les deux sœurs essayant continuellement d'anticiper et d'esquiver.

Les petites entendaient dire que Dora les « élevait ». Elles avaient plutôt l'impression d'être rabaissées, et de passer leur temps à tenter de se relever. En elles se créa instinctivement un équilibre, né de la conviction que tout mensonge doit nécessairement être racheté un jour ou l'autre. S'ensuivit une défiance de l'émotion, et la conviction — qui chez Caro devait durer la vie entière — que ceux qui ne se voient pas comme des victimes subissent les plus grands préjudices.

Privilégiant l'absence de passion, elles n'en commencèrent pas moins à aspirer, perverses et immatures, à quelque force intérieure qui, à son tour, romprait cet équilibre et les emporterait vers les hauteurs.

Comme les autres enfants, elles s'arrêtaient en revenant de l'école pour remonter une chaussette, se gratter une croûte ou regarder une allée à travers les grilles d'un imposant portail. Grace, sacoche à la main, boucles pâles et bondissantes sur les épaules, Caro, déportée par le poids d'un cartable plein à craquer. Elles étaient toutes les deux bonnes élèves, ce que l'on attribuait au mûrissement précoce que leur avait valu leur tragédie — exactement comme, si elles avaient été en queue de classe, on aurait mis leur stupidité sur le compte du blocage consécutif au traumatisme. Elles étaient toujours ensemble à la récréation, et passaient pour anormales, à être ainsi toujours seules toutes les deux.

Les murs des salles de classe étaient ternes et grossièrement finis. Les enfants étudiaient *Le Marchand de Venise* sous la reproduction tachée de rouille du *Wedded* de Lord Leighton et une aquarelle représentant Ormiston Gorge. Les salles ouvraient sur la baie. Les vrilles des belles-de-jour couraient sur le bois des appuis de fenêtres. C'était toujours l'été — et le plus souvent, l'après-midi, dans les odeurs lourdes de la craie, des chaussures de gymnastique et peut-être de la banane encore intacte dans la sacoche d'une élève. Aussi fatiguées que des hommes d'affaires, les filles gravaient des noms sur les bureaux, en attendant la sonnerie.

Caro et Grace rentraient chez elles en montant une côte sous une chaleur accablante. Les maisons de brique arboraient toutes la même respectabilité rouge, jaune ou violette : clôtures basses, larges vérandas, buissons récurrents de frangipaniers et d'hibiscus, de noisetiers d'Australie et de prêles ; ici et là, une serre, ou un mât pour le drapeau. Jamais la moindre trace d'une lessive en train de sécher, ni même de gens : ces preuves d'existence, c'est à l'intérieur, ou à l'arrière de la maison, qu'il fallait les chercher. Caro commençait à se poser des questions sur l'intérieur et l'arrière : chaque maison avait-elle sa Dora ? Y avait-il dans chaque vie un *Benbow* qui chavirait avant de sombrer ?

On avait l'impression que les murs de ces maisons, s'ils devaient tomber, s'effondreraient sur eux-mêmes, écrasant tout sans rien révéler.

Le raffinement témoignait d'un équilibre précaire, à l'extrême bord du précipice. Se montrer sans gants, évoquer de quelque manière que ce fût la peau nue, suggérer ne serait-ce que les signes d'un amour spontané, c'était se trouver instantanément précipité dans les abîmes d'une Australie barbare, et ravalé à l'état d'homme primitif. Le raffinement n'était qu'une frêle embarcation, constamment chahutée par les vagues d'une humanité à la grossièreté insistante : rixes de six heures du soir devant les pubs, hommes se débattant dans les vomissures et les éclats de verre, dockers accroupis sur le quai, occupés à fumer et à faire tourner des pièces, et lançant aux passantes des appels d'une lubricité agressive. Il y avait des familles braillardes qui achetaient à crédit, quand elles achetaient, et dont les enfants étaient couverts d'ecchymoses ou affligés de rachitisme, menace plus subtile qui se cachait dans des maisons mitoyennes dont la crasse noirâtre était le résultat d'une contamination, celle des îles Britanniques, de la noirceur des Midlands. La Grande-Bretagne avait assez volontiers partagé ses conditions sordides avec la lointaine Australie, mais soigneusement gardé pour elle l'Abbaye et le Cygne de l'Avon.

Scandalisé par ces réalités, et d'autres pires encore, le raffinement se détournait, frissonnant de dégoût.

Les deux petites rentraient chez elles à pied, main dans la main, non pas tant comme de jeunes amants que comme un couple vieillissant, ployant sous le poids des connaissances et des responsabilités. Rentrer à la maison, c'était retrouver une Dora dont la colère contenue n'allait pas tarder à se manifester dans une explosion de rage. Ou une Dora défigurée par les larmes suite à un affront infligé par quelque voisin, désormais stigmatisé à vie. Le sens était acoustique, retentissant, modulait les inflexions, remplissait les silences. Les griefs, eux, étaient d'ordre statistique : « Ils ne m'ont invitée qu'une fois en deux ans », « Pendant tout ce temps, je ne suis allée prendre le thé chez eux que deux fois ». Tout drame de salle de classe ou de cour de récréation malencontreusement révélé déchaînait de façon immanquable les hurlements de Dora : « La paix ! Je veux la paix ! » — la maison résonnant encore de ses appels à la paix bien après le coucher des fillettes.

Dora pouvait toujours mourir, comme elle disait JE PEUX TOUJOURS MOURIR, comme s'il s'agissait là d'une solution à laquelle elle pourrait choisir de se rallier. Elle ne cessait de leur répéter que la mort n'était pas ce qu'il y avait de pire, comme si elle avait eu l'occasion d'en faire l'expérience et de pouvoir comparer. Leur disait qu'elle pouvait se supprimer. Ou disparaître. Quelle importance ? Qui s'en soucierait ? Elles se jetaient sur elle, terrorisées : Dora, ne meurs pas, ne disparais pas. Mais non, elle était inflexible. Aucun autre moyen ne s'offrait à elle.

Quelle ressource inépuisable que cette mort annoncée, comme elle en jouait, pour être constamment régénérée par l'horreur qu'elle inspirait en montrant à d'autres le bord de l'abîme ! Tel un phénix, c'était des cendres de leur terreur que chaque fois elle renaissait. Chaque moment ainsi emprunté à la mort renouvelait son bail sur la vie.

Non que Dora se montrât particulièrement tolérante à l'égard des affligés ou de ceux qui avaient coulé. « C'est tellement facile de renoncer », avait-elle dit en apprenant que Miss Garside, la bibliothécaire, avait définitivement laissé tomber son fardeau. Les estropiés ou ceux qui avaient perdu la vue empiétaient d'une manière inconvenante sur la pitié qui lui revenait de droit : ses appels au secours devaient couvrir tous ceux des autres. Elle était entichée de sa propre disparition, laquelle avait pris une place prépondérante dans leur vie à toutes les trois.

Les premiers hauts faits rapportés aux petites étaient tous du genre le jour où Dora... Le jour où Dora avait tenu tête à l'inspecteur des impôts, le jour où elle avait refusé d'entendre les sottises du pasteur. « Pour une fois, j'ai dit le fond de ma pensée. » Dora prenant ombrage, offense, la mouche. Dora toutes griffes dehors, Dora fonçant tête baissée, Dora effondrée. Dora clamant la nouvelle tant redoutée : « J'ai eu une bonne dispute. » Une bonne crise de larmes, une bonne dispute, une bonne prise de bec. Dora était convaincue, qui plus est, que si elle mettait les bonnes intentions suffisamment à l'épreuve, celles-ci ne tarderaient pas à montrer leurs limites ; et plus d'une fois l'expérience lui avait donné raison.

Dora avait une robe vermillon à boutons noirs qu'elle mettait pour remplir les tâches domestiques. La petite Grace demandait : « Pourquoi tu es toujours en colère quand tu portes cette robe ?

— Dans cette robe... disait Dora, ne sachant trop comment s'emporter, j'ai toujours énormément à faire. Je ne suis pas en colère, je suis occupée. »

Grace restait incrédule.

« Je ne supporte pas qu'on me dise que je suis tout le temps en colère. Non, je suis tout sauf en colère, disait Dora, très en colère.

— Je suis désolée, disait Grace, toute tremblante.

— Est-ce que vous avez une idée, toutes les deux, ne serait-ce qu'une vague idée du travail que vous me donnez ? Je n'en ai jamais fini avec vous. » C'était vrai que les ménagères étaient de véritables esclaves. « Et tu trouves le moyen de me sortir un truc pareil, de me dire que je suis en colère. Eh bien, laisse-moi te dire... »

Grace allait pleurer dehors.

Dora avait vingt-deux ans, des yeux foncés aux paupières un peu tombantes et, en dépit d'un penchant prononcé pour les sucreries, des petites dents parfaites. Caro se demandait quand Dora atteindrait enfin l'âge de l'apaisement. Les vieux étaient sereins. On ne pouvait qu'être serein à, disons, soixante-dix ans. Même Dora le serait forcément, si seulement elles pouvaient attendre.

Pour l'instant, Dora c'était la vie au quotidien. Elle faisait les courses, payait les factures grâce à leur petit héritage, discutait titres et obligations avec les curateurs. Dora reportait *La citadelle* à la bibliothèque de prêt et rapportait *La saison des pluies*; jouait au bridge à Pymble, et avait une cousine fort riche à Point Piper. Dora allait à des thés, et rédigeait ses remerciements sur son papier bleu non ébarbé. Portait une élégante robe de soie d'une couleur dite taupe, et faisait permanenter ses longs cheveux noirs qu'elle coiffait en rouleaux. Le soir de la distribution des prix, Dora exultait en voyant les anthologies reliées gagnées par les filles, ainsi que la coupe d'argent remportée par Grace pour le piano, et versait de vraies larmes sur le premier prix de français de Caro. C'était là ce qui amenait Caro à s'interroger sur l'arrière des maisons, à se demander si chaque foyer n'était pas condamné à avoir sa Dora.

La Dora la plus déroutante était celle qui, tout affection et normalité, sortait libérée d'une bonne prise de bec. Dans ces moments-là, le temps d'une soirée ou d'une journée, les filles redevenaient enfants. C'était bien entendu au mépris de tout ce qu'elles savaient être vrai. Mais, comme tant d'autres pris dans les griffes d'un pouvoir absolu, elles s'accommodaient de ce bref répit. Il semblait plus facile de mentir — à Dora, à soi-même, à Dieu — plutôt que de provoquer délibérément la réapparition de l'autre Dora.

Ce fut au milieu de ces hostilités qu'arriva la guerre. On venait tout juste de finir d'entendre des hommes d'État réclamer la paix à grands cris, tout en rassemblant des troupes, comme Dora, pour un holocauste, et voilà que maintenant c'étaient la Pologne, la ligne Siegfried, le *Graf Spee.* Une famille originaire de Vienne, des juifs, s'installa dans la maison d'à côté, et Dora de rapporter : « Lui est ingénieur, elle est pédiatre. Du moins à ce qu'ils disent. » Parce qu'une femme exerçant une profession libérale ne pouvait qu'éveiller la méfiance. Les deux garçons, Ernst, sans le deuxième « e », et Rudolf, avec un « f », fainéantaient sur la pelouse. Leur père, un homme mince et grisonnant, s'interrogea longuement sur une rangée de freesias qui en octobre avaient réussi à se frayer un chemin pour fleurir depuis l'autre bout de la terre.

Un peu plus tard, en juin, les primeurs eurent leur vitrine brisée parce qu'ils étaient italiens. Manganelli annonça sur sa devanture NOUS SOMMES GRECS. Une fois encore, les hommes s'embarquèrent pour l'Histoire, dans l'ombre, sans oriflammes. La France tomba. Puis il y eut le Blitz, la RAF et Mr Churchill. Dans la classe de Caro, on délaissa la guerre de Succession d'Espagne au profit d'un livre sur Londres, avec, en guise de héros, ces grands bâtiments — le Guildhall, Mansion House — que les flammes consumaient tous les soirs aux informations de dix-neuf heures. Le rationnement faisait bouillir Dora, qui n'en rêvait pas moins de se trouver là où tombaient les bombes. Elle faisait du conflit une affaire personnelle, électrisée par Mr Churchill. C'était sa guerre.

La marée de morte-eau de l'Histoire les avait, comme d'habitude, laissées en carafe.

Caro changeait et se remplissait. Ses mains prenaient des airs. Dans des chaussures ternies par la poussière de la cour de récréation, ses pieds s'allongeaient et se faisaient jolis. La ceinture de son uniforme d'écolière, qui, à l'époque de Dunkerque, n'avait serré qu'une enfant, soulignait, au moment du siège de Tobrouk, une taille en coton. Son corps témoignait d'une appréhension délicate d'autres changements à venir. Caro savait où se trouvaient les sources du Yang-Tsê kiang et connaissait des mots comme hypoténuse. Même Grace avait maintenant des devoirs du soir, qu'elle faisait assise par terre. Dora tricotait pour la marine marchande, mêlant à cette paisible activité de bruyantes imprécations.

La Grèce tomba. Puis la Crète. Tout s'effondrait, même l'Histoire.

Par une chaude journée, Caro regarda dans l'atlas pour savoir où se trouvait Pearl Harbor. Les bus ne tardèrent pas à être peints en vert marécage. On construisit des abris antiaériens, et on installa un barrage de radeaux, totalement inutile, à l'entrée du port. On gardait un seau de sable dans la cuisine en cas de bombes incendiaires. Mr Whittle était préposé à la défense passive, et les fils Kirkby furent appelés. On voyait mal comment la noble rhétorique de Downing Street pouvait s'appliquer aux rues obscures, à l'austérité et aux longues files d'attente. Des familles de coloniaux arrivèrent d'Asie, complètement démunies, et Singapour finit par tomber. Les orphelins ne se comptaient plus désormais ; et les filles, avec leur deuil civil, n'étaient plus l'objet d'attentions particulières.

L'école déménageait dans une maison à la campagne, là où l'envahisseur japonais avait peu de chances de pénétrer. Caro partirait seule, Grace étant encore trop petite pour trouver le salut dans de pareilles méthodes. Elle ferait l'expérience de la condition de fugitive ; si les choses en venaient au pire, Grace pourrait la rejoindre plus tard.

C'est ainsi qu'un après-midi, Caro fut installée au pied des Blue Mountains. Dans la plaine, à ses pieds, les gommiers repartaient en ordre dispersé vers Sydney, leurs écorces jonchant le sol comme du papier déchiré. Les plus petits des enfants pleuraient, mais les parents viendraient les voir dans une quinzaine, s'il y avait encore de l'essence à ce moment-là et si les Japs n'étaient pas arrivés. Il y avait bien un train antédiluvien qui allait jusqu'à Penrith, mais au-delà, on était livré à soi-même. Elles avaient entendu parler de Penrith, simple observatoire météorologique avec des poteaux télégraphiques et le genre de cinéma où l'on entend tomber la pluie dehors.

Grace agita la main par la portière de la voiture : jalouse, vaguement coupable, et à l'abri.

C'était un dimanche. Après le sagou au lait, elles chantèrent *Reste avec moi, Seigneur*, et Caro sortit sur la véranda du premier. La nuit est déjà là. L'obscurité s'épaississait dans un silence rendu plus désolé par le cri rauque d'un oiseau qu'on leur avait montré sur des illustrations. En réponse, un cri incrédule s'étrangla dans la gorge de Caroline Bell. Des odeurs de terre sèche et d'eucalyptus ainsi qu'un petit troupeau de vaches donnaient une impression de temps arrêté, ou du moins ralenti à un point tel que le rythme accéléré qui était le sien ne pouvait que s'exercer à vide. Sur les pentes des contreforts noyés dans la pénombre, seul le passage d'un train montant vers Katoomba animait le paysage. S'il était une chose que Dora leur avait appris à abhorrer, c'était l'insignifiance, et si l'insignifiance devait jamais exister dans leur vie, c'était ici et pas ailleurs. Le fait que Penrith soit devenu un but donnait la mesure de sa solitude. Caro s'enveloppa dans la tendresse de ses bras, enfermant dans son étreinte tout ce qui lui restait de connu. Caro était dans l'intérieur des terres.

Elle s'était accroupie dans l'angle formé par la balustrade et l'un des hauts piliers de la véranda. Des bougainvilliers grimpaient le long des montants; et une plaque ronde, fraîche comme de la porcelaine, laissait son empreinte sur sa joue. Des insectes couraient dans les plantes grimpantes, et un petit animal détala dans le jardin au-dessous. Dora aurait pu répéter que la mort n'était pas ce qu'il y avait de pire.

Dans une chambre à six lits, toutes les occupantes, l'une après l'autre, s'endormirent à force de pleurer. Le matin venu, Caro s'aperçut que le médaillon sur le balcon était bleu et blanc, et catholique. « Miss Holster dit que c'est un Dellarobbier », lui annonça une des filles.

On voyait tout de suite que la maison n'était pas ordinaire. Il y avait beaucoup à regarder. Elle appartenait au docteur, lequel n'était pas médecin mais architecte ; et italien de surcroît, même s'il était dans notre camp. Il s'était retiré dans un bâtiment plus petit un peu à l'écart — « quartier des domestiques » était une expression qui leur venait assez facilement, soit de leurs lectures, soit des vieilles maisons de pierre construites par les bagnards. Le docteur portait une petite veste courte en coton blanc ainsi qu'une barbiche blanche taillée en pointe et, même s'il ne boitait en aucune manière, se déplaçait une canne à la main. À en croire Miss Holster, il avait vu clair en Mussolini dès le début.

1928 : la date était gravée en chiffres romains sur le porche, le portique, plutôt. Pour la construction de la maison, des marbres de couleur et du travertin blond avaient passé des mois en mer, des cheminées et des plafonds avaient été démontés dans les environs de Parme, cette ville d'où venaient le jambon et les violettes. Et des pavements entiers de carreaux décorés de fleurs avaient été sortis avant d'être réimplantés. On disait que la salle à manger était elliptique. Toutes les portes à l'intérieur, même celles des salles de bains, étaient doubles, avaient des panneaux de fleurs peintes et des poignées jumelles bien agréables à manœuvrer, tant qu'elles ne tombaient pas par terre. Pour appeler les bonnes, il y avait des cordons de sonnette en velours qui, à force d'être sollicités, cessèrent bientôt de fonctionner. Il y eut aussi le jour où Joan Brinstead cassa un encrier sur le manteau en marbre blanc de la cheminée de la salle de musique, et où l'on constata que l'ammoniaque dans ce cas-là n'arrangeait rien, bien au contraire. Miss Holster avait un lit à baldaquin ; mais était incapable d'expliquer pourquoi il fallait que les citronniers soient en pot plutôt qu'en pleine terre.

Toutes ces pièces recelaient un charme inouï — quelque chose de mémorable, d'aussi vrai que la littérature. Un lieu où l'on imaginait facilement de grands événements, de fastueuses réceptions, en dehors bien sûr de son occupation temporaire et dévastatrice par les écolières. Le soir, les pièces brillaient d'une lumière compatissante et tendre.

Dans un enclos qui leur était interdit, en contrebas de la maison, un grillage enfermait des tentes, des baraquements en tôle, et une trentaine d'hommes de petite taille, à l'allure ridiculement militaire dans leurs uniformes lie-de-vin. Les compatriotes du docteur étaient venus le retrouver aux confins de la terre, car ces hommes qui cultivaient ses champs et ramassaient ses fruits étaient des prisonniers de guerre italiens. Au crépuscule, ils rentraient les vaches, avant d'être eux-mêmes rentrés derrière leur grillage. Le matin, on voyait le docteur se déplacer parmi eux, veste blanche, barbiche blanche, panama blanc : à nouveau le maître. Les filles apprirent que, comme un bébé, il dormait l'après-midi. Elles avaient vu, ou plutôt surpris, un des prisonniers en train de lui baiser la main.

Depuis les champs, ou de l'autre côté du grillage, les prisonniers faisaient des signes de la main aux écolières, qui ne leur répondaient jamais. Jamais. Question d'honneur.

Au bout de quinze jours de cette vie, Dora vint avec Grace dans la voiture des Marchmain, laquelle marchait maintenant au naphte. Dora, qui n'était jamais meilleure que dans des occasions de ce genre, avait apporté un superbe panier garni pour améliorer le triste ordinaire. Caro fit l'intéressante devant Grace, aidée de la fille des Marchmain, la rose pâle Rosamund, sa compagne d'exil. Ils pique-niquèrent sur les berges de la Nepean, où Mr Marchmain disserta sur les orties et les feuilles de patience. On fit cuire des saucisses sur des baguettes au-dessus du feu qu'avaient fait les Marchmain. La graisse se mit à couler, empestant l'air ; la viande des saucisses, boursouflée, s'échappait des enveloppes éclatées. Survivre sur une île déserte n'aurait rien à voir avec ça : il y aurait des mangues, des fruits de l'arbre à pain, du lait de noix de coco, et des poissons du récif de corail.

Dora était assise sur un coin du plaid déplié, attendant de se voir assigner une tâche, histoire d'avoir un grief à arborer. Les filles se baignèrent dans la rivière, rebutées par l'eau douce et par la vase. Elles jouèrent à Moïse au milieu des roseaux, Grace dans le rôle éponyme, mais Caro dans celui de la princesse. De l'autre côté de la rivière commençaient les gorges, mélancoliques, inhabitées. Un ami des Marchmain avait séjourné autrefois à Lapstone — pour soigner une pleurésie, c'est du moins l'explication qu'on avait donnée alors. Il restait qu'à voir les pommettes enfiévrées, on savait d'ordinaire à quoi s'en tenir. Caro pensait à l'Ombrie, qui, hier encore, n'était qu'une couleur dans sa boîte de peintures, entre l'ocre jaune et la terre de Sienne brûlée ; et à Parme, d'où viennent les violettes.

Caro aurait aimé montrer que ce n'était pas une maison ordinaire, mais elle craignait la réaction de Dora. Qui n'était pas du genre à se laisser dire sans broncher qu'une véranda pouvait s'appeler une loggia, ou une peinture murale, une fresque. Et « villa » au lieu de « maison » ? Toute révélation de ce genre risquait de signifier que Caro cherchait à s'affranchir de son autorité. Elles se contentèrent de parcourir les couloirs et de jeter un coup d'œil dans la salle à manger ovale, sans rien percevoir de la vérité.

« Ce Montyfiori, dit Mr Marchmain, qui était un homme plutôt fruste, me fait l'impression d'être une vraie peau de vache, et complètement cinglé en plus. »

Après le thé, les Marchmain allèrent avec Rosamund jusqu'au paddock, où l'on prenait son tour pour monter sur le poney, tandis que Dora allait mettre la bouteille Thermos dans la voiture. Caro et Grace disparurent dans le dortoir improvisé, où elles s'assirent côte à côte sur un lit. Elles étouffèrent quelques soupirs, écrasèrent quelques larmes d'adulte dont il fallait rapidement effacer la trace. Leur corps frêle n'était pas de taille à supporter l'énorme et lourde mécanique de leur cœur.

« Je t'écrirai », dit Grace.

Elles se lavèrent la figure dans une salle de bains au marbre variqueux. Le lavabo avait la forme d'un coquillage. Même la cuvette des W.-C. avait un motif bleu au fond, peut-être bien chinois.

Dora avait mis la main sur la surveillante et lui sonnait les cloches à propos des couvertures. Les Marchmain remontaient l'allée gravillonnée. Le moment était venu des larmes autorisées, du chagrin débordant au vu de tous. Grace monta dans la voiture, confuse de pouvoir en réchapper une fois de plus. À cet instant, les Japonais étaient bien le dernier souci de tous : l'épisode n'avait servi qu'à donner libre cours à des torrents d'émotion.

Caro rentra à la maison, avec les autres, au cours de l'hiver. La villa se fondit au milieu des gommiers quand elles se retournèrent sur leur siège pour la regarder une dernière fois à travers les vitres couvertes de buée du car qui les emportait jusqu'au train à Penrith. Même à cet instant, pas une d'entre elles ne se serait risquée à agiter la main en direction de leurs compagnons d'infortune.

Bientôt, leur fuite dans les montagnes fit partie d'un passé mythique, une forme de service de guerre. Pas avant toutefois que le docteur ait engagé une action en justice pour les dommages irréparables causés à sa demeure. Après toutes ces palabres sur Danty et sa comédie, la vieille peau de vache réclamait un millier de livres, leur apprit Mr Marchmain, pour remettre en état sa caricature de maison.

Caro revint, comme si elle rentrait de l'étranger, dans une ville envahie par les soldats américains. Dora confirma que ces messieurs étaient vantards, et qu'ils ne se refusaient rien, sans plus de précisions. Les filles qui les fréquentaient étaient vulgaires. Caro et Grace, dans leur uniforme d'écolière, furent photographiées par un sergent dégingandé au moment où elles traversaient le grand carrefour, non sans qu'elles aient levé la main, comme les célébrités, pour se protéger de pareille indiscrétion. Dommage vraiment qu'on n'ait pu disposer d'une catégorie de sauveurs un peu plus relevée : les Américains n'apportaient pas l'Histoire dans leurs bagages, vu qu'ils étaient pratiquement aussi dépourvus de passé que les Australiens eux-mêmes.

En dehors des marins indiens aperçus sur le port, les deux sœurs n'avaient jamais vu d'hommes à la peau noire.

En classe, Grace étudiait la dynastie des Stuarts. Par les journaux, elles apprirent les nouvelles de Stalingrad et de Rostov-sur-le-Don. Dora faisait partie d'un groupe qui fabriquait des filets de camouflage et se réunissait le jeudi sur Delecta Avenue, et elle était pleine de rancœur. Soulagée de se retrouver à la maison, Caro faisait preuve d'indulgence. De temps en temps, elle revoyait en imagination la maison du docteur, les pièces hautes de plafond si pleines de promesses. Si seulement il avait été possible d'en disposer sans s'imposer l'infortune qui allait avec.

Ces images auraient pu être des souvenirs... à moins qu'il

ne fût encore trop tôt pour en avoir. Lesquels de ces moments deviendraient un jour des souvenirs, il était difficile de le dire.

Quand on mesurait un mètre cinquante, on avait droit à des bons d'habillement supplémentaires. Dora n'aurait pas été là que Caro aurait transformé ses nattes en queue-de-cheval.

Un matin, une fille dont le père était allé en Amérique pour se ravitailler arriva à l'école avec des stylos sans plume qui pouvaient écrire en rouge ou en bleu, des crayons qui s'allumaient, un petit appareil capable de graver un nom — de préférence le sien — et des taille-crayons en celluloïd transparent. Et bien d'autres objets du même genre. Disposés sur un bureau de la salle de classe, ils réduisirent au silence Miss Holster elle-même. Les gamines se penchaient sur la table, désireuses de manipuler ces nouveautés : Je peux l'allumer, comment ça marche, j'arrive pas à le faire revenir. Aucune n'aurait su dire si ces objets étaient laids, même le gros crayon de couleur avec sa fleur rouge rutilante, car ils étaient étalés sur le bureau verni comme autant de silex d'une ère à venir ou de preuves de la vie sur Mars. Personne n'émit le moindre jugement sur leur pouvoir de séduction : il était trop patent pour avoir besoin d'être souligné.

C'était leur première rencontre avec le superflu programmé. Chez elles, on n'avait jamais rien gaspillé. Même le Lalique sur le buffet de tante Edie, ou le chapeau de maman en paille des Philippines étaient entièrement fonctionnels par comparaison, car manifestement voués à la cause de la décoration, et signes nécessaires et universellement reconnus de prodigalité. L'environnement naturel de leur existence leur faisait maintenant l'effet d'avoir été constitué d'éléments essentiels, pratiques et d'utilité quotidienne, comparés à ces objets rigides, peints de vives couleurs et trop sûrs d'eux, qui annonçaient, en dépit de leur évidente fragilité, l'indestructibilité d'une production de masse.

N'ayant pas eu à souffrir du besoin, les filles ne pouvaient connaître l'envie. Il allait falloir les conditionner à cet instinct de possession qui commençait à se développer. Même Dora serait amenée à ajuster ses méthodes pour combattre un monde d'objets aussi froids.

Elles ne soupçonnaient pas une seconde, en tripotant ces jouets et même, d'une manière plutôt adulte, en s'en amusant, qu'elles étaient en train de manipuler les prémices fatidiques du futur. Ce n'est que considérés collectivement que ces gadgets, comme on dirait aujourd'hui, prenaient tout leur sens, comme les pièces à conviction dans une affaire criminelle ou des explosifs qu'aucun spécialiste n'aurait été capable de désamorcer. L'invention était la mère de la nécessité. Et c'est peu de temps après cet épisode que les filles commencèrent à tortiller des hanches au son d'une musique parlant de Chattanooga et de la San Fernando Valley. Une musique qui, des antipodes, les transportait à La Havane ou au Mexique. Un ailleurs qui n'avait plus rien à voir avec Kew. Dont le pouvoir s'étiolait, comme celui d'un empire sur son déclin.

Arriva bientôt le temps où Caro et Grace Bell ne rentraient plus directement à la maison après les cours, mais allaient se promener sur la plage au-dessous de l'école, récoltant du sable plein leurs chaussures et leurs socquettes, ramassant des coquillages ébréchés qu'elles lançaient dans la mer. Les algues s'emmêlaient en tortillons noueux et sombres, festonnés par la marée et rendus gélatineux ici et là par la présence d'une méduse. Un garçon ou deux leur adressaient la parole, des garçons en knickers gris et cravates rayées. Les uniformes étaient une garantie : les écoles se reconnaissaient entre elles, comme des régiments.

Grace était une fleur.

Les cheveux de Caro lui tombaient en abondance sur les épaules : on ne pouvait plus la prendre pour une enfant.

Les bruits et l'odeur de l'océan faisaient paraître tout échange trivial : il eût fallu un langage plus noble que celui dont elles disposaient. Les intrusions de Dora leur ayant rendu l'intimité sacro-sainte, elles ne se disaient rien des dangereux préparatifs auxquels se livraient leurs corps pour affronter une vie encore insoupçonnée. Et, du même coup, restèrent dans ce domaine d'une ignorance peu commune.

Dora était un sujet de conversation trop pénible et trop dérangeant pour leurs après-midi circonspects. Elles étaient par ailleurs censées l'aimer, et le pire c'est qu'elles l'aimaient bel et bien. Elles auraient donné n'importe quoi pour la voir heureuse. Pour autant, cet éternel trio commençait à leur peser. Les gens devaient s'écarter quand Dora conduisait les deux filles manu militari, bras inertes passés sous les siens, le long des rues, ou les poussait chacune à leur tour dans un tourniquet. Elles vivaient sous surveillance, une vie sans hommes. Dora ne connaissait pas d'hommes. Difficile d'imaginer comment elle aurait pu en rencontrer un, sans parler d'en connaître un.

De toute évidence, toutes les femmes rêvaient de se marier et, dès qu'elles quittaient l'école, les filles retenaient leur souffle, tout en accumulant linge et argenterie. Beaucoup d'attente, et un risque certain de frustration. Parmi celles qui n'étaient pas élues, certaines le prenaient bien, telle la vieille Miss Fife, qui venait prendre le thé avec ombrelle et col haut, soie froufroutante jusqu'à mi-mollet, chaussures à bout pointu fermées par un unique bouton : aussi discrète et bien née que la reine Marie elle-même. Mais il y en avait d'autres, timides, déséquilibrées, moustachues — écrasées par le père, écrasées par la mère, inconsciemment sacrifiées.

Sous ce rapport, Dora était difficile à situer.

Caro avait le droit d'aller en ville toute seule, par le ferry. La passerelle, le grincement des haussières, l'ancre que l'on remonte, l'odeur des moteurs poussés à fond, et la mer qui clapote contre les incrustations vertes des pilotis. Et puis la ville qui approche : cloches des tramways, bruits discordants d'un branle-bas de combat. Dans la cabine, les secrétaires sortaient leur miroir de poche, et se tapotaient le buste et les cuisses pour se débarrasser de la poudre tombée. Un doigt de parfum derrière les oreilles, un coup sec sur le fermoir du sac à main, et elles étaient fin prêtes. Pas pour un défilé, trois de front, à travers la ville ; mais en prélude à des rencontres.

Seule dans la ville, Caro soulevait un livre abîmé dans une boutique. « Combien, celui-là ?

— Quinze shillings et trois pence. »

Retour du livre sur la pile instable. Sur la table aussi encombrée qu'un arsenal.

« Allez, va pour dix. »

En le voyant le soir, Dora s'exclamerait : « Maintenant, ça suffit ! Tu as assez de livres. »

Dora savait mieux que personne reconnaître l'ennemi quand elle le voyait.

6

« Nous aussi, dit Ted Tice, nous ne connaissions les choses qu'à travers les livres. »

Caroline Bell, assise dans l'herbe, encerclait ses genoux de ses bras nus. Le gazon était serré comme un point de tricot : une Angleterre sans couture. Les arbres stupéfiants étaient des pins de Weymouth, à travers lesquels le soleil tombait en rais sanctifiés, comme la lumière dans une cathédrale. Il fallait que prennent bientôt vie pour elle les choses qu'elle n'avait jamais connues, comme la couleur, que dans les livres.

« La chaleur, par exemple, dit Ted Tice. Ou l'amour. »

« La chaleur est intense », avaient-ils écrit chez eux, par les voies du courrier de l'armée. Ou bien, suivant le rang : « T'y croirais pas. » Le navire de transport de troupes, qui était le vieux *Lancashire*, parti de Liverpool, tomba en panne dans la mer Rouge. En l'entendant appeler « le vieux *Lancashire* », ils s'étaient attendus à quelque chose de ce genre. Aden leur apparut comme une ligne de falaises en fusion, derrière un voile de vapeurs de pétrole et de morosité coloniale. Ils passèrent dans l'océan Indien, sans aucun sentiment de soulagement. La crème solaire et l'eau minérale étaient finies depuis longtemps. Ils chantaient des chansons de guerre

— dont le caractère poignant paraissait, en 1946, déjà désuet — et des chansons de marche, censées soulager leur immobilité engourdie. Le soir, il y avait le loto, ou une autre séance de chansons, mais il ne fallait pas être trop exigeant sur la qualité de l'interprétation. De nouveaux épisodes de l'histoire d'Angleterre furent interprétés à Colombo, à Singapour, dans une atmosphère tout aussi étouffante.

À Hongkong, Ted Tice, qui devait sans plus attendre reprendre un bateau pour le Japon, se retrouva dans un club d'officiers assis à la table d'un lieutenant de la Royal Navy. Situé dans une petite rue, le club était facilement atteignable à pied depuis le chantier naval, et, le soir, les officiers y venaient vêtus d'or et de blanc immaculé, comme s'ils avaient été en habit de cour. Sous le lent tournoiement d'un ventilateur fixé au plafond, on oubliait un instant les séquelles de la guerre. Odeurs d'amidon, de jus de citron vert et de gin, odeur de moisi des coussins de toile, et venant de la rue, à peine perceptibles, relents de Chine. Trois blondes en tissu à fleurs, sur une banquette : manifestement, des infirmières qui n'étaient pas de service, aussi empruntées que des policiers en civil.

« Vous savez ce qu'on dit. » Le lieutenant de Ted lui apprit deux ou trois choses, après avoir baissé la voix. L'entendant rire, une des femmes se retourna innocemment et éclata de rire, elle aussi, bonne fille. Dix-neuf ans environ, un visage large et candide, un long nez, des dents irrégulières, les manches et le buste de la robe trop justes, comme une tunique d'écolière qui a grandi trop vite. Comme la mère de Ted Tice, qui tenait un magasin de journaux, elle avait l'accent de Manchester.

(Quand Ted Tice était parti de chez lui la première fois pour aller à l'université, sa mère lui avait dit : « T'as pas rien à dire sur l'magasin. Si t'as pas envie. » Ils s'étaient dévisagés, comme des enfants qui jouent à qui cillera le premier. Insupportable, sa façon de comprendre les choses ; ou plutôt de ne pas les comprendre.)

Le lieutenant, qui avait ses bons côtés, était allé au Japon. « Le pays est pratiquement aux mains des Américains. On ne peut rien faire sans une autorisation de MacArthur. » Il donna un exemple, aussi attendu qu'obscène. « Ils nous traitent pires que les Japs. C'est eux qui tiennent les rênes maintenant, et nous, on est la cinquième roue du char. »

Sur le mur, une photo d'un roi à l'air ingénu, en uniforme de la marine. Même un roi pouvait être regretté quand il n'était plus que la cinquième roue du carrosse. Des serviteurs chinois transportaient des plateaux, pas encore au courant des changements qui allaient se produire. La fille sur la banquette dit avec son accent de Manchester : « Et moi je dis qu'il serait pas capable de tenir une épicerie ! » Elle parlait du Premier ministre.

« À moins que vous n'ayez une fille, dit le lieutenant à Ted Tice, qui se retourna vers lui. Mais attention, méfiez-vous tout de même des petites Japonaises. »

À cause du dragage des mines, ils passèrent une journée entière à attendre dans la mer Intérieure. Les îles étaient comme autant d'irruptions dans le paysage, chacune frangée d'une mince bordure inclinée d'arbres chétifs. Au pays, les côtes les plus sauvages s'étaient mises en place lentement, obstinément, alors qu'ici, ces îles semblaient être les restes épars d'un cataclysme. Ted n'avait jamais vu d'aurore aussi rouge, ni de pareils villages de paille. Des embarcations minuscules qui paraissaient faites de papier d'emballage dansaient sur les eaux alluviales, et un jeune Anglais, du haut d'un bastingage, regardait des visages que la caricature avait stigmatisés comme étant ceux de l'ennemi.

Le port était semé de carcasses de bateaux, échouées comme des baleines. Docks bombardés et, dans le bassin, la quille retournée d'un navire qui avait chaviré au moment du lancement. Sur la jetée, l'ennemi d'antan, vêtu de treillis, tirait sur des cordages et lançait les cris qui accompagnent une mise à quai. L'un des officiers de bord dit : « Vous allez franchir la colline. » Les pentes en terrasses qui descendaient vers le port de Kure étaient vert et or, et les dépressions gorgées d'azalées rouges. C'était le début du mois de juin. « Non, pas de ce côté. Dans l'autre direction. » Et Ted Tice prononça, comme s'il épelait un mot nouveau, le nom de sa destination : « Hiroshima. »

On avait l'impression d'un voyage officiel : jeep ouverte, arborant le kaki du commandement. Ce furent d'abord les docks bombardés et les avenues en ruine du port, puis la grotte à flanc de colline d'un tunnel ferroviaire détruit. L'officier assis à côté du chauffeur tendait le bras dans une direction puis une autre : « Ici il y avait... apparemment dans le temps, c'était... difficile à croire aujourd'hui. » Puis il dit : « Je vous affranchirai en chemin. » Sur le dossier du siège avant, son bras lourd semblait plein d'énergie, et pourtant pas tout à fait humain, comme une lance à incendie gonflée d'eau. L'homme était le capitaine Girling.

Ils descendaient vers une vaste étendue, sans horizon. Au début, partout des petites maisons, en cours de construction. On assemblait des planches pour monter des cloisons, on tressait des toits, une latte après l'autre. Des hommes et des femmes transportaient des fardeaux, marchaient sur des planches, étaient suspendus dans un ciel de fer-blanc. La jeep ralentit et roula le long d'une ligne de tram tout juste terminée. Au moment où les rails et la route se séparèrent, un jeune homme se pencha par la portière du tram et leur cracha dessus, avant de retirer la tête.

« Si je pouvais lui mettre la main dessus, dit l'officier. Ah, si je pouvais... » Cet homme était décoré, au sens littéral du terme, et couvert des rubans de toutes sortes de médailles. Une cicatrice lui barrait la joue, un simple trait, comme si un pli de l'oreiller l'avait marqué pendant son sommeil. Ce capitaine Girling remarqua le défaut dans l'œil de Ted Tice, sans avoir à le regarder dans les yeux. Ceux qui étaient sur le siège arrière de la jeep se montraient leurs achats, comme des enfants : les appareils photo, les montres et les petites radios grâce auxquels l'ennemi avait failli gagner.

Dans le passé, la destruction d'une ville mettait à nu les contours de la terre. Ce que ne permettent plus les villes modernes. Le sol est aplani au préalable, pour autoriser la construction ; et quand les bâtiments disparaissent, il ne reste plus qu'un grand vide plat. Dominé, dans ce cas précis, par un unique monument, poutrelles rongées d'un dôme aboli, crâne vide ou version évidée de la grande coupole : saint Pierre dans quelque ville éternelle de cauchemar.

Une catastrophe dont personne n'aurait jamais idée de dire que c'était là la volonté de Dieu.

C'est à ce moment-là que l'existence de Ted Tice changea de couleur et de direction. Comme tout le monde, il pensait souvent à sa vie — j'ai fait ceci, comment aurais-je pu faire cela ?... Âgé d'à peine vingt ans, il aurait pu s'imaginer avoir surmonté déjà bien des obstacles. Le père, et sa violente irritation ; la mère, et son chagrin envahissant. Et puis, ses aptitudes à lui. Un professeur était venu à la maison après l'école : « Ce garçon a des aptitudes peu communes. » Lui, parmi tous les autres. Son nom avait été inscrit sur une liste. La bourse couvrait tout, même les livres — à l'exclusion cependant d'un manteau neuf; et l'université était près de la mer du Nord.

Devant cette étrange table rase qu'était devenue une ville si tristement célèbre pour avoir été réduite en cendres, les événements qui à ses yeux constituaient déjà sa vie se faisaient mineurs avant même qu'il se soit exercé à leur donner de l'importance. Cela ne venait pas, chez lui, d'un sens de la relativité des choses, mais d'une impression de chaos irrémédiable, une sorte de tourbillon dans lequel son petit cosmos bien ordonné apparaissait miraculeux, mais sans réel intérêt; et aussi de la révélation, quasiment mystique, selon laquelle la dimension proprement colossale du mal ne pouvait être contrebalancée ou contrecarrée que par quelque manifestation individuelle d'humanité, extrême et solitaire.

S'agissait-il là d'une foi perdue, ou d'une foi révélée? Difficile de trancher.

C'est à cette époque que le destin de Ted Tice devint indécidable, et que le jeune homme cessa de signifier clairement s'il finirait dans le camp des vainqueurs ou dans celui des vaincus.

Le capitaine Girling leur apprit que, en raison de ce qu'ils avaient en ce moment même sous les yeux, la guerre était devenue impensable. « En ce sens, la bombe a été salutaire. » Il était heureux de pouvoir justifier l'injustifiable. « Il faudra bien s'arrêter quelque part », dit-il, contre l'évidence.

Les autres ne pipaient mot, doutant que le monde ait eu le cœur suffisamment soulevé. D'un autre côté, il pouvait y avoir un soulagement insidieux à être les témoins de l'apocalypse : après cela, ne risquait-on pas de se sentir exonéré de toute responsabilité et de tout effort?

Le capitaine Girling dit : « Je vais vous affranchir. » Il pensait qu'il faudrait sans doute une vingtaine d'années, au bas mot, avant que toutes les séquelles soient connues. On faisait des analyses, on tenait des statistiques, il y aurait un institut, des études. « Ah, voilà votre établissement, à vous de jouer. » Ils allaient voir maintenant des survivants — enfermés dans une institution, comme on abrite des artefacts à la durée précaire dans un musée.

La jeep s'engagea dans un passage étroit, bordé de maisons neuves tout juste achevées. « Vous autres, les gars, vous êtes habitués », entendit Ted Tice. Moi pas. Je ne suis pas médecin, eut-il envie de dire. L'imagination prenait les devants, épouvantée, évoquant des images dont l'horreur serait bientôt dépassée par la réalité. À l'avant, le capitaine Girling était tout heureux de voir les genoux de ce jeune homme trembler. Dans les circonstances présentes, les cœurs sensibles étaient encore plus mal lotis qu'à l'ordinaire.

L'attitude de Ted Tice risquait de compromettre la docile acceptation du groupe, en remettant en cause l'inéluctable. Si on les écoutait, lui et les gens de son acabit, le monde serait un beau gâchis. Ainsi songeait le capitaine Girling, au milieu des ruines atomiques.

Tout le long de la nouvelle rue avaient été disposés les signes habituels de la normalité : habitations, enfants, bruits divers rompant le silence. Les charpentes alignées délimitaient les tableaux de l'existence quotidienne. Et de petites femmes trapues avaient ramassé les réflecteurs concaves des projecteurs, tombés un peu partout comme des pierres après une éruption. Remplis d'eau, ces plats improvisés avaient été placés devant les portes d'entrée. Et dans chacun d'eux flottaient, rouge rosé et grossis hors de toute proportion, un rameau ou une unique fleur d'azalée.

Ces gens-là ne pouvaient être considérés comme des survivants, puisqu'ils étaient physiquement intacts, et prêts a croire à nouveau.

Quand ils descendirent de la jeep, le capitaine Girling prit

Ted Tice à part. « Écoute un peu, lui dit-il. J'espère que tu ne vas pas faire l'andouille. » « Faire l'andouille » voulant dire ici se comporter en femmelette, ou faire preuve de compassion. Le capitaine ne faisait là que lui donner un bon conseil.

Et du même coup ne comprit pas pourquoi ce jeune couillon éprouva le besoin de rire.

7

C'était le sort réservé aux collines doucement vallonnées qui entouraient la demeure des Thrale que d'être lourdes de signification aux yeux d'Edmund Tice. Ici, la route où, en compagnie de Caro, il marchait pour rentrer à la maison, tout autour les cultures et l'herbe des prés, un peu plus loin les collines porteuses de promesses.

« C'est ici que l'orage s'est annoncé, le jour de mon arrivée. » Désignant l'espace environnant, prenant les buissons et les haies à témoin. Maintenant, c'était le crépuscule qui tombait. « Vous avez froid ? demanda-t-il. Nous serons bientôt à la maison. » Tout en pensant qu'ils s'arrêteraient sur le sentier conduisant chez les Thrale, qu'il oserait l'enlacer et lui tenir un autre discours. Dans l'air épuré du soir, il marchait avec moins d'assurance que sous l'orage ; seul, encore, avec ce qu'il avait à offrir.

Caro ne pouvait guère considérer la bâtisse dont ils approchaient comme sa maison, même si elle n'en avait pas d'autre. « Vous avez un endroit à vous, à l'université ? » Un minimum d'intimité, et tout ne pouvait qu'aller bien.

« Je dispose d'un appartement, deux pièces, dans la maison d'un professeur. Des gens très sympathiques, une famille heureuse. Lui a été vraiment gentil avec moi. Ils s'en vont à Édimbourg — je dois aller moi-même y passer quelques jours, en septembre, avant de partir pour Paris. » Il s'interrompit, à l'idée de départ, de séparation. « Il y a deux garçons... qui m'aiment bien. Et une fille, un peu plus âgée.

— Qui vous aime bien aussi.

— Qui ne sait pas si elle veut devenir danseuse ou peintre. »

Caro aurait pu demander : Quel âge? Mais garda le silence, et le spectre de la fille ne tarda pas à se dissiper. Ils étaient debout au bord de la route quand elle repoussa l'étreinte de Ted. Elle parut elle-même surprise de l'antipathie à l'origine de son geste et dit tout haut : « Je ne sais pas pourquoi. » Ils reprirent leur chemin, Caro faisant maintenant preuve d'une gentillesse révélatrice d'une décision irrévocable : elle pouvait se permettre d'être généreuse, dans la mesure où elle refusait toute autre émotion. « J'ai été heureuse aujourd'hui », remarqua-t-elle. Elle aurait pu rester ainsi avec lui indéfiniment, mais n'était pas prête à l'aimer. Il était des priorités, de silence complice et de compréhension mutuelle, qu'elle plaçait plus haut que l'amour, tout en pensant que c'était là de sa part un choix délibéré.

Au moment de quitter la route, il dit encore, les traits brouillés par le crépuscule ou par quelque changement d'humeur : « C'est ici que le déluge a commencé », revivant ce midi où, soudain, un éclair de lumière avait scindé la terre et le ciel. Ils commencèrent à gravir le sentier, ralentis par les ronces qui couraient sur le sol et par la lenteur du pas de Ted, qui aurait voulu s'arrêter.

Il était à l'affût des moindres réactions de sa compagne, et se sentir observée de la sorte avait fini par irriter Caro. Enfant, celle-ci avait toujours exécré la surveillance de tous les instants à laquelle la soumettait Dora et l'impression d'être constamment l'objet — quand elle lisait, jouait, cousait — d'une attention possessive de la part de son aînée. C'est ainsi qu'elle dit à Ted ce qu'elle n'avait jamais osé dire à Dora : « Il ne faut pas que vous vous intéressiez autant à moi. »

Il sut aussitôt ce qu'elle voulait dire, car cela aussi gouvernait leurs rapports, cette rapidité avec laquelle il appréhendait ses pensées. « Je vois que vous pourriez en prendre ombrage. » Cela dit sans la moindre suggestion d'un éventuel changement d'attitude. Si bien que la nuit ou lors d'un moment d'inactivité, elle pourrait désormais, si elle le voulait, sentir à quel point elle était présente à son esprit. Conscience qui perdurerait au milieu des événements et des incidents de ses journées, comme le tic-tac de la pendule qui reste le seul mécanisme audible d'une voiture de grande puissance.

Elle lui dit tout cela, la pendule et le reste, riant pour conjurer le sort. Et lui de répliquer : « Ce n'est pas une pendule que vous décrivez, c'est une bombe à retardement.

— Ah, il y a donc une limite. Les bombes à retardement sont faites pour exploser à un moment ou à un autre.

— Pas une limite. Un paroxysme. »

Il supposait qu'elle n'était pas sans crainte face à l'amour physique. Ce n'était pas de sa part une invention destinée à préserver son orgueil : il avait déjà remarqué ses replis rapides, ses yeux parfois fuyants, et les efforts — presque charitables — qu'elle faisait à l'occasion pour avoir un contact physique avec l'autre ; et aussi cette façon qu'elle avait, de temps en temps, de se référer à sa sœur, plus jeune, moins grave, comme à celle qui avait maîtrisé la question du sexe, ou qui, du moins, s'accommodait de l'inévitabilité de la chose.

Aux yeux de Ted Tice, il ne s'agissait en aucune manière

de conquérir ses objections. C'était elle-même qui exigeait d'une certaine façon d'être conquise. Et il avait commencé ce travail de conquête avec une grande dévotion. Avant longtemps, les exigences de Caro seraient mises à l'épreuve de l'expérience, comme les principes sont mis à l'épreuve de l'adversité, et elle risquait de se trouver alors dans l'obligation de temporiser ; mais pour l'instant, elle s'imaginait supérieure à ce qu'elle n'avait pas encore eu à affronter.

Elle rêvait de s'élever et d'habiter seule les hauteurs. Par ignorance, elle avait une vue complètement dégagée de la connaissance — qu'elle voyait, sur son éminence, majestueuse et pâle, pure comme l'Acropole. On n'aurait pu dire que la vanité dont elle faisait preuve était tout à fait innocente : comme toute aspiration humaine à la distinction, elle aurait été facile à dénoncer ou à tourner en dérision, et, dans sa forme présente, on ne peut plus primaire, manquait manifestement de pitié. Mais tout compte fait, en matière de prétentions, il y avait bien pire.

Ted Tice voyait déjà dans son attachement pour Caro un enrichissement de ses qualités les plus solides, sinon de ses forces : non pas une aventure de jeunesse, pleine de fraîcheur et d'inexpérience, mais une occasion de tester tout effort, toute joie et toute souffrance connus ou imaginés. Quand il prit conscience de la possibilité qu'il pourrait ne jamais, aussi longtemps qu'il vivrait, éveiller son amour à elle en retour, la découverte l'affecta au plus profond de son être. Dans son désir et ses pressentiments, il était comme un homme éveillé qui regarde une femme dormir.

Un aboiement, un tintement de cloche, un fermier qui appelle une bête pour la faire rentrer, un bébé qui pleure. Pas d'autres bruits que ceux-là, mais ils avaient un parfum d'éternité. Sur le flanc de la colline, au-dessous d'eux, une porte grande ouverte sur la lumière jaune d'une entrée plutôt miteuse faisait l'effet d'une déclaration de paix. Comparées à cette ouverture franche et claire, les fenêtres de Peverel, leur destination désormais visible au bout du sentier, étaient comme les taches sombres d'une respectabilité voilée où l'ardeur était inconnue. On pouvait accuser Sefton Thrale de tous les défauts, il n'en restait pas moins que sa demeure avait subi un mal irréparable dans des temps plus anciens. Le dix-neuvième siècle avait l'art de tout assombrir.

Tout en marchant, Caroline Bell pensait au professeur Thrale — à ses exposés, ses jugements sans appel, sa tendance à désavouer son appartenance au monde des humains. La veille encore, il avait, à sa façon sommaire et péremptoire, complètement absous les inventeurs d'armes meurtrières : « Nous ne faisons qu'interpréter les choix de l'humanité », avait-il dit. Et quand Caro avait protesté (« Les scientifiques ne sont donc pas des hommes, eux aussi ? Des individus, à tout le moins, aussi responsables que leurs semblables ? »), il avait mis un terme à la discussion avec un sourire qui masquait mal son impatience et qui était de ceux que l'on adresse à un enfant quand on veut lui signifier qu'il finirait par comprendre le problème, ou s'en désintéresser, une fois atteint l'âge adulte.

Ne disposant pas du vocabulaire pour évoquer leur travail, Caro avait du mal à imaginer les matinées que le professeur passait avec Ted Tice et qui se déroulaient, cérémonieusement, derrière une porte close. Elle pouvait aller jusqu'à se représenter deux hommes assis à un bureau, le professeur prenant des notes de son écriture minuscule, mais rien de plus.

« Je ne peux pas vous interroger sur votre travail », dit-elle.

Ils s'assirent sur un muret encore tiède — qu'un lézard, dans un pays méditerranéen, aurait pu occuper. Ici régnait une odeur de troène ou de trèfle, dans un air si pur que l'on pouvait respirer le ciel. Depuis la flaque géométrique de lumière jaune, un homme appelait : « Bessie ! Bessie ! » Un cri finit par lui répondre, irrité.

« En fait, il n'est besoin d'aucune compétence technique, dit Ted Tice, pour comprendre le différend qui nous oppose, le professeur et moi. » Caro n'avait pas évoqué le différend, lequel, s'il n'avait pas de témoin direct, était perceptible dans toute la maison. « Et qui peut se résumer très simplement, poursuivit-il : il n'existe tout bonnement pas de site en Angleterre pour ce genre de télescope. Nulle part il n'y aura de visibilité suffisante. Et ils le savent, tous autant qu'ils sont. Mais pour des raisons de politique et de profit, et par pur chauvinisme, ils veulent l'avoir ici. »

Il s'agissait là d'une question d'adultes, sembla-t-il à Caro, et plus sérieuse que l'amour. « Où faudrait-il l'installer, alors ?

— Il y a de bons endroits dans le sud de l'Europe. Mais on ne le laissera jamais sortir du pays. » Il lui expliqua que le professeur étudiait les tableaux des heures d'ensoleillement dans le pays, faisant semblant d'y croire. Tandis qu'il parlait, les ombres des feuilles s'allongeaient sur le sentier, prenant des allures exotiques ; en travers du pied allongé de Caro, une lanière d'ombre, comme une sandale. L'appel, « Bessie », se fit à nouveau entendre, suivi du même cri rauque et impatient. « Il se peut que je publie un article contradictoire, dit Ted Tice.

— Cela s'impose en effet, si les choses sont vraiment comme vous le dites. »

Il lui avait donné l'impression d'être bien décidé, mais quand il recommença à parler pour dire : « Vous comprenez », puis hésita, elle se dit qu'il était peut-être aussi indécis que la plupart des gens. « Le seul but de l'opération, reprit-il, serait de faire intervenir la presse et de déclencher un scandale. Ça ne changerait rien sur le long terme, mais au moins les gens sauraient à quoi s'en tenir. » Puis, après un court silence : « Si bien que je suis confronté à un problème de loyauté, et que se pose la question habituelle de savoir quel camp choisir. »

À son changement de ton, Caro aurait pu s'attendre à un éclat, elle fut donc d'autant plus surprise quand il lui demanda : « Vous vous rappelez quand vous avez lu cette affiche aujourd'hui — *Les Grandes Espérances* ? » Qu'il ait dit « Vous vous rappelez » repoussa la matinée dans le temps, la renvoyant à une lointaine innocence.

« Oui, c'était pour annoncer un film.

— Bon, maintenant vous vous rappelez comment, à la première page du roman, le gamin aide le prisonnier évadé ? » Davantage sur le mode interrogatif que sur celui du souvenir.

« Il ne le fait pas par amitié. Mais par peur. » Quoi de plus naturel, en somme, que d'être assis sur un muret dans l'obscurité à discuter d'un livre.

« La peur peut prendre d'autres formes que la simple obligeance, et, dans cet exemple précis, l'aide reste dans la mémoire de l'autre comme une marque de compassion. » Ted Tice avait le bout des doigts posé sur la pierre, préparant son corps pour une nouvelle avancée.

« Pendant la guerre, j'ai aidé un prisonnier à s'échapper. Un Allemand. C'était au pays de Galles, où j'ai passé deux ans dans une école après qu'on m'eut fait quitter l'endroit que vous avez vu aujourd'hui. À quelques kilomètres de là où nous étions, il y avait, à l'intérieur des terres, un camp de prisonniers de guerre, et on a entendu dire qu'un officier — la rumeur voulait que ce soit un général, bien entendu — s'était échappé. Il y avait une longue marche jusqu'à la côte, sur un chemin assez difficile, et je la faisais parfois, quand on m'en donnait l'autorisation, pour être seul et regarder la mer. À l'époque, il y avait une sorte d'interdit qui pesait sur la mer : défense d'aller sur les plages, barbelés empilés en gros rouleaux, emplacements pour canons alignés comme des cabines de bain. Au-delà, l'océan comme une promesse de complète liberté. Il ne venait pas à l'idée qu'au bout il y avait l'Irlande ou l'Amérique — c'était l'infini, comme le firmament. Le grand large. J'avais seize ans, un besoin effréné de solitude, même si j'étais malheureux quand je me retrouvais seul — sauf au cours de ces promenades jusqu'à la côte. J'avais pour tout présent l'école, et pour tout avenir, l'armée. On nous donnait rarement la permission de sortir seuls, alors qu'un an ou deux plus tard on serait sur un champ de bataille, peut-être déjà morts. En l'occurrence, dix-huit mois plus tard, à la fin de la guerre ou presque, on m'envoya suivre une formation de radariste.

« Bref, il m'arrivait donc de marcher jusqu'à la côte et de rester un moment, debout sur les dernières collines, à regarder la mer, avant de refaire ma douzaine de kilomètres en sens inverse. Le seul fait d'avoir pu contempler de vastes étendues me donnait un goût de liberté. J'aimais aussi la campagne environnante, totalement dénudée, avec seulement une herbe rêche et des buissons agités par un vent incessant. Des teintes passées qui restaient à la périphérie — suggérant qu'il existait peut-être un cœur intime de l'existence, et qu'ici on pouvait l'approcher. Ou bien, pour prendre les choses dans l'autre sens, l'endroit était si obscur qu'il fallait un réel effort pour se persuader qu'il existait, ou qu'on existait soi-même. Le temps était toujours exécrable, mais peu m'importait. Il me donnait l'impression d'être à la merci des éléments, de pouvoir enfin savourer le plein air et l'espace après une période d'enfermement.

« Il y avait un endroit en particulier où les falaises s'incurvaient, et l'aborder c'était comme prendre un tournant de la terre. Et cette fois-là, il y avait un homme assis dans une anfractuosité des rochers, qui me regardait. Sans émotion particulière. Sans un mot, ni manifestation de surprise : on aurait pu croire qu'il m'attendait. J'ai su tout de suite que c'était l'Allemand. Comme si, moi aussi, je l'avais attendu. Nous sommes restés un moment à nous regarder. Il avait trouvé un manteau quelque part, mais il était frigorifié. Dans les collines depuis presque une semaine, il était défait, complètement épuisé et affamé. La chair s'était comme retirée de son visage, on ne lui voyait plus que les yeux, et ses mains, donc ! » Après un silence : « Il était la preuve irréfutable de la réalité de la guerre.

« Voilà, c'est presque la fin de l'histoire. Je lui ai donné mon sandwich et mon pull. Et une gourde d'un truc imbuvable qu'on appelait du bouillon de viande. La police elle-même n'aurait pas agi autrement. C'est le fait de ne pas l'avoir livré qui est infamant, mais ça ne m'est même pas venu à l'esprit. »

Le secret différait de tous ceux qu'avait eu à connaître Caroline Bell jusqu'ici, en ce qu'il n'avait aucune zone d'ombre. L'ombre, c'était Dora, c'étaient des mots, des événements suant l'égoïsme. Dans son combat pour se soustraire aux ténèbres de Dora et gagner la lumière, Caro avait acquis conscience et équilibre au prix d'un laborieux apprentissage. La mise en pratique des principes exigerait toujours davantage d'elle que des gens qui y sont habitués depuis toujours, car elle n'y était venue que par un effort de volonté. Si elle agissait bien, elle le ferait toujours, contrairement à certains, en toute connaissance de cause. Voilà qu'elle était dépositaire du secret de Ted, un secret teinté d'une générosité ambiguë : une réaction immédiate, qui ne mettait pas en jeu le moi profond, un acte noble, mais non vertueux. Quelque chose qu'il serait présomptueux aussi bien de juger que d'absoudre.

Elle ne dit rien pendant un instant, puis revint à la logique de l'histoire. « Il a réussi à s'échapper ?

— Oui. Il savait comment descendre à la mer, pour quoi faire, je l'ignore, mais il était trop faible pour seulement essayer avant que j'apparaisse. Quelques jours plus tard, le bruit a circulé qu'il avait été récupéré par les siens. On n'a jamais su comment. Mais après la guerre, la presse s'est emparée de l'affaire et l'a dénoncée comme un exemple notoire de notre stupidité — c'était la formule du gros titre. Apparemment, l'homme était un scientifique attaché aux ateliers de fabrication des missiles V1 et V2, ce qui expliquait que son camp ait tenu à le rapatrier. On ne s'en était pas aperçu au moment de sa capture, parce qu'il portait un uniforme et avait un rang dans l'armée — il s'était fait prendre au cours d'une expédition tout à fait saugrenue à bord d'un destroyer, au moment où il rentrait à Peenemünde sur la Baltique. On n'a découvert la vérité que quand il s'est échappé du camp de prisonniers. C'est au moment de l'utilisation des V1 et des V2 dans les raids sur Londres qu'eut finalement lieu la révélation : nous avions bel et bien laissé l'homme nous filer entre les doigts. » Au bout d'un silence : « Je continue à dire "nous", mais c'est moi qui l'ai laissé nous filer entre les doigts. Si bien que quand on a appris qui il était, je n'ai plus pu m'empêcher de penser aux raids de missiles.

— Et où est-il maintenant, cet homme ?

— En Amérique. C'est lui qui fabrique leurs armes, et les nôtres. L'histoire de son évasion fait partie de sa légende, quasiment admirable, si l'on en juge par la façon dont elle est présentée dans les magazines. Moi, j'en suis absent — le souvenir de notre rencontre serait peut-être incompatible avec une vie de pouvoir. Devoir la vie à la compassion d'autrui donne à penser que la compassion peut avoir son importance. Je me dis parfois que l'on aurait du mal à me poursuivre devant les tribunaux aujourd'hui. » Dans l'obscurité, la voix de Ted Tice laissa deviner un bref sourire. « Il m'arrive de voir des photos de lui, de temps en temps. Méconnaissable, comme s'il portait un masque maintenant, et que son vrai visage, c'était celui que j'ai vu ce jour-là. Le genre de visage que nous pourrions tous avoir dans des circonstances extrêmes. »

Caro finit par lui tendre la main. Il la prit dans la sienne, comme une simple marque de gentillesse.

« Je ne cherche pas à me justifier. C'est la première fois que je raconte cette histoire à quelqu'un, et je m'en sors très mal. Les histoires, ce n'est pas mon fort. Je savais à ce moment-là qu'il pouvait être n'importe quoi, cet homme, y compris un nazi de la pire espèce, et il m'est même venu à l'idée que lui se voyait peut-être déjà gagnant. Non pas que j'aie eu alors le temps de réfléchir à tout ça. Sur le moment, tout ce que je me suis dit, c'est qu'il fallait agir, et c'est cette forme-là qu'a prise mon action — une forme inchangeable, dans la mesure où, même si j'ai eu tort, je ne saurais m'imaginer agir autrement. Devant la détresse, on ne peut pas se contenter d'une aumône. En règle générale, je n'y repense plus guère aujourd'hui. Quand ça m'arrive, l'épisode peut me paraître important, ou tout à fait secondaire : selon mon état d'esprit du moment. Quoi qu'il en soit, les complications sont apparues presque aussitôt, générées par la dissimulation, créatrice à son tour de nouvelles lâchetés. Même si on ne tient pas particulièrement à divulguer une expérience, on devrait se sentir capable de le faire. Or, je ne voyais pas à qui j'aurais pu me confier, j'avais très peu d'amis ou même de relations. Et je n'étais pas trop sûr de bien comprendre l'affaire moi-même, sans parler de pouvoir la rapporter correctement. Il va sans dire aussi que le tohu-bohu qu'elle aurait provoqué en tombant dans le domaine public n'avait pour moi rien d'alléchant. Je l'ai donc tenue secrète, jusqu'à aujourd'hui. Je pourrais tout révéler maintenant, mais cela servirait à quoi ?

— Dans un roman, une telle action recevrait l'approbation de tous, dit Caro. Voir le jeune garçon et le prisonnier évadé, dont vous parliez tout à l'heure. Et pourtant, dans la vie réelle, elle serait condamnée par le plus grand nombre.

— J'étais déjà trop âgé, comprenez-vous, pour que l'on mette mon geste sur le compte de la compassion et de la spontanéité. À seize ans, on a déjà perdu cette bonne vieille innocence. »

La jeune Caro n'était même pas allée jusqu'à faire un signe de la main aux prisonniers derrière leurs grilles, sans parler de leur témoigner une quelconque mansuétude.

« Un acte d'humanité, conscient et désintéressé, voilà ce que la société peut le moins se permettre. Qu'elle en laisse passer un, et c'en est fini d'elle. Si lui et moi nous étions trouvés sur un champ de bataille, je l'aurais tué, ayant fait miennes les valeurs de la société. En l'occurrence, j'en ai été réduit à appliquer mes propres valeurs. Attention, je n'essaie pas de me faire passer pour ce que je ne suis pas. Il s'est juste trouvé que j'étais dans une position trop avantageuse pour l'exploiter sans arrière-pensée. Là encore, les complications ne tardent pas à apparaître. Nos meilleurs instincts ne sont pas plus fiables que la loi, ni plus cohérents. Si l'on vit essentiellement à l'intérieur de la société, il y a des moments où l'on préférerait s'en remettre aux conduites qu'elle-même sanctionne — et on découvre alors qu'on a en quelque sorte gâché cette possibilité. On n'a plus qualité pour juger les autres d'après ces critères.

— Vous voulez dire que vous pourriez un jour avoir une bonne raison de dénoncer quelqu'un, mais que vous avez perdu ce droit.

— Exactement. » Et après un silence : « Tout ça nous ramène à Sefton Thrale. Je vais probablement ne rien laisser passer au vieux bonhomme pour cette histoire de télescope, mais la droiture de ma position ne me plaît guère. Cette fois-ci, au moins, on ne peut pas dire que j'aie toutes les cartes en main, tant s'en faut.

— Vous avez la vérité.

— Assumer librement pareil handicap devrait suffire à me convaincre », dit Ted Tice en riant. Il se tourna dans l'obscurité et exerça une nouvelle pression sur la main de la jeune fille, contact incertain, déductif, totalement personnel, comme celui d'un aveugle. « Caro, à quoi pensez-vous ? demanda-t-il, comme il l'avait déjà fait le matin.

— À l'Allemand. Je me demande ce qu'il a pu penser et ce que vous avez ressenti, l'un en face de l'autre.

— Ah... Un excès d'émotions à l'état brut, comme quand on est incapable de trouver son souffle dans un vent trop fort. À un autre niveau, rien que des petites sensations familières — le ressentiment, entre autres, de voir que cela m'arrivait à moi plutôt qu'à un patriote confirmé qui aurait traité l'affaire de manière conventionnelle et sans aucun état d'âme. Un sentiment dégradant, également, des limites imposées par l'inexpérience. Et puis la découverte que rien, peut-être, n'avait d'importance, pas même l'événement en question, même s'il avait fallu qu'il se produise pour pouvoir envisager cette éventualité. De son côté à lui... comment savoir ? Aucune manifestation d'émotions naturelles, ni sympathie, ni émoi d'aucune sorte, pas même de la peur, au sens habituel du terme. Nous n'avions pas de langage commun, mais je suppose que si elle avait existé, j'aurais reconnu la volonté de partager.

— Est-ce que c'est cela qui vous a poussé à choisir le genre de travail que vous faites ?

— Qui sait ?

— Il se pourrait que vous le rencontriez un jour. Les choses se passent si bizarrement.

— J'y ai pensé. J'ai souvent pensé que les collisions de ce genre se produisent plus volontiers dans la vie que dans les livres. Il se peut que les coïncidences jouent un rôle mineur en littérature parce qu'elles apparaissent comme une tricherie ou qu'il est difficile de les rendre crédibles. La vie, elle, n'a pas besoin d'être équitable, ou convaincante. »

La déclaration avait quelque chose de définitif qui les obligea bientôt à se lever et à reprendre leur chemin. L'histoire de Ted avait établi une sorte d'intimité, plus humaine que sexuelle, un moment fort de connaissance partagée, trop solennel pour laisser une place au désir. À la vue de cet homme et de cet adolescent au milieu des rochers glacés, l'amour s'était retiré à une distance respectueuse, d'où il guettait le lendemain.

8

« J'espère que vous voudrez bien excuser une lettre aussi bizarrement formulée et aussi mal écrite, mais je me suis cassé l'ongle du pouce, et voilà le résultat. »

Caro et Grace atteignirent le post-scriptum en même temps. Il était midi, et elles étaient debout dans le salon de Peverel, Grace, la lettre en main, Caro, lisant par-dessus son épaule. Dora allait se marier.

N'ayant même jamais imaginé pareille éventualité, elles n'étaient en aucune manière préparées au soulagement de la libération. Elles ne se disaient pas davantage que l'événement aurait pu se produire plus tôt, et à temps pour elles. Leurs épaules se touchaient dans une attitude de réconfort mutuel : il allait falloir digérer la nouvelle, et s'habituer à vivre délestées de ce fardeau. À partir de maintenant peut-être allaient-elles être épargnées.

« Revenons à la première page. » Elles rassemblèrent les feuillets jusqu'à ce qu'elles retrouvent « Chères G. et C. »

Beth Lomax, la riche veuve de la Victoria League, avait fait preuve d'une grossièreté parfaitement gratuite peu de temps après leur arrivée à Gibraltar. Alors qu'elle avait elle-même proposé ce voyage à Dora, elle n'avait pas tardé à faire sentir à celle-ci qu'elle était un poids. Pour une fois, Dora n'avait pas mâché ses mots : Beth Lomax s'était entendu asséner quelques vérités bien senties, et il était grand temps. Après quoi, Dora s'était rendue en ville pour réserver une place sur un bateau qui la ramènerait en Angleterre. À l'agence, d'une inefficacité notoire, elle avait attendu sur une banquette en cuir aux côtés d'un homme qui venait déposer une réclamation. Il était bientôt apparu qu'ils avaient tous deux le sentiment très net d'avoir été pris pour des imbéciles. Et ils étaient ressortis ensemble pour aller prendre une tasse de thé, sans avoir ni réservé ni déposé quoi que ce soit. (Le hasard voulut que les malles du major Ingot arrivent le lendemain à Algésiras : ils y virent tous deux un présage de bon augure.) Depuis, ils s'étaient revus à plusieurs reprises et s'étaient découvert des intérêts communs.

« Nous partageons les mêmes goûts et nous avons les mêmes idées », lut Caro, qui en resta ébahie.

« Vous êtes grandes toutes les deux, maintenant, écrivait Dora, et vous n'avez plus besoin de moi. » Il y avait comme un reproche latent, qui ne manquait pas par ailleurs d'ironie. Le mariage aurait lieu dans l'Algarve, où vivait, ou plutôt résidait, le major. Le major Ingot — Bruce — s'occupait des préparatifs et des formalités. « Je n'ai jamais eu personne jusqu'ici pour s'occuper des choses à ma place, et c'est un luxe que j'apprécie à sa juste valeur. » Les mariés reviendraient ensuite en Angleterre, mais seulement pour faire leurs malles, car le major s'installait dans l'Algarve, où, après l'armée, il s'était reconverti dans l'import-export.

« Dora au Portugal », dit Grace. L'événement avait une dimension historique.

« Mon Dieu, Grace, c'est inespéré ! »

Jamais elles n'avaient été aussi près d'une évaluation claire et franche des dégâts.

Elles se penchèrent à nouveau sur la lettre. Dora serait souvent en Angleterre, car le major Ingot — Bruce — devrait y rencontrer ses acheteurs. Après tout, ce n'était pas comme si elle allait disparaître pour toujours. Elle n'avait pas besoin de leur dire qu'elle les aimait. Peu importait ce qui lui arrivait à elle, l'important, c'étaient elles deux. « Je n'ai jamais rien demandé à personne, et je n'ai pas l'intention de commencer maintenant. » La robe, d'après-midi, serait en crêpe ivoire, assortie d'une veste courte et d'un chapeau beige. Il y avait un mot qu'elles n'arrivaient pas à déchiffrer, quelque chose comme « stephanotis ». Le major prenait ses dispositions pour les photos, et Dora leur apporterait celles qui seraient à peu près montrables ; mais n'en avait jamais pris une digne de ce nom. Ce serait un véritable soulagement que de fuir cette chaleur, plus étouffante encore qu'en Australie. Soyez heureuses.

La lettre était signée « D ». Dora avait toujours eu des problèmes avec les signatures, comme avec les formules de salutation.

Un ton mécanique, déjà détaché, donnait à penser que Dora avait peut-être toujours été insensible à leur égard. Grace craignait que Caro n'en fît la remarque. S'ajoutait à cela la conscience, fugitive, indécente, de la métamorphose charnelle que Dora, contre toute attente, allait être la première des trois à connaître.

« Il faut qu'on envoie un télégramme. » Mais elles ne bougèrent pas, liées par l'osmose de souvenirs communs. Grace aurait aimé penser à quelque chose d'universel, mais n'y parvenait pas. Quant à Caro, elle aurait pu être en train de voir sa sœur, affublée d'un tablier et tirant par les rayons des roues une petite poussette bleu ciel.

Elles faillirent s'étreindre comme elles ne l'avaient jamais fait.

« Je ne dérange pas, j'espère. » Sefton Thrale vit les deux jeunes femmes debout dans le soleil, perdues dans leurs pensées, penchées sur une lettre.

Elles se séparèrent, peu désireuses de dévoiler la nouvelle.

« J'ai Tertia avec moi. »

Tertia était avec lui, la fille du lord voisin. Elle était si blonde, si grande, d'un aspect si soigné qu'elle évoquait une publicité pour un produit très coûteux. Elle était venue en voiture depuis le château, et ses cheveux étaient retenus par un bandeau de soie rose, passé derrière les oreilles. Vu d'une certaine distance, l'éclat de ses yeux bleu clair aurait pu passer pour du ravissement, et l'avait peut-être été à l'époque de son enfance. De près, cependant, leur luminosité était dure et ne faisait pas du tout bonne impression. Il n'y avait chez elle aucune trace d'humanité visible.

Dans cette maison, c'était Grace que les circonstances avaient placée en position de responsabilité. Elle replia la lettre de Dora qu'elle plaça dans l'enveloppe et s'avança, l'air trop poli malgré tout pour sembler avoir la conduite des opérations. Bref échange de salutations. Tertia offrit le bout de ses doigts dans un geste qui parut moins alangui que destiné à réserver de l'énergie pour une occasion plus digne d'intérêt.

« Paul est arrivé ? » Trois jeunes femmes s'assirent, tandis que Sefton Thrale partit se livrer à un de ses passe-temps favoris : la quête de nouvelles concernant Paul Ivory, dont l'arrivée était prévue pour aujourd'hui, enfin.

Une fois accomplies les présentations, Tertia tapota son corsage, ses cheveux, tel un animal se débarrassant méticuleusement de la moindre trace de contact. Elle savait avoir détourné, sans l'avoir endigué, un flot de sentiments d'une grande intensité — les deux sœurs, dans leur préoccupation commune, se révélant indifférentes à sa réserve calculée. Comme Christian Thrale avant elle, elle ne les trouvait pas suffisamment conscientes de leur position de faiblesse, et aurait aimé pouvoir les en convaincre. Elle se doutait que Grace finirait peut-être par entendre raison sur ce point, mais qu'il n'en irait pas de même avec Caro.

Tertia Drage arracha une feuille accrochée à sa robe et la jeta avec impatience dans le foyer de la cheminée. C'était une chose qu'elles auraient l'occasion par la suite de remarquer chez Tertia : sa tendance à manier les objets ou à pousser les portes avec une brusquerie punitive, comme si elle ne voyait aucune raison de tolérer les caprices d'un monde peu docile. La colère bien naturelle que l'on ressent parfois face aux objets inanimés qui se renversent ou vous résistent était chez elle perpétuelle.

Non, Tertia ne prendrait pas de sherry. Merci. Elle était venue dans la voiture qu'elles pouvaient voir par la fenêtre ouverte. Caro se leva pour aller jeter un coup d'œil. Une Bentley décapotable d'avant la guerre, un modèle recherché par les collectionneurs. Vert foncé ; aussi fine et racée que Tertia. « Quelle voiture magnifique ! » Caro poussa le battant de la fenêtre pour regarder le véhicule plus à son aise. Des phares ronds, fixés sur les pare-boue, avaient le même éclat vitreux que les yeux de Tertia.

« 1937, annonça Tertia. Et en aussi bonne condition que si elle sortait de l'atelier. »

Un chat encore jeune sauta sur l'appui de la fenêtre. Caro se rassit et prit l'animal sur ses genoux. Grace avait toujours la lettre bleue de Dora à la main. Le professeur reparut et dit en rentrant dans la pièce : « Voilà, j'ai des informations sûres », lesquelles n'éveillèrent aucune réaction chez Tertia. Dehors, la voiture paraissait plus amène que sa conductrice, ne serait-ce que parce qu'elle suggérait une certaine facilité d'expression et une aptitude au mouvement.

Paul Ivory descendait de Londres en auto et devait arriver

sous peu. (« Descendait... en auto », c'était l'expression choisie par le professeur.) La voiture d'Ivory viendrait se ranger à côté de celle de Tertia, qui, c'était pratiquement certain, l'éclipserait complètement ou la mettrait dans son tort.

« Je n'ai pas le temps d'attendre, dit Tertia, ce qui signifiait bien plutôt qu'elle n'en avait pas envie. J'ai horreur des retrouvailles. » Elle était du genre à affirmer « J'ai horreur des animaux », ou des enfants, ou de l'océan, ou du printemps, certaine que personne ne resterait indifférent à son aversion, et laissant entendre que toute opinion contraire à la sienne ne pouvait qu'être faussement sentimentale. Nonobstant, elle n'avait pas réussi à mettre les deux sœurs dans leur tort ni à les éclipser. Celles-ci, en fait, n'attendaient qu'une chose : qu'elle s'en aille, pour reprendre là où elles en étaient restées.

Caro recroisa les jambes avec précaution. Le poids du chaton endormi glissa d'une extrémité de son corps à l'autre, comme dans une balle lestée. Le poids le plus lourd était sur les genoux de Grace, dans l'enveloppe bleue. Quant à Tertia, Caroline Bell se demanda quel *Benbow* avait bien pu, en chavirant, lui donner cet air de sortie d'atelier.

Grace se dit que Tertia n'allait pas tarder à déclarer qu'elle avait les chats en horreur.

« Je peux faire demi-tour avec la voiture ici, non ? » dit Tertia. Dépourvues d'humour, comme de doute ou de tact, ses remarques étaient comme des palets venant s'écraser avec précision dans un tintement mat autour d'un piquet. Du regard, elle fit le tour de la pièce, avant de dire « Au revoir ». « Les chats m'ont en horreur », ajouta-t-elle à l'intention de Caro.

« Qu'est-ce que tu dirais de : Ton bonheur nous comble de joie ? » dit Caro, quand Tertia fut sortie avec Sefton Thrale. Le seul bonheur que Dora eût jamais vraiment sanctionné était le leur.

« On peut écrire le texte, et j'irai l'expédier d'un coup de vélo. » L'attitude neutre de Tertia les avait refroidies, et il n'était plus question pour elles de s'étreindre à propos de la lettre de Dora. Dehors, la voiture recula jusqu'à une bordure herbue, où elle parut se ramasser sur elle-même avant de bondir. Des vapeurs d'essence se répandirent sur des juliennes. Puis Tertia démarra en trombe, déclenchant une grêle de gravillons.

Quand elles eurent rédigé le télégramme, la seconde voiture arriva, compacte, fermée, rouge foncé. Elles virent l'homme aux cheveux clairs au volant, et Ted Tice qui sortait sur le côté de la maison pour l'aider à se garer. « Toutes ces choses qui arrivent à la fois, dit Grace. Quel dommage qu'elles ne puissent pas s'étaler davantage dans le temps ! » Donnant ainsi, naïvement, une idée de leur vie retirée, innocente, et pourtant pleine d'attente. Ted disparut à leur vue, mais elles l'entendirent crier : « À gauche ! », puis : « À droite ! », puis : « Attention ! » Le jeune homme dans la voiture enleva son coude de la portière et prit le volant à deux mains. Il portait un pull sombre à col montant. Ses cheveux lui tombaient sur le front, comme ceux d'un écolier.

Les roues tournèrent d'un côté, puis de l'autre, et, hors champ, Ted cria : « C'est bon ! », comme un metteur en scène. Grace demanda à Caro : « Tu as besoin de quelque chose au village, pendant que j'y suis ? », mais elles regardaient la voiture rouge s'immobiliser. Le moteur fut coupé, et un jeune homme descendit : grand, délié, bien habillé, d'une façon qui ne leur était pas familière.

Paul Ivory était le premier Anglais qu'elles voyaient habillé, comme tout le monde le serait plus tard, d'un pull marin bleu foncé, d'un pantalon en coton léger et d'espadrilles.

Vint alors le moment où Ted Tice commit sa plus grosse

erreur : il s'arrêta, regarda l'autre et laissa retomber sa main. Quelle qu'ait pu être l'antipathie qui s'établit immédiatement entre les deux hommes, Paul eut au moins le mérite de s'avancer, de se présenter, d'entrouvrir une porte. Alors même que de son regard candide, il jaugeait Ted Tice et se faisait une opinion. Ils se serrèrent donc bien la main, mais Ted ne bougea pas pendant que l'autre sortait avec difficulté une valise en cuir de la voiture avant de re-claquer la portière. Il aurait pu facilement s'éloigner, car le professeur était sorti de la maison, clamant qu'il était vraiment ravi... ; mais non, il restait là, gauche et distant, comme indifférent à toute l'activité qui présidait à cette arrivée et décidé à laisser Paul Ivory l'éclipser complètement.

Manifestation d'instincts si patente que Grace se détourna à demi de la fenêtre, attendant que Caro y aille de son interprétation.

Caro était en train de se dire qu'en Angleterre, la défiance liée à la classe était capable de détruire même les meilleurs, en captant toute leur énergie. Elle regardait, prise d'un sentiment poignant, moins fort que l'amour, fait d'approbation et d'exaspération, Ted Tice apporter l'indispensable touche d'humanité à une petite scène qui ne supportait rien d'autre que des attitudes convenues et des échanges conventionnels. Pour l'avoir vu à l'œuvre, elle le savait capable d'éclairs de compréhension qui étaient en soi des expériences très fortes ; mais, en cette occasion, il restait là sur le gravier de l'allée, les bras ballants, sans avoir apparemment conscience d'un observateur éventuel, quel qu'il fût. Alors qu'elle-même l'avait sous les yeux, et se demandait quel instinct avait pu le pousser à agir ainsi.

Paul Ivory regarda la fenêtre basse où se tenaient, presque à son niveau, les deux jeunes femmes. Son beau visage clair d'homme comblé s'éclaira d'un sourire, qui disait son agréable surprise avec une franchise si maîtrisée que toute surprise s'en trouvait éliminée. Quant aux deux sœurs, elles sourirent en retour avec le sérieux qui les caractérisait dans de tels moments. Seule Charmian Thrale, dans l'encadrement d'une porte ouverte, établit un contraste entre cette arrivée prometteuse et celle de Ted Tice, jeté sur leur seuil par l'orage ; elle avait encore en mémoire la manière dont Caro, ce matin-là, l'avait regardé du haut de l'escalier, avant de disparaître.

9

Quand Paul Ivory foulait en espadrilles les sentiers et les allées de Peverel, le bruit qui l'accompagnait inaugurait, sur le mode mineur, les temps modernes. Au même titre que ses pulls en coton — certains bleus, d'autres noirs — et ses pantalons en popeline claire. L'époque moderne, comme le temps, rendait possibles de tels choix. Paul avait apporté le soleil, et sa chance, avec lui. Le matin de bonne heure, quand il faisait chaud, les deux jeunes filles repassaient des robes à fleurs dans la buanderie à côté de la cuisine, où une table à repasser, recouverte d'une vieille couverture, voisinait avec un évier en pierre. Le pull en shetland de Ted Tice ainsi que son cardigan vert à grosses torsades avaient été remisés, peut-être pour toujours.

« Je me souviens de toi comme d'un enfant absolument parfait, dit Mrs Charmian à Paul Ivory. Le seul à avoir jamais retenu l'attention de mon père. » C'était sa manière de dire : Quel jeune homme charmant et vraiment béni des dieux ; tout en évoquant, non sans délicatesse, l'enfance sans joie qui avait été la sienne. Paul prenait bien les compliments, sans manifester le moindre embarras, simplement un plaisir timide. Il n'était pas fréquent à cette époque de voir un jeune homme apprécier franchement sa jeunesse et prendre un plaisir légitime à sa bonne santé et à son physique avantageux. Cette distinction précoce et méritée semblait déjà donner forme à l'avenir.

La pièce de Paul serait produite à Londres à l'automne. En conséquence de quoi, il recevait force coups de téléphone et envois recommandés. Il y avait des matins où il ne devait être dérangé sous aucun prétexte, occupé qu'il était à des ajouts ou à des révisions. La pièce s'intitulait *Un ami de César*, et traitait, du moins c'était ainsi qu'en parlait la presse, de la vie d'une famille contemporaine comme métaphore du pouvoir politique. Paul avait lu ce commentaire un sourire aux lèvres. Un acteur connu avait accepté le rôle principal.

Paul Ivory était un jeune homme prometteur au sens littéral du terme : les circonstances s'étaient solennellement engagées à le voir réussir. Sa pièce serait l'objet d'éloges aussi nombreux que mérités. Des villes de province et des métropoles étrangères la réclameraient à grands cris, et un réalisateur célèbre en ferait un film à succès. Les vœux qui liaient Paul aux événements à venir avaient un côté bien plus solennel que ses éventuelles fiançailles avec Tertia Drage.

Dans sa subtilité et son assurance, la beauté physique de Paul, comme sa personnalité, portait la marque d'une certaine technique. De même qu'un beau portrait peut être sous-tendu d'ombre dans les zones de lumière, et inversement, de même Paul Ivory pouvait être inconsciemment froid dans les zones de chaleur, et inversement — les tons se surimposant pour créer, de manière assez ingénieuse, un dessin rigoureux et pourtant fluide. De la même façon, ses membres pouvaient donner l'impression d'être les instruments ou les armes de la grâce, davantage que sa simple manifestation. Ses doigts effilés se relevaient à leur extrémité, avec beaucoup de sensibilité, comme prêts à tester la chaleur d'une surface.

« Paul a un grand avenir devant lui », dit Sefton Thrale à Ted Tice. Comme s'il faisait l'éloge d'une jolie fille devant un laideron. Et pourtant, on avait le sentiment qu'autant Ted Tice que Paul Ivory étaient des hommes d'avenir, et symboliquement opposés. Non pas simplement parce que le destin les avait placés aux antipodes l'un de l'autre. De manière plus irrationnelle, on pressentait que si l'un devait gagner, l'autre était condamné à perdre.

Sefton Thrale avait par deux fois fait observer que Tice serait bientôt parti, sans oublier de préciser la date exacte de ce départ.

Mrs Thrale donna à Paul Ivory, à sa demande, des nouvelles du curé — qui avait un défaut d'élocution et avait été communiste à une époque, sans jamais aller toutefois, contrairement à l'homme de Thaxted, jusqu'à hisser le drapeau rouge dans son église. Le professeur ajouta : « Il est High Church, naturellement, et même très haut dans l'église en question », comme si un prêtre était une pièce de gibier empaillé suspendue au mur, tout en recommandant à l'attention la façade de l'église. Le dimanche suivant, Paul se rendit à l'office, impliquant tout Peverel dans une démonstration religieuse.

Les deux sœurs, occupées à repasser des corsages, regardèrent partir la voiture rouge. Peut-être Charmian Thrale nota-t-elle l'événement depuis une pièce à l'étage. Paul éclairait l'atmosphère, autant que Ted l'assombrissait. Comment ne pas se sentir ému à la pensée de cet homme grand et comblé en train de s'agenouiller, dans un double geste d'offrande et d'acceptation ? Même si Mrs Thrale depuis sa fenêtre, autant que Caro dans la cuisine, était consciente du fait que l'on ne peut faire confiance aux femmes pour ce genre d'émotion.

En passant dans le hall, les vêtements pliés sur les bras, Caro tomba sur Ted Tice, qui s'apprêtait à sortir.

« Christopher Robin récite ses prières », dit-il.

Elle ne savait trop pour qui prendre parti, mais, comme Sefton Thrale, se souvint que Ted allait bientôt quitter la maison. Elle posa les corsages fraîchement repassés dans un panier sur une marche de l'escalier et l'accompagna dans le jardin.

« Dans deux semaines, je serai parti, dit-il.

— Et vous serez à Édimbourg. Puis, peu de temps après, à Paris. » Une façon de lui dire qu'il n'était pas à plaindre. Elle-même, dans un mois, irait à Londres prendre son poste. Car elle était arrivée bonne première au concours ; étant elle aussi, à sa manière, qui n'était pas la leur, une personne d'avenir.

Suivit un bref silence, consacré à imaginer cette nouvelle vie, jusqu'aux tables en bois blanc et aux chaises de bureau éraflées. « Ma vie, il faut que je l'imagine sans vous », dit Ted Tice. Ils sortirent du jardin d'agrément pour pénétrer sous les arbres et regarder la vallée. Un pays tout entier figé dans l'immobilité d'un dimanche d'été. Un champ jaune, très loin, aussi plat et brillant qu'une touche de peinture. Sur les hauteurs, dans le lointain, le chaume de la moisson accrochait l'œil, aussi prévisible dans sa régularité qu'un vieux tweed. Dans la direction opposée, sur une éminence, telle une pièce sur un échiquier, le château de Tertia entaillait le ciel de ses créneaux gris.

« Dans mes meilleurs moments, je suis déjà dépourvu de charme, dit Ted, et rien n'est moins charmant qu'un amour importun. Mais comme nous serons bientôt séparés, il faut que je vous le dise : j'espère que vous penserez à moi et que vous me permettrez de vous écrire. Et, pour finir, de vous aimer. »

La jeune femme l'écouta jusqu'au bout avec un stoïcisme qui semblait faire d'elle la victime : résistant à sa supplique comme à une souffrance nécessaire, la traitant avec une attention respectueuse. « Bien sûr que je penserai à vous, et que j'écrirai ! De tous les gens que j'ai connus jusqu'ici, vous êtes celui que j'apprécie le plus. » Elle s'éloigna de quelques pas — robe bleue passant telle une brume vaporeuse sur un fond d'arbres sombres et de champs colorés. « Quant au reste, je ne vois pas comment cela pourrait jamais arriver.

— De mon point de vue, c'est très dur. » Pour le soulagement de quelques mots, il gaspillait l'atout du silence. Inconcevable, vraiment, qu'il fût incapable de toucher ou d'étreindre ce corps vêtu de bleu clair, qui exerçait un tel pouvoir sur ses jours. La terre, qui s'étendait derrière elle jusqu'à l'horizon, n'était rien en comparaison. « Vous êtes aussi éloignée de moi en ce moment que vous le serez quand nous serons séparés. Il n'y a aucune joie pour moi à être avec vous ici et maintenant. Mais quand j'y repenserai plus tard, ce sera pour me dire que j'étais près de vous, et que j'avais de la chance. »

Elle avait passé un bras autour d'un arbre et restait là à regarder son compagnon. Le paysage lui-même parut prendre plaisir au spectacle, l'arbre faire cause commune avec elle. Ou était-ce que, par moquerie, elle affectait de vouloir le séduire, nonchalamment appuyée contre le tronc ? Le mirage s'évanouit aussitôt, non sans laisser quelques traces. Il y avait dans l'air l'odeur lourde de la végétation fumant dans le soleil : l'Angleterre en train de sécher.

« Ted, dit-elle. Ted... (Une légère exaspération dans la voix.) Quand je commencerai à travailler à Londres, je vais me retrouver seule pour la première fois de ma vie. Après des années de Dora, être enfin libre compte beaucoup pour moi. »

C'était là une raison valable, sans aucun doute, même si ce n'était pas la plus vraie.

Ted avait entendu parler de Dora. « Une fois que les gens se sont installés dans un rôle de fauteur de troubles, ils ne renoncent pas facilement. » Il se dit aussitôt qu'elle allait peut-être lui appliquer à lui la remarque qu'il venait de faire. « De votre côté, il y a une inquiétude réelle, du sien, une inquiétude affectée. Qui passe souvent pour de l'affection, voire de l'amour. Le fait même que vous vous soyez très bien comportée dans cette épreuve (il faisait allusion au concours que Caro avait brillamment réussi) confirme votre aptitude à endosser le fardeau qu'elle représente : vous détenez maintenant un certificat qui en fait foi.

— Ce genre de choses, je ne les lui dis pas. Elles risquent de se retourner contre moi. » Caroline Bell avait découvert dans son enfance qu'on peut faire de vos réussites des armes meurtrières. (« Oh, toi, ça te tombe tout cuit dans la bouche, alors pourquoi tu t'inquiéterais d'une vie comme la mienne ? ») Elle avait résolu depuis longtemps le conflit, bien connu des enfants, entre l'envie de dire, ou de montrer, et le besoin de thésauriser en secret. « Je ne suis pas sûre de pouvoir l'expliquer, dit-elle.

— Je sais exactement ce qu'il en est », dit-il.

(Ted Tice avait une douzaine d'années quand sa mère lui avait dit un jour : « C'était du temps que je suis allée chez Lacey, après avoir quitté l'usine, pour travailler sur les factures. C'est ton oncle Tony Mott qui m'avait fait entrer dans la boîte, vu que je m'y entendais pour le calcul. Ouais, c'est ton oncle Tony qui m'a donné ma chance. Bref, voilà que Noël arrive, et que Mr Dan Lacey donne aux autres filles du bureau deux livres chacune, dans une enveloppe, pour les étrennes. Mais moi, il m'en donne trois, à cause que j'étais douée pour les chiffres. Deux livres, sans parler de trois, je savais même pas à quoi ça ressemblait, moi, ma paie, c'était dix shillings par semaine, et j'étais pas plus tôt rentrée que mon père se les prenait. Et je savais bien que les trois livres, il mettrait le grappin dessus pareil. On habitait Ellor Street à l'époque, et quand je suis arrivée à la maison ce soir-là, voilà-t-y pas qu'on me dit que ma cousine Lorna — t'l'as jamais connue, Lorne, c'était la fille unique de Cec, et elle est partie des poumons le mois qu'a suivi ta naissance —, bref, qu'on me dit que Lorna elle avait eu trois livres, ou plutôt trois guinées, là où elle travaillait, alors que d'habitude, c'était deux. Et là, sur le moment, j'ai pas su quoi faire, j'étais coincée, tu comprends : j'savais plus si fallait que je montre que moi aussi je valais trois livres, comme Lorna, ou que je dise que j'en avais reçu que deux, pour m'en garder une pour moi. Eh ben, c'est ce que j'ai fait, je m'en suis gardé une, sans rien dire. C'est pas souvent que j'ai été aussi maligne que ça. »

La mère de Ted était en train de tamiser de la farine à ce moment-là, sur une grande plaque de bois qui leur servait de table.)

Sous les arbres feuillus, Ted Tice renversa la tête en arrière et vit le ciel. Des larmes amères ne demandaient peut-être qu'à couler. « C'est ton oncle Tony qui m'a donné ma chance. » *Ma chance*, tu parles !

(La mère de Ted, tout en tamisant sa farine, disait : « Lorna, c'était le portrait de son père. Elle est sur la photo de famille, qu'a été prise à peu près à cette époque, on la voit pas tant bien que ça, elle est derrière et elle a la tête baissée, la pauvre. »)

Ted Tice regarda l'horizon. Il se souvenait de l'oncle Tony, rose et trapu, qui vivait un peu mieux que le reste d'entre eux, connaissait quelqu'un à la mairie et avait un chat tigré du nom de Moggie.

« Paul Ivory va épouser ce château, dit-il.

— J'imagine, oui. » Ils portèrent leurs regards sur ce fantasme de l'imagination historique, solidement ancré sous le soleil, sur sa hauteur démodée. Comme conjoint, il n'était pas sans inspirer quelque appréhension.

« Paul Ivory ne peut qu'épouser un lord, dit Ted Tice, ou, pour le moins, la fille d'un lord. C'est écrit. De même qu'il est écrit qu'elle doit être riche. Il n'a pas le choix, c'est une obligation. Pour le château, première à droite.

— Malgré tout, je ne vois pas pourquoi Tertia lui rendrait ce service. » Cela ne faisait pas naturel de dire « Tertia », là où il ne pouvait y avoir la moindre intimité.

« Peut-être qu'elle se fait l'impression d'être assiégée dans son château. » Ils sourirent en imaginant Tertia arpenter les remparts, ou épier les alentours à travers les meurtrières. « À moins qu'elle prenne plaisir à l'antagonisme qui les oppose. À moins qu'ils connaissent le pire l'un de l'autre. Ça crée des liens.

— Paul peut changer. Il est encore jeune.

— Ses défauts ne sont pas ceux de la jeunesse. Et il est incapable de la moindre évolution, il ne connaît que la transmission automatique. »

Caro n'avait encore jamais entendu Ted Tice dans cette veine — qui le faisait apparaître aussi féroce que ses inférieurs, et suffisamment méchant pour qu'on en oublie ses mérites. Elle était peut-être déçue pour lui, à le voir ainsi participer au démasquage général. Elle sortit de l'ombre des arbres et remonta vers la maison. Il n'y avait pas eu de désaccord entre eux. Mais une certaine circonspection serait désormais de mise chez l'un comme chez l'autre — le souci d'éviter de heurter ou de mettre à nu. La raison de cet état de choses restait obscure.

Ted Tice estimait être l'artisan de sa propre défaite,

comme s'il avait eu à s'acquitter d'un devoir d'importance et qu'il eût saboté le travail. Une image — la forte volonté de la femme prenant la forme d'une apparente passivité, alors que lui-même était possédé d'un désir radical — défiait sa compréhension par tout le gâchis qu'elle impliquait. Si tel n'avait pas été le cas, il aurait pu y voir une représentation virtuelle de l'acte sexuel.

Tout au long de ces chaudes journées, Tertia fit de fréquentes apparitions, pour emmener Paul Ivory ici et là. Grace et Caro l'apercevaient, assise au volant de sa voiture verte, sourcils levés, pupilles mortes, comme ces disques de bronze qui figuraient les yeux des statues antiques. « Je suppose que c'est un prix de choix », dit Grace. Cette phrase, elle l'avait lue quelque part, et c'était sa manière de dire : Je ne peux pas croire qu'ils s'aiment.

Vint un intermède de brillance tranquille où c'était le matin tout au long du jour. Ce fut lors d'une de ces claires journées que Caro, en revenant du village, rencontra Paul Ivory, qui était à pied. Vu ainsi, hors de son cadre habituel, il ressemblait à un cavalier désarçonné ; et elle le lui dit.

« Voilà tous mes atouts perdus ! » À le voir rire, à voir sa longue foulée gracieuse, personne n'aurait songé à dire qu'il était diminué en quoi que ce soit. Paul Ivory était une étoile, qui aurait brillé dans n'importe quel firmament.

Il avait vu Caro de loin et changé de direction pour croiser son chemin. Avait remarqué, en approchant, que sa démarche réduisait par comparaison la progression des autres femmes à un pas lourd ou traînant. Il aurait volontiers qualifié de virile sa vigueur sombre et délicate — le genre d'ardeur contenue qui aurait pu caractériser un jeune homme. Il se souvenait de jeunes gens, sombres et vigoureux, peu sociables, mais capables de vibrer à une promesse d'aventure. Puis il songea que ces jeunes gens connaissaient souvent une fin décevante, qu'ils pouvaient vite devenir amers ou pusillanimes, ou jouer les faire-valoir auprès de femmes aigries — gaspillant leur énergie en reproches ou en fanfaronnades, jugulant leur orgueil. Il avait déjà vu des exemples d'une pareille dégradation ; et supposait que ce même phénomène amenait les femmes à s'étioler complètement, au mieux, à transmettre quelque fragment de leur énergie perdue à leurs enfants.

Paul Ivory avait également remarqué combien on pouvait regretter les impulsions irréfléchies. Avait vu comment les hommes se munissent, avant que leurs goûts ou leur personnalité soient formés, d'une femme et d'enfants — liés et condamnés pour le restant de leurs jours aux séquelles d'une passion vite éteinte. Il était heureux à l'idée que son futur mariage fût à l'abri de tels dangers. Se voir accusé d'absence de passion ne l'aurait pas outre mesure dérangé. Il n'était pas convaincu que la passion fût une nécessité, ni que le monde eût encore clairement défini le phénomène.

« Prendrons-nous le raccourci par le cimetière ? demanda la jeune fille.

— Aucun cimetière ne saurait être un raccourci », dit Paul en ouvrant un portillon.

Un cerf-volant déchiré gisait dans l'herbe. « Il y a souvent des enfants qui jouent par ici, dit Caro.

— Les enfants aiment bien les cimetières. Pas de voitures, pas d'adultes en vie, et les pierres tombales, juste à la bonne hauteur, sont de bonne compagnie. »

Caro, qui avait l'habitude d'emprunter ce chemin, montrait les inscriptions. Ci-gît tout ce qui pouvait mourir d'Oliver Wade. Les ravissements terrestres de Tryphena Cope trouvent ici leur fin. Sur les pierres les plus récentes, simplement un nom, et des dates — de naissance et de mort —

reliées par un petit trait d'union en creux figurant la vie. Des tablettes érodées penchaient comme des cerfs-volants déchirés. Sur les plus anciennes, les lettres étaient indéchiffrables : derniers mots inaudibles.

« Dans un cimetière, dit Caroline Bell, les morts donnent tous l'impression d'avoir trépassé normalement et paisiblement. » Paul ne répondit pas, mais elle persista dans cette voie : « Vous croyez que c'est pour cette raison qu'on refusait aux suicidés l'enterrement en terre consacrée, pour prolonger l'illusion ? » Tandis qu'ils rejoignaient la route en silence, il lui vint à l'esprit que, dans la mesure où il était croyant, elle l'avait peut-être offensé. L'expression de Paul permettait aisément une telle interprétation. Il y avait une certaine froideur en lui, qui n'attendait peut-être qu'une occasion pour se manifester.

Paul souhaitait peut-être la punir — pour ce qu'elle avait de remarquable en ce moment, et ce qu'elle risquait d'avoir de banal l'instant d'après. Le plus remarquable en elle, à bien y réfléchir, était cette sorte de foi qu'elle tenait à faire partager. On pouvait fort bien refuser l'offre, mais elle ne la faisait pas moins — parce qu'elle était croyante à sa manière, qui n'était pas la sienne.

« Il émane de vous une résolution folle, dit-il, mais qui n'est pas centrée.

— Je ne pense pas que vous me connaissiez suffisamment pour dire une chose pareille.

— Alors, je le pourrai quand je vous connaîtrai mieux ? »

Les passants les regardaient avec plus d'insistance que nécessaire, parce que ces deux-là formaient un couple dont il était difficile de prédire le destin avec un tant soit peu de certitude. Que le monde les considérât comme un couple les installait ipso facto dans cette condition.

« Ils sont surpris de vous voir avec quelqu'un à vos côtés,

dit Paul. Vous êtes si souvent seule. » Au sortir d'un tournant, ils débouchèrent sur une vue du château, par-delà des prairies d'été. La chaleur brouillait tout, à l'exception du château. «Je vous vois seule dans le jardin le soir. Je regarde par ma fenêtre, et je vous vois seule là en bas. »

Dans la transparence du matin, il venait de faire naître un moment de silence nocturne : Caro, dans le jardin, ne se sachant pas observée, et Paul à sa fenêtre. De son perchoir caché, il créait autour d'eux une obscurité odorante.

«Je ne suis pas seule assez souvent, à mon goût.

— Et c'est valable pour moi, en ce moment?

— Bien sûr que non. »

Le château s'imposait toujours obstinément à la vue, seul élément du paysage qui avait échappé à la palette de Turner. Dans la vallée, une rangée de saules bronchait au moindre frisson de l'air.

« Les femmes ont une aptitude à la solitude, mais ne veulent pas être seules. Les hommes, eux, désirent la solitude, et ils en ont besoin, mais la chair ne tarde pas à les faire se comporter comme des idiots. » C'était dans les habitudes de Paul Ivory de croire que les jeunes filles en savent plus qu'elles ne le laissent paraître.

Prenant le château pour modèle, Caro refusait de se laisser déconcerter. Ils étaient maintenant sur le sentier à flanc de colline, près de l'endroit où elle s'était assise avec Ted Tice et où celui-ci avait parlé de loyauté. Bien qu'il ne pût être question de trahison, elle n'aurait pas aimé que Ted la vît s'arrêter là en compagnie de Paul Ivory. Elle avait beau continuer à marcher à sa manière, le buste droit, intérieurement, elle courbait l'échine, et se sentait vulnérable.

Paul s'arrêta près du muret, comme s'il était au fait de ses scrupules et voulait s'en moquer. « Est-ce que lui aussi vous l'envoyez promener? dit-il, effleurant la pierre de la main avant de s'asseoir. Je parle de Tice, vous vous en doutez. »

Caro s'assit à côté de lui. Son âme lui semblait froide, comme en dehors d'elle, tandis que son corps paraissait extraordinairement léger, humide, avec des contours bizarrement mis à nu. Difficile de dire lequel des deux était indigne de l'autre. Elle observait l'apparence de Paul Ivory comme s'il s'était agi d'un événement susceptible de se dérouler, là, devant ses yeux. Il avait le visage de l'avenir, habile à déchiffrer les attentes des autres. Quand il commença à dire : «Je parle de... », son visage s'assombrit et son ton brutal fit d'elle en quelque sorte sa complice. Rien de plus que ce qu'elle attendait de lui, au plus profond d'elle-même, et pourtant pareille exploitation de son attente instaurait bel et bien entre eux la complicité. Quand il dit : «Je parle de Tice, vous vous en doutez », elle comprit également que l'amour de Ted fournissait à Paul un stimulant et motivait leur station sur le muret.

L'homme était tourné vers elle, attendant une sorte de victoire. Il aurait voulu qu'elle croie que tout ce dont elle pouvait le soupçonner était fondé, et confirmé.

Elle était certaine qu'il allait la toucher — lui toucher le sein, l'épaule, approcher son visage du sien — et vivait déjà ce contact comme une expérience intense et purificatrice. Dans le même temps, elle était paralysée, soumise, fataliste. Et restait assise, doigts croisés, sans trahir la moindre agitation, avec cette immobilité immémoriale qu'ont les femmes en ces moments-là.

Paul se leva et fourra les mains dans ses poches. « On continue ? » Il se mit debout, tandis que Caro levait les yeux vers lui, se hâtant de pacifier sa chair et son sang. Et Paul sourit, fort de la victoire qu'il escomptait.

Caro pénétra seule dans la maison, et se tint quelques instants dans le hall. Il y avait une glace sur un mur, et elle avait pris l'habitude depuis peu de s'y regarder. Même face à un mur banal, il lui arrivait, ces temps-ci, de tenter de se représenter elle-même, de manière parfois un peu floue. Son reflet, à cet instant, était assombri, à cause du passage de la lumière à l'ombre, ou parce qu'un étourdissement passager brouillait sa vision. Dans les profondeurs de la maison, une porte s'ouvrit, et le professeur Sefton Thrale appela : « Charmian ? » Caroline Bell n'aurait su expliquer pourquoi ce simple fait lui fit monter les larmes aux yeux.

La cause en était son humeur du moment. Ou bien le souvenir du jour où, il y avait bien longtemps, la petite fille de six ans qu'elle était s'était trouvée dans une pièce sombre à plonger les yeux dans une longue glace fraîche comme l'eau. Et, à l'instant où s'ouvrait une porte, avait entendu la voix de son père appeler : « Marian ? » — le nom de sa mère. Il n'y avait rien de plus que cette évocation : un petit spasme de la mémoire qui jamais ne s'éluciderait.

10

Paul Ivory avait été accepté par Tertia Drage. Quand la nouvelle fut connue, les Thrale donnèrent un dîner pour le seigneur du château, invitant également un couple de voisins qui passaient pour avoir des biens importants au Kenya. La grande salle à manger de Peverel, toujours fermée, fut aérée et remise en état par des employés recrutés au village. La réouverture de la pièce à cette fin soulignait moins le terme d'une période de fermeture que la mise en évidence du fait que le lieu était maintenant une sorte de sanctuaire.

Plus longue que large, la pièce avait des pilastres corinthiens et une cheminée de pierre claire à chaque extrémité. Les fenêtres montaient jusqu'au plafond, drapées d'une soie orange rapportée, bien des années auparavant, de Swatow par une relation qui travaillait chez Butterfield et Swire. Les rideaux, beaux encore que fusés et poussiéreux, pouvaient être tirés afin de masquer des vitres qui auraient eu bien besoin d'être remplacées. Deux lustres avaient été soigneusement nettoyés ; un troisième, en vrac dans un panier au grenier, n'était plus qu'un fatras de pendeloques démantelées.

À la lumière du jour, des taches d'humidité transformaient les murs en atlas.

Ted Tice, qui était bricoleur, répara une rallonge appartenant à une table ovale. Le panneau, qui s'était voilé faute d'avoir servi durant la guerre, fut posé sur des tréteaux, pour que Ted puisse travailler plus à son aise ; et la femme de ménage qu'on était allé chercher au village, ne sachant trop comment le situer dans la maison, le méprisa pour sa compétence. Un couple plus âgé avait été engagé pour contrôler opérations et personnel — le mari, grand mais un peu tire-bouchonné, comme si on avait voulu un jour l'essorer ; la femme, étayée par des chairs emprisonnées dans un corset, place forte imprenable. Ce couple, les Mullion, habitait maintenant une imposante demeure, après de longues années de service chez des particuliers, mais tous deux étaient heureux, comme ils disaient, de « donner satisfaction » de temps en temps. Service et satisfaction, leurs préoccupations majeures, ne les avaient ni perturbés durablement ni rendus un tant soit peu accessibles.

Mrs Mullion, tout de noir vêtue, dit à Ted Tice : « Les jeunes n'ont plus le sens du service, de nos jours. » Parce qu'elle l'avait entendu chanter *Le vent du sud* dans la salle à manger, sans être convaincue de son statut d'invité. Elle n'aimait pas non plus l'accent de Ted, et s'en méfiait, ou plus exactement, ce qui la dérangeait était l'absence de tout effort de sa part pour l'afficher ou au contraire le déguiser.

Il était évident, en revanche, que le couple tenait Paul Ivory, qui ne chantait ni ne réparait les meubles, pas plus qu'il ne prenait la peine de les saluer, dans le plus grand respect.

Ted en était au stade des finitions dans la réparation de la table — une couche de vernis et la fixation d'un petit crochet en laiton. Quand Mrs Mullion fit sa remarque sur les jeunes et le sens du service, il travaillait près d'une fenêtre ouverte, et il se peut qu'il ne l'ait pas entendue.

(Un jour — Ted avait dix ans et venait de se faire enlever les amygdales, opération qui avait eu lieu à la maison —, sa mère était venue s'asseoir sur son lit et lui avait parlé service et satisfaction. « Ton père s'était juré qu'il le ferait plus jamais, s'engager comme domestique. Et il est jamais revenu sur sa parole. Ça nous est arrivé qu'une fois : on venait de se marier et on est allés servir tous les deux chez les Truscott à Ponderhurst. On avait peur de pas trouver de travail, et puis ton père toussait encore, à cause qu'il avait été gazé pendant la guerre. Les Truscott, quand y venaient, amenaient avec eux une cuisinière et une femme de chambre, et puis aussi le chauffeur, mais ils avaient besoin d'un couple pour s'occuper de la propriété quand ils étaient à Londres, pour la session du Parlement. Le salaire était pas mirobolant, mais on était logés nourris, et le travail était pas trop pénible.

« On était là depuis un mois et demi, quelque chose comme ça, quand Mr Truscott — Sir Eric, qu'il est maintenant —, il est venu trouver ton père pour lui dire qu'on lui donnait toute satisfaction et qu'on devrait penser à nous installer définitivement. Mais vu qu'on était jeunes mariés, y lui a fait comprendre que lui et Mrs Truscott y z'aimaient bien leur tranquillité quand y venaient à la campagne et qu'y préféraient qu'on ait pas d'enfants. J'étais pas là, moi, quand y lui a dit, mais ton père, y m'a appelée, et j'suis venue. Et ton père, il a dit à Mr Truscott : “Allez-y, redites un peu pour voir” — on voyait bien que ça allait barder. “Dites-lui, à elle”, qu'y dit. Ton père, il lui a foncé dans le lard, tu peux me croire : “On part aujourd'hui”, qu'il a dit — nous qu'on avait pas un sou devant nous, ni un toit à mettre au-dessus de not' tête. Et Truscott, rouge qu'il était, prêt à éclater, il a dit : “Vous partirez sans lettre de références, en ce cas.” Alors ton père : “Ma référence à moi, c'est que j'ai pas supporté vot' putain d'aplomb. Qu'est-ce que ça peut bien vous foutre qu'on ait une ribambelle de gosses ?" Et pis il lui a dit c'qu'il aurait jamais dû à propos de Mrs Truscott — c'était pas une mauvaise femme, elle, empotée, mais sans plus. Voilà que Truscott, y va pour s'en aller, mais ton père, y lui dit : "J'm'en vais aller trouver les journaux pour qu'ils l'impriment, pour qu'y disent comment un ministre de la couronne y peut parler à un Anglais, d'nos jours." De rouge qu'il était, le Truscott l'est dev'nu blanc comme un linge. "Tice, je suis sûr qu'on peut s'arranger à l'aimable", ou à l'amiable plutôt, qu'y dit. L'avait la frousse, tu peux m'croire. "Asseyons-nous tranquillement et parlons comme des gens sensés. Je me suis mal fait comprendre. Et mes nerfs ont été mis à rude épreuve ces temps-ci." Tu parles, quelqu'un qui foutait pas la rame, sauf pour faire un beau discours de temps en temps. Et tu sais comment ça s'est terminé ? Y nous a donné cinquante livres et on est partis le lendemain matin. À l'époque, on pouvait vivre jusqu'à six mois avec une somme pareille, et pas mal encore. Et puis on avait nos références, la lettre qui disait : Ils ont donné toute satisfaction. Mais ton père, y s'est juré qu'il le r'ferait plus jamais.

« Un peu plus tard, il a tout raconté à Mr Beardsley, ce pasteur de Southport qui défendait les travailleurs, parce qu'il avait encore dans l'idée d'aller trouver les journaux, vu que ça le mettait toujours en rogne, c't'affaire. Mais Mr Beardsley, il a dit qu'y fallait pas, parce qu'on avait accepté les cinquante livres. C'est comme ça qu'l'histoire s'est terminée. Et maintenant Truscott, l'est dev'nu Sir Eric, et l'a sa photo dans les journaux avec le prince de Galles. »)

Quant au couple embauché à Peverel, les Mullion, Ted Tice apprit par la suite qu'ils venaient de perdre leur petit-fils quelques semaines plus tôt dans un accident. Souvent, si l'on en savait plus, l'antipathie serait rarement définitive.

Caroline Bell sortit de l'armoire une robe noire, achetée à l'étranger, le seul de ses vêtements, pour l'instant, susceptible de créer l'effet dont, à l'avenir, et même très prochainement, elle aurait l'exclusivité. Elle suspendit la robe au beau milieu de la chambre, comme un drapeau de fête. C'est à peine si elle l'avait portée, et elle aimait à se rappeler les circonstances de son achat : sa dernière matinée en France, la liasse de billets de banque aux tons pastel. Dora avait failli avoir une attaque en apprenant le prix.

Quand il fut l'heure, elle ôta de son cintre la robe, qui lui glissa dans les bras comme une victime. Elle avait rassemblé ses lourds cheveux à l'arrière en chignon ; et vit dans la glace que cette coiffure lui allait très bien.

Caro descendit tôt dans la soirée, vêtue de sa robe noire, la ceinture en soie à la main. Elle était en train de repasser celle-ci dans la buanderie quand Tertia entra, portant une brassée de fleurs.

« Il faut les mettre dans beaucoup d'eau », dit Tertia, en posant les fleurs sur une plaque de pierre près de l'évier. Elle était vêtue d'une robe argentée froufroutante, qui balayait le sol. On avait l'impression qu'une bourrasque salée venait d'envahir la pièce ; et pourtant Tertia se contentait de rester immobile à regarder Caro repasser, tandis que les fleurs reposaient sur leur cénotaphe, prêtes à mourir.

Caro posa le fer sur son support et brandit la ceinture — tête renversée, bras levé. Elle était humaine somme toute et ne put s'en empêcher. Elle savait qu'il lui arrivait de produire un gros effet, de temps à autre, mais ressentait l'envie, en cette occasion, de voir la chose clairement attestée.

« Et qu'avez-vous l'intention de porter ce soir ? » finit par demander Tertia.

Caro continuait à tenir la ceinture à bout de bras — de côté, comme un charmeur de serpent distrait, de manière à pouvoir regarder Tertia en face. Dommage qu'il n'y ait pas eu d'autre témoin pour voir Caro dans sa robe, la gorge et le bras nus, sa main délicatement levée, ses yeux foncés fixés sur leur objet. Dans cette posture, elle força l'espace de quelques instants l'admiration de Tertia Drage.

Depuis le jardin, Paul Ivory appela : « Caro ! » C'était la première fois qu'il prononçait son nom.

Il y eut un silence, dans lequel se firent entendre des bruits en provenance de la cuisine voisine. Libérant Tertia du charme sous lequel elle la tenait, Caro abaissa la ceinture et la passa lentement, soigneusement autour de sa taille. Puis elle s'empara d'un grand vase qu'elle porta jusqu'à l'évier et ouvrit le robinet. Ces gestes quotidiens commandaient l'attention, et Tertia n'était pas la première à voir dans les mouvements les plus banals de Caro comme une préparation à la vie et à la mort. Quand les fleurs furent dans le vase, Caro regarda à nouveau Tertia et dit : « Voilà, dans beaucoup d'eau. » Et rit, avant de se sécher les mains et de sortir de la pièce.

Ce soir-là, ils fêtaient les fiançailles de Tertia et de Paul Ivory.

Sefton Thrale montra à ses invités la vue sur la vallée dans la lumière déclinante, avant de les faire entrer. La salle à manger récemment ouverte n'était pas vraiment disposée à accueillir la vie : une pièce longtemps laissée à l'abandon est tout aussi difficile à mobiliser pour une urgence qu'un jardin envahi de mauvaises herbes. Inutile de préciser qu'il y avait des coupes pleines de roses, des lumières tamisées et, dans chaque cheminée, un feu qui brûlait discrètement. Pourtant, au moment où résonnèrent les voix qui entraient, la pièce, trop vieille, battit en retraite, agressée par le bruit peu familier des allumettes que l'on frotte et des glaçons que l'on fait tourner dans les verres.

Il se révéla que la mère de Tertia avait survécu au naufrage du *Titanic* — éclipsant du même coup Grace et Caro, leur obscur *Benbow* et ses remous sans gloire dans les eaux australiennes. La mère de Tertia se souvenait d'avoir été descendue du paquebot dans un canot de sauvetage à l'âge de sept ans, et ainsi sauvée. Pour devenir, après ce haut fait d'armes, une solide jument alezane qui avait conçu puis mis au monde cinq filles, mais pas d'héritier mâle.

Vaguelettes glacées de la robe moirée sur le tapis tandis que Tertia s'éloignait de sa mère, chaloupe détachée du vaisseau amiral. Combien de temps avait-il fallu pour préparer cette version de Tertia Drage — cheveux lisses, robe argentée savamment modelée, aisselles épilées, collier scintillant, escarpins à bout pointu, vernis appareillé sur les ongles des mains et ceux, invisibles, des orteils ? Tertia n'en était pas moins indifférente, dédaigneuse, comme si elle avait été parée de ces babioles et de ces voiles contre son gré. On aurait presque pu croire à sa neutralité, en dépit de toutes les preuves du contraire. Elle avait abjuré toute faiblesse humaine : quand elle touchait sa robe dans un geste qui frisait la dérision, une banale manifestation de vie chez les autres prenait chez elle des allures de commotion.

Pourtant, elle avait commencé la soirée par une sévère défaite.

« Elle gâche tous les dîners auxquels elle assiste », dit la mère de Tertia. Avec autant d'amour que de fierté. Écrasant un sofa bleu boursouflé, Lady Drage avait l'allure d'une créature trop lourde pour son élément, un cormoran sur les vagues. Un invité non attendu qu'elle avait amené avec elle prit place devant la cheminée, auréolé d'étincelles. Un homme grand, au teint rougeaud, d'une quarantaine d'années, qui s'éclaircissait la voix avec assurance, mais parlait peu. Il avait une chevalière en or, lisse comme l'articulation d'un doigt, et portait une cravate aux couleurs de la brigade de la garde royale.

On parla d'abord du coût de la vie, et des impôts, comme il se doit dans les soirées de ce genre.

« Les Anglais parlent-ils toujours d'argent ? s'enquit Caro auprès de Ted Tice.

— Surtout les riches. »

Mr Collins, le propriétaire kenyan, assis dans un fauteuil en cuir, connaissait une histoire drôle sur l'Australie, qui datait, dit-il, de la dernière guerre et avait pour cadre Tobrouk, mais remontait en fait à la Grande Guerre et à la campagne des Dardanelles. C'était la blague de l'infirmière australienne qui comprend mal la question d'un soldat blessé parce que, pour elle, *to-day* se prononce comme *to die*.

Cette histoire, Caroline et Grace Bell la connaissaient bien, pour l'avoir entendue à maintes reprises quand on les présentait à des inconnus. Ted Tice, lui, ne la connaissait pas. On put voir que des larmes venaient à son œil griffé comme à l'autre, le bon.

Mrs Charmian Thrale jouait avec son collier de perles. Plus blanche que les perles, sa gorge donnait l'impression de n'avoir jamais été exposée à la lumière du jour.

(En 1916, pendant la bataille de la Somme, Charmian Playfair, qui s'était portée volontaire comme aide-infirmière, fut affectée au service des ambulances à la gare Victoria, où les blessés arrivaient sur les trains-hôpitaux. L'ambulance chargée cahotait dans les rues sombres, transportant ses rangées de soldats enveloppés de couvertures — lesquels, jouissant jusque-là du statut de « blessés », créatures journalistiques anonymes et immaculées, s'incarnaient soudain en masses de chair déchiquetées et palpitantes, selon le cas gémissantes, silencieuses ou vaillantes. Enfermée avec ces fantômes dans la pénombre mouvante, une jeune fille de dix-neuf ans portait sa main à sa gorge délicate. Et pourtant s'affairait de son mieux, pour apporter ici un peu d'eau, là répondre à une question, se déplaçant au milieu des couvertures grises et des bandages sanguinolents, rouges ou noircis. Il y avait là un jeune homme de son âge, sur lequel elle dut se pencher jusqu'à toucher son visage pour l'entendre murmurer : « Si froid... froid. Si froid aux pieds. » Et, d'un air capable, la jeune fille répondit : « Je m'en occupe » ; pour découvrir, en voulant replacer la couverture, que le garçon n'avait plus de pieds.)

Pareilles impressions gravitaient autour de Mrs Charmian Thrale sous forme de rituel plutôt que de confusion : les jeunes filles et leur double obsession de l'amour et des robes, les hommes et leurs revendications, grandes et petites, les femmes, toute soumission ou toute domination ; un déséquilibre marqué de l'espoir et du souvenir, un enchevêtrement sauvage de l'histoire. Le tout resurgissant pêle-mêle dans un flux temporel que seule une grammaire divine — un aoriste encore inconnu — aurait pu décrire et ordonner.

Mrs Thrale déplaça quelques roses afin de faire de la place pour un cendrier. Son dos ne touchait pas le sofa.

La jument qui tenait lieu de mère à Tertia disait : « Non pas le Kenya, jamais malheureusement, mais bien entendu nous avons séjourné en Égypte quand mon mari était... oh certes, pittoresque en diable, je vous l'accorde, personne ne songerait à le nier, Louxor, Karnak, mais tous ces mendiants... et que peut-on y faire ? Personne n'est plus généreux — je le serais même trop, à en croire ma famille —, mais ce ne serait pas leur rendre service ; que dis-je, ce serait dangereux pour eux. Ce n'est pas ton avis, Guy ? »

Son mari acquiesça machinalement. Il était assis entre les

femmes, autre panneau qui s'était voilé faute d'avoir servi. Il s'était depuis longtemps identifié aux opinions qu'il ne contestait jamais : une lèvre et un menton fripés et rentrants témoignaient de cet assentiment aussi parjure que systématique. Pourtant, cette fois-ci, il sortit de sa somnolence pour dire abruptement : « En Égypte, elle a souffert du soleil. » Il alla même jusqu'à regarder autour de lui, sans beaucoup de vivacité, il est vrai. « Un problème de pigmentation, c'est le terme technique. Des parents inconscients, qui la forçaient à sortir par tous les temps quand elle était petite. Ça lui a fait beaucoup de mal. » Le reproche étant comme un écho de l'époque où il s'était imaginé que sa femme, qui était bien la dernière à en avoir besoin, requérait sa protection. Et pourtant, entre le feu et la glace, celle-ci avait réussi à survivre.

Le chien Grasper, assoupi devant la cheminée, tressaillit sous l'assaut d'un rêve. À côté de lui, l'homme à la cravate de la garde royale resta impassible, se contentant d'allumer sa cigarette. Le capitaine Cartledge, c'était ainsi qu'on l'avait présenté.

Les jeunes gens avaient peu à peu gagné l'autre bout de la pièce, où ils s'étaient regroupés, sans pour autant s'asseoir. Leurs aînés sourirent à ce spectacle : au moins certains s'amusaient ; ce qui avait le mérite de compenser leur propre morosité. Galaxie de belles jeunes femmes et, dans la personne de Paul, d'un jeune homme désirable.

Caroline Bell n'avait pas l'air si jeune que cela, car elle semblait arborer sa beauté toute neuve comme une différence de génération.

Il était malvenu de la part de Ted Tice de rester là avec les autres. Par une sorte d'accord tacite, on s'était entendu des deux côtés pour penser qu'il n'était franchement pas à sa place.

« Comme à mon habitude, dit Tertia Drage, j'ai égaré

mes clés de voiture. » Comme à mon habitude, disait-elle, ou ça n'arrive qu'à moi, ce genre de chose — histoire de suggérer une forme de distinction, voire de célébrité. Si Tertia le faisait, c'est que ce devait être important.

Ted était taciturne, donné perdant par avance ; et pourtant, il avait le dessus. Là où Tertia, donnée gagnante à coup sûr, avait déjà essuyé une défaite ce soir-là et risquait d'en essuyer d'autres.

Ted avait réparé la table à temps, en dépit des angoisses de dernière minute de Sefton Thrale concernant les coups de marteau. Linge, argenterie, fleurs avaient été déployés en abondance, des bougies placées un peu partout : la table avait la solennité d'un dignitaire en tenue de cérémonie. Sa discrétion élaborée leur fournissait une référence, une ligne de conduite.

« Je suppose que le travail du bois n'a aucun secret pour vous, dit Tertia à Ted.

— C'est exact.

— Vous en avez de la chance ! C'est de famille, j'imagine.

— Comme dans la Sainte Famille. » La remarque était de Caro. Et l'homme à la cravate de la brigade leva les yeux depuis le coin des aînés.

Paul sourit. « Sainte Caro, protectrice des charpentiers. » Il était de son côté à elle, un côté nettement dissocié du camp de Ted Tice, ou même du sien. Ted avait peut-être choisi de n'être d'aucun camp ce soir-là, préférant ne voir personne le rejoindre. On ne pouvait même pas l'accuser d'avoir l'air de juger. Ils étaient placés de telle manière que Paul et Tertia, les fiancés, faisaient face aux autres, mais, au cours de la conversation, il arrivait à Paul de passer du côté de Caro. Sans être à proprement parler courageux, semblable parti pris impliquait tout de même une prise de risque.

« Vous tous, rassemblés dans une seule et même maison,

dit Tertia, comme si c'était absurde de leur part. Comme des naufragés sur une île déserte.

— Ou comme les participants à une soirée dans une maison de campagne isolée, fit remarquer Grace, où un meurtre vient d'être commis et où les invités, tout distingués qu'ils soient, sont tous suspects. »

On s'accorda à dire que Grace ne pourrait jamais être tenue pour suspecte. Ted Tice, lui, ne dit rien. Une fois Grace mise hors concours, les autres n'en apparurent que plus capables de violence. Grace était à part, non pas seulement en raison de sa douceur, mais parce qu'elle n'était plus libre de ses affections. Elle avait été revendiquée, et semblait faire partie du groupe pour la toute dernière fois, et encore en partie seulement. Elle avait déjà un passé d'aveux publics et de révélations secrètes, ainsi que les lettres d'Ottawa qui commençaient par Ma chérie. Aux yeux de quelqu'un, elle avait atteint l'excellence.

Le même statut aurait pu également s'appliquer à Tertia, désormais ; or, ce n'était pas le cas, même si aucun mariage n'aurait pu sembler plus inévitable que le sien. Tertia paraissait mettre son point d'honneur à ne jamais revendiquer en public quelque droit sur Paul, ni par un contact physique ni par le biais de ces petites manifestations possessives qui trahissent d'ordinaire l'autosatisfaction, ou l'insécurité, des amoureux. En ce soir de fiançailles, Tertia s'abstint d'afficher tout lien avec Paul ; debout à ses côtés, elle donnait l'impression d'un détachement particulièrement rigide, alors que son corps aurait dû présenter une silhouette plus alanguie. Il y avait dans cette attitude quelque chose du dédain dont elle témoignait à l'égard de ses vêtements si soigneusement choisis.

« Où avez-vous trouvé cette robe ? » dit Paul à Caro, d'un ton brusque qui semblait exclure le compliment.

C'est cet instant que choisit le capitaine Cartledge pour venir les rejoindre — montrant, en quittant brusquement la cheminée pour traverser la pièce, qu'il n'attendait qu'une occasion. Plus exactement, pour venir rejoindre Caro, puisqu'il dit d'emblée : « Oui, cette robe est superbe », dénonçant, par ce compliment, l'éloge retenu de Paul. Le capitaine, cavalier de métier, était venu à cheval jusqu'au château depuis la maison voisine d'un ami, sans intention de rester. D'où, fit-il observer, ses vêtements peu appropriés, et sa cravate. Hautain, assez beau, avec peut-être une propension à la cruauté, il avait le teint couperosé de celui qui vit beaucoup à l'extérieur et, à l'intérieur, boit beaucoup. Il y avait de la hardiesse, ou une forme de pureté, dans la façon dont il aborda Caro avec le mot « superbe », lequel, lourd de toute une expérience, tranchait nettement sur leurs feintes et leurs réticences de jeunes gens, faisant apparaître immature même un Paul Ivory.

Rien n'eût pu moins plaire à Tertia, dans sa cataphracte d'argent. Ou à Ted Tice, encore qu'il eût fallu plus qu'une aversion partagée pour les réunir. Elle échangea avec Cartledge le même regard de froide reconnaissance qu'elle réservait à Paul. Et Ted Tice se dit que ces deux-là avaient, peut-être le jour même, été amants.

À l'autre bout de la pièce, les trois hommes âgés discutaient infirmités, se confiant des symptômes à voix basse comme des adolescents parlant de sexe.

À table, le capitaine Cartledge se retrouva assis à côté de Caro. Le palissandre luisait comme du marbre, les fleurs étincelaient comme de la verrerie ou de l'argenterie ; sous leur surface lustrée, les objets devenaient autres, et la table n'avait plus rien d'un catafalque. Inconcevable à cet instant que l'obscurité pût draper la campagne de ses voiles derrière les rideaux orangés.

« Alors, vous vous êtes tout raconté. » C'était l'idée que se faisait le capitaine Cartledge de l'intimité de jeunes gens se retrouvant ensemble dans une maison.

Caro dit que le temps de l'introspection était terminé. Ted Tice partait le lendemain pour Édimbourg ; le jeudi, Paul Ivory allait passer quelques jours à Londres, et, ce même jour, Grace devait choisir, à Winchester, le tissu de sa robe de mariée. Elle les désigna du doigt l'un après l'autre, tout autour de la table comme s'il s'était agi d'étrangers ; tandis que Tertia, assise en face d'elle, vidait son assiette toujours avec le même dédain.

« Et vous ? » Comme si le reste était sans importance.

« Moi ? » D'un ton à lui faire savoir qu'elle choisissait d'être, elle aussi, sans importance à ses yeux. « Je vais faire une excursion du côté des menhirs d'Avebury pendant un jour ou deux. » Elle lui dit que Ted Tice lui avait noté, pour le jeudi, les trains qu'elle devait prendre, et les correspondances.

« Le cromlech néolithique, dit le capitaine, tandis que la table écoutait, sans trop savoir pourquoi. Il est vraiment néolithique », répéta-t-il, comme si cela contribuait à le définir plus précisément. Et, ayant suivi un entraînement sur la plaine de Salisbury, il entreprit aussitôt de discourir sur Stonehenge.

Soudain, on entendit la voix de Paul Ivory ; levant les yeux sur Caro, avec ce petit sourire ironique qu'ont les gens qui s'excusent parce qu'ils se souviennent tout à coup d'un vers ou d'une citation, il dit : « Vous voulez parler du temple païen ? »

Et Caro de répondre sans sourire, lentement mais du tac au tac : « Oui. Plus vieux que les siècles, plus vieux que les d'Urberville. »

En rentrant, dans la voiture, Tertia dit : « L'aînée des deux filles Bell a un cou d'homme. »

La mère de Tertia, quant à elle, était en train de se dire que les classes moyennes entretenaient beaucoup trop leur argenterie.

11

Quand Paul dépassa la gare et tourna pour prendre la grand-route, Caro ne dit rien. S'étant préparé à un gros effort de persuasion, Paul prit son temps pour s'adapter à cette nouvelle donne. Dans l'intervalle, l'immobilité de la jeune femme était de nature à créer, paradoxalement, une transformation corporelle.

« Vous saviez que je n'allais pas à Londres ? »

Elle acquiesça de la tête.

« Que je n'avais pas l'intention de vous déposer à la gare ? » Il n'aurait, pour rien au monde, renoncé au suspense généré par ses brefs hochements de tête. « Et vous saviez pourquoi. Quand est-ce que vous avez compris ?

— Le soir du dîner.

— Vous savez toujours tout, n'est-ce pas ?

— Je n'ai aucune expérience, dit-elle.

— Voilà une chose à laquelle il nous faut remédier. »

Il était en train d'établir le genre d'échange qu'il aurait pu avoir avec Tertia. Caro se demanda si c'était là l'effet qu'il produisait sur les femmes en général, en les faisant parler d'une certaine manière, sur un certain ton, avec toutes les ambiguïtés qui diminuaient d'autant le sens, tendant le fil haute tension entre l'homme et la femme jusqu'à créer un antagonisme violent mais sans fondement réel. Ses plaisanteries donnaient l'impression bizarre que ce n'était pas sa vraie voix que l'on entendait, et que peut-être elle n'existait même pas.

« Essayons d'adopter un autre ton, voulez-vous ? dit-elle.

— C'est comme ça que je parle, moi.

— Vous apprécieriez peut-être un peu de changement. »

Son unique préoccupation, à n'en pas douter, pour l'instant.

« Vous n'aurez jamais le ton de Tertia, si c'est ce que vous voulez dire. »

Elle ne répondit pas, craignant sa déloyauté, ou sa loyauté. Et Paul poursuivit. « Et vous ne lui ressemblerez jamais non plus. Vous avez dû remarquer ses yeux. » Il arrêta presque la voiture sur la route déserte. « Regardez-moi. » Le moment leur fit faire un grand pas en avant, comme si une discussion sérieuse avait déjà eu lieu ou que l'irréparable eût déjà été commis. Il ne l'avait pas encore touchée, mais la certitude qu'il allait le faire donnait à l'échange un caractère définitif : celui-ci constituerait leurs dernières paroles d'avant la passion. « Quand une femme a des yeux comme les siens, il est souvent impossible de dire si elle pleure. » Peut-être cela faisait-il partie des habitudes de Paul de s'attendre à voir pleurer les femmes. « Dans le cas de Tertia, cependant, on n'a pas à craindre de se tromper.

— Vous l'avez pourtant choisie.

— Je ne suis pas ici pour m'expliquer. » Déjà les répliques vives, acerbes, catégoriques des gens célèbres : Paul exploitant à l'avance sa gloire à venir. « Elle était exactement pareille à quinze ans, poursuivit-il cependant sans transition, quand je l'ai vue pour la première fois. La personne la moins physique qu'il m'ait jamais été donné de rencontrer.

— Faut-il voir là un charme particulier ?

— Oublions Tertia pour l'instant, voulez-vous ? »

Ils tournèrent à un carrefour, oubliant Tertia. « Nous prenons la direction d'Avebury, si c'est toujours ce que vous voulez.

— Oui, j'ai envie de voir les menhirs. » Elle voulait voir Avebury parce que Ted Tice lui avait décrit l'endroit. Elle pencha la tête dans l'air qui entrait par la fenêtre, oubliant Ted.

Ils traversèrent une campagne étonnante, qui ressemblait à un delta ou à un rivage conquis sur la mer, sans élévation, à peine vallonnée sous un ciel de gros nuages massés très haut. « Pour l'instant, dit Caro, on ne se croirait vraiment pas en Angleterre. Plutôt au centre de l'Amérique.

— J'aimerais bien passer quelque temps en Amérique, et l'utiliser comme leurs écrivains nous ont utilisés. Les écrivains anglais sont très mal à l'aise avec le parler américain, ils ne font que le reproduire à coups de stéréotypes et de préjugés. De toute façon, les Anglais n'ont aucune oreille pour aucune langue, en dehors de la leur, et pour ce qui est des Américains, nous sommes tous sourds comme des pots dans ce pays — sauf, disons-le, aux inflexions du touriste le plus caricatural. C'est pourquoi un Américain qui sait s'exprimer s'entend dire chez nous qu'il ne parle pas comme un Américain : tout simplement parce qu'il ne joue pas le jeu. »

Il n'aurait pu trouver meilleur moyen de l'atteindre qu'en tenant des propos sensés. Et, dans la mesure où son extrême franchise ne connaissait pas de bornes, il se pouvait fort bien qu'il l'eût fait de propos délibéré. Pour Paul, la sincérité était un pis-aller auquel recourir quand le reste s'avérait inopérant.

« Des tas de gens en Angleterre, dit-il, passent leur temps à rassembler des preuves négatives sur presque tout. Le vieux Thrale est l'archétype du genre. »

Voilà qui était plus inattendu de sa part que sa trahison de

Tertia, car il semblait répudier, ce disant, non seulement l'adulation du professeur mais aussi ses manières charmeuses à lui. Remarquable aussi la manière dont cette répudiation rendait pathétique la flagornerie de Sefton Thrale.

« Ce qui veut dire ? Que vous les détestez tous ? » Elle pensait à Tertia, à Thrale. Mais il prit le « tous » comme se rapportant aux Anglais en général... ou choisit de le faire, la déloyauté nationale étant plus acceptable qu'une infidélité privée.

« Je déteste le côté sous-alimenté de ce pays, ses doléances perpétuelles, sa propension à la critique, sa réticence à tenter de nouvelles expériences. Son obstination à s'entêter dans l'erreur. » Le visage de Paul n'exprimait pas davantage le dégoût en cet instant que celui de Caro n'exprimait l'amour : et pourtant, c'étaient là leurs émotions dominantes. La voiture continuait à son allure égale, capsule véloce concentrant leurs énergies.

« Vous savez que mon père a été prisonnier de guerre dans un camp japonais », dit Paul. Pensant que Caro était au courant de ce fait, Paul Ivory en oubliait la mort par noyade de son père à elle. « Quand il est rentré en 45, il a rapporté un petit bocal de bouillon de viande, un bocal de Marmite de cent grammes, le couvercle rouillé, l'étiquette partie, qu'il avait avec lui en entrant en prison et qu'il avait gardé intact pendant quatre ans. Les prisonniers, bien sûr, ont tendance à conserver des talismans avec eux, mais ce bocal aurait pu servir à prolonger une vie pendant plusieurs jours ou permettre à un évadé de tenir une semaine. Sauf que la farce idiote consistant à le maintenir ainsi non entamé — à le dissimuler, en fait — comptait bien davantage. Voilà, c'est l'Angleterre, ça, dans sa foutue splendeur. »

À un carrefour, un enfant agita la main à leur passage. Paul lui rendit son geste.

« Le lendemain de son retour à la maison, mon père a exhibé le fameux bocal, avec son couvercle rouillé. L'a flanqué au beau milieu de la table où nous étions en train de manger, en nous disant de sa voix d'outre-tombe qu'il ne l'avait pas touché pendant plus de trois ans passés à crever de faim au camp, tout en l'ayant à côté de lui à chaque repas. Sans grandiloquence particulière, bien entendu, la désinvolture étant en quelque sorte indispensable à l'effet à produire. C'était une de ces situations où on ne peut pas se montrer à la hauteur parce qu'on refuse tout bonnement de jouer le jeu. Je n'ai pas pu supporter — cette dévotion pour la Marmite, ce silence ébahi et respectueux autour de la table. Et je lui ai dit : "Eh bien, cette fois, son heure a sonné, parce que Dieu sait que, ici aussi, on crève de faim." Et j'ai ouvert le foutu bocal et plongé ma cuillère dedans séance tenante, pour ne pas devenir moi aussi victime du culte de Marmite et me laisser momifier. »

Ils s'engagèrent sur un chemin où les lourdes frondaisons tombaient comme des rideaux. « Eh bien, dites quelque chose, dit Paul. Ou bien vous êtes-vous laissé marmiter vous aussi ?

— Je trouve votre histoire brutale et œdipienne, si c'est là la raison de mon air marmité, dit Caro, s'exposant à un grand risque avec un réel courage. Pourquoi faut-il que vous tourniez en dérision l'endurance des autres ou la manière dont ils choisissent de survivre ? Vous qui n'avez jamais été confronté à la mort, ni même au danger ? »

Paul leva les mains du volant dans un geste d'impuissance. Mais quand ils sortirent de l'écran de frondaisons, il dit : « Je pourrais ajouter que ça avait un goût immonde. J'ai de la chance d'être encore en vie. » Ils éclatèrent de rire, et s'empressèrent d'oublier le père de Paul.

Au moment où le père de Paul Ivory, jeune officier dans les tranchées à la fin de 1917, était devenu objecteur de conscience, il avait déjà publié un recueil de poèmes dont, à en croire la couverture en papier pâle, le lyrisme précoce était stupéfiant — stupéfiant, apparemment, parce qu'à dix-neuf ans on le jugeait suffisamment âgé pour quitter le monde mais non pour avoir des idées à son sujet. Après un passage en cour martiale et deux ans de détention, ponctués d'un séjour forcé en asile psychiatrique, il avait publié un second recueil, d'inspiration tout aussi lyrique et pastorale. Et c'est là ce qui le perdit aux yeux du public. Le lyrisme était mort avec la guerre ; la paix avait apporté avec elle la belligérance. Qu'un officier subalterne promis à un sort funeste ait pu célébrer, sous le feu de l'ennemi, les beautés de son Derbyshire natal avait eu quelque chose d'émouvant et de louable ; qu'un survivant arrivé à l'âge adulte, et désormais en civil, pût continuer, au milieu d'expériences extrêmes, violentes et sujettes à controverse, à chanter ses promenades dans les bosquets était carrément absurde. On estima que Rex Ivory n'avait aucun sens de son époque ni des possibilités qu'elle lui offrait ; sans compter que, d'une manière encore plus obtuse, il manifestait la plus grande ignorance des nouvelles tendances de la critique contemporaine. Son deuxième recueil, comme ceux qui devaient suivre, fut accueilli avec un mépris cinglant.

Peu de temps après, il épousa une fille riche et autoritaire, engendra deux fils, et disparut dans le Derbyshire, apparemment pour toujours — son nom fournissant de temps à autre l'occasion d'une note de bas de page condescendante ou d'une plaisanterie facile aux critiques traitant de la scène littéraire de l'entre-deux-guerres.

Quand il prit, ou plutôt reprit, du service dans l'armée en 1939 — paradoxe qu'il fut le seul à remarquer —, il fut envoyé en Malaisie, où il ne tarda pas à être fait prisonnier par le conquérant japonais. À Singapour, il partagea sa cellule avec un statisticien, un officier dégingandé de la 18e division, et partagea aussi avec lui la tâche quotidienne consistant à creuser les tombes de camarades morts de la malaria, de la dengue, de la dysenterie, du béribéri, de la gangrène, ou de la malnutrition due à un régime composé presque uniquement de riz. La radio clandestine permettait un contact sporadique entre les détenus répartis dans des prisons semblables dans tout l'Extrême-Orient, et c'est de cette manière que le compagnon d'Ivory, le grand statisticien, se mit à dresser, lentement, diligemment, des listes de survivants, de disparus et de morts — entrant ses données en code et enfouissant le tout nuitamment dans la terre, avec Rex Ivory comme complice.

La troisième année vit le statisticien creuser une dernière tombe, beaucoup plus longuement, après avoir transmis à Rex Ivory ses archives et l'obligation morale de les tenir à jour. Au cours de la quatrième année, quand la flotte britannique de libération atteignit Singapour, lesdites archives furent sorties de terre de manière définitive, et cet épouvantail de capitaine Ivory, la seule personne capable d'en déchiffrer le code, fut prié de rallier Colombo par le premier bateau. Depuis un quai dévasté de Singapour, on le fit monter à bord dans ses haillons au son d'une fanfare, tandis que l'équipage du navire se tenait au garde-à-vous sur le pont. Les rouleaux codés serrés sous son bras atrophié constituaient le seul document cohérent sur la mort d'une armée britannique.

Une fois Ivory changé et nourri, on l'envoya trouver le trésorier.

« Décaissement uniquement sur présentation de la dernière feuille de paie.

— J'ai été fait prisonnier à Johore à 15 heures le 18 février 1942 et je suis resté au camp de Changi jusqu'à ce matin. »

Le trésorier se leva de son bureau en métal et alla ouvrir une serrure à combinaison commandant une porte à deux battants. Apparut alors un coffre-fort encastré dans la cloison et entièrement tapissé de liasses de billets de toutes les couleurs, pareilles à des briques sur une façade pastel.

« Servez-vous. »

À Colombo, Rex Ivory prit un avion pour l'Angleterre, où, après s'être présenté au ministère de la Guerre, comme il en avait reçu l'ordre, il fit en sorte de prendre le train du soir, à cette époque le seul, pour le Derbyshire. À ce moment-là, sa famille était au courant de sa résurrection. Comme quelqu'un qui revient au pays après une courte absence, il préféra ne pas arriver les mains vides et voulut acheter à la gare de Londres une toute petite boîte de chocolats blanchis par le temps, trônant toute seule dans sa vitrine.

« Les coupons, dit la fille, qui prononçait "kioupongs" et était en fait une femme, rébarbative et grisonnante, car les filles étaient toutes parties à la guerre. Les coupons, s'il vous plaît.

— Quels coupons ? »

Elle le regarda. Ses doigts inquiets se crispèrent sur la boîte minuscule quand elle entreprit de le dévisager plus soigneusement. « Mais, bon sang, vous sortez d'où ?

— J'étais dans une prison japonaise, répondit Ivory. J'y suis resté trois ans et sept mois.

— Sûr que je vais y perdre mon boulot », fit-elle, en lui fourrant la boîte dans les mains.

Les épisodes, restés secrets, du trésorier et des chocolats constituèrent les temps forts du retour de Rex Ivory, même si son histoire ne devait pas tarder à devenir un des emblèmes de la victoire, car les journaux eurent tôt fait de s'en emparer, faisant de lui « *le* poète Rex Ivory » dans des publications où, jusqu'alors, l'article indéfini avait fort bien fait l'affaire, et de manière plutôt sporadique. *Poèmes choisis* fut publié sur un papier de guerre grossier et moucheté, et, cette fois, on n'entendit plus de bons mots sur les tours d'ivoire. Il put lire qu'il avait vu juste en rejetant la Première Guerre mondiale, et fait preuve de prescience en assumant la Seconde ; et se fit à l'idée, nouvellement répandue, qu'il avait fait montre de perspicacité. Une camionnette de la BBC débarqua tout son matériel dans les Dukeries, et une caméra suivit le célèbre et clairvoyant poète Rex Ivory tandis qu'il s'éloignait entre des massifs fleuris, accompagné de deux Sealyham-terriers obligeamment prêtés par un voisin. En dépit d'une analogie, improvisée, il faut le dire, entre l'asile psychiatrique anglais et le camp d'internement japonais, l'interview fut une franche réussite ; pour la bonne raison que, là où les gens ont décidé d'admirer, personne ne leur fera admettre qu'ils puissent s'ennuyer.

La femme d'Ivory fut proprement ébahie, et ravie à l'extrême. Et ravie d'ébahir à son tour les gens haut et bien placés grâce à une distinction qu'elle-même, pas plus qu'eux, ne soupçonnait jusque-là. Histoire de tirer un avantage social de cette surprise, elle acheta une maison à Londres tout de suite après la guerre, à un moment où les prix étaient au plus bas. Rex Ivory, lui, demeura dans le Derbyshire, source d'authenticité pratiquement invisible.

Restait une chose. Dans sa prison au fin fond de la jungle, Rex Ivory avait, comme par le passé, composé des poèmes, qu'il dut mémoriser, puisque le moindre bout de papier était conservé aux fins d'établir les listes codées de victimes. Un éminent éditeur était prêt à sacrifier une partie du précieux papier d'après-guerre pour la publication du volume tant attendu. Rien là d'imprévisible. L'imprévu se manifesta, en revanche, quand il apparut que, une fois transcrits, les vers du camp de la mort malais célébraient exclusivement et inexorablement les ruisseaux et les chemins creux du Derbyshire.

Dans l'intervalle, d'autres héros et d'autres manuscrits avaient vu le jour. L'intérêt du public pour Rex Ivory faiblissait dans l'exacte mesure où la pénurie de papier, elle, s'intensifiait. Lors d'une réunion des plus hautes instances, tenue par un samedi matin pluvieux à la maison d'édition, il fut avancé que certains des poèmes — en particulier celui qui concernait un vanneau — se prêtaient aisément à la dérision. Se prévalant d'une clause de catastrophe naturelle, les éditeurs résilièrent le contrat. Et le *Champ à demi moissonné* fut édité, comme les précédents volumes, à compte d'auteur, par une obscure maison.

Les deux fils d'Ivory étaient devenus de grands jeunes gens, après avoir fréquenté les bonnes écoles, chanté les bons hymnes et choisi les bonnes orientations. « Parfait », dit Ivory, quand son épouse lui annonça les directions prises au cours des années qu'il avait passées outre-mer. « Ah ! Parfait. » Aucune raison de penser qu'il pût y avoir la moindre ironie dans ce commentaire laconique. Gavin, son fils aîné, entrait dans une banque d'affaires. Là aussi, parfait. Le cadet, Paul, était encore à l'université. Nés au bon moment, ils avaient tous deux échappé de justesse à la guerre. Au sein de sa famille, Rex Ivory faisait figure de dépossédé, comme s'il avait perdu toute possibilité de contact avec les siens. Lesquels ne songeaient guère à compenser pareille perte, mais étaient prêts à faire ce qu'il fallait et à lui tenir compagnie — d'abord tous ensemble, puis à tour de rôle — jusqu'à ce qu'il se fasse à sa condition d'homme seul. C'était là le moins qu'ils pussent faire : ne l'avait-il pas mérité par sa conduite intéressante et rémunératrice durant ses années de détention ?

Ce qu'ils espéraient, c'était que l'Amérique le prît en charge. Le Texas demandait qu'on lui communique tous les documents le concernant, et l'université d'Ann Arbor avait envoyé un questionnaire concernant ses méthodes de travail. Par ailleurs, il avait été interrogé par un professeur associé du nom de Wadding, qui se rendait en Écosse pour éclaircir le mystère de l'identité de la « Moissonneuse solitaire » de Wordsworth, ainsi que des paroles de sa chanson. (Le produit de ces recherches devait être publié dans une revue savante sous le titre *Quelqu'un me dira-t-il enfin ce qu'elle chante ?*). L'épouse d'Ivory avait le sentiment que cet intérêt américain, qui avait quelque peu faibli, était susceptible d'être ranimé.

Rex Ivory ne protestait jamais. Sans qu'on puisse dire pour autant qu'il se montrait passif.

« À moins qu'il ne s'agisse de résistance passive, dit Paul à sa mère.

— Ton père n'a jamais été très communicatif. »

Le temps qu'Ivory se remplume un peu pour pouvoir à nouveau endosser un costume de ville, l'épouse et les deux fils étaient partis vivre dans la métropole. Il reçut la visite de quelques vieux amis qui, dans le passé, avaient partagé avec lui les notes de bas de page et l'article indéfini. L'essence était introuvable, et un des amis en question, qui avait témoigné en faveur d'Ivory lors du procès de 1917 en cour martiale, vint de très loin à bicyclette ; un autre couvrit à cheval une distance considérable sous la pluie, coiffé d'un béret en velours. Il n'y avait pas non plus de combustible pour le chauffage, et Ivory avait froid en permanence. Une fois n'est pas coutume, il s'en plaignit. Il fut allégué — sans que, bien évidemment, on l'en rendît responsable — que son sang avait dû se raréfier dans la jungle. Il y avait des moments où sa femme n'était pas loin de lui dire : « Rex, mon cher, nous avons tous froid. »

Quand son père fut sur le point de mourir, Paul arriva d'Oxford, après trois changements de train. Le plus souvent silencieux, acceptant tel ou tel service, observant les choses avec ce mélange de détachement et d'attention qui le caractérisait, Rex Ivory avait son air de tous les jours ; comme si la mort lui était depuis longtemps familière. Assis à son chevet — ils venaient à nouveau chacun à tour de rôle —, Paul se disait qu'il n'arriverait jamais à être suffisamment intéressé pour vouloir éclaircir le mystère que figurait son père. Il y avait bien là quelque chose, mais rien qui suscitât vraiment l'intérêt. Si le biographe américain supposé réussissait un jour à expliquer l'énigme, cela équivaudrait pour Paul à une défaite, voire une tricherie — comme quand on va regarder la solution d'un puzzle exaspérant.

« Jamais vu la mort avant, Dickie ? C'est le moment pour toi de regarder. »

Paul n'avait jamais entendu son père prononcer ces mots auparavant, mais ne s'y trompa pas : il s'agissait d'une citation, et non, comme le pensait sa mère, d'une confusion de noms de la part d'un homme à l'agonie. Un vers extrait d'une ballade composée par un chantre de l'Empire et mettant en scène un vieil aventurier qui avait roulé sa bosse et rendait son dernier soupir en présence de sa lavette de fils. Paul ne se sentait pas coupable, et il n'était même pas certain, en dépit de preuves indirectes, qu'on pût dire de son père qu'il avait roulé sa bosse : les événements s'étaient imposés à Rex Ivory, et pouvaient difficilement être qualifiés d'aventures. Toujours, à la base, cette même absence d'initiative — jusqu'au pacifisme né dans les tranchées qui pouvait, à la réflexion, se réduire à une sorte d'abnégation et à un simple repli sur soi. Des efforts, considérables et obstinés, avaient été consacrés au renoncement, comme si l'existence humaine était quelque gigantesque bocal de Marmite.

C'est ainsi que le poète Rex Ivory, jugé par son plus jeune fils, se flétrit ; puis, loin d'avoir atteint un grand âge, dépérit et mourut.

12

Une petite route plate amena soudain Paul et Caro, dans la fleur de leur jeunesse, au beau milieu des mégalithes. Paul arrêta la voiture. Caro ouvrit la portière et regarda. Des blocs gigantesques et impassibles se dressaient sur des avenues d'herbe circulaires. La terre ici s'était ouverte pour révéler un autre monde, son fondement même.

Les pierres tombales — juste à la bonne hauteur pour un enfant, et de bonne compagnie — parmi lesquelles Paul et Caro s'étaient un jour promenés prenaient l'allure, par contraste avec ces formes énormes et imposantes, de pamphlets éphémères au service d'une cause oubliée. Comparé à cette scène, le reste de la création n'était que palpitation légère de pétales et de cailloux, décor frivole où l'arbre le plus massif était sans substance. Le petit village lui-même, à travers lequel étaient postés comme autant de sentinelles les monolithes les plus éloignés, donnait l'impression, avec ses quelques siècles de chaume et d'ardoise, de n'être que le masque fragile de la réalité. Non que ces sombres blocs de pierre qui avaient franchi les âges aient donné l'illusion complaisante de la permanence des intentions humaines. Ici, il ne pouvait être question de victoire, ni même de préséance. Il aurait fallu pouvoir opposer à ces rochers une raison plus valable que sa pauvre existence : c'était sa condition de mortel, sa capacité même à recevoir la blessure, contre leur indifférence.

(En d'autres temps, en d'autres lieux, Ted Tice avait dit, à propos d'un autre paysage : « Il fallait un réel effort pour se persuader qu'on existait. »)

La disposition ordonnée des mégalithes leur donnait un air d'inévitabilité rarement rencontré dans la nature : avec cette dernière, on pouvait toujours espérer une inadvertance. Mais ici, même les vides dans les alignements, là où les blocs étaient tombés et n'avaient pas été redressés, semblaient répondre à un agencement sinistre et délibéré, semblables qu'ils étaient aux dents manquantes du sourire d'un tyran.

Certains des blocs étaient arrondis, d'autres avaient la forme de colonnes. C'était là l'état naturel, brut, de pierres non travaillées par l'outil de l'homme. « Et Il les fit homme et femme. Ça vaut même pour ces rochers », dit Paul Ivory.

La présence de Paul offrait une sorte de salut, suggérant que la propension de l'homme à aimer, qui, certes, ne pourrait jamais réfuter Avebury Circle, risquait cependant d'en faire apparaître les imperfections. Conscient de cet avantage, Paul attendait le moment où le silence de Caro se reporterait, fortifié, de l'endroit sur lui-même. Il était calme, maître de son désir, mais animé de cette curiosité qui est elle-même une des formes du désir. Jusqu'ici, ils n'avaient fait tous les deux qu'essayer de deviner l'essence de l'autre, et l'autonomie dont elle faisait montre avait conféré à Caro un certain pouvoir sur lui — un pouvoir qui ne saurait être inversé que par un acte de possession.

L'incertitude des préliminaires pouvait constituer un stimulant, si le résultat était garanti.

Caro, de son côté, s'exposait à un délicieux danger, du fait non seulement des circonstances mais aussi de son refus de les influencer. L'attirance était aussi forte que le danger était grand. Il fallait en outre compter avec son jeune corps souple, ses bras et sa gorge fermes, et son aversion pour le contact physique. Au-delà du plaisir qu'il éprouvait à se dépasser lui-même, Paul cherchait également à satisfaire son envie d'outrager l'orgueil de Caroline Bell, ou son intégrité.

Elle ne sera pas franchement différente si cela devait arriver, se disait-il — haussant mentalement les épaules ou plastronnant d'une manière qui lui parut même à lui tout à fait gratuite. Cette pensée n'était qu'une autre façon de blesser.

Il savait qu'elle finirait par se tourner à nouveau vers lui, heureuse d'une présence et d'un accueil humains : Paul Ivory serait une consolation après le spectacle de ces monuments inquiétants. Et quand, enfin, elle le fit, il répéta : « Regardez-moi », puis, avec un naturel infini, l'attira contre lui et l'embrassa sur la gorge, la joue, la bouche. Il y eut une empathie soudaine dont il ne serait pas seyant de se moquer. Le corps de Caro se raidit, autant pour se rapprocher que pour s'écarter de lui ; il sentit sa poitrine se soulever, son souffle palpiter sur sa langue. Dans cet instant, si tel était son choix, il pouvait la sentir changer à jamais ; pouvait faire l'expérience de ce moment critique où la femme donne sa force à l'homme en dépôt, la lui confie — si facilement, sinon inconditionnellement.

Au-delà de la tête renversée de la jeune femme, Paul Ivory apercevait deux ou trois personnes errant au milieu des blocs, et un chien qui bondissait pour aller récupérer un bâton. Mais la scène colorée était comme figée, suspendue, incapable de suivre l'élan de vie qui soudain les avait emportés.

Le sac en toile de Caro glissa par la portière ouverte et alla reposer dans un petit creux d'herbe. Elle eut un sentiment d'inéluctabilité absurde quand il tomba, comme celui à qui un bien très prisé échappe en pleine mer. Dans l'intérieur réduit et malcommode de la voiture, bras, épaules, poitrines s'accordèrent parfaitement. Au loin, le chien continuait à sauter après son bâton. Dans l'ombre des seringas, un homme coiffé d'une casquette avait installé un chevalet et un tabouret, et choisissait ses couleurs. On aurait pu les prendre pour un couple d'amants comme les autres dans une voiture arrêtée.

Il n'était pas venu à l'esprit de Paul que l'influence de Caro pût grandir avec sa soumission. Ou que la jeune femme pût préserver son intelligence. Quand elle recula la tête pour le regarder, il prit conscience du fait que son jugement était intact, et aussi obstiné que le battement du sang dans les artères, et que, mieux encore, il constituait l'élément le plus tendre, même si c'était le moins magique, de l'amour. Il approcha la main de son visage, le léger tremblement de ses doigts trahissant une exaltation sincère.

« Que de beauté ! » dit-il — découvrant l'existence d'un mot chimérique. Il suivit du doigt le contour de sa bouche, et ses lèvres sourirent sous la caresse. « Et si l'on marchait un peu ? » proposa-t-il.

Ils descendirent de la voiture. Caro ramassa son sac de toile. Cette brève absence de contact marqua une séparation brutale à laquelle ils s'empressèrent de mettre fin. Sur le bord de la route, là où l'herbe avait la finesse de la mousse, la terre ensevelissait décombres, fragments de poterie, ossements humains. Paul avait passé son bras autour de la taille de Caro et répétait inlassablement son nom : deux syllabes, comme des mots tendres, permis maintenant, qu'il n'avait plus à refouler.

Un avis était accroché au dos de la porte. « La direction n'est pas responsable de la perte d'objets de valeur. »

« Inutile donc d'aller se plaindre auprès d'elle », dit Paul.

Au-dessus du lavabo, un autre avis, passé à force d'éclaboussures : « Nous sommes au regret de ne pouvoir proposer d'eau chaude dans les chambres. » Une traînée de lumière s'attardait sur un coin du carton.

« Comment est-ce que tu as connu un endroit pareil ? » Elle regardait le papier à fleurs et une moulure en feuille d'acanthe couverte de poussière. Sous sa tête, l'oreiller, rayé et sale, sortait de sa taie.

« Dans des circonstances fort différentes. »

Caro revit un petit bar désert au rez-de-chaussée, qui sentait le renfermé : une rangée de bouteilles couvertes d'une pellicule de poussière, des verres d'une propreté douteuse. Sur un comptoir, un pâté de veau et de jambon, coupé en deux, rosâtre et luisant de graisse — son œuf, au centre, aussi agressif qu'un soleil couchant dessiné par un enfant. « La scène du crime, fit-elle.

— Qu'est-ce que tu dis ?

— Je pensais à Avebury. Bien que le crime n'ait rien à faire dans un tel endroit. Là-bas, tout ce qui est humain est sans importance, dit-elle en soulevant ses cheveux et en reposant la tête sur le bras de Paul, même le sacrifice.

— Rien n'a changé aujourd'hui par rapport à hier, on s'est contenté de recouvrir le tout d'une bonne couche d'hypocrisie. » Paul retrouvait ses certitudes, ainsi que le mépris dans lequel il tenait un monde où on le laissait agir à sa guise. La jeune femme allongée en ce moment à ses côtés était un exemple de cette complaisance généralisée. Il caressa sa lourde chevelure et dit : « Je n'ai jamais beaucoup souffert. »

En quête de porte-bonheur ou d'exorcisme, elle lui fit toucher de la main le placage en érable de l'horrible tête de lit. « En ce cas, tu as encore quelque chose à craindre.

— Ce que je veux dire, c'est que quand un drame ou un

danger s'est présenté, je n'ai jamais été suffisamment affecté. Quelque sens que l'on donne à ce "suffisamment". » Il ne s'agissait pas d'une mise en garde de sa part, mais de la simple vérité. « Si l'on arrive à atteindre la cinquantaine sans catastrophe, alors, c'est gagné. On s'en sort en toute impunité. À l'heure qu'il est, j'ai peut-être déjà eu plus de bonnes années qu'ils ne pourront jamais m'en soustraire. »

« On », pour Paul, signifiait lui-même, « ils » restaient non identifiés. Caro ne dit rien. Elle en était arrivée au point où elle aurait donné sa vie pour lui, mais rejetait son attitude consistant à vouloir se garantir, grâce à un tour de passe-passe arithmétique, contre l'expérience. « S'en sortir en toute impunité », avait-il dit, comme si la vie elle-même était une forfaiture, une dissimulation mise au jour, comme une housse de matelas tachée sur un lit d'hôtel. Comme si, en dépit de toute son autorité, il n'était qu'un fugitif. Son père avait peut-être renoncé à affronter l'existence ; du moins n'avait-il pas fui devant elle.

Elle aurait voulu lui dire : « On ne s'en tire jamais sans catastrophe », mais se tut par peur de le perdre — consciente de ce que rien n'engendre autant le mensonge que le désir de plaire ou de se voir épargner une épreuve.

Paul se leva et s'habilla. Caro, encore couchée, le regardait, faible comme un opéré émergeant de l'éther, endolorie et incapable de fixer sa pensée ; tandis que le monde bien réveillé, personnifié par Paul, vaquait à ses occupations. L'abdication de toute volonté dans une telle expérience aurait presque pu générer une nouvelle innocence, si pareille abdication n'avait pas été elle-même si profondément voulue. On offrait et on infligeait : brève excuse pour la tendresse sans limites qu'aucun homme ne se serait permise autrement.

En l'espace d'une heure, elle était passée de l'ignorance à

cette supériorité que confère une connaissance largement partagée.

Quand Paul s'assit dans un méchant fauteuil pour mettre ses chaussures, elle se leva enfin, alla jusqu'à lui et s'agenouilla pour qu'il l'étreigne.

Paul l'attira entre ses genoux. Le contact des manches et du pantalon sur sa peau nue précipita chez Caroline Bell une autre sensation, surgie de l'enfance, le contact de la serge ou de la flanelle qui habillaient les bras durs et puissants de son père quand il se penchait sur son petit lit pour prendre l'enfant à peine vêtue, et apportaient avec elles l'odeur de la ville et du vaste monde. Un souvenir en particulier, incongru, de son père en tenue de soirée, habillé sans doute pour quelque cérémonie, la poitrine bardée de médailles de guerre se balançant au bout de rubans de couleur vive, et se penchant pour embrasser sa fille aînée. Et c'était elle, l'enfant qui tendait les bras vers ces odeurs de tabac et d'eau de Cologne, vers le contact sombre et viril de la veste, vers les médailles, pareilles à des pièces de monnaie sans valeur.

Les transformations qu'elles avait connues en vingt ans d'existence n'avaient rien de plus étonnant ni de plus irréversible que ce dernier changement, qui, en l'espace d'une seule journée, avait fait d'une fille solitaire une femme agenouillée, nue, sur un tapis élimé, aux pieds de son amant. L'étreinte, la chambre, le rayon de lumière au plafond, le casier à bagages vide dans un angle auraient pu connoter le minable, le miteux, n'importe où dans le monde ; à moins qu'ils n'aient détenu la clé même du sens, comme le baiser, ou la flagellation, à l'arrière-plan silencieux d'un chef-d'œuvre.

« Caro, dit Paul, tu vas attraper froid. » Il était habillé, et assis, dominant la situation, mais il supportait difficilement le pouvoir renouvelé que donnait à Caro cet agenouillement. « Tu vas attraper froid, ma chérie. » Le pâle soleil avait envahi le plafond. Paul repoussa ses cheveux emmêlés pour mettre à nu la peau blanche au sommet du front, là où l'été n'avait pas pénétré. « Vierge, tu n'es plus. » Des larmes s'étaient formées au coin des yeux de Caro, de celles qui ne coulent pas et qu'il n'est pas besoin de remarquer.

Un bol taché de cacao, un trognon de pomme en train de noircir sur une soucoupe, de grosses chaussures en désordre sur le sol, une chemise jetée sur une chaise. Les rideaux sombres et les quelques meubles austères n'étaient en rien égayés par le fouillis ambiant et les odeurs de nourriture. Les livres n'étaient pas d'un grand secours, n'ayant rien à faire dans cette pièce : livres de passage, sans plus. C'était là une phase du travail de Ted Tice qui l'intéressait moins que celle qui l'avait précédée et que celle qui viendrait bientôt, et les livres ne l'ignoraient pas. Chose peu commune chez lui, il avait froid, et était allongé sur le lit, tout habillé, et en chaussettes. La nuit, il dormait sous une lourde couverture piquée. Une plaisanterie avait cours dans la famille : « Mais c'est un beau mois de septembre pour Édimbourg, pas une seule journée au-dessous de cinq degrés. » Cette plaisanterie, Ted et Margaret l'avaient répétée jusqu'à la nausée, comme des gens qui hésitent à aborder la phase suivante.

Toute la famille était sortie pour le thé du dimanche, à l'exception de Margaret, qui était restée pour peindre ou travailler son piano.

Oui, il fallait que Margaret progresse dans ces disciplines artistiques. À moins qu'en restant à la maison, elle ne cherchât à éviter quelque Donald ou Willie, car la blonde Margaret au port majestueux était une proie toute désignée pour les étudiants de son père. À moins encore qu'elle n'eût une autre bonne raison, en dehors de ses nombreux dons. Le piano était au rez-de-chaussée, à l'arrière de la maison, dans une pièce qui lui servait aussi d'atelier de peinture. Mais dans la suspension dominicale d'activités, on entendait toutes les notes, et même les hésitations dues à la nécessité de tourner les pages, de Schumann ou de César Franck. Les Willy et les Duncan auraient tourné les pages de ses partitions des heures entières pour ses beaux yeux, ou, si les jeunes gens de nos jours ne s'adonnaient plus guère à cette occupation, l'auraient emmenée par les rues froides de l'après-midi manger une côtelette calcinée dans le vacarme enfumé de quelque repaire d'étudiants. Ils étaient nombreux à rêver du grand front blanc et de la tendre bouche de Margaret et auraient fait n'importe quoi pour attirer son attention. « C'est une princesse », disait d'elle sa mère, socialiste fabienne.

Ted Tice lâcha le livre qu'il était censé lire, et, un bras passé derrière la tête, une lettre dans l'autre main, resta songeur sur son lit. Le livre était en équilibre sur la couverture à carreaux, et, quand Ted soupira, il soupira aussi avant de basculer et de tomber par terre. Au-dessous, le piano s'interrompit pour s'interroger poliment sur la nature de ce bruit. L'interruption se prolongea. Quand la musique reprit, ce fut sous la forme de chansons telles qu'aurait pu les jouer dans un night-club un pianiste doué dans une mauvaise passe. *Smoke Gets In Your Eyes*, et tout le répertoire.

> Je suis allée à Avebury, plus ou moins comme prévu. L'endroit est davantage un symbole qu'un lieu à visiter — une expression de l'inévitable. Tu as dit une fois que la vie n'avait pas besoin d'être crédible, ou équitable. Nulle part on ne saurait mieux s'en rendre compte qu'à Avebury.
>
> Et puis la semaine dernière, j'ai passé deux jours à Londres. J'ai eu une entrevue avec un homme du nom de Leadbetter, et je commence à travailler le mois prochain. Je gagnerai quatre livres par semaine, si je n'avais pas réussi le concours je n'en aurais eu que trois. Ce Leadbetter était un

petit bonhomme bien mis, enfermé dans un box en plexiglas. Une sorte de modèle réduit d'homme, un bateau dans une bouteille. Notre conversation a été à cette image — un modèle réduit de discours humain. Quand j'ai contesté une des clauses du contrat, Leadbetter m'a traitée de perfectionniste, comme si le mot était synonyme de pécheresse.

Le soir, je suis allée voir *Richard II*. Devant nous, il y avait un homme incroyablement grand et large, une vraie montagne — au moindre mouvement, il masquait la moitié de la cour d'Angleterre.

These Foolish Things fut suivi de *My Romance*. Joués avec beaucoup trop de style et d'attention, les airs n'avaient plus rien d'une agréable diversion, mais suggéraient une débauche prodigue, le gâchis pur et simple d'un don inestimable.

J'essaie de t'imaginer dans tes limbes nordiques, attendant ton départ pour la France. Ted, ne perds pas un temps précieux à penser à moi. Il n'y a aucun avenir en lequel je crois plus que le tien, et je ne connais personne dont l'ambition me soit jamais apparue plus louable que la tienne.

« Devant nous. » Ted Tice était tellement certain, et aurait tellement souhaité ne pas l'être, de l'identité du deuxième composant de ce « nous » qu'il en perdait toute aptitude à juger — comme un homme qui fixe trop longtemps des yeux une forme lointaine et finit par ne plus savoir si elle bouge ou si elle est immobile.

Le temps ne fera rien à l'affaire. Je ne voudrais pas que tu souffres à cause de moi. Je te souhaite tout le bonheur possible — simplement, je suis incapable d'y contribuer. Si, par bonheur, on entend une sorte de robuste paix de l'âme, alors je souhaite sincèrement — contre toute morale — qu'elle te soit accordée sans souffrance de ta part, et même sans effort. (C'est peut-être en ce sens que le perfectionnisme, dans mon cas, s'apparente à une sorte de péché.)

Au rez-de-chaussée, Margaret jouait *I'm In the Mood for Love*; jouait sa dernière carte. Et Edmund Tice, dans sa chambre glacée, le bras sous la tête, une lettre à côté de lui, était triste pour elle, comme il l'eût été pour n'importe qui.

13

Le corps de Caroline Bell n'était pas blanc mais d'une pâleur nutritive, à l'image d'une pâtisserie ou d'une miche de pain, et présentait même les légers défauts — grain de beauté minuscule sur le cou ou le sein, cicatrice au genou causée par une chute d'enfance — qui auraient pu apparaître au cours de la cuisson. Quand elle se soulevait sur un coude ou s'allongeait, bras largement déployés, son ventre était accueillant, la courbe de ses épaules reflétait l'attente imminente d'une étreinte. Cela, on ne le découvrait que lorsqu'elle était nue : avant, la sensation elle-même restait vêtue.

Elle ne portait rien d'autre qu'une petite montre ronde. « Ils ne vont pas tarder à rentrer à la maison. »

Même Grace fait partie de « Ils », en cet après-midi de septembre. Et Peverel est « la maison ».

Dans la chambre de Paul Ivory, tout en haut de la maison des Thrale, le châlit est en cuivre, le dessus-de-lit, rejeté, traîne par terre, amoncellement de blancheur au crochet. C'est la pièce à la haute fenêtre incongrue, dont les carreaux ensoleillés se réfléchissent sur un mur nu. Sur le lit blanc, Paul et Caro sont lovés l'un contre l'autre, tête contre épaule, menton contre tempe, cuisse contre cuisse.

« Personne ne montera jusqu'ici, de toute manière. C'est dimanche, je suis en plein travail, et toi, tu es sortie.

— Et où suis-je, exactement ?

— Sur la route qui mène à Romsey, et tu apprécies la promenade. » Paul rejeta du pied un enchevêtrement de patient crochet blanc. « Ah, Caro, quelle chance nous avons ! » Ce sentiment de plénitude était comme une délivrance : jusque-là, il suffoquait, maintenant il respirait librement. Il connaissait assez le plaisir pour savoir qu'il pouvait perdre sa fraîcheur ou se faire réticent ; mais la joie lui était littéralement étrangère, le mot lui-même ne lui venait jamais facilement, c'était une exubérance, une exaltation qui était d'un autre pays, plus insouciant, moins calculateur. Pour cette raison, le don complet que faisait d'elle Caro dans l'amour, le bonheur qu'elle y trouvait la rendaient exotique à ses yeux.

« J'ai fermé la porte à clé », dit Paul.

Les doigts de Caro étaient accrochés de façon assez lâche aux barreaux et aux fleurons en cuivre de la tête de lit, comme ceux d'une femme qui rêve. Son bras, qu'on croyait puissant, avait à l'intérieur la douceur d'une peau de bébé, et les plis du coude étaient à peine marqués. Son autre main allait et venait avec toute la tendresse possible dans les cheveux de Paul. Il eut une vision de sa chevelure blonde glissant des doigts de cette femme dans la blancheur de la chambre. Au moins, tout cela est bien réel, se dit-il. Tout en sentant qu'elle partageait son impression.

Il attrapa la couverture et la lui remonta jusqu'au menton. Avant de la faire à nouveau glisser lentement vers le bas. Ils éclatèrent de rire : c'était comme l'inauguration d'un monument. Dans le mur se découpait la fenêtre de ciel bleu, le feuillage vert d'une branche d'orme. À un moment, un petit avion aux arêtes saillantes passa lentement, le genre d'avion couleur de papier d'argent qui, entre les deux guerres, aurait pu proposer des baptêmes de l'air aux enfants : un avion jouet qui avait ronronné dans un aérodrome herbeux de temps de paix, tandis qu'un homme en bleu de travail essayait de lancer l'hélice en criant : « CONTACT ! »

Ils appartenaient autant à cette clarté aérienne qu'à la pièce domestique, verrouillée et céleste.

« Et si ta sœur n'était pas allée au concert ce soir-là ? dit Paul, qui avait appris comment Grace et Christian s'étaient rencontrés à l'Albert Hall.

— Notre destin aurait changé, autant que le leur. »

Lui avait parlé de chance, elle parlait maintenant de destin. Comme si elle lui disait : Il faut que tu choisisses. C'était bien là la manière des femmes de réclamer des choix, des préférences, des preuves ; pour ensuite répartir les responsabilités. Le Jugement de Paul.

« Je n'ai jamais aimé l'après-midi, jusqu'à aujourd'hui », dit Caro.

Dans un angle, il y avait une armoire si lourde qu'on ne pouvait s'empêcher de penser aux hommes qui, cinquante ou soixante ans plus tôt, l'avaient hissée au sommet de l'escalier, soufflant et bandant leurs muscles. Au-dessus d'une commode en noyer, une photographie floue, avec la date, 1915, inscrite à l'encre. Même l'instantané jauni d'un cottage anglais, s'il était assorti de cette date, se retrouvait sali, éclaboussé par la conscience boueuse des tranchées. Même dans une chambre d'amour. Au-dessous de la photo étaient disposés la brosse et le peigne de Paul, ainsi qu'une blague à tabac en peau de porc et un flacon d'eau de Cologne française : touches blondes sur napperon de dentelle. Le bracelet de sa montre abandonnée pointait en l'air ses deux petits arcs, prêt à recevoir son poignet. La plupart de ces objets avaient un air solennel qui aurait pu prêter à sourire, mais tout ce qui appartenait à Paul était chargé de l'électricité de leur propriétaire.

« On devrait être quelque part au soleil, dit Paul.

— Le soleil est ici, dans cette chambre. »

Il avait voulu lui suggérer simplement l'image d'une plage, avec palmiers ou pins maritimes. Mais elle n'avait que faire de ce décor de cinéma, qu'elle imagina un instant avant de fermer les yeux. Elle sentait qu'avec son besoin de changer d'air Paul arrêtait un processus, ou interdisait le début d'un autre. Du haut de son savoir maintenant prodigieux, elle aurait pu l'assurer que ce qu'il cherchait, il l'avait sous la main.

« Eh bien, oui, reprit-elle, il est ici. Le soleil. » Elle aurait simplement voulu voir le fait reconnu.

Paul préférait ce qu'il découvrait par lui-même. « Ce que j'avais à l'esprit, c'était une vraie chaleur. Le sable, la mer. » Il rassembla leurs mains — jeunes, lisses, si impeccablement propres, doigts effilés. « Et puis, les citronniers, les vignobles, les murs blancs. » Évoquant non sans perversité ce dont elle pouvait se sentir privée.

Il y avait affrontement de volontés, là où les rapports auraient pu être empreints d'une virtuosité facile. « Pourquoi es-tu si désagréable ? »

Les femmes naissent, songea-t-il, avec cette question sur les lèvres. Et il s'amusa un instant à en chercher la contrepartie masculine — J'espère qu'avec le temps tu me pardonneras. « *À la guerre comme à la guerre* * [1] », dit-il.

« Il y a donc une guerre entre nous ? » s'étonna-t-elle. S'étonnant aussi de sa mauvaise prononciation du français.

« Non, tout va bien. Si tu te trouves bien ici. » Il rit et renonça au voyage pour lui faire plaisir. Son regard courut le long de son bras déplié, de son genou remonté. Il posa les lèvres sur son sein.

1. Les mots ou expressions en italique suivis d'un astérisque sont en français dans le texte.

C'est à ce moment qu'ils entendirent la voiture. Non pas le grondement sourd d'une Hillman ou d'une Wolsey, ni le raclement bronchitique du changement de vitesse d'une camionnette gravissant la pente, mais un bruit rapide et décidé, un bruit de sortie d'atelier qui se rapprochait inexorablement, jouant de loin sur la maison, puis sur le mur et la fenêtre ouverte, les balayant comme le rayon d'un projecteur.

C'est à ce moment-là, dans cette posture première, qu'ils entendirent la voiture.

La tête de Caro se laissa aller sur la blancheur de l'oreiller. Paul fut debout d'un bond.

« Si elle entre... dit-il. Si elle monte l'escalier et trouve la porte fermée à clé... » « Elle », c'était Tertia, ce jour-là et pour toujours par la suite. Paul avait déjà enfilé sa chemise et tenait une cravate à la main, s'étant emparé, pour l'occasion, de vêtements bien plus habillés que ceux qu'il portait d'ordinaire. Sur l'allée, des roues faisaient gicler les gravillons. C'était le château lui-même qui venait les débusquer.

Le moteur s'arrêta, d'une manière péremptoire, comme aucun moteur ne s'était jamais arrêté.

« Paul. »

Claquement métallique de portière. « Paul ! »

Difficile de faire mieux en matière d'accents comminatoires, d'ultimatums et d'appels aigus et impérieux. Caroline Bell restait allongée, immobile.

Paul était maintenant à la fenêtre, et se penchait, laconique. « Mon Dieu... » Souriant, incliné, installant ses coudes désinvoltes sur l'appui. « Quoi de neuf ? » Familiarité tranchante du ton, nom de la personne omis avec le plus grand naturel. Il n'avait pas jugé bon d'ajouter ne fût-ce que « Tertia ».

Tertia Drage vint se poster juste au-dessous de la fenêtre :

robe rose, visage levé. Peut-être ne s'était-elle pas attendue que Paul apparaisse si vite, mais elle ne manifesta aucune surprise, ni d'ailleurs aucun embarras en dépit de sa situation inconfortable, debout, là en bas. Paul n'était guère mieux loti, mais lui non plus ne laissait rien paraître — debout à l'intérieur, décontracté, vêtu uniquement de sa chemise et de sa cravate ; mais, aux yeux de Tertia, habillé de pied en cap.

À les voir ainsi, n'importe qui les aurait trouvés bien assortis.

« L'après-midi est superbe », dit Tertia Drage, sans grande conviction. Elle avait un foulard de soie rose sur la tête, un gant de cuir sur la main droite. « On devrait en profiter.

— En faisant quoi ? » Ils partageaient le même refus de se découvrir par une quelconque manifestation de spontanéité. Sans être vraiment secrets, ils hésitaient à se livrer, et une propension au sarcasme autorisait le désaveu de toute parole sincère qui aurait pu leur échapper. L'agressivité condescendante de Tertia était devenue chez elle un trait de caractère plus ou moins permanent.

« Tu sais aussi bien que moi ce qu'on peut faire », dit-elle, en levant une main moqueuse. Le bruit de son moteur avait eu quelque chose de plus authentique que sa voix, de plus réceptif aussi.

Dissimulés sous la fenêtre, les pieds nus de Paul étaient maintenant croisés, comme ses bras, et avec la même nonchalance. De petits poils blonds frisaient sur ses cuisses nues. « Ce n'est pas trop difficile, en effet », dit-il, ou disait-il quand il comprit, en voyant Tertia se raidir de tous ses membres, que Caro était à côté de lui.

Il savait que Caro s'était approchée par-derrière pour venir se placer à ses côtés. Son épaule nue, parfaitement sereine, au contact de la sienne. Il ne se retourna pas, mais, comme s'il était à la place de Tertia Drage, vit Caro nue, devant cette fenêtre, le regard posé sur eux deux. Il était en bas avec Tertia, et Caroline Bell les regardait d'en haut. Elle avait la main posée sur l'appui de la fenêtre, et rien d'autre sur elle qu'une petite montre ronde.

Un moment s'écoula, ou resta figé. Tertia impassible, bras levé, poing ganté refermé et tendu comme celui d'un fauconnier. Regard rivé sur Paul ; accroché à lui seul. « C'est toi qui vois, dit-elle.

— Une minute, je descends. »

Pour la première fois peut-être, leurs regards se croisèrent.

À la fenêtre, Caro ne bougea pas. Paul s'écarta pour aller ramasser le reste de ses vêtements. Ce qui eut pour effet de révéler à la vue toute la partie supérieure du corps de la jeune femme. Une lumière couleur chair frappait son épaule et striait de rouge la lourde chevelure qui retombait sur la clavicule. En bas, Tertia faisait le tour de la voiture et ouvrait la portière. Elle monta et s'assit sur le siège du passager. Dans la chambre, le lit grinça quand Paul tira sur ses espadrilles pour les enfiler. Sans se précipiter outre mesure, il prit sa montre sur le dessus de la commode, y jeta un coup d'œil tout en la mettant. On aurait pu le prendre pour quelqu'un de légèrement en retard à un rendez-vous.

Une porte s'ouvrit et ne fut pas tout à fait refermée. L'escalier résonna sous les pas rapides de Paul Ivory. Qui apparut sur l'allée et jeta négligemment sa veste dans la voiture.

« Tu veux que je conduise.

— Si ça ne te dérange pas. »

Voix ni baissées ni élevées : égales, aurait-on pu dire. Tertia enlevait vivement son gant, et le moteur rugissait. Comme si quelqu'un avait lancé une hélice en criant : « CONTACT ! »

Le capitaine Nicholas Cartledge attendait un train. Le tweed dont il était vêtu avait la couleur et la texture du sable fin. Beige et granuleux, il se tenait sur le quai asphalté d'une gare de campagne, au cœur de l'ennui mortel d'un dimanche après-midi. Le morceau de bitume de la voie ferrée suffisait à détruire la douceur de tout un paysage. L'intense clarté du jour ne réussissait à mettre de la couleur que là où la rouille avait laissé des coulures sur le ciment, et où quelques dahlias à la tête penchée faisaient une tache au pied d'un poteau indicateur. Nicholas Cartledge était impassible, ni patient ni impatient, abandonnant de temps à autre son petit sac en toile sur l'asphalte, de manière à marcher jusqu'au bout du quai avant de revenir. À un moment, une manchette se releva, blanche, pour permettre de comparer l'heure de la montre à celle que donnait la pendule de la gare ; sans qu'aucune conclusion soit apparemment tirée du décalage constaté. Si on lui avait fait une remarque sur l'ennui ambiant, il aurait répliqué : « Ça ne me dérange pas. »

Il vit que le taxi du coin, une vieille Humber verte que l'on pouvait appeler par téléphone, s'était arrêté au pied des marches de la gare, pour déposer Caroline Bell. Un mouvement de surprise à peine perceptible, et il descendit pour l'aider. Avant qu'elle ait eu le temps de le reconnaître, il se penchait par la portière pour payer le chauffeur. Debout sur le trottoir, elle lui tendait, dans le creux de la main, un assortiment de pièces d'une demi-couronne et de six pence. « Vous plaisantez », dit Cartledge, en s'emparant de son sac de voyage, à peine plus encombrant que le sien, et d'un imperméable léger. À la décharger ainsi de ses possessions, il suggérait une sorte d'expropriation.

Ils montèrent ensemble les marches en bois, et les bagages

se retrouvèrent côte à côte. Les dahlias entouraient mollement le poteau, comme une eau stagnante autour d'une canalisation bouchée. « En route pour Londres, je suppose », dit Cartledge, sans la moindre nuance d'étonnement. Il avait cet air d'autorité qu'on associe d'ordinaire à l'insensibilité. C'est à peine si Caro avait ouvert la bouche, et peut-être ne se rappelait-elle même pas son nom. Elle était habillée sobrement, et ne montrait — ou ne trahissait, comme le veut l'expression — pas la moindre émotion. Pourtant, il aurait été tenté de dire qu'elle avait l'air perdue, pas seulement parce que ce mot semblait résumer un état patent, mais parce qu'il émanait d'elle une impression de profond désarroi.

Elle refusa une cigarette, et n'avait pas envie de s'asseoir. Ils remontèrent le quai étincelant, puis revinrent sur leurs pas. Aperçus de chaussettes claires au-dessus des chaussures souples de Cartledge. On ne pouvait pas dire qu'ils marchaient d'un même pas, ni qu'il cherchait à combler la distance qu'elle laissait entre eux. Un couple âgé, habillé de noir, assis sur un banc, les regardait avec une perspicacité aiguisée par le cafard dominical : « Il y a quelque chose là-dessous », dit le mari. Enclin à prendre le parti de Cartledge — qui, après tout, était l'homme, et arborait cet habit d'excellente facture, à coup sûr un représentant de la vieille école, avec ses cheveux clairs et son visage mince et poli, suggérant l'aisance. « Un vrai coureur », dit l'épouse, au moment où Cartledge repassait devant l'endroit où elle était assise, immobile, sous sa toque de violettes en rayonne. « Un roué », ajouta-t-elle, comme pour renforcer ses dires. Mais elle revint sans tarder à sa propre journée : « Tu vois, Fred, il t'aura fallu du temps pour me convaincre de rendre visite à Maude, mais il t'en faudra encore plus la prochaine fois. »

S'arrêtant près de leurs bagages, qui leur fournissaient une sorte de but, le capitaine Cartledge secoua la cendre de sa cigarette. « Il était évident qu'il ne pouvait que vous arriver malheur dans cette maison. » Il n'attendait pas de réponse, mais au bout d'un moment il se retourna pour poser les yeux sur elle — sur son visage, ses seins. Elle le regarda faire avec une indifférence qui n'était, il s'en rendit compte, qu'une variante des ennuis qu'elle pouvait avoir. « Si je peux vous aider », finit-il par dire.

Elle faillit sourire devant l'ironie de la proposition. « M'arriver malheur, comme vous dites.

— Il n'y a rien de pire, acquiesça-t-il, identifiant d'emblée la nature de ce malheur. Vous n'auriez pu trouver oreille plus compatissante. » Elle n'était en fait nullement venue le trouver, mais seul un assaut en règle eût pu avoir raison de son assurance. Quand le train entra en gare, il jeta sa cigarette et s'empara de leurs deux bagages. Elle monta la première et entra dans un compartiment vide, où elle s'assit près de la fenêtre, l'air pâle et bizarre, au point de faire dire une dernière fois au vieux couple quand il passa devant eux : « Il y a anguille sous roche. »

« Tenez, cela va vous aider. » Le train qui démarrait lui en fit répandre quelques gouttes. Elle vit les initiales NGWC gravées dans l'argent. Il s'essuya les doigts avec un mouchoir blanc tandis qu'elle buvait, puis s'en versa un peu pour lui-même. Dans un coin du mouchoir, les mêmes initiales entrelacées. « Prenez votre temps », dit-il. Il s'installa dans le siège en face d'elle, disposant obligeamment ses jambes au pli impeccable de façon qu'elles ne touchent pas les siennes, et posa le coude sur le rebord de la petite fenêtre. « Nous avons tout le temps. »

Il ne voulait pas dire par là qu'avec le temps l'existence reprendrait son cours normal, mais qu'elle en viendrait, elle, à accepter ce qui devait maintenant arriver. L'argent, le linon du mouchoir, le tweed granuleux du costume, et le rebord sale de la fenêtre. Elle avait croisé les mains sur ses genoux, une attitude qu'elles adoptaient, sa sœur et elle, dans les moments de tension, et soutenait son regard, sans penser, sans ciller. Collines et vallons défilaient de l'autre côté de la vitre. Une usine boucha momentanément la vue, et fut promptement retirée, comme une diapositive programmée à contretemps lors d'une projection. Il régnait à l'intérieur du compartiment une odeur métallique et humide, à laquelle se mêlaient des relents de vieux tissu, des effluves en provenance des toilettes voisines, et, plus immédiat, l'arôme du cognac.

« Je suis à votre disposition », dit-il. Mais elle refusait de se laisser abuser, à moins qu'elle l'ait à peine entendu. Quant à son silence, il en aurait sans doute dit : « Ça ne me dérange pas. » Il se demanda un instant s'il pouvait s'agir du type à l'œil griffé. Avant de se rappeler que Ted Tice était déjà parti — pour Glasgow, Édimbourg, peut-être même Paris. Que Paul Ivory fût en cause rendait la chose un tantinet plus intéressante, ne fût-ce que pour des raisons de caste.

Gares de dahlias couleur rouille, d'où le soleil se retirait successivement. Suite de champs de houblon attaché. Quelque part à l'avant du train, le vieux couple somnolait, et une fois, entre deux sommes, la femme demanda : « D'où est-ce que ça peut venir ce mot — roué ? », qu'elle prononçait « rooey » ; mais elle n'obtint pas de réponse.

Les cheveux de Caro effleuraient l'encadrement de la fenêtre. Elle ne fermait pas les yeux. « Vous savez, ça n'a en rien affecté votre physique, dit Cartledge.

— On en a encore pour combien de temps ? » demanda-t-elle. Une manchette fut à nouveau retournée. Puis encore : « À quelle gare arrivons-nous ? » Sans l'appeler Nick, comme il l'en avait priée.

« Vous aviez l'intention d'aller... où ?

— Il y a un endroit dans Gloucester Road où ils prennent des Australiens.

— Mon Dieu, on croirait bien à vous entendre que vous parlez de prisonniers en liberté conditionnelle.

— Nous y envoyons régulièrement des amis. À défaut, il y a un autre endroit du même genre dans Cromwell Road.

— Vous serez beaucoup mieux dans North Audley Street. Où je prends, moi, les Australiens. » Il lui offrit à nouveau sa flasque, qu'un rayon de soleil fit reluire comme le canon d'un fusil. « Au fait, je présume, dit-il, que vous avez laissé le traditionnel mot sur la pelote à épingles, fournissant quelque explication convaincante et parfaitement fictive. »

À l'extérieur, les champs de houblon se raréfiaient, peu à peu remplacés par des potagers envahissants. Deux hommes, debout chacun dans son jardin derrière sa maison, devisaient amicalement par-dessus le mur mitoyen, à moins qu'ils n'aient été en train de se disputer. Le ciel descendait maintenant sur la terre, l'embrasant de rouge, une colline se profilait sur l'horizon tel un quartier de bœuf. Le capitaine Cartledge sortit une cigarette en secouant un vulgaire paquet, bien qu'il dût exister quelque part un étui en argent à ses initiales appareillé à la flasque. « Le dimanche soir, dit-il, ils me laissent toujours quelque chose à manger, de la soupe, du poulet. Mon couple, je veux dire. »

Ainsi donc, il y avait un couple, qui laissait un souper froid à l'intention du capitaine, et faisait reluire les initiales ternies. Beau travail, mon bon et fidèle serviteur. Capitaine, mon capitaine. Couple, mon couple. Capitainé, couplé. Il y aurait des draps, des taies d'oreiller, du linge aux initiales entrelacées prêtes à se détendre.

Le capitaine, rencogné dans l'obscurité, manifestait le plus grand calme au-dessus de l'éclat blanc du col et des poignets

— touches tout à fait appropriées, pareilles aux marques d'un cheval de course. Il ne l'avait pas, comme il l'aurait dit lui-même, ne serait-ce que touché du doigt. « C'est toujours mieux, dit-il, qu'une sombre nuit de l'âme dans Gloucester Road. » Le « toujours » avait le mérite de mettre les choses en perspective.

La sueur perlait à la naissance des cheveux de Caro. Si elle s'était évanouie ou effondrée, là devant lui, les choses seraient allées au-delà de ce qu'il escomptait. Mais elle demeurait entière, compacte, dédaigneuse, dans son coin en face de lui. Il ajouta : « La nuit porte, entre autres choses, conseil. » On sentait à la syntaxe que ce n'était pas la première fois qu'il prononçait ces mots.

Suivant la manière dont on le percevait, le ciel s'imprégnait de la quiétude rosée d'un soir d'été ou se tendait en un arc de monstrueuses ecchymoses. Ils traversaient un dédale de voies à proximité du fleuve ; un instant, il y eut une belle vue sur St Paul. Caro, déjà sur pied, levait les bras pour atteindre son sac dans le filet.

« Vous plaisantez », dit-il, comme il l'avait déjà fait à la gare, en s'empressant de descendre son sac. Ils étaient debout, se balançant à quelques centimètres l'un de l'autre, elle, les bras ballants. Ses lèvres légèrement retroussées découvraient ses dents du bas, et, à cet instant, on aurait pu la dire aussi cruelle que lui.

« J'ai déjà fait l'amour aujourd'hui », dit-elle en le regardant en face.

Il trébucha en essayant de garder son équilibre au moment où le train freinait pour s'arrêter, puis se balança sur ses pieds, à nouveau maître de la situation. Il était plus grand qu'elle, d'une douzaine de centimètres. « Je suis parfaitement conscient des conditions, dit-il. Voyons tout de même si l'on ne peut pas vous offrir quelque chose qui ne confine pas au martyre. On y va, c'est bon ? » ajouta-t-il, après un dernier coup d'œil autour du compartiment.

Il fut le premier sur le quai. Elle le suivit et vit le mouvement rapide de sa manche qui se levait : « Hep ! » Il n'avait pas encore fini de donner l'adresse qu'elle montait déjà dans les ténèbres de son taxi.

DEUXIÈME PARTIE

Contacts

14

Ma chère Caro,

Il y a soixante mille étudiants à Paris, dont la plupart sont en ce moment même dans le couloir sur lequel donne cette chambre. La semaine dernière, pourtant, le bâtiment était désert pour Pâques, et aussi calme qu'un monastère. Ma fenêtre donne sur une cour pleine d'arbres en fleurs — aubépine, arbre de Judée, et, tout près, un gros lilas qui offre ses pyramides violettes. Il y a une fontaine et — cachée à la vue — une grive. Pendant les vacances, je suis allé en voiture avec deux collègues français jusqu'aux mines des environs de Lille, et nous sommes descendus dans un puits. Sur le front de taille, sorti tout droit de Dante, des garçons de seize ans à peine, pour la plupart des Nord-Africains qui ne parlent pas un mot de français. Bien pires encore sont les taudis dans lesquels ils rentrent après le travail, et où ils s'entassent à dix par baraquement. Après avoir fait appel en vain au ministère du Travail pour attirer l'attention sur le sort de ces gens, mes deux amis les aident maintenant à créer un syndicat. Nous sommes rentrés à Paris en passant par les cimetières de la Première Guerre mondiale, Vimy et Notre-Dame-de-Lorette, et leurs quelque deux cent mille tombes.

Je travaille. Je pense à toi. Il ne s'agit pas là d'une alternative, dans la mesure où je pense à toi tout le temps. Depuis ma dernière lettre, je suis allé à une exposition de dessins de Léonard de Vinci, une révolution industrielle à lui tout seul. J'ai vu une bonne pièce, *Le Diable et le Bon Dieu*, ainsi que Jean Vilar et Gérard Philipe dans *Le Cid*, et aussi un championnat de judo, et le sénateur Kefauver à la télévision. Kefauver est pour le moins consternant, Dieu sait, mais je suis considéré ici comme son ardent défenseur, dans la mesure où mes collègues font preuve d'un antiaméricanisme vraiment primaire. Je n'apprécie guère l'unanimité (ou la solidarité, comme on préfère l'appeler de manière très pernicieuse), et puis, de toute façon, j'en ai assez de ce culte irraisonné voué à la Russie soviétique et à la Chine — surtout dans ce pays où les gens ont sans arrêt *en principe** à la bouche.

L'homme avec lequel je suis venu travailler continue à m'impressionner, tant d'un point de vue humain que professionnel. Il est vrai qu'il a commis des erreurs, en partie parce qu'il a tant accompli. Ceux qui en font moins peuvent se permettre d'être plus circonspects. (Quant à ceux qui ne tentent rien — intellectuellement, affectivement —, ils risquent moins que tous les autres, et sont, bien entendu, les premiers à critiquer. Rien de plus facile que de montrer du doigt — il n'est besoin que de malveillance.) Je constate pour ma part qu'il faut des efforts terribles et de tous les instants pour apprendre ou faire quoi que ce soit à fond — surtout quand il s'agit de quelque chose qui vous passionne. Une vocation est source de difficultés, non de facilité. Faire est déjà difficile. Être l'est plus encore. Accomplir les deux en même temps exige un effort qui confine au surhumain. Après tout, pourquoi pas ? Tout est préférable au refus du risque.

Les étudiants sont des produits de serre que l'on a trop poussés, et le rythme est impressionnant. Ils arrivent ici du lycée à dix-huit ans, et au bout d'un an s'attaquent à l'équivalent de notre BA. Ils sont tous « sérieux » et *engagés**. (J'en ai par-dessus la tête de ce mot.) La littérature marxiste pavoise sur tous les murs, et un étudiant sur quatre est membre du Parti. Ce qui ne les empêche pas de passer leurs soirées à bizuter les premières années et à hurler comme des écoliers quand leur repas n'arrive pas dans les temps. Passablement effrayants sur leur lieu d'études, ils sont touchants dans leur jeunesse et leur sérieux quand on les croise sur le boulevard Saint-Michel, où ils passent le peu de temps libre dont ils disposent. Comparativement je me sens à la fois rassis et maladroit.

Le nouveau gouvernement français est en tout point identique au précédent, et ne tiendra pas plus longtemps. Allons-nous nous retrouver à nouveau avec une Europe fasciste, « défendue » par une armée allemande commandée par des Américains et dotée d'un armement US, et n'attendant qu'une occasion pour franchir l'Elbe ? (Quand on songe à quel point la menace soviétique est sérieuse, il est étonnant de constater que la démence qui s'est développée de notre côté en réaction contre elle arrive presque à vous faire douter de son existence.) La mort récente de De Lattre de Tassigny est une raison d'espérer, car elle fait naître le vague espoir d'un règlement du conflit en Indochine. Ses funérailles ont été l'occasion d'une énorme démonstration de militarisme — journée de deuil national, processions interminables où voisinaient Eisenhower, Montgomery, membres du gouvernement, fanfares, chœurs, clergé, troupes, le grand jeu, quoi. Stations de rigueur à l'Arc de Triomphe, Notre-Dame et les Invalides. Les Prussiens n'auraient pas fait mieux.

Si Léonard de Vinci avait découvert le moteur à vapeur, Napoléon aurait lâché la bombe atomique, aux applaudissements nourris des Français.

Les étudiants ici, autant que mes collègues, viennent souvent de milieux défavorisés. Et, contrairement à ce qui se passe dans nos pays, on ne se raconte pas d'histoires à ce sujet — aucune dissimulation de la part des pauvres, pas de prétention à la fraternité chez les riches. Je me souviens des universitaires qui, dans mon enfance, venaient du côté d'Ancoats, affectant d'adopter notre parler et nos vêtements histoire de montrer qu'ils étaient solidaires, le genre de condescendance sentimentale dont la pauvreté n'a que faire ! L'accession au prolétariat ne s'achète pas aussi facilement. Qu'est-ce que ça nous apportait à nous, leurs obligations d'État ou la vertueuse indignation dont ils faisaient preuve quand ils rentraient chez eux retrouver leurs parents qui n'avaient jamais connu le chômage, et retrouver par la même occasion eau chaude, livres, musique et comptes d'épargne, autant d'avantages qu'ils n'avaient nullement l'intention de partager dans l'immédiat? Qu'est-ce que j'avais à faire de leurs bleus de travail, moi qui aurais donné n'importe quoi pour voir ma mère dans une robe digne de ce nom? En soi, les haillons ne sont pas plus signes de moralité que de déshonneur.

Les pauvres ne demandent pas qu'on soit solidaire de leur condition, ce qu'ils veulent, c'est la voir changer.

(Pendant la Dépression, le père de Ted Tice avait un jour emmené son fils, qui n'avait que neuf ans, écouter le discours d'un homme politique. Tous deux s'étaient retrouvés mêlés à la foule au fond d'un hall sinistre, et aux questions de l'enfant le père avait répondu, à sa manière habituelle : « Arrête de faire la poule mouillée ! » L'orateur était un jeune membre du parti libéral aux cheveux blonds, avocat de son métier, qui se présentait pour la première fois. Il estimait faire partie des pauvres, mais même le gamin qu'était Ted Tice savait que les parents du jeune homme avaient eu les moyens de lui payer ses études de droit — tandis que le reste de l'assistance, garçons et filles confondus, travaillait en usine ou sur les docks dès l'âge de douze ou quatorze ans. Si toutefois ils avaient eu la chance d'y trouver un emploi. Ce jeunot, d'après ce qu'on disait, avait un salaire net de trois livres et dix shillings par semaine, et une seule personne à charge, une tante paralysée. Tout le reste était pour lui. Difficile d'imaginer ce qu'il pouvait bien faire d'une somme pareille.

Il était sincère, voulait vraiment changer leur vie.

Un homme, debout contre un des murs du hall, l'avait

apostrophé : « Une semaine d'ton salaire changerait déjà la vie d'au moins une personne dans c'te salle, si t'acceptais seulement d'en faire cadeau. » Rougissant, le candidat avait dit : « Ce ne serait pas la bonne réponse. » À quoi le perturbateur avait rétorqué : « Ben, on s'en contenterait pour commencer, en attendant qu't'en trouves une meilleure. »)

Ted Tice se leva et s'approcha de sa fenêtre fleurie. Puis il vint se rasseoir à sa table et relut ce qu'il venait d'écrire : « Ce qu'ils veulent, c'est voir leur vie changer. » Plus encore que le changement, c'est une revanche qu'ils veulent. Les hommes sont capables de se raccommoder assez vite avec les ennemis qui les ont massacrés sur le champ de bataille, mais jamais avec leurs frères quand ceux-ci les ont humiliés de sang-froid. Leurs représailles, ils les exercent sur leur propre honte — c'est là la cause de toutes les haines, en matière de guerre, de classes sociales et même d'amour. Et moi aussi, je veux une revanche.

Entamant une nouvelle page, il reprit sa lettre :

> Tu as sans doute vu tout le tapage que l'on fait autour du télescope. Je n'ai reçu l'article de l'*Observer* qu'aujourd'hui. Le vieux Thrale ne se pardonnera jamais de m'avoir laissé mettre un pied chez lui. Mais je me souviens encore, comme si c'était aujourd'hui, du moment où il l'a fait, et je lui en suis très reconnaissant.
>
> Je trouve un dérivatif à mon rôle de pro-Américain en me livrant à des attaques féroces contre les États-Unis auprès de l'ami le plus agréable que je me sois fait ici, un jeune physicien américain qui passe son temps à se chercher des femmes. Nous passons nos soirées ensemble quand il n'est pas chez les filles de joie. Grâce à lui, j'ai fait la connaissance d'une ravissante petite *étudiante* *, d'une grande ballerine du New York City Ballet, et d'une jeune conservatrice qui participe à l'organisation d'une exposition géante sur l'art mexicain et a fait des motifs sexuels précolombiens sa spécialité.

Ted était partagé entre le désir de parader devant Caro et la crainte qu'elle ne puisse percer ses intentions à jour. En relisant les dernières lignes, il barra « ravissante » et « jeune », et élimina complètement la ballerine. Il récrivit la page, et poursuivit :

Un autre membre de la colonie américaine s'est marié hier, et j'étais présent au mariage, une petite cérémonie sans prétention qui s'est tenue dans une des chapelles de la cathédrale américaine. À entendre le prêtre, on aurait pu croire qu'il n'avait pas été payé. Après quoi, le champagne a coulé à flots, et j'ai payé mon excellent dîner en écoutant ma voisine discourir à n'en plus finir sur sa plantation d'agrumes et sa villa de Monterey. D'autant plus ennuyeux qu'il y avait un peu plus loin à la table un couple fort intéressant — un certain Vail, qui finance divers projets culturels en Amérique, et sa femme. Il ressemble à Orson Welles (mais pas celui de *Citizen Kane*). Sa femme, grande et très mince, est fort belle — visage creusé, grands yeux ronds. Ces deux-là semblaient enfermés dans une tristesse qui, en raison même de leur physique et de leur intelligence, retenait l'attention. Il ne m'était jamais venu à l'esprit jusqu'alors que la tristesse puisse être en soi intéressante. Dieu sait que la mienne ne l'est pas, à mes yeux. Je suppose que c'est le genre de chose dont un romancier doit s'occuper.

Le dénommé Vail s'occupe également de causes humanitaires et politiques, et il m'a beaucoup surpris quand, au cours de la brève conversation que nous avons tout de même eue ensemble, il m'a dit être au courant de l'affaire du télescope. (Mais je dois dire que j'avais déjà bonne opinion de lui *avant.*) Il rentrait tout juste de Tunisie, un pays qui, comme le reste du monde arabe, semble promis à la destruction. Nous avions à peine commencé à bavarder qu'une douairière originaire de Pasadena est venue nous interrompre pour dire que le monde allait forcément s'améliorer maintenant, puisque les jeunes étaient de si grands voyageurs. « Ce n'est pas du voyage, a dit Vail, mais de la dis-location. »

À propos de mariage, j'ai vu que celui de Paul Ivory avait eu lieu. J'ai également vu que sa pièce avait commencé à se jouer à Londres. Des deux, je me demande ce qui tiendra le plus longtemps.

Ted rassembla les feuillets, avant d'ajouter : « Les gens, les événements dont je viens de parler, je leur en veux d'être la vie sans toi. Caro, cela fait si longtemps. Si je pouvais seulement te voir. » Puis il signa.

Poster une lettre à Caroline Bell était un instant d'espoir, de contact, et de cruelle déception. Ted Tice descendit un escalier usé et bruyant et sortit dans la rue. Après avoir expédié sa lettre, il se remit à marcher aussi vite que le lui permettait la foule, pour éviter que son exaltation ne s'évapore en même temps que la chaleur qu'il gardait de sa chambre.

C'était le crépuscule, il y avait des étudiants dans les cafés. D'autres jeunes gens, incapables de s'offrir ne serait-ce qu'un café, se tenaient en groupes sur le trottoir et parlaient vite, sans un rire. C'est tour à tour sinistre et merveilleux, songea Ted, et il se peut que je n'en découvre jamais la raison ; mais au moins, ce n'est pas primaire, ni facile, ni mesquin, pas plus que pompeux ou ennuyeux. Et l'absence de tout aveuglement est en soi une liberté.

Son exaltation ne tarda pas à se dissiper. Il est dégradant de vouer un sentiment passionné à un autre être quand on est certain qu'il ne saurait y avoir de réciprocité. Tout en marchant, Ted Tice remonta le col de sa veste. Il était sorti, comme d'habitude, sans manteau. L'un de ceux qu'il avait accompagnés dans les mines, un Breton qui préparait l'*agrégation* *, se détacha d'un groupe et lui emboîta le pas. Ted songea que son ami américain, dans les mêmes circonstances, lui aurait demandé : « T'as passé une bonne journée ? », ou quelque chose du même genre. Les Américains étaient peut-être bien encore les seuls à vous demander comment vous alliez — s'imaginant que vous le saviez, ou que vous étiez prêt à le dire ; ou alors n'escomptant qu'un confortable mensonge, quelque démonstration d'une immaturité obstinée semblable à la leur. Après avoir posté sa lettre à Caroline Bell, Ted était heureux de partager sa réserve avec le Breton : cette compagnie empiétait sur son isolement, mais non sur sa solitude.

Quand ils atteignirent l'immeuble de Tice, un groupe d'étudiants les bouscula en passant au milieu des rires et des cris. « Toute cette joyeuse humeur a quelque chose de triste », dit le Breton. Les deux hommes s'appuyèrent contre un mur sale comme seuls en connaissent les temples du savoir, un mur souillé par le contact répété de trop de mains, de hanches ou d'arrière-trains appuyés le temps d'une discussion ou d'un échange amoureux. Derrière eux, la longue rue égrenait lentement ses grappes humaines, compactes ou labiles, bouillonnantes d'opinions, de souffrances et de désirs. Le Breton tapota l'épaule de Ted. « N'oublie pas, mon cher, que les femmes vieillissent. À bientôt. »

Ted avait une autre lettre à écrire, qu'il n'avait pas eu l'intention de commencer ce soir-là, mais que, dans l'incapacité où il était de travailler, il se résolut à rédiger.

> Heureux d'avoir eu ta lettre et du même coup de tes nouvelles. J'ai effectivement une photo — depuis mon arrivée ici, j'ai passé l'essentiel de mon temps et une bonne partie de mes fonds à me faire photographier. Je ne sais pas pourquoi, mais tout le monde semble vouloir une photo de moi, et qui plus est en quatre ou cinq exemplaires : la police, l'université, le *comité d'accueil* *. J'en joins une à ton intention, et une seulement, sur laquelle je ressemble au genre d'individu que je détestais le

plus à Cambridge. Étant donné que tu viens bel et bien — c'est une très bonne nouvelle —, je vais essayer de trouver des billets pour le festival de mai. On donne le *Wozzeck* d'Alban Berg et l'*Œdipus Rex* de Stravinsky. Il y aura beaucoup de danse : le ballet de New York, et le marquis de Cuevas. Il faut absolument que tu voies Golovine. Quant au tennis, tout le monde pense que la finale opposera Sedgman à Drobny, est-ce que ça te convient ? Je suis tout à fait d'accord avec ce que tu dis de ce qui se passe chez nous — Attlee peut à nouveau compter sur ma voix la prochaine fois.

J'espère que tu voudras bien excuser ce mot très bref, mais j'ai un article à terminer. Nous aurons tout le temps de parler en mai. Je serai content de te revoir. Fais-moi connaître ton heure d'arrivée. Bien à toi.

15

À l'époque où Grace et Caroline Bell avaient trouvé leur premier emploi — l'une chez Harrods, l'autre dans une librairie —, elles avaient cédé l'essentiel de leur petit capital à Dora. En se chargeant de leur éducation, celle-ci s'était interdit toute possibilité d'avoir un métier et de gagner sa vie, et il semblait juste qu'elle reçoive une compensation. Tel était, du moins, le raisonnement de Caro, dont tout le capital, selon le nouvel arrangement et dans la mesure où elle pouvait espérer avoir bientôt un semblant de carrière, passa à Dora. Grace, dont l'emploi chez Harrods ne laissait rien présager de semblable, avait conservé, sur les conseils de Caro, la moitié de son actif. Une fois expliqué à Dora, le plan avait provoqué une grande colère. Elle ne voulait rien, n'avait jamais rien demandé à personne, était toujours allée à pied pour économiser ne serait-ce qu'un ticket de bus, et la seule chose à laquelle elle ne renoncerait jamais, dût-elle en mourir, c'était son indépendance. « Je ne dépendrai jamais de personne, je ne demande rien. » Dora était scandalisée — de manière irrationnelle, quoique tout à fait prévisible ; et ce n'est qu'après bien des larmes et de multiples appels à la paix qu'elle consentit à accompagner les jeunes filles chez un notaire où l'on finit par signer, non sans émotion, toute une série de documents. Il fallut encore une semaine pour qu'elle leur parle à nouveau sur un ton normal et se décide à leur pardonner.

Dora elle-même était décontenancée par l'indignation qu'avait provoquée chez elle le geste des deux sœurs. En agissant ainsi, elles l'avaient privée, fût-ce temporairement, des privilèges attachés à son statut d'éternelle victime. Tant qu'elle n'aurait pas retrouvé ses prérogatives, elle aurait le dessous. En s'indignant de la sorte, elle s'arrangeait pour que les rôles ne restent pas trop longtemps inversés. L'incident fut classé, devint sujet tabou, et elle ne tarda pas à parler à nouveau de faire sans, pour que vous les filles, vous récupériez tout quand je ne serai plus là.

À cette époque, elle n'avait pas encore quarante ans.

La cession en faveur de Dora s'était faite peu de temps avant la rencontre de Grace avec Christian un dimanche au concert — la mauvaise humeur de Dora en ce mémorable après-midi n'étant pas étrangère à l'événement. Quelques mois plus tard, quand Christian et Grace se fiancèrent, cette dernière le mit au courant de leur arrangement financier : « C'était le moins qu'on pouvait faire.

— Comme ça te ressemble, Grace ! dit Christian d'un ton égal.

— Tu aurais fait la même chose, j'en suis sûre.

— J'aimerais le croire », dit-il, en repoussant les cheveux blonds qui retombaient sur le front de Grace, bien plus touché qu'elle ne l'aurait cru.

Et voilà maintenant que le major Ingot ôtait toute pertinence à leur sacrifice.

Quand le major amena Dora à Londres, vers la fin du printemps, Christian proposa un déjeuner léger au restaurant en petit comité. Juste lui, Grace, et les mariés ; et Caro, bien sûr — qui se verrait dans l'obligation de demander une permission d'absence à son supérieur. Christian était maintenant marié à Grace et se trouvait être la personne tout indiquée pour organiser cette petite réception, mais il n'avait aucune affection pour Dora, qu'il avait eu l'occasion de voir à l'œuvre à plusieurs reprises. Il y avait eu, entre autres, une scène paroxystique, et parfaitement incompréhensible, au moment des fiançailles de Grace, et les lettres en provenance de l'Algarve laissaient souvent entrevoir de profondes blessures d'amour-propre dont on eût été bien en peine de deviner la cause. Christian croyait fermement (pour employer son adverbe favori) que Dora était capable de se reprendre, qu'elle pourrait être ramenée à la raison moyennant un bon savon, qui, estimait-il, aurait dû être passé depuis longtemps et ne manquerait pas de lui faire un bien inappréciable. Grace elle-même s'imaginait encore qu'il y avait peut-être des mots susceptibles d'atteindre Dora, que, jusqu'ici, sans qu'on sache au juste pourquoi, personne n'avait su trouver. Il n'y avait guère que Caro qui était prête à reconnaître leur incompétence en la matière et à dire qu'il s'agissait chez elle d'un état irrationnel auquel seule une intervention professionnelle, ou divine, serait capable de remédier.

Le major Ingot était massif, mais n'avait pas la silhouette guerrière, doté qu'il était d'une panse de civil embourgeoisé et de lourdes bajoues rosâtres. Sur le seuil du restaurant, il avait les rondeurs d'une grosse pastèque. Son crâne était lisse, à l'exception de quelques mèches rares soigneusement réparties sur le sommet ; ses yeux, d'un bleu meurtri, faisaient penser à ceux d'un enfant qui a trop bu. Une fois installé à table, il plaqua des mains courtaudes sur le menu, histoire d'étaler ce plan d'attaque. Une alliance lui boudinait déjà le doigt, semblable à un nœud de rappel fait à un mouchoir ou à la bague fixée à la patte d'un pigeon voyageur. Son cou faisait un bourrelet épais au-dessus du col de la chemise. Tout dans sa personne exprimait la contrainte, la contention, un trop-plein difficilement contenu. Difficile de l'imaginer en soldat ; même si sa corpulence de sédentaire aurait pu passer pour celle d'un général.

Quand Christian l'interrogea sur ses états de service, il fournit des informations saccadées, avant de commander une salade de crabe.

Mieux valait éviter la salade à Estoril, ainsi que les fruits de mer. La veille de leur départ, Dora avait été intoxiquée par une assiette de crevettes royales. Ils en avaient eu en tout, honoraires du médecin portugais et médicaments compris, pour trente livres.

« Ce qui mettait le repas à un prix exorbitant, dit le major Ingot.

— Bruce était positivement hors de lui, leur dit Dora. Et Bruce est plutôt du genre patient d'ordinaire. »

Le major confirma, une lueur de colère dans les yeux à l'évocation de l'épisode.

Il leur fallait rentrer au Portugal sans trop tarder, il y avait tout à faire dans l'appartement. Tapisseries, tentures, tissus. Dora avait déjà les échantillons. Qui plus est, Rastas, le labrador du major, était dans un chenil.

Difficile d'imaginer que le major pût avoir des plaisirs dans l'existence, difficile même de se le représenter au coin du feu dans un pub de la petite Angleterre de l'Algarve en train de dire : « Vous connaissez la blague du... » Le châtiment figurait au premier rang de ses préoccupations dans ses propos. « Comme on fait son lit, on se couche. » « Il sera bien obligé d'avaler la pilule » — comme si la vie était un hôpital militaire ou carcéral. Dans le chaos de l'après-guerre, le major avait eu de la chance, avait réussi, comme il l'expliqua, à retomber sur ses pieds. Dans la mêlée générale, certains avaient fait les bons choix, d'autres s'étaient carrément fourvoyés.

Autour de la table, les formules répressives du major suscitaient des antipathies pas toujours explicables. À dire vrai, elles rappelaient un peu trop Christian lui-même.

Revenons un instant sur les crevettes avariées, si vous le voulez bien. Une des multiples raisons qui faisaient indirectement de l'Algarve une région pleine d'avenir. Les résidents britanniques aimaient bien retrouver les produits auxquels ils étaient habitués : Twinings Earl Grey, Coopers Vintage Marmalade. Il y avait là des possibilités illimitées : Tiptree, Huntley et Palmer, pour ne donner qu'une petite idée. Pourquoi ne pas tenter sa chance de ce côté ? Il ne fallait pas non plus négliger les alcools, Gilbey's, Dewar's. « Tout ça, il n'y a qu'à (bras qui se tend vivement au-dessus de la nappe, main rose qui s'ouvre et se referme rapidement) se baisser pour le ramasser. » Non, le major n'avait pas l'intention d'investir dans les livres. « Pas de gros profits là-dedans. Attention, qu'on me donne une bonne histoire, et je suis le premier à l'apprécier. Mais les profits sont trop maigres. Le touriste moyen ne lit pas beaucoup. En revanche, les guides... ça, ce serait du solide. »

Il n'était pas nécessaire par ailleurs de se mêler aux autochtones. Les résidents formaient une colonie dans l'ensemble très fréquentable, et très à l'aise financièrement. Les Allemands revenaient, aussi étonnant que cela puisse paraître. Ils préféraient l'Algarve à la Costa Brava, qui s'était développée de façon anarchique. Autre avantage, le gouvernement du pays était stable. Bien plus, et Dieu sait qu'il était le premier à le déplorer, que celui de cette bande de jean-foutre que nous avons ici. « Ces socialistes n'oseraient pas se montrer là-bas. » Et s'ils s'avisaient de le faire, ils ne tarderaient pas à rire jaune.

« Je ne vivrais pas ici pour tout l'or du monde. »

On entendait le tonnerre. Par les portes vitrées du restaurant, ils virent tomber un vrai déluge.

« Quant au Premier ministre, je ne le laisserais pas seul dans la pièce avec six pence sur la table », poursuivit le major, tout en abattant une pièce imaginaire au milieu des assiettes.

Dora distribua des photos d'elle au soleil, comme elle l'aurait fait de cartes à jouer. « J'en aurais bien pris d'autres, commenta le major, mais j'avais utilisé l'essentiel de la pellicule pour faire des photos du chien. »

Christian fut surpris par le physique agréable de Dora. Il avait toujours eu la sensation que son apparence ne livrait pas sa vraie nature, et maintenant qu'elle s'était un peu enrobée et avait meilleure opinion d'elle-même — et qu'elle gardait une voilette, rappel d'un voile de mariée, relevée sur son chapeau —, il était encore plus difficile de croire qu'elle pût être aussi épouvantable. Avec ses yeux sombres et son teint olivâtre, elle aurait pu passer pour une native de l'Algarve ou de l'Alentejo ; mais il y avait la bouche.

Offrant un contraste saisissant avec les rondeurs satisfaites de Dora, Caro avait les yeux creusés, la pâleur impressionnante, en dépit d'une robe écarlate, d'un fantôme qui se serait invité à la fête. Seule Grace était à l'aise dans son rôle, celui d'une jeune et douce épouse, sans arrière-pensées ni mauvaises intentions.

« Bruce a l'œil, disait Dora. Il a trouvé des pièces superbes. Des majoliques, des vieux tapis.

— Sans me vanter, c'est vrai, abonda le major. (Il vint à l'esprit de Christian que l'expression avait valeur d'avertissement en ce qu'elle devait d'ordinaire annoncer un mensonge.) J'entre dans n'importe quel magasin de brocante, et je mets la main sur le truc intéressant. » Nouvelle envolée de doigts courtauds et épais. « Bien sûr, dans ce pays, il faut marchander. »

Quand on eut convenu que le marchandage n'était pas près d'entrer dans les mœurs anglaises, il y eut une pause dans la conversation. Christian songeait qu'en Angleterre un vrai gentleman ne porte pas d'alliance.

« Caro a une mine superbe, finit par dire Dora. Et elle a l'air si heureuse. » Tous se tournèrent vers ladite Caro, qui avait les traits tirés et son verre de vin à la main. « Il faut absolument qu'elle vienne nous voir. » Dora jouait à la grande dame. « Et qu'elle s'essaie au portugais. » On expliqua au major qu'elle était douée pour les langues.

Caro eut un petit sourire affecté, pour ne pas paraître désagréable.

Les pensées de Christian suivaient toujours le même cours : une chevalière — voilà qui serait différent. Ça, ce serait du solide.

Le major dit que les Australiens en général n'étaient pas portés sur les langues. Il avait un ami à Brisbane, qui était dans le commerce des fruits secs.

Christian alluma une cigarette, tout en espérant que sa relation avec le major n'était pas celle d'un beau-frère.

Dora fit observer que sa propre langue était bien assez bonne pour elle et qu'elle n'avait pas besoin de s'encombrer d'une autre.

Le major s'était embarqué dans une histoire à propos d'une infirmière australienne dans un hôpital militaire. Ce n'était pas une blague : il connaissait personnellement le soldat à qui c'était arrivé.

Quand on eut servi le café, Grace se mit debout avec peine, tasse à la main comme si elle s'apprêtait à porter un toast. Le visage et le front luisant de transpiration, au-dessus d'un corsage à fleurs lavande. Puis elle reposa la tasse avec d'infinies précautions, comme si c'était le récipient et non elle-même qui avait besoin d'attentions, et s'évanouit.

Grace attendait un enfant.

Le théâtre londonien où l'on donnait la première pièce digne de ce nom de Paul Ivory avait un petit foyer qui, cet après-midi-là, à la fin de la séance en matinée, se vidait lentement en raison de la pluie. Des femmes sortaient à pas lents, une à une, et quelques hommes d'un certain âge attendaient sous la marquise, hésitant sur le parti à prendre. Caroline Bell, un peu à l'écart, s'apprêtait à déplier son parapluie, tout en regardant une rue sans joie à travers des portes vitrées.

Paul entra par une petite porte intérieure située près du guichet, tel un acteur apparaissant au signal donné. En voyant les gens encore là, il hésita. Et dans le même instant, aperçut Caro, qui lui tournait le dos, le visage dans l'ombre, comme volontairement détourné.

Paul Ivory resta immobile, la main sur la porte qu'il venait d'ouvrir, dans l'attitude de celui qui cherche à garder son sang-froid face à une accusation. Ce n'était pas juste : non seulement la femme avait été placée sur son chemin, mais, dans la mesure où elle n'était pas consciente de sa présence, c'était à lui de décider s'il souhaitait ou non lui adresser la parole. Son sentiment d'injustice n'empêcha pas Paul d'être sérieusement, et presque physiquement, ébranlé à la vue de Caro, en même temps qu'impressionné par l'autorité aussi délibérée que détachée avec laquelle le destin l'avait fait resurgir. Paul avait mesuré son oubli de Caro à l'aune des changements et des succès qui l'avaient emporté dans leur flot ces derniers mois. Il ne l'avait pas seulement quittée, il l'avait laissée loin derrière lui. Reléguée au poulailler dans le théâtre de l'existence de Paul Ivory, Caro était censée regarder la représentation en silence, et applaudir. Et voilà que maintenant, à la vue de son visage détourné, il n'était plus libre de ses choix et se voyait obligé d'agir sous la contrainte. Il s'approcha d'elle, conscient d'une certaine exaltation, obéissant à une impulsion qui n'était pas forcément à son avantage. Faisant de son besoin vertu.

Et tout cela parce qu'une jeune femme brune se tenait devant une porte, un parapluie enroulé à la main.

« Caro. »

Elle se retourna, et à nouveau ils furent ensemble.

À peine remis de ses propres impressions, Paul nota le mouvement de surprise de Caro, suivi d'une succession rapide de réactions contradictoires. Dont la reconnaissance implicite qu'elle avait couru le risque d'une rencontre, l'avait même délibérément provoqué, en venant voir sa pièce ; et un éclair dans ses yeux qui répondait à son propre sentiment de contrainte, mais fut aussitôt maîtrisé. Ses lèvres se fermèrent, arquées en un mouvement inconnu de lui puisqu'il était né à la suite de son abandon.

Le hall était maintenant presque vide. On avait éteint les lumières. Ils formaient un couple de silhouettes sombres, debout près des portes.

« Oui ? » fit-elle, comme si elle avait été accostée par un inconnu. Mais elle tremblait de tout son corps dans son imperméable, au point de sentir chacun des tissus dont étaient faits ses vêtements, et le frémissement de ses membres à l'intérieur. De la même façon, son esprit se débattait, tremblant lui aussi, dans les rets de l'événement.

« C'est gentil à toi d'être venue, Caro.

— Je suis heureuse d'avoir vu ta pièce.

— Tu sais, je suis rarement ici. Il y a eu un changement dans la distribution, le rôle de Mandy, le fils tuberculeux, et je voulais voir ce que ça donnait. » Paroles machinales, n'importe quoi pour boucher les trous.

Elle n'avait jamais vu Paul en costume de ville auparavant. De son côté, il la trouvait extraordinaire : yeux immenses, peau transparente ; terriblement séduisante. Dire qu'il pensait l'avoir laissée loin derrière lui.

Les impressions se succédaient en eux, comme les vagues sur une grève.

« Ça t'intéresserait de voir les coulisses ? » demanda Paul.

Ils empruntèrent un couloir au blanc de chaux crasseux. « Attention aux marches. » Il y avait des marques ici et là sur la scène, un trait à la craie, une flèche en pointillé, et le mobilier sans joie qui constituait le décor du dernier acte. Le rideau, d'un rouge fané et poussiéreux, était baissé. À une époque où l'on jouait Shakespeare en costumes modernes, tenues de banlieusards étriquées ou blousons de cuir, les prolétaires de la pièce contemporaine de Paul Ivory étaient affublés de costumes royaux. Le père et la mère avaient la stature et l'air menaçant de tyrans de théâtre, couronnés et majestueux dans leurs vêtements de pourpre et d'or, tandis que leur progéniture soumise tremblait devant eux en pull et en salopette. Ce procédé plutôt facile avait été salué par la critique comme un coup, ou un trait, de génie.

Caroline Bell suivit Paul Ivory dans un labyrinthe de corridors miteux, sans jamais baisser les yeux. Quand ils s'arrêtèrent devant une porte, elle secoua la tête pour rejeter ses cheveux en arrière si bien que son visage devint entièrement visible.

Un homme en bleu de travail leur ouvrit la porte. Paul lui adressa son sourire franc, un peu protecteur : « Merci, Collis. » Ils descendirent quelques marches, et Paul frappa à une autre porte.

Caro fut présentée au grand acteur, qui était en train de dire : « Refais-moi un coup comme celui-là, et je t'écorche vif. » Il s'adressait à un gamin aux airs de dandy, qui picorait des raisins dans un panier enrubanné sans répondre. Le manteau royal aux lourdes broderies était accroché au mur. Paul dit : « Tâte-moi ça. » Un seul pli était lourd à manier. « Ça vous donne une idée du poids de cette foutue royauté », dit l'acteur à Caro. Il avait enlevé son maquillage et était vêtu d'une chemise en lin et d'un pantalon en éponge.

Un radiateur brûlant sifflait dans un coin de la pièce. Caro ouvrit son imperméable.

Paul lui demanda : « Qu'est-ce que tu penses de la scène du bocal de Marmite ? »

Avant qu'elle ait eu le temps de répondre, le gamin qui mangeait ses raisins dit : « C'est le truc le plus fort de la pièce.

— Personnellement, je trouve ça un peu bizarre, une vendeuse qui connaît le mot "œdipien", dit Caro.

— On en a déjà beaucoup discuté, intervint l'acteur en riant. N'oubliez pas qu'elle travaille dans une librairie.

— C'est un peu lourdingue, le coup du le roi est mort, vive le roi, etc., dit le gamin. Mais pour le reste, ça va.

— Conder s'en est bien sorti, non ? demanda l'acteur à Paul.

— Oui, et je le lui ai déjà dit. Avec le temps, il finira par s'intégrer. Mais son Mandy devrait être autrement plus malade. » Il était à noter que Paul souriait beaucoup moins avec les acteurs, lesquels, somme toute, étaient des professionnels.

« Conder n'aura jamais l'air assez malade pour plaire à Valentine », dit l'acteur. Valentine était le gamin aux raisins. Cette référence à sa jalousie, tout en excluant l'étrangère — Caro —, ne s'adressait, comme toutes les exclusions, qu'à elle. Les hommes échangèrent un sourire.

Dans le couloir, la reine mère passa majestueusement devant eux : long profil anguleux, paupières et cils lourdement fardés dans des teintes bleu paon, dessinés au crayon et étirés jusqu'à la racine des cheveux. Elle n'aurait pas déparé la proue d'une trirème.

« Les acteurs ne remarquent jamais personne en dehors d'eux-mêmes », dit Paul.

Il avait fait ce qu'il fallait et joué d'habileté en mettant Caro face aux résultats de son travail de dramaturge, battant, pour ce faire, le rappel de ses auxiliaires. « Tu travailles dans ce bureau maintenant ? dit-il.

— Oui. J'ai eu une demi-journée de congé. Il y avait un déjeuner en l'honneur de ma sœur.

— Toujours la même vieille distribution. » Il poursuivait son avantage. Ils avaient atteint la porte donnant sur la rue. « Moi compris. » Il posa la main sur la poignée de la porte et s'appuya contre le mur, sans donner vraiment l'impression de vouloir retenir la jeune femme. « Moi compris, Caro. » Derrière lui, des aphorismes, tous plus ou moins obscènes, étaient gribouillés ou gravés dans la brique blanchie à la chaux.

Visage levé vers lui, dépourvu d'expression, elle tendit le bras, mais n'alla pas jusqu'à poser la main sur la sienne pour saisir la poignée ; geste suspendu, elle hésitait, tendue, contrariée. Il vit qu'elle n'arrivait pas à parler. Elle fit une nouvelle tentative en direction de la porte, sans le quitter des yeux, telle une captive qui, tous ses sens en éveil, essaie de se glisser vers la liberté. Et toujours cette impression, tout à la fois irritante et séduisante, qu'elle avait en tête quelque chose de plus vaste que la petite comédie égoïste de leurs désirs respectifs.

« Tu m'as toujours un peu méprisé, dit Paul.

— Oui.

— Et un peu aimé aussi.

— Oui. » Une seconde, son regard perdit de sa dureté,

l'équivalent d'un haussement d'épaules. « Maintenant, tu as une femme pour faire ça à ma place. »

Debout, l'un en face de l'autre. Paul enleva sa main de la poignée. « Caro, par pitié. »

L'expression sembla l'émouvoir, et, un instant, elle parut sur le point de rire. À nouveau, il pressa son avantage, ou ce qu'il prenait comme tel. « Un peu de compassion, veux-tu ? »

Elle-même s'appuya contre le mur chaulé et ferma les yeux. « Comment peux-tu espérer une quelconque compassion, alors que toi-même tu n'en accordes aucune ?

— Ces murs regorgent de citations obscènes, de quelque nature qu'elles soient. »

Un silence. Pendant lequel elle resta appuyée là, austère, son parapluie fermé à la main, dans son fourreau. Puis elle se secoua et finit par passer devant lui pour tirer sur la lourde porte.

« Tu es toute blanche dans le dos », dit la voix de Paul, derrière elle. Et de la manière la plus naturelle qui soit, il lui brossa le dos de son imperméable du plat de la main. Avant de lui passer les bras autour de la taille et de poser sa bouche sur sa nuque. « Dieu tout-puissant ! », s'exclama-t-il à mi-voix.

Ils marchaient dans la rue mouillée. Paul, qui avait attrapé la ceinture dénouée de l'imperméable de Caro, semblait la piloter à travers la foule de cette heure de pointe — sans vraiment tirer, mais en faisant sentir sa présence et son autorité, de telle sorte qu'elle l'accompagnait comme un animal obéissant à la laisse ou aux rênes. À l'angle de la rue, il héla un taxi et donna une adresse au chauffeur. Au moment où ils montaient, il précisa : « On pourrait aller voir à quoi ressemble mon nouveau logement. J'aménage une maison que je viens d'acheter. Il faut que tu me dises ce que tu en penses. » Dans le taxi, il lui tint la main — littéralement, dans la mesure où cette main était dans la sienne à peu près aussi réceptive qu'une ceinture d'imperméable. Caro ne disait rien, tournant vers lui un regard ni maussade ni impatient, mais simplement attentif; et nuancé, parfois, d'une grande tendresse et d'une grande appréhension mêlées qui donnaient à leur expérience présente une réalité poignante, presque insoutenable. Ce regard-là, Paul avait déjà eu l'occasion de le voir : le jour où ils avaient fait l'amour pour la première fois, à l'auberge d'Avebury Circle.

« Nous y sommes, dit Paul, en se penchant vers le chauffeur. Laissez-nous ici. C'est un cul-de-sac, vous ne pourrez plus ressortir. »

La pluie avait cessé. La maison avait une façade plate et tout en hauteur, enclave de brique sévère entre deux bâtiments pigeonnants dotés de portiques. Au bord du trottoir, un homme qui bricolait le moteur d'une voiture les salua de la tête et continua à chanter :

Des roses s'ouvrent en Picardie,
Mais il n'en est de pareille à vous.

Paul sortit une clé flambant neuve. Odeurs de plâtre, de peinture, de bois brut. Du papier d'emballage était étalé sur le sol, et sur les fenêtres un grand X de papier collant, comme pour signaler la présence de la peste à l'intérieur. Un escalier vertigineux brillait d'un blanc éclatant. Le jardin, derrière, était boueux et jonché de débris divers, mais une pile de dalles dans un coin montrait qu'il serait dallé et complanté en temps voulu. Dans la cuisine, un évier en porcelaine pâle, emmailloté dans son enveloppe plastique, prêt à être posé : un malade dans ses bandages dans une salle de pansements.

Dans la salle à manger, récurrence du motif hospitalier. Bâches drapant dans leur linceul blanc des tréteaux et une table. Odeur de peinture, antiseptique, anesthésiante.

« Tertia est ici ? » demanda Caro, prenant le taureau par les cornes.

Paul poussa une porte fraîchement peinte d'un doigt délicat. « Tertia est pour l'instant à la campagne ; elle attend que la maison soit prête. » Même une maison exigeait d'être prévenue de l'arrivée de Tertia. « Tu es ma première invitée. »

Le séjour occupait tout l'étage suivant, mais n'en restait pas moins étroit. Caro alla jusqu'aux fenêtres donnant sur la rue, puis revint vers le fond. À nouveau un escalier. Paul alluma une lampe sans abat-jour. « C'est là que je campe. »

C'était la pièce du dernier étage et la plus grande, puisqu'il n'y avait pas d'escalier pour monter plus haut. Des fenêtres, on voyait les maisons d'en face, puis un grand immeuble. Des arbres en espalier offriraient leur ombre protectrice, l'été venu, c'est du moins ce qu'assura Paul. Plusieurs tapis sur le sol nu étaient encore roulés et ficelés. L'enduit des murs était sec, et les fenêtres avaient été faites. Dans un coin, des appliques attendaient d'être installées, et dans un carton s'entassaient des poignées de porte ; une paire d'obélisques en marbre décoraient déjà le dessus de la cheminée. Le téléphone avait été branché, et l'appareil était par terre. Pour chasser les odeurs de peinture, une des fenêtres était à moitié relevée, et il faisait froid dans la pièce.

À l'aide d'une autre clé tout aussi brillante, Paul ouvrit un placard encastré dans le mur. « On va prendre un verre. » Il y avait un paquet sur le rayon supérieur et, en bas, un tableau encadré appuyé contre le fond. Paul montra la toile à Caro.

« Segonzac est un peintre de second ordre, dit-elle.

— Les artistes ne peuvent pas tous atteindre l'excellence.

— Bien sûr. » Puis elle comprit qu'il avait voulu l'impressionner, et essaya de se rattraper, par pure politesse. « Mais il y a une vérité — une fidélité à soi-même, si tu préfères — qui donne une vraie valeur à certains talents mineurs. Souviens-toi de ce que Mrs Thrale a dit un jour de ton père — que ce n'était pas un grand poète, mais qu'il était sincère. »

Paul remit à sa place le tableau, qui n'avait pas rempli son office. « Eh bien, dit-il, assieds-toi. Et bois à ma nouvelle maison. » Il trouvait déplaisant, voire blessant, que Caroline Bell puisse ainsi évoquer le souvenir de son père. Caro s'assit sur la pile de tapis. Elle regarda Paul manipuler une flasque en argent, sans se départir de son air sardonique, qui donnait l'impression qu'elle allait éclater de rire d'un moment à l'autre. « Il n'y a pas de verres, et on va être obligés de se servir du bouchon, j'en ai peur. Et, en plus, de le partager, ajouta-t-il, en lui tendant l'objet. Un peu minable comme coupe de l'amitié. »

Elle but. Mais ne lui rendit pas le bouchon, qu'elle posa à ses pieds, sur le parquet fraîchement verni. « Hé, doucement, mon sol tout neuf ! dit Paul, en s'emparant du petit récipient avant d'en vider le contenu. Tu en veux un autre ?

— Non. Ça avait un goût de fer-blanc.

— Du fer-blanc, tu plaisantes ? C'est de l'argent. » Il s'assit à côté d'elle sur les tapis. « Alors, qu'est-ce que tu penses de ma maison ?

— Il y a si peu d'espace.

— Toi, pour tout gâcher, tu t'y entends.

— Parce que tu crois qu'il reste quelque chose à gâcher ? »

La sonnerie du téléphone retentit, explosant dans la pièce encore nue, ricochant sur les murs et le plafond comme une volée de balles.

Paul dut se mettre à genoux pour répondre. « C'est bien ça, oui. Mais j'aimerais savoir comment vous avez eu ce numéro... Écoutez, si ça doit paraître demain dans la presse, il vaudrait mieux que vous me le lisiez... Très bien, vous pouvez me citer comme suit : Je n'ai rien à répondre aux remarques de M. Machin. La méchanceté pure et simple ne vaut pas qu'on utilise son droit de réponse, et je trouve personnellement que les écrits de M. Machin sont la quintessence de la vulgarité... Oui, c'est bien ça.... Certainement : Q-U-I-N-T, et "essence"... Exactement, comme la vanille. En fait, le mot signifie "substance céleste". Vous voudriez me relire le tout ?... Très bien... Ah, il faudra que ce soit après mon retour d'Espagne, je pars demain, disons fin... oui, ce sera parfait. Appelez-moi à ce moment-là. »

Paul reposa le combiné, se leva, et considéra Caroline Bell, les mains jointes sous le menton, comme si elle constituait une énigme à résoudre, tout en essayant de retrouver l'état d'esprit qui l'avait conduit à l'amener là.

« Tu pars vraiment demain pour l'Espagne ?

— Bien sûr que non, dit-il, cherchant la flasque du regard. Prenons une autre lampée de fer-blanc, d'accord ? » Il lui tendit le récipient. « Alors, quel goût ça a maintenant ? »

Elle en but une gorgée avant de lui rendre le bouchon. « Maintenant, c'est comme s'il y avait tes initiales dessus.

— Qu'est-ce que tu es devenue garce, Caro ! Toi qui étais...

— Quoi donc ?

— Angélique. Mais beaucoup moins belle. C'est le genre de chose qui arrive malheureusement très souvent. Allez, maintenant parle-moi de ma maison, de ma pièce.

— Ce ne sont pas des opinions que tu veux, mais des louanges.

— Des louanges de ta part, bien sûr que j'en veux. »

Nouvelle explosion de la sonnerie du téléphone. Paul s'agenouilla à nouveau pour répondre. « Oui, il semblerait bien que ce soit Flaxman cinq, trois... Non, elle est absente pour le moment, mais je peux lui transmettre... Je viens de vous le dire, elle n'est pas ici, mais je... » Une interjection à l'autre bout du fil amena Paul à hausser le ton, ou à le durcir, avant de poursuivre — un léger froncement des paupières prouvant qu'il était trop bien élevé pour les fermer, ne serait-ce que momentanément, sous le coup de l'exaspération. « Je viens de vous dire très clairement que Mrs Ivory n'était pas ici. » « Mrs Ivory », et non « ma femme » ou « Tertia », comme un membre du parti communiste qui ferait solennellement de la Russie « l'Union soviétique ». Il avait l'air comique, accroupi ainsi par terre, refusant de rien perdre de sa dignité.

« Dis-leur que tu pars demain pour l'Espagne, suggéra Caro.

— Je ne vais certainement pas rester ici, dit Paul, maintenant au ras du sol, à écouter les... » Son regard se figea, puis il raccrocha avec une telle violence qu'il se trouva projeté à quatre pattes. Il se releva, en tapotant son pantalon. « Il m'a raccroché au nez, le salaud. Il croyait ... ou plutôt a fait semblant de croire que j'étais le domestique.

— C'est parce que tu as dit "Mrs Ivory". » Caro observa Paul, qui s'interrogeait sur l'appel, son auteur, et Mrs Ivory. L'honorable Tertia.

« Et la voix, quel genre ? demanda Caro.

— Oh... cultivée. »

À Dieu ne plaise que Mrs Ivory aille prendre un amant dans les classes populaires.

Dans la rue, l'homme continuait à chanter d'une voix haut perchée et mal assurée, comme celle d'un vieux disque :

Il est une rose du moins qui gardera sa beauté,
C'est celle que j'enferme en mon cœur.

Paul referma la fenêtre. « Si ça peut te faire plaisir, c'est bien là qu'on en est. » Il faisait référence à l'appel téléphonique.

« Plus difficile à vivre que prévu, alors. »

Pas vraiment une question. Caro, levant des yeux las depuis la pile de tapis, aurait pu être parfaitement indifférente. Sa tentative pour gâcher les choses à force d'honnêteté n'avait rien donné : l'honnêteté est sans valeur si elle n'a pas d'honnêtes motifs. Paul réfléchit un instant avant de répondre : « C'est vrai que cela ne fait qu'isoler davantage. »

C'est quand il reconnaissait être contrarié qu'il était le plus sincère, et alors sa voix, dénuée d'affectation, sonnait pleine et claire, était presque belle. En même temps, la limpidité de ses yeux, qui menaçait de se diluer comme chez Tertia, retrouvait sa pureté.

« C'est évidemment parce que en même temps on essaie de faire semblant en public. Il n'y a rien là de vraiment nouveau. » Aucune trace de raillerie même dans cette dernière remarque. Paul posa le pied sur la pile de tapis, tout près de la main de Caro, et poursuivit :

Pour ce que j'en sais, tous les maris sont comme moi;
Et tous ceux à qui je parle de leur épouse
Se montrent habiles à dissimuler leurs malheurs,
Tout comme moi.

Il s'assit à nouveau à côté de Caro. « Pas étonnant que cette pièce ne soit plus jouée de nos jours. »

Comparée au drame glacé du mariage de Paul, joué sur fond de succès mondain, la blessure de Caro faisait pâle figure, expérience insignifiante qu'il serait fastidieux de détailler. Caro était celle à qui on donnerait des instructions, sans lui demander son avis ; à qui on s'adresserait par le biais d'interpolations entendues : « Hélas, ainsi va la vie » ; « Voilà une chose à laquelle il faut remédier. » Il incomberait à Paul, et non à Caro, d'interpréter le degré de signification de leur situation respective. Ainsi en avait-il été décidé, alors qu'il était là à parler de manière intime de sa vie à celle qui en était le plus exclue — afin de la réadmettre dans son intimité, mais non dans sa vie.

Il leva la main pour prendre la sienne. Puis parut se raviser : légère indécision au sein d'une indécision plus grande. « Il y a là une collusion intéressante, pourrait-on dire. Tout en nous trompant l'un l'autre, elle et moi acceptons de tromper, à un autre niveau, un public plus vaste.

— Et cela te plaît ?

— J'ai toujours eu un faible pour la pièce dans la pièce, dit-il en souriant. J'ai une idée. Allons en Espagne ensemble demain.

— Et envoyons une carte postale à cet homme.

— Lequel ?

— Les deux. »

Son rire se répercuta aux quatre coins de la pièce, comme la sonnerie du téléphone. Le tissage rugueux s'imprima sur le coude de Caro quand elle l'appuya sur les tapis pour se redresser.

« Je n'ai pas cessé de t'aimer. » En dépit de toutes les expériences intéressantes que j'ai connues. « Et toi aussi, tu m'aimes.

— Oui.

— L'honnêteté finit toujours par payer.

— Voilà une expression parfaitement méprisable. Du genre “le crime ne paie pas”. »

Même plissement de paupières vexé de la part de Paul. « On ne va pas s’amuser à faire de la rhétorique, si ? »

Caro se leva, comme si elle ne l’avait pas entendu ; son air distant n’était nullement destiné à lui donner une leçon. Elle prit son parapluie qu’elle avait laissé dans un coin et sortit de la pièce.

La première volée de marches, qu’elle descendit d’un pas rapide et léger, était trop étroite pour qu’il lui passe devant. Quand il la rattrapa sur le palier d’au-dessous, cette fois, il lui prit effectivement la main. « Tu penses bien que je ne vais pas te laisser partir comme ça. » Il dit ces mots avec indulgence, comme quelqu’un qui essaie de faire oublier son caprice à un enfant ; mais sa main était chaude et hésitante, ce dont il ne s’était pas rendu compte avant de toucher celle de la jeune femme. Les petites marches abruptes s’élevaient au-dessus d’eux, falaise blanche susceptible ou non d’être réescaladée.

« Laisse-moi partir maintenant.

— Écoute, tu l’as voulu, non ? — en venant au théâtre, et puis après, ici ?

— Ça ne signifie pas que je ne vaux pas mieux que ça.

— Tu as franchi suffisamment de portes pour aujourd’hui.

— Laisse-moi. Ce n’est pas comme ça que j’ai envie d’être. Laisse-moi continuer ma vie. Ou, du moins, redevenir ce que j’étais. Au lieu d’être ce que je suis depuis tant de mois, depuis que je t’ai rencontré. »

Les derniers mots, pour le moins peu amènes, ne furent cependant pas prononcés sur un ton cinglant, mais comme ils auraient pu l’être par une personne depuis longtemps coupée du langage et de la société des hommes et désireuse soudain d'exprimer des vérités brutales. Ils créèrent toutefois chez Paul une nouvelle tension ; et la faible lumière électrique qui tombait d'en haut, à la manière d'un clair de lune de théâtre, révéla son visage blême — un visage d'où la virilité et la jeunesse semblaient avoir disparu.

« Tu me considères comme une faiblesse en toi, dit-il.

— Tu concentres effectivement en toi toute ma faiblesse. »

Caro avait le don de battre en brèche la volonté de Paul, si bien qu'il y avait une sorte de relâchement dans l'attitude de ce dernier, comme chez tous les êtres humains, ou même les animaux, qui ont perdu leur conviction. Corollaire étrange : Caro ne se sentait jamais aussi proche de Paul que dans ces moments-là, ni moins surprise d'être capable de l'aimer.

La scène atteignit son apogée quand Paul, avec son flair sans pareil pour les fluctuations de la résistance, l'étreignit à nouveau, glissant ses bras dans son imperméable ouvert, comme s'il pénétrait ses défenses. Le parapluie de Caro tomba sur les lames brutes du parquet avec un fracas de mauvais goût. Elle ne leva pas les bras vers lui.

« Quelle froideur ! dit Paul. Que tu es froide ! »

Ils restèrent ainsi, immobiles, seules les mains de Paul s'activaient sur le corps de Caro — ondulations légères sur lesquelles jouait la lumière voilée. Se détachant de lui, elle dit : « Pourquoi vouloir une chose pareille ? » Le dos contre la rambarde de l'escalier menant au rez-de-chaussée. La voix sonore en l'absence de mobilier, les mots aussi nus que les lames du parquet.

« Je ne sais pas. » Petite crise d'honnêteté, cette politique qui finit toujours par payer : « C'est la preuve de tout ce en quoi je ne crois pas. »

Elle aurait aimé dire : « Et pourtant tu crois en Dieu », mais ne put se résoudre à mêler Dieu à pareil gâchis.

Paul Ivory s'appuya de la main contre le mur à côté de la tête de Caro, prêt pour sa reddition. Sur le mur intact, l'ombre des doigts découpés était énorme : il avait la haute main sur la situation. Sous la lumière, sa silhouette se fit tout à la fois souple et métallique, prenant la couleur de l'étain. Ce n'est pas tous les jours que Vénus s'interpose devant une étoile aussi brillante et la masque.

Il s'écarta légèrement pour mieux l'observer en train de céder.

Il avait ouvert sa robe, et la bande de chair mise à nu, enchâssée dans des vêtements d'extérieur, avait quelque chose de curieusement choquant. L'imperméable dénoué, le buste de la robe déboutonné, et cette fente de blancheur secrète. Contrairement à beaucoup d'images de Caroline Bell qu'il chercha par la suite à préserver, celle-ci se fixa une fois pour toutes dans le souvenir de Paul Ivory : le mur brut, les deux escaliers, la robe rouge, et la naissance de ce sein qu'elle laissa gravement dénudé, telle une confession.

16

> Tu me demandes de te parler de la pièce de Paul Ivory. Je ne l'ai finalement vue que le mois dernier. J'ai été très impressionnée, et peut-être surprise, aussi, de l'aisance avec laquelle il traite du sujet des classes populaires. Je crois que tu aurais des réserves à faire — certains des effets sont controuvés, et la fin est un peu trop habile, mais néanmoins à vous couper le souffle. La pièce a des chances de rester à l'affiche très longtemps, et il se peut que tu arrives à la voir en rentrant de France.

Caro s'arrêta, et relut le passage qu'elle venait d'écrire. Que de sincérité, que d'à-propos ! Il est tellement plus facile d'avoir l'air authentique quand on est désobligeant.

Caro, assise devant sa table au bureau, se souvenait de la pièce de Paul et de la manière dont l'assistance, à la fin du dernier acte, était restée un instant silencieuse après le terrible drame qui venait de se jouer sur la scène. Ici et là, dans la salle, un cliquetis ou un crissement, un léger craquement, semblable à celui qu'on entend dans une poterie quand les pièces sorties du four commencent à refroidir. Puis l'explosion des applaudissements.

Je suis contente que tu puisses aller à ce congrès à Rome avant de rentrer — j'ai lu quelque chose à ce sujet dans les journaux. Je me souviens d'un palais à Rome, conçu d'après l'horoscope d'un noble — c'est-à-dire qu'il est décoré de représentations de planètes et de divinités païennes. C'est tout simplement de l'astrologie, mais ça pourrait t'intéresser malgré tout.

On pouvait être sûr que Ted Tice passerait son plus beau moment à Rome dans des salles décorées de fresques sur la rive du Tibre.

Je ne pense pas que nous aurons le temps de nous écrire à nouveau avant ton retour en Angleterre. Merci pour l'invitation à dîner, ce sera avec grand plaisir. À dans un mois, donc.

Caroline Bell posta sa lettre en rentrant chez elle à midi. Le samedi, elle ne travaillait que le matin, et s'arrêtait en chemin pour acheter de quoi préparer à déjeuner pour Paul. Elle vivait à cette époque dans un meublé sous les toits, loué à un collègue de bureau temporairement muté à l'étranger. L'immeuble, proche du marché de Covent Garden, était pour le reste loué à des imprimeurs et à de petits éditeurs.

Midi pénétrait de sa gloire les entrailles de brique noircie de Maiden Lane, avant de se répandre largement en atteignant le marché. La ville se montrait à la hauteur du soleil. Et Caroline Bell était reconnaissante d'une légèreté du corps qu'elle n'avait jamais ressentie jusque-là et qu'elle savait pouvoir attribuer à sa jeunesse. Elle marchait, les bras chargés de sacs en papier, souriant à la pensée de sa jeunesse perdue, découverte à l'âge adulte, et combien mûr, de vingt-deux ans.

Paul était devant la porte de l'immeuble. Il attendit qu'elle monte jusqu'à lui, puis se pencha depuis le haut du perron pour l'embrasser. Entre les sacs en papier et le bouquet de fleurs rouges qu'elle avait à la main, Paul en eut plein les bras. « Pourquoi ce sourire sur les lèvres de cette petite femme ?

— Je pensais à l'âge adulte, et à l'adultère.

— C'est drôle, je pensais moi-même à l'adultère. Tu as la clé ? »

Elle la lui donna. Ils gravirent des marches recouvertes de linoléum, passèrent devant des portes obstinément closes pour le week-end. Dans un vieil immeuble comme celui-là, la poussière se déposait vite, et la réouverture de ces petites entreprises chaque lundi n'était que le report, toujours aussi surprenant, d'une fermeture définitive et programmée.

« Le samedi après-midi en Angleterre, dit Paul, n'est qu'une répétition de la fin du monde. »

Quand ils s'arrêtèrent sur un palier le temps de reprendre leur souffle, il dit encore : « Ces quelques semaines ont été les plus beaux moments de ma vie. »

L'appartement était constitué d'une grande pièce, pourvue de fenêtres d'un côté et d'une lucarne barbouillée de l'autre. L'un des murs était entièrement couvert de livres empilés sur des rayons gauchis, et le sol inégal était dissimulé sous un grand tapis bleu, très usé, où l'on distinguait encore les traces d'un motif dans des tons rougeâtres, pareilles aux fumées industrielles dans un ciel de crépuscule ou à des taches de sang que l'on a maladroitement tenté de faire disparaître. Le fléchissement commun au plafond, aux rayonnages et au plancher se retrouvait dans un divan fatigué poussé contre les livres et recouvert d'un dessus-de-lit bleu tout neuf. Une belle table ancienne, rayée, et deux chaises complétaient le mobilier. Une seule décoration dans la pièce : l'ange de Caro acheté à Séville, accroché au mur près de la porte de la cuisine.

Tout était fatigué, ou usé, y compris le ciel barbouillé dans les vitres. Les livres apportaient leur touche d'humanité, comme ils sont censés le faire. En leur absence, on aurait pu qualifier l'ensemble de miteux, voire de minable.

Paul prit place sur le dessus-de-lit neuf, les mains sur les genoux. « Tu as faim ? demanda Caro depuis la cuisine.

— Attends un moment et tu vas voir. »

Elle éteignit la cuisinière archaïque et vint se planter à côté de lui. Il était tourné vers le mur et regardait les livres. « On se croirait dans une bibliothèque : Larousse, le Grove complet, et ça, Bartlett, qu'est-ce que c'est ?

— Tu es au rayon des ouvrages de référence.

— Nous, notre rayon, c'est plutôt les ouvrages érotiques, dit-il, en l'attirant sur le sofa, si bien qu'elle se retrouva à genoux devant lui, couché. Notre rayon, c'est ce divan. Ce lit, c'est ton centre, ces murs, ta sphère.

— Il y a une symphonie qui s'appelle l'Erotica.

— Ah, voilà quelque chose dont j'ai besoin. » Le livre était si lourd qu'il dut se rasseoir pour le tirer du rayon des deux mains. Il s'ouvrit quand il le laissa tomber sur leurs genoux, poudrant le dessus-de-lit d'une poussière rougeâtre. « Introuvable aujourd'hui. Il me servirait bien pour le projet sur lequel je travaille en ce moment. » C'était une édition de vieilles pièces de théâtre.

« Tu pourrais l'emprunter, je suppose. Oui, je suppose que tu pourrais. » Caro se débarrassa du livre et déambula dans la pièce. Tira les rideaux, posa le vase d'anémones sur la table. Ôta ses vêtements.

« Je pensais pouvoir le garder, dit-il.

— Il n'est pas à moi, tu comprends. » Caroline Bell croisa les mains sur le sommet de la tête. Son torse bombé se fit à la fois impérieux et vulnérable.

Paul laissa tomber le livre par terre et s'allongea, pour mieux la regarder. Dans la lumière diffuse, une masse de livres anciens derrière lui, il aurait pu figurer dans une gravure victorienne : un corps jeune alangui sur fond de bleu et rouge, un bras habillé de blanc pendant vers un livre ouvert sur le sol. *Childe Harold, La Mort de Chatterton.* Caro lui en fit la remarque.

« Oh, merci. Maintenant, viens près de moi. »

Elle s'approcha du lit et s'allongea à côté de lui. « Quand je pense que tout ça est là, pour moi, jour et nuit », dit Paul. Il saisit ses cheveux raides à pleines mains et les étala en une couronne sombre autour de sa tête. « Une vraie crinière de cheval.

— Mon amour. Mon amant, dit-elle.

— Tu te souviens, la première fois, près d'Avebury, quand je t'ai dit que je n'avais jamais rien ressenti de vraiment profond. Que je n'avais jamais été suffisamment affecté. Eh bien, je veux te dire aujourd'hui que ce que je ressens pour toi maintenant, je ne l'ai jamais éprouvé pour rien ni pour personne. »

Elle effleura son visage. Ce jour-là, à Avebury, elle lui avait fait toucher de la main le placage de la tête de lit, et il avait dit : « Quelque sens que l'on donne à ce "suffisamment". »

Il arrivait encore à Paul de ne voir en elle qu'une étrangère — par quoi il entendait qu'elle ne lui appartenait jamais tout entière. Il dit : « La possession vaut titre. » Mais c'était beaucoup plus tard, quand, couché, il regardait la pièce poussiéreuse tout en songeant qu'être jeune arrangeait bien les choses, car sinon de tels moments, pleins de langueur et de sous-vêtements jetés sur des dossiers de chaise, sembleraient présager une faiblesse plus profonde. Les fleurs, maintenant, étaient sans relief, d'un rouge criard.

« Je dormais, dit-il.

— Et je te regardais. » Ce qui aurait pu signifier qu'elle

veillait sur lui ; mais pareille éventualité ne vint pas à l'esprit de Paul, dont le visage eut cette légère contraction, signe de mécontentement ou d'alarme.

« C'est perturbant de se savoir observé dans son sommeil, dit-il. C'est comme ça que les hommes perdent tout — leurs cheveux, leur tête, ou pire encore. » Il ne lui dirait pas qu'il l'avait lui-même regardée dormir le soir où elle était venue pour la première fois dans sa nouvelle maison. Qu'il avait regardé son souffle, les tressaillements de ses rêves, sa peau si transparente qu'il pouvait imaginer tout ce qui, à l'intérieur de ce corps, faisait son être intime, et notamment ces petits organes reproducteurs si complexes capables de changer le monde. Tandis que le soleil se levait, il avait observé ce phénomène, d'une beauté qui se suffisait à elle-même et rendait superflu l'ajout de la raison, de l'intellect, de la conscience même ; et, à plus forte raison, de l'aptitude à l'accouplement.

Il ne lui dirait rien et, ce faisant, renforcerait son pouvoir.

Il tendit la main vers le livre, toujours par terre à côté du lit. « Alors, je peux le prendre ? »

Elle sut qu'il parlait du livre.

17

Dans le ministère où travaillait Caroline Bell, il y avait une jeune femme qui s'appelait Valda. C'était bien là son problème, car ce nom, elle l'avait en horreur. Aucune des autres femmes du service n'avait d'objection à être appelée Milly, Pam ou Miranda par le Mr Smedley ou le Mr Renshaw-Brown qui se trouvait être leur supérieur hiérarchique. Aucune d'entre elles n'avait d'objection non plus à faire partie des « filles ».

À cette époque déjà, les hommes entre eux n'étaient plus Bates ou Barkham, mais, dès la première rencontre, Sam ou Jim. Ceux qui avaient des prénoms incompressibles, du genre Giles ou Julian, semblaient rester dangereusement à la traîne ou être condamnés à l'obscurité. Il y avait encore à l'urbanisme un homme, nettement plus âgé que la moyenne, qui donnait du Mister à ses subordonnés — « Mister Haynes », « Mister Dandridge » —, comme le capitaine d'un vieux vaisseau s'adressant à son second ou à son maître d'équipage. Mais lui aussi s'autorisait de temps en temps, avec les femmes, un Marge ou un Marigold ; même si, chez lui, il appelait sa femme de ménage Mrs Dodds.

« Si ces gens se font un jour un véritable ami, comment vont-ils l'appeler ? demanda un jour Caro à Valda.

— L'amitié, lui répondit celle-ci, la vraie, ils espèrent qu'elle n'aura bientôt plus cours. »

Cette camaraderie entre hommes, de fraîche date et de rigueur, était du moins, aux yeux de Valda, une perte également partagée par tous les Sam et les Jim. Contrairement à la tentative flagrante d'appropriation représentée par un June ou un Judy.

Valda s'était fait remarquer peu de temps après son arrivée. Le petit Mr Leadbetter, responsable des tâches administratives, était sorti un jour de son terrier, les oreilles dressées, un bouton à la main, et lui avait demandé de le lui recoudre. L'opération, estimait-il, ne prendrait pas plus d'une minute. Valda accéda poliment à sa demande. Écartant ses papiers, elle sortit d'un tiroir de son bureau une pochette très femme d'intérieur contenant aiguilles et fils à repriser de différentes couleurs. La veste de Mr Leadbetter pâmée sur ses genoux, elle plissa les yeux pour enfiler son aiguille et fut bientôt à sa besogne. Leadbetter était resté là pour la regarder faire. Chemise bleue à rayures, pantalon remonté jusqu'aux aisselles et retenu par des bretelles en toile, également rayées, datant d'une époque lointaine où les choses étaient faites pour durer. Il trouvait plaisant, une fois défait de son armure, de regarder la belle Valda s'acquitter de son humble tâche domestique. Quand elle en eut terminé, quand elle eut enroulé le fil plusieurs fois autour du bouton avant de le casser, il était plein de reconnaissance.

« Merci beaucoup, Valda. Je ne suis pas très habile avec une aiguille. Et je ne ferais que m'entailler les doigts. » Il était important de faire montre de gratitude.

À quoi Valda répliqua, se faisant l'écho des propos bienveillants de l'autre : « C'est le genre de petit service qu'on peut se rendre mutuellement. »

La semaine suivante, Valda alla le trouver dans son bureau, où il relisait l'avant-dernière mouture d'un texte, et lui demanda de lui changer le ruban de sa machine.

Mr Leadbetter écarquilla les yeux.

« Je ne suis pas très habile avec les machines », dit-elle.

Lui, déconcerté et mécontent : « Vous n'avez jamais eu besoin de changer un ruban jusqu'ici ? On ne vous a jamais appris ce genre de chose ? »

Elle, obstinée : « Ça ne prendra pas plus d'une minute. »

Lui, qui ne comprenait toujours pas : « Vous feriez mieux de demander à une des filles de vous montrer. »

Elle, pleine de sollicitude : « Elles vont se salir les mains. Et puis, c'est le genre de petit service... »

La lumière se fit enfin dans l'esprit de Mr Leadbetter, qui sortit, hors de lui, pour aller chercher une des autres filles, mais une « vraie », cette fois. « Miss Fenchurch a besoin d'un coup de main avec sa machine à écrire. » C'était la première fois qu'il ne l'appelait pas Valda, mais seul le dépit expliquait l'emploi du patronyme. L'autre fille le regarda avec une timidité servile et jeta à Valda un œil terrorisé, avant de se pencher sans perdre une seconde sur la machine comme une jeune mère sur un berceau.

Le moment venu, Mr Leadbetter nota dans le dossier de Valda : tendance à l'agressivité pour des broutilles. « Tendance », dans le jargon officiel des rapports sur le personnel, voulait dire que l'intéressée ne faisait pas les choses à moitié.

Il y avait à l'étage une sorte d'alcôve, pas plus grande qu'un placard, où, matin et après-midi, les filles préparaient le thé à tour de rôle. Sur le mur était punaisée une liste de tous les hommes du service et de leurs exigences respectives en la matière : Mr Bostock, léger et sucré, Mr Miles, fort et sans sucre. Pour le Leadbetter de Valda, c'était une infusion de fleurs de camomille, qu'il achetait chez Jackson, à Piccadilly, qu'on lui préparait dans une théière spéciale et qu'il fallait ensuite passer. Un autre avis mettait les utilisatrices en garde contre les feuilles de thé dans l'évier. L'endroit était confiné, et miteux : lino taché, odeur de biscuits rassis, peinture écaillée là où une bouilloire électrique dégageait quotidiennement sa vapeur.

Parfois, quand c'était au tour de Valda de préparer le thé, Caro l'aidait à disposer les tasses sur un plateau marron éraflé.

Regarder la majestueuse et longiligne Valda mesurer, avec une exactitude scrupuleuse pleine de mépris, les fleurs de camomille de la théière privée de Mr Leadbetter (une petite étiquette attachée à l'anse précisait : « Laisser infuser cinq minutes ») était un spectacle en soi. C'était quelque chose aussi de l'entendre débiter les directives : « Mr Hoskins, saccharine ; Mr Farquhar, trois gouttes de citron. » Elle animait la petite pièce sans joie de son dédain et de sa vivacité, et provoquait des frissons fascinés chez les autres femmes, convaincues que si l'un de ces messieurs était entré, elle n'aurait pas hésité une seconde à poursuivre son numéro.

Quand Valda parlait des hommes de manière plus générale, elle partait du principe que ses expériences calamiteuses étaient le lot de toutes ses consœurs. Aucune des autres femmes ne voulait entrer dans de telles discussions, lesquelles non seulement manquaient de délicatesse mais auraient compromis les rapports déférents qu'elles entretenaient avec l'un ou l'autre de ces messieurs. Qui plus est, elles redoutaient que Valda, au moindre signe d'encouragement, ne sorte quelque grossièreté.

En regardant un soir les femmes du bureau se diriger vers

la sortie en file indienne, Valda fit remarquer à Caro : « Le troupeau beuglant s'étire lentement dans le pré. »

Il existait au bureau une autre faction masculine, un groupe de jeunes gens plus si jeunes qui parlaient amèrement de divisions de classes et du droit aux perspectives d'avenir, ou de son absence. Valda n'était pas plus patiente à leur égard. « Ils ne sont pas convaincus d'exister pleinement, et attendent que quelqu'un finisse le travail à leur place, et gratis en plus. » Elle reposait la boîte de biscuits, éteignait la bouilloire électrique. « Ah, Caro, il est bien vrai que l'homme ordinaire est éternellement aux prises avec des difficultés, mais il a beaucoup de gens de son côté. C'est l'homme hors du commun qui fait enrager tout le monde. »

Valda disait aussi à Caro : « On se sent vraiment en porte-à-faux avec son expérience quand on rencontre un homme qui pourrait vous plaire. On a du mal à voir alors comment on pourrait conclure un marché sans se compromettre, sans avoir l'air de passer à l'ennemi. Et puis, il y a l'attente. Cette attente muette qui est le lot des femmes pendues à un téléphone qui s'obstine à ne pas sonner. Le récepteur, comme on appelle notre bout à nous. » Ou bien, tout en faisant tourner la théière fumante dans sa main droite, comme un athlète qui s'échauffe avant le lancement du disque : « Et tous les préparatifs, l'habillement, la coiffure, les ongles. Sans oublier ceux des orteils. Et malgré ces efforts qu'est-ce qu'on est de plus qu'un repas qu'ils mangent tout en lisant leur journal ? Je vais te dire une chose : chacun de ces ongles que l'on vernit est un clou qu'on enfonce dans leurs futurs cercueils. »

Argumentation irréfutable, voire courageuse. Mais qui ne fonctionnait que comme une carte de géographie où ne figuraient ni intérieurs, ni heures, ni visages humains ; sur laquelle la générosité pas plus que le désir de découverte ne répandaient la moindre lumière. Peut-être les omissions constituaient-elles la vie même ; à moins que la carte ne fût qu'un substitut du voyage.

C'étaient là du moins les objections soulevées par Caroline Bell.

De son côté, Valda considérait Caro comme un potentiel non exploité. Caro aurait pu accomplir n'importe quoi, mais avait préféré les limbes ordinaires de l'amour physique. Celui qui a dit : « Quand vous allez trouver une femme, n'oubliez pas votre fouet » a exprimé une vérité profonde, et profondément décourageante.

C'étaient là les pensées qui venaient à Valda quand elle observait Caro. Eh oui, se disait-elle, qu'ils lui montrent donc leur fouet, ou toute autre attraction du même genre

18

Au cours du voyage de deux mois qu'il fit en Amérique du Nord, Paul Ivory écrivit à Caroline Bell depuis Los Angeles :

Ma chérie, je serai heureux de quitter cet endroit — non pas à cause de la faune cinématographique, des gaz d'échappement et des cimetières sans fin qui réduisent Stoke Poges aux dimensions d'une manchette de journal, mais simplement parce que j'ai constaté que je ne peux pas espérer plus d'une lettre de toi à chacune de mes étapes, et que quand je l'ai eue, plus rien ne m'empêche de poursuivre mon voyage. Après avoir rêvé toute ma vie de venir dans ce pays, voilà que je le traverse comme un fou, en quête de ta prochaine lettre. Complot diabolique de ta part, dont je ne pourrai jamais espérer me venger.

Ces lettres, quand je les rattrape, m'émeuvent jusqu'au fond du cœur — organe que tu as créé chez moi de toutes pièces. Je trouve étrange que ta sagesse puisse m'affecter, alors que tu en fais si peu usage à mon propos. J'essaie au ton de tes lettres de deviner ton humeur du moment, avec les phases de la lune en guise d'instrument de contrôle plus ou moins fiable, mais je suis sûr qu'il y aura toujours cette belle solennité — envers quoi ? le monde ? moi ? — qui fonctionne comme une ceinture antigauss (c'est un truc qu'on installe sur les bateaux pour les démagnétiser face aux mines et aux radars de l'ennemi). Je découvre que je ne veux pas te voir rester indépendante vis-à-vis de moi, ni te protéger de moi, surtout si ce doit être au nom des convenances.

Cela étant, je reconnais que l'équanimité sans précédent qui est la mienne depuis un an est la conséquence de la tienne ; comme tu le sais probablement. Une contagion comme une autre, un des risques du commerce charnel.

J'écris ces lignes à minuit dans un grand lit, lui-même situé dans une petite chambre qui donne sur un jardin, et qui fait partie d'une suite fournie par les maîtres des lieux. C'est une pièce comme je l'ai moi-même imaginée, à telle enseigne que j'essaie de mettre la touche finale, et la plus importante, au tableau — mais sans succès. La suite comporte également un salon blanc, une terrasse ornée de plantes merveilleuses, une salle de bains et même une petite cuisine. Mais l'élément principal est le lit, qui relativise le reste du monde.

Je reviens tout juste d'un dîner entre hommes. C'est à peine si le seigneur de ce vallon m'a adressé la parole, ce qui est censé être plutôt bon signe. Tout le monde s'est montré extrêmement dur, comme le veut la coutume, et j'ai dispensé force sourires, du genre de ceux que tu détestes. On peut réaliser des tas de choses ici, à condition de ne pas vouloir garder son âme — j'ai été séparé de la mienne dès mon arrivée ; j'imagine qu'elle — ou quelque chose d'approchant — me sera rendue par la préposée au vestiaire au moment de mon départ. D'un autre côté, on n'écoute guère et on ne pose guère de questions, mais on explique beaucoup. (Ce n'est pas Conrad qui a dit que l'air du Nouveau Monde favorisait l'art de la déclamation ?) En d'autres termes, il existe un cadre prédéfini, dans lequel il faut me faire entrer.

Jusqu'ici, la Californie présente le plus grand contraste imaginable entre les œuvres de Dieu et les profanations de l'homme. Une belle femme à la langue grossière.

À l'hôtel, à Washington, la semaine dernière, je suis tombé sur Christian Thrale, qui était venu, comme tu le sais sans doute, pour un colloque. Il m'a moins déplu qu'à l'ordinaire, mais je serais incapable de dire si c'est pour des raisons intrinsèques ou tout simplement parce que notre rencontre m'a donné l'occasion de prononcer ton nom.

Je suis saisi et terriblement impressionné par mon amour pour toi.

19

Par un jour du mois d'août de l'année suivante, Caro attendait Ted Tice dans un vaste salon de thé. Le restaurant de ce grand magasin londonien donnait d'un côté sur Piccadilly par des fenêtres qui tamisaient discrètement la lumière ; le bruit de la circulation qui montait du rond-point parvenait là sous la forme d'un grondement de canonnade lointaine grâce à des murs d'une solidité d'avant-guerre.

De même qu'elle n'admettait que des bruits de bon ton, la salle n'abritait que l'éminemment convenable. Toutes les tables étaient occupées par des femmes. Les serveuses, pareilles à des gardiennes de prison, veillaient au bon déroulement des opérations d'un œil sévère, maniant ici une éponge répressive, remplaçant là une fourchette tombée au sol. Il émanait de l'ensemble une impression qui était loin d'être désagréable, ce sentiment de sécurité qui est celui d'un enfant dans sa maternelle. Dans un tel cadre, pourtant, on serait facilement devenu misogyne — écœuré par les voix perçantes de ces femmes, par leur allure impérieuse et leurs ondulations, leurs poitrines, leurs derrières et leurs cheveux impeccablement coiffés, leurs plis, leurs volants, et leurs sacs à main rebondis : tous les accessoires, naturels ou acquis, propres à leur sexe. Leur nombre faisait que l'on avait du mal à les considérer comme des personnes, comme on aurait pu le faire avec des hommes dans une situation comparable ; on aurait même pu croire qu'elles tenaient à paraître idiotes, à voir la conviction et la véhémence dont elles honoraient le moindre sujet de conversation.

Caro se sentait déplacée : elle était la seule à observer, la seule à ne pas parler, la seule à ne pas avoir particulièrement envie d'une voiture ou d'un tapis, ou d'un service de table pour douze personnes. La seule à manquer de protection et d'un statut bien défini, tout en n'étant pas libre. À la table voisine de la sienne, il y avait deux sœurs — minces, pondérées, distinguées, cheveux couleur miel, yeux clairs et allongés ; l'aînée, fiancée à une petite bague en saphir, la cadette, guère plus de dix-sept ans. Leurs manières l'une vis-à-vis de l'autre étaient parfaites — délicates, courtoises, dévouées. Se proposant mutuellement menus et sucre avec autant de politesse que si elles n'avaient eu aucun lien de parenté. Si vraiment on pouvait être ainsi, alors cela valait peut-être la peine de renoncer à exercer sa personnalité.

Quand Ted entra, cette salle remplie de femmes se ressaisit quelque peu. Son passage au milieu d'elles les incita à moins de superficialité et d'explorations de sacs. Ce pouvoir-là, il était en train de l'acquérir : partie intégrante d'une troisième éventualité que n'avaient pas prévue ceux qui se demandaient si Edmund Tice portait en lui la réussite ou l'échec.

Depuis son retour de France, Ted travaillait à Cambridge où, une fois de plus, il habitait un meublé. Sa célébrité naissante, et précoce, n'avait pas eu à souffrir de la position qu'il avait prise dans l'affaire du télescope, car d'autres, de manière totalement inattendue, s'étaient ralliés à lui. Une relation de travail avait été sa maîtresse pendant quelques mois, mais elle était retournée depuis peu à l'observatoire de Jodrell Bank. Durant un automne et un hiver, ils avaient fait l'amour le samedi, sans se voir le reste de la semaine — arrangement qui s'apparentait à un mariage sans joie. Quand la jeune femme était repartie pour Manchester, elle avait presque pleuré, tout en esquissant un faible sourire et un mouvement de tête à l'adresse de Ted, comme pour lui dire : C'était nul. Il comprit qu'elle n'avait trouvé en lui qu'un amant égoïste et sans fantaisie, mais n'eut pas le cœur de lui en fournir la raison.

« Quel drôle d'endroit pour se retrouver ! » Ted semblait plus imposant qu'avant, en même temps que plus délié. Ses cheveux, déjà rares sur le devant, frisaient toujours en épaisses boucles rousses. Le pli vertical qui lui barrait le front s'était creusé. Il laissa tomber son journal sur une chaise non occupée et s'assit. Le coup d'œil qu'il jeta autour de lui signifiait clairement qu'il prévoyait une fin prochaine pour cette salle et les femmes qui l'occupaient ; comme s'il avait eu connaissance de plans d'architecte visant à prendre d'assaut cette citadelle. Il devint évident que cet endroit, très haut de plafond, ne tarderait pas à être divisé en deux niveaux, le salon de thé transformé en cafétéria avec self-service. Cela n'était pas apparu avant que Ted arrive et mesure d'un coup d'œil la situation.

Parfois, dans de tels endroits, Edmund Tice se prenait à rêver de gens bien nés habitant des villes pluvieuses et des presbytères humides. Il imaginait des familles, civiles et réservées, leurs jardins, leurs animaux domestiques aux noms empruntés à la littérature ; leurs bibliothèques vitrées, remplies d'ouvrages de Sir Lewis Morris ou de Sir Alfred Comyn Lyall ; *La lumière d'Asie*, un premier prix en simili-cuir gaufré. Il saurait alors que « s'éteindre » est différent de « mourir », comme « éliminé » peut l'être de « tué ». Quelque chose

— souvenir, croyance — était destiné à mourir, qui n'était pas mort auparavant, ou du moins pas aussi vite, exterminé par ceux qui avaient les attitudes convenues et sanctionnées par la société, sans peut-être faire preuve de vertus particulières. Il aurait son rôle à jouer dans cette destruction et, comme les autres, pleurerait quand tout serait bel et bien mort.

Ted venait régulièrement à Londres pour rencontrer Caro. « J'ai pris plaisir à marcher dans ces rues grises, sachant que c'était pour venir te voir. » Candeur qui n'exigeait aucune réponse. « Raconte-moi ce que tu as fait toute la journée.

— J'ai écouté les doléances d'un tas de gens, dit Caro, tout en faisant de la place sur la table pour une assiette de gâteaux colorés et de meringues en spirales évoquant des coquillages. Non pas que les doléances ne soient pas fondées.

— C'est bien le problème avec les doléances. Elles sont le plus souvent justifiées. Y a-t-il quelque chose dans ce travail qui puisse t'intéresser ? demanda Ted, quand il eut commandé son thé.

— Pas vraiment. » Et pas dans le sens où tu l'entends.

« Personne ne cherche jamais un emploi ailleurs ?

— Les hommes, non. Quant aux femmes, si elles partent, c'est uniquement pour se marier.

— À moins que ce ne soit pour m'épouser, franchement, je préférerais que tu restes dans ce trou mortel. » Il pensait qu'elle accueillerait ces mots d'un froncement de sourcils irrité, ou d'un sourire ; mais elle leur opposa une fin de non-recevoir, et la remarque resta pendante. Il enchaîna, conscient que le moment était mal choisi pour dire ce qu'il avait à dire : « Mon travail n'est pas du tout comme ça. Il m'est nécessaire, et j'ai de la chance de l'avoir. Mais tu es tout aussi indispensable à ma vie que l'est le savoir à mon travail, et, là, je n'ai pas eu de chance. Dieu sait pourtant que, sans toi, je ne serai jamais vraiment entier, ni heureux.

— On ne peut pas posséder les gens comme on possède le savoir. »

Elle n'était pas agressive, ni même agitée. Son calme lui venait d'une grande réserve de joie, passée et à venir, qui ne pouvait avoir d'autre source que l'amour.

Cette découverte était comme l'irruption de la violence dans cette salle rose, banale et relativement inoffensive qui, jusque-là, n'avait pas connu de plus grand bouleversement que la chute bruyante d'une faïence à fleurs sur le sol.

Il vit qu'il ne s'agissait pas de quelque chose de récent. Mais elle ne prenait plus de précautions, n'essayait plus de dissimuler quoi que ce soit. Aujourd'hui, elle avait l'assurance d'une acrobate, s'élevant vers son aventure dans la grâce et le courage gaspillé. Ainsi donc, tout s'expliquait. Ses mains et ses cheveux s'expliquaient, la courbe de son avant-bras dans la manche devenait le tendre poignet d'une femme amoureuse : et le tout désiré, manipulé, attendu par un autre, offert à un autre. Désemparé, Ted se tortura un instant avec cette vision, et en conçut un dégoût sans bornes.

Il était certain — mais obsédé tout de même par l'idée de se tromper — de l'identité de son amant.

« Tu me rends méchante », dit-elle. Désolée pour lui, le visage fermé, elle n'en était pas moins là avec cette autre vie qui coulait en elle, mettait le rose à ses joues, et la pâleur aux siennes. Il regarda l'éclat de sa chair là où elle disparaissait dans ses vêtements et se dit que son corps, qui lui était inconnu, était déjà en train de changer.

Quand elle regarda sa montre, il dit sans pouvoir se contrôler : « Ne t'en va pas.

— Je suis déjà un peu en retard. »

Comme un détective, il remarqua la dureté du ton, l'indifférence de celle qui aime à l'égard de celui que n'est pas aimé. Et il n'y a rien que je puisse faire pour changer les choses ou mettre un terme au processus. Elle est capable de me détruire, et je n'y peux strictement rien. Je ne peux pas l'empêcher de coucher avec son amant ce soir, et d'aimer cela, et de l'aimer lui.

Cette impuissance lui paraissait injustement honteuse, comme l'impuissance sexuelle, et se trouvait intimement liée à un sentiment, accidentel mais très fort, d'humiliation — né peut-être de l'incapacité de l'être humain à prévoir le chaos, ou à s'en protéger.

Quand ils se séparèrent, il prit un taxi jusqu'à Liverpool Street, où il attendit son train pendant une heure, incapable de lire ou de téléphoner à un ami qu'il avait promis d'appeler. La verrière de la gare faisait du ciel une grisaille plombée. Sur les quais, les gens grouillaient comme des réfugiés. Ted Tice tournait et retournait dans sa tête les mêmes impressions, que venaient interrompre de temps à autre les mêmes slogans en provenance des panneaux publicitaires. L'obstination du temps à ne pas vouloir passer était stupéfiante, et il enregistra scrupuleusement, et sans le moindre détachement, la succession des instants qui entrèrent dans cette heure. Tout se fit de plus en plus sordide, les passagers en attente parurent vieillir à vue d'œil, rien ni personne qui fût gentil ou jeune, ni qui l'eût jamais été. Depuis son banc crasseux, il les regardait détaler ou patienter, personnages sortis tout droit d'un roman naturaliste, incapables d'introspection comme de remords, et dépourvus de toute sensation qui justifiât ses larmes.

Au moment où il montait enfin dans son train, Ted Tice se surprit à souhaiter la fin de tout amour, si l'amour c'était ça.

« Salut ! » En vertu d'une habitude propre à l'amour qui a mûri ou au ressentiment, Paul n'employait plus que rarement le prénom de Caro. « La voiture est au coin de la rue. »

Le temps de se rendre, dans la grisaille des rues, à son rendez-vous, et Caro avait oublié Ted Tice, et disait déjà à Paul, en pensée : Je suis si heureuse de te voir.

De retour le jour même d'Italie, où il venait de passer deux semaines, Paul était bronzé. Le regard des passants s'attardait sur lui, sur son teint de riche, visiblement importé, sur eux deux, en raison du couple qu'ils formaient. Ce qui avait déjà été le cas quand ils avaient marché ensemble pour la première fois, sur une route de campagne. La présence de Paul, contrairement à celle de Ted, amenait les gens à s'oublier plutôt qu'à être rappelés à eux-mêmes. Et puis, il arrivait que des étrangers reconnaissent Paul, dont une nouvelle pièce, *Équinoxe,* était alors à l'affiche.

Une fois dans la voiture, Paul lui saisit le poignet un moment.

« Et Rome, c'était comment ? demanda Caro.

— Baroque. » Une bruine triste brouillait le pare-brise. « Ce matin encore, j'étais assis au soleil dans les jardins du Pincio.

— Quel dommage d'avoir dû partir ! » Alors qu'elle avait envie de dire : Je suis si heureuse de te voir.

« Je te trouve bien cérémonieuse », dit-il, en souriant. Il conduisait prudemment, s'arrêtant à un moment pour laisser traverser trois écoliers. Les enfants saluèrent Caro en ôtant leur casquette, comme on le leur avait appris. « Ils te prennent pour la reine mère, dit Paul.

— Je ne serais certainement pas à l'avant, à côté du chauffeur.

— Écoute, il faut que tu sois très gentille avec moi aujourd'hui, parce que, à peine rentré depuis une heure, j'ai été contacté de manière tout à fait inattendue. » Il donna un nom, qui laissa Caro sans réaction, si bien qu'il poursuivit sur un ton irrité : « Le seul metteur en scène vraiment important à s'être fait connaître depuis dix ans. »

« Se faire connaître », l'expression n'était pas sans intimider, car elle suggérait que l'intéressé avait quelque chose à se reprocher : « Toute personne répondant à cette description est priée de se faire connaître. » « Si le coupable ne se fait pas connaître, toute la classe restera en retenue. » Comme si cet homme important — que Caro avait fini par situer pour avoir vu quelque chose sur lui dans la presse — était en quelque sorte prêt à assumer la responsabilité de son état.

Quand Paul eut fini de raconter son histoire, ils étaient arrivés à Covent Garden et avaient quitté la voiture. Une ou deux heures plus tard, chez lui, il la raconterait à nouveau à Tertia, laquelle, mariée à un homme voué à la célébrité, n'y verrait rien d'extraordinaire.

Ils gravirent l'escalier de Caro. Paul avait maintenant sa clé. En l'introduisant dans la serrure, il lui dit : « C'est maintenant que tu dois te montrer gentille avec moi. » Il était manifestement invincible ce soir-là, et distrait par les éloges décernés. Inutile de chercher à renverser la situation, de lui proposer une autre humeur que la sienne, lui qui détestait tellement se sentir dirigé qu'il avait parfois du mal à accepter qu'on lui recommande seulement un livre, et qui s'irritait si Caro, en se montrant particulièrement belle, avait l'air de forcer son attention. Quand il était dans cette disposition d'assiégé, la moindre tentative pour empiéter sur ses humeurs risquait d'être repoussée avec une énergie sauvage.

À réagir avec une telle violence, il pouvait arriver, à l'occasion, qu'il se blesse lui-même.

Caro était allongée sur le lit, tout habillée, et Paul assis à côté d'elle, l'air préoccupé. Il avait la main sur son sein, mais son mouvement était machinal, comme quand on caresse un animal domestique, l'esprit ailleurs. Sur le dessus-de-lit, sa main à elle reposait ouverte, paume offerte à celui qui voudrait en lire les lignes.

Elle le regardait avec un amour qui confinait à la perte de conscience.

Paul pensait à la pièce qu'il pourrait écrire pour l'homme qui s'était fait connaître de manière si inattendue. « Il est difficile de surprendre quiconque, aujourd'hui. Je ne parle pas de ces surprises faciles qui n'exigent aucun talent. L'incapacité à la surprise qui vient avec l'âge chez les individus affecte maintenant une population tout entière. Je suppose que ça a commencé avec la Première Guerre mondiale. Qu'est-ce qui pourrait bien encore nous surprendre, toi ou moi, aujourd'hui ?

— Peut-être pas la "surprise" elle-même, mais son auteur. Quelqu'un que tu connais bien pourrait peut-être te surprendre par un acte d'une grande monstruosité, ou d'une grande noblesse.

— Même alors, l'amour ou la haine peuvent émousser la stupéfaction. » Ce soir-là, Paul était impartial, quasi scientifique, dans son approche de l'amour et de la haine. Le monde, en se montrant généreux avec lui, l'avait comblé pour la journée, et maintenant, son énergie était canalisée de telle manière que la gratification sexuelle elle-même était une forme de sublimation. « L'aptitude à surprendre est une forme d'indépendance. Et le sentiment de propriété peut être si fort chez certains qu'ils refuseront d'admettre la vérité d'une telle révélation.

— Ted et moi parlions de possession, dit Caro, sans viser un quelconque effet de surprise. J'ai pris le thé cet après-midi avec Ted Tice. »

Paul s'abstint de toute réponse. Mais une heure plus tard, il observa : « Il est difficile de s'intéresser à Tice. » Peut-être

Ted Tice ne lui était-il jamais sorti de l'esprit. « J'ai horreur de ce moment, dit-il, en se levant. Chaussettes, chemises. Départ.
— Retour au bercail.
— Le genre de chose que tu peux épargner à un homme en ne l'épousant pas. » Il expédia les chaussettes et les chemises, impatient, semblait-il, de passer à autre chose, comme un appareil que l'on vient de brancher, mais encore en attente. Il se rassit sur le lit à côté d'elle. « Savais-tu que les Russes s'assoient toujours un moment avant de partir ?
— C'est le seul moment où toi, tu t'assieds.
— Seigneur ! Les doléances de la maîtresse classique. » Il savait qu'elle ne tiendrait pas le coup si elle sentait qu'elle commençait à l'agacer. Il ne souhaitait aucunement la voir compter aveuglément sur son amour ; et il aurait volontiers dit que c'était la perspective de devoir régulièrement se perdre qui en fait les liait.
« Mais je suis bel et bien la maîtresse classique. »
Il prit ses deux mains dans les siennes. Donnant du coup l'impression de vouloir l'empêcher de faire du mal. « Ne sois pas si sévère. On dirait une institutrice. »
« La maîtresse des classiques, quoi. » Ils éclatèrent de rire tous les deux, mais elle dit aussitôt : « Qu'est-ce qu'on va devenir ?
— Difficile à dire. »
La réponse provoqua une peur pleine d'animosité — comme si un chirurgien en qui on avait entière confiance déclarait soudainement : « Maintenant, il faut s'en remettre à la nature », ou encore : « Nous sommes entre les mains du Seigneur. » De même qu'il s'était engagé auprès de Tertia à être célèbre, il avait promis la domination à Caro ; et maintenant qu'il l'exerçait enfin, ne pouvait plus se déjuger.
Les liens du mariage furent les plus forts ce soir-là.

Pressée par le temps, Caro choisit le mauvais moment avec Paul, comme Ted l'avait fait avec elle. « La tromperie doit bien finir un jour. Au bout du compte, la vérité se fait forcément jour.

— Tu ne crois pas que le besoin qu'a l'homme de tromper fait aussi partie de la vérité ?

— De la réalité, mais pas de la vérité.

— Il nous faudrait un théologien et un sémanticien pour régler la question, dit Paul avec un sourire, lui tenant toujours les mains. Je suis heureux qu'il n'y en ait pas ici. » Il poursuivit, sur un ton plus sérieux : « Ces temps-ci, tu veux que toutes les cartes soient bien étalées sur la table. Avant, tu avais un charme énigmatique, capable de tout.

— C'était de t'aimer que j'étais capable. » L'amour était devenu sa plus grande, sa seule distinction. « Si l'on dit "capable de tout, même de meurtre", toute capacité n'est pas négative. »

Il libéra ses mains, avec un soupir résigné : la restreindre ne servait à rien, elle pouvait devenir violente. « Ce que je voulais dire, c'est qu'autrefois, tu ne cessais de m'étonner.

— Je me demande bien ce que je pourrais faire aujourd'hui pour t'étonner. » Puisqu'elle se voyait obligée de maintenir constamment son existence à lui à un certain niveau d'excitation.

« Eh bien, dis-moi quelque chose d'intéressant à propos de Tice », dit-il en riant.

Un silence, qui tenait aussi d'une hésitation, rendit le moment intéressant.

Ce hiatus rappela à la jeune femme une sensation déjà vécue. Un été, alors qu'elle travaillait au jardin à Peverel, elle avait ramassé un rat mort, ou un lapin, sur sa bêche : cadavre bien plus lourd que l'objet inanimé qu'elle avait à la main.

« Alors ? » Il ne voulait pas tant des révélations sur Tice que l'amener à trahir la loyauté dont elle était capable. Rien de plus peut-être que la conscience du devoir chez le dépositaire du péché secret d'un autre.

« Alors, Schéhérazade ? » Paul rejeta sa veste et s'allongea au côté de Caro. Et elle lui raconta comment Edmund Tice avait épargné la vie du savant allemand, son ennemi.

Paul Ivory écrivit à sa mère :

Ma chère Monica,

Comme il est sage de ta part de prolonger ton séjour à la Barbade. Nous n'avons eu que quatre (les vrais patriotes iraient sans doute jusqu'à dire cinq) jours de beau temps depuis ton départ. Dans la mesure où l'été est fini, l'Angleterre n'a plus grand-chose à espérer. Pour ce qui me concerne, j'apprécie ce moment de l'année, chaume blanchâtre dans les champs, bois qui commencent à virer au rouille. D'où tu comprendras que je reviens de la campagne, où j'ai passé quelques jours avec Elise et Gavin. Ma belle-sœur tient toujours les rênes — tandis que Gavin parle, elle se charge d'expliquer, *ad alta voce*, ce qu'il veut réellement dire. On dirait un film sous-titré.

Cela m'a donné l'idée d'une pièce : la vie d'un homme dans l'ombre d'une femme de caractère, et même de génie (là, Elise n'est plus concernée, évidemment, mais tu vois où je veux en venir). J'ai même déjà pensé à un titre : « Une seule et même chair. » En conséquence de quoi, je m'interroge sur ces fantômes qu'étaient Messrs Récamier, de Staël, de Sévigné, et Mr Humphry Ward. Qu'en penses-tu ? Bien entendu, je n'ai pas la moindre idée de ce que la pièce voudrait démontrer — sans doute que le mariage, quelles qu'en soient les conditions, c'est l'enfer.

Ton informatrice — ou devrais-je dire délatrice ? — ne s'est pas trompée en pensant m'avoir aperçu à la première de la reprise de la pièce de Pinero. Très mauvais : on m'avait dit que c'était à ne pas manquer, mais j'aurais mieux fait de m'abstenir. Après la pièce, il y a eu une réception, au cours de laquelle le Premier ministre, notre Robespierre éminemment « corruptible », a fait une brève apparition, très malade semble-t-il. Ton amie ne s'est pas trompée non plus en te disant que l'on m'a vu récemment, et moins récemment, en compagnie de la même jeune femme à plusieurs reprises. J'aurais cru que pareille constance de ma part serait plutôt de nature à te rassurer qu'à t'alarmer. Comme l'écrivait Lord Byron — mais pas à sa mère, je crois — : « Je n'ai pas vu une seule putain ces six derniers mois, m'en tenant à l'adultère le plus strict. »

Ton fils affectueux

Caro était debout à côté de la fenêtre dans la chambre de Paul, tandis que ce dernier, devant la cheminée, tripotait, sans trace de nervosité, un obélisque en marbre veiné de rose.

Tertia Ivory était enceinte.

Tertia était au château : Tertia gravide dans sa place forte. Accroche-toi bien, la course reviendra aux plus rapides. Quelque part, au-delà de la chambre citadine de Paul Ivory, tremblait un paysage, où le château enflait sur son éminence ancestrale imprenable.

« Tu savais à quoi t'attendre, dès le début. » Exclure l'amour, c'était pour lui se fortifier. Il devait bien cela à ses descendants légitimes.

Pour découvrir à quel point la passion peut affaiblir un être, il n'était besoin que de regarder Caro.

« Je ne m'étais pas rendu compte que tu prendrais autant, dit-elle. Ni que je serais prête à le donner. » Affirmations qui, l'une comme l'autre, étaient fausses. Sa bouche se tordait d'incompréhension, de compréhension. Son corps, immobile, témoignait d'un combat pour le moins disgracieux.

« C'est pourtant dans ton tempérament, non ? » Cherchant à se désengager, sans aller jusqu'à accuser, tel un médecin attribuant à des causes psychologiques la maladie qu'il n'a pas su guérir. « Je sais que c'est dur. » Paul se montrait indulgent, prêt à pardonner l'offense qu'elle lui avait faite en l'aimant.

« Dur ? » Sur le ton de quelqu'un qui n'aurait jamais entendu ce mot auparavant.

Paul s'était attendu à devoir passer un moment difficile avec elle, et avait indubitablement pris son point de vue en compte. Il redoutait ce moment comme on redoute un processus, et non son résultat. Sa mère lui avait dit un jour : « Les choses vraiment terribles sont celles auxquelles on ne peut rien changer, celles auxquelles on est indéfiniment lié. » (Elle aurait pu dire « pour toujours », mais ce n'était pas son style.) La souffrance de Paul à cet instant n'avait rien d'aussi tragique. Il voyait sans difficulté une fin à Caro.

La chambre de Paul était depuis longtemps complètement aménagée — tapis déroulés, chaises en position, rideaux ouverts sur un pot de fleurs blanches à une des fenêtres. Tout était impeccable — encore qu'un oubli fît parfois que les fleurs répandaient des particules dorées de poussière. Sur la coiffeuse était aligné un ensemble de toilette en argent — brosses et miroirs démodés, et même fort anciens, tous rehaussés d'armoiries. Dans la penderie se trouvaient vraisemblablement les vêtements de Tertia, que, maintenant, l'intéressée ne porterait pas pendant un certain temps. Ces objets avaient des contours bien définis et brillaient, ou devenaient flous, ou cessaient tout bonnement d'exister, tandis que l'homme et la femme se tenaient là, immobiles.

Paul restait près de la cheminée, attendant que Caro éclate. Il n'aimait pas qu'on le fasse attendre. L'orage qui se préparait lui rendrait sa liberté : ce qu'elle dirait de lui, ce qu'elle lui dirait, la mettrait définitivement dans son tort. Son salut à lui était garanti par la violence dégradante de son émotion en souffrance.

« Je m'en vais », dit-elle.

Il l'aida à enfiler sa veste. C'est dans ce geste conventionnel, profane, que se trouvait signifié le véritable congé de Caro. La maîtrise de soi chez les autres le contrariait toujours, et celle de Caro en cet instant lui refusait l'offense d'une scène en règle. Qu'il ait aimé Caro davantage, et bien davantage, que quiconque auparavant, conférait à cette dernière une stature indéniable : elle était soit unique, soit originelle. Paul lui en voulait de cette position historique qu'elle en était venue à occuper dans le cours de sa vie, et pour cette raison aurait aimé la voir brisée.

Elle jeta un coup d'œil furtif à la pièce, de manière à ne pas être surprise en train de regarder pour la dernière fois. Rien ne témoignait de sa présence en ces lieux. Ses yeux se posèrent sur Paul, pleins d'interrogations plus noires que tout ce à quoi il avait été confronté jusque-là ; et il se détourna, pour ne pas être tenté par quelque aveu implicite qu'il aurait pu regretter.

Ils descendirent l'un derrière l'autre, tous deux se rappelant une scène antérieure sur le palier ; Paul revoyant l'ombre énorme de sa main, la haute main, sur le mur. Revoyant aussi la couleur sable de son imperméable et les plis écarlates du tissu découvrant son sein. C'est à partir de ce moment-là que l'image allait commencer à lui revenir ; elle était suffisamment forte en cet instant pour lui faire oublier que le visage de la Caro d'aujourd'hui se reflétait dans la glace sombre du hall, un visage couleur de nudité : celui de la nouvelle Caro qu'il avait créée, et à laquelle il apportait maintenant la touche finale.

Sa bouche avait tout d'une blessure qui ne cicatriserait peut-être jamais. Il pouvait encore espérer, en se tenant simplement à son côté, provoquer le déluge de larmes qui le libérerait officiellement, comme lors d'une rupture solennelle de vœux. Il ne l'avait jamais vue pleurer, sinon de joie.

Et Caroline Bell, obéissant à son souhait comme à une loi de la nature, esquissa un geste primitif de désespoir avant de prononcer son nom. Puis elle éclata en sanglots sans même se couvrir le visage.

20

« Je suis vraiment désolée, plus que je ne saurais le dire, d'être porteuse de mauvaises nouvelles. Mais suis convaincue que vous apprécierez d'être mise au courant. » Ainsi commençait la lettre de Mrs Pomfret.

Le major avait quitté, ou abandonné, Dora. Et dans la mesure où il se déclarait insolvable, ne lui fournissait aucune aide financière. Dora occupait toujours l'appartement de l'Algarve, pour s'en assurer la propriété, mais était dépourvue de tout autre moyen de subsistance. Son capital avait été malencontreusement mis au nom du major, au tout début du mariage, et au dire de Mr Prata, de loin le meilleur homme de loi de la province, ne pouvait en aucun cas être récupéré.

« Son souci majeur est que vous continuiez à vivre heureuse, sans vous laisser tourmenter par ce qui lui est arrivé. Vous connaissez, mieux que moi, son orgueil féroce. Mais elle est dans un état pitoyable, et je lui ai déclaré sans ambages que j'allais vous écrire. Sans vouloir vous inquiéter plus qu'il n'est nécessaire, je considère qu'il est de mon devoir de vous faire savoir qu'elle a parlé, plus d'une fois, de s'ôter la vie. »

Caro téléphona à Christian Thrale à son bureau, parce que Grace attendait son deuxième enfant. Quand elle eut fini de lui lire la lettre, Christian garda le silence un instant avant de dire : « C'était à prévoir. »

Caro, la coupable toute trouvée. « Y a-t-il quelque chose que l'on puisse faire par l'intermédiaire de l'ambassade ?

— Je me suis toujours fait une règle de ne pas mêler le public et le privé. De ne pas abuser, en d'autres termes, de mes fonctions. » Ce fut au tour de Caro de garder le silence. Christian ne tarda pas à poursuivre : « Je suis sûr que tu comprendras. » Son ton de réprimande formelle aurait pu s'accommoder de l'ajout d'un « Caroline ».

Une aussi scabreuse absence de décence déclencha une crise de peur panique, comme si la poignée d'une porte de W.-C. se trouvait bloquée. « Tu n'as aucune suggestion à faire ?

— Je ne vois vraiment pas comment je pourrais intervenir à ce stade. Sans en savoir plus. »

Dans l'espace ainsi ménagé pour la réplique suivante, Caro dit : « En ce cas, j'y vais. »

Une fois la décision extorquée, Christian, soulagé, se fit cordial. « C'est vraiment la meilleure solution, si tu peux te débrouiller. Quel gâchis ! J'en parle ce soir à Grace, et je te rappelle tout de suite. »

Ce soir-là, il dit à Grace : « Ta sœur est une épouvantable source d'ennuis. Je veux parler de Dora, bien sûr.

— Que va-t-elle faire, sans argent ? dit Grace, en frissonnant.

— Trouver un travail, comme des millions d'autres femmes. Et arrêter de penser tout le temps à elle. Qui sait, ça lui formerait le caractère. »

Mais le caractère de Dora était formé depuis longtemps. « Elle ne pourra jamais faire un travail de bureau. »

Christian finit par sortir ce qu'il avait sur le cœur. « Si tu n'avais pas eu la bêtise de lui céder ton argent, tout ça ne serait jamais arrivé. » Grace restait assise, prise de frissons, et Christian se leva et se mit à arpenter la pièce. Les hommes grands et étroits d'épaules se voûtent relativement plus vite. « Oui, tu le lui as carrément donné. Sur un plateau. Comme ça. » Joignant le geste à la parole, il s'empara d'un magazine illustré qu'il laissa tomber par terre. « J'ai toujours pensé que c'était de la folie.

— Caro, elle, lui a tout cédé.

— Ce qui était vraiment stupide, mais c'était son affaire. Là où je lui en veux, c'est de t'avoir entraînée là-dedans. »

Grace avait remonté les genoux sous elle sur la banquette et avait l'air complètement difforme. « C'est injuste. Je suis aussi... (elle faillit dire "coupable") répréhensible qu'elle dans cette affaire. C'est grâce à Caro si j'ai gardé la moitié.

— Très magnanime de sa part, vu que c'était son idée au départ.

— C'est faux.

— Permets-moi de te rafraîchir la mémoire. C'est toi-même qui me l'as dit. » Christian se laissa tomber dans un fauteuil. À force d'avoir attendu toutes ces années, sa voix tremblait d'émotion. « Et puis, c'est bien d'elle. Étant donné l'idée qu'elle se fait d'elle-même.

— Quelle idée ? » Comme si elle ne le savait pas.

« L'idée qu'elle est différente. Ou qu'elle vaut mieux que les autres. Le beau geste facile. » Ample mouvement moqueur du bras et de la main. Christian aurait sans doute respecté une telle caractéristique chez quelqu'un doté d'un statut social reconnu ; mais qui était donc Caro — cette Australienne qui avait été employée dans un magasin — pour nourrir de pareilles prétentions ? « De l'égocentrisme caractérisé. » Pas trop sûr de son emploi du mot « caractérisé », il ajouta : « Illusions de grandeur.

— À mon avis, les illusions pires que celles-là ne manquent pas. » Grace ne disposait pas du vocabulaire nécessaire pour argumenter et était simplement consciente, quoique de manière assez vague, du fait qu'en général on n'aimait guère les gens qui avaient un sens de la destinée — même quand la destinée se résumait à une extériorisation de ses préférences. Les Thrale contemplèrent leur tapis crème, leurs chaises en brocart et la statuette de Dick Turpin en faïence du Staffordshire, d'où tout enchantement s'était, d'une manière aussi soudaine qu'inexplicable, envolé. « Comment Caro va-t-elle pouvoir s'absenter du bureau ?

— Elle doit avoir des jours de congé à prendre.

— Pas beaucoup. Et elle devait aller en France.

— Je suis désolé, mais elle va devoir apprendre qu'elle ne peut pas tout avoir ni tout faire.

— Et l'argent ? Comment va-t-elle payer le voyage ? Elle ne gagne pas grand-chose. Et puis, il y a Dora. »

Christian vint s'asseoir à côté de Grace. « Écoute, tu es en train de me faire passer pour un Scrooge. Ou je ne sais quel Simon Legree. Je t'ai dit que nous ferions ce que nous pourrions quand la situation serait claire. Ou éclaircie. Je refuse simplement de m'engager par avance, sans avoir d'idée précise, dans un de ces plans insensés (il aurait voulu dire "abracadabrant", mais ne trouva pas le mot) dont Caro est coutumière. Au téléphone, elle prenait manifestement le voyage à sa charge ; après tout, ce n'est pas une énorme dépense. Et c'est proprement étonnant ce que quelqu'un comme Caro est capable de mettre de côté au fil des ans — on serait sans doute fort surpris. Et puis, souviens-toi que toi et moi nous avons des responsabilités. Nous avons des enfants, ce qui n'est le cas ni de Caro ni de Dora.

— Les enfants, c'est nous qui choisissons de les avoir, pour notre propre satisfaction. Caro, elle, n'a pas demandé à se retrouver avec Dora sur les bras, et n'en retire aucune satisfaction. » C'était là une réponse que Caro elle-même n'aurait pas désavouée. « Et puis Caro, elle aussi, aura des enfants un jour. »

L'éventualité ne laissait pas d'être troublante. Christian s'était bien dit que Caro se marierait un jour (il avait en mémoire le souvenir peu appétissant de Tice, celui qui avait fait preuve d'une telle mesquinerie dans l'affaire du télescope), mais n'était pas allé jusqu'à envisager des enfants. Dans son trouble, il ne pouvait se douter que Grace jouait là son va-tout, et il était prêt à reculer, sous l'effet de la surprise et de la peur. Mais c'est le moment que choisit Grace pour céder, pour renoncer, dans un flot de larmes aussi obligeantes que féminines dans leur faiblesse. « Oh, Chris, Dora va être épouvantable. Pauvre Caro. »

Aussitôt, Christian l'entoura de ses bras, et il n'en fallut pas plus. « Pauvre petite Grace. » Au bout d'un moment, il ajouta : « Je l'aime bien, Caro, tu sais. » Grace essuya ses larmes, tandis que le tapis crème se chargeait à nouveau de sens, que les coussins se regonflaient comme par magie et qu'une paire d'assiettes Spode, montées sur un des murs, retrouvaient leur charme circulaire.

« Je suppose que Dora va rentrer en Angleterre », dit Grace.

Christian n'allait pas l'annoncer maintenant, mais il était bien décidé à ce que, une fois rentrée à Londres, Dora soit abritée par Caro. Quoi de plus naturel ? Deux filles qui travaillaient toutes les deux et partageaient un même appartement, économie de loyer appréciable, etc. Sa résolution à ce sujet était aussi inébranlable et vertueuse que s'il se fût agi d'une cause morale ou d'un idéal élevé. Il aurait été le premier surpris s'il avait pu penser que, en réagissant ainsi, il se vengeait de la menace représentée par le mariage éventuellement fécond de Caro.

Après le dîner, Christian prit place dans son fauteuil

favori, les pieds sur un tabouret rembourré. C'était son habitude le soir — pas tout à fait une récréation, mais une pause entre deux journées de travail. Et de fait, dans cette position, membres dressés en l'air, il ressemblait assez à une charrette ou à un fardier dételés. Grace, adossée contre les coussins de la banquette — avec à la main un livre qui semblait, de façon charmante, trop lourd pour elle —, se remit tout à coup à pleurer. Christian vint s'asseoir à côté d'elle.

« Je t'en prie, ne me dis plus des choses pareilles, s'il te plaît.

— Mais, bon sang, quel genre de chose ? »

Ses doigts se crispèrent sur le livre, et elle sanglota de plus belle. « Du genre, permets-moi de te rafraîchir la mémoire. »

Dans la matinée, Mr Leadbetter dit à Caro : « Je crains bien de devoir vous refuser votre demande de congé pour raisons de famille. » C'était une de ses attributions de veiller à ne pas gaspiller les maigres réserves de compassion dont disposait le service. Caro garda le silence. « Je vois, Miss Bell, que vous avez présenté votre demande, poursuivit-il en s'emparant d'un formulaire jaune, en précisant qu'elle avait un caractère d'urgence. » Il en relut un ou deux paragraphes. « Je suis bien entendu désolé que votre sœur, ou demi-sœur plus exactement, ait des problèmes domestiques. Mais vous comprendrez que si nous faisions une seule exception, nous ne pourrions plus endiguer le flot de semblables demandes. »

Le box sans fenêtre de Leadbetter ressemblait à un ascenseur de grande taille — le genre de monte-charge qui permet, dans un hôpital, de recevoir les civières ou, dans un musée, de transporter les statues. Dans ce cas précis, l'essentiel de l'espace était occupé par un bureau métallique, devant lequel Leadbetter faisait penser à un préposé ou à un liftier : Vous descendez ? Il tenait le document tel un petit bouclier contre sa poitrine. Ses cheveux avaient prématurément grisonné, anticipant sa retraite.

« Je suis sûr que vous comprenez ? »

Les silences de Caro étaient un rien exaspérants, ces temps-ci.

« C'est une disposition prévue uniquement pour les cas d'urgence — disons maladie d'un parent ou d'un conjoint. Ou, bien entendu, décès. »

Elle avait bien la lettre de Mrs Pomfret dans son sac à main, mais cela aurait été une tricherie d'agiter la perspective de la mort prochaine de Dora.

« Par ailleurs, Miss Bell, vous avez encore des congés annuels qui courent. » Il consulta un autre document. « Permettez-moi de vous rafraîchir la mémoire. Il vous reste une semaine à prendre. Je vous suggère de demander à votre supérieur hiérarchique s'il est prêt à vous accorder une semaine de congé sans autre préavis. » Maintenant qu'il avait disposé d'elle en ces termes, et sans avoir entamé la réserve réduite, coûteuse et sévèrement rationnée de compassion officielle, il se fit, à l'instar de Christian, plein de sollicitude. « J'espère que vous allez pouvoir arranger au mieux vos affaires. »

Quand Christian téléphona, Caro lui dit : « J'ai des congés annuels. Qui courent. »

Pendant la pause du déjeuner, Caro fit un emprunt à la banque, en se servant de sa retraite comme garantie. Elle obtint une avance sur salaire, avec laquelle elle acheta des escudos. Quand elle revint au bureau, Valda lui dit : « Un homme a appelé pour toi. »

Dans l'idée qu'il s'agissait de Christian, Caro resta de marbre, même auprès de Valda. Mais quand elle lut le message, ce fut pour découvrir que Ted Tice était en ville pour la journée.

Dans la soirée, Ted la conduisit à l'aéroport. Il avait une petite voiture d'occasion qui avait de la peine à avaler la moindre côte. « Tu avais assez d'argent pour le voyage ? lui demanda-t-il.

— J'en ai déterré un peu. » Les avions étaient bruyants et volaient bas dans le ciel. Le long de la route, il y avait des publicités clignotantes pour des boissons non alcoolisées et du cirage. À la lumière changeante des néons, le profil de Ted passait du vert au rouge ou au bleu.

« Parce que si tu as jamais besoin de quoi que ce soit, tu n'as qu'à demander.

— Edmund Le Gentil.

— Mais je crains bien que tu n'aies jamais besoin de ce que je pourrais avoir à te proposer. » Il ne souhaitait pas plus imputer de nobles motifs aux angoisses qu'il éprouvait à son sujet que sous-estimer un altruisme qu'il jugeait inséparable de l'amour. Il avait vu à quel point les gens pouvaient devenir cruels à force de se persuader de leur compassion à l'égard des autres : rien ne vous rendait plus dur. « Caro, quand me laisseras-tu te délivrer de ces affreuses personnes ? »

L'idée que Grace pût être comprise au nombre de ces personnes lui fut insoutenable.

Ted Tice avait sous les yeux une douleur qui n'avait rien à voir avec Dora. La chair de Caro n'était plus lumineuse. Son corps avait tellement minci qu'il était impossible d'imaginer la force qui l'habitait encore. Pareils changements ne lui laissaient aucun espoir, car, en dépit de son malheur, elle appartenait autant, voire davantage, à un autre homme.

Il restait sidéré devant un tel gâchis. Dire qu'il y avait, de chaque côté, tant de passion, et que rien de tout cela n'était transférable.

« J'ai trente ans aujourd'hui, dit-il. Si je ne suis pas jeune bientôt, je ne le serai jamais. » Ce qui voulait dire qu'il était prêt à accepter n'importe quelles conditions. « Et c'est aussi aujourd'hui qu'a été prise la décision définitive d'installer ce télescope dans le Sussex. »

À la porte d'embarquement, il l'embrassa. C'était la première fois qu'il l'enlaçait, et il ne semblait pas que cette étreinte eût une quelconque importance, tant elle semblait anesthésiée par le chagrin. Dans ses bras, le corps de Caro était aussi léger et apathique qu'une robe.

Un car quittait Lisbonne à l'aube, qui amena Caro à travers des champs étrangers jusqu'à une ville de province. La campagne céda la place à des lotissements résidentiels et à des rues qu'animait le matin. On arrosait les trottoirs, on ouvrait tout grands les volets. Le soleil n'était pas encore chaud, l'air tiède pas encore chargé de gaz d'échappement. Le long des trottoirs, les voitures en stationnement attendaient, comme des bêtes de somme, de démarrer. La vitrine la plus banale avait un air exotique ; un étalage d'ustensiles de cuisine, en étagements colorés, faisait figure d'autel païen.

Le lotissement de la Rua das Flores s'appelait le Chisholm et aurait aussi bien pu se trouver à Hammersmith. Dora était allongée sur un des lits jumeaux, tel un ballot détrempé. On évitait soigneusement de regarder le lit vide d'à côté, comme on l'aurait fait d'un cercueil ouvert.

« Je lui ai tout donné, c'est pour ça qu'il me déteste tant. Tout le monde m'a toujours détestée. Toi comme les autres. Pourquoi est-ce que j'ai continué à vivre ? Mais pourquoi ? Mais cette fois, c'est bien fini, enfin. » On l'entendait probablement de l'autre côté du mur.

Caro fit des allées et venues entre la chambre et la cuisine, la chambre et la salle de bains, apportant de l'aspirine, du thé, une brioche qu'elle avait achetée de l'autre côté de la rue. Le visage de Dora était celui d'un squelette, les orbites comme passées au rouge : poupée de bois sortie d'une vitrine de musée, la première poupée à jamais avoir été fabriquée dans l'Australie coloniale. Parfois elle se débattait, à d'autres moments, elle était inerte. Une fois, elle poussa un cri, qui retentit comme un coup de tonnerre. « Je serais bien mieux morte ! »

« Comme si je pouvais avaler quoi que ce soit ! dit-elle à Caro, quand celle-ci lui apporta le plateau. C'est à la boutique en face que tu as acheté ça ? »

Quand son thé fut versé, elle se redressa pour s'adosser à un oreiller trempé et à chaque question agita la tête d'un côté et de l'autre. Ses cheveux foncés pendaient en longues mèches emmêlées. « Tout est parti. Je n'ai plus rien. Tu ne comprends donc pas ça ? » Elle n'aurait accepté aucun démenti. « Je te dis qu'il n'y a plus rien, tout est parti. Tu n'as qu'à demander à Ernesto Prata. Qui est, ajouta-t-elle dans une autre explosion de larmes, le meilleur homme de la province. » Sa tête roulait et se cognait contre l'oreiller, comme contre un mur.

Caro changea la taie. Prépara des œufs brouillés. Dans la cuisine, appuya le front contre un placard en Formica rose.

« Ne t'inquiète pas, lui dit Dora depuis la chambre. Je ne t'embarrasserai plus bien longtemps. »

Plus tard dans la matinée, Caro téléphona à Mrs Pomfret, qui dit qu'elle passerait à l'heure du thé. Dora enfila une robe de soie et s'allongea sur la banquette du salon, un sac de bonbons à ses côtés. « Tu seras bien tranquille quand je ne serai plus là. »

Caro sortit sur un balcon étroit. Au premier plan, des antennes de télévision, pareilles à des idéogrammes, à un entrelacs de mâts et de voiles dans un port de l'ancien temps. Au-delà des immeubles de brique et des bungalows, une clairière de verdure dans la matinée qui touchait à sa fin. À droite du terrain de golf, un jardin vénérable, qui mettait une touche de civilisation. Dans les vergers, des amandiers, lointains comme des souvenirs heureux. Elle repensa au jour où elle avait trahi le secret de Ted Tice auprès de Paul Ivory, et à ce que ce dernier lui avait dit plus tard : « Tu m'as rendu un sacré service en me racontant ça. » Rien là qui pût l'empêcher de se voir sous le pire jour qui soit.

« Est-ce que tu imagines ce que c'est, pour une femme de mon âge, de chercher du travail ? »

Caro rentra. « Je travaille bien, moi.

— Tu es jeune, toi. » La tête de Dora s'agita à nouveau. « Tu ne comprends donc pas que je n'ai personne ?

— Moi aussi, je suis seule.

— Tu as des amis.

— Tu as Mrs Pomfret, ici.

— C'est drôle que j'arrive toujours à attirer une ou deux personnes, dit Dora. Qui se prennent d'affection pour moi. Je me demande pourquoi. » Elle laissa Caro lui passer un peigne dans les cheveux. « Je ne sais pas ce que j'aurais fait sans Glad Pomfret. C'est bien la seule. » Glad Pomfret était arrivée sur les lieux moins d'une heure après le départ du major, alors que c'était le jour de son bridge. « Personne n'avait jamais rien fait de ce genre pour moi. Pour toi, bien sûr, ce n'est sans doute pas énorme, mais... » Glad Pomfret avait su depuis le début à quoi s'en tenir sur le compte du major, mais avait hésité à intervenir.

Le mari de Glad Pomfret n'avait pas été une partie de plaisir, lui non plus, mais il était mort. « Cancer du cœur.

— Je n'ai jamais entendu parler de ça.

— Le ventricule droit. C'était un homme très gros, dit Dora, mais sur la fin, il s'était complètement ratatiné. »

Caro n'eut aucun mal à se représenter Sid Pomfret sur un lit d'hôpital, l'air d'une poche de caoutchouc dégonflée.

Dora n'avait pas son pareil pour vous peindre la déliquescence.

« On l'a ouvert, mais les métastases étaient partout. Il est parti en un rien de temps. (Un grand soupir.) Ils en ont de la chance, ceux-là.

— Mrs Pomfret vient avec une certaine Miss Morphew, dit Caro.

— Oh, Glen Morphew, je ne lui fais guère confiance à celle-là. » Dora pencha la tête pour que Caro puisse nouer le chignon sur sa nuque. « Miss Morphew, c'est la dame de compagnie de Glad. » Ernesto Prata, Glad Pomfret, Gwen Morphew, autant de personnages de théâtre. D'un autre côté, le major était devenu simplement « il » ou « lui ». « Il a pris les meubles anciens, les plus belles pièces. Il a même emporté la radio. Si tu avais pu voir son visage. Quelle cruauté chez cet homme !

— Dora, cesse de pleurer. Pense à tes pauvres yeux ! »

Mais Dora était possédée par le souvenir de cette cruauté. « Je crois qu'il était capable de tout. De tout, tu m'entends. J'ai de la chance d'être encore en vie. »

Caro passa ses bras autour de Dora, et pour deux sous aurait recommencé à la supplier, comme dans le temps : S'il te plaît, Dora, Dora, je t'en prie, non. Dans quelque étreinte que ce fût, Dora prenait l'autre à la gorge. En dépit de sa fragilité, Caro devait désormais assumer le rôle de la femme forte qui surmonte tous les obstacles ; Dora serait cantonnée dans celui de la victime, faible et pitoyable. Il ne s'agissait pas d'une inversion des rôles, mais simplement d'un changement de tactique. L'échange s'était fait dans la foulée, comme lorsque deux alpinistes se passent, à l'instant critique, la corde qui va les hisser sur le rebord de la corniche.

« Cet horrible endroit. Et cette solitude. Si seulement nous pouvions retrouver Sydney, geignait Dora, où nous étions toutes si heureuses. » L'apaisement passé revécu dans l'émotion. Au bout d'un moment, elle dit : « Grace, elle, a au moins eu l'intelligence de conserver la moitié du capital. » Ce fut la seule allusion que fit Dora à la perte subie par les deux sœurs dans la débâcle : on louait Grace pour sa prévoyance, et l'idiote dans l'histoire, c'était Caro. « Grace est tellement heureuse. Elle a tellement de chance. Christian est quelqu'un sur qui on peut compter, qui ne vous laissera jamais tomber. Je n'ai jamais eu personne, moi, sur qui compter. Personne, jamais. »

En faisant de Caro une idiote dans cette affaire, le destin s'était rangé du côté de l'avarice et du calcul. Il avait fait équipe avec le major, Christian et Clive Leadbetter, et les justes avaient été oubliés. Caro ne pouvait que s'étonner d'une telle injustice.

Mrs Pomfret arriva à quatre heures, dans une ample robe turquoise et turban assorti. Au milieu des plis se devinait un camée. Miss Morphew était une femme maigre, couleur d'ardoise, affligée d'un léger tremblement.

« Ernesto Prata est l'homme de mon choix, déclara Glad Pomfret. (Elle voulait dire en tant qu'homme de loi.) Et le meilleur de la région. » Mrs Pomfret préférait un siège à dossier droit, à cause de ses vertèbres en mauvais état. Caro apporta un peu plus de thé et les restes de la brioche, ainsi que quelques macarons dénichés dans une boîte en métal. Un quatuor de tourterelles blanches, échappées d'un jardin, tournait en rond devant la fenêtre. Dora fit remarquer que les pigeons, à ce qu'elle avait entendu dire, étaient porteurs de l'hépatite virale.

« Dora pourra-t-elle trouver du travail ici, en attendant que l'affaire soit réglée ? » demanda Caro.

Mrs Pomfret eut une moue pessimiste. « Il est dommage

qu'elle n'ait jamais appris la langue. Même si les circonstances étaient différentes pour moi, j'ai réussi à l'apprendre. » Sur quoi, elle risqua un bonjour et un bonsoir dans la langue du pays. « Vraiment pas difficile à attraper. » Le portugais aurait aussi bien pu être une hépatite virale, ou quelque objet abandonné au bord de la route pour être ramassé par le premier venu. Mrs P. réarrangea quelques plis turquoise. « Même Miss Morphew y est arrivée. »

Un air chagrin inédit sur le visage, Dora dit depuis la banquette : « J'ai lu quelque part qu'on ne pouvait pas apprendre une nouvelle langue après trente ans. Pas correctement, en tout cas. »

« Naturellement, Dora ne compte pas sur une carrière comme la vôtre, dit Mrs Pomfret à Caro.

— Vous savez, réagit violemment Caro, je suis une employée mal payée, dans un bureau où l'on s'ennuie mortellement.

— Voyez-vous, dit Mrs Pomfret, dont le sourire était la tristesse même, pour elle, ce serait déjà beaucoup. »

Dora acquiesça d'un gémissement, tandis que Miss Morphew se penchait pour prendre un autre macaron.

« Dora a été très mal avisée, dit Mrs Pomfret, de lui céder tous ses biens. » Elles avaient toutes adopté le « il » et le « lui » par déférence envers Dora. Désigner Bruce Ingot par son nom aurait fait figure de trahison. « Une femme ne devrait jamais céder son capital. Même à ceux qui lui sont le plus proches et le plus chers.

— Dora a été trop confiante, intervint Miss Morphew.

— Il avait réussi à me persuader, à force de cajoleries », pleurnicha Dora.

Il était difficile d'imaginer le major en train de faire sa cour. On avait bien l'impression qu'il n'avait jamais rien courtisé, hormis le désastre.

« Oubliez-moi, piailla Dora. Je suis bien décidée à ne plus ennuyer personne. »

Miss Morphew aida Caro à débarrasser la table. Dans la cuisine, elle ouvrit le robinet et dit, sans regarder dans la direction de Caro : « Prata est de mèche avec le major. Essayez donc Salgado, dans Rua do Bomjardim. »

Quand Dora eut obtenu gain de cause, elle resta dans l'Algarve pour y passer l'hiver. « J'ai hâte de quitter cet horrible endroit, comme tu t'en doutes, écrivit-elle à Caro, et ces gens impossibles. Dieu merci, l'Angleterre représente encore quelque chose. Mais autant profiter de l'hiver ici, étant donné que je n'y reviendrai plus. Et puis, je crois qu'il vaut mieux que je tienne jusqu'au printemps, dans la mesure où je ne fais guère confiance à Manoel Salgado. » Plus tard, elle écrivit qu'elle était sur le point de rompre les ponts avec Glad Pomfret. L'essentiel, c'était que Caro continue à vivre heureuse.

« J'étais certain que l'affaire s'arrangerait », commenta Christian.

Quant à Mr Leadbetter, croisant Caro dans le couloir, il lui rappela que sa porte lui était toujours ouverte.

Un dimanche après-midi, Nicholas Cartledge téléphona à Caroline Bell. « Ne te reverrai-je donc jamais ?

— Non.

— J'ai essayé plusieurs fois de t'avoir.

— J'étais au Portugal le mois dernier.

— Veinarde ! »

21

Les soirs d'hiver ou les week-ends, Caroline Bell marchait dans les rues de la ville, seule, gagnant des faubourgs labyrinthiques au nord ou au sud. De ces expéditions, toujours accompagnées de l'espoir insensé de se retrouver face à face avec Paul Ivory, elle rentrait parfois mouillée, toujours glacée. Et, tout en ôtant ses chaussures, essayait de se réchauffer devant le poêle de la cuisine.

Avec le remboursement du prêt bancaire, c'était le chauffage pour l'hiver qui était parti en fumée. Elle comprenait maintenant comment des gens avaient pu brûler de beaux meubles pour se chauffer pendant les hivers de la guerre. Comprenait pourquoi des hommes lui adressaient la parole dans la rue. Comprenait nombre d'actes de destruction et de survie qui jusqu'alors lui avaient paru incompréhensibles.

Debout dans la cuisine, elle se disait : que ce pays est froid !

Couchée dans son lit glacé, elle regardait d'un œil fixe la lucarne, recouverte d'une couche de glace. Allongée dans l'obscurité ou dans la clarté de la lune, elle se souvenait que, l'hiver précédent, elle était rentrée un soir de son travail pour trouver Paul en train d'écrire devant la table ; qu'il s'était levé et l'avait embrassée, avant de lui demander : « Quelle impression ça te fait de trouver la lumière allumée en rentrant et quelqu'un qui t'attend ? » Il avait approché la bouche de ses cheveux et murmuré : « J'ai souhaité que Tertia n'ait jamais existé. » Maintenant, c'était Caro que, pour son confort personnel, il souhaitait voir disparaître.

L'amour n'avait pas été innocent. Il était étrange que la souffrance puisse sembler l'être.

Son esprit voguait à la dérive sur le silence, torturé du désir de donner autant que de recevoir. Un sentiment d'énorme gâchis créait une tension incrédule dans les yeux, la poitrine, l'estomac. Son esprit voguait sur le silence, comme un navire sur le disque de l'océan qui représente le globe.

Caro, agenouillée, dit : « Seigneur ! » Les possibilités de miséricorde étaient lointaines. Dieu était impuissant, seul Paul pouvait se montrer miséricordieux. Dieu n'avait rien à proposer en dehors d'un abandon synonyme pour elle de désintégration.

Ou alors la mort, qui ne causait aucun bouleversement, mais de temps à autre brisait le silence de son gong de bronze.

Enfant, Caro s'était vu inculquer par Dora Bell l'obligation morale de trouver abominable le monde tel qu'il était et de parler à la moindre occasion de se supprimer en signe de protestation. Cette perversion, Caro, devenue femme, n'était pas loin de la considérer comme une version bon marché d'une vérité sacrée. Pour Dora, la mort avait été un rappel constant et ostentatoire de l'existence. Pour Caro, une seule mort, en toute discrétion, suffirait.

À l'instar de Paul, avec lequel elle avait d'autres points communs, la mort avait sa clé et attendait le retour de Caro le soir. La simple sociabilité demandait que son spectre, vraiment peu présentable, restât caché quand il y avait des visiteurs — dont les échanges raisonnables et ternes de vivants paraissaient traduire une normalité incroyablement ignare, aussi pitoyable que la tapisserie à fleurs encore visible sur le mur d'un immeuble éventré ou le piano laissé intact par les bombes dans une pièce désormais à ciel ouvert.

Il y eut cet après-midi, ce dimanche après-midi où Cartledge avait téléphoné : « Veinarde ! »

L'insensibilité était sans bornes. Caro elle-même s'était promenée dans un cimetière avec Paul et avait plaisanté à propos des suicidés. Allongée sur son lit non consacré, elle se demandait maintenant : « Suis-je venue ici pour mourir ? »

Caroline Bell regardait la pièce s'assombrir quand le soir tombait. La lucarne faisait comme une déchirure de gris plus pâle.

J'ai rêvé que j'étais allongée sur une longue pente, et qu'un gros bloc de pierre, plus gros que ceux d'Avebury, roulait vers moi. Je le voyais approcher sans pouvoir me lever, mais aucune terreur ne m'habitait. Quand il fut tout près, je tournai mon visage vers lui, comme vers un oreiller, comme pour, enfin, trouver le repos.

Quel pathos ! Ce ne serait pas pire s'il s'agissait de la mort de quelqu'un d'autre. Et ça ne fait qu'embrouiller les choses. Pas d'issue, morte sans qu'aucun être ne soit issu de moi. Une fois, pendant quinze jours, j'ai cru que je portais l'enfant de Paul, et n'ai pas osé le lui dire. L'acte qui consiste à se donner la mort n'a pas d'existence hypothétique, ou alors disons que, dans la mesure où il est hypothétiquement présent en tout, il doit être accompli pour trouver toute sa signification. Auquel cas, on atteint à une plénitude du sens inatteignable en d'autres circonstances.

Phénomène connu sous le nom de la goutte noire.

Simple question de logique. Il y a des styles de mort aussi bien que des styles de vie. Vénus peut masquer le Soleil.

Pas de souvenir d'être sortie dans le couloir. Chaleur terrible. C'était donc impossible ? Plus rien à voir avec la mort d'un autre, cette fois, ça ressemble bien à la mienne. Plus de pensées, la chose elle-même, toute nue. Les ténèbres, quelles ténèbres... et je n'ai même pas...

Un soir, en rentrant du travail, Caroline Bell trouva une lettre du major Ingot. Ayant gravi son escalier, elle la posa sur la table, le temps d'allumer le gaz pour mettre son repas en route, puis s'assit pour la lire, toujours vêtue de son manteau à cause du froid.

Le major demandait si un arrangement n'était pas possible. Sinon, il avait peu de chances d'arriver à s'en sortir. « Je ne jouis pas de vos avantages », écrivait le major. Puis, plus loin : « Jour après jour, c'étaient des reproches à n'en plus finir, ou alors les grandes eaux. Quand c'étaient pas les deux à la fois. Des flots de larmes comme vous en avez jamais vu. Vous imaginez même pas. Un jour, il n'était question que de mourir, et le lendemain que de disparaître, jusqu'à ce que j'aie plus qu'une envie : la prendre au mot, je vous le garantis. » Des conditions extrêmes avaient dépouillé le major de ses prétentions sociales, ou peut-être espérait-il toucher Caro par le biais d'un langage sans affectation. Il ne pouvait pas savoir qu'il n'aurait pu choisir plus mauvais moment pour présenter sa requête.

Caro donna la lettre à Christian, qui lui dit qu'il n'allait pas tarder à régler son compte au major. « Je vais glisser un mot par l'intermédiaire de l'ambassade, dit-il. Après tout, il y a quelques avantages à avoir accès aux canaux officiels. »

Quand vint le printemps, Dora fit une croisière jusqu'au Cap en compagnie d'une nouvelle amie, Meg Shentall, qu'elle avait rencontrée dans l'Algarve, dans un salon de thé à l'enseigne du Lusitania.

Dans un parc de novembre, sans plus de parterres de fleurs que de fontaines ou de jets d'eau, Caro marchait seule, sur des tapis de feuilles mortes. Les branches fissuraient un ciel blanc, l'écorce sur les arbres centenaires était noueuse comme les muscles d'un vieil homme vigoureux. Lors d'un après-midi libre, accordé en compensation d'heures supplémentaires, Caro avait échoué là par hasard, remarquant à peine, dans son délire muet, les rues qu'elle traversait. C'est une fois arrivée dans le parc qu'elle prit pleinement conscience de son absence de but et commença à se sentir physiquement mal à l'aise, les oreilles bleuies par le froid, les pieds glissant sur les feuilles brunâtres. Odeur de pourriture, odeur éternelle de la terre. Couleurs sans relief, grisaille omniprésente : la nature prise en flagrant délit d'autodestruction

Elle était debout dans l'allée, épaules frileusement voûtées, mains aux oreilles en guise de protection; immobile, le regard fixe. On aurait pu la prendre pour une femme frappée d'horreur à la vue de quelque cruel spectacle. Mais la seule personne qui approchait était en train de lire une lettre et ne l'avait pas encore aperçue.

Que Paul et Caro puissent se rencontrer de telle manière, par accident, pourrait apparaître comme l'acte calculé d'une destinée s'attaquant à des vies sans défense. Ce qui, rétrospectivement, semblerait somme toute raisonnable — étant donné qu'il leur était arrivé, du temps où ils étaient amants, de se croiser par hasard, et que le parc leur était à tous les deux un territoire familier — étonna sur le moment par son air de prédestination. En cela, ils étaient l'un comme l'autre aussi humbles qu'égocentriques — ces deux êtres qui se faisaient face sur l'allée cérémonieuse, avec autour d'eux les feuilles glissant sur le sol ou tombant mollement, l'écorce vétuste, la froide lumière blanche.

Paul avançait — cheveux, manteau léger, jambes de pantalon de la même couleur que le pâle décor. Les mains de Caro quittèrent sa tête nue, mais pas avant qu'il l'ait aperçue dans cette attitude, qu'il interpréta comme une réaction à sa présence, comme un geste d'apparente terreur. Paul sortait d'un déjeuner prolongé dans un hôtel qui donnait sur le parc. Le document qu'il avait entre les mains était un contrat, dans lequel des formules magiques — « ci-après désigné », « payable en dollars américains » — garantissaient sa sécurité. Caro passa au travers de ces défenses comme la blancheur ou les ténèbres, force primaire. Il vit deux choses distinctes sur son visage : d'abord que, n'ayant jamais cessé de se le représenter en imagination, elle n'était pas sûre que ce soit vraiment lui et commençait à douter de son équilibre mental, ensuite qu'elle craignait que cette rencontre, qu'elle n'avait rien fait pour provoquer, ne l'exaspère — qu'il ne lui dise par exemple : Mais tu ne me laisseras donc jamais tranquille ? Son silence même disait assez la peur muette de déplaire. Comme un homme qui imaginerait sans vêtements une femme habillée, Paul, en cet instant, voyait Caro presque privée de chair, ses viscères mis à nu palpitant comme le crâne d'un nouveau-né. Sa peur, ou son extase, le transperça d'une honte inhabituelle, comme si cette rencontre dénonçait chez lui un colossal mensonge ; comme si elle était elle-même la vérité.

À les observer, on aurait pu croire qu'il s'agissait d'un rendez-vous — tous deux face à face, l'homme, tenant sa feuille de papier roulée dans la main, la femme, attendant. On aurait à coup sûr cru à une rencontre, beaucoup plus qu'à l'adieu dont ils tentaient l'un et l'autre d'être dignes.

Ils auraient pu s'asseoir sur un banc ou sur les feuilles humides empilées ici et là en monticules mortuaires. Pourtant, s'ils s'étaient assis, ils se seraient touchés ; et une certaine réticence, qu'on aurait eu du mal à nommer honneur, détournait Paul d'un tel contact. Le contrat serré dans sa main et maintenant oublié — mais prêt, une fois moins serré, à se rappeler à nouveau à son attention —, il ébaucha un geste. Peut-être même parla-t-il, pour prononcer son nom. Tandis qu'elle observait depuis les hauteurs intimidantes de son martyre. Ils venaient l'un vers l'autre de directions opposées, comme deux commandants ennemis qui ont une entrevue pendant que leurs troupes se massacrent, non pour discuter de la paix mais pour échanger une tristesse complice et égoïste avant de reprendre le combat : les deux minutes de silence de leur bref armistice.

À quelque distance de là, une femme en imperméable se pencha pour détacher la laisse rouge de son chien — un chien blanc et maigre, taché de noir, qui ne tarda pas à bondir jusqu'à eux avant de rester là, haletant, pattes écartées, à attendre les ordres. Même ce chien, pour qui ce parc au silence de mort était un paradis, se montrait perplexe, flairant l'inhabituel. Il se mit à gambader autour d'eux, mais ils n'entrèrent pas dans son jeu. Puis il aboya deux ou trois fois, pour marquer sa réprobation des humains qui ne sont pas gentils avec les animaux. La propriétaire appela : « Split ! Split ! » Paul et Caro avançaient lentement le long de l'allée, tandis que le chien batifolait à la lisière de leur circonspection, tournant en rond comme autour d'une proie, avant de se désintéresser d'eux et de s'éloigner en bondissant pour retrouver sa laisse.

Ils étaient comme deux personnes qui se comportent bien sous l'outrage ; qui sont capables de dominer la situation.

Les arbres défilaient en procession le long de l'allée. Debout à côté de grilles monumentales quoique ouvertes, Caroline Bell avait les mains enfoncées dans les poches de son manteau et, dans la mesure où son état lui permettait de désirer quoi que ce fût, souhaitait rester dans le parc, devenu maintenant un symbole de permanence et de clôture. À rester ainsi immobile, elle prit à nouveau conscience de ses oreilles endolories par le froid, même si son corps s'était par ailleurs liquéfié, au rythme conjugué de sa respiration et de son sang. Il était plus simple de rester debout, sans avoir à donner d'explications.

Le chien avait trouvé un rat mort, ou une taupe, qu'il reniflait.

En quittant le parc, Paul marcha le long du Mall, avant de prendre un taxi pour rentrer. Dans le hall, il posa le contrat, et ses garanties froissées, sur une table et suspendit son manteau à une patère. Le séjour était aussi blême que le ciel glacé — murs, tapis, sièges, tous de cette couleur éteinte habituellement dénommée neutre. Deux petits Sisley, chapeautés de bandeaux lumineux aussi explicites que des étiquettes, paraissaient vidés de leurs couleurs, comme si on les avait laissés dehors à la pluie. Dans cette pièce aux tons de cendre, la femme de Paul était assise dans le recoin offert par une fenêtre, et regardait dehors à travers ce qui aurait pu être, mais ne l'était peut-être pas, un voile de larmes.

« Tertia », dit-il — avec une douceur inhabituelle, d'autant plus frappante qu'elle venait de lui.

22

Dans sa chambre, Caroline Bell se laissait aller à de longues rêveries, se rappelant, sans s'y attarder, des paysages, des épisodes, des sensations, ou des vers qu'elle avait lus : comme une vieille femme qui revit un passé très ancien. Elle en venait à considérer ses semblables comme des compagnons de survie, habiles à dissimuler leurs malheurs, qui, sans émettre de signaux de douleur, avaient réussi à contenir, assimiler ou exploiter leur propre destruction. Parmi ceux qui avaient enduré le pire, tous ne se conduisaient pas noblement ni même de manière cohérente. Mais tous manifestaient, involontairement, un profond attachement à la vie.

Si la dissolution de l'amour ne créait pas de héros, le processus lui-même exigeait une certaine dose d'héroïsme. Il y avait toujours le risque que la seule souffrance finisse par apparaître comme un accomplissement en soi. Pareil risque s'était déjà présenté.

(À dix-neuf ans, Caro avait passé une semaine en Espagne, à Grenade, avec la jeune et désuète famille anglaise qui l'employait comme bonne d'enfants. Un large balcon courait tout le long de leur hôtel situé près de l'Alhambra, avec vue sur la sierra Nevada. Juste au-dessous de cette terrasse, un escarpement abrupt descendait jusqu'à la ville, au creux de la vallée. Par les matins limpides ou les chauds après-midi, les clients s'installaient sur des chaises longues, en présence des sommets enneigés, et réclamaient couvertures ou tasses de thé. Ils tournaient les pages de livres appartenant à la bibliothèque de l'hôtel — où des titres et des auteurs depuis longtemps oubliés dans leur propre pays poursuivaient un semblant d'existence en exil. L'atmosphère de sanatorium n'était en rien dissipée par la proximité de monuments mauresques et de jardins remplis de roses superbes. On avait l'impression d'être mort et d'avoir rejoint le ciel.

Au dîner, dans la salle à manger édouardienne — où l'employeur de Caro notait parfois sur la manchette amidonnée de sa chemise l'année d'un vin ou le nom d'un plat, ou griffonnait le numéro de sa suite sur la bouteille de sherry entamée —, un trio jouait, dans une alcôve, si discrètement que même les morceaux tziganes en devenaient sages. Tous les soirs, entre l'entrée et le *pastel*, cet ensemble constitué d'un piano, d'un violon et d'un violoncelle exécutait tristement, en sourdine, *Adélaïde*, *Caprice viennois*, et l'*Arabeske* de Schumann ; reprenant, au moment du café, avec une sélection d'airs du *Pays du sourire*. Quelques rares applaudissements se faisaient entendre, aussi lugubres que la prestation.

La chaise de Caro était placée de telle sorte qu'elle faisait face à la violoncelliste — femme d'une trentaine d'années dont la peau très blanche, contrastant aux poignets et à la gorge avec le noir du crêpe, suggérait la pâleur du torse sous une robe aussi volumineuse qu'un habit de bonne sœur. Cette femme était manifestement en train de passer d'une jeunesse de madone à un célibat endurci, dans un calme renoncement. De temps à autre, ses yeux sombres croisaient ceux de Caro avec une tendresse mélancolique et entendue, comme pour affirmer l'existence d'un lien entre elles. Comme pour signifier : Vous et moi refusons de participer à ce combat dégradant et débilitant.

Chaque soir, la paisible confiance de la violoncelliste dans la volonté de Caroline Bell à renoncer à ses prétentions sur le destin assombrissait l'atmosphère. Plus tard, dans sa chambre d'hôtel, la jeune fille se regardait longuement dans la glace pour tenter de comprendre pourquoi elle avait été choisie comme âme sœur. Suivant l'humeur, le découragement faisait naître la perspective de décennies solitaires, vides et chastes. Tandis qu'à d'autres moments, une image colorée et pleine de vitalité dans la glace suffisait à oblitérer le renoncement blême de la musicienne et à dissiper la menace de ce corps cireux dans son linceul noir.)

Très tôt un matin de printemps, la sonnerie du téléphone se fit entendre sur la table de nuit de Christian Thrale, et il apprit que son père venait de faire une petite attaque. Sa mère lui donna tous les détails avec le plus grand calme, tandis que Grace se soulevait sur un coude et qu'un enfant appelait depuis la chambre voisine. « Je prendrai le train de huit heures vingt », dit Christian.

Sur son lit, à l'hôpital de Winchester, Sefton Thrale avait les traits flétris, sa mâchoire si ferme réduite à une bajoue couverte de poils, et la respiration difficile. Au pied du lit, sa femme écoutait un médecin : « Il y a une légère déficience. » Comme s'il était un objet endommagé, dans une boutique, dont la valeur se verrait réduite. Il y avait une grille au bout du lit, qui ressemblait assez à un petit guichet de cricket. Il voyait le plafond blanc, le dessus-de-lit blanc ; sur une table, la tache rouge de quelques anémones.

Charmian s'approcha de lui et posa sa main sur la sienne : « Tu vas te remettre. » Les yeux du malade firent un effort, enfant effrayé qui tente de se montrer courageux. Fini le temps des fanfaronnades de l'existence ; il aurait aussi bien pu être en train de signifier que toute l'affaire n'avait été qu'une imposture. « Christian ne va pas tarder à arriver », dit-elle. Il savait de qui il s'agissait, mais le choix du nom lui parut bizarre. Il se souvenait d'eux tous dans un brouillard indistinct — Christian, Grace, Tertia et bien d'autres encore, dont sa femme était la représentante accréditée. Comparés à lui, à ça, ils avaient tous beaucoup de chance.

Le riche dans son château, le pauvre à sa grille.

À son réveil suivant, Christian était là. Sefton Thrale se souvint qu'on le lui avait promis, et fut rassuré par son aptitude à se le rappeler. « Je savais que tu..., commença-t-il, et termina sur un long soupir,... venais. » Christian, toutefois, comprit que son père disait : « Je savais que tu viendrais », et en fut ému.

Sa femme se tenait au pied du lit, et lui effleura doucement les pieds sous le drap, avant de les recouvrir d'une couverture.

Au cours des jours et des semaines qui suivirent, le vieil homme, puisque c'était ce qu'il était irrévocablement devenu, se remit de façon remarquable, tira profit de la thérapie, et commença même à reconnaître les infirmières — à distinguer celles qu'il aimait bien de celles qui ne l'aimaient pas. Quand les médecins entraient dans sa chambre, il avait pour eux de petites plaisanteries, et quelques récriminations. Comme une balle qu'un lob a envoyée très haut, il faisait ses derniers rebonds.

En compensation de sa propre faiblesse, ou comme preuve de son extension, il nota des signes de vieillissement chez Christian — épaules voûtées, panse naissante ; et un tic plus récent consistant à se passer la main devant le visage et le front, comme pour enlever une toile d'araignée invisible.

Sefton Thrale ignorait la raison pour laquelle semblables détails lui donnaient satisfaction, mais les observait avec un contentement apathique, sans faire aucun effort pour ne pas leur prêter attention ou les trouver touchants. Les médecins avaient bien précisé que tout ce qui pouvait lui faire plaisir était bon pour lui.

À la Pentecôte, il était capable de rédiger un mot à un ami. Son écriture, qui avait toujours été minuscule, s'agrandit sous l'impulsion de cette ultime fioriture de la réalité. Il ne s'attardait pas sur ses erreurs, pas plus qu'il ne montrait la moindre tolérance à l'égard de ses ennemis : reconnaître à ses adversaires des qualités serait revenu à admettre ses torts à leur égard.

Dans le courant de l'été, on l'autorisa à rentrer chez lui, à Peverel, et on engagea une infirmière de nuit. C'est elle qui le trouva mort un matin de septembre, alors qu'il semblait avoir passé la période critique. Les notices nécrologiques ne furent pas aussi fournies qu'on aurait pu l'espérer, mais les funérailles furent remarquables, et les gens vinrent de Londres par le train pour y assister. Le service funèbre, comme toute bonne correspondance, attendit l'arrivée des voyageurs pour démarrer. Il y eut de la musique, des fleurs, et l'assemblée chanta, tour à tour debout et agenouillée. Un jeune pasteur minuscule réussit à capter une attention plus que raisonnable avec un texte de l'épître aux Galates, et un autre de l'incontournable première épître aux Corinthiens. À d'autres moments du service, on put constater que la voûte du chœur était de style roman tardif, un des premiers exemples en Angleterre, et qu'un ticket de dégraissage était encore accroché à la veste d'un membre du service d'ordre.

La mère de Tertia, veuve depuis quelques années, était assise au milieu d'un des bancs de devant, la tourelle de tulle grise de son chapeau évoquant la lanterne de quelque édifice solennel, abbaye ou cathédrale.

« De la même manière, quand nous étions enfants, étions-nous assujettis aux instructions élémentaires que Dieu a données au monde. » C'est à partir de ce texte que fut développé un ingénieux panégyrique de la vie d'un savant, tandis que Grace Thrale se rappelait, rêveuse, l'asservissement de son enfance aux feux de brousse, à la sécheresse, aux crues de la Murrumbidgee, à la fraîcheur du vent du sud sur Sydney à la fin d'une journée de canicule. Elle tenait la main gantée de sa belle-mère dans la sienne, consciente du fait que Charmian Thrale n'autorisait un tel geste que par pure courtoisie, afin de ne pas apparaître ingrate, mais qu'il pouvait fort bien sembler condescendant, une façon de montrer que les rôles s'étaient enfin inversés. Grace songeait avec indulgence à Sefton Thrale, qui avait fait preuve à son égard d'autant de gentillesse qu'il en était capable.

Récemment, elle avait vu son petit garçon, son second fils, Hugh, s'emparer de la canne du vieil homme, assis, pitoyable, dans son fauteuil, et la faire tournoyer, virevolter, la lancer en l'air, en manière de parodie innocente. Si elle s'apitoyait, c'était davantage sur elle-même, ou sur l'humanité, que sur Sefton Thrale, soudainement disparu.

Un jour avec sa bien-aimée, le lendemain dans sa tombe froide.

Au bout du banc, pressée contre un pilier, Caro s'était appliquée à retrouver des vers de Robert Browning :

Il existe un beau texte dans l'épître aux Galates
Qui, quand vous vous prenez les pieds dedans,
Vous garantit vingt-neuf damnations,
L'une assurée, si l'autre échoue.

Damnations qui avaient pour nom adultère, fornication, lubricité, et autres péchés du même genre, auxquels elle s'était adonnée. Il était curieux de penser, presque fortuitement, qu'elle était une aussi grande pécheresse. La damnation ne pesait pas bien lourd à côté des déchirements d'un amour perdu. Sans parler de la mort d'un vieillard, qui n'était, elle, qu'une simple interruption du train-train quotidien. Elle appuya sa joue contre le grès froid du pilier, comme elle l'avait fait une fois, enfant, sur une plaque de majolique, dans un accès de désespoir égoïste, sans savoir que les bouleversements étaient imminents.

> Il y a aussi des corps terrestres ; mais les corps célestes ont un autre éclat que les corps terrestres. Le Soleil a son éclat, la Lune le sien, et les étoiles le leur ; et entre les étoiles, l'une est plus éclatante que l'autre.

Quand l'assemblée se fut levée pour la dernière fois, le pire était définitivement passé pour Sefton Thrale : sa condition de mortel rejetait tout le reste dans l'ombre, au moins pour un temps. Pauvre vieil homme. Les critiques de Ted Tice apparaissaient maintenant trop dures. La mort a cette aptitude à mettre les vivants dans leur tort, même s'ils ont raison.

Le dos de Christian était celui d'un homme qui prend ses responsabilités au sérieux. Il pouvait se louer d'être maître de la situation, et l'était grâce à de louables efforts : il avait déjà, par l'attitude et la parole, cessé d'être un fils.

Le professeur Thrale laissait un patrimoine bien plus important qu'on n'aurait pu le croire. Bien que sa femme conservât l'usufruit de Peverel sa vie durant ainsi qu'un revenu confortable, l'essentiel revenait à Christian, lequel fut ainsi tout à fait bien nanti. « Je pense que nous devrions garder ça pour nous », dit-il à Grace, après lui avoir détaillé la teneur du testament. Il entendait par là les dispositions légales du document, mais on aurait pu comprendre sa remarque de façon plus explicite.

TROISIÈME PARTIE

Le nouveau monde

23

Des jeunes filles se levaient un peu partout dans Londres. En pyjama rayé, en chemise de nuit de rayonne à fleurs, en chemise de coton confectionnée par leurs soins et maladroitement ourlée, ou dans une simple combinaison de nylon complétée par un vieux cardigan pour plus de chaleur, les jeunes filles repoussaient draps et couvertures et cherchaient à tâtons leurs pantoufles. Elles nouaient le cordon d'une robe de chambre, enlevaient les épingles de leurs cheveux, mettaient le shilling dans le compteur et la bouilloire sur le réchaud. Celles qui partageaient un appartement jouaient des coudes pour mettre l'autre hors de leur chemin, tout en disant : « Et on n'est que mardi. » Celles qui vivaient seules bougonnaient et allumaient la radio ou la télévision. Certaines disaient leurs prières ; l'une d'elles chantait.

Difficile de dire ce dont elles manquaient le plus : passé, présent ou futur. Difficile de dire comment ou pourquoi elles supportaient cette vie : le froid dans la chambre, le trajet sous la pluie jusqu'au bus, le bureau où elles n'avaient aucune perspective d'avenir ni aucun plaisir. Les week-ends passés à se laver les cheveux ou à faire leur petite lessive, avant d'aller, morne duo, au cinéma avec une amie. Pour certaines, qui n'auraient pu faire autrement, c'était leur destinée, décrétée par maman, papa, en même temps qu'un manque de moyens ou de jugeote. D'autres étaient venues du bout du monde, d'Auckland, de Karachi ou de Johannesburg, après avoir économisé des années durant pour arriver à ce résultat, après avoir extorqué les ressources nécessaires par la violence ou les cajoleries à des parents en pleurs. Toutes n'étaient pas forcément jeunes, mais toutes, ou presque, avaient envie d'une nouvelle robe, d'un petit ami et, pour finir, d'une vie de famille. Il n'y en avait pourtant pas deux pareilles : revanche de la nature sur le conditionnement, la publicité et les sciences du comportement — il n'y avait pas là de quoi pavoiser, mais c'était une réussite, envers et contre tout.

Au nombre de toutes ces femmes qui se levaient, en ce début d'année, se trouvait Caroline Bell.

Caro avait réussi un autre examen et déménagé dans un autre appartement, dont les plafonds étaient très hauts et les longues fenêtres laissaient passer les courants d'air. En apprenant l'adresse, Christian avait observé : « J'ignorais qu'il y avait des endroits bon marché dans ce quartier.

— C'est au-dessus d'un magasin », avait répondu Caro, histoire de le rassurer.

Pour la première fois, elle avait enfin une table et deux chaises à elle, et un tapis couleur or venu d'Inde.

Au cours de la matinée, elle alla à un moment fermer une des fenêtres ; ayant abaissé le châssis, elle resta penchée, les deux mains appuyées sur les taquets. Le rebord intérieur de la fenêtre était saupoudré de suie, et la peinture blanche écaillée. Une branche de cognassier en fleur, apportée par Ted Tice la semaine précédente, était fichée dans un vase en verre. Caro, en robe de chambre verte devant sa fenêtre au premier étage, pensait à ces femmes, dont elle faisait partie

— ces femmes éveillées et dormant encore debout qui se levaient un peu partout dans Londres.

Sur le trottoir d'en face, un homme leva les yeux vers elle, regard aussi rapide et aigu que celui qu'elle-même jeta dans la rue. Il semblait être arrivé à destination, et aurait pu être un personnage de roman d'espionnage surveillant une maison suspecte : haute taille, large carrure, pardessus bleu foncé, canne noire à la main, immobile et bien planté sur ses pieds, tête nue levée vers la fenêtre, certain que la maison, ou le monde, finirait par céder sous le siège.

Elle était penchée, lui regardait. Entre sa silhouette courbée et celle de l'homme, inexorablement droite, la distance n'était pas si grande, et leurs yeux se croisèrent, comme s'ils avaient été dans la même pièce. Un instant de suspens trouble, puis, affectant un air tout à fait naturel, Caro enleva les mains de l'appui et rompit le charme.

Il s'inclina légèrement, comme s'il venait d'un pays où les gens sont gracieux, la France ou l'Italie. Ils reprirent leurs mouvements temporairement suspendus, traversant qui une pièce, qui une rue. Pieds nus de Caro sur le tapis doré, doigts minces arrachant une robe à un cintre ; large main de l'homme levée pour arrêter un taxi.

Toutes les filles de Londres frissonnaient, en attendant leur bus. Certaines s'étaient tricoté des passe-montagnes marron bien peu seyants, qu'elles portaient assortis de moufles qui l'étaient moins encore. D'autres tenaient un œuf dur, encore chaud, dans leur main gantée, qui présentait le double avantage de leur réchauffer les doigts et de se manger froid à l'heure du déjeuner dans les toilettes des dames. À cette heure, tout Londres attendait le bus, en frissonnant.

Au bureau de Caro, ce jour-là, il y avait une délégation d'Amérique du Sud. Quatre exilés venus plaider la cause de leurs camarades emprisonnés demandaient au gouvernement d'envoyer un message, rien de plus qu'un message conseillant la clémence. Des requêtes de ce genre n'avaient rien de rare quand des exécutions étaient annoncées dans d'autres pays. Ce qui, en revanche, était inhabituel, c'était que le message fût effectivement envoyé.

Cette fois-ci, il y avait les quatre demandeurs, les quatre quémandeurs, ainsi qu'un homme venu des États-Unis qui défendait leur cause. Seuls ces cinq-là, et Caro, arrivèrent à l'heure dans la salle de réunion. L'hiver des contrées nordiques avait marqué d'un jaune maladif les visages d'été des quatre exilés, avait brouillé leurs traits, si bien que leur détresse semblait les rendre plus vulnérables encore. Plus tard, la parole permettrait peut-être à chacun de s'individualiser, mais pour l'instant ils restaient à l'état d'amalgame, de groupe. Leurs vêtements étaient trop clairs et trop légers, trop américains de surcroît, pour leur être ici d'un quelconque secours. Seul le New-Yorkais était bien habillé : pardessus bleu foncé, ouvert sur un costume en flanelle de bonne coupe.

C'était l'homme du trottoir de Mount Street.

Il traversa la pièce et laissa tomber manteau et canne sur une chaise libre. « Espérons que c'est de bon augure », dit-il à Caro. À nouveau, cette grâce naturelle chez lui, même s'il n'était pas originaire d'un pays où les gens sont naturellement gracieux.

Huit hommes devaient être pendus. Ou fusillés, on ne savait pas au juste. Deux fonctionnaires de l'Administration venaient d'entrer dans la salle, avec cet air d'humanité pointilleuse qui laisse présager un refus. Pour être tout à fait francs, nous n'avons pas le sentiment qu'une intervention du gouvernement de Sa Majesté serait en l'occurrence d'une quelconque utilité. Sans compter qu'il nous faut prendre en compte la coopération particulièrement étroite qui a de tout temps existé entre nos deux pays.

L'Américain intervint pour dire que c'était là précisément ce qui motivait la démarche. C'était lui le porte-parole, un homme connu qui avait fondé quelque chose — peut-être une organisation caritative, à moins que ce ne fût un orchestre, ou un musée, ou alors les trois ensemble. Il avait vécu quelque temps dans le pays d'Amérique latine en question, et on lui avait récemment notifié, de façon tout à fait officielle, de ne pas y remettre les pieds.

On lui prêtait attention dans cette salle, pour la bonne raison qu'il était riche et qu'à l'inverse des autres pétitionnaires, ou des pétitionnés eux-mêmes, il ne venait pas d'un pays sans substance. On lui montrait donc de la considération, tout en lui faisant clairement comprendre qu'il n'avait aucune autorité. Quand il décrivit certaines tortures, les deux représentants de l'Administration eurent l'air déconcertés, un peu distants, quoique fascinés, comme s'il était en train de décrire en public l'acte sexuel. Ses quatre compagnons devenaient de plus en plus distincts, l'émotion redonnant des couleurs à leurs visages : vieilles photos sépia retouchées grâce à une application de carmin peu naturel. L'un était trapu et taillé à la hache ; un autre, plus âgé, avait l'air épuisé — le corps penché en avant, il se balançait comme pour soulager une douleur. Le troisième avait le type andin, et des dents gâtées rejetées dans l'ombre par une prémolaire en or. Quant au quatrième, grand et de belle prestance, il avait des cheveux roux crêpelés et les taches de rousseur serrées d'une pigmentation insolite. Ses compatriotes ne cessaient de se tourner vers lui, le signalant à l'attention comme leur chef.

Cet homme possédait de grands domaines — vergers, pâturages. Dans son cas, l'éventualité d'un intérêt personnel dans l'affaire réconforta quelque peu les deux représentants officiels, en introduisant un élément rationnel dans le débat.

Ted Tice avait fait remarquer un jour qu'un acte d'humanité désintéressé est ce que la société peut le moins se permettre.

La noblesse de ces hommes leur venait du fait qu'ils plaidaient la cause d'autres hommes. C'était là ce qui leur conférait une autorité que les autorités n'auraient jamais. Celui qui se penchait sans cesse en avant avait une énorme pince à cravate, brillante, qui tirait sur une cravate à fleurs, et il ne cessait de tripoter ce porte-bonheur. Il avait un crayon, comme une cigarette non allumée, entre les lèvres, et les yeux chassieux d'un vieux chien.

Caro savait que c'était hors de question. Elle l'avait entendu dire la veille : C'est tout à fait hors de question, on ne va pas s'embarquer dans, on n'en verra pas la fin si, interférence dans les affaires intérieures de, fera plus de mal que de bien. On avait par ailleurs appelé Washington et obtenu pour toute réponse : « Contre-productif. »

« Toute perte de vie humaine est évidemment regrettable. Si seulement nous étions en position de vous aider. Je ne vous cache pas que je suis de tout cœur avec vous, vraiment, dans cette affaire. Je parle d'un point de vue strictement personnel, bien entendu. Je suis cependant tenu de vous faire remarquer que, dans les circonstances actuelles, nous n'avons aucun moyen de vérifier les accusations de violence physique.

— Même si nous produisons un homme qui n'a plus de couilles ?

— Mr Vail, ce n'est pas en vous mettant en colère que vous réussirez à me convaincre.

— Vous avez raison de me rappeler à l'ordre, dit l'Américain, parfaitement à son aise. Et j'ai raison de me mettre en colère. »

Il donnait corps à quelque chose qui dépassait le simple

échange locuteur-auditeur, qui allait au-delà d'une simple rencontre entre individus.

Et si les familles des condamnés elles-mêmes présentaient une requête ?

Malheureusement, il est à craindre que cela ne ferait pas la moindre...

On a dit que le pape ?

Il s'agit évidemment là d'une option dont Sa Sainteté peut choisir de se prévaloir. Nous n'avons reçu aucune indication à ce sujet. En revanche, nous avons effectivement entendu dire que le secrétaire général des Nations unies envisageait une intercession.

« C'est de l'humour, je suppose. »

Le silence qui suivit, véridique et juridique, laissa entendre que la sentence venait d'être prononcée. À la sortie de ce tribunal, vous serez conduit sur votre lieu d'exécution. L'homme constamment penché en avant se redressa sur son siège, comme s'il sortait d'une attaque ou d'un évanouissement, l'impression de convulsion renforcée par une moucheture blanche et desséchée au coin des lèvres et par le crayon logé entre ses dents. Le visage grêlé, capillaires éclatés, du trapu était en pleine lumière. Tous les quatre étaient sans expression dans le silence intolérable. Et la matinée arrivait à son terme.

Les quatre exilés partaient pour un autre rendez-vous, le dernier, voué, comme les précédents, à l'échec. Ils prirent encore plus de poids avec la défaite, définitivement séparés cette fois-ci des deux fonctionnaires sans substance qui les avaient reçus. Un visage grêlé et une pince à cravate dorée acquirent quelque noblesse, ou du moins représentèrent un moindre mal.

En les escortant vers la sortie, l'un des représentants de l'Administration irait jusqu'à confier à voix basse :

« Personnellement, j'aurais donné cher... », et ainsi de suite. Puis il se rendrait aux toilettes et se laverait les mains, avant de se les essuyer avec une serviette en papier.

Le New-Yorkais fut retenu par un haut fonctionnaire. « Attendez, je suis sûr qu'il y avait quelque chose de prévu pour le déjeuner.

— Il y a malentendu, en ce cas. »

La consternation, cette fois-ci, était bien réelle. Le repas devait avoir lieu avec un membre du gouvernement.

« Si vous aviez l'obligeance de patienter quelques secondes, pendant que je passe un coup de fil. S'il vous plaît. » Les suppliants n'avaient pas plaidé pour la vie de leurs martyrs avec plus de conviction. Non, désolé, mais il était déjà en retard pour un autre rendez-vous ; et il partit.

Il fallait ranger les papiers dans un portefeuille rouge, et Caro resta pour s'en occuper. On attendait également d'elle que, poussée par un instinct de femme d'intérieur, en réalité très peu développé chez elle, elle remette la salle en ordre. Elle garda un instant ses mains moites appuyées sur la longue table et, n'eût été la méfiance indéracinable qu'elle avait toujours montrée pour les pitreries de Dora, aurait volontiers éclaté en sanglots. Dans cet endroit, honte et auto-accusation devenaient une obsession, comme son célibat chez une vieille fille ; c'était comme une frustration sexuelle que d'être toujours dans l'attente d'un spasme de décence qui, dans un tel contexte, n'avait aucune chance de se produire. Qu'on puisse se permettre d'accompagner en pensée quatre hommes peu avenants sortant dans une rue froide constituait en ces lieux une rupture de contrat, comparable de fait à celle dont se rendrait coupable un soldat qui voudrait s'imaginer les attachements privés et inoffensifs de ceux contre lesquels il se bat. Il y avait des règles de combat suivant lesquelles la victoire allait à ceux qui se dispensaient de toute prise de conscience douloureuse et de toute question superflue.

« J'avais oublié ça. » Sa canne.

Il laissa la lourde porte se refermer derrière lui, et ils se retrouvèrent seuls, un peu comme au début de la matinée. Il avait marché un certain temps avant de se rendre compte qu'il n'avait plus sa canne, et apportait avec lui la fraîcheur de l'air vif du dehors. Caro porta la main à son visage, mais ne montra guère d'embarras, tant l'épisode du matin était plus honteux que des larmes.

L'homme aux larges épaules s'assit sur le bord de la table, et le froid s'échappa de ses habits de bonne facture. Ses larges mains étaient posées sur ses cuisses. « Est-ce qu'on pourrait aller manger quelque part ? »

Ils traversèrent une rue, pleine de bruit et de fureur. Le restaurant était à l'étage, il y avait un pub au rez-de-chaussée. L'endroit était toujours comble, car les touristes venaient y voir déjeuner les membres du gouvernement. Vous avez de la chance, monsieur, il y a eu une annulation. Il était fort possible qu'il fût habitué à ce genre de chance. Ils prirent place près d'une fenêtre, dans un léger voile de soleil, et Caro songea : Maintenant, il va me laisser tomber. Maintenant, il va dire : Après tout, je comprends leur point de vue.

« Des vrais salauds, non ? » dit-il, en lui tendant le menu, qui n'était qu'une feuille dactylographiée. Caro était la seule femme dans la salle.

« Quand doivent-ils être exécutés ? demanda-t-elle, en pensant aux prisonniers.

— Dans un mois ou deux.

— Le pire, d'une certaine manière, c'était la panique à propos du déjeuner, dit-elle.

— Je dirais plutôt le meilleur. » Il sourit. Son visage de

saint-bernard présentait des plis, autour des paupières et de la bouche, qui pour l'instant étaient au repos, mais pouvaient sans doute s'animer. Ses cheveux foncés, qui grisonnaient, lui retombaient sur le front en mèches éparses. Son corps, trop lourd et trop relâché pour la rigidité précise de la petite chaise, était celui d'un homme actif qui s'était astreint à la passivité : patience quelque peu incongrue de nature à déranger ceux qui se demandaient ce qu'il y avait derrière. « Les hommes vivent, dit-il, dans l'idée qu'il viendra forcément un moment où il leur faudra montrer de quoi ils sont faits. Le moment arrive, et ils montrent effectivement ce qu'ils ont dans le ventre. Et ils passent le reste de leur existence à expliquer que ce n'était ni le bon moment ni leur vraie nature.

— Ils pourraient au moins se dire qu'il y a toujours, historiquement parlant en tout cas, un retour de bâton. Comme mes collègues aujourd'hui, par exemple.

— La réflexion n'a jamais été le fort du tempérament britannique. Acculé à une situation extrême, Archimède continuait de se battre avec son théorème, alors que William Drake, dans les mêmes circonstances, continuait à jouer aux boules.

— Certains hommes — voire beaucoup — sont à la fois Archimède et le soldat qui le tue », dit-elle.

Il lui prit le menu des mains. Il devait avoir passé la quarantaine. Une veine saillait sur le dessus de sa main. Elle vit sa montre, un poignet de chemise rayée, la manche en flanelle grise du costume. Il la regarda enregistrer tous ces détails, qu'elle considérait avec autant d'attention que s'ils avaient appartenu à un bras émergeant des ruines d'un bâtiment effondré : indices susceptibles de révéler ce qui restait caché.

Il s'appelait Adam Vail. « Et vous ? demanda-t-il. Je

connais déjà votre adresse », ajouta-t-il, en accentuant ce dernier mot à l'américaine.

Les deux fonctionnaires du matin venaient, inévitablement, d'entrer, et mangeaient de la petite friture.

« C'est vous qui allez porter le chapeau du déjeuner raté », dit Vail. On les voyait d'ailleurs déjà à l'œuvre, au-dessus de leurs minuscules poissons empilés. Refusant de concéder au couple une quelconque supériorité morale, ils s'empressèrent de l'entourer d'un parfum de scandale. Vus depuis la petite friture, les bras de Vail posés de part d'autre sur le rebord de la table semblaient inviter à une étreinte, à laquelle Caro semblait prête à s'abandonner.

Les deux hommes diraient qu'elle couchait avec lui, et en feraient peut-être mention dans un rapport, histoire de soulager leur conscience. À l'idée de cette intimité qu'on leur supposait, l'homme et la femme esquissèrent tous les deux un sourire, et devinrent intimes.

Dans un hôtel dont les cheminées s'apercevaient depuis la fenêtre de Caro, Adam Vail occupait deux grandes pièces sombres et drapées de lourds rideaux. Dans le salon, sur une table basse, il y avait des jacinthes dans un vase rond en verre épais, à côté d'une banquette aux allures de zeppelin en brocart. Sur un bureau, une pile de lettres, ainsi que des catalogues de galeries de peinture en papier glacé et quelques paquets non ouverts.

Entre les fenêtres, une toile au cadre chargé. « Un marchand espère que je vais finir par l'apprécier. Vous êtes la première à le remarquer, tout le monde jusqu'ici a cru qu'il faisait partie du décor. Cela vous vaut-il une bonne note ? Je n'en suis pas si sûr. » Debout près d'une table chargée de verres et de bouteilles sur un plateau, il suivait des yeux Caro qui se déplaçait au milieu des ombres coûteuses de la pièce.

Il vit sa manche, rouge sombre, s'allumer à son passage devant une lampe, et le fil mince de la chaîne autour de son cou. À sa fenêtre, puis au bureau, il l'avait vue par deux fois solitaire, quotidienne, sans aucune trace de résignation. Il revit en pensée cet instant où il avait levé les yeux vers une fenêtre, le regard attiré par une branche en fleur dans un vase.

Pas de place sur son visage pour des impressions autres que celles qui s'y lisaient. Il se dit que les hommes devaient trouver irritant ou effrayant cet air qu'elle avait d'attendre quelque événement solennel qui ne pouvait correspondre d'aucune manière avec ce qu'ils avaient en tête.

« Aucun suspense, là-dedans », dit-il. En l'observant, il songeait à la manière dont, dans certains grands tableaux, la moindre particule de la lumière est banale, quotidienne, et constitue, dans le même temps, un vrai miracle — rien de plus que l'exacte vérité. « Certains tableaux transmettent le suspense de la vie même », dit-il. Il songea que la plupart des hommes oseraient à peine la toucher, ou bien seulement dans un mouvement de colère, parce qu'elle ne prétendrait jamais considérer quoi que ce fût comme fortuit. Peu flatteuse pour eux, l'idée de ce dont elle était apparemment prête à se passer en raison de cette conviction.

Il versa de l'alcool dans les verres et parla du tableau. Quand elles s'ouvraient sur les mots, ses lèvres étaient dissemblables : la lèvre inférieure, saillante et impérieuse, la supérieure, fine, délicate, prévenante au point d'en apparaître faible. Ce qui valait certainement mieux que l'inverse.

Caro Bell était assise sur les ballonnements du damas, un verre de vodka à la main, cet homme, Vail, à ses côtés. Leurs pieds pointaient vers les fleurs et la table basse, dans des chaussures du même beau cuir marron.

« Qu'est-ce qui vous fait rire ?

— La démocratie en matière de chaussures. » La lampe allumait des plis de velours sur sa manche et ses cuisses. À travers une porte ouverte, une lumière tamisée révélait des pantoufles alignées sur un tapis blanc. Il devait y avoir un drap soigneusement rabattu, une bonne robe de chambre préparée sur le couvre-lit, des livres récents sur une table de nuit : une forme de liberté, puisque c'était ce qu'il avait décidé d'en faire. Même quand il ne faisait que pivoter sur lui-même pour sortir un mouchoir ou des cigarettes, son mouvement n'avait rien d'anglais et suggérait une énergie toute neuve, des opinions, visions et affinités nouvelles, un paysage en soi. Avec lui, on changeait de fuseau horaire, on remettait à l'heure son horloge mentale. Tout le reste prenait vingt-quatre heures de retard.

Lui et elle ne tarderaient pas à descendre dîner, comme des hôtes dans une maison de campagne. Il dit que dimanche ils pourraient aller faire un tour en voiture, si elle était libre. « Je suppose que vous diriez "promenade". Vous croyez que je vais m'en sortir, avec votre façon de rouler du mauvais côté de la route ?

— J'en suis certaine. Et personne ne dit plus "promenade" depuis des années. » Sauf, peut-être, Sefton Thrale. Elle reconnut qu'elle serait ravie de voir la région des Fens. Il y avait bien longtemps qu'une perspective, quelle qu'elle fût, ne l'avait pas ravie.

Le fond en verre du vase avait été posé sur un télégramme resté sur la table. À travers l'eau biseautée, les lettres apparaissaient, inégalement grossies : « EXÉCUtion INÉVItable », comme dans une leçon d'élocution. « Les petites lettres paraissent plus grosses quand on les voit à travers un récipient rempli d'eau, dit Adam Vail. On trouve cela chez Sénèque. C'est un des premiers concepts de la science optique. Sénèque est plein d'excellentes choses. » Il saisit le vase par le col et le déplaça, et les lettres retombèrent dans l'insignifiance : inoffensifs insectes, un moment effrayants sous le microscope.

Sur la commode de Vail, à l'hôtel, il y avait la photographie d'une adolescente : « Ma fille. » Le père et la fille se ressemblaient, mais ne s'entendaient guère. « Josie me reproche la mort de sa mère. En général, les reproches s'atténuent avec l'âge, du moins je me berce de cet espoir. » Dans un portefeuille, il y avait la photo d'une femme maigre, en chandail et pantalon. « Ma femme s'est suicidée. » Il ajouta, comme en écho : « Elle s'est ôté la vie.

— Tu te sens responsable ?

— Elle en parlait souvent, disait qu'elle le ferait. Elle a eu tous les traitements possibles. On finit par ne plus savoir comment faire face. »

Comme Dora : je peux toujours mourir, toujours mourir.

« Les dégâts se font des deux côtés, dit Caro.

— Tu as vécu toi-même aux côtés de quelqu'un de semblable ? » demanda-t-il.

À un moment, il dit qu'il n'était pas impossible que l'on rendît compte de leurs rencontres. « Mais je veillerai à ce qu'il ne te soit fait aucun mal.

— Qui pourrait nous surveiller ?

— Mes compatriotes, et les tiens. Parce qu'un homme qui ne prêche pas pour son saint passe pour un révolutionnaire de nos jours.

— Tu ne fais que les condamner aux principes qu'ils proclament.

— C'est cela, être un révolutionnaire aujourd'hui.

— Le premier matin, dans la rue, tu avais tout d'un personnage de roman d'espionnage.

— Si c'est en leur pouvoir, c'est ce qu'ils feront de l'affaire, un roman d'espionnage.

— Pourquoi est-ce que tu as besoin de cette canne ?

— J'ai pris l'habitude de la prendre avec moi quand je vais dans des endroits dangereux. » Il la lui tendit : le poids en était surprenant, comme une opinion qui ne colle pas au personnage. Il la lui reprit des mains et appuya sur un poussoir pour faire apparaître la lame.

Ainsi donc cet homme de paix se promenait armé d'une épée.

Il y avait aussi la photographie d'une maison blanchie à la chaux, sous le soleil : plantations de citronniers, vignobles. Au loin, une ville blanche brouillée par la pauvreté et le mauvais temps. « Les îles Lipari.

— Ah, c'est donc comme cela que ça se prononce.

— Quand elle était petite, Josie les appelait les îles Slip Harry. » Il reposa la photo. « Tu les verras, ces îles. »

Il demanda : « Y a-t-il un autre homme ?

— Vous avez de la chance, monsieur, il y a eu une annulation. » Rien n'aurait pu être plus séduisant, ou plus prodigue, que sa réceptivité et sa générosité d'esprit : Je veillerai à ce qu'il ne te soit fait aucun mal, peut-être as-tu vécu aux côtés de quelqu'un de semblable, tu les verras, ces îles.

La nuit était extraordinairement silencieuse. « Quelle heure est-il ? »

Caro avait un réveil à côté de son lit. « Presque quatre heures.

— Alors, c'est fini, ils sont morts. »

Demain, il y aurait un court paragraphe, dans une page intérieure : LES EXÉCUTIONS ONT EU LIEU.

Elle posa la tête sur son épaule, et inspira profondément pour que son sein emplisse sa main ouverte. « À quoi pensais-tu, ce premier matin dans la rue ? demanda-t-elle.

— J'envisageais tout, sauf toi. »

24

Christian Thrale se flattait d'être doué d'une sensibilité toute particulière envers la peinture. Dans des galeries où l'art avait été sagement institutionnalisé, il déambulait et s'arrêtait comme tout le monde, convaincu cependant de l'acuité supérieure de son regard ; et, pendant que les autres poursuivaient leur visite, il s'attardait devant le tableau, ouvertement absorbé dans une contemplation peu banale.

Christian croyait par ailleurs qu'il y avait une manière spécifiquement anglaise de considérer les œuvres d'art (ce en quoi il n'avait pas tort). Il ne l'aurait pas dit, mais il en était persuadé. Des expressions comme la « Vénus de Rokeby » ou le « Vase de Portland » ou les « Marbres du comte d'Elgin » détenaient, pour lui, un sens autre que celui d'une propriété purement passagère. Elles signifiaient un droit de garde en bonne et due forme et semblaient présenter tous les arguments nécessaires.

Les collections privées ne l'intéressaient guère, à moins que leur taille et leur richesse ne les aient rendues parfaitement impersonnelles. C'était dans les grands musées qu'il se sentait le plus heureux, ou pour être exact le plus en sécurité, mais il lui arrivait parfois d'aller jeter un coup d'œil, comme il le disait lui-même, à une exposition temporaire. Quand, déclinant le catalogue qu'on lui proposait, il entra dans les salles moquettées d'une galerie privée par un samedi après-midi particulièrement froid, il déviait de ses habitudes comme il l'avait fait huit ans plus tôt lors d'un concert à l'Albert Hall, qui avait amené Grace dans son orbite et changé le cours de quelques vies. Cette fois encore, il avait travaillé pendant le week-end, avait vu une affiche et se trouvait seul. Ce jour-là, l'exposition s'intitulait « Rétrospective ». Il commençait sa visite, vaguement conscient de l'ironie de la chose, quand il aperçut Caro, dont l'apparition soudaine parut en conséquence aussi inévitable que surprenante.

Caro avait gardé son manteau rouge, et tenait ses mains bien au chaud dans les manches du vêtement. Ses cheveux tombaient sur ses épaules en mèches et en boucles noires peu seyantes, et elle portait un rouge à lèvres écarlate. Penchée vers l'arrière, elle faisait porter tout le poids de son corps sur une seule jambe, un peu comme une danseuse, et il y avait derrière elle un homme imposant qui, droit et bien planté sur ses pieds, aurait pu être son partenaire. (Christian conserverait pendant quelque temps le souvenir de cette image : Caro debout dans cette position, et derrière elle cet homme, Vail, prêt à la hisser dans les airs.) Sur le tableau devant lequel ils se tenaient, on voyait deux têtes de femme, en feu, tournées l'une vers l'autre, mais décalées.

« Ah, le voilà », était en train de dire Adam Vail à cet instant précis. Le tableau, qui lui appartenait, était un prêt temporaire.

Depuis l'autre bout de la salle, Christian Thrale les observait. Il était resté figé, comme cloué sur place par leur immobilité. Quand ils bougèrent, le charme cessa d'opérer, et il se remit en marche lui aussi, avec l'intention de les aborder.

Adam Vail se pencha pour regarder le tableau de près.

« Je crois qu'ils ont abîmé le cadre. » Il sortit ses lunettes d'une poche de poitrine. Il y avait du plâtre en lieu et place de la dorure. Vail posa son doigt dessus, aussitôt un gardien s'approcha.

« S'il vous plaît, monsieur, on ne touche pas les toiles. » Quand Vail se redressa, l'autre poursuivit : « Désolé, mais c'est comme ça qu'arrivent les accidents. »

Lorsque Christian les vit à nouveau seuls, et souriants, il s'approcha à son tour. Ce faisant, il se sentait en position d'infériorité. Il avait l'habitude de voir Caro chez lui, où il occupait — pour dire les choses franchement — la place du conducteur. Ce jour-là, avant même d'ouvrir la bouche, il se fit l'impression d'un intrus, totalement déplacé. Il se demanda si l'on n'avait pas toujours ce sentiment en accostant les gens, et ne pensa pas à l'attribuer au pouvoir de Caro au matin de sa beauté.

Désireux d'établir sa suprématie, il embrassa Caro — ce qui ne s'imposait pas —, et il sentit qu'elle avait vu clair dans son jeu.

Que l'homme qui était avec elle fût américain ne lui fournit pas non plus l'avantage qui était le sien d'ordinaire. Vail s'obstina à ne pas être volubile, ni dogmatique, à ne pas parler que de lui, ni à faire des gestes intempestifs, même sous l'effet d'une provocation. Cette maîtrise de soi, tant langagière que gestuelle, mit Christian en garde contre le désir, habituel chez lui, de se tailler la part du lion dans la conversation : l'honnêteté de Vail exigerait en retour la transparence, quel qu'en fût le prix pour son interlocuteur. Le besoin d'un dépassement de soi-même se fit sentir, qui réveilla un souvenir dans la mémoire de Christian : celui de Caro, des années plus tôt, l'obligeant à se montrer à la hauteur pour ne pas perdre la face devant elle, un après-midi d'été où il avait apporté des fleurs jaunes à Grace.

Tous les trois étaient maintenant face au tableau, et Christian fut bientôt absorbé, suivant son habitude, dans une contemplation peu banale. Caro s'apprêtait à parler quand il dit — tout en sachant qu'il aurait mieux fait de s'abstenir : « Vous n'arriverez jamais, c'est clair, à me faire aimer cette série. » Ce qui n'était nullement, c'était clair, dans leur intention. Au bout d'un moment, il poursuivit : « Ce spécimen-là dégage une indéniable autorité. »

Il savait qu'il avait dit « autorité » parce que c'était l'Américain qui lui avait fait penser à ce mot. Il y avait d'autres Américains dans la galerie, livrant d'une voix forte des commentaires dogmatiques, gesticulant et fendant l'air de leurs mains peu assurées, les traits déformés par une véhémence irréfléchie. Mais pas celui-ci, qui ne daignait pas même reconnaître en lui un antagoniste. Christian se souvenait maintenant d'avoir entendu le nom d'Adam Vail, et il fut saisi d'un brusque accès de dépit, comme si Caro s'était montrée plus maligne que lui. Il se rappelait avoir lu un article dans un magazine où Vail, à qui l'on demandait s'il se considérait comme un homme à énigmes, avait répondu : « Pas plus que tout un chacun. »

L'introduction du catalogue de l'exposition avait été rédigée par un critique connu — ou brillant, ou de premier plan. Caro en lut une phrase et demanda : « Qu'est-ce que ça veut dire ? »

Vail jeta un coup d'œil par-dessus son épaule. « Ces critiques finissent par se persuader qu'ils ont participé à l'exécution du tableau. »

Ils firent tous les trois le tour des salles, plus ou moins ensemble. Christian n'émit pas d'autre opinion, mais hasarda une série de réflexions pompeuses, du genre : c'est donc là l'état des choses, c'est de là que vient le vent. Il avait remarqué la manière dont Vail s'était penché pour regarder par-dessus l'épaule de Caro, sans vraiment la toucher, une légère vibration séparant la laine grise de la rouge. Au bout d'un moment, il dit qu'il devait partir, et les quitta ; non sans donner à nouveau à Caro un baiser brusque, hors de toute proportion.

Il rentra chez lui en proie à une sensation, aiguë et pourtant pesante, proche de la déception. Il n'était pas impossible qu'il eût imaginé pour Caro un dénouement susceptible de justifier, ou de racheter, l'ordonnance prudente de sa propre existence — une apothéose, même tragique, dont elle seule semblait être capable. Ou peut-être avait-il espéré la voir sombrer, pour le bien de tous, dans une domesticité insignifiante, comme tant d'autres femmes, y sombrer comme tant de ménagères se laissent tomber le soir venu, épuisées, dans un fauteuil. S'il détestait l'idée qu'elle et Vail puissent être amants, c'était moins en raison de l'image qu'il se faisait de leurs rapports charnels que parce que Vail présentait bien, était déterminé, et riche. La satisfaction qu'éprouvait Christian à refuser toute compassion à Caro n'avait pas été étrangère à la pauvreté de la jeune femme, au fait qu'elle était dans le besoin. Mais cela ne lui conférait maintenant plus aucun pouvoir que de laisser sa belle-sœur se débrouiller toute seule. Et il s'autorisa, comme un luxe, cette réflexion honnête : j'aurais peut-être pu l'aider.

Une fois chez lui, Christian s'assit dans son fauteuil habituel. Et son petit garçon lui grimpa dessus comme s'il avait été un élément dans une aire de jeux pour enfants.

Un jour, en mai, Caroline Bell demanda, et obtint, une heure de plus pour le déjeuner. Quand elle revint au bureau, elle apprit dans le couloir de la bouche de Mr Bostock que Valda avait refusé de préparer le thé et d'aller chercher des sandwichs pour le repas de midi, et qu'il ne faudrait plus compter sur elle à l'avenir pour ce genre de service.

Quand elle entra dans le bureau de Mr Leadbetter, il lui fut demandé de fermer la porte. Leadbetter posa son stylo-bille, annonce d'une conversation à teneur personnelle. À dire le vrai, il avait au préalable pris ledit stylo précisément pour pouvoir faire ce geste. Il croisa les mains. « Vous allez peut-être pouvoir m'éclairer, Miss Bell. » Ses doigts enlacés se séparèrent, puis se refermèrent, comme s'il était en train de jouer aux figures avec une ficelle. « Miss Fenchurch a-t-elle un grief particulier ?

— Elle n'apprécie pas de devoir servir de la nourriture. C'est une sorte d'abus de pouvoir.

— N'est-ce pas quelque peu ridicule ? Dans la mesure où la fourniture de... euh... victuailles fait partie de ses attributions.

— Aux yeux de qui ?

— De toutes les femmes de ce service, à l'exception de Miss Fenchurch et, comme je le constate maintenant, de vous-même. S'il y avait eu un sentiment d'injustice plus général, les filles l'auraient exprimé collectivement.

— L'injustice, la plupart des gens ont besoin qu'on la leur montre. Au départ, il n'y a d'ordinaire qu'une seule personne pour se charger de la tâche. »

Mr Leadbetter, comme il devait le dire à sa femme ce soir-là, avait rarement été aussi contrarié. « Et ne trouvez-vous pas que c'est là une attitude mesquine et égoïste ? Après tout, les hommes ici se passent de leur pause-déjeuner et font du travail supplémentaire en restant à leurs bureaux. On ne fait que demander aux filles de les aider à s'acquitter de tâches supplémentaires très lourdes.

— Les hommes ne font rien qui soit de nature à blesser leur amour-propre. Bien au contraire, ils le confortent en restant derrière leurs bureaux.

— Je vois que vous êtes sur la défensive. » Clive

Leadbetter, qui n'avait pas été élevé au contact d'un tel vocabulaire, ne l'utilisait que depuis peu. Tantôt, il disait « sur la défensive », tantôt, « hautement agressif », ce qui pour lui revenait au même. Semblablement, il était capable de lancer d'un ton accusateur : « N'êtes-vous pas un peu trop affirmatif ? » ou inversement : « Un peu trop négatif ? » — propositions interchangeables auxquelles il était impossible de répondre et qui ne manquaient jamais de confondre l'interlocuteur. Il ne comprenait pas ce que les gens pouvaient bien vouloir dire quand ils parlaient du déclin de la langue.

« Personnellement, dit Caro, je m'abstiendrai de me prononcer sur votre attitude. »

Les doigts de Leadbetter, dégagés de leurs nœuds, s'abattirent sur le buvard de son bureau avec un petit bruit parfaitement synchronisé. « Miss Bell, sérieusement, ne trouvez-vous pas cet incident totalement grotesque ?

— Bien sûr que l'on peut qualifier ainsi toute adhésion à un principe, et même la faire apparaître comme telle. Du moins pour un temps.

— Vous appelez ça un principe ! Une tempête dans une tasse de thé.

— Mr Bostock, lui, a dit : dans une théière. »

L'autre était maintenant chauffé à blanc : du Leadbetter en fusion. (À son épouse, il dirait ce soir-là : « Passe encore pour les affronts, mais je ne tolère pas les injures verbales. ») « Miss Bell, puisque vous-même n'avez pas l'air de trouver nos façons de faire à votre goût, vous devriez peut-être sérieusement songer à retourner en... euh... Nouvelle-Zélande. »

Dans le long silence qui suivit, il eut toute latitude pour prendre conscience de la supériorité de Caroline, et du fait que, si elle ne l'avait pas manifestée pendant toutes ces années, c'était par pure charité.

« Pour tout dire, j'étais venue vous présenter ma démission. »

Sa bouche s'ouvrit toute grande et se referma, comme celle d'un cheval malade dans l'incapacité de mastiquer. « Et puis-je vous en demander la raison ?

— Je vais me marier. »

Alors, il la détesta franchement, pour sa liberté de ton, sa beauté, son bonheur, et cette remarque à propos de la théière. La mitrailleuse s'enraya : les mots refusèrent même de se laisser bredouiller. Toutefois, dans la mesure où même elle ne pouvait être délivrée que par une intervention masculine, il finit par sourire, avant de lancer sa dernière flèche : « J'avais déjà, figurez-vous, pensé à ce genre d'éventualité. »

25

Grace Thrale s'apprêtait à sortir de chez Harrods, par le rayon des tapis, qui offrait les proportions et la solennité d'une cathédrale. On avait aménagé des allées et des bas-côtés entre les piliers régulièrement espacés qui soutenaient le bâtiment, et d'épais tapis roulés étaient debout ou reposaient au sol comme les tambours des colonnes couchées d'un temple. Les Wilton s'empilaient sur les Axminster, formant des plates-formes florales. Et Grace souriait, mais pas au spectacle des tapis.

« Grace. » Ted Tice la rattrapa dans un transept dédié aux importations du Maroc. « Tu viens de déposer une réclamation ? »

Elle s'arrêta, et cessa de sourire. « Ted !

— Comment vont tes garçons ?

— Chahuteurs », dit-elle, souriant à nouveau. Ils commencèrent à marcher, puis s'arrêtèrent. « Tu es en ville pour quelque temps ?

— Juste pour la journée. J'avais besoin de quelques bricoles pour mon nouvel appartement. Je me débrouille tout seul, tu sais. » Son col était fripé, le devant de sa chemise laissait voir la marque en forme d'ogive d'un fer à repasser maladroit. Il leva le paquet qu'il portait. « Et je viens d'acheter une paire de jumelles.

— Il t'arrive donc de regarder la terre.

— Uniquement dans les salles de concert. » Ted était tout joyeux à l'idée qu'elle dirait à Caro qu'ils s'étaient rencontrés. « J'ai appelé Caro, sans obtenir de réponse. »

Grace ne l'avait jamais vu aussi sûr de lui, ni aussi peu méfiant. Peut-être pensait-il que le temps œuvrait pour lui. Elle avait fait le tour de la question en l'espace de quelques instants, pendant qu'ils parlaient de ses enfants, et savait qu'elle le mettrait au courant. « Ted, tu as une minute ? Asseyons-nous, veux-tu ? » L'appréhension, née de ce flair pour les mauvaises nouvelles qu'acquièrent certains dès l'enfance, figea aussitôt son visage. Grace s'assit sur un tambour de laine rubis retourné. Un peu plus loin, une fantaisie persane d'un rouge rosé fut déroulée d'un geste preste par un vendeur, mais pas pour la prière.

« Ted. » Jamais elle n'avait autant utilisé son nom. « Elle doit t'écrire aujourd'hui. »

À cet instant, Grace ressemblait assez à Caro, comme toujours quand les choses devenaient sérieuses. Ted s'en rendit compte dans l'instant, à la vue de ce visage détourné, de ces mains jointes. S'il posait le doigt sur sa nuque, il sentirait un bourrelet, aussi saillant que chez Caro. Il dit : « Elle va se marier.

— Je t'en prie, assieds-toi. » Telle une hôtesse qui reçoit.

« Je préfère rester debout. » Tel un héros victorien sur le tapis, ou plutôt les tapis.

Un vendeur s'arrêta et sortit vivement un deux mètres sur trois d'une pile.

« Merci, nous ne faisons que regarder. » Mais à se dévisager ainsi, Grace et Ted généraient une tension que de simples tapis auraient eu du mal à absorber.

Il n'éprouva même pas le besoin de demander avec qui.

« Il s'appelle Adam Vail, il est américain. » Grace s'offrit un temps de répit en décrivant Vail, comme si, ce faisant, elle espérait mettre Ted Tice à l'aise. Elle était intarissable : « Il est bon, et intéressant. Une très forte personnalité. » Ted en fut comme transpercé, alors qu'en fait Grace faisait une comparaison instinctive avec son mari.

« Je l'ai rencontré », dit Ted. Je me comporte très bien, songea-t-il, mais en fait, je n'ai pas encore vraiment enregistré.

Et Grace de continuer, imperturbable : « La quarantaine, vraiment charmant, ils seront souvent en Angleterre. »

Le visage de Ted Tice eut l'apparence de la jeunesse pour la dernière fois, comme il arrive parfois dans la mort, selon certains. « C'est pour quand ?

— Oh, très bientôt, dans deux ou trois semaines. Il faut... il leur faut des papiers. Ils ne sont pas britanniques, tu comprends. On va... ils vont à Caxton Hall. Où se marient les étrangers. Il faut à Dora le temps de rentrer, elle est à Malte avec son amie Dot Cleaver. Et puis il y a une fille, la fille d'Adam, qui vient de New York, elle a quatorze ans. Non, quinze. » Grace avait beau faire, elle arrivait au bout de son avalanche de détails et n'allait pas tarder à se retrouver directement confrontée à l'angoisse de cet homme.

Un vendeur les frôla en passant, accompagné d'une cliente. « Nous l'avons en vert céladon, ou en kumquat. Ou, sur commande, en mandarine. » Tout à leur affaire, ces deux-là formaient un duo heureux.

Caro aurait su quoi dire : pas nécessairement ce qu'il fallait, mais la vérité. Caro aurait dit la vérité ou gardé le silence de la vérité. En acceptant d'être la plus gentille des deux sœurs, douce et malléable, Grace n'avait nullement eu l'intention de se sacrifier. Elle avait apprécié d'être gentille, et de passer pour telle, mais avait toujours pensé tenir en réserve un fonds non exploité de qualités humaines plus complexes, lesquelles ne semblaient pas pour l'instant se présenter. La souffrance de Ted ne lui était pas étrangère — mieux, son imagination lui jouait à l'occasion des scènes semblables dans quelque empire austro-hongrois du cœur. Mais elle était incapable de trouver en elle cet instinct qui lui aurait permis de partager sa douleur ou de le consoler. Et elle s'effraya soudain à l'idée que les gentils souffraient peut-être d'un manque d'imagination.

Grace Thrale était le genre de personne à qui un couple vieillissant ou une jeune mère rassemblant sa bruyante couvée eussent pu, à tout moment, sourire dans la rue, reconnaissant en elle une âme sœur. Caroline Bell n'attirait jamais cette délectable complicité. Il y avait des moments où Grace aurait souhaité que le monde ne soit pas aussi sûr à son propos, aussi convaincu que l'ennui l'avait définitivement prise sous sa coupe. Et pourtant, dans sa vie quotidienne, elle craignait que le moindre manquement à une habitude ne déclenche le chaos. Elle ne voulait pas davantage l'aventure que Dora ne voulait la paix. Elle ne cherchait pas à se convaincre, comme le font certaines femmes, qu'elle restait capable de vivre une vie radicalement différente, gouvernée par des passions exaltées et dangereuses : Grace savait pertinemment que le conformisme de ses journées satisfaisait pleinement ses désirs. Il n'empêche que l'on peut vouloir à tout prix la sécurité et pour autant regretter l'ennui qu'elle apporte. À ses débuts, la sécurité offrait une excitation assez semblable à celle d'une idylle romantique ; qui risquait néanmoins de n'avoir qu'un temps.

Le soir, en rangeant la vaisselle ou l'argenterie, cette Grace encore nimbée d'or pouvait fort bien se transformer, avec quelques soupirs intérieurs douloureux, en femme d'intérieur tassée et voûtée comme une douairière.

« Si tu veux, on peut monter prendre une tasse de thé », proposa-t-elle. Il y avait un endroit à l'étage où les femmes s'asseyaient au milieu de leurs paquets et où on leur demandait : lait ou citron ?

« Grace, ma chère, tu avais l'air pressé quand nous nous sommes rencontrés. Descendons, je t'accompagne jusqu'à la sortie. » Ted Tice voyait — sans attacher à la chose beaucoup d'importance étant donné l'état d'esprit dans lequel il se trouvait — que Grace Thrale, jusque-là son alliée timide, avait changé de camp et l'avait délaissé pour prêter allégeance à Vail. Il lui fallait fuir la solennité en grande largeur de ces tapis sarcastiques et les demandes mécaniques des vendeurs. Grace se leva, et ils traversèrent le rayon des luminaires pour gagner les escaliers. Derrière eux, le vendeur dit en bâillant : « Maintenant, il y a toujours le poil de chèvre. »

Ted eut conscience d'un tailleur de velours bleu — non, seul le col était en velours, le reste était en tweed, un tailleur qui en disait long sur la vie de Grace et ses habitudes, exactement comme l'accusation gothique laissée par le fer sur sa propre chemise. Conscience aussi de son corps, deux fois écartelé par l'enfantement et assemblé de nouveau, aussi harmonieux qu'un tailleur, héroïque dans sa normalité. Lui aussi préserverait mouvement et équilibre, en dépit de sa déchirure. N'avait-il pas dit : « Ma chère » ?

Au rez-de-chaussée, ils passèrent devant des rouleaux de tissu que les femmes ne portaient plus désormais : crêpe lourd, crêpe georgette, pongé. Ici régnait l'odeur sèche, appliquée, de l'étoffe qu'il faut mesurer, couper, puis coudre. Un homme en noir débitait les métrages d'une main experte : « Trois mètres cinquante, madame ? » Une voix forte demanda : « Et où sont les coupons ? »

Grace, qui ouvrait la marche, franchit une série de lourdes

portes vitrées, que les clients se passaient les uns aux autres dans une figure de ballet répétée à l'infini : « Merci », « Merci ». Dehors, l'après-midi froid ne laissait deviner la saison que par sa réticence à s'assombrir. Un portier corpulent arborant des décorations de guerre faisait des signes cryptiques à l'intention des taxis ; un trio de musiciens de rue en serge élimée braillaient quelque chose à propos de Tipperary, tandis qu'un quatrième tendait une casquette kaki lestée par l'unique demi-couronne qui occupait son centre.

« Je ne supporte pas ces musiciens, dit Grace. Marchons un peu. » Ils longèrent ensemble les vitrines du magasin, où des mannequins en robes imprimées levaient des bras orange sur fond de décor tropical, offrant leur vitalité extatique en contraste avec l'apathie cireuse des matrones qui les regardaient.

« Je suis sûr que je te retarde, Grace. »

Elle ne supportait pas sa civilité, pas plus que la pensée que cet homme, en dépit de la crise qu'il traversait, puisse avoir des égards pour elle, un peu comme un officier qui, sur le point de mourir sur un champ de bataille, proposerait une plaisanterie à un subordonné pris de panique. Elle s'adossa à une vitrine de tenues de plage et le regarda bien en face, essayant de rattraper en l'espace d'un instant des années d'insipidité librement consentie.

« Maintenant que c'est arrivé, est-ce que ça n'est pas mieux pour toi ? Il n'y a plus de faux espoir. Ce sera terrible au début, mais... » La bretelle de son sac à main glissa jusqu'à son coude, et elle saisit la veste de son tailleur par les revers avec autant de précipitation que si elle s'était accrochée à ceux de la veste de Ted. Une seconde, elle eut l'image de Dora devant les yeux. Surtout ne pas être comme elle, ne pas dire : je suis sûre que tu seras très heureux. « Tu es libre maintenant », dit-elle.

La cicatrice de la couture sur le dessus de ses gants s'imprima dans son cerveau. Des boucles d'oreilles en perles le dévisagèrent, yeux blancs de poisson mort. Il vit la bande d'un foulard à fleurs, ridicule, et le bleu du col. La douleur avait un œil de peintre, attribuant au hasard un sens parfaitement arbitraire aux choses — à l'instar de Dieu.

Je me sentais nettement mieux à l'intérieur du magasin, songea Ted. J'y étais comme engourdi. Somme toute, le grand bâtiment propice à la claustrophobie lui avait fourni une sorte d'abri, avec ses avenues qui tenaient d'un plan d'urbanisme, ses rayons et ses présentoirs débordant de la vie de tous les jours, ses banlieues qui avaient nom Chapellerie ou Mercerie, en souvenir de son enfance. Dans la rue, à ciel ouvert, Ted se sentait agressé, et il éprouvait cette légèreté de corps qui accompagne d'ordinaire l'impression d'un danger physique. Il traverserait ces moments comme un passage obligé sur le chemin qui le menait à la phase suivante, la prise de conscience qui le submergerait tout entier et le laisserait mutilé.

Quoi qu'on ait pu penser une heure plus tôt, au moment où il achetait ses jumelles, ou même quelques minutes auparavant, personne n'aurait songé, à le voir en cet instant, à dire qu'il était jeune.

Il s'empara d'une des mains de Grace et la posa contre sa propre veste, où elle finit bel et bien par saisir timidement le revers. Cliquetis de boucles d'oreilles, panique de marguerites en soie sur le foulard. Dans son dos, un palmier en plastique argenté avait la forme déchiquetée d'un éclair en zigzag.

« Ce que j'ai fait jusqu'ici, c'était dans l'espoir de l'obtenir un jour. Ce que je ferai à l'avenir, ce sera faute d'espoir. » Il lâcha la main de Grace, et le sac, à nouveau, glissa sur le poignet. « Tu appelles ça être libre ?

— Ce ne sera peut-être pas toujours le cas. » Grace se dit qu'une femme n'aurait jamais préjugé de l'avenir par une proclamation de ce genre.

Ils revinrent jusqu'à l'angle du magasin, là où les clients s'échangeaient les portes. Les chanteurs en étaient maintenant à « Danny Boy », la demi-couronne toujours solitaire dans la casquette, les pennies habilement dissimulés sous la doublure. C'était Christian qui avait expliqué le truc à Grace.

Ils traversèrent la rue pour rejoindre l'entrée du métro. La chaussée vibrait sous le souffle souterrain qui montait des entrailles de la terre. Une femme rougeaude, qui essayait de vendre des brins de bruyère aux passants qui grimpaient ou dévalaient les marches, ne s'approcha pas de ces deux-là, immobiles et silencieux. J'imagine qu'avec l'habitude, songea Grace, on finit par savoir que c'est sans espoir.

Dans le courant d'air confiné et tiède s'échappant de la bouche, ils se tournèrent l'un vers l'autre pour se regarder. Comme deux personnes qui, après avoir transporté un énorme fardeau jusqu'à une halte solitaire, le déposent enfin et croisent leurs regards. Grace était allée aussi loin qu'il était en son pouvoir ; Ted descendrait seul.

La photographie montrait une mâchoire carrée, des yeux farouches, un visage sans expression, comme si pareille intrusion ne faisait que tester ou renforcer la capacité à supporter l'épreuve. Les quelques lignes de commentaire parlaient d'un premier mariage et d'une fille. Un homme imposant, dans un pardessus enfilé à la hâte, debout sous un sombre portique.

À son côté, Caro faisait son entrée dans la vie publique. Bien qu'elle ne fût pas habillée pour la circonstance, on devinait sans peine qu'elle venait juste de se marier. Au bas de la photo, là où elle était coupée, leurs mains — la droite de Caro, la gauche de Vail — se touchaient dos à dos, et même si les doigts n'étaient pas enlacés, le message était clair.

« Il y en a une aussi dans celui-ci. » Tertia savait ce que Paul regardait avec tant d'attention, et leva légèrement sa page pour montrer une image un peu floue. Un titre, et sous la photographie, une légende : « Le couple en train de quitter le bâtiment. » Dans le journal de Paul, Caro était une sténodactylo australienne ; dans celui de Tertia, un haut fonctionnaire. On précisait par ailleurs que le couple s'était rencontré en travaillant ensemble sur une mission humanitaire mise en place par le gouvernement britannique.

« Ainsi donc, cette horrible sœur a réussi à caser ces filles. Cette Dora ou Flora. Je l'ai rencontrée une fois chez les Thrale. Il faut lui reconnaître ça. C'est elle qui les a amenées à Londres et les a lancées dans le monde.

— Ce ne sont quand même pas les sœurs Gunning », dit Paul, qui pourtant, l'espace d'un instant, se les représenta exactement de cette manière : beautés du dix-huitième, vêtues de soie pastel, les cheveux relevés, le regard limpide, prenant Londres d'assaut pour y faire fureur pendant un temps. Dans le journal de Tertia, Caro avait les yeux baissés, réduite à un flou grisâtre qui ne portait même pas de bouquet. L'homme était imposant, n'avait pas une physionomie d'Anglais, avec sa tête large, lourde, son visage impassible. Ainsi prise en charge, Caro acquérait de la valeur, comme une œuvre obscure nouvellement attribuée à un grand maître.

Tertia et Paul échangèrent leurs journaux. « Flora-Dora a réussi son coup. » Simplement pour voir la réaction de Paul.

« Je trouve l'idée d'une Caroline Bell milliardaire assez séduisante.

— Personne n'a jamais dit que ce Vail était milliardaire.

— Quoi qu'il en soit, d'où lui vient tout cet argent ?

— Nourriture pour chat.

— Dans mon journal, ils parlent de bauxite, si tu sais ce que c'est, moi pas, dit Paul. Et puis de garçonnières tapissées de Picasso, de yachts, d'avions privés, de limousines.

— Et de gardes du corps, dit Tertia. De maîtresses. »

Paul replia le journal pour le lire — soigneusement, comme un employé de bureau dans un train de banlieue. « L'astrologue ne l'aura pas eue, c'est déjà ça.

— Qu'est-ce que ça veut dire "c'est déjà ça" ? » Tertia tournait les pages avec sa brutalité coutumière. À l'étage, un enfant pleura, rit, parla, puis bredouilla, illustrant ainsi les différents âges de l'homme.

« Nick Cartledge ! s'exclama Tertia. Qui séjournait chez nous dans le temps. » On aurait pu prendre son intervention pour une forme de protestation.

« Qu'est-ce qu'il lui est arrivé ?

— Il est mort.

— De quoi ?

— Maladie du foie.

— Eh bien, on ne peut pas dire qu'il ne l'a pas cherché. »

Tertia reposa son journal. Nicholas Gerald Wakelin Cartledge. Pour elle, c'était là une mort prématurée. « Le vieux roué », dit-elle, essayant de chasser l'idée même de la mort, mais incapable d'oublier que ce mort-là, elle le connaissait.

Au bout d'un moment, Paul dit : « Roué, le mot désigne celui qui subit le supplice de la roue. »

« Comme tu peux voir, il n'a rien de Phébus Apollon », dit Dora à Dot Cleaver. Dora disait Phébus Apollon, ou Pallas Athénée, ou Vénus de Milo, pour distinguer ces immortels, par le biais de leur titre complet, des simples mortels, Glad ou Trish. « Quelle horrible photo, tout bonnement épouvantable ! Et les photos d'amateurs ne valent pas mieux. » Elle en montra quelques-unes. « Je venais juste de me cogner contre une portière de voiture, on voit encore la douleur dans mon regard. » Dora avait emménagé le jour même dans l'appartement laissé vide par Caro, encore rempli de fleurs. « Ils doivent être en Italie, à l'heure qu'il est.

— La première fois que je suis allée à Rome, dit Dot Cleaver, j'ai tout fait. J'ai pris le guide, et j'ai tout fait, les sites, les monuments, tout. Mais c'est fini pour moi, ce genre de chose, maintenant je me fais plaisir, point. On s'imprègne beaucoup mieux d'un endroit de cette manière. »

Dora poussa un soupir qui se répercuta dans toute la pièce. Au bout d'un moment, elle fit remarquer que même le fleuve le plus paresseux finit, à force de méandres, par atteindre la mer.

« Une tasse de ce délicieux thé ? » Dot Cleaver releva les sourcils, cambra corps et poignet, tout en empoignant une anse en porcelaine qui figurait elle-même un point d'interrogation. « Ensuite, ils vont à New York.

— Oui, bien sûr, ils ont tout ce qu'ils veulent là-bas, tout ce qui les intéresse, livres, théâtres, concerts. »

Dot Cleaver avait récemment assisté à un récital extraordinaire, mais n'arriva pas à se souvenir du programme. « De toute façon, ils ne tarderont pas à revenir te voir.

— Pourquoi prendraient-ils cette peine ? Ce n'est pas moi qui leur en voudrais. » Dora n'ambitionnait plus qu'une chose : être rejetée. Et trouver là l'apothéose de sa longue aliénation, la justification de sa croyance inaltérable en une cabale généralisée, en un monde fait d'ingratitude et d'injustices. Elle avait déjà dit à Caro : « Ne te sens pas obligée de venir me voir. » Le procédé qui consistait à mettre l'autre à l'épreuve, maintenant parfaitement au point chez elle, était constamment mis à l'épreuve. La provocation constituait le fondement de ses relations avec le monde.

« Elle est curieuse de voir combien de joues nous sommes encore prêtes à tendre », avait dit Caro à Grace.

Il arracha la page, la plia et la déchira le long de la pliure. Puis il découpa à l'aide de ciseaux la photo et les quelques lignes qui l'accompagnaient. Ces gestes méthodiques semblaient avoir un but bien précis, et quand il eut terminé, Ted eut du mal à croire que ce qui lui restait dans les mains, c'était une photo du mariage de Caroline Bell. La légende dont elle était assortie, bien que formulée de manière conventionnelle, n'était pas totalement compréhensible — comme si elle avait été écrite en cyrillique ou en onciale.

Il scruta la petite photo nébuleuse en quête d'un élément familier susceptible de lui donner quelque droit sur cette femme. Mais ses vêtements étaient nouveaux, sans pour autant porter la marque de l'événement. Dans sa main gauche, un petit objet, certainement pas un missel, plus vraisemblablement une pochette. La photographie l'excluait, lui, complètement, interdisant toute association : cruauté supplémentaire pour quelqu'un qui avait toujours pris un grand plaisir à la moindre de ses possessions : une ceinture en soie verte, un carnet de notes recouvert de tissu bleu, une coupe blanche dans laquelle elle mettait des oranges. Sur la photo, elle détournait la tête, comme si elle ne voulait voir personne.

La coupure reposait sur son bureau, paraissant plus grande maintenant qu'avait été découpé le tissu superflu dans lequel elle était prise. La pièce était incapable de la contenir, pas plus que de contenir la blessure qu'elle supposait. Ted Tice posa la main droite sur la photo, et baissa la tête — conscient, comme l'aurait été un spectateur de la scène, que cette posture méritait, en guise de légende, l'expression vieillie « Il a sombré ». Un adulte qui penche la tête est un spectacle ridicule, et c'est à peine s'il est encore un homme.

Il n'y avait personne auprès de qui il dût s'excuser. L'obligation était la première chose dont vous exonérait la douleur.

Il songea un moment à sortir pour marcher jusqu'à l'épuisement. Ou pour s'enivrer, comme les personnages de fiction quand ils sont malheureux. Mais il resta sans bouger à regarder son pull, sa casquette et une écharpe rayée — réalités extérieures à l'objectivité desquelles il refusait de croire à nouveau.

26

Ainsi donc Caroline Bell partit vivre à New York, après avoir pris le nom de Vail. Du dernier étage de la maison, qui faisait partie d'une rangée de bâtisses pas très hautes en pierre violette, on avait une vue du ciel. Au sud, un ensemble de gratte-ciel faisaient obstacle au soleil couchant, aussi sûrement que la montagne du Taygète fait tomber sur Sparte une obscurité précoce. Les pièces n'étaient pas très nombreuses mais relativement spacieuses, des cloisons ayant été abattues ici et là. C'est là qu'Adam Vail avait vu le jour.

Les objets que Caroline Vail ne pourrait jamais espérer s'approprier ne manquaient pas. Sièges, livres, tableaux, paravent chinois, sous-main en cuir élimé sur un bureau, soucoupe en jade, petite lampe assez laide, mais pratique, sur un chevet — tout ici faisait partie du décor, hormis Caro elle-même. Ses contributions personnelles se résumaient à quatre cartons de livres, une assiette ébréchée achetée à Palerme et un ange peint ramené d'Andalousie. De temps à autre, elle regardait ces témoins du passé, regardait ses vêtements dans les penderies ou les tiroirs, pour se convaincre qu'elle était bien là.

Une photographie de cette époque l'aurait montrée plus

hésitante qu'autrefois. L'acquisition d'une certaine équanimité n'était pas allée sans nombre de ruptures, et quelques sacrifices.

Plusieurs hommes écrivirent à Caro à l'occasion de son mariage : « Il a bien de la chance, chère Caro, celui qui t'a gagnée » ; « J'espère au moins qu'il est conscient de sa bonne fortune. » Un certain soulagement, tout de même, à l'idée de ne pas avoir eu à assumer eux-mêmes le privilège. De son côté, il était naturel, sinon louable, qu'elle se sentît libérée d'avoir laissé un pays entier livré à lui-même.

Dans des rues toutes droites, Mrs Vail tentait de se représenter la ville à l'image d'autres villes, de découvrir ses sources de continuité et de réconfort, ses lieux de refuge et de gloire. Quand cela se révéla impossible, elle commença à remarquer des conduites insolites, des modes, des formes discrètes de capacité d'endurance, aussi bien que des formes parfaitement voyantes d'affirmation de soi et de conformisme. En matière de moralité, la mode manquait de discernement, accordant le même poids au caprice qu'à la conviction. Le grouillement incessant des individus paraissait contre nature, grotesque, et évoquait le rythme accéléré d'un vieux film muet. Anonymat, extrême solitude, mais peu de place pour la rêverie, et pas la moindre trace de paix. Les appartements ? De simples cabines dans les grands paquebots amarrés le long des rues.

La ville vous soumettait à ses conditions, comme à un examen : ceux qui étaient à la hauteur de son énergie étaient reçus ; les autres ne pouvaient qu'échouer, partir, ou rester et gaspiller des forces dépensées en vain.

Dans les immeubles modernes en face de la maison Vail, tous les rez-de-chaussée étaient occupés par des cabinets médicaux. Tôt le matin, des hommes et des femmes vieillissants arrivaient à jeûn pour tirer ces sonnettes. En dehors d'eux, on voyait peu de gens dans la rue, et très peu d'enfants. Les signes de vie étaient le plus souvent associés à la mort ou à l'urgence : la nuit, on entendait les pompiers et les ambulances passer en trombe dans les avenues voisines, et le gyrophare d'une voiture de police projetait ses rayons inquisiteurs dans l'intimité des chambres ; des convois de camions défilaient en grondant, aussi pressés que s'ils allaient ravitailler une armée en marche. L'hiver, les pneus des voitures hurlaient en patinant dans la neige sale, et les clochards venaient se loger dans les quelques failles glacées qui s'ouvraient dans la ligne pratiquement continue des immeubles.

Le panorama d'ensemble était splendide, les détails sordides. Un lustre de surface créait, ou facilitait, une absence de contact. Quand venait l'été, les platanes obscurcissaient la vue qu'on avait depuis les fenêtres de Caro, et la solitude était totale.

Au cours des premières semaines, Caro restait allongée sur son lit ou sur une banquette, à lire, ou simplement à ne rien faire. La maison s'imprégnait de son propre silence, synonyme non point de langueur, mais de renouveau. Pendant ce temps, Adam Vail allait et venait d'un pas rapide dans les pièces et les couloirs depuis longtemps familiers, montait et descendait avec agilité les escaliers qu'il avait connus toute sa vie. L'habitude des lieux donnait de la souplesse à son corps, lourd uniquement au repos et dans l'amour.

La maison avait un léger parfum de plantes et de cire, et d'huiles utilisées pour protéger les livres et les meubles. Caroline Vail remarqua cette odeur les premiers temps, mais fut incapable par la suite de la retrouver. Dans la chambre de sa belle-fille régnait celle de la lotion calmante à la calamine ; on y trouvait des crèmes pour les peaux d'adolescents, des comprimés contre la douleur ; ainsi que des albums de bandes dessinées, deux guitares, des disques d'opéra italien. Et des livres sur les animaux de pays lointains — Éthiopie, Kenya. Au moment de l'arrivée de Caroline à New York, Josie était allée faire un safari en Afrique avec la famille d'une camarade de classe, Myra.

« On a toujours des ennuis avec Myra », dit Adam Vail.

Fichées dans le cadre de la glace, il y avait des photographies de la mère et de la fille.

La sœur d'Adam, Una, vint déjeuner. Una avait beaucoup d'allure, et un air blasé bien dans l'air du temps. Elle ne fumait ses cigarettes qu'à moitié et, quand elle les éteignait, faisait tinter un bracelet en or à son poignet. Son rire fusait, d'abord sonore, et s'éteignait de manière tout aussi abrupte, comme inachevé. Elle considéra Caro sans cacher un intérêt qui n'était peut-être pas dépourvu de gentillesse.

Una avait une liaison avec un bureaucrate. « Mon ami est diplomate », dit-elle à Caro — « diplomate » étant alors, au même titre qu'« architecte », un terme que l'opprobre n'avait pas encore rattrapé. Ce soir-là, quand son ami lui demanda : « Et la jeune mariée, qu'est-ce qu'elle donne ? », elle se laissa tomber dans un fauteuil et croisa les jambes. « Eh bien... » Au bout d'un moment, elle dit : « Rien à voir avec la deuxième Mrs de Winter. » Elle finit par allumer une cigarette. « Bien, la jeune mariée. Cheveux foncés, yeux foncés. Petite trentaine peut-être. Loin d'être une imbécile. Parle, rit, montre des dents d'Anglaise. » Hansi continuait avec ses mots croisés, et Una écrasa sa cigarette à peine allumée, ajoutant : « Pas très tolérante.

— À l'égard de quoi ?

— De gens comme moi. Elle aime Adam », dit-elle en fouillant dans son sac, d'où elle sortit une petite boîte en émail. Sur la table à côté d'elle, des boîtes semblables s'alignaient sur plusieurs rangées.

Hansi leur prépara un cocktail et en tendit un à Una. Celle-ci lui fit un petit signe avec son verre et leva la main qui tenait la boîte. « Elle m'a apporté un cadeau, dit-elle en lui tendant l'objet. Adam avait dû lui parler de ma collection. » Elle but une gorgée, avant de reprendre la boîte à Hansi. Elle la posa à côté des autres. « Mignonne », fit-elle.

« Demande-moi quelque chose », dit Adam Vail. La nuit, il leur arrivait de se réveiller et de faire l'amour. « Tu ne me poses jamais de questions.

— Ce que je dois apprendre maintenant ne passe pas par des questions. »

Un après-midi, alors qu'elle lisait allongée sur une banquette, il vint s'asseoir près d'elle et la prit dans ses bras. « Ne te laisse pas sombrer.

— Rien à voir avec un déclin. C'est une ascension. »

Il se leva et se mit à arpenter la pièce, dérangeant des bibelots, faisant claquer des tiroirs, froissant un journal. Sa femme continua à lire, tout en regrettant qu'un homme aussi prévenant puisse en arriver là, légèrement surprise de voir le peu de retenue dont il faisait preuve. Il lui fallait seulement attendre un peu, et elle lui donnerait un bonheur parfait. C'était dans ce but qu'elle rassemblait son énergie, et à d'autres fins tout aussi honorables.

Una allait passer l'été à l'étranger. Una, qui était divorcée, dit qu'elle allait enfin avoir des vacances dignes de ce nom. « Huit étés durant, j'ai été condamnée à East Hampton, Long Island. » Elle agita un nouveau bracelet. Son beau visage avait un éclat coûteux, elle portait ce que les Romains appelaient dans l'Antiquité des bijoux d'été. Elle et Hansi ne tardèrent pas à envoyer, depuis les rivages de la Méditerranée, une carte postale de petites maisons roses sur une plage.

« C'est un endroit pour millionnaires au bout du rouleau, dit Adam.

— Pourquoi faut-il que les millionnaires soient toujours au bout du rouleau ?

— Ils sont les seuls à pouvoir se l'offrir. Toi, en revanche, tu es superbe, dit-il, en lui caressant le visage.

— Je ne suis qu'au début du rouleau. »

Caro s'empara du bras d'Adam dans la rue et s'arrêta un instant pour regarder autour d'elle. La touche de professionnalisme décelable dans les machines et les bâtiments se retrouvait, avec moins de bonheur, chez les gens ; l'existence avait été mise entre les mains des experts. « Nous » — elle entendait par là nous autres qui venons d'ailleurs — « resterons toujours des amateurs en comparaison.

— Notre plus grande crainte, mais aussi la plus secrète, c'est que l'Amérique se révèle être un phénomène davantage qu'une civilisation. D'où, en partie, la démesure, l'insistance, le besoin de prouver que les grands mystères sont obsolètes ou peuvent être mis à profit. Ce désir, nous voulons que les autres l'aiment et le trouvent beau. Qu'il reçoive l'hommage dû à l'amour. »

Adam Vail lia les doigts de sa femme aux siens. « D'où, également, un besoin compulsif de nous expliquer. Comme moi, en ce moment.

— Mais si les Américains eux-mêmes disent ce genre de chose...

— Ne va surtout pas croire quoi que ce soit de tout ça, dit-il en riant. Ah, Caro, nous sommes bien pires, et peut-être meilleurs, que ce que tu as pu penser jusqu'ici ! »

Adam emmenait Caro chez un ami qui habitait la 149e Rue. À leur retour, Caro dit : « Pourquoi faut-il que les gens supportent ça ? »

Una, rentrée de Sardaigne, lui dit : « Les Noirs ici surcompensent pour faire face à leur problème.

— Mais plus pour bien longtemps », commenta Adam.

Un soir de septembre, Caroline Vail, assise devant une fenêtre, lisait un recueil de poésie.

« Tu ne veux pas me dire à haute voix ce que tu es en train de lire ? » demanda Adam.

Elle commença, d'une voix haut perchée, aigrelette, inhabituelle :

Des rochers de la nuit des temps bordent le chemin,
Témoins immobiles
Du passage du long cortège de la terre ;
Mais ce que leur couleur et leur forme retiendront
Est... que tous deux nous sommes passés.

Elle posa le livre, sans marquer la page, et détourna le visage. « Triste, dit-elle. C'est pourquoi je pleure. »

Adam lui caressa les cheveux, les épaules. Quand il passa son bras autour d'elle, son corps disparut pratiquement à la vue. « Qui sait pourquoi elle pleure ? Qui sait pourquoi Caroline pleure vraiment ? »

À l'automne, Grace écrivit que Paul connaissait un succès sans précédent avec une pièce intitulée *Une seule et même chair*. Elle fit également savoir, avec un peu plus de réticence, que Ted Tice avait épousé la fille d'un scientifique. Une lettre de Ted lui-même arriva bientôt, porteuse des mêmes nouvelles et d'une nouvelle adresse. Il espérait que Caro et Margaret pourraient se rencontrer un jour. « Ici, parmi les jeunes, écrivait-il, on tend à s'accrocher à son époque, ce qui débouche sur une forme de substitut de patriotisme ; c'est en fait un gage d'immaturité. Si l'on veut quelque chose qui ressemble à des lumières, on a besoin de gens débarrassés de leurs contemporains. »

À lire « les jeunes » sous la plume de Ted, Caro perdit ses prétentions à toute jeunesse.

À propos de lumières, continuait Ted, le grand télescope avait été inauguré sur son site, dans le sud de l'Angleterre, lors d'une cérémonie en présence de la reine. En raison d'une absence totale de visibilité, Sa Majesté avait dû se contenter, en guise de spectacle, d'un voile de brume.

Dora écrivit que Gwen Morphew s'était mystérieusement retrouvée avec une petite fortune et avait planté là Glad Pomfret. Il ne fallait jamais espérer de gratitude, sinon on risquait fort d'être déçu. Dora, que Caro avait désormais les moyens de loger dans une maison proche de celle de Dot Cleaver, parlait de difficultés domestiques. Mais elle ne voulait surtout pas gâcher le bonheur de Caro, et tout finirait bien par s'arranger d'une manière ou d'une autre. S'il y avait une chose qu'elle avait apprise, et elle en avait bavé, c'était de n'ennuyer personne avec ses problèmes.

« C'est presque vrai, commenta Caro, qu'elle ne gâche pas mon bonheur. »

Caro emmena sa belle-fille à un récital donné par un grand guitariste. En rentrant, la jeune fille dit : « C'était pas mal. Du moins ce que j'ai pu entendre.

— La semaine prochaine, nous aurons de meilleures places. »

Elle emmena Josie au ballet, et celle-ci déclara : « Myra est à un tournoi de basket. » Voulant dire par là que Caro pouvait s'estimer heureuse.

Si c'était le cas, ce n'était pas pour cette raison.

Adam Vail fit un voyage au Chili et au Pérou. « La prochaine fois, tu viendras avec moi. »

Una dit à Caro : « Adam est obsédé. Tu as dû t'en rendre compte. Il est obsédé par la souffrance des autres. Il va falloir que tu t'y fasses.

— Je me suis faite à ceux qui s'en moquent. » Elle ne voyait pas pourquoi Una éprouvait le besoin de lui faire la leçon, elle qui n'avait pas réussi.

Un jour, pourtant, Una dit : « Je trouve ça extraordinaire », tout en froissant un Kleenex.

Caro sur un lit d'hôpital après une fausse couche. Retour précipité d'Adam Vail de Lima. Quand Caro ferme les yeux, l'obscurité la rend à son être intime. Quelqu'un dit : « Je vais devoir vous faire mal. » La douleur est un prolongement de l'expérience, si nouvelle et si surprenante qu'elle en devient l'objet d'un intérêt tout intellectuel. Dans le noir, ce pourrait aussi bien être Paul qui se penche sur elle : « Maintenant, je vais devoir te faire mal. » Comme toute autre forme de souffrance, la mise à l'écart que suppose l'infirmité est soit totalement irréelle, soit la réalité même. Un jour, il y a longtemps, elle est restée à l'écart, dans un couloir surchauffé, à envisager sa propre mort.

Dans les ténèbres, l'espoir ayant changé d'objet, ses pensées se redistribuent.

« Nous serons deux dans l'épreuve, dit Adam.

— Ce n'est pas ce que j'avais l'intention de partager avec toi. »

Quand Caro alla mieux, Josie lui dit : « J'avais de toute façon des sentiments mitigés. Je me sentais terriblement menacée. » Forte de son innocence, elle pouvait faire montre d'une cruauté à peine imaginable. Elle était souvent en colère et, quand on la contrariait, baissait la tête et pleurait : « On me met dans une situation impossible. » Son arme la plus efficace, c'était sa faiblesse, l'imposante force de dissuasion devant laquelle tous s'inclinaient. On redoutait qu'elle aussi n'ait recours à la mort comme arme fatale. « J'ai si peur », disait-elle, leur instillant à tous la crainte de Dieu.

« Si seulement elle n'était pas toujours à vouloir répertorier ses émotions, dit Caro.

— Voudrais-tu qu'elle renonce au droit qu'en tant qu'Américaine elle a acquis à la naissance ? dit Adam. Elle va grandir, prendre de l'âge. »

Caro se souvint d'espoirs d'enfant centrés sur les soixante-dix ans de Dora. « Il faut qu'on la récupère avant. »

Una était la seule à repousser de temps à autre les attaques de Josie, dont elle ne craignait pas les larmes. « À force de mordre, ma petite, tu finiras par te faire mordre », faisait remarquer Una.

« Tu as compris le message, dit Una à Caro.

— Même ceux qu'elle n'a pas conscience d'envoyer. »

Josie avait ces yeux qu'on remarque chez les jeunes femmes instables, des yeux fuyants même quand ils vous regardent en face. Elle avait cette langueur des êtres exclusivement centrés sur eux-mêmes. Appréhendant l'échec, elle était déjà en train de mettre en place tout un système d'accusation.

Devant Caro, Josie affirmait l'évidence : « Tu n'es pas ma mère. » Pour se convaincre de la blessure, elle aurait aimé voir couler le sang.

« Pour commencer, je n'ai pas l'âge. »

« Josie trouve dans la conviction qu'elle a de son innocence la justification du mal qu'elle fait aux autres, dit Caro à Una.

— Exactement comme l'Amérique », répondit Una.

Quand elles étaient seules ensemble, Myra et Josie tournaient Caroline Vail en ridicule — sa voix, ses manières, ses opinions, l'habitude qu'elle avait de se toucher les cheveux. Josie dit à Myra : « Elle ne peut pas avoir d'enfants.

— C'est pour ça qu'elle essaie de t'amadouer. Eh bien, dis-lui qu'elle peut arrêter tout de suite. »

Caro sentait chez l'adolescente l'envie de la voir disparaître. Dès le début, elle avait perçu que Josie Vail n'avait pour elle que rancune, comme elle aurait pu, aujourd'hui encore, sentir que Ted Tice pensait à elle avec amour.

« Tu ne vois donc pas la manière dont ils se servent de toi ? » disait Myra à Josie. S'il n'avait tenu qu'à Myra, Josie n'aurait jamais cru qu'elle-même pût être un objet d'affection.

L'hostilité de Josie était aussi patente que si elle l'avait exprimée elle-même à haute voix : la méchanceté délibérée, le regard tout à la fois direct et fuyant, les sous-entendus parfaitement clairs. En présence de Myra, il fallait que Josie s'affirme : « Caro, comment peux-tu dire des conneries pareilles ? » En l'absence de l'autre, elle était dûment injurieuse, de manière à avoir quelque chose à lui raconter après.

Rien ne génère autant la fausseté que le désir de plaire.

Myra avait toujours les yeux baissés, des mèches de cheveux raides et rares lui mangeaient les joues. Pour l'instant, Myra était forte, car elle se nourrissait de la vie d'une autre. Il arrivait à Caro de se demander quel *Benbow* avait pu entraîner Myra dans son naufrage.

« Elle confond soupçons et perspicacité », dit Adam.

Caroline Bell se découvrit, de façon assez surprenante, imperméable à l'opinion de Josie. Elle souhaitait simplement contenir l'adolescente dans ses pires assauts, sachant qu'à vouloir faire trop de tort à quelqu'un, on finit par ne plus supporter d'être avec lui.

En secret, Caro se félicitait de cette libération de toute

obligation affective, et voyait à quel point l'indifférence peut devenir attrayante. Là où Josie croyait que Caro ne faisait que montrer sa vulnérabilité, celle-ci lui offrait sa confiance — test auquel la jeune fille avait échoué à maintes reprises. Or une offre de confiance n'est valable qu'un nombre limité de fois, pas indéfiniment.

« Cela t'inquiète peut-être plus que tu ne veux bien le laisser voir, dit Adam, en touchant le bras de sa femme.

— Quand tu comprends que quelqu'un essaie de te blesser, la blessure est moindre.

— À moins d'aimer ce quelqu'un. » Adam espérait qu'un jour Caro arriverait presque à aimer Josie, comme elle arriverait à aimer la ville — grâce à la proximité quotidienne et à l'expérience partagée. Il estimait qu'il serait dommage que seuls soient aimés ceux qui sont dignes de l'être.

Il avait envie de dire : « C'est à cause de sa mère », dans la mesure où il avait vu l'intérêt que l'enfant prenait au monde se changer en jalousie et en méfiance. Mais il sentait aussi l'indélicatesse, et l'injustice, qu'il y aurait eu à accuser sa défunte épouse, qui continuait à se présenter à son esprit comme celle qu'il avait connue la première, irrésistiblement jeune et belle.

Le jeune Adam Vail avait admiré chez sa première femme, tout en la prenant pour de la perspicacité, une aptitude instinctive somme toute plausible à détecter les faiblesses chez les autres, et n'y avait pas vu de présage de désastre. Lui qui souhaitait par-dessus tout rester rationnel s'était allié, pour l'amour d'elle, à la déraison. Et, par fidélité, avait déraisonnablement mis d'autres personnes dans leur tort. À l'origine de cette attitude, son orgueil, qui refusait d'admettre sa propre impuissance, mais aussi la violence persuasive des aversions de sa femme : victime de ses fantasmes, elle ne connaissait ni les hésitations ni les atermoiements de celui qui jouit de son plein équilibre mental. Peu à peu, il devint évident qu'elle avait besoin d'un autre ennemi, et il ne restait plus que lui pour remplir ce rôle. Il semblait bien que c'était ce qu'elle avait cherché tout au long : pendant que lui s'imaginait la soutenir ou travailler à sa guérison, elle préparait leur perte. Puis elle commença à menacer de se suicider, pour retenir l'attention distraite du monde. Pour son auteur, la menace est une drogue qui exige des doses sans cesse plus fortes. L'entourage, de son côté, s'immunise peu à peu.

« Il n'y a pas plus grande tyrannie qu'un état de désespoir permanent », dit Adam à Caro.

Lui qui estimait être un homme était devenu en présence de sa première femme aussi vulnérable qu'un enfant craintif. Elle avait sur lui l'effet d'une maladie débilitante : tout ce qui pouvait le relier sainement à la vie était autant d'infidélités auxquelles il fallait mettre un terme. Sa maturité s'effilochait de jour en jour, et il tomba dans un état de stupeur dont seul le sortait de temps à autre le désir physique. Effrayé, il sentait sa volonté s'atrophier, s'amenuiser toujours davantage, jusqu'à ne plus être qu'un noyau dur et ratatiné dans sa poitrine. Lui qui avait aspiré à la grandeur, voilà à quoi il était réduit : une petite boule dure dans une coquille pratiquement vide.

Dans la prison cauchemardesque de sa folie, elle était tellement forte, et lui tellement faible.

Adam Vail se mit bientôt à rêver qu'il étranglait son épouse, irresponsable parce que folle. Et à rêver aussi que lui-même étouffait. Le manque d'air et d'espace devint une obsession : dans la rue, il avait du mal à se frayer un chemin dans la foule, incapable d'allonger pleinement son pas ou de prendre sa pleine dimension.

Un jour, du haut de l'escalier, elle appela son nom. Une tache sombre sur la main.

« Charlotte, Charlotte, dit-il.

— Je me suis blessée. » Le sang coulait de son poignet entaillé.

S'il fut horrifié, ce fut autant par le soulagement qu'il ressentit, par un sentiment d'exonération, que par l'acte lui-même.

Sa femme l'avait sauvé en poussant les choses si loin que, en dépit de tous les compromis qu'il était prêt à faire, il ne pouvait plus la suivre. C'est à cette époque qu'il avait appris la patience qui l'habitait aujourd'hui, et qu'il avait laborieusement renoué ses liens avec la vie. Non coupable pour cause d'aliénation mentale, sa femme ne pouvait pas pour autant passer pour innocente.

La folie donnait peut-être parfois accès à une forme de connaissance. Mais sans aucune garantie.

« Il faut qu'on récupère Josie », dit Caro. Une nouvelle jeunesse l'avait fait mûrir, et elle était contente de sa vie. Si pareille chose pouvait lui arriver à elle, pourquoi pas à Josie ? Elle avait dit une fois à Paul Ivory qu'être capable de tout n'était pas forcément être capable du pire.

Cet optimisme fut récompensé, comme est exaucée une prière, quand, à la suite d'une mutation, le père de Myra emmena toute la famille en Californie.

L'ami d'Una, Hansi, disposait d'une suite au Carlyle et d'une allocation pour frais de représentation. De temps à autre, il s'envolait pour Delhi ou Tokyo, afin d'assister à un congrès qu'il qualifiait gaiement d'inutile. Il tenait souvent un livre à la main, peu importe lequel, qui ne lui servait que de support pour les jeux de mots et de lettres qu'il avait toujours avec lui. Lesquels constituaient le seul exercice mental qu'on lui connût. Hansi disait volontiers de lui-même : « Ce vieil Hansi était dans la purée quand Dieu, dans son infinie clémence, a créé la conférence internationale. Puisse ce racket providentiel, dispendieux, et parfaitement inique, conçu pour subvenir aux besoins des dégénérés moraux et mentaux de notre monde moderne, prospérer à jamais. »

Josie avait du mal à se contenir, et ne s'en donnait d'ailleurs pas la peine. Tandis que Hansi déchiffrait de anagrammes, Josie le harcelait au sujet de ses chaussures, de ses bagages, de son pardessus en vigogne, de sa Mercedes grise, de sa suite au Carlyle et d'une combine pour avoir de l'alcool pour rien. Hansi riait, bâillait et retournait à ses anagrammes et à ses palindromes.

Hansi ne rompit le silence qu'en une seule occasion, qui demeura mémorable. « À vingt ans, un inactif qui tempête contre l'injustice sociale est en soi une promesse ; à trente, ce n'est plus qu'un radoteur. À vingt-cinq ans, moi, Hansi, j'ai vu venir le temps du radotage, et je me la suis bouclée. Tout en m'empressant, je le reconnais, de profiter d'une industrie du radotage organisée à l'échelle internationale : cette idée même dont l'heure a sonné. Je suis tout à fait inefficace, mais au moins, je n'ai aucune prétention à la moralité. Je refuse de m'associer à la cohorte de ceux qui parlent à n'en plus finir de réformes pour lesquelles ils ne lèveront jamais le petit doigt. Notre époque est celle de la bouche ouverte et du petit doigt non levé ; des gens qui doivent parler très vite pour ne pas donner au monde le temps de les démasquer. N'est-ce pas là le fondement de l'art de gouverner dans nos sociétés modernes, sans compter les bataillons de ceux qui se disent socialement engagés et qui eux non plus n'entreront jamais dans la bataille ? Le jour où ils fouilleront la nouvelle Pompéi, on découvrira l'intelligentsia accroupie au sol, pétrifiée, la bouche grande ouverte pour dénoncer le matérialisme, des documents attestant de salaires indexés sur le coût de la vie changés eux aussi en pierre dans leurs poches. Moi qui, le moment venu, vais mourir, je ne les salue pas. »

Josie demanda : « Et ça veut dire quoi, tout ça ?

— Hansi craint qu'inefficacité et grandiloquence n'aillent de pair, lui dit Adam.

— Permets-moi de te corriger, intervint Hansi. Je ne le crains pas, j'en suis convaincu. Aucun processus de réforme n'est de nos jours acceptable s'il doit entraîner le sacrifice ne serait-ce que d'une heure de sommeil, d'une journée de salaire, ou d'une occasion de se livrer à davantage de fanfaronnades. Et je ne me pose pas ici en censeur des mœurs, je me borne à constater des faits. La réforme, mes amis, n'a rien à voir avec les banderoles ou les bombes. La réforme, c'est le travail non rémunéré, la pauvreté, la solitude, les nuits passées à rédiger d'innombrables lettres et les luttes déshonorantes avec une machine à photocopier. La réforme, c'est des années consacrées à la maîtrise de questions arides et ardues. C'est renoncer à des dîners, des congés, des relations sexuelles pour consulter des documents ennuyeux à mourir dans un sous-sol. C'est être isolé, ignoré, insulté, et peut-être même se faire renverser par un véhicule de l'Administration. La réforme, c'est la concentration et l'endurance. La réforme, mes amis, même la plus infime, n'est pas davantage souhaitée à ce prix par nos altruistes modernes que par votre vieil Hansi. Mon intention, comme la leur, est de soutirer à mes employeurs autant d'argent que possible, brancher ma hi-fi quand je veux, satisfaire mes appétits et mes goûts, et dormir bien et longtemps chaque nuit que le bon Dieu fait. Contrairement à eux, cependant, je ne fais pas mystère de mes intentions. » Hansi déplia une grande grille de mots croisés doublée d'un acrostiche. « Je parle d'une manière générale, et suis prêt à reconnaître avec joie toute exception dûment prouvée à la règle. »

Josie observa qu'elle n'avait jamais entendu pareilles conneries.

« C'est logique, lui dit Adam. Ceux qui passent leur temps à critiquer les réalisations des autres sont condamnés à réaliser quelque chose eux-mêmes sous peine de passer pour ridicules.

— Ce qu'ils peuvent réaliser dans l'affaire, c'est leur personnalité », intervint Caro.

Josie se fit la réflexion que celle-là ne pensait jamais qu'à elle-même. Il lui était insupportable que quelqu'un puisse se distinguer, ne serait-ce que par ce qu'il pensait.

« Certainement, dit Hansi. Mais les gens qui ont une personnalité affirmée gardent d'ordinaire leurs opinions pour eux. Je peux vous affirmer, et de façon péremptoire, qu'on ne les trouve pas, eux, parmi les radoteurs du circuit classique. Comme exemple de ce genre de personnalité, prends ton père, dit-il à Josie. Il ne m'a jamais adressé un reproche. Attitude, à mon sens, d'une extrême élégance. »

27

À leur retour de Sicile, où ils avaient passé dix jours, Ted et Margaret Tice louèrent une maison pratique à tous points de vue. Pratique parce qu'elle permettait à Ted de se rendre à son travail à pied, et à sa femme d'aller peindre dans le petit atelier qu'elle partageait avec une autre jeune femme, musicienne de son état. Ces temps-ci, l'envie de peindre n'était pas aussi forte chez Margaret, car elle était persuadée d'avoir tout ce qu'elle pouvait désirer et devait donc être heureuse. Cependant, même si le départ pour l'atelier constituait pour elle un effort chaque fois renouvelé, elle était parfaitement apaisée une fois là-bas et laissait souvent passer l'heure, ne s'arrêtant que lorsqu'elle entendait le pas de la violoncelliste dans l'escalier. Elle ne savait pas ce qu'elle pouvait bien trouver à cette pièce sinistre et sans chauffage, et, tout en rattachant la sérénité qu'elle y connaissait à son mariage, n'arrivait pas à découvrir en quoi consistait au juste le lien. Il lui faudrait des années avant de comprendre que l'escalier, l'atelier, le chevalet, la toile, et les tubes de blanc de zinc représentaient pour elle la sécurité.

Dans ses toiles à cette époque, des formes sombres symbolisaient les images de la terre, ou des rêves.

Ainsi donc ils s'installèrent, chacun à proximité de la sécurité. Les parents de Ted vinrent les voir, ainsi que ceux de Margaret. Appliques et patères furent dûment mises en place, on garnit d'ampoules les abat-jour et les jardinières de bulbes, et un ami renversa du vin sur le Piranèse déroulé, qui était un cadeau de mariage. Margaret faisait les courses, et Ted prenait les livres à la bibliothèque en rentrant du travail. « Notre Ted prend le mariage au sérieux », dit la mère de l'astronome à Margaret, mais c'était plutôt comme s'il avait accepté une tâche et qu'il tenait à s'en acquitter consciencieusement. Vernir une étagère ou planter un clou n'avaient pour lui plus guère d'attrait, mais on ne l'en voyait pas moins au travail, muni d'un pinceau ou de sa boîte à outils. Lui aussi devint, entre autres choses, bricoleur. L'autosuffisance semblait totale, sorte d'entraînement susceptible d'assurer la survie sur une île déserte.

« Ted s'est jeté dans la vie domestique. Il s'y est littéralement précipité », dit la mère de Margaret. Elle n'aurait pas mieux dit s'il s'était agi d'un abîme.

Des habitudes s'établirent qui, un mois ou deux plus tard, semblaient avoir toujours existé. Il arrivait de temps à autre à Ted Tice de s'emparer d'un journal ou de le reposer d'un geste qui trahissait un vieillissement prématuré.

Suivant un chemin tracé d'avance, Margaret fut d'abord une jeune mariée, avant d'être une jeune maîtresse de maison, puis une future mère. Plus tard, elle serait contrainte de parler écoles, de faire partie d'un club de tennis et d'un comité de femmes. S'entendrait dire, comme si ce n'était pas elle mais une autre qui parlait : « Je ne me sers jamais d'amidon », ou bien : « Je range au fur et à mesure. » Avec l'impression qu'il s'agissait là des symptômes d'une maladie bénigne, à laquelle, en conséquence, elle n'opposait aucune résistance. Mais elle savait, avec une incompréhensible nostalgie à l'égard d'une vie qu'elle n'avait jamais connue, que tout aurait été subtilement, et profondément, différent si son mari l'avait aimée d'un grand amour.

Un soir, au cours du premier été de leur mariage, ils s'étaient rendus à un dîner chez un des collègues de Ted. En de pareilles occasions, les épouses des scientifiques savaient se faire oublier — à l'exception de celles qui, elles-mêmes de la partie, s'autorisaient à participer à la conversation des initiés. D'autres, comme Margaret, pouvaient être pourvues d'une gentille excuse : « Elle peint » ; « Elle fait de la musique », mais devaient de toute façon s'attendre à passer complètement inaperçues.

Ted, lors de ces réunions, était souvent morose, détaché. Respecté de ses collègues, il n'en était que rarement aimé. Dans ses relations avec ses assistants, il témoignait d'un indubitable esprit de justice — là où ils auraient sans doute préféré une partialité peut-être répréhensible mais plus humaine. Cette objectivité rigide était encore plus malvenue dans un salon.

Depuis quelque temps, Ted consacrait son travail à l'observation et à l'étude d'un objet bleu pâle, peut-être une étoile. Il rentrait tout juste de Palomar, où la controverse sur le décalage spectral et la loi de Hubble avait commencé. On savait qu'il avait des choses à dire sur le sujet, mais préférait ne pas les révéler en ces lieux. Somme toute peu sympathique, cette attitude consistait à prendre tout son temps et à choisir son heure.

Le dîner était donné en l'honneur d'un physicien qui venait de recevoir un prix important : bloc monolithe vieillissant, corps anguleux, visage desséché, qui promenait son air sombre dans tous les colloques et donnait au gouvernement des conseils influents. Son importance taciturne avait quelque chose d'implacable. Les femmes qui essayaient de converser avec lui entendaient leur voix se changer en couinement : l'expérience s'apparentait à une tentative pour graver son nom sur un monument historique. Même assis, il continuait à évoquer quelque objet massif. Affalé dans un fauteuil indigo, vêtu d'une veste grise avachie dotée de cuirs marron aux coudes, il avait en ce moment même tout d'un navire de guerre mangé par la rouille. Quand Margaret Tice se matérialisa à ses côtés, il sortit à demi des vagues, révélant une ceinture détendue en guise de ligne de flottaison. Ted observa sa femme : inclinaison verte sur une chaise droite, yeux débordant de civilité, main lisse posée sur le genou. Le vieux bâtiment de guerre commença peu à peu à s'adresser à elle : parler était sa façon de prêter attention. En acceptant son monologue, Margaret recevait ce dont elle avait rarement l'habitude : l'intérêt sans partage d'un homme.

La soirée était douce, les fenêtres ouvertes sur un jardin. Ted se souvenait d'une autre lumière du soir, bien des étés auparavant : une table, des conversations de jeunes gens ; deux jeunes filles, belles toutes les deux, l'une d'elles, une gazelle. Sortant d'une conversation portant sur les quarks et les quasars comme il serait sorti d'un long sommeil, il entendit sa femme dire — à propos d'un livre qu'avait mentionné le vieil homme — : « Oui, je l'ai lu pour la première fois à une époque où j'étais malheureuse, et j'y suis revenue souvent. Je le trouve toujours... »

« À une époque où j'étais malheureuse. » Que cherchait-elle à évoquer, ou à exorciser, par ces mots, assise là, drapée dans sa verte sérénité ? Il était jaloux de son malheur et ne pouvait que souhaiter en être lui-même la cause — qui d'autre aurait pu prétendre être responsable de la détresse de sa femme ? Finalement, Margaret se leva pour aller parler à un ami. Le physicien se leva lui aussi, déployant son pavillon à tête de mort.

« Je tiens à vous dire, Tice, que votre épouse est, à mon sens, une femme de grand discernement. »

Un peu désemparé, Ted regarda Margaret traverser la pièce : une femme de grand discernement. Si elle pouvait discerner ce que j'ai souvent au fond du cœur, si elle savait ce dont je rêve parfois. Il aurait voulu se convaincre que Margaret avait elle aussi ses secrets, où elle pourrait puiser des ressources susceptibles de les épargner tous les deux.

Un invité s'approcha de la fenêtre ouverte et jeta un mégot de cigarette d'un geste précis dans l'obscurité d'un bassin. Étincelle, grésillement, protestation timide d'insectes, ou d'une grenouille.

Le vieux physicien était debout à côté de la fenêtre, remontant sa ceinture. Il se rappelait une nuit, pendant la guerre, où il était sur le toit du Savoy, servant comme guetteur dans la détection des incendies. Reflets rouges et blancs des flammes et des projecteurs dans le fleuve noir, tremblements et vibrations de la terre sous l'impact et le recul des pièces d'artillerie. Et soudain, un avion en flammes qui tombe du ciel en vrille, et largue son pilote, lequel trace son propre chemin de feu. L'appareil explose avant d'atteindre le sol, mais l'homme embrasé plonge jusqu'au fleuve, qui l'engloutit dans un grésillement, simple mégot de cigarette.

Le vieil homme se souvient qu'au terme de cette nuit-là, il n'était pas rentré chez lui, mais s'était rendu à l'appartement de sa maîtresse, une blonde décolorée, fort savante. Morte depuis longtemps maintenant. Elle lui avait mis de côté un peu de ses rations, mais il n'avait pas pu manger. Il s'était assis sur le lit, le visage dans les mains, et avait dit : « Ce bruit. Je l'entends encore. » Il avait pourtant connu une expérience bien pire : jeune officier grouillant de poux, il avait rampé dans la boue pour attaquer la ligne Hindenburg. Mais là, au lever du jour, assis sur un lit, il pleurait. « Je la vois encore. » La torche enflammée. « Je l'entends encore. » Le sifflement de la chair qui s'éteint dans l'eau.

Ted Tice écrivit à Caroline Vail qu'il s'arrêterait à New York en allant à Pasadena, où il devait passer quelques semaines. Caro répondit : Je t'en prie, viens déjeuner à la maison. Et le matin de son arrivée, sortit acheter des fleurs.

C'était un jour de décembre, clair et froid. Ted descendit du taxi à un carrefour et fit à pied le reste du trajet. Dans la rue de Caro, les maisons lui apparurent d'abord toutes semblables, et uniformément riches — numéros en chiffres noirs ou dorés au-dessus des entrées, panneaux en verre gravé de chaque côté des portes. Lesquelles étaient noires, également, et affichaient un lustre prospère ; une ou deux avaient été peintes en rouge. La dernière rangée de maisons mitoyennes était moins régulière, et quand Ted arriva devant celle de Caro, il la trouva gracieuse et gaie — tel un enfant plein de vie entre des parents léthargiques. Il y avait là un mystère qu'il avait du mal à déchiffrer : la maison avait-elle vraiment une qualité particulière, ou était-ce seulement à ses yeux qu'elle paraissait dotée d'un charme incomparable ?

Il s'arrêta sur la dernière marche du porche, plus troublé qu'il ne l'avait été des années plus tôt, quand il avait attendu sous la pluie à Peverel. Maintenant, cela ne pourra jamais devenir plus facile, songea-t-il, simplement plus déchirant. Il aperçut, à travers la vitre, un parquet ciré, une glace, un mur blanc ; un petit tableau représentant des cartes à jouer et une carafe de vin. Cette fois-ci, le journal sur la table était aussi explicite que la nature morte. Un porte-parapluies en porcelaine bleu et blanc avait l'allure d'un monument. Franchir ce seuil à sa guise, et pour toute sa vie, n'était pas seulement un bonheur qui lui était refusé mais un acte investi d'un sens si grand qu'il semblait ne pouvoir être autorisé à personne.

L'enchantement aurait pu être celui d'un enfant, s'il n'avait pas fait partie de l'obsession d'un homme au désespoir.

Il sonna, dévoré par l'attente, comme si quelque chose d'important était sur le point de se décider — alors que toutes les décisions avaient été prises depuis longtemps.

Des pas précipités dans l'escalier, et Caro, qui n'avait jusqu'ici jamais couru à sa rencontre, ouvrait la porte et souriait. Grande, colorée, forte, et belle. Son large visage était tout à la fois plus large et plus doux. Un courant d'air tiède arriva du hall d'entrée. Ted fit un pas, et ils s'embrassèrent. Caro l'enlaça, son corps reposant contre le sien dans une attitude purement amicale. « Ah, Ted, tu es superbe. »

Et c'était vrai. Le sillon sur son front, la griffure sur son œil avaient acquis une certaine distinction ; le sillon était maintenant barré par un pli horizontal.

Il entra et ôta son écharpe. « Il me tardait tant d'être à aujourd'hui. »

La maison était inondée de lumière jusque dans ses entrailles les plus reculées. Au solstice, le soleil pénétrait non seulement de manière frontale mais aussi, grâce à une fenêtre située à l'arrière, à l'oblique.

Une fille aux cheveux raides sortit d'une pièce et resta là à regarder, comme un animal domestique qui viendrait renifler un visiteur. Pas comme Caroline Bell, immobile un jour au sommet de son escalier, présidant aux destinées d'un jeune astronome.

Ted vit tout le bonheur de Caro, ce bonheur qu'elle avait conquis et qui la faisait rayonner. Voilà pourquoi elle s'était précipitée à sa rencontre — elle pouvait se montrer généreuse à son égard, comme à l'égard du monde entier. « Excuse-moi », dit-il, avant de se moucher. L'air tiède du dedans faisait briller ses yeux.

Plus tard, Adam Vail dirait : « Il me plaît. Il a les allures d'un autoportrait balafré de Van Gogh. »

À la fin de l'hiver, Adam et Caro prirent l'avion pour Londres. Il y eut des journées entières d'une pluie glacée, la balance des paiements était dangereusement déficitaire, et deux livres venaient d'être publiés sur Guy Burgess et Donald Maclean. De grands immeubles s'élevaient, frêles mais tout-puissants.

Dora enchaîna les scènes. Elle les avait soigneusement mises de côté, pour les en régaler. Le peu de bon qui l'habitait encore souhaitait voir les deux sœurs continuer à vivre leur vie. Mais l'autre Dora, de loin la plus influente, ne supportait pas qu'elles lui aient échappé, la privant ainsi de l'espoir qu'elles pourraient un jour dire de la vie, toutes les trois ensemble : « Quel malheur ! »

Dora leur dit : « Je ne demande jamais rien à Dieu. Mais je le remercie. Il y avait un tétraplégique l'autre jour à la télé, et je me suis dit, j'ai quand même une raison d'être reconnaissante.

— Dora, nous sommes venus pour te voir.

— Il y a cinquante-deux semaines dans l'année, et vous venez pour quinze jours. »

Ces répliques instantanées, leur concision, ainsi que le regard fixe qui les accompagnait et qui avait été fourbi devant la glace, donnaient l'impression d'avoir été soigneusement répétées, et Caro en conçut un réel désespoir. Elle aspirait à fournir à Dora cette fameuse paix si difficile à atteindre.

Adam dit à Caro : « La paix ne lui serait d'aucun secours. Cette femme meurt d'ennui.

— Mais il n'y a pas une seule de ses journées qui se passe

sans drame. Elle est toujours en train de se disputer avec Dot ou Daph. » On aurait dit un message en morse.

« C'est le genre de personne, dit Vail, pour qui la mort de Sardanapale n'aurait aucun caractère d'événement. »

Caro emmena Dora à Kew. « Tu adorais les camélias, dit Dora. À l'époque. »

Caro fut tentée de renier les camélias, comme s'ils avaient été un piège. Honteuse, elle aurait voulu pouvoir expliquer qu'elle ne souhaitait qu'une chose : partager la paix de l'esprit qui était la sienne, et non la sacrifier en guise d'offrande.

Kew ne remplit pas son office. C'était en Nouvelle-Zélande, où elle avait une amie, à Palmerston North, que Dora voulait maintenant se rendre. « Trish Bootle veut que j'aille la rejoindre. » Une autre des sécessions de Dora. « On a besoin de moi là-bas. »

Adam dit qu'il pouvait lui réserver une place sur le meilleur paquebot. Commentaire de Dora : « N'importe quoi pour se débarrasser de moi.

— Nous prendrons un billet de retour. »

Dora confia à Dot Cleaver : « Il croit qu'on peut régler tous les problèmes à coups de chèques. »

Mis au courant de la situation par Grace, Christian dit : « Vail est un imbécile de s'être mêlé de ça. » Mais, en réalité, il était ravi qu'Adam prenne Dora en charge. C'était là quelque chose — comme le prêt-bail ou le plan Marshall — qu'on était en droit d'attendre d'un Américain. « J'ai supporté le fardeau suffisamment longtemps », dit-il à Grace.

Christian pensait au vieillissement ces temps-là et redoutait de se retrouver avec la décrépitude des autres sur les bras. Dora n'était pas loin de la cinquantaine. Ses jambes étaient légèrement arquées, elle s'enrobait et se ridait. Ses cheveux grisonnaient au fil des mois. Quant à la mère de

Christian, elle devenait, selon le mot de son fils, « un souci », habitant seule dans sa vieille maison, avec pour toute compagnie une femme de ménage à la journée et un chat roux nommé Hotspurr. Elle serait tellement mieux dans une maison. Quand Christian en parla à Caro, celle-ci lui répondit : « Une maison, elle en a une, c'est d'un hospice que tu veux parler. »

Au souvenir d'une préférence passagère depuis longtemps défunte, Christian se dit qu'avec Grace, il avait fait le bon choix. Il avait vu comment on pouvait se casser la figure en cédant à ses impulsions. C'était bien à son esprit judicieux, en toute circonstance, qu'il devait de n'avoir jamais connu de tragédie.

28

Ce n'est qu'au cours d'un été des années soixante que Christian Thrale connut, sinon une tragédie, du moins un mini-drame. La chose se produisit alors que Grace se trouvait à Peverel avec les enfants — ce qui donne une idée de la nature de l'événement. Grace n'était pas partie depuis assez longtemps pour que son absence se fasse décemment, moins encore cruellement, sentir, et à coup sûr pas depuis assez longtemps pour que Christian ait téléphoné, étant donné sa pingrerie naturelle en la matière.

Un mardi, en début de soirée, Christian était à la fenêtre de son bureau en train d'observer la lumière soyeuse qui s'épanouissait en signe de réconciliation sur Londres : forêts de feuilles dépliées comme des mains ouvertes, colonnades et portiques blancs, rues satinées comme des rivières. Dans le parc, on voyait un coin de pelouse, une petite étendue d'eau, les éperons bleus des delphiniums. La soirée portait la marque d'une réussite magnifiquement achevée après maintes tentatives avortées.

Si Christian prenait un plaisir classique au spectacle envoûtant du coucher de soleil, il appréciait aussi sa nouveauté. Il avait simplement jeté un coup d'œil à l'extérieur, histoire de vérifier le temps qu'il faisait. Bien qu'on entendît le grondement sourd de la circulation, la lumière mnémonique portait en elle le silence — mais ne semblait pas être un simple fait de la nature, dans la mesure où l'on sentait qu'un tel rayonnement n'aurait pu exister sans une telle ville pour lui servir de cadre. Il y avait là une participation humaine indéniable, comme s'il s'était agi d'un de ces moments où l'homme salue solennellement le monde, ou prend congé de lui.

Christian, tout absorbé qu'il fût dans sa contemplation, n'en était pas moins conscient de sa personne : d'une taille et d'une intelligence supérieures à la moyenne, il ne perdait pourtant jamais de vue la porte de sortie représentée par cette même moyenne, aune commode à laquelle mesurer déviances et excès.

Une porte s'ouvrit dans son dos. Il ne se retourna pas, heureux d'être surpris en pleine réflexion devant un tel panorama : un homme, aux cheveux blonds tirant sur le roux et aux épaules étroites, capable de mettre les choses en perspective. Enfant, Christian, peu différent de ses semblables, s'était défini comme un être sensible. À l'instar de nombre d'adultes, il n'avait procédé à aucune réévaluation en dépit d'incitations ultérieures. Pour ce qui était des affaires du bureau, il aimait à dire en guise de mise en garde : « Si nous ne savons pas rester humains, nous sommes fichus. » Même si, à d'autres moments, on l'avait entendu dire : « Il y a des limites à tout », ou bien : « Ce n'est pas à moi de décider. »

Une urgence s'était présentée, et quelle chance, Thrale, vous n'êtes pas encore parti ! On improvisait une réunion, car certains télégrammes devaient être envoyés le soir même. Quelle chance ! car Talbot-Sims venait de prendre l'ascenseur pour quitter le bâtiment.

Christian, lui, se dit qu'il n'en avait guère, de la chance, en songeant à Talbot-Sims en train de rentrer chez lui à la hâte, fonçant à travers Londres en toute liberté dans ce qu'il imaginait être une décapotable, même si tout le monde savait que Talbot-Sims ne se déplaçait jamais qu'en métro. Penché sur le motif chinois de son sous-main, Christian rassembla ses papiers et dut se forcer pour adopter l'expression enthousiaste qu'il arborait d'ordinaire sans difficulté.

Christian Thrale avait commencé à s'élever dans la hiérarchie. Ceux qui regardaient dans le four de sa carrière annonçaient : « Christian monte », comme s'ils avaient parlé d'un gâteau ou d'une miche de pain. Ils ne disaient pas : « Il ira loin », ce qui aurait suggéré une forte personnalité, mais de temps à autre remarquaient son ascension progressive : « Christian est sur la pente ascendante. »

La salle de conférences donnait sur le parc. Du moins les fenêtres, car les occupants, eux, concentraient toute leur attention sur une table, des papiers, leurs collègues ; sur eux-mêmes. Leurs regards plongeaient dans le grain lustré de cette table comme dans l'eau d'un réservoir. Revigorés par une nouvelle bouffée d'importance, ils bruissaient, murmuraient, craquaient des allumettes et réglaient leurs montres, car il y avait du retard. Le bataillon de sténodactylos étant parti, s'étant en quelque sorte engouffré, en même temps que Talbot-Sims, dans ce sas de secours qu'était l'ascenseur descendant vers la liberté — et la doyenne, Miss Ratchitt, étant retenue chez elle ce jour-là par une crise de foie —, on attendait une employée qui devait se charger du compte rendu de la réunion.

La moindre minute étant précieuse, le contretemps était des plus fâcheux.

Son apparition ne fut pas sans évoquer les delphiniums. On était allé la chercher en catastrophe aux toilettes, où elle se préparait pour rentrer chez elle — ou peut-être, qui sait, pour sortir en ville. Ces préparatifs l'avaient amenée, littéralement, à laisser tomber ses cheveux, blonds comme des blés mûrs, et on ne lui avait pas laissé le temps de les remonter. Simplement peignés à l'arrière, ils se déployaient sur ses fines épaules bleues et lui balayaient le dos. Même le pire des hommes présents, et ils étaient plusieurs dans l'assemblée à mériter ce titre, n'avait d'yeux que pour eux. Christian ne se rappelait pas l'avoir jamais vue dans les habituels secteurs de rencontre, ascenseurs ou couloirs. Mais peut-être que les cheveux lâchés dans le dos faisaient toute la différence.

Les delphiniums, oui, c'est ce qu'évoquait cette apparition en bleu.

Elle s'assit sur une chaise très lourde, que personne ne prit la peine de lui présenter. N'ayant jamais eu cet égard pour Ratchitt, ils se seraient découverts s'ils l'avaient eu pour cette jeune personne. Derrière le masque de son expression, Christian Thrale regardait, sous le charme. Les gestes, timides, pondérés, avec lesquels elle posa sur la table son bloc-notes ligné avant de l'ouvrir, et empêcha un crayon de rouler. Le coude appuyé sur la table, le visage aux longs cils penché sur la page, évoquant la lycéenne qu'elle n'était plus sans doute depuis peu.

Autour du réservoir, l'agitation s'intensifia avant de retomber cérémonieusement. Moment rituel, comme celui où le soliste s'installe à son piano en faisant voler sa queue-de-pie ou fixe la protection entre mâchoire et stradivarius. Messieurs, pouvons-nous commencer ? Inutile de vous rappeler que nos délibérations doivent rester confidentielles, je suppose que la chose a été clairement notifiée à Miss... j'ai bien peur de ne pas connaître votre...

Cordelia Ware.

Miss Ware. Très bien. Le cabinet doit mettre un terme à sa réunion dans l'heure qui vient, et on nous informe que...

Il tomba vers l'avant, l'éventail des cheveux. Un bras monta pour tenter, en vain, de le faire repasser par-dessus l'épaule. Une page tournée à la hâte. Une gazelle dans la pièce. Une porcelaine dans un magasin d'éléphants. Toute de fragilité et de délicatesse : joue, oreille, poignet, et ce buste incliné, bleu de la taille à l'épaule.

Au vu des événements de la semaine passée, on ne saurait surestimer l'importance d'une telle décision... conséquences d'une portée considérable... Vous voudrez bien faire de cela une rubrique spéciale, Miss... j'ai bien peur d'avoir oublié votre... Messieurs, le temps ne joue pas en notre faveur.

Elle faisait le compte rendu de la séance, comme un greffier rédige les minutes d'un procès. Les minutes ici s'envolaient, et c'était elle qui les prenait. Le moindre moment était précieux, et le temps ne jouait pas en notre faveur.

Christian se souvint de quelques vers :

Comment pourrais-je,
Avec cette fille juste là,
Fixer mon attention
Sur la politique de Rome,
De la Russie ou de l'Espagne ?

Cela se terminait par : « Ô, que ne puis-je retrouver ma jeunesse, et la tenir à nouveau dans mes bras. » Il s'en souvenait aussi. Si on apprend ce genre de chose suffisamment jeune, on ne l'oublie jamais. La vieillesse n'est pas une question d'âge. Moi, je me sens vieux. Une autre page qui se tourne, torsion inquiète du poignet. Et toujours ce geste pour rejeter les cheveux en arrière. Le temps jouait en sa faveur. Elle portait une montre ronde, bon marché, montée sur un bracelet de ruban noir — ils appelaient ça du gros-grain dans les réclames. Elle le faisait couler, il gîtait comme un bateau. Bon sang, c'est l'Inchcape Rock. C'est proprement ridicule, et ô combien injuste. Toutes ces heureuses années de mariage ne vont certainement pas s'embourber dans l'ornière, ou s'échouer sur le récif, qui semble se dessiner ici. L'Espagne cette année, pour les vacances, et la croisière en mer Égée en 63. C'est vrai, il y a le bureau. Mais pas au point où l'effet produit par cette fille pourrait le laisser entendre.

Ainsi louvoyait Christian, zigzaguant sur une mer de cheveux blonds et de fleurs bleues. Ses camarades de bord auraient tout aussi bien pu être attachés au mât, des bouchons de cire dans les oreilles. Ils s'agitaient, péroraient. Maniaient les cordages, les connaissaient tous comme ils connaissaient toutes les ficelles. Pour ce qui est de l'aspect humanitaire de la question, on exprimera les plus vives préoccupations. Mais de manière confidentielle, afin de ne pas envenimer une situation déjà suffisamment... Ils avaient atteint le stade où ils commençaient à se renverser dans leurs fauteuils, la cravate de guingois. Sage précaution, Bickerstaff. Bonne remarque, Barger. L'opiniâtreté érigée en vertu, comme à l'école — Christian, cette fois-ci, n'étant pas au nombre des bons élèves.

Impossible de la suivre quand on l'envoya taper le compte rendu dans une pièce où l'on alluma les lumières et où les femmes de ménage n'auraient pas accès. On brûlerait plus tard le contenu des corbeilles à papier. Sur dunes et promontoires meurt le feu. Les capitaines s'évanouirent, s'en allèrent les travailleurs de l'ombre.

Errant dans la grisaille d'un couloir, Christian fut abordé par un collègue au teint blanchâtre, Armand Elphinstone. Il était arrivé à Christian de dire à Grace : « Je ne m'entends pas très bien avec Elphinstone. » Et d'ajouter : « Je crois que c'est ma faute. »

Elphinstone remua des pièces de monnaie dans les poches de son pantalon froissé. Haussa des épaules enneigées par les pellicules et semées de cheveux.

« Tu veux me dire pourquoi nous manquons toujours à ce point d'organisation. Ce soir, on n'avait aucune préparation. La réunion aurait pu être annoncée au moins une heure plus tôt. C'est vrai, quoi ! On va avoir bonne mine devant le comité permanent. » Dans les poches d'Elphinstone, les pièces invisibles jouaient les percussions, accompagnées par les cuivres d'un trousseau de clés. « Sans parler de cette fille qu'on a envoyée à moitié habillée. »

Alors, lui aussi. Même Armand le blanchâtre.

Inutile de s'attarder plus longtemps. Elphinstone avait réussi à tout gâcher.

Le lendemain, autre élément nouveau : la secrétaire particulière de Christian partait en vacances.

« Et à qui pense-t-on pour vous remplacer ? » Avant même de poser la question, il connaissait déjà la réponse.

« On vous donne une fille du pool des dactylos. Je vais la mettre au courant, en gros. Une certaine Miss Waring. Ou Ware. Inutile de dire que je vais trouver une pagaille monstre à mon retour. »

Le premier jour, elle était vêtue d'une robe en velours marron plutôt râpée, ses cheveux noués en un chignon sage. Christian ne dit pas grand-chose de toute la matinée, plaquant tel ou tel document sur la table et en réclamant trois copies : ceci est prioritaire, prenez cela au brouillon. Il résista jusqu'à l'heure du déjeuner. L'après-midi, il cherchait déjà à la sonder, et avait besoin qu'elle pense du bien de lui. Elle prenait sous sa dictée, et il avait du mal à croire qu'il l'avait ainsi à sa tendre merci : c'est la tendresse qui dominait en lui, et non la compassion. Quand elle referma son bloc, il lui dit :

« J'espère que nous ne vous avons pas retenue trop tard l'autre soir. »

Elle leva des yeux sans expression.

Il sentit qu'il s'était trahi. « Le soir du conseil des ministres.

— J'ai manqué mon train. Nous habitons Dulwich. » Hésitante, comme si le seul fait de lui fournir une réponse risquait d'empiéter sur l'intérêt qu'il lui portait. « Une de mes collègues m'a hébergée pour la nuit.

— J'espère que vous n'avez rien eu à décommander.

— C'était l'anniversaire de mon père. »

Quelle vie nous leur faisons ! songea Christian — non sans complaisance. Il éprouvait un certain plaisir à supplanter son père, en qui il ne pouvait voir qu'un rival — c'est qu'on était au courant de ces choses. Ses yeux étaient si clairs, ainsi levés, presque circulaires, délavés comme du verre grisé. Il vit bien qu'elle avait envie de lui plaire : j'espère donner toute satisfaction, monsieur. Sa voix, comme sa robe, avait la douceur du daim, signe d'excellence chez une femme. Le père avait appelé cet enfant Cordelia.

Quand il l'entendit taper, il trouva un prétexte pour venir se placer à côté de son bureau et rester un moment. Il y avait là quelque chose de vaguement sexuel, comme la relation qui lie le ténor et son accompagnateur : elle, assise et subordonnée, lui, debout et dominant. Il émanait d'elle une odeur légère et un peu douceâtre de talc ou de shampoing. Ses doigts, noircis par le papier carbone, rendus fébriles par sa présence, passèrent en revue six exemplaires pour corriger une erreur. Un *Manuel de style* — quel style pouvait-il bien y avoir dans ce genre de travail ? — était ouvert sur des instructions d'une inanité fastidieuse. J'ai l'honneur d'être, monsieur, l'humble et dévoué serviteur de Votre Excellence. Sur la surface du bureau s'étalait une pellicule de débris de gomme qui recouvrait les griffures et les fientes d'une précédente cohorte d'oiseaux-secrétaires aujourd'hui envolés.

Excellence, honneur... Pourquoi supportent-elles tout cela ? songea Christian, mais sans grande satisfaction, cette fois-ci.

Il faillit poser la main sur son épaule de velours marron. En sentit presque l'arrondi se loger dans sa paume — et à cet instant précis aurait été prêt à la laisser tranquille, à la vouloir à l'abri du mal qu'il risquait de lui faire, cette jeune personne si anxieusement et si innocemment penchée sur sa pauvre besogne.

« Ceci est d'une extrême urgence, dit-il. Le reste peut attendre. »

Depuis son bureau, il entendait le staccato des touches, le bruit de déchirure du rouleau, les arpèges des phrases, l'andante d'un passage mis en retrait. Une exclamation découragée devant une fausse note. Curieux comme une machine pouvait reproduire l'angoisse de la personne qui la faisait fonctionner. La courbure imaginée de son épaule de velours restait palpable dans sa main, toujours refermée sur son contour.

Le soir se leva comme une aube. La ville le reçut comme une bouffée d'intense soulagement. Une vague d'excitation transporta Christian de son bureau à la fenêtre — où la métropole une fois de plus baignait, impuissante et pleine d'attente, dans un crépuscule aussi phénoménal qu'une éclipse. Un homme avisé aurait regardé à travers des lunettes spéciales, ou un trou découpé dans un morceau de carton. Christian, lui, contempla la scène de son œil nu. Il était de ceux qui pouvaient encore regarder le ciel. Qui connaissaient leur Yeats. Leur Freud.

Ce n'était pas pour rien que ces noms étaient précédés de l'adjectif possessif.

Il fut tenté de lui demander sans plus attendre de dîner avec lui. Mais non, pas tout de suite, et pas le premier soir. Il convenait de laisser s'écouler un intervalle décent, tout en espérant que le temps tiendrait. Il y avait là une forme de prodigalité — ils avaient si peu de temps. En pensée, il disait « ils » — sans trouver déplacé l'emploi de ce pronom, possessif à sa manière.

Le lendemain, il faisait chaud. La ville ouvrait toutes ses fenêtres tandis que Christian se rendait à son travail au volant de sa voiture. En route pour les tours de Camelot. Comme si cela avait été convenu d'avance, elle portait la robe aux bleuets — si c'était bien de ces fleurs qu'il s'agissait —, et ses cheveux étaient dénoués. Il avait entendu dire que les jeunes filles, cette année-là, aplatissaient leurs cheveux au fer à repasser pour les porter plus longs, mais jugea que ce n'était pas son cas. Comment faire ça toute seule ? Peut-être leurs mères les aidaient-elles ? Il essaya de se représenter la petite cuisine de Dulwich, propre comme un sou neuf, la mère informe dans un tablier à fleurs, et elle, la tête posée sur la planche à repasser. Comme pour une exécution.

Ce fut un jeu d'enfant de la retenir après les heures de bureau. Il n'eut qu'à fabriquer une urgence — rares étaient les urgences en cet endroit qui n'étaient pas fabriquées — en repoussant un mémorandum à l'après-midi. Quand elle revint à deux heures après avoir avalé un sandwich à la hâte (supposé, le sandwich, remarquée, la hâte), il passa à l'action. À six heures, ils étaient seuls, lui relisant attentivement son texte, elle martelant ses touches. Il se leva, se rendit aux toilettes pour se faire beau. Fit couler de l'eau, se passa un peigne dans les cheveux, s'examina d'un œil critique. Sourit dans un carré de mercure fendu de bout en bout. En revenant le long des couloirs gris et sans vie, il entendit la machine qui poursuivait sa course, comme un cœur qui s'affole.

Il s'était décidé pour l'affirmation catégorique : « Je vais vous remmener chez vous en voiture. » Tout en espérant, bien sûr, qu'elle n'aurait pas l'air aussi abasourdie. « Regardons les choses en face (formule dont usait habituellement Christian pour condamner une tendance trop répandue à son goût à fuir les responsabilités), nous en avons encore pour une demi-heure, au bas mot. Pourquoi ne pas (conclusion attendue) aller manger un morceau quelque part ? Et après, je vous reconduis. »

Il crut déceler, mêlée à sa stupéfaction, une légère incertitude — il ne serait pas allé jusqu'à parler de soupçon. Il restait qu'elle devait être contente, voire excitée. Une fille qui passait l'essentiel de ses journées à retourner des carbones serait heureuse de la moindre diversion. L'humble et dévoué serviteur de Votre Excellence.

Non pas qu'il se considérât lui-même comme une diversion.

« C'est gentil à vous », dit-elle, sans qu'il en conçût le moindre remords.

Elle était dans la voiture à son côté. Ils traversaient un fleuve, le fleuve, après une sole arrosée d'un chablis. Il ne faisait pas encore sombre. Devant eux, le pré communal respirait l'innocence des dernières balles de cricket de la journée, des terriers laissés en liberté et des couples vieillissants en sécurité sur leurs bancs. (Ceux-ci verraient plus d'activité avec les amoureux qui viendraient s'y installer une fois la nuit tombée.) Mais les arbres... il ne les avait jamais vus sous cet angle auparavant — des arbres extraordinaires, comme des nuages, des écrans de verdure, de grands bouquets. C'était son œuvre à elle : d'abord les bleuets, et maintenant les arbres. Dryade aux ailes légères, vert de la hêtraie, Rima la fille-oiseau qui lui ressemblait, la nymphe fidèle, comment s'appelait-elle... Tess of the... mais non, Tessa. Et tout cela à Clapham, en pleine banlieue de Londres.

Il aurait aimé arrêter la voiture, là, sur-le-champ, simplement pour regarder les arbres, puis il l'aurait prise dans ses bras, presque par hasard. Mais il fallait que s'écoule un intervalle décent. Elle avait si peu parlé, ne disant que des choses sensées. Elle était immobile et regardait le soir et les arbres, la tête renversée en arrière, sans être appuyée contre le dossier. Ils continuèrent de rouler le long d'avenues de banlieue pour lesquelles il éprouvait ce genre de bienveillance un peu condescendante que l'on ressent pour un camarade d'enfance qui n'a pas réussi.

« Vous tournez à gauche au collège technique. »

Il tourna.

« C'est juste là, sur la droite. Voilà, nous y sommes. »

Il aurait parié sur une rangée d'asters déprimés, trois marches menant à un porche en verre dépoli faisant saillie sur un mur de brique. Et n'aurait pas été plus exaspéré si elle l'avait délibérément trompé. Non pas que la maison fût somptueuse : jolie simplement, blanche, mais dix-huitième siècle, flanquée de fuchsias le long d'une allée en arc de cercle au gravillon soigneusement ratissé. Le genre de maison précisément que Grace et lui avaient regardée avant de décider qu'ils ne pouvaient pas se l'offrir.

Toutes les fenêtres étaient éclairées. Une grande maison dans un roman, un soir de réception : « brillant de tous ses feux ». (Christian, lui, préférait éteindre les lumières quand on n'en avait pas besoin.) Ou un majestueux bateau avec un air de fête, voiles déployées et fanions claquant au vent. Au rez-de-chaussée, un rideau en soie se gonflait comme un spinnaker dans une porte-fenêtre ouverte.

Il s'arrêta devant la porte. La voiture apparut tout à coup minable dans le flot de lumière émanant de la maison. Il se souvint des jouets en plastique qui se trouvaient sur la banquette arrière.

« Vous allez bien entrer un moment. » Presque mondaine sur son territoire.

« Non, il faut que je rentre, il se fait tard. » À peine poli, mais la maison lui faisait l'effet d'une menace. Il sentait d'ici l'œil du père sur lui, se voyait cligner les yeux sous les lumières, examiné comme dans un commissariat. Je dois vous informer que tout ce que vous direz pourra...

Ce qui ne l'empêcha pas de dire : « Une autre fois, peut-être. » Et, hardiment, il se pencha par-dessus ses genoux pour lui débloquer la portière, posant la main sur la sienne, qui n'arrivait à rien, comme pour sceller un contrat.

« Vers le haut, et poussez, comme ça », dit-il. Puis : « Claquez fort pour la refermer. »

Un scotch-terrier dévala les marches à sa rencontre, tout en museau, en pattes et en queue ébouriffée. Il l'entendit dire : « Oui, mon Hootsie. Oui, mon beau chien », dans une sorte d'extase.

Il rentra en ville, battant en retraite dans la plus grande confusion. Il s'était préparé à son rôle, celui de l'homme cordial mais réservé, maître de la situation dans la modeste maison aux bégonias et à la cuisine propre comme un sou neuf, et prêt à aider ces gens à surmonter une gêne bien compréhensible. Avait même évoqué l'existence d'un frère socialiste, dont il pourrait parer avec grâce les assauts amers. Mais n'était en aucune manière préparé aux propriétés égalisatrices de Lowestoft, du style Regency, des éditions reliées, d'un boukhara certes passé mais de prix, et, peut-être, d'un tableau attribué à Hoppner au-dessus de la cheminée.

Il détestait, qui plus est, la sensation de l'avoir échappé belle.

Il ne pouvait s'empêcher d'associer son impétuosité du moment à sa première rencontre avec Grace. N'existait-il pas un état reconnu qu'on appelait le complexe de Cophetua ? Ou bien l'avait-il rêvé ?

En arrivant chez lui, il téléphona à Grace. Cet appel, qui aurait dû l'aider, ne remplit guère son office. Un voisin était arrivé à l'improviste, il était trop tard pour faire venir les garçons au téléphone, une seconde, tu permets, il faut que j'aille éteindre le gaz. Jeremy s'était montré sceptique à propos de l'authenticité de la Table ronde, qu'ils avaient payé pour voir le matin, et Hugh avait fait la tête.

« Et au bureau, ça va ?

— Cet accrochage en Afrique nous a mis sur les dents. Et puis, il y a toujours le ministre qui fait des siennes. Et nous manquons de personnel comme d'habitude. Ils m'ont donné une remplaçante.

— Miss Mellish est donc partie en vacances ?

— Elle va trouver une pagaille monstre à son retour. »

Il reposa le combiné et ôta ses chaussures. Les stores étaient baissés, pour protéger le chintz passé. Sur le piano fermé, les partitions de Grace étaient repliées. Il revoyait la maison Ware, ses voiles blanches toutes gonflées. La jeune femme qui se penchait, l'entrée éclairée aussi brillamment qu'une scène. Son visage et ses mains pleines d'amour, tandis qu'elle caressait le chien qui bondissait sur elle. Il l'entendait parler, de sa voix de biche douée de parole, sentait les rugosités dans le pelage grossier de l'animal. Il avait hâte d'être au lendemain.

Le lendemain matin, Christian rangea les jouets dans le coffre de la voiture. Le temps tenait toujours, l'intervalle décent s'écoulait. C'était un vendredi, et un laisser-aller quasi général habitait le département, comme si s'annonçait autre chose qu'un week-end anglais. L'accalmie avait même gagné l'Afrique, où les crocodiles restaient vautrés sur des eaux paresseuses entre des bambous immobiles.

La vue de Cordelia Ware dans une robe imprimée à

petites fleurs roses effaça le souvenir de la défaite de Dulwich, exorcisant le spectre du père-inspecteur de police.

Seul Elphinstone détonnait, victime d'un rhume. Il prenait l'avion le soir même pour une importante conférence à Bruxelles et s'inquiétait des effets de la dépressurisation sur les oreilles.

Christian était debout près du bureau d'Elphinstone. « Alors, fin prêt ? »

L'autre toussa. Une toux sèche dans un premier temps, un bruit de moteur qui s'obstine à toussoter au lieu de démarrer. Il sortit un mouchoir de sa poche, soulevant un nuage pelucheux.

Christian se détourna et regarda deux photos encadrées accrochées à côté de la carte qui se trouvait au mur : le grand-père d'Elphinstone, en grande tenue de diplomate ; et un groupe de résidents britanniques organisés par Elphinstone en commando de désherbage, à l'œuvre dans le cimetière anglais de Capri.

La carte était si vieille que l'Inde y figurait encore en rose.

« Pas de problème », finit par répondre Elphinstone, qui prononça le mot « problème » avec une emphase moqueuse pour bien montrer qu'il savait repérer un américanisme.

« Tu sais que je suis de garde demain. » Christian était l'officiel de service pour le week-end. « S'il y a quoi que ce soit. »

Elphinstone se montra plein de compassion. « Tu n'es pas gâté, cet été. C'est vrai, quoi. Perdre encore tout ton week-end. » Il se couvrit le bas du visage de son mouchoir humide et regarda Christian par-dessus, comme un bandit. « Sans compter les heures supplémentaires. »

Christian détourna le regard des déplantoirs, des faces hilares et des pissenlits brandis en guise de trophées dans le cimetière anglais, et jeta à Elphinstone un coup d'œil insistant qui lui fit baisser les yeux.

« Ce n'est pas un problème, rassure-toi. »

Quand Christian sortit, Elphinstone cracha à nouveau dans son mouchoir, avant de l'étaler sur l'appui de la fenêtre pour le faire sécher.

Cordelia Ware, à laquelle cet épisode avait été épargné, leva en toute innocence les yeux de ses papiers en désordre quand Christian traversa son bureau — son allure offrait un contraste rafraîchissant avec celle d'Elphinstone. Christian s'assit à son bureau et se mit à signer des documents, avant de les expédier d'un air vengeur dans les différents casiers de la boîte à courrier. À sa fureur se mêlait un certain sentiment de triomphe. Le regard d'Elphinstone au-dessus de son mouchoir, ça c'était quelque chose à voir. Un idiot, incompétent et insupportable, qu'on nous a imposé, regardons les choses en face, simplement parce que son grand-père a négocié un traité désastreux en 1908. Seigneur, heureusement que les gens ne sont pas au courant !

L'après-midi s'écoulait, touchait bientôt à sa fin. Progressivement délesté par les départs précoces, l'étage tout entier s'aéra, s'allégea. Miss Ware — Cordelia — lui apporta le courrier. L'accalmie persistait, s'étendant à tout le globe, réduisant à néant les efforts de l'Afrique pour faire des vagues. Les va-et-vient de la bôme officielle restaient sans effet dans la bonace généralisée. Dans le courrier du jour, des copies de lettres pour information, et le texte d'un discours ministériel devenu caduc suite à un changement subit de situation. Des papiers à en-tête du SSEP, le sous-secrétaire d'État permanent, auxquels il n'était pas nécessaire d'envisager de donner suite. Une carte postale de la falaise d'Étretat, envoyée par Miss Mellish : En espérant que tout va bien.

« Mellish est au pays de Monet.

— J'en ai reçu une aussi. » Elle la lui tendit. Même

falaise : J'ai oublié de vous dire que je m'occuperai moi-même du classement des dossiers à mon retour.

Ils étaient là sans bouger, chacun sa carte postale à la main, gage de libération conditionnelle, et le temps filait.

Il ne pouvait pas se méprendre sur le compte de cette immobilité. Sonnerie du téléphone.

C'était un de ses homologues dans un service parallèle. « Dis donc, Thrale, ici, on est un peu dans le vague rapport à la réunion de Bruxelles.

— Qu'est-ce que vous voulez de plus ? Nous envoyons un de nos meilleurs représentants.

— Loin de moi l'idée de mettre le nez dans tes affaires, mon vieux. Simple affaire de communication. » Le mot « communication » reçut la même inflexion pointue que celle qu'avait donnée Elphinstone à « problème ».

Agitant le combiné, Christian eut une mimique exaspérée à l'adresse de la jeune femme. Jamais jusqu'ici, il ne s'était risqué à un geste aussi déplacé avec Miss Mellish. Aujourd'hui, il avait hâte que la journée se termine, ou plutôt qu'elle commence. La voix nasillarde n'en finissait plus, incapable de résister au jargon du métier, mais refusant d'en endosser la responsabilité.

D'un stylo-bille impatient, Christian souligna d'un trait sur le sous-main le contour de la carte postale en couleurs, son *carnet de bal* *.

Et tout à coup, elle était en train de dire : « Si vous n'avez plus besoin de moi... », son sac à la main. Elle avait un cardigan rouge vif sur le bras et lui signifiait un Au revoir, Mr Thrale, silencieux. Il ne lui était pas venu à l'esprit qu'elle pût partir aussi vite de son propre chef. Avant qu'il ait eu le temps de reposer le téléphone, elle avait disparu ; et n'était déjà plus dans le couloir quand il s'y précipita.

Il perdit complètement la tête et se dirigea vers l'ascenseur à grandes enjambées pour l'arrêter.

Il ne trouva qu'Elphinstone, pris dans l'encadrement des portes qui commençaient à se refermer, prêt à plonger. Celui-ci fit un grand sourire à Christian par-dessus son épaule et leva deux doigts en signe de victoire. On l'aurait cru sur le point de sauter en parachute. Au moment où il disparut, il porta la main à son cœur, comme s'il cherchait la poignée d'ouverture.

De retour dans son bureau, Christian se planta devant la fenêtre, là où tout avait commencé. Il n'était pas sûr d'avoir eu des intentions bien arrêtées, mais il n'avait certes pas envisagé la perspective d'une soirée solitaire passée à broyer du noir. Un dernier fracas de classeurs et de tiroirs de bureaux qui se referment, et l'étage retomba dans le silence. Partout dans Londres, des filles se glissaient dans des voitures ou en descendaient, et des jeunes gens se penchaient au-dessus d'elles pour dire : « Vers le haut, et poussez, comme ça. » Des couples s'éloignaient avec des plateaux, en lançant derrière eux : « Apporte les glaçons », et on sortait enfin le mobilier de jardin de chez Harrods.

Seul Christian restait là, inconsolable, devant sa croisée.

C'est le cardigan rouge qui **lui** permit de la reconnaître. Elle traversait la rue juste au-dessous, d'un pas lent, en direction du parc. À moins que ce ne fût en direction de la station de métro — mais on n'a pas cette allure quand on s'apprête à prendre le métro, la tête levée vers le ciel, un lainage négligemment jeté sur l'épaule. Elle avait des jambes minces et de petites chaussures plates ; et, à l'image de tous ses autres mouvements, sa démarche était charmante.

Il quitta la toile, quitta le métier. En trois enjambées, il fut à son bureau, faisant claquer les tiroirs et ramassant à la hâte stylo et lunettes. Il garda suffisamment de présence d'esprit pour s'emparer au passage d'une enveloppe renfermant des documents pour le week-end, histoire de se donner une contenance.

Quand, une fois dans la rue, il l'eut repérée, il ralentit le pas, pour mieux savourer l'instant. À la filer ainsi, il connaissait une promesse de bonheur telle qu'il en avait rarement éprouvé dans sa vie d'adulte et qui était incompatible avec l'enfance. Christian, adolescent, puis jeune homme prêt à prendre femme, avait été amoureux. Mais jamais comme en ce moment, où, en dehors de tout contexte, sans rien représenter d'autre que des forces dont le contrôle lui échappait, il regardait Cordelia Ware, submergé par la tendresse, partagé entre l'adoration et la condescendance.

Il la rattrapa au moment où elle entrait dans le parc. Et fut la quintessence même de l'agréable surprise : et Dulwich, alors ? Elle s'expliqua : la soirée était si belle, et le parc, si proche. Ils franchirent la grille ensemble, longèrent des plates-bandes de fleurs irisées, entre des arbres aux tons de cornaline. Traversèrent un pont, s'assirent, seuls, sur un banc. L'enveloppe du bureau, dont le contact de tiédeur matelassée était devenu répugnant à la main de Christian, fut posée à l'écart sur le banc, comme un complice trop zélé.

Un grand calme tout autour d'eux, la terre tout en herbe, et le ciel tout en infini, en dépit des canards qui se disputaient les croûtes des badauds, et d'un journal, porteur d'un gros titre épouvantable, qui passa devant eux balayé par un coup de vent. Quelque part au-dessus de leurs têtes, Elphinstone traversait les cieux, déglutissant consciencieusement pour se déboucher les oreilles et prenant sur le plateau qu'on lui tendait un bonbon à la menthe supplémentaire, histoire de parer à tous les risques.

Elle était assise très droite, mais pas comme dans un cours de gymnastique, ses doigts entrelacés reposant sur ses genoux croisés. Et, avec les dernières lueurs du jour sur ses cheveux et sa peau pâle, n'était plus que lumière. Elle le regardait, grave et attentive. Comme la muse : patiente, mais accessible uniquement aux hommes de bonne foi.

« Voulez-vous dîner avec moi ? » C'était la déclaration la plus humble qu'il lui eût faite jusqu'ici.

Les fleurs roses se soulevèrent sur sa poitrine. « Si vous pensez que c'est convenable », dit-elle.

Il ne sut comment réagir à cette marque de déférence, et ne releva pas. Tout semblait possible maintenant. Le monde entier, comme le week-end, s'ouvrait devant eux. Il n'avait pas oublié qu'une fois elle avait passé la nuit en ville chez une amie. Même à l'époque, il avait consigné cette information pour un usage futur.

« On ne va pas vous attendre chez vous ?

— Je peux téléphoner. »

Il n'avait pas envie de savoir ce qu'elle dirait. Au diable le père et son spectre d'inspecteur. Ils resteraient assis entre l'herbe et le ciel tant qu'il y aurait encore de la lumière, puis il l'emmènerait dîner dans un petit endroit situé dans une rue donnant sur Duke of York Street et réservé aux jours à marquer d'une pierre blanche.

Il avait encaissé un chèque le matin même.

L'expansion illimitée du possible rendait acceptable toute manifestation de vie terrestre : les klaxons étouffés de l'activité humaine qui leur parvenaient de la rue, le cri discordant d'un canard intempérant à leurs pieds, le couple allongé sur l'herbe toute proche, dont les ondulations sous un imperméable étalé étaient comme un clin d'œil lubrique dans leur direction ; les ducs en bronze et les amiraux en pierre juchés sur leurs piédestaux ou leurs colonnes. Tout ici était en harmonie avec le monde, jusqu'aux soldats de la garde royale, dans leurs vestes Mao vermillon et leurs bonnets à poil style afro, et au lointain quadrillage d'un gratte-ciel en construction, contre l'érection duquel Christian avait récemment signé une pétition.

Christian était maintenant à l'abri de la mesquinerie, comme on ne peut l'être que dans un état de bonheur immense ou de profond chagrin. L'obsession de sa propre importance ne le prédisposait pas à la grandeur : sa valeur, il ne la mesurait que dans le regard des autres ; mais, dans des moments de ce genre, était capable de comprendre la grandeur de cœur des héros.

C'est dans cette humeur que se déroula la soirée. Christian prit le bras de Cordelia au premier feu vert et ne s'en dessaisit que quand ils arrivèrent au restaurant. Au cours du dîner, il parla de l'Espagne, où elle n'était jamais allée — « Regardons les choses en face, Madrid, c'est d'abord le Prado » —, et des Hébrides, où elle avait séjourné. Il découvrit que la maison de Dulwich avait appartenu au grand-père de Cordelia, que celle-ci avait trois frères, et un oncle rendu sourd par une absorption massive de quinine lors de dix années passées au Bengale. En plus du scotch-terrier, il y avait un chat au poil ébouriffé nommé Ruffles.

Cette cohorte — les Greco, les Cuillins, l'oncle et le chat — envahit, parée de mille couleurs, l'espace d'une petite salle de restaurant.

Ils revinrent à pied vers la voiture, à travers les larges rues et les vastes jardins dessinés à des époques où tout était plus petit. C'est à peine s'ils croisèrent un véhicule. Pas une âme ne monta les marches des clubs chics ni ne franchit les petits portiques fleuris de pétunias des grandes compagnies. On entendait résonner le moindre pas, le moindre éclat de rire, de cette promenade d'une noblesse surnaturelle.

Christian lui déverrouilla la portière mais garda la main sur la poignée, l'empêchant de monter.

« Il faut que je vous revoie.

— Je sais », dit-elle.

Il lâcha la portière, qui s'ouvrit lentement comme le volet gondolé d'une maison à l'abandon. Il jeta son enveloppe de documents prétexte sur la banquette arrière, débarrassée le matin même des jouets d'enfant. Et attira Cordelia Ware dans ses bras.

Ils — toujours le même pronom — avaient presque trois semaines devant eux avant le retour de Miss Mellish. Comme par hasard, le hasard fit bien les choses. Le temps resta au beau. L'Afrique resta au calme, les parents de Cordelia partirent pour la Dordogne, et Grace fut d'avis que deux semaines de plus à la campagne feraient le plus grand bien aux garçons.

Même Elphinstone, bien que rentré de Bruxelles, faisait procéder à des travaux d'envergure sur ses dents.

Christian Thrale prenait Cordelia Ware par son joli petit coude pour la conduire le soir à travers des rues vides, et l'attirait dans ses bras sur le banc d'un parc. Il posait la joue sur ses cheveux bien lissés, et s'emparait de ses tresses dorées — il n'y avait pas d'autre mot — qui ruisselaient dans ses mains incrédules. À son tour, elle lui passait les bras autour du cou ou portait la paume de sa main à ses lèvres pour l'embrasser. Dans sa Hillman Minx, ils traversaient et retraversaient le Rubicon au pont de Battersea. *Alea jacta est.* Ils s'asseyaient, comme il avait toujours rêvé de le faire, sous les arbres élégiaques.

Aux yeux de Christian, ces délicieuses bagatelles laissaient cependant quelque chose à désirer. Le côté virginal de la jeune fille l'avait d'abord attiré, certes, mais le Temps, messieurs, le Temps ne joue pas en notre faveur — entre Grace qui consultait les horaires de train et Miss Mellish qui, depuis sa plage normande, songeait sérieusement à pousser sa barque vers les rives d'Albion.

Elle lui dit : « Le seul fait d'être avec toi suffit à mon bonheur. » Sa main remontant le long de son bras dans un de ses gestes aussi précis que légers. « Tu ne peux décemment pas t'en plaindre. »

« Alors je me plains en toute indécence », répondit-il en riant. Il serait quand même très inhabituel qu'elle soit... les filles, aujourd'hui, ne l'étaient pas. Du moins ne l'étaient plus au moment où on les rencontrait.

Difficile de dire laquelle de ses attitudes l'enchantait le plus : l'inclinaison attentive du buste, ou la posture bien droite et élancée. Ou lequel de ses mouvements, à la fois aussi chastes et extravagants que ceux d'une ballerine. Elle avait cet air... « confiant » ne serait pas le mot exact, « ouvert », plutôt. S'en remettait à votre jugement. Posait des questions simples, poussée par un authentique besoin de savoir, comme si elle voulait découvrir comment marchait le monde. Son air, ses supplications muettes, ses questions vous chargeaient de responsabilité. Et Christian était ravi d'être le dispensateur de principes, l'auteur de décrets immuables.

« Toi et ta méthode socratique », lui dit-il, en prenant son visage levé vers lui entre ses mains et en lui souriant du haut de la stature qu'elle lui conférait. Elle ne chercha pas à savoir ce qu'il entendait par là, mais conserva intacte son insondable disponibilité. Difficile de concevoir comment un regard pouvait paraître à la fois au même niveau que le vôtre et levé vers vous.

Jamais, en aucune circonstance, elle n'utilisait son prénom. Une remarque qu'il fit à ce sujet donna lieu à un léger malentendu. « Je pensais que tu n'apprécierais pas au bureau. »

Il était allé de soi pour lui qu'elle ne songerait jamais à

s'en servir devant ses collègues. Certaines choses allaient sans dire.

Un jour, elle lui demanda : « Et l'infidélité, ça te gêne ?

— C'est bizarre, mais je dois dire que non », répondit-il. Il ne pouvait en rester là et ajouta : « Simplement, je ne veux pas heurter les sentiments des autres. »

Ce disant, il ne pensait pas à elle.

Ce n'est qu'à la fin de la dernière semaine que, pour employer une vieille formule, il parvint à ses fins. Les Thrale habitaient un arc de cercle de résidences victoriennes qui, à une époque, avaient été ivoire, robustes, légèrement irrégulières, un peu à l'image de dents solides ; mais qui, aujourd'hui, étaient rabotées, fraisées, plombées, et totalement uniformes. C'est là que Christian, après avoir verrouillé les portes et tiré les rideaux, partagea le lit conjugal avec Cordelia Ware.

Le problème des lits ne pouvait se résoudre de manière élégante. C'était ou bien la chambre des enfants, ou bien celle des parents. Quand ils eurent fait leur choix, elle y alla d'une de ses questions : « Ça te gêne ?

— Pas du tout. » Avant d'ajouter : « De toute façon, c'est mon côté. »

Curieux comme l'abandon génère les précautions. Ce fut ce soir-là qu'il entreprit de lever toute ambiguïté. « Je n'oublierai jamais ces jours. Pas une miette. » Pour employer sa propre expression, elle ne pouvait décemment pas s'en plaindre. « Je serai terriblement jaloux de l'homme que tu épouseras. Je le hais déjà. »

Allongée, elle regardait le plafond, les yeux largement ouverts comme s'il lui avait été impossible de les refermer. Au bout d'un moment, elle demanda : « Qu'allons-nous devenir, maintenant ?

— Ma chère, je n'en sais rien. » Après tout, il n'était pas

devin. Elle avait les yeux toujours perdus au plafond. « Il va falloir qu'on improvise. »

Le lendemain, il téléphona à Peverel. Grace était allée à Winchester voir la tombe de Jane Austen. « J'aurais aimé que tu sois là, Chris.

— Le seul que j'aime vraiment, c'est *Orgueil et préjugés*.

— Je voulais dire ici, à Peverel, cet été. Ce ne sera jamais plus aussi beau. »

Ces journées passées loin l'un de l'autre, ces nuits, leurs plaisirs non partagés lui furent douloureux. Grace lui parlait de la cathédrale de Salisbury, des roses, du labyrinthe des ruisseaux, des prairies au-delà de l'école. Elle dit que, depuis Peverel, la vue sur la vallée ce matin-là était tout bonnement une splendeur. Il l'interrompit : « Je ne peux pas rester des heures au téléphone. Ça nous coûte une fortune. »

Pendant trois semaines, Christian s'était fait l'effet d'un explorateur dans sa ville natale. Non pas qu'il eût beaucoup promené Cordelia, si l'on excepte une visite à Chiswick, une autre à Greenwich, et la Wallace Collection, où ils ne visitèrent pas l'étage. Mais sa visibilité s'était grandement améliorée, comme elle peut le faire pour un pilote bloqué par le brouillard, révélant la présence toute proche, excitante et dangereuse, de toits, de clochers, de jardins, et de rues encombrées ; révélant des oiseaux prenant leur envol ou des chats marchant sur les murs. Les courbes de la terre et de l'eau étaient devenues des repères qui ne pouvaient plus être considérés comme allant de soi. Surtout, il avait décelé dans la forme humaine la splendeur des ormes et des chênes du parc de Battersea : il voyait désormais les hommes comme des arbres ambulants.

Et voici donc Christian qui, par un lundi placé sous le signe de la normalité — épouses appelant le boucher ou faisant les poches de pantalons avant de les envoyer au dégraissage —, reprend le métro pour se rendre au bureau. Et trouve Miss Mellish, arrivée de bonne heure, occupée à trier le travail en retard tout en murmurant : « Il y a à faire, c'est sûr. »

« Nous nous sommes débrouillés. » Loyal, Mr Thrale. « Et pas trop mal, tout compte fait. »

Miss Mellish, qui n'avait pas eu de chance avec les *fruits de mer** et dont le dos n'avait pas résisté à Château-Gaillard, se montra tolérante. « Elle est pleine de bonne volonté, cette fille. Ce qui n'est déjà pas rien de nos jours. »

Christian acquiesça. « Bien sûr, ce n'est pas comme quand vous êtes là.

— Question d'expérience, Mr Thrale. J'étais tout aussi novice que cette fille au début. Exactement pareille. Il faut bien qu'on commence quelque part. »

Christian en aurait pleuré.

Plus tard, on lui apporta un formulaire à remplir, relatif à la prestation de Cordelia Ware pendant l'absence de Miss Mellish. Pleine de bonne volonté, capable d'initiative, travail propre : telles furent ses appréciations.

Grace rentra, une lourde valise dans une main, un pot de miel à la lavande dans l'autre. Les deux garçons, eux, ne portaient rien. Jeremy mit du jazz ; Hugh parcourut la maison dans tous les sens en criant : « Où est Bimbo ? J'arrive pas à le trouver.

— Bimbo est dans le coffre de la voiture. »

Tout revenait à la lumière, tout rentrait dans l'ordre. Hormis Cordelia Ware. Un espace sans limites à vous donner le vertige se trouvait réduit à un périmètre convenable, sans plus. Une place pour chaque chose, et chaque chose à sa place.

Cordelia Ware faisait à nouveau partie du pool des dactylos.

Christian se retrouvait soudain dans une situation très difficile. Pour avoir une idée du sentiment d'isolement qui était le sien, il convient de comprendre que Cordelia Ware avait été le seul épisode non prémédité de sa vie depuis sa rencontre avec Grace Bell. Toute autre action précipitée ayant été sanctionnée ou exigée par l'ordre social et, même quand elle était de son fait, exécutée avec l'accord des puissants. Dans l'affaire Cordelia Ware, il s'était aventuré seul. C'était une véritable mutation, comme celle d'un poisson qui aurait choisi la terre ferme. Et Christian, suffoquant sur la triste grève, se savait créature de l'océan.

C'était le moment où, dans un roman, le protagoniste se réveille pour découvrir qu'il vient de rêver.

Dans sa solitude, il se disait : « C'est ma faute. » Accusation qui a rarement l'accent de la sincérité. Si Christian rejetait la faute ailleurs, c'était, assez bizarrement, sur la littérature. Il accusait — mais le mot était mal choisi — les instigations et les leurres du langage, qui lui mettaient des visions dans les yeux et des sentiments dans le cœur. Il se sentait importuné par des échos qui précédaient la prise de parole, trahi par des métaphores et des ivresses qui, acquises de bonne heure, étaient impossibles à oublier.

La littérature était bon serviteur, mais mauvais maître.

Réintégrée dans le pool, Cordelia Ware se tenait très droite devant son Underwood. On préparait le budget : les machines s'activaient dans un va-et-vient violent, comme les navettes d'une usine de textile. Elle n'était plus penchée, crispée sur sa page, et, ainsi libérée, avait acquis une réelle compétence. La surveillante lui dit : « À la bonne heure. Cette expérience vous a fait beaucoup de bien. »

La surveillante, victime d'un malentendu avec ses freins à un carrefour, portait une minerve en caoutchouc Mousse. « Coup du lapin », expliqua-t-elle.

Il n'y avait pas de fenêtre dans la pièce. Cordelia regarda le mur là où aurait pu s'en trouver une.

Christian était vaguement au courant de tout cela, même sans avoir cherché à l'être. Son temps ne lui appartenait pas. L'Afrique recommençait à accorder ses voix discordantes : des bruits inquiétants montaient des toits de tôle ondulée, et même des centres administratifs en Plexiglas, où l'on avait pourtant espéré que la climatisation permettrait d'arriver à des compromis.

Au cours de la deuxième semaine après la reprise, Christian s'arrangea pour retrouver Cordelia Ware à l'heure du déjeuner dans un pub assez éloigné du bureau. Bien qu'il eût fait diligence, elle était déjà là quand il arriva ; et, si elle avait eu un minimum de jugeote, n'aurait pas pris cet air de chien battu. Le temps avait changé ; dès le matin, on se serait cru au crépuscule. Il y avait partout des signes annonciateurs de l'automne, voire de l'hiver — après-midi sombres, tourbillons de pétales et de feuilles balayés par le vent, menace de grève des mineurs.

Christian mit son journal dans la poche de son imperméable et s'assit à côté de Cordelia Ware. « Le monde entier, la prévint-il, est sur le point de s'embraser. » Priant pour que cette assertion lui redonne à elle le sens des proportions. Priant pour que la poudrière qu'était devenu le monde obscurcisse, minimise, rende même totalement insignifiant le dilemme auquel il était confronté.

« L'hiver sera rude, annonça-t-il, tandis qu'elle s'obstinait à regarder, l'œil vide. Si les mineurs se mettent en grève. » Il n'aurait su dire si ce regard fixe était résolu ou implacable — l'un n'étant pas plus désirable que l'autre. « Personne, bien sûr, ne songerait à nier que la vie d'un mineur est intolérable. » Si nous ne savons pas rester humains...

« Les gens sont avec eux, dit-elle. C'est déjà ça. » On leur tendit par-dessus le comptoir des panachés tiédasses, qu'il régla sur-le-champ. « Ce sont des héros, poursuivit-elle.

Entre les risques qu'ils courent et les séjours au fond. Tout le monde sait que c'est terrible. Dans un bureau, qu'est-ce qu'on a à redouter ? »

Remarque qui n'eut pas l'heur de lui plaire. « Tu ne crois pas que tu dramatises un peu ? »

Elle se laissa aller contre la moleskine capitonnée de la banquette, la tête carrément appuyée contre le dossier. Un jeune homme au bar regarda sa gorge blanche. Christian lui posa la main sur le genou, sous la table. Pardonne-moi, Cordelia ; et tu as des raisons de le faire. Aussitôt, ses yeux croisèrent les siens : Aucune raison. Il n'arrivait pas à comprendre sa propre irrésolution — à vouloir ainsi tantôt ceci, tantôt cela. Moins encore parvenait-il à voir pourquoi l'hésitation lui semblait pour l'instant le seul comportement honorable.

Dans les livres ou les films, c'est la Fille qui prend l'initiative de la rupture. Nous ne devons plus nous revoir, ceci est un adieu, Mr Christian. Comme la plupart des lieux communs, la formule, on le constatait maintenant, avait son origine dans des principes essentiels. Mais, de toute évidence, Cordelia n'était pas disposée à se prévaloir de son insupportable prérogative.

Elle s'empara d'un sandwich desséché dont les bords relevés découvraient une sardine écaillée. Laissa la croûte rassise et le demi-cornichon sur son assiette. Quand ils sortirent, l'homme au bar la regarda ouvertement, tendrement, ignorant le droit de préséance de Christian, ou se rendant compte qu'il était caduc.

« Tu avais un admirateur à l'intérieur, lui dit Christian dans la rue.

— Oui. »

Après avoir lui-même attiré son attention sur l'homme du bar, il s'irrita de voir qu'elle l'avait remarqué. Oh, il ne lui faudrait pas longtemps pour trouver quelqu'un d'autre.

Dans le taxi, elle était assise très droite dans l'angle, les doigts croisés autour du genou. Tant de doigts — il y avait certainement le compte, sans plus, mais ils formaient un véritable treillis. À côté d'elle, la pluie se mit soudain à piqueter la vitre. Le taxi s'assombrit. Elle lui faisait presque face dans la pénombre, où seuls ses cheveux mettaient une note plus claire. Ses yeux étaient couleur de pluie.

La vitre s'embua comme un miroir piqué. « Bon sang, on étouffe ici ! » dit Christian. Il se demandait comment il allait pouvoir quitter seul le taxi, et il le fallait, sous ce déluge soudain. Se demandait aussi si, tout compte fait, il n'était pas amoureux de cette fille incomparable.

Quand Cordelia revint dans la salle des dactylos, la surveillante était en train de dire : « Il n'y a pas suffisamment de grands chariots pour tout le monde. » On aurait pu croire qu'elles préparaient un défilé. Des rouleaux de papier ligné furent distribués comme autant de proclamations. « Si vous les enroulez à l'envers, ils s'aplatissent. »

Cordelia Ware était devant son Underwood grand chariot, la tête penchée : on l'aurait crue en train de dire le bénédicité.

Christian, au sortir d'un ascenseur plus tardif, discrétion oblige, jeta un coup d'œil alentour, nez en l'air, comme un chien de chasse qui a perdu la piste. Du coin des dactylos lui parvenait le désespoir rythmé des machines cliquetantes. Il se souvint de son petit discours amer sur les risques et le fond de la mine.

« De retour au bagne. » C'était Elphinstone, lui-même en retard à cause d'une nouvelle séance chez le dentiste. Ils s'attardèrent un instant. Les nouvelles étaient on ne peut plus inquiétantes. Et il fallait qu'elles tombent en ce moment, avec Barger encore à Mýkonos et Talbot-Sims encore à l'acromycine. Elphinstone avait les toutes dernières infos sur le ministre.

« Il a fait une bourde et a perdu la boule. L'empereur Auguste, ni plus ni moins. » En arrivant au bout du couloir, ils firent demi-tour et reprirent lentement leur marche en sens inverse, comme des gardes du palais. « J'ai eu l'occasion, comme tu le sais, d'observer le bonhomme de près. » Elphinstone s'était trouvé un jour brièvement assis à l'avant d'une voiture à l'arrière de laquelle avaient pris place des membres du cabinet. « Très franchement, aucune discrétion chez ces gens. Absolument aucune. »

Ils étaient arrivés devant la porte de Christian. Et pourtant Elphinstone s'attardait, Elphinstone déplorait. « Tu peux me croire, Thrale. Je ne prétends pas avoir accompli grand-chose dans ma vie. C'est vrai, quoi. Mais le peu que j'ai accompli l'a été en respectant les règles. On ne saurait être trop... » Il s'apprêtait à dire « prudent », mais substitua au dernier moment « scrupuleux ».

Difficile de dire si ces paroles visaient directement Christian. Et celui-ci ressassa la question tout l'après-midi. S'il ne s'était pas senti coupable jusque-là, pas plus à l'égard de Grace qu'à celui de Cordelia, il en allait tout autrement vis-à-vis du bureau. Le gâteau de Christian Thrale continuerait-il à monter ? Peut-être que les paroles d'Armand partaient d'un bon sentiment et qu'il avait parlé en ami, avant qu'il soit trop tard. Où bien le pire était-il encore à venir ? Christian convoqué dans un bureau où pèse le silence de l'autorité, une porte qui se ferme, un supérieur qui dit : « Votre vie privée, Thrale, c'est bien entendu votre affaire », signifiant bien entendu par là que ce n'était pas le cas.

Et de crainte ils se signèrent,
Tous les chevaliers de Camelot.

Mais il s'emballait. Il n'allait pas laisser son imagination battre ainsi la campagne.

Une offense aussi brève ne pouvait entraîner un châtiment aussi terrible. Il était absurde, vraiment, qu'on ne puisse pas avoir une petite histoire d'amour sans en payer les conséquences le reste de son existence.

Les conjectures les plus raisonnables se bousculaient dans sa tête, rejetées par son esprit paniqué. Une banale convocation à un rendez-vous de routine devenait synonyme de réprobation sociale et de carrière ruinée. Il consacra aux tâches de la journée une attention douloureusement divisée. Accroché comme un poids mort à une poignée dans le métro qui le ramenait chez lui, il pensa : ça ne peut pas continuer comme ça. Je me conduis comme... ma foi, comme Raskolnikov.

Les risques et le fond de la mine. Même s'il réussit à ne pas le montrer, son affolement persista tout au long de la soirée de bienfaisance pour laquelle Grace avait acheté des billets hors de prix des mois auparavant.

Le lendemain matin, l'affaire prit une tournure effrayante. Cordelia Ware apparut à la porte de son bureau. Elle resta sur le seuil — il s'imagina plus tard qu'elle s'était appuyée sur le chambranle, mais cette fioriture grotesque ne faisait que refléter l'épouvante que lui inspirait l'incident.

Par un coup de chance extraordinaire, Miss Mellish n'était pas dans les parages. Christian se leva de son bureau — avec l'impression que, cette année-là, il passait sa vie devant ce satané bureau, à s'affaisser ou à se lever, comme s'il s'était agi d'un ancrage ou d'un lieu de prière. « Cordelia, dit-il, se précipitant à sa rencontre pour l'empêcher d'entrer trop avant. Je ne peux vraiment pas... Ce n'est pas le lieu pour... La dernière chose que nous voulons toi et moi, c'est bien... »

Proprement abominable. À voir son expression, on aurait

pu la croire prête à n'importe quoi : gémir, pleurer, mettre en pièces les papiers sur son bureau. Il la prit par le coude — sensation chargée d'une impersonnalité presque clinique, comme si elle avait été une malade dans un hôpital — et la reconduisit vers la porte. Sa soumission même était alarmante. Il parlait, sans plus pouvoir s'arrêter. « Essayons de rester... Laissons les choses se... Cela ne sert à rien de... Cordelia, je t'en prie, sois... » Elle n'avait pas dit un mot.

Elle partit. L'horreur se retira, au rythme de quelques battements de cœur précipités, pour faire place au regrettable. Un temps et un lieu pour tout. Elle ne connaît pas sa place. Le poste était déjà pourvu.

Cette fille était manifestement névrosée. Dès le départ, il y avait eu cette sorte de fixation sur le père. Tout bien considéré, il pouvait se féliciter de l'avoir échappé belle. Impossible de dire de quoi elle aurait été capable. Et si maintenant elle... ce serait terrible... mais non, c'était hors de question. Ces choses-là n'arrivaient que dans les livres ; ou au théâtre. Ophélie. L'horrible apparition sur le seuil de son bureau évoquait rétrospectivement une scène de folie.

Partout la confusion et le désordre. Arbres déchiquetés, massifs ébouriffés par la pluie. Les voiles du bateau de Dulwich ferlées, et le vent sifflant dans les haubans. Il était temps de mettre un terme à ce gâchis, et tout de suite. Non sans difficulté, Christian s'arrangea pour rencontrer Cordelia Ware après le travail. Il téléphona à Grace, mettant son retard sur le compte de l'Afrique. Quittant à six heures le tremplin de son bureau, il ne put que se dire, comme un enfant, que le lendemain à la même heure, tout serait terminé.

Pour faire court — ce qui était la manière dont Christian lui-même formulerait plus tard la chose dans le raccourci de son souvenir —, il parla clairement, et sans appel. Ils n'avaient pas d'autre choix qu'une rupture définitive.

C'était, comme il le lui déclara, la décision la plus difficile qu'il ait jamais eu à prendre. Je ne suis pas sans reproches. Si je t'ai blessée, Cordelia. SI ? fit-elle, et d'une telle voix. Si, comme je le disais, je t'ai blessée... Il n'avait jamais vu personne pleurer dans un restaurant auparavant — pas même à une autre table. Curieux de penser qu'il ait pu au début être attiré par sa réserve.

« Je crois que ça me servira de leçon », dit-il.

Elle appuya le coude sur la table, et le front sur sa main. Des mèches de cheveux lui collaient aux joues et recouvraient ses oreilles. Dans son cœur, comme on appelait autrefois l'inconscient, il savait qu'il avait cherché les ennuis. Mais détesta chaque minute de la scène.

Bon, ça suffisait maintenant, il en avait assez supporté. S'essayant à des propos rationnels, il lui parla du concert de la veille, au cours duquel il avait été scandalisé par les applaudissements intempestifs de certains spectateurs et les exhortations au silence de certains autres. La motion de censure le revigora : une fois de plus, le monde s'était montré indigne de Christian Thrale.

Il ne parla pas de la musique.

De son côté, elle parut ne pas enregistrer ses paroles. Comme si elles avaient été un appât auquel elle n'était pas prête à mordre.

Il y eut un instant terrible où il la vit brutalement prendre conscience qu'elle avait devant elle un homme mesquin et pitoyable. La vit prendre la mesure de ses fanfaronnades. La vit aussi reconnaître que la vérité lui était apparue trop tard, à un moment où elle était déjà tombée dans le piège.

Il remercia le ciel de ne pas avoir pris sa voiture et l'accompagna jusqu'à la gare. Comme par hasard, elle venait juste de manquer un train. Les gens regardaient dans leur direction, avant de détourner le regard. « Je t'en prie, va-t'en. S'il te plaît », dit-elle. Mais il resta et tint le coup jusqu'au bout. Après tout, il avait lui aussi été jeune en son temps.

L'été suivant, Grace Thrale donna naissance à son dernier enfant, un troisième fils, que l'on nomma Rupert.

QUATRIÈME PARTIE

L'apogée

29

En Amérique, un Blanc avait été abattu dans une voiture, et un Noir sur un balcon. En Russie, un romancier, sorti de l'enfer, avait annoncé que la beauté finirait par sauver le monde. Les chars russes pénétraient dans Prague, pendant que l'Amérique faisait la guerre en Asie. En Grèce, on interdisait les pièces d'Aristophane, et, en Chine, les écrits de Confucius.

Sur la Lune, la semelle en crêpe de l'homme moderne laissait son empreinte sur la mer de la Tranquillité.

L'Histoire affligeait le Vieux Monde de paralysie. En France, les généraux mouraient. En Italie, des populations entières désertaient les champs à jamais, pour aller en usine fabriquer des voitures ou des pulls ; et les économistes parlaient du miracle italien.

Des manifestants armés de bombes avaient peint Stonehenge en rouge foncé.

À Londres, le temps était épouvantable, et la balance des paiements était détraquée. Deux livres venaient de voir le jour, ainsi qu'une comédie musicale, sur Burgess et MacLean : l'Angleterre radotait, reprenant indéfiniment la même histoire.

On jouait une nouvelle pièce de Paul Ivory, *Catastrophe naturelle*, qui mettait en scène un prêtre anglo-catholique.

Josie Vail s'était illustrée à l'université en jetant les dossiers d'un maître de conférences par la fenêtre d'un bureau. Elle avait ensuite suivi son gourou en Inde et passé deux ans dans une communauté en Arizona. Elle préparait maintenant une thèse sur les techniques de marketing et vivait dans le Massachusetts avec un étudiant en sociologie en rupture d'études, plus jeune qu'elle, qui l'appelait l'Impératrice Joséphine. Lui se nommait Burt. Ensemble ils discutaient des tendances castratrices de Josie, et du plaisir qu'y prenait Burt.

« Je suppose, disait Una, que si elle est devenue aussi conventionnelle, c'est à cause de la mort de sa mère. »

Burt et Josie désignaient les gens de leur génération sous le nom de « gamins ». Pour justifier leur inaction, ils plaidaient leur jeunesse, comme s'il s'était agi d'un handicap. Josie expliquait que Burt voulait garder intacte sa capacité de choisir ; sans se rendre compte que les choix ont un temps, comme le reste.

« Ils se sont usés à proclamer leur suprématie morale », disait Una.

Una continuait de briller. Elle avait suivi le rythme du pendule de l'époque, passant des perles et des paillettes aux jeans déchirés. Son nom figurait sur l'en-tête du papier à lettres de nombreuses organisations caritatives, elle avait une maison à Martha's Vineyard, et une autre à Puerto Vallarta. Les soins cosmétiques apportés à son visage et à sa silhouette, ainsi qu'à ses belles mains fortes, étaient devenus un rite qu'il eût été risqué d'interrompre. Elle n'était pas à l'abri de la solitude, désormais, et sa vitalité, enfouie en elle, ne se remarquait plus : entre son riche scintillement et son charme désuet, elle n'était pas sans évoquer une mine désaffectée.

Quant à Adam Vail, son visage s'était aminci. Il avait

souffert d'une maladie, qui n'avait jamais été diagnostiquée. La plupart des hommes, avec l'âge, perdent tout caractère distinctif, Vail, lui, gagnait en force. Sa patience et son énergie étaient inépuisables. Dans un lieu public, il attirait discrètement l'attention, comme un Ted Tice aurait pu le faire. Ne regardant personne, il était pourtant regardé de tous.

Josie était désormais plus gentille avec son père, qu'elle traitait avec une certaine condescendance, mais ne se souvenait pas d'avoir jamais détesté. Quand elle venait à New York, elle retrouvait son ancienne chambre, où elle restait assise, jambes croisées, devant une télévision couleur.

« Papa ne regarde pas la télé. Je le comprends, à son âge, on n'a plus le temps pour ce genre de chose. Moi, je suis jeune, je m'intéresse à tout, normal, non ? » Contente d'elle, comme une matrone de cinquante ans.

Caroline Vail constatait que la connaissance consistait pour certains en une gamme étendue de sujets d'intérêt, pour d'autres, en l'étude approfondie de quelques sujets choisis. Elle bâillait devant son propre mensonge et la télévision orange. Josie n'était plus jeune, et avait peur de la trentaine qui la guettait ; elle avait peur de travailler à sa thèse, redoutant de la terminer. Elle craignait d'appeler les choses par leur nom, simplement, humainement, de peur qu'elles ne s'avisent de lui rendre la pareille. Elle ne savait pas quoi accepter en échange de son adolescence.

Maintenant que cela n'avait plus guère d'importance, Caro arrivait presque à l'aimer.

Caro lui annonça qu'Adam et elle allaient partir pour plusieurs mois dans un pays d'Amérique du Sud.

Josie passa sur une autre chaîne. « Il le faut vraiment ? »

— Il n'y a pas véritablement de danger, pour l'instant.

— Je suppose que non. » Josie aurait été prête à

reconnaître, si elle en avait été capable, qu'il faut parfois du courage même là où le danger n'existe pas.

Si elle en avait été capable, elle aurait aussi eu un contact physique avec sa belle-mère. Mais il se trouvait que les deux femmes, au fil des ans, avaient pratiquement cessé de s'embrasser.

Un homme, debout sur une véranda blanche, regardait les Andes. La cinquantaine passée, cheveux blancs, mince, une attitude voûtée qui suggérait un problème orthopédique, mais résultait en fait de coups reçus en prison. Son apparence était quelque peu étrange à d'autres égards — lèvres roses et jeunes, yeux clairs, cils rares : une allure d'albinos, presque, que ne faisait que rehausser son costume blanc.

Bon nombre des femmes qui avaient fini par succomber au charme du poète Ramón Tregeár avaient d'abord été instinctivement repoussées par son physique, si bien que la répulsion était peut-être devenue une sorte de passage obligé. Emprisonné en raison de certains écrits, et libéré à la faveur d'un changement de gouvernement, Tregeár vivait depuis deux ans à la campagne. Le citadin qu'il était offrait les excuses polies de l'exil. Il continuait à porter ses costumes impeccables, qui le faisaient remarquer. Par ailleurs, il avait fait quelque chose qui le mettait à part du commun des hommes, singularité qui avait joué un rôle certain dans l'attirance qu'il exerçait. Il y avait des femmes qui l'aimaient pour les dégradations qu'il avait subies au moins autant que pour la résistance qu'il leur avait opposée.

Avoir risqué sa vie au nom d'un principe, et avoir survécu, conférait autant de force qu'un grand renoncement.

Si le gouvernement actuel tombait, ce qui semblait devoir être le cas, Tregeár avait toute chance de mourir — par décret, ou dans quelque accident soigneusement planifié.

Une femme était assise sur la véranda, seule à une table. À côté, deux hommes conversaient. Elle ne semblait pas leur tenir rigueur de cette exclusion et regardait les montagnes, la vallée. Un livre sur les genoux. Elle n'était pas jeune, mais souple, mince, et ses cheveux, abondants et lourds, étaient noués sur sa nuque. La jeunesse n'avait peut-être jamais été son fort. Tregeár se sentait attiré par cette femme comme il aurait pu l'être, dans une vieille photo de personnages célèbres, par « l'amie » anonyme qui regarde ailleurs ou se penche pour caresser le chien. Il faut dire aussi que les visites féminines étaient rares.

Il lui demanda s'il pouvait s'asseoir à côté d'elle. Elle enleva un journal d'une chaise de manière qu'il puisse y poser son chapeau de paille. Quand elle les leva vers lui, son front et ses yeux étaient sereins, et beaux. Il ne put voir le titre de son livre.

La vallée, qui, vue du ciel, avait paru former un vaste cachemire d'un seul tenant, révélait à hauteur d'œil des vallonnements verts. Prés, vignes et vergers de toute teinte et de toute texture, troncs d'arbres qui prenaient du relief comme des points de couture trop voyants, cours d'eau qui serpentaient. La vague de la végétation venait briser sa crête de verdure au pied des Andes.

C'était le mois d'octobre, donc le printemps.

Assise sur la véranda, Caroline Vail disait à nouveau : non, ce n'était pas comme l'Australie. Elle pensait : Que d'endroits simplement entrevus au passage ! Elle n'arrivait pas à se rappeler qui lui avait dit un jour : « Non, pas un voyage, mais une dislocation. » Adam peut-être, à moins que ce ne fût Ted Tice.

Non loin de la maison, des bauhinias et des jacarandas en rangs serrés. Un jardinier s'était activé toute la matinée dans un jardin d'agrément en terrasse. Le maître de maison, en costume de lin, était assis un peu plus loin sur la véranda, en grande conversation avec Adam Vail. La canne de Vail était appuyée contre une chaise blanche, qu'elle barrait de noir. Des feuilles de papier jonchaient une table en rotin entre les deux hommes, et de temps à autre l'un ou l'autre s'emparait d'une page et lisait soigneusement, avant de reprendre la discussion. Ils parlaient en espagnol, et l'homme au costume de lin n'était autre que le pétitionnaire aux taches de rousseur que Caro avait vu en compagnie d'Adam bien des années plus tôt, un matin d'hiver, à Whitehall.

Trois femmes vivaient ici — la maîtresse de maison, sa sœur, et sa fille, une adolescente. Elles ne venaient pas s'asseoir sur la véranda avec les hommes, sans pour autant mettre en question le droit de Caro à le faire : elle, c'était différent, elle s'intéressait à la justice, et avait donc sa place parmi les hommes. Les trois femmes avaient les cheveux noirs et une allure sculpturale ; trois Latines aux joues roses, aux épaules et à la gorge pâles, qu'elles protégeaient du soleil, corps faits pour les après-midi aux volets clos et les soirées fraîches, corps moelleux comme les lits sur lesquels ils reposaient. Elles se distinguaient physiquement des domestiques, tous Indiens des Andes.

Dans son monde, Mrs Vail aurait été considérée comme foncée de peau. Telles étaient les illusions du contexte. Il existait peut-être des endroits — l'Éthiopie, Bali — où les Sud-Américaines, par contraste, paraissaient pâles.

Les visiteurs étant peu nombreux, Tregeár, voulant profiter de l'occasion, s'assit à côté d'elle et dit : « Je n'aurais jamais pensé que ma vie puisse un jour tourner autour de pareilles questions, entendant par là la discussion qui avait lieu à l'autre table. Vous non plus, je suppose.

— À dire vrai, je ne suis pas autrement surprise. » Elle laissa tomber le journal par terre. « Et pourtant je n'arrive pas à croire que tout le reste — ce qui s'est passé et ce qui se passe encore — a été sans importance.

— Au contraire. Le reste, c'est la seule réalité qui ait un droit à l'existence. Toute lutte contre l'injustice digne de ce nom n'est rien de plus qu'un moyen d'accéder à un désordre plus normal. Pour ma part, ce que j'apprécierais par-dessus tout serait de pouvoir à nouveau me chamailler sur les broutilles de la vie de tous les jours. »

Il semblait difficile à admettre, nonobstant, qu'un homme tel que lui dût mourir pour que des Dora ou des Clive Leadbetter puissent continuer à gaspiller le temps des autres.

Caro lui demanda s'il ne pouvait pas quitter le pays avant la chute du gouvernement. Il ne lui répondit pas tout de suite, mais dit au bout d'un moment : « Vicente s'est compromis pour moi. »

La femme eut un coup d'œil en direction de l'homme aux taches de rousseur assis à la table de rotin, en guise d'hommage à son courage. « Il est du bon côté.

— Mieux encore, il n'est d'aucun côté. Même le bon côté impose des silences coupables, des mensonges obligés. Comme disent les pusillanimes, on gagne en force, et en sécurité, à ne pas être seul ; l'union fait peut-être la force, mais la solidarité est une extension du pouvoir, c'est-à-dire le début du mensonge. La seule solidarité qui vaille est celle qui vous lie à la vérité, si celle-ci veut bien se laisser découvrir. » Tregeár continuait à sourire. C'était un sourire béat, peu en rapport avec ce qui se disait. « Dans n'importe quel groupe, quel qu'il soit, vous avez toujours des maîtres et des disciples. Même le bon côté n'aime pas trop l'homme qui fait cavalier seul. »

Il y avait bien longtemps, Valda avait dit : « C'est l'homme hors du commun qui fait enrager tout le monde. »

« Ce qui ajoute au courage de Vicente, c'est que je ne suis pas connu. La plupart des gens trouveraient plus facile de soutenir quelqu'un d'éminent qui connaît une disgrâce méritée que quelqu'un d'obscur dont on a bafoué les droits. »

Caro était assise à côté de cet obscur qui avait risqué sa vie et survécu pour raconter, avec détachement, son histoire. « Il y a aussi ceux qui prennent fait et cause pour les faibles, dit-elle, parce qu'ils se sentent indignes des forts. Parce qu'ils ne peuvent se résoudre à rendre hommage à des capacités supérieures aux leurs. » Mais, se demandait-elle, qui donc sont les faibles, et qui donc, les forts ? Cet homme avait fait preuve, dans sa vie, du genre d'héroïsme auquel le plus grand nombre se contente de rêver. Grâce à lui, il était possible de considérer le vaste monde comme un lieu où un homme au moins avait gagné le droit de se trouver.

Au bout d'un moment, elle ajouta : « Il ne faut pas oublier non plus qu'il y a ceux, et ils sont nombreux, qui s'accommodent de voir leurs droits bafoués.

— Un de nos poètes a dit un jour : "Le désordre aussi a son charme." » Son élocution donnait à ses paroles un air d'éternité, comme un mouvement au ralenti confère de la beauté à toute action humaine par la maîtrise qu'il suppose. « "*El desorden*, dit-il, *también tiene su encanto*." » Il prit son chapeau de paille sur la chaise, et sourit. « Voulez-vous voir le jardin ? »

Le soleil était déjà haut. Ils pénétrèrent dans le jardin. Caro se retourna pour regarder Adam, qui leva la main et observa la descente bleu clair de sa femme dans les fleurs en compagnie du héros voûté et difforme. À travers la robe de coton, on voyait le contour de ses jambes, comme les membres d'une nageuse dans l'eau.

Un vieux chien était allongé au bout de sa chaîne dans un coin d'ombre, langue pendante, queue en mouvement : vieux bateau sur l'eau clapotante, longtemps battu par les vents et maintenant amarré dans le calme d'un port.

Il y avait un mur où grimpaient différentes variétés de jasmin, quelques-unes déjà en fleur. Tregeár leva la main pour saisir une tige, sous l'œil du jardinier qui avait interrompu son travail. Des pétales tombèrent sur le fond bleu du ciel. « Les jardiniers, tout comme les bibliothécaires, détestent voir les autres utiliser ce dont ils ont la charge. » Ramón Tregeár montra le jasmin d'Espagne, le jasmin du Cap, celui des Açores. Il y avait une énorme plante dans une jarre en terre cuite. « Celui-là est florentin. *Il gelsomino del Granduca.* Un des Médicis, le grand-duc Cosme, l'introduisit en Italie depuis Goa, où il envoyait des expéditions chargées de rapporter des plantes tropicales. En fait, ils viennent tous d'Inde, ou de Perse, si on remonte suffisamment loin. »

C'était une de ces matinées où l'on pouvait se prendre à aimer la terre et sa floraison blanche comme si on devait bientôt mourir, ou elle disparaître. Laissée à elle-même, Caroline Vail serait sans doute partie courir à travers champs et jardins.

Un garçon sortit d'une haie de cyprès, une raquette de tennis plaquée sur le visage. Cligna les yeux pour les voir à travers les cordes. Un enfant plus petit le suivait d'un pas mal assuré, appelant : « Andrés. » Une fois passé les arbres, le jardin se terminait sur une petite *barranca.* L'homme et la femme tournèrent le dos au paysage et remontèrent le sentier à la suite des enfants, puis atteignirent les marches. Le garçon avait toujours son masque devant le visage, comme un escrimeur. Le chien était couché sur le flanc, pareil maintenant à un rocher gris, jauni par l'âge ou le lichen. Sur les cheveux et les épaules de la femme s'accrochaient des pétales blancs, semblables aux écailles de peinture tombées d'un plafond.

La nuit, dans ce lit moelleux auquel elle n'était pas habituée, Mrs Vail rêva qu'elle volait par-dessus les montagnes pour arriver enfin, non pas à cette vallée fertile, mais à une immense étendue plate, un intérieur aride, sans limites. Très loin au-dessous d'elle, des parcelles carrées ou oblongues de maigres cultures inscrivaient de temps à autre leurs diagonales sur la terre comme des tableaux de travers sur un mur nu. Çà et là, de petites dépressions, vergetées sous la boue fendillée. Elle se réveilla en sursaut, soulagée de n'avoir rien fait de mal, du moins dans son rêve.

Le matin, elle écrivit à Ted Tice :

> Ta lettre est arrivée au moment où nous partions. Quel dommage de t'avoir manqué cette fois-ci ! Après quelques aventures, davantage de la chair que de l'esprit, nous nous trouvons au milieu d'amis, dans un endroit merveilleux où la terre règne encore en maître. Il y a ici un poète qui a été emprisonné et torturé pour avoir écrit la vérité. Il a été relâché il y a deux ans. Quand le nouveau gouvernement en place tombera, ce sera sa fin. À cinquante ans, c'est déjà un vieillard, peau décolorée, membres difformes. Il marche comme un athlète après un accident — un funambule, peut-être, qui serait tombé pendant un exercice sans filet. Il a une belle voix. Ses poèmes sont très bons. Je vais essayer d'en traduire quelques-uns.

Elle aurait pu terminer là sa lettre, mais resta la plume en suspens, pour finalement ajouter :

> Cher Ted, je suis heureuse. Et pourtant, même en ce lieu paisible gronde la menace. Comme si un avion à réaction traversait le paradis.

Adam Vail vint trouver sa femme en train d'écrire à sa table et lui posa la main sur la nuque, sous les cheveux. Quand elle se laissa aller contre lui, il fit glisser sa main sur sa gorge, puis sous sa robe. « Tu pourrais te lasser de cette vie, et me quitter, dit-il.

— Je n'en crois pas mes oreilles. »

30

« J'aime cet éclectisme-là. Le plus souvent, l'éclectisme est obscur.

— J'en suis ravi. » Ted était allongé, les yeux clos, et quand elle demanda : « C'est quoi, ce tableau ? », il répondit sans les ouvrir : « Un bouquet de tournesols imposé. Aucun hôtel ne peut obtenir de licence s'il n'en a pas accroché un dans chaque chambre. C'est comme les tarifs derrière la porte.

— Tu me fais marcher. J'aime bien cet hôtel, malgré tout, c'est le meilleur. Avec vue sur le lac, en plus. »

Il n'allait pas lui gâcher son plaisir en lui disant que la chambre était un espace plus qu'une chambre, un simple quadrillage sur un plan de niveau. D'un côté, deux fenêtres révélaient le lac, gelé et grisâtre comme une fenêtre sale. Là où la glace avait fondu, les glaçons dérivaient, couvrant l'eau d'une écume blanchâtre. Le vent se déchaînait nuit et jour autour du bâtiment, secouant ses fenêtres encrassées comme on bat un tapis.

« La plupart d'entre nous travaillons à l'intérieur au centre, nous autres les filles, j'entends. À l'intérieur, je veux dire qu'on n'a pas de fenêtres. Être détachée au congrès, c'est une vraie bouffée d'air pur. »

Ce serait la moindre des politesses que de l'interroger un peu sur elle, sur sa vie, ses parents. Mais Ted Tice, allongé là sur le lit, un bras passé autour des épaules nues de la fille, n'avait pas envie de satisfaire à cette obligation sociale car il répugnait à la voir se transformer en une personne animée de désirs, dotée d'une vie à elle, et d'avoir, lui, à s'embarrasser l'esprit des détails d'une autre vie. Tant qu'elle ne parlerait pas de ce genre de chose, elle resterait de l'ordre du type, de l'échantillon pris au hasard, au contraire, dès qu'elle commencerait, elle accéderait, si typique fût-elle, au rang d'individu. Il ne put pourtant s'empêcher, pour son malheur, de commencer à dire : « Comment se fait-il que tu... », ouvrant les yeux, et ne voyant de la pièce assombrie que le plafond où vacillait un éclairage éteint, le mur et son tableau aux fleurs déchiquetées, et la chaise vert pomme sur laquelle elle avait drapé ses vêtements.

Son malaise dans cet endroit avait été on ne peut plus typique, un échantillon pris au hasard. La ville était inévitablement vouée au sordide — les pensées les plus sombres prenaient un air racoleur, et le plaisir arrivait prêt à l'emploi pour satisfaction immédiate. Il avait ramené une fille à l'hôtel, parce que c'était ce que la ville attendait de lui : la solitude y était élevée au rang d'industrie. La fornication s'était pourtant révélée la solitude même. Quand il songea, en ce lieu, à sa femme, à ses enfants, à sa maison, ils lui semblèrent l'image même de la santé, sans qu'il puisse trouver ce sentiment banal. Et quand il évoqua la présence de Caro, ce fut pour mesurer sa force à une ville, ou au monde.

« ... et après ça, j'ai compris... comment dire, que je me laissais désorienter par des choses négatives comme des besoins. Je veux dire... (son bras s'agita dans la pénombre) je m'impliquais trop, tu comprends ? » Ses cheveux étalés, son genou remonté, la ligne de son front et de son sein faisaient un très joli tableau : ils arrivaient presque à faire de cette chambre un lieu intime. Quelle chance elle a, songea-t-il, de s'en être tirée à si bon compte ! Avec des traits pareils, elle aurait pu être quelqu'un de sensible. Une génération plus tôt, il aurait fallu absolument que cet épisode signifie quelque chose pour elle. Elle aurait même dû prétendre qu'il signifiait quelque chose pour moi. Cette tromperie nous est du moins épargnée.

« On a tous nos petits complexes. Tu es marié, correct ?

— Oui, oui. » Cette question, qu'elle était on ne peut plus en droit de poser, appelait davantage qu'une froide affirmation, mais n'admettrait pas qu'on s'y attarde. « Les Anglais ne portent pas d'alliance.

— C'est ce que j'ai entendu dire. » Elle s'empara de sa main et lui caressa les doigts, puis, de manière tout à fait inattendue, la porta à ses lèvres. « Tu es gentil. Tu le sais ?

— Je ne crois pas que tu en aies eu beaucoup de preuves.

— Si, si, tu es gentil. » Et machinalement : « Très. » Elle posa la main de Ted sur son jeune et joli sein et dit, au bout d'un moment : « Et heureux en ménage, correct ?

— Oui », dit-il, conscient de l'absurdité d'une telle réponse dans les circonstances présentes, mais désireux une fois de plus de s'en tirer à moindres frais. « L'expérience de ce soir est très agréable, mais pas vraiment dans mes habitudes. » Tout ce qu'il disait était rebattu, sentencieux. Il lui parlait des hauteurs éthérées d'une vertu pourtant à éclipses.

« Tu n'en as jamais aimé une autre en dehors de ta femme ?

— Si, il y a longtemps. Avant mon mariage. » Caro était devenue le “il était une fois”, la légende.

« Oh, ça, ça ne compte pas.

— Mais si, ça compte.

— Vraiment ?

— Vraiment. » Qu'est-ce qu'il pouvait être bête ! et comment pouvait-on se montrer aussi faible ? Il était comme ces gens — non, pas « comme » eux, mais bel et bien l'un d'eux — qui ne peuvent s'empêcher de parler de ce qui les obsède, amant ou maîtresse, enfant, chat, chien, ennemi, employeur, domestique, bureau, tout en sachant qu'ils ennuient les autres et qu'ils se mettent à nu. C'était un besoin maladif, quasiment érotique. « C'est peut-être la seule chose qui compte, pour moi.

— Dis donc ! »

Elle sentit peut-être que son rôle lui était un peu trop clairement signifié, car elle ne tarda pas à se lever et à emporter quelques-uns de ses vêtements. Bruits d'eau dans un fracas de plomberie, cliquetis d'une armoire métallique, double pression sur un déodorant en bombe. Quand elle sortit de la salle de bains, ses mains relevant ses cheveux dorés, Ted était déjà à moitié rhabillé, songeant qu'il n'y avait rien de plus triste que de remonter une fermeture Éclair à une heure du matin.

Il savait qu'elle allait vouloir poursuivre sur le sujet de Caro. C'était la seule chose intéressante qu'ils avaient échangée.

« Écoute, dit-elle. Ça passe bien le courant, entre nous. On communique. Tu n'es pas d'accord ? »

On fait aussi, en ce cas, partie du plan d'étage — deux chambres avec une porte de communication, ouvrant sur le désir ou sur la solitude. Ted s'assit au bord du lit. « Viens là. »

Elle se plaça devant lui, les mains posées sur ses épaules, cherchant ses yeux dans la demi-obscurité. Un bon chien qui vient poser ses pattes sur vous et vous regarde avec Dieu sait quoi, peut-être bien rien, dans la tête. Mais elle dit : « Est-ce qu'il t'arrive de la revoir ? » baissant la voix d'une manière un peu théâtrale, comme si le jargon — qu'elle avait utilisé même en faisant l'amour — était, pour elle aussi, une affectation à abandonner quand on en venait à l'authentique.

« Environ deux fois par an.

— Et tu couches encore avec elle ?

— Je n'ai jamais couché avec elle. » Annonçant la chose avec une fierté grotesque, car elle donnait la mesure de sa dévotion. « Fantastique ! » s'exclama la fille, qui paraissait sincèrement impressionnée... encore qu'elle ait peut-être pensé : givré, le mec.

« Elle doit avoir à peu près ton âge, correct ?

— Quelques années de moins. »

D'un geste, elle lui fit comprendre que, à ce stade, trois ou quatre ans en plus ou en moins ne comptaient guère. « Tu devrais... commença-t-elle.

— Je devrais quoi ?

— Je ne sais pas, moi... Mais on ne vit qu'une fois, bon Dieu ! »

La fille partait du principe que Caro l'aimait. Ted la repoussa et se leva, en se hâtant de dire : « On ferait mieux de t'appeler un taxi », avant que la vérité lui apparaisse.

31

Adam et Caro rentrèrent à New York au beau milieu d'une vague de chaleur. Il y avait une manifestation contre la guerre. Au bout de leur rue, une sorte de cheval de frise était gardé par deux policiers sur des chevaux roux, et d'autres à pied. Odeur de goudron en fusion et de sueur mêlée d'homme et de cheval. La rue se fendillait, les caniveaux n'avaient pas été nettoyés. Certains arbres semblaient avoir été tailladés, ou étaient malades. La porte des Vail, désormais munie d'une serrure compliquée, pouvait être refermée à clé de l'intérieur et sécurisée par une chaîne et une barre. Opération qui prenait un certain temps. Quand ils eurent posé leurs bagages dans le hall, Vail mit la radio, qui disait : « Chute des métaux non ferreux, et coton à terme en hausse à la clôture. » Ils entendaient les policiers à cheval parler dans leurs mégaphones et, au-delà de la barrière, le hurlement neutre d'une ambulance. Dans la maison fermée, l'homme et la femme s'étreignirent, parce que l'on peut atteindre un certain degré de sécurité dans pratiquement n'importe quelles circonstances.

Le courrier était empilé sur une console. Un journal plié révélait à demi un scandale présidentiel : « C'est une honte », disait un professeur de Harvard qui demandait à garder l'anonymat. Dora écrivait de Palmerston North qu'elle ne pardonnerait jamais à Trish Bootle aussi longtemps qu'elle vivrait, et songeait sérieusement à l'Irlande.

« À son âge, dit Caro. Partir pour un endroit où elle ne connaîtra rien ni personne.

— Tu sais, lui dit Adam, ce que Sénèque dit d'Hannibal, quand celui-ci vers la fin de sa vie offrit ses services à quiconque était en guerre avec Rome ? Qu'il pouvait vivre sans pays, mais pas sans ennemi. »

Caro vit l'épitaphe sur une pierre penchée au milieu de l'herbe irlandaise.

Le matin, Caro s'installait à une table pour traduire l'œuvre de Ramón Tregeár. Ces poèmes avaient été conçus dans une prison. Quand le poète lui écrivit : « Mais j'avais tout dans la tête », elle pensa à Rex Ivory creusant des tombes en Malaisie, trente ans plus tôt. De même que Rex Ivory, dans son camp de la mort, avait célébré le Derbyshire, de même Tregeár dans l'enfer de sa prison avait évoqué les femmes qu'il avait aimées.

Quand Tregeár lui fit savoir que si tout allait bien il ne tarderait pas à lui envoyer le reste des feuillets, elle se demanda si elle les verrait jamais. L'ouvrage devait s'intituler « Luz de medianoche », « Lumière de minuit ».

Au bout de quelques mois, un éditeur lui retourna les pages qu'elle avait envoyées à titre d'essai, arguant de l'état du marché de l'édition. Il nota le titre à la Milton, et fit une plaisanterie littéraire sur le nom de la traductrice, « C. Bell ». Un autre, qui avait publié une étude universitaire sur la littérature de la dissidence, lui renvoya son manuscrit avec un commentaire sur le titre à la Koestler, ajoutant : « Nous avons le sentiment d'avoir fait notre B.A. pour cette année. »

Adam Vail parlait espagnol au téléphone. Il traversa la ville pour une interview télévisée, et fut présenté au rédacteur en chef du journal de la chaîne, qui lui dit : « Nous pensons avoir pas mal de cran, Adam, en faisant passer cette interview. »

Caro accompagna Adam au studio et fut introduite dans une salle obscure où, lui dit-on, l'image serait claire car projetée sur grand écran. Elle attendait, assise sur un siège recouvert de velours, quand trois hommes entrèrent et s'assirent devant elle. Elle les avait déjà vus dans le couloir, trois hommes vêtus avec beaucoup de soin, cheveux teints en noir, verres fumés. N'ayant pas remarqué sa présence, ils observèrent qu'avec les altruistes, on en avait rarement pour son argent.

« Il n'y a qu'à regarder Stevenson.

— Stevenson. Il a perdu les pédales dans les dernières années. Engagé un jour, désengagé le lendemain. Peut-être qu'il y croyait vraiment, à l'existence de cette proposition de paix, c'est pour ça qu'il s'est accroché.

— Il s'y est carrément laissé prendre. Je suis sûr qu'il est mort convaincu. Convaincu que si on parvenait à expédier Bundy et Rusk dans une datcha aux environs de Rangoon, Hanoi accepterait des pourparlers de paix.

— Il n'est jamais arrivé jusqu'à la Maison-Blanche. Rusk l'a arrêté en route.

— Mais, bon Dieu, qu'est-ce qui l'empêchait de prendre son téléphone et d'appeler la Maison-Blanche ? Cette conviction, il l'a eue pendant combien de temps ?

— Tout l'automne 64.

— Non, moi je dis, juin 65. Et il est mort en juillet. Donc, un petit mois.

— 64. Qui était au courant en 64 ? Personne, encore moins notre service de presse.

— Je n'oublierai jamais, on a fait une émission sur Stevenson. Quand il est mort. Drôlement embarrassant de repasser ce genre de truc aujourd'hui — non pas que ça risque d'arriver, notez bien. Bon sang, ça ressemblait à rien : deux trois coups de feu, la première convention, la deuxième campagne présidentielle. Des discours, des jeux de mots, Stevenson en train de faire des concessions. Et Dieu sait qu'il en a fait des concessions. Une émission d'un vide absolu. Pas un mot sur Kennedy, ni sur le Viêt Nam.

— Et la baie des Cochons ?

— Rien, je te dis, silence complet. C'est moi qui m'en suis occupé, c'est vrai, alors, je fais mon mea culpa. Je le répète, on n'a rien montré. À la fin de l'émission, quelqu'un est entré dans le studio en disant que Washington était en ligne, la Maison-Blanche en personne, très contente. Tu parles, s'ils pouvaient être contents — bon Dieu, quand j'y repense aujourd'hui, le soupir de soulagement qu'ils ont dû pousser ! Pas un mot sur Kennedy, ni sur la guerre, rien.

— Kennedy, c'est ça, notre sujet — le Viêt Nam, les seize mille. La baie des Cochons. Faut regarder les choses en face. La baie des Cochons... On sait si ce tordu de Vail va ramener l'affaire sur le tapis ?

— Vous vous rappelez les cinglés qui empruntaient de l'argent à Ed ? Les gars qui venaient le trouver à son bureau : Ed, je tiens une histoire, Ed, prête-moi dix dollars. Un jour, y a eu ce petit mec, et Ed a cru qu'il tenait un scoop, et il a dit à Sam, va donc avec lui en Floride. Et Sam est revenu, en traitant le mec de cinglé. Tu vois, Ed, ce barjo pense que Kennedy va envahir Cuba. Cette fois-ci, tu avais marché, Ed. Bon Dieu, mais quel cinglé !

— Il n'a pas cru au coup de l'invasion ?

— Ben, il s'est dit, bon sang, si c'est vrai... alors il a préféré pas y croire. Après...

— De toute façon, on n'aurait jamais pu passer un truc pareil. Ç'aurait été de la trahison.

— N'empêche, je me suis toujours demandé pourquoi la presse l'avait pas fait, ils l'avaient leur histoire, tout le truc de la baie des Cochons.

— Eux non plus ne pouvaient pas, ils se seraient fait massacrer.

— Mais tu sais ce que Kennedy leur a dit plus tard. Si vous l'aviez fait...

— Oui, oui. Si vous l'aviez fait, vous auriez peut-être pu m'arrêter à temps.

— Non, me *sauver*. Vous auriez pu me sauver. Voilà ce qu'il a dit, si vous l'aviez fait, vous auriez pu me sauver.

— Kennedy, c'est ça, notre sujet. Et le Viêt Nam, les seize mille conseillers.

— Mais pas que ça. Les nominations : Dean Rusk, Mac Bundy, McNamara.

— Et Lyndon Johnson donc !

— Johnson pensait que c'était la Corée.

— Johnson pensait que c'était Fort Alamo.

— Il arrêtait pas de parler des accords de Munich. Sainte Vierge, Munich !

— On va leur donner une bonne leçon. À ces petits Jaunes, oui, une sacrée leçon. Voilà ce qu'ils disaient, et voilà pourquoi on ne serait jamais arrivé à les pousser dans cette datcha des environs de Rangoon. Mac Bundy dans cette datcha ? Laisse-moi rire.

— Alors, à qui on va faire porter le chapeau ? La faute à qui, hein ? Au Pentagone. Westmoreland, Abrams, Walt ?

— Mon Dieu, Walt ? C'est lui qui m'a dit après coup que je pouvais me retrouver avec une balle dans le dos. C'était Cam Ne, c'était même pas My Lai, c'était Cam Ne, et moi, je lui ai dit, mais où y sont ces gens, une ville entière qui disparaît, et les gens, qu'est-ce qu'y sont devenus ? Ils ont été déplacés, qu'i me répond, les yeux dans son verre de lait, ils sont dans des camps de réfugiés, dispersés un peu partout. Il est apparu que l'armée américaine n'était pas intervenue, que tout avait été laissé aux mains des Sud-Vietnamiens, ils avaient Cam Ne sur leur liste, avec d'autres villages qui ne s'étaient pas acquittés de leur contribution. Nettoyez-les, c'était comme ça qu'on disait, il fallait les « nettoyer ». Alors, les responsables là-dedans, au lieu de Rusk et de Johnson, ce serait pas eux, hein ? Ce serait pas logique ? Et alors, il aurait fallu les inculper, eux ? Vous imaginez un peu.

— À la fin, Rusk fonctionnait à l'aspirine et à l'alcool.

— Je savais pas pour l'aspirine.

— Le Laos et le Cambodge... à côté, le Viêt Nam c'est tout ce qu'il y a de plus classique. Vaut mieux regarder les choses en face. Le Sud Viêt Nam a une longue côte à l'est, c'est la seule raison pour laquelle ils en ont besoin aujourd'hui. Une fois qu'ils l'auront investie, une fois qu'ils seront au Laos et au Cambodge, ils se désintéresseront de la question. Impossible d'obtenir quoi que ce soit sur le Laos. Ou plutôt si, c'est pas les trucs qui manquent, mais on est le plus souvent en plein délire. Qui est-ce qui est prêt à risquer sa peau, tu peux pas demander ça aux correspondants, quel Américain est prêt à aller mourir là-bas, en dehors d'un tas de pilotes dont on a pas le droit de parler. En dehors d'un ou deux, les correspondants qui se trouvent au Laos et au Cambodge sont de toute façon loin d'être des pros, y a un déficit certain d'information, tout le monde le sait, on arrive pas à savoir ce qui s'y passe.

— Attends, attends, là on est en train de déplacer le problème. De quoi on parle, des infos qu'on arrive pas à avoir ou bien de celles qu'on a pas assez de cran pour aller chercher ?

— Écoute, je te dégotte vingt reportages, quand tu veux, sur une grève des postes en Italie ou sur la princesse Margaret plus facilement qu'un seul sur le Laos. Sans parler du risque, et le risque, c'est ta parole contre la leur. Imagine Washington qui intervient en force et dément tout ce que tu as raconté. Dit que rien de tout ça s'est passé, tu fais quoi, toi ?

— Ouais, regarde un peu San Jose. Nixon a dit qu'il avait jamais vu une violence pareille, des trous dans la voiture, des jets de pierre, les gens balançaient des cailloux énormes. Agnew l'a dit aussi, tout le monde l'a dit. Pire que la guerre. Après ça, qu'est-ce qui se passe ? Le lundi, ils disent déjà que, ma foi, c'était surtout une violence verbale. Et puis, après l'élection, que peut-être il n'y avait pas eu de violences du tout. Aucune mise en examen, rien. Imagine un peu que j'aie fait un papier là-dessus le soir même, imagine que j'aie dit que c'était juste de l'intox pour ramasser des voix. Que j'aie dit que le président mentait, qu'il mentait, t'entends, tu vois un peu où ça risquait de me mener. Personne est prêt à prendre ce genre de risque.

— C'est peut-être là justement que ça cloche. C'est peut-être pour ça qu'on a la télé qu'on a.

— C'est pas simplement le gouvernement, et même pas du tout le gouvernement. T'entends d'ici les appels, tu les entends ? Et pas seulement ceux des téléspectateurs. Les appels des patrons, des huiles.

— Ce que je dis, c'est que c'est peut-être là...

— Mais si tout le monde diffusait la nouvelle... Attends, laisse-moi finir. Si tous les présentateurs, radio, télé, si toutes les chaînes jouaient le jeu... En rêvant un peu.

— Et après ? Huit jours plus tard, ça intéresserait qui ? Bon, il a menti, et alors ? Teddy a menti, Henry a menti, Laird a menti, Helms a menti, Nixon a menti comme un malade, George Washington a juré ses grands dieux qu'il n'avait jamais abattu ce foutu cerisier... Plus personne en a rien à battre une semaine après.

— Oh, que si, une année d'élections !

— Non, pas quand il s'agit de la guerre. La guerre, ça joue pas beaucoup dans une campagne. On leur a donné toutes leurs chances, dira Nixon, on a été patients. C'est pas notre faute. On va se désengager. La paix est proche, d'accord ? Y a qu'à regarder les jeunes — l'agitation est retombée quand ils ont plus reçu d'ordres d'incorporation, quand ils ont plus eu peur pour leur peau. L'économie, le billet vert, le dollar. Voilà ce qui va décider de l'élection, le dollar.

— Et une question d'honneur... si tu permets. L'honneur des États-Unis. Non, non, je plaisante pas. L'honneur, pour ramasser des voix, c'est pas plus mal qu'autre chose. Et Nixon pourrait s'en inspirer. Refiler le problème aux électeurs : j'en fais une question de principe, j'arrête la guerre. On retire nos troupes. Tout de suite. Que le monde se débrouille, à vous, maintenant, d'assumer le merdier, d'accord ? À vous de préparer cette foutue datcha des environs de Rangoon.

— Personne ne proposera jamais un truc pareil. Personne n'a assez d'influence.

— Si, le président. Lui seul a l'influence nécessaire.

— Qu'est-ce que tu fais de notre influence à nous ? Celle de la collectivité.

— Une pause pour le spot publicitaire sur les déodorants corporels.

— Je suis sérieux. L'influence collective.

— Bon, bref, c'est l'heure, il est à l'image. Les altruistes ont toujours un saint pour qui prêcher. Je vous rappelle qu'on est pas obligés de la diffuser en entier. »

Le lendemain matin, on pouvait lire dans l'éditorial d'un grand quotidien :

> Mr Adam Vail s'est montré à son avantage, dans son interview télévisée d'hier soir, quand il a parlé des « sérieux dommages » causés par les grandes corporations américaines en Amérique latine avec, d'après lui, la complicité et le soutien en sous-main du Gouvernement des États-Unis. Il recueillera les applaudissements enthousiastes, quoique automatiques, des éléments irresponsables de notre société divisée. Il se peut qu'en certaines occasions Washington ait fait preuve de maladresse en Amérique latine, mais Mr Vail a dans ses propos balayé un peu trop large quand il a laissé entendre que les manœuvres secrètes du Gouvernement américain étaient de nature, comme il l'a dit, à rendre « inévitable, dans un délai de six mois, la chute d'au moins un chef de gouvernement sud-américain démocratiquement élu ». Il est allé jusqu'à altérer gravement la vérité quand il a affirmé que, dans certaines régions, des intimidations à l'encontre des électeurs avaient été conduites grâce à des fonds provenant de sources américaines officielles. Il y a dans les remarques de Mr Vail une dangereuse tendance à dénaturer les faits, et il faudrait que les téléspectateurs en soient bien conscients.

Adam posa le journal et dit : « J'ai horreur de voir "gouvernement" orthographié avec un "g" majuscule. »

Avant son arrestation, Ramón Tregeár remit la dernière partie de ses manuscrits à un ami qui quittait le pays. Quand les pages furent transmises à Caroline Vail, elle y trouva une note qui lui était personnellement adressée : « Si ma mort est spectaculaire, vous serez en mesure de publier ces pages. Les gens ont en effet tendance à se précipiter sur les lieux du crime, ou de l'accident. » Le jeune homme qui leur apporta l'enveloppe leur dit que Tregeár avait été emprisonné sur une île au large de l'Amérique du Sud et y était détenu dans des conditions incompatibles avec sa survie. À la fin de l'année, on apprit qu'il avait été ramené sur le continent dans un état de santé préoccupant et qu'il était mort dans une prison de la capitale. C'est Vicente, l'homme aux taches de rousseur, qui leur écrivit la nouvelle depuis le Mexique, ajoutant : « Il a fait prisonnière la captivité. »

« Et a connu son ascension, dit Adam. Après être descendu dans les régions infernales. »

Quand on connut la vérité, la fin de Tregeár apparut dans toute son atrocité. Et, comme il l'avait prédit, eut pour résultat une réception très favorable de son œuvre en dehors de son pays, et sa circulation sous le manteau dans sa ville natale où, jusque-là, il n'avait eu que peu de lecteurs.

32

« Tu es content d'être rentré ? »

C'était la première fois que Margaret posait cette question. Devant une valise ouverte, elle triait ce qui devait être rangé et ce qui devait aller à la lessive, disposant des chemises et des embauchoirs. Elle jeta une robe de chambre sur le lit. Tandis que Ted Tice, de son côté, étalait chaussettes et cravates comme s'il s'agissait de ses plus beaux atours, et disait : « Ce n'est pas un retour, c'est une résurrection.

— Je ne suis même pas sûre, cette fois-ci, de savoir dans quels pays tu es allé.

— Je te dirai que, pour l'instant, moi non plus. » N'eût été le décorum que supposaient les bagages à défaire et qui exigeait qu'on procédât avec méthode, il lui aurait fait l'amour sur-le-champ. Eût-elle été sa maîtresse, il l'aurait attirée sur le lit. À sa manière, le mariage impose certaines formalités.

Ted Tice avait traversé Londres de bonne heure ce matin-là, au premier étage d'un bus de l'aéroport, qui rasait arbres et cheminées et menaçait de verser en prenant les tournants devant les pubs des carrefours. Il avait, comme Dieu, plongé son regard dans des arrière-cours d'aubépine et de cordes à linge, et entraperçu, par la fenêtre d'une mansarde, un lit défait. Par une porte d'entrée ouverte, il avait vu les premiers rayons du soleil illuminer le parquet et la haute silhouette d'une femme âgée absorbée dans la lecture de son courrier. Un chat noir s'était glissé entre des rideaux de dentelle pour venir s'installer, roulé en boule comme une miche de pain, sur un appui de fenêtre. Un homme, une casquette rejetée à l'arrière du crâne et une montre en or au poignet, arrosait au jet une allée dans Fulham Road. Tout cela pouvait fort bien figurer la normalité — à moins que celle-ci ne fût à chercher maintenant dans l'univers anonyme qu'il venait de quitter, celui des aéroports et des centres de congrès, après avoir relégué ces scènes du quotidien au rang d'anachronismes.

La dernière partie de son trajet avait été la meilleure : jamais il n'avait autant apprécié le train, conscient de retrouver avec un certain plaisir l'irritation que lui procuraient habituellement la saleté et les retards. Sa fatigue même n'était pas dénuée d'une sensation de bien-être, car il somnolait par à-coups et, chaque fois qu'il se réveillait, éprouvait la satisfaction de se voir rassuré. Ses retrouvailles avec son pays natal avaient quelque chose d'autant plus excessif qu'il l'avait sous-estimé auparavant. Ce qui n'empêchait pas une petite pointe de remords de venir s'immiscer dans l'hommage rendu ce matin-là à son univers domestique.

« Au fait, avant que j'oublie... commença Margaret.

— Tiens, ça, c'est pour les enfants, tu peux le mettre de côté ?

— Ah, oui, c'est gentil. Ton courrier est sur ton bureau. Je me suis occupée des factures.

— Quelque chose d'intéressant ?

— Je ne sais pas, tu verras. J'ai ouvert un télégramme, mais c'était sans intérêt. Il y a quelques coupures de journal à propos du périphérique. Tu as vu le journal d'hier ? Cet homme que tu connaissais en Amérique, il est mort.

— Vendler ? J'avais entendu dire qu'il n'en avait plus pour longtemps.

— Oui, je crois bien que c'est ce nom-là. On peut prendre le thé dans le jardin.

— Tu veux que je descende tout ça ?

— Merci, ça ira. »

Ted alla faire couler son bain, puis passa de la salle de bains dans son bureau. Une agréable obscurité de rideaux tirés, de table, de chaise et de crayons en sommeil ; le bureau, un autel sur lequel des offrandes de papier avaient été déposées pour garantir le retour du voyageur. Instant archéologique, puisqu'il pouvait dire à quoi ressemblait la pièce en son absence : l'impression d'entrer vivant dans une tombe.

Il avait dans la tête quelques notes d'une musique d'ambiance diffusée dans l'avion et, penché sur son courrier, se mit à fredonner, sa cravate dénouée pendant au-dessus du bureau. Les lettres étaient réparties en deux piles, professionnelle et privée, une troisième étant constituée de circulaires, coupures de presse, demandes de dons, et d'un magazine ouvert à une page marquée de rouge. Prévisible depuis longtemps, la mort de Vendler n'en était pas moins un choc. Impossible de dire qui l'emporterait dans la petite guerre qui allait inévitablement s'ouvrir pour lui succéder, ni comment le travail allait pouvoir continuer dans l'intervalle.

Ted se souvint qu'il avait apprécié l'homme en Vendler, surpris tout de même de constater qu'il n'en prenait conscience qu'après coup. Il écrirait à sa veuve avec une attention toute particulière, ne serait-ce que pour se laver de tout soupçon d'indifférence.

Mais ce n'était pas Vendler qui était mort.

Meurt en Amérique. Subitement, à son domicile, après une carrière active marquée par... et trouvant son aboutissement dans..., considéré comme assez distant... malgré tout des amis loyaux comme... s'était récemment vu décerner..., grand voyageur, fondateur, collectionneur. Marié deux fois, la seconde à l'ex-... Une fille de son premier mariage.

Victime d'une attaque. Mort au premier assaut. Paisiblement. Adam Vail reposait en paix sur un lit, sa canne-épée elle aussi au repos, ou inactive, dans quelque placard.

Quant à Vendler, il était vivant, ayant bénéficié d'un sursis, et toujours utile à la science et digne d'être apprécié. C'était à Caroline Vail que Ted Tice allait devoir écrire avec une attention toute particulière.

Mais l'ex-Caroline Bell, où était-elle en ce moment ? Où fallait-il écrire pour exprimer sa sympathie et la violence du choc ressenti ? Le choc était bien réel, et il avait du mal à se concentrer sur les mots ou les objets. Un presse-papiers en verre fut soulevé et tomba, faisant vibrer la pièce plongée dans la pénombre et trembler le reflet assombri dans la glace de la porte ouverte de la salle de bains. Ted Tice ne s'était jamais évanoui, mais là, il fut obligé de prendre appui, mains à plat, sur le bureau pour ne pas tomber.

La baignoire était pleine et avait commencé à se déverser par le trop-plein en chrome situé sous les robinets. Il alla arrêter l'eau, et se sentit mieux d'avoir traité cette urgence mineure. Avec l'arrêt des jaillissements et des bouillonnements s'évacua aussi le trop-plein d'émotions consécutif à la prise de conscience de la nouvelle. La glace ne montra qu'un vernis de sentiments, qui n'étaient pas tous honteux ou éhontés : il n'avait jamais trouvé de miroir, pas plus que de mots dans sa tête, susceptibles de refléter la puissance ou la douleur de son obsession.

Il revint à son bureau et remit la coupure à sa place. On

voyait sans peine qu'il avait changé : il n'aurait pu retrouver son humeur du matin, personne n'en serait témoin. Il ne fallait pas qu'on sache qu'il avait touché à son bureau dans l'intervalle. La matinée l'avait vu se réjouir de manière prématurée, moment isolé de liberté au cours duquel il avait oublié Caro.

Il ne parvenait pas à réprimer le tremblement de ses mains. Il avait souvent pensé que son amour frisait la folie.

Quand il eut pris son bain et se fut habillé, il descendit au jardin. Le plateau du thé était sur une table, à l'ombre. Sa femme sortit de la maison, un chat roux dans les bras, et s'arrêta dans le soleil, lui laissant l'initiative de la suite. L'herbe était un peu trop haute, les fleurs mêlaient si subtilement leurs couleurs qu'on avait du mal à les distinguer les unes des autres et qu'on aurait pu les croire retournées à l'état sauvage. C'était le genre de jardin qu'adorait Margaret ; elle l'avait conçu elle-même. Ted en avait souvent fait l'éloge, à l'exception d'un des murs, où elle avait planté des petits arbustes, tous d'une espèce différente. « Ça a l'air trop calculé, lui avait-il dit un jour. Ça manque de passion. » Elle avait trouvé cette critique surprenante, de la part d'un homme tel que lui.

Elle avait un port remarquable, qui la faisait paraître grande. Elle était toujours la même, calme, distinguée ; innocente, sauf dans la mesure où les blessures l'avaient rendue différente. Cheveux très clairs, qui brillaient en fines petites boucles dans le soleil. Grands yeux bleus, qui n'étaient pas exempts de questionnement. Tout en s'approchant de lui, elle frotta sa joue sur la fourrure du chat, lui offrant la caresse que son mari pourrait refuser.

Elle déplaça le chat dans ses bras, car il semblait attendre quelque chose de plus. Ted était à l'ombre, debout à côté de la table. Face à face, ils restèrent silencieux un moment : ni unis ni opposés.

« Si tu savais comme tu es belle », finit-il par dire.

Un silence. Même le chat semblait écouter. « Et alors, que se passerait-il si je le savais ?

— Tu ferais danser le monde. »

Ils savaient qu'il voulait dire par là : Tu trouverais un homme qui t'aimerait vraiment.

33

Quand Rupert Thrale eut treize ans et commença à avoir des problèmes de dos, sa mère l'emmena dans un nouvel hôpital de l'autre côté du fleuve. Pendant qu'on examinait les radios, c'est encore Grace Thrale qui resta à côté de lui dans la salle d'attente, tandis qu'il feuilletait les pages d'un livre sur les marsupiaux tout en tripotant du bout de sa chaussure un carré de caoutchouc vert en passe de se décoller. Quand, à l'appel de leur nom, ils se levèrent ensemble pour pénétrer dans un bureau vide, ils marchèrent serrés l'un contre l'autre. Et, tandis qu'ils attendaient, assis devant un bureau, l'inquiétude fit se pencher Grace vers le garçon et l'embrasser ; juste au moment où la porte s'ouvrait.

L'homme qui entra vit la mère penchée, le bras passé sur le dossier d'une chaise, dans une attitude de sollicitude impuissante, les lèvres sur les cheveux de son fils qui mêlaient leur ton clair aux siens. Dans l'instant qui suivit, elle se retourna pour regarder le nouvel arrivant. Et Rupert, se levant d'un bond, désavoua sa caresse.

De son côté, Grace vit, debout dans l'embrasure d'une porte, un homme solide d'une trentaine d'années paré de couleurs nordiques — teint coloré, yeux bleus, cheveux flamboyants, tenue blanche.

L'image fut brève ; mais même le garçon devait s'en souvenir.

Ils s'assirent tous trois au bureau, et le jeune médecin dit : « Vous n'avez pas à vous inquiéter. » Il aligna une série de clichés sur un support métallique et les éclaira : segments dentelés, arcs des côtes, charpente noueuse et grise d'une vie dénudée anticipant déjà sur la mort. « Là, ce sont les vertèbres dorsales », dit-il, en les désignant du bout d'un crayon. Grace Thrale contemplait un corps que la vie avait déserté — tous les tissus vitaux consumés, mort tout ce qui était capable de mouvement ou de repos, de rejet ou de délectation. Elle avait l'impression d'avoir sous les yeux les restes ossifiés d'une tombe d'enfant.

Il fallait envisager une opération pour corriger certaines anomalies, une intervention délicate, qui se pratiquait rarement et supposait l'implantation d'une tige d'acier. Mais qui n'aurait pas d'effet sur la croissance de l'enfant. « Tu seras comme neuf, je te le garantis. » Si le médecin s'adressait ainsi au garçon, sans enthousiasme particulier, d'une voix basse et claire teintée d'un léger accent écossais, il incluait aussi la mère dans son propos, instruit par une expérience qui n'empêchait pas chez lui une certaine tendresse. Son visage, coloré et bienveillant, aurait pu, à une autre époque, être qualifié de beau. Ses cheveux resplendissaient d'un or assez profond pour être roux.

Au moment où ils partaient, il dit à Grace qu'il serait bon qu'elle prît rendez-vous pour revenir avec son mari. « Il faudrait que nous voyions ensemble le chirurgien. »

Occupé par les affaires de son pays, Christian Thrale participait en ce moment à des entretiens à Dar es-Salaam. Grace reviendrait seule le jeudi suivant.

Sur la porte, un écriteau annonçait : Docteur Angus Dance.

Le jeudi, il éclaira à nouveau les clichés et joua de son crayon. C'était délicat, dit-il, mais tout irait bien. Ils avaient la chance d'avoir sous la main le meilleur chirurgien de Londres pour ce genre d'intervention. Grace Thrale était assise à côté d'Angus Dance pour regarder les clichés, et, après en avoir manipulé un, y laissa une empreinte tremblante de doigts humides. À l'arrivée du chirurgien, Dance se leva et alla se placer près de la fenêtre, dans le soleil, où il apparut vêtu de blanc et d'or, tel un séraphin, un ange de lumière.

Grace lui dit que son mari rentrait en Angleterre, afin d'être là pour l'opération.

« C'est mon collègue que vous verrez. Je serai en congé cette semaine-là. » Il vit qu'elle était contrariée. « Ce n'est que pour quelques jours. » Quand le chirurgien les quitta, Dance se rassit pour compléter la partie du formulaire réservée au médecin. Il lui dit qu'il se rendait chez ses parents, dans les environs d'Inverness.

« À quoi ça ressemble Inverness, maintenant ?

— Oh, c'est comme partout, plein de Japonais. » En parcourant le formulaire, il lui dit : « Je vois que nous sommes voisins. J'habite à côté de chez vous, au coin de la rue, l'immeuble peint en bleu. »

Ils n'aimaient pas la couleur ni l'un ni l'autre. Grace dit qu'elle passait souvent devant, en empruntant, pour aller plus vite, l'allée au sol de brique réservée à l'origine aux piétons, mais détournée maintenant de sa destination première. Elle savait que ses propos banals ne cherchaient qu'à la rassurer ; et la générosité même de ses intentions la rassura bel et bien.

« Rupert me fera tomber un jour dans le coin en faisant

du vélo, dit le docteur, et je serai bon pour le fauteuil roulant. » Il lui tendit le formulaire et lui mit la main sur le bras. « Vous allez vous inquiéter, bien sûr. Mais il n'y a vraiment pas de quoi. »

L'opération se déroula si bien que Christian Thrale était de retour à Dar es-Salaam en l'affaire de quelques jours. Le garçon resterait à l'hôpital environ un mois. Grace venait tous les matins et tous les après-midi, apportant des bandes dessinées, un puzzle, un pyjama propre. Il y avait une cafétéria où elle prenait son déjeuner.

« Alors, Inverness, c'était comment ? »

Le docteur Dance transportait un plateau. « La porte de l'Orient. Je suis vraiment content que Rupert soit en si bonne forme. » Son corps bien droit donnait une impression d'ampleur, d'énergie et de gravité à la fois. Il avait des bras courts et musclés, et, probablement, des poils roux.

Ils prirent place à la même table, et Grace transmit la gratitude de Christian depuis la lointaine Tanzanie, lettre à l'appui. Elle manifesta son soulagement sous la forme d'un flot de louanges : les infirmières étaient tellement gentilles, et le chirurgien, et le kinésithérapeute de Karachi. Quant à sœur Hubbard, c'était une sainte, Rupert finirait par devenir infernal à force d'être gâté. Puis elle ajouta : « Mais je ne devrais pas vous infliger tout cela pendant votre pause de midi. »

Ses cheveux clairs, séparés par une raie au milieu, lui retombaient sur les oreilles, comme des ailes refermées soigneusement sculptées. De temps à autre, elle les touchait, pour s'assurer qu'ils restaient bien en place, et une bague brillait sur sa main levée. Ses ongles étaient ceux d'une femme au foyer, dépourvus de vernis. « Parlez-moi de votre voyage. »

Il dit qu'il prenait toujours le train. Ses parents vivaient très isolés, mais ils avaient la télé maintenant. La maison, qui était sur Black Isle, était toujours froide, non seulement en raison d'un chauffage insuffisant mais aussi d'une certaine austérité. « Ils aiment les pièces nues. Et ça ne vous étonnera pas si je vous dis que ma sœur et moi avons tendance au contraire à vivre au milieu d'un joyeux désordre. » Il n'y avait qu'un seul cadre dans la maison : « Une photo du *Tirpitz*, qui a été coulé le jour de ma naissance. Ou du moins c'est ce matin-là qu'est arrivée la nouvelle qu'ils l'avaient coulé. » Sa sœur était également médecin, et vivait à Édimbourg.

Grace imagina les deux vieux paysans dans la maison austère, communiquant à coups de « ouais », « pour sûr », « viens-t'en voir », « p'tiot » ; la sœur célibataire, pédiatre au teint rubicond, style bourgeois campagnard et répondant, selon toute vraisemblance, au nom de Jean. « Vous devez leur manquer, tous les deux.

— Mon père travaille encore comme consultant, de temps à autre. Il est ingénieur. Et puis je vais les voir assez régulièrement. Colette ira, elle, pour Pâques. C'est plus difficile pour elle, dans la mesure où elle est mariée, et a des enfants. »

Ce soir-là, Grace demanda au cours d'un dîner : « Est-ce que quelqu'un se souvient en quelle année nous avons coulé le *Tirpitz* ? »

Il se trouvait que Grace Thrale et le docteur Dance se voyaient tous les jours. Il y avait les radios à lire — chacune d'elles porteuse d'une promesse de délivrance ; il y avait le chevet de Rupert, ainsi que les couloirs et la cafétéria. Une fois, ils restèrent dix minutes à bavarder sur une marche d'escalier. Ils ne tardèrent pas à ne plus parler des affaires de leur quartier — l'allée en brique que tout le monde empruntait désormais, l'horrible hôtel qu'on venait de construire et qui logeait des groupes —, et Grace découvrit qu'Angus Dance, marié alors qu'il était encore étudiant, était divorcé, votait libéral, avait passé un an en Colombie dans le cadre d'un programme d'échanges, et avait un petit voilier ancré à Burnham-on-Crouch. Il avait été visiteur de prison à Wormwood Scrubs, mais n'avait plus le temps maintenant. Un jour, elle vit sur son bureau un ouvrage sur les sœurs Brontë.

En parlant de son mariage, il dit : « De nos jours, les jeunes ne font plus guère ce genre de chose. » Il avait beau être plus jeune qu'elle, il se considérait déjà comme un aîné.

Grace lui raconta que ses parents étaient morts dans le naufrage d'un ferry en Australie, quand elle était encore enfant. Ensuite — c'est du moins ce qu'il lui sembla, au moment où elle le racontait —, il y avait eu Christian. Tout en parlant, elle sentit que son histoire était comme tronquée, dépourvue d'événements. Des années entières faisaient défaut, comme sous l'effet d'une sorte d'amnésie, et le seul acte notable de sa vie, qui n'avait rien que de banal, avait consisté à mettre au monde des enfants. La noyade accidentelle de ses parents était restée plus importante que toute action marquante et délibérée de sa part, et était toujours son seul moyen de faire un peu parler d'elle.

Ce vide l'avait peut-être empêchée de s'épanouir. Comparée à sa diversité à lui, elle était singulière, terrestre ; totalement enclavée, à l'opposé de la pleine mer qu'il figurait.

Ces échanges avec le docteur Dance étaient les premières vraies conversations de Grace Thrale. Sa relation avec Caro s'était passée de mots : silence de l'enfance sur une plage de Sydney. Avec Christian, il y avait le bureau, les trois garçons, la routine et les petits drames de la vie domestique. Elle n'avait pas souvent eu l'occasion de dire : « Je crois », « J'ai l'impression », ni n'en avais ressenti le besoin. Les opinions, les impressions lui devenaient maintenant agréables, et se multipliaient. Entre deux visites à l'hôpital, elle se les répétait. Avait des conversations imaginaires avec Angus Dance, fantasmes d'échanges dans lesquels elle n'avait pas honte de briller. Était animée d'un désir de révélations sur elle-même, d'explications, d'aveux sincères. Les moments où elle s'asseyait effectivement à côté de lui pour regarder les radios généraient une bienveillance mutuelle qui était la preuve même de la perfectibilité humaine. De telles occasions étaient suivies d'une sensation d'effort accompli, de cette bonne fatigue que ressent le corps après un exercice physique inhabituel.

Un jour, alors qu'ils se passaient un papier, leurs doigts se rencontrèrent ; et ce fut tout.

« Je suppose, dit Grace Thrale, qu'Angus a toujours été un prénom écossais.

— C'est une version d'Énée. »

Elle fut incapable de se rappeler ce qu'avait fait Énée, et se dit qu'il valait mieux ne pas le demander.

Elle était en train de changer à son contact. Son plus cher désir était de se montrer digne de sa personnalité — de cette sensibilité aussi précise qu'un instrument, mais d'une précision naturelle ; de cette bonne humeur qui était une forme de générosité ; de cette mélancolie, légère et de bon ton. C'était un surcroît de vertu qu'elle attendait de lui, comme s'il s'agissait là d'un honneur qu'il était en mesure de conférer. Il aurait pu faire d'elle une femme sincère.

L'amour de Grace Thrale, réduit à ses simples composants, aurait aisément pu paraître banal, pitoyable, et même, aux yeux de certains, risible. De cela, elle était elle-même parfaitement consciente. C'était ce sentiment de bien-être qui était inexplicable.

Cet état lui paraissant familier, elle fouilla sa mémoire à la recherche de précédents. Elle repensa longuement à un homme qu'elle avait connu à Londres, des années plus tôt, avant son mariage — un instituteur un peu lunatique qui manquait souvent ses rendez-vous ou arrivait en retard, et qui l'avait fait souffrir tout au long d'un été particulièrement froid. Il y avait à peine un an, elle avait appris qu'il était directeur d'école dans le Dorset, et avait cherché son nom dans l'annuaire. Non, rien en lui n'annonçait Angus Dance. D'un autre côté, Christian, comparé à l'instituteur, était apparu comme un modèle de considération, un amoureux responsable dont la ponctualité avait d'emblée préfiguré l'état matrimonial. Angus Dance n'avait pas de précurseur.

Grace, l'air pensif, mit le bout d'un stylo sur ses lèvres. Hugh, son deuxième fils, dit : « Pourquoi est-ce que tu as cet air-là ?

— Je réfléchis à ce que je vais dire à papa. »

Le soir, elle était avec Angus Dance quand elle s'allongeait, seule dans l'obscurité. Elle se disait que Christian serait bientôt de retour de Dar es-Salaam. La certitude qu'il voudrait aussitôt lui faire l'amour n'éveillait en elle que l'idée d'un acquiescement passif.

Une semaine après que Rupert fut rentré de l'hôpital, Mrs Thrale tomba sur le docteur Dance dans la rue. Ils se rencontrèrent à un endroit où l'on refaisait la chaussée, et ils s'entendaient à peine à cause du marteau-piqueur. Grace regarda, fascinée, sa peau claire mais colorée, sa chevelure mordorée, ses couleurs diurnes, tandis qu'explosaient les particules de béton et que vibrait le trottoir. Que s'intensifiaient aussi les tremblements de la conscience, sur quelque échelle de Richter interne.

« Partons d'ici. » Dance fit comme s'il allait la prendre par le coude mais n'acheva pas son geste. Ils se rendaient tous les deux à la pâtisserie, et tombèrent d'accord pour trouver la commerçante peu aimable mais les croissants excellents.

Quand ils traversèrent au carrefour, Grace dit : « Vous nous manquez à tous. » Elle se rendit compte que l'excitation donnait à ses mots un air faussement timide, et un tic lui agita la joue. Il sourit. « Je crois que vous allez un peu loin, dit-il, avant d'ajouter : Vous me manquez tous aussi. » Le « tous » gardait les choses dans les limites du convenable : le pacte était scrupuleusement observé.

Dans la boutique, Grace dut attendre son pain au carvi. Angus Dance lui serra la main. « Les médecins sont toujours attendus quelque part. J'espère que nous nous reverrons. »

Quand il fut sorti, la femme peu amène derrière le comptoir dit : « Comme ça, il est médecin. Il a un bien joli visage. »

Quand Christian fit l'éloge du pain au carvi, Grace dit : « Je l'ai pris chez la charmante dame du carrefour. »

Chaque printemps, les Thrale donnaient une petite réception — boissons, canapés, une sorte de gros cocktail. Événement modeste qu'ils appelaient pourtant « notre gala ». Grace tourna et retourna la question dans sa tête : j'inviterais bien ce jeune médecin... On pourrait peut-être inviter le médecin de Rupert, nous sommes pratiquement voisins... Et si on invitait le docteur Dance, qui a été si bien avec Rupert... ?

À la question telle qu'elle fut finalement formulée, Christian répondit : « Bonne idée. » Il avait l'intention d'inviter une des huiles de son département, et pensait qu'un médecin ferait bien dans le tableau.

Grace téléphona à l'hôpital. Dance reconnut sa voix : « Bonjour. » Il ne dit pas « Mrs Thrale », il ne l'avait jamais fait. Il nota le jour de la réception, et l'heure, six à huit. « Vous fêtez quelque chose ?

— C'est mon anniversaire. Mais peu de gens le savent. »

Elle portait pour l'occasion une nouvelle robe au décolleté

avantageux. « On n'en voit pas un peu trop ? » dit Christian. Il suivit le contour de la soie noire, les doigts sur sa peau. « Bon anniversaire, Grace chérie. »

Ils avaient un couple de Jamaïcains pour les aider, mais c'est Grace qui ouvrit la porte à Angus Dance. Avant d'entrer, il se pencha et l'embrassa sur la joue, murmurant « Anniversaire ». Il lui tendit un petit paquet, qui se révéla être un peu plus tard de l'eau de lavande. Grace frissonna sous l'effet de ce baiser inattendu, dont elle se détourna, gardant l'empreinte masculine de la veste sur la soie de sa robe et ses bras de femme. Quand Christian vint vers eux, abandonnant le visage de l'hôte enjoué pour traiter du sujet sérieux qu'était Rupert, elle recula dans la courbe du piano, où Dance ne tarda pas à la rejoindre.

« Qui est-ce qui joue ?

— Moi. » Pour une fois, elle n'ajouta pas : « C'est mon seul talent. » Il se pencha pour examiner les partitions empilées. Elle avait mis Chopin sur le dessus, histoire de faire impression. Elle le vit tourner les feuillets avec ses grandes mains aux gestes posés ; elle observa son visage qui avait une qualité presque spirituelle. Dans ce contexte d'amateurs, il ne faisait plus autorité, et sa jeunesse fut un coup, en même temps qu'une déception. C'était à elle, en fait, que l'autorité avait été transférée. Elle régnait en matrone sur sa maisonnée, ses amis, ses charmants enfants : elle était maîtresse de la situation.

Elle ne savait plus comment s'adresser à lui maintenant qu'il avait été détrôné. À l'hôpital, toutes les infirmières l'appelaient Docteur, comme une mère de famille a pour habitude d'appeler son mari Papa.

Ils parlèrent du centre social, et Grace lui dit que l'exposition de peinture commençait le dimanche. « J'irai peut-être faire un tour », dit Dance.

Rupert apparut, apportant le whisky de Dance, et d'autres invités furent présentés. Dans une glace ovale qu'ils avaient achetée à Bath, elle vit la pièce, bien sage dans son décor floral et moquettée, comme l'Angleterre, en vert. Et elle se vit elle-même dans ce champ de fleurs — à peine distincte des coussins et des rideaux, et des autres ornements qui, faute de caractère, ne dérangeaient ni l'œil ni l'esprit. Dans la glace, elle vit, plus qu'elle n'entendit, son mari qui disait : « Regardons les choses en face », et son fils aîné, Jeremy, si blond et si chéri, qui se comportait admirablement. Elle vit les bagues qu'elle avait aux doigts, et un bracelet, qui était assuré. Elle avait beau regarder, elle n'arrivait pas à voir Angus Dance dans cette glace (on l'avait entraîné dans la salle à manger pour lui faire goûter une tranche du jambon), et savait qu'elle ne le verrait jamais.

Le directeur du département de Christian avait le visage ambitieux d'un bureaucrate partisan du Marché commun. Il posa son verre sur le Chopin et dit : « Je ne vous connais pas vraiment assez pour vous la raconter, celle-là. » Grace regardait la pièce trembler dans les eaux du miroir : ondulations lentes, tons pastel ; et à nouveau, elle-même — matelassée, décorée, assurée et, pour la première fois, totalement seule. Une femme corpulente vêtue de violet vint s'appuyer contre le chambranle de la cheminée, jetant un voile mauve sur la scène. « Voilà le morceau cochon », disait le supérieur de Christian. Grace écouta, l'air absent, la fin de l'histoire drôle. Quand il vit qu'elle ne souriait pas, Sir Manfred fut contrarié ; et regarda sa gorge blanche, l'air de dire : c'est vous qui avez commencé. Il reprit son verre et se dirigea vers la bibliothèque : « Je dévore, à mes heures. » Il avait fait un rond sur un nocturne.

Elle vit, ou sut, qu'Angus Dance était revenu dans la pièce. Tandis qu'elle comptait des feuilletés au fromage, elle le trouva tout près d'elle, bavardant avec une brune aux yeux bleus qui était venue avec les Dalrymple.

Et pourquoi pas ? On ne pouvait décemment pas attendre d'un homme comme lui qu'il menât une vie de célibat et d'abstinence par égard à ses propres fantasmes romantiques.

« Grace, j'ai les renseignements que tu voulais sur le *Tirpitz.* »

C'était leur plus vieil ami, qu'en cet instant elle aurait donné cher pour voir mort.

« Tu ne pourras pas dire que je t'ai jamais laissée tomber. Une promesse est une promesse. La date : 12 novembre 44. »

Grace croisa les mains sur son estomac. Et coula corps et biens.

« Coulé à l'ancre. On l'avait déjà mis hors de combat l'année d'avant avec des sous-marins miniatures, mais la RAF lui a donné le "coo de grass" en 44. Quelque part dans le cercle arctique, là-haut dans les fjords de Norvège, ne me demande pas de prononcer le nom de l'endroit, il y a plein de trémas et de points au-dessus des lettres. »

Angus Dance était pratiquement dos contre dos avec eux, et pouvait tout entendre.

« Ces crétins d'Allemands l'avaient mis juste à notre portée, tu comprends. Quand il y a une bêtise à faire, on peut leur faire confiance à ceux-là. Des empotés de première. Bon, tu sais tout, maintenant ?

— Merci beaucoup, Ernie. »

Ernie ne parlait pas un mot d'allemand, mais pouvait faire rire en imitant l'accent dans les réunions entre amis : « Touchours à fotre serfice », dit-il, en claquant les talons.

Angus Dance était parti chercher un cendrier pour la fille Dalrymple. Lui avait dit : « Ils l'ont coulé. » Pour Grace et Ernie, c'était « *On* l'a coulé » — même l'écolière qu'était

Grace à ce moment-là avait attaqué le cuirassé *Tirpitz* de toute la force de ses frisettes. Angus Dance, lui, était hors du coup, exempt de culpabilité comme de gloire. Pour lui, Ernie et Grace auraient aussi bien pu se réjouir de la victoire de Mafeking sur les Boers.

Grace faisait tourner un verre glacé dans ses mains. Ernie passa un doigt de propriétaire le long de la courbure noire du piano, comme Christian avait fait courir le sien le long de son décolleté. « Il a emporté un millier d'hommes par le fond. »

Sir Manfred cherchait à se sortir des griffes d'un curieux. « Je ne me souviens pas des chiffres comme ça, de but en blanc. Pourquoi n'appelez-vous pas ma secrétaire ? »

On sortit un crayon, du papier.

« Miss Ware. Non, pas Waring, Ware. Cordelia Ware. C'est un peu le genre virago, mais elle est incollable sur les statistiques. » Après avoir inscrit un numéro de téléphone, Sir Manfred s'avança pesamment vers Grace. « Vraiment désolé. Il faut que je me sauve. »

Des gens l'embrassaient, l'un après l'autre. « Adoré... vraiment adoré... doré. » Angus Dance lui serra la main et se joignit aux partants.

Après le dernier départ, ils sortirent la céramique Spode de l'endroit où ils l'avaient mise à l'abri. Un invité avait cassé une coupe en cristal taillé.

« Vous aviez bien parlé d'une réception “à tout casser” », fit remarquer Jeremy.

Deux chats furent libérés, avec force miaulements, de la salle de bains du premier, mais refusèrent de toucher aux restes. Jeremy et Hugh remirent la commode à sa place, entre les fenêtres. Rupert, qui n'avait pas le droit de soulever quoi que ce soit, aida Christian à compter les bouteilles vides. « C'est le docteur Dance que j'ai préféré. »

Moi aussi.

Christian se tourna à demi vers Grace et lui fit un petit clin d'œil. « Alors, on a le béguin pour le docteur Dance ? » Il avait rassemblé les bouteilles dans un carton. « Il m'a bien plu, à moi aussi. »

Plus tard encore, en remontant son réveil, Christian demanda : « Tu veux me dire pourquoi Ernie bavassait comme ça sur le *Tirpitz* ? Ou c'était le *Scharnhorst* ? J'ai oublié. »

Grace retirait sa robe noire par le haut. « Je crois que c'était le *Scharnhorst.* »

Il aurait pu appeler le lendemain pour la remercier, mais n'en fit rien, même si le téléphone n'arrêta pas de sonner de la matinée et si le supérieur de Christian fit envoyer des fleurs.

« Une vraie réussite, alors », annonça Jeremy, qui devenait mondain.

Grace parcourait le courrier.

« Je ne crois pas avoir jamais vu un aussi beau bouquet de marguerites », dit Christian.

Grace Thrale avait entamé le cycle bien connu de l'amour, dont la première phase se réduisait à une attente qui n'en finissait pas. Elle arrivait, en l'espace d'une seule matinée, à voir une dizaine de Dance dans la rue. Puis, tendue vers une impossible sonnerie de téléphone, dont les vibrations électriques lui perforaient l'âme, elle se fabriquait des mythes et des légendes à partir d'un chaste baiser donné sur le seuil d'une porte. C'était là la deuxième phase. La troisième, c'était la conviction que seules ses divagations donnaient un sens à l'affaire et que toute réciprocité de la part d'Angus Dance relevait du pur fantasme. Elle n'avait plus rien à lui révéler. Il avait même vu sa plus belle robe.

S'il était au courant, il se moquerait probablement de son

âge. C'était là un thème qui pouvait pousser l'homme le plus délicat aux plus méchantes plaisanteries.

L'ennui était que l'abondance même de ses sentiments faisait qu'ils paraissaient suffire pour deux. Tant de bonté aimante donnait aussi à la chose une coloration morale.

Les expressions se mélangeaient et alternaient. S'il venait dimanche, à l'exposition, elle saurait avec certitude.

Grace restait éveillée dans son lit, avant de sombrer dans un sommeil agité.

« Tu es debout de bien bonne heure, ces jours-ci, dit Christian.

— C'est à cause de ce chien, à côté, qui aboie dès l'aube.

— Comme un coq, dit Rupert, en caquetant.

— Si ça continue, dit Christian, il va falloir que je dise deux mots à son propriétaire.

— Barque perfide et fatale ! », dit Rupert, qui, de rire, en renversa son bol de déjeuner.

Mrs Thrale était désormais adultère plus souvent qu'à son tour, du moins en pensée.

Le dimanche, Christian emmena les garçons à un concours hippique. Les chevaux n'avaient point de secrets pour lui — mesures, taches sur la robe, races, performances. Les garçons eux-mêmes savaient utiliser adroitement des mots tels que rouan, pie, hongre.

« On devrait être rentrés vers six heures.

— Moi, il se peut que j'aille faire un tour à l'exposition » dit Grace.

Quand ils furent partis, elle se maquilla soigneusement. Elle enfila un manteau bleu qui n'était pas neuf mais lui allait bien. C'était une journée très froide, presque sans lumière ; des nuages lourds annonciateurs de neige pesaient sur la ville. Dans une vitrine, elle se vit serrer frileusement son foulard, pressée, le rouge aux joues.

Une femme à l'entrée lui réclama dix pence. Les lattes sales du plancher joignaient mal et craquaient sous les pas. Elle était presque seule dans le hall, mais ne pouvait se résoudre à chercher Angus Dance du regard. Un gros homme en imperméable recula d'un pas pour avoir une meilleure perspective et la heurta. « Désolé. » Il y avait deux ou trois couples âgés qui n'avaient sans doute rien de mieux à faire, et une fille à l'air déprimé qui était peut-être un des exposants. La peinture était le plus souvent réduite à des tourbillons verts et rouges ; ou avait été appliquée en couche mince dans des gris anguleux. Elle savait qu'il ne viendrait pas.

Quand elle repartit, le soir tombait, ainsi qu'une pluie glaciale. Elle n'avait pas envie de rentrer chez elle, craignant de voir son humiliation révélée au grand jour. Elle reculait devant la perspective de la maison comme devant une punition supplémentaire — comme un enfant qui, battu par ses camarades, a peur de se faire gronder par ses parents parce que ses vêtements sont déchirés. Elle n'en continua pas moins son chemin, faute d'autre possibilité. La douleur montait de sa poitrine, et pesait comme une pluie glacée sur ses globes oculaires. Il était incroyable qu'il n'y eût personne pour lui apporter quelque réconfort.

Elle se dit : C'est là ma grande mortification. Et se rendit compte, pour la première fois, que dans le mot il y avait « mort ».

Seule chez elle, elle passa dans la salle de bains et s'appuya des deux mains sur le lavabo, perdue dans ses réflexions. Impossible que cette angoisse fût centrée uniquement sur Angus Dance. Impossible que semblable passion puisse l'avoir lui pour seul objet — ce docteur Dance aux cheveux flamboyants, l'homme en chair et en os qu'elle ne connaissait que depuis trois mois ; non, elle devait s'être fixée sur une vision imaginaire. La glace lui renvoyait pourtant l'image d'une femme résolue, mise à nu, le souffle court. Elle ne s'était jamais vue aussi vraie, aussi unique.

Elle venait tout juste d'ôter son manteau quand ils rentrèrent du concours hippique, échangeant des propos de connaisseurs sur les bais et les alezans. Christian s'était fait bousculer dans le métro. « Je ne suis peut-être pas fait pour la société de masse.

— C'est peut-être nous la société de masse », fit Grace.

Lundi était le jour du coiffeur pour Mrs Thrale. « Mario, j'ai quelques cheveux gris, dit-elle en portant la main à son front. Là. »

Il prit sa tête entre ses mains, sous la lumière, comme s'il s'agissait d'un crâne en vue frontale. Hélas ! pauvre Grace. « Vous n'êtes pas encore mûre pour la teinture, dit-il au bout d'un moment.

— Non.

— Comme vous êtes blonde, vous pouvez attendre encore un peu. C'est pire pour les brunes. »

Quand elle fut installée sous le séchoir avec *Vogue* et *L'archipel du goulag*, elle eut brusquement conscience du côté pathétique de l'endroit. Il n'y avait pratiquement aucune femme jeune dans le salon, en dehors de la shampouineuse, dont l'absence de hanches et l'arc pectoral saillant donnaient aux chairs de Grace Thrale une allure quasi historique. Grace abaissa les yeux sur ses petits bras potelés, les scruta avec attention comme elle l'aurait fait d'un portrait peint par un grand maître. Elle pensa à son corps, qui n'avait jamais été vraiment mince, et montrait, après plusieurs accouchements, un réseau serré de vergetures blanchâtres, un corps qui n'avait plus maintenant qu'à attendre passivement la déchéance et la décrépitude. Ses mains, jointes sur la photo d'un homme bronzé sur une plage, traduisaient instinctivement la résignation. « L'Aga Khan dans un de ses rares moments de détente », lut-elle. Mais en même temps elle sentait qu'elle pénétrait dans les arcanes d'un grand et long suspense, solitaire et universel.

Cette nuit-là, Grace rêva qu'elle mourait.

Le lendemain matin, elle trouva un prétexte pour appeler l'hôpital.

« Le docteur Dance est absent, suite à un mauvais rhume. »

Elle dit que ce n'était pas important, et raccrocha. Le mauvais rhume n'éveillant que mépris de sa part, elle dit tout haut : « Moi, j'y serais allée », entendant par là l'exposition ; ce qui était la stricte vérité. Elle monta au premier et fit les lits, tout en pensant qu'un Écossais et un *Latin lover* n'avaient pas grand-chose en commun.

L'équilibre ne dura pas. En redescendant, elle ressentit la même douleur au thorax que la veille : souffrance colossale, imposante, d'une intensité et d'une distinction auxquelles elle, Grace Thrale, Londres, code postal W8 7EF, aurait été présomptueuse de vouloir prétendre. Elle s'assit dans la cuisine et songea : je suis surmenée, et peut-être que je deviens folle. Oh ! Seigneur, il faut que je brise ces liens.

Briser... cœur brisé... Vous avez dit « à tout casser »... J'ai craqué...

Il lui vint à l'esprit, dans son isolement, que les livres auraient pu l'aider. Pour la première fois, elle s'apercevait qu'elle ne lisait pas, que ni elle ni Christian ne lisaient — et c'était pour elle une vraie découverte, car elle avait compté sur lui pour faire une place à la littérature dans la maison. Ils avaient des dizaines de livres, sur des rayonnages qui prenaient la moitié d'un mur, sans parler des livres de poche. Ils envoyaient régulièrement chercher les parutions les plus récentes à la bibliothèque. Elle avait le dernier Iris Murdoch à la maison, ainsi que le Soljenitsyne. Ils se disaient lecteurs voraces. Mais cet état de réceptivité qui permettrait aux tourments d'un autre de l'atteindre jusqu'au tréfonds de son être, qui lui donnerait l'occasion de voir son obsession décrite et chantée, elle en était incapable. Christian se présentait avec assurance comme un grand amateur de littérature : « Je relis Conrad cet hiver. » Mais *Typhon* n'avait pas quitté sa table de chevet depuis décembre.

Christian rentra et l'embrassa. « J'ai parlé à ces gens de leur chien qui glapit sans arrêt.

— Allons donc !

— Mais si ! Tu ne peux pas continuer à passer des nuits blanches. Ils ont accepté d'enfermer l'animal. »

Elle aurait aimé qu'il n'emploie pas le mot « animal ».

Il fit claquer sa serviette sur la table de l'entrée. « Et j'ai bel et bien employé le mot "glapir". »

Dans le rêve de Grace, Christian pleurait.

Pendant la nuit, elle se leva et descendit. Elle prit *Les Hauts de Hurlevent* sur un rayon et alla se placer devant la fenêtre, dans le clair de lune, toujours à l'écoute de sa passion. Elle n'avait aucun droit de prononcer le nom d'Angus Dance, ni de lui manifester une quelconque marque d'affection, même en pensée, n'ayant jamais fait ce genre de chose dans la réalité. Elle aurait aussi bien pu invoquer Heathcliff, ou Énée. L'ouvrage, une vieille édition, pesait dans sa main. Elle savait qu'elle ne le lirait pas ; mais se demandait si on pouvait l'ouvrir à n'importe quelle page et y découvrir la vérité, comme avec la Bible. Elle se passa son autre main le long du corps et trouva ses petits pieds, qui dépassaient de sa chemise de nuit, d'une beauté irrésistible.

Le lendemain matin, Christian dit : « On devrait peut-être changer de matelas. »

Quand les marguerites commencèrent à pourrir, Grace les mit à la poubelle. La carte, encore attachée au bouquet, disait : « Avec mes hommages » ; l'encre avait déteint sur le nom. Elle rinça le vase et dit : « Je n'ai pas ri à sa blague osée. »

Christian était contrarié, mais il dit : « Il n'est pas question que tu subisses des propos offensants simplement pour faciliter ma carrière. » Histoire de prendre les devants. « Au fait, qu'est-ce que c'était, cette blague ? demanda-t-il au bout d'un moment.

— Je n'y ai rien compris, absolument rien. » Ils éclatèrent de rire. Aucune réponse n'aurait pu lui faire davantage plaisir. Sa petite Grace, si parfaite et si protégée. Une fois, pendant des vacances en Corse, il avait détourné la tête de sa femme du spectacle, comme il disait, d'une bagarre à coups de poing.

Tard, ce même jour, elle rencontra Angus Dance dans la rue. Elle avait acheté des jonquilles pour remplacer les marguerites, et se tenait là, son bouquet la tête en bas, incapable de trouver quoi que ce soit à dire qui pût égaler le discours magique et silencieux de ses rêves.

« Quelque chose ne va pas ? demanda-t-il.

— Je dors mal ces temps-ci. » Elle aurait aussi bien pu dire : Je vous aime. « Sauf si je prends des somnifères.

— Vous prenez quoi ? » Un moment, il détint à nouveau l'autorité.

Puis ils parlèrent de son mauvais rhume. Et il fallait qu'elle amène Rupert à l'hôpital pour une visite de contrôle à la fin du mois. En dépit de son manque de sommeil, son teint était aussi rose que le sien.

« Vous avez le temps de prendre un café ? » demanda-t-il.

Grace Thrale se retrouva assise à une table en Formica,

tandis qu'Angus Dance accrochait sa veste en flanelle à un portemanteau. Il portait un pull en laine claire, tricoté par sa mère. Ses cheveux suffisaient à attirer l'attention : Lumière du Nord, éclat du soleil de minuit. C'est à peine s'ils échangèrent deux mots, bien que penchés en avant dans une attente tendue, jusqu'à ce que la serveuse vienne prendre leur commande. Autant son accent qu'un « r » bizarrement aspiré étaient plus prononcés. Grace trouvait sa propre élocution confuse, et fit un effort pour parler plus distinctement.

«Je me demandais comment vous alliez.» Tout bien considéré, c'était là la remarque la plus audacieuse qu'elle eût jamais faite. Elle fut surprise par son ton assuré, sa main qui ne tremblait pas en sucrant son café, alors que la création tout entière, la texture même du firmament, était ouvragée comme son pull, et de la même couleur crème.

Il dit qu'il devait absolument aller à Burnham-on-Crouch pour jeter un coup d'œil à son bateau, que l'on avait mis en cale pour le nettoyer et le passer au minium. Il avait aussi besoin d'être calfaté à neuf. «Je ne sais pas pourquoi, mais ça ne me dit vraiment rien.» Les lieux communs, les non-dits étaient en soi éloquents. Ses fleurs parfumées, retenues par un ruban vert, étaient entre eux deux dans un gobelet d'eau.

« Comment s'appelle votre bateau ? demanda Grace.

— *Elissa.* » Il fit un peu de place pour le lait. «Je ne suis pas un vrai marin — les vrais sont des fanatiques. Je m'y suis mis après une expérience pénible. Je suppose que c'était un moyen de bouger alors que tout s'était arrêté.

— C'était au moment où vous avez rompu avec votre femme ?

— Non. C'était une répudiation plus tardive. » Il sourit. « Mais je ne pense pas que ces chagrins bien ordinaires aient grand intérêt.

— Pas ordinaires pour moi, en tout cas. » Elle n'imaginait pas Christian, pour qui l'acceptation était impérative, racontant ses déboires ou reconnaissant ses « chagrins ». Même dans l'enchantement du café, l'idée inquiétante lui vint que le plus faible des deux, sous ce rapport, et le plus vulnérable, était Christian ; et qu'Angus Dance était rendu plus fort par ses revers et son refus de la dissimulation. Elle se souvint de la simplicité de son engagement vis-à-vis de Rupert, de la manière dont il avait dit : « Je vous le garantis. » On n'aurait su exiger pareille intrépidité de Christian.

Quand elle faisait des comparaisons avec Christian, ce n'était pas seulement qu'elle se sentait déloyale, mais que Christian semblait toujours s'en sortir à son avantage.

Le docteur Dance lui proposa une brioche. « J'ai passé un excellent moment à votre soirée. J'aurais dû téléphoner pour vous le dire. »

Grace repensa au sabordage du *Tirpitz*, aux fleurs commémoratives du chef de Christian, couronne détrempée sur des tourbillons d'eau. Pour que nous n'oubliions pas. « Ça semble si loin.

— Je ne vous ai pas revue depuis. »

Impossible de se méprendre sur ce mélange de l'unique et du banal.

« Et pourtant nous sommes si proches », dit-il.

Elle garda le silence, s'abandonnant aux couleurs et aux ombres de la salle : non pas avec un sentiment de plénitude, impensable de toute façon, mais avec une impression de calme voluptueux, d'harmonie avec elle-même. Sa main reposait, paume ouverte, sur la table, la manche relevée. C'était la première fois qu'il voyait l'intérieur de son bras. Elle savait qu'un échange semblable entre eux, il n'y en aurait peut-être jamais d'autre. Si les chagrins ordinaires l'atteignaient enfin, de même connaissait-elle en cet instant cette perfection sans précédent.

Grace était assise au piano. Elle tourna une page, mais sans jouer. Rupert vint se placer à côté d'elle, debout. « C'est quoi ?

— Scarlatti. »

Il voulait dire : C'est quoi, le problème ?

Comme un amoureux, il se tenait suffisamment près pour suggérer une étreinte. De son bras droit, elle l'attira à elle. La main gauche posée sur les touches. Elle appuya la tête contre son bras. Comme sur une photo de l'époque édouardienne. « Je t'aime vraiment, tu sais, Rupey », dit-elle. C'était le dernier de ses enfants avec lequel elle pouvait encore se permettre ce genre d'aveu — et encore, uniquement parce que sa maladie leur avait accordé un sursis pendant lequel on pouvait fermer les yeux sur beaucoup de choses. Ils le savaient l'un comme l'autre. Désireux de se mettre au diapason, le garçon se fit pensif, languide ; tout en restant maître de la situation.

« Oui, vraiment », reprit-elle. Pour le lui faire dire, à lui aussi. Elle pensa : Ainsi donc, les rôles se sont inversés, et c'est moi qui cherche à puiser ma force en eux. Elle songea à l'expression « femme adultère », qui lui parut aussi archaïque qu'une lapidation, et sectaire, à l'image de « négresse », « juive », « poétesse » ou « midinette » ; mais précise.

Sa main gauche joua quelques notes dans les graves : sombres, sonores, nettement séparées. La pièce les reçut avec indifférence. Sa bague cliqueta sur l'ivoire. Elle berça légèrement le garçon de son bras, et sentit le plâtre qui comprimait ses côtes radiographiées. Elle enleva la main du clavier et entoura son fils de ses deux bras, nouant les doigts dans son dos, la poitrine et le front collés contre son corps. Cela ne ressemblait plus à une photographie.

« Qu'est-ce qu'il y a, m'man ? » Dégageant son bras emprisonné, il posa la main sur les aigus et fit retentir une série de notes discordantes, enfonçant plusieurs fois la même touche avec véhémence. Elle le libéra, non sans qu'il eût fait entendre quelques dernières notes perplexes et fébriles. Il resta là, toujours pressé contre elle, partagé entre l'enfance et la sensualité.

« À quoi vous jouez tous les deux, c'est un duo ? » dit Christian, qui était entré, des papiers à la main.

Le garçon s'éloigna d'un pas nonchalant pour aller allumer la télé. Scènes de dévastation, bâtiments en ruine... Beyrouth ou Belfast, le Bronx ou Bombay.

« Grace, il faut que je te parle, dit Christian.

— C'est une émission sur Pompéi ! » hurla Rupert.

Grace s'assit avec Christian sur une banquette qui servait rarement à cause de son fragile revêtement en velours. « Il vient de se produire un événement capital. »

Grace Thrale s'évanouit, en esprit.

« On vient de me donner l'Afrique. »

On aurait cru Alexandre ou Marc Antoine. Scipion le Jeune. Grace le regarda, l'œil vide, et il ajouta : « L'Afrique subsaharienne. »

Elle le regardait à travers des larmes qui jamais ne couleraient pour Angus Dance, lequel ne susciterait jamais la pitié pour avoir manqué de perspicacité ou s'être trop livré. Elle pleurait sur Christian, cet être comme isolé par le matériau non conducteur de sa vanité, et aurait pu, en cet instant, tout lui avouer, par pure fidélité au sens qu'il fallait bien donner aux choses. « Mon chéri », dit-elle.

« Il n'y a vraiment pas de quoi pleurer. » Christian lui effleura le visage, heureux de sa réaction. « Je t'assure. » Sa petite Grace, si parfaite. Il déroula la feuille qu'il avait à la main : un diagramme du département. Un petit rectangle au sommet d'une page semée d'autres rectangles plus grands, renfermant chacun d'innombrables poches d'amour-propre. Il promena un doigt sur la feuille, s'arrêtant ici et là. « Talbot-Sims n'agira que par intérim. Le pouvoir, c'est moi qui l'aurai. » Il s'était penché pour lui expliquer cet arbre généalogique, et elle vit, sur le sommet de sa tête blond-roux, une plaque où les cheveux, plus rares, grisonnaient. « Ma jeunesse jouait contre moi, dit-il, tout en balayant un grain de poussière sur la page impeccable. Mais, finalement, ils n'ont pas tenu compte de l'ancienneté. » Le diagramme commença à se recourber aux deux extrémités, menaçant de se réenrouler. « Ça va faire une sacrée différence pour la retraite. »

Grace se demanda si leur éloignement, tant par la pensée que par les préoccupations, lui était jamais apparu, à lui, aussi définitif, et si elle-même avait jamais fait preuve d'une aussi totale indifférence. Elle se demanda si, au cours de leurs séparations de l'été, ou lors de son séjour à Guernesey, il avait aimé une autre femme, ou couché avec elle — l'un n'excluant pas nécessairement l'autre. Difficile de l'imaginer suffisamment ardent pour ce genre de chose, alors qu'aujourd'hui il manquait de l'autonomie nécessaire à la lecture d'un livre. S'il avait aimé une autre femme, Grace aurait été la première à le comprendre. Une magnanimité qui ouvrait des perspectives aussi vastes que désolées. À moins que ce ne fût là une façon de plaider l'indulgence pour son propre compte.

Christian lui passa un bras autour de la taille, descendant de ces sommets où les hauts fonctionnaires ne tenaient pas compte de l'ancienneté. « J'ai bien peur qu'on ne soit obligés d'annuler la Costa Brava. Mais quand j'aurai les choses bien en main, je t'emmènerai dans un endroit tranquille. »

Son esprit passa en revue, comme le journal télévisé, des pays ravagés, à la recherche d'une possibilité. Partout, un désordre indescriptible — le Portugal, la Palestine, le Tibet : annulé, l'un après l'autre. L'exaltation s'étrangla étrangement dans sa gorge, comme sur un sanglot, mais reprit rapidement le dessus : « Tu vois, tu m'as porté chance finalement, en envoyant promener le vieux avec sa blague. »

Angus Dance tourna dans l'allée en brique au moment où il commençait à pleuvoir. Il se mit à courir ; au même moment, Grace Thrale, qui était entrée par l'autre bout, courut, elle aussi, sous la pluie.

Si l'on avait pu observer leur rencontre d'en haut ou de côté, comme dans une séquence filmée, on les aurait vus d'abord se précipiter, chacun de son côté, tête baissée pour se protéger de la pluie, puis se mouvoir au ralenti en comprenant la situation, avant de s'arrêter complètement. L'arrêt étant en quelque sorte l'apogée du mouvement. Ils étaient maintenant face à face, à un mètre l'un de l'autre environ, et la pluie tombait sur les cheveux de Dance et, comme un voile fin, sur le manteau gris-bleu de Grace. Ignorée, la pluie battante était comme une attestation cosmique, plus probante qu'une étreinte.

Quiconque les eût vus à cet instant les aurait pris pour deux amants.

La pluie argentait les paupières de Dance. Il avait les deux mains accrochées au revers de son pardessus. Un air désarmé, épouvanté par l'urgence de la situation. « Voilà ce que j'entendais quand j'ai dit que nous étions proches.

— Oui.

— On cherche un abri ? » Comme si, cet abri, ils ne l'avaient pas déjà trouvé.

Tout en pataugeant le long de l'allée, il se décida enfin à

lui prendre le bras. Geste qu'ils pouvaient maintenant se permettre, puisqu'ils ne s'étaient pas embrassés. Ils se trouvèrent bientôt sous une marquise à la sortie d'un supermarché, et il dit, lui donnant raison comme rien ni personne au monde ne l'avait jamais fait : « Vous savez que je vous aime. » C'était là la réaction qu'elle avait été incapable de soutirer à son fils.

Elle ne prit pas la peine de secouer l'eau de ses cheveux ou de son manteau ; peut-être n'aurait-elle plus jamais besoin de se préoccuper de son apparence. Il pleuvait toujours, les gens les bousculaient avec leurs sacs à provisions. Elle finit par dire : « Ça me rend tellement heureuse. » Pourquoi ne pas dire la simple vérité, maintenant qu'elle était indomptable ? En face, il y avait le nouvel hôtel qui logeait des groupes. « Ce serait un endroit comme un autre pour parler, dit Dance.

— On traversera quand ça se calmera un peu. » Son sang-froid était surprenant, autant qu'il l'avait été au café.

Il hésita, puis se décida : « Oui. Il va falloir que je téléphone pour décommander mes rendez-vous. »

Elle ne l'exhorta pas à ne pas le faire. De son côté, il ne se préoccupa pas de savoir si on l'attendait chez elle. Quand le ciel s'éclaircit, ils traversèrent.

Au moment où ils pénétraient dans l'hôtel, le réceptionniste reposait le téléphone en s'exclamant : « Nom de Dieu ! » Une montagne de bagages — valises, sacs de golf, fourre-tout écossais en nylon — se dressait au pied de l'escalier. Dans le salon, au premier, ils auraient déjà pu se croire dans un aéroport, attendant le départ de leur avion. Piliers recouverts d'un plastique mince, imitation bois, et cerclés de tablettes où poser un cendrier ou un verre. Banquettes dures et brillantes, sans rien de gai. Rideaux tendus de fils métalliques d'assez mauvais goût ; sur un mur, une corne d'abondance en mosaïque déversait du vert à profusion.

Un groupe de femmes en ensemble veste-pantalon se levait pour partir. Un vieil homme, un sac de compagnie aérienne à la main, disait, au bord des larmes : « Mais ils ne l'avaient qu'en beige. »

Grace Thrale s'assit près d'une fenêtre, et Angus Dance alla téléphoner. Sans lui, elle ne se serait que trop facilement intégrée au décor. Ce lieu clos, presque vide, imposait une certaine servilité, débarrassé qu'il était de la colère, de la perplexité et de la foi touchante de ses occupants habituels. Inutile d'essayer désormais de jouer à ce jeu avec Grace, qui voyait à peine ce qui l'entourait, était au-delà de toute condescendance. Avec un détachement qui n'était qu'une autre facette de la passion, elle se demanda dans quelles conditions elle quitterait cet endroit, et si elle rentrerait jamais chez elle. Sans elle, la maison du Crescent, à l'abandon, était privée de toute vie : le rôti refroidissant sur le plan de travail de la cuisine, un mot non terminé à Caro annonçant la promotion de Christian, un album de rock pour Hugh ; et *Typhon*, le roman de Conrad, attendant le bon vouloir de Christian sur la table de chevet. Le tout comme suspendu, silencieux, énigmatique — petits détails qui auraient pu orner les cabines de la *Marie Céleste* ou agrémenter une émission télévisée sur Pompéi, broutilles qui, pour avoir été rejetées, n'en devenaient que plus solennelles.

Elle se leva et étala les deux manteaux trempés sur un siège voisin, histoire de détourner le cours de ses pensées. Elle alla se placer devant une embrasure en béton, regarda tomber la pluie, et sut qu'il était revenu.

Il s'assit à côté d'elle sur le plastique rouge et dur, et dit : « Surtout, n'ayez aucune crainte. » Il posa les doigts sur les siens, comme il l'avait fait une fois à l'hôpital. « Je vais bientôt quitter Londres. » On voyait la couleur se retirer peu à peu de sa peau, la laissant de plus en plus claire. « On m'a proposé un poste à Leeds. »

Elle garda cet air de suprématie, cette attitude triomphante que lui avait donnés la certitude d'un autre dénouement. Devant son silence, il poursuivit : « Pour rien au monde, je n'aurais voulu gâcher votre vie. » Sa vie, à laquelle elle était prête à renoncer, dont elle avait déjà froidement dispersé les symboles, comme elle aurait pu couper les têtes de fleurs fanées.

« Comme si j'aurais jamais pu vouloir vous nuire », dit-il.

Comme si elle ne serait pas montée avec lui dans une chambre de cet hôtel pour faire l'amour, s'il en avait exprimé le désir.

Il était en train de faire d'elle une femme honnête. Elle n'aurait pas droit à la reconnaissance des bénéficiaires de son honnêteté, puisqu'elle les avait déjà abandonnés. L'amour, comme l'indignité, resterait caché à leurs yeux, et à ceux d'Angus. Quand elle avait voulu lui ressembler, elle avait cru dans sa naïveté que les idéaux qu'il incarnait seraient compatibles avec sa passion. Voilà une autre chose qu'elle découvrait sur elle-même : l'illusion qu'on puisse parvenir aussi rapidement à la vertu, et par un moyen aussi facile que l'amour. Difficile de dire, au milieu de cette confusion, où finissait son innocence et où commençait sa culpabilité.

Scrutant le visage vidé de couleur d'Angus Dance, avec ses yeux assombris et sa bouche agitée de tremblements nerveux, Grace Thrale était comme un navigateur qui cherche à voir la terre sur un horizon noyé dans la brume. Elle finit par demander, répétant une leçon apprise depuis longtemps : « C'est une promotion ?

— Oui, en quelque sorte. »

Des conquérants, tous ces hommes, avec leurs dépouilles,

leurs villes et leurs continents — Leeds, l'Afrique. Avançant, progressant, toujours en mouvement. Seule Grace restait sur place, encalminée.

« Et d'une certaine manière, nécessaire. Je ne peux pas continuer indéfiniment à faire ce que je fais ici. »

Et Grace, elle, allait continuer, bien sûr, indéfiniment. Allait chercher Leeds dans l'annuaire, comme autrefois le Dorset. La conscience de sa situation monta en elle comme un chant funèbre, sourd et prolongé. Voilà qu'elle connaissait enfin son propre naufrage — elle coulait, plus sûrement encore que le ferry de ses parents dans le port de Sydney. Elle en aurait hurlé, mais elle se contenta d'une réplique de théâtre : « De toute façon, nous n'avions aucun avenir, tous les deux. »

La couleur revint aux joues de l'homme, comme le sang là où il y a eu contusion. Il se leva vivement et alla se placer devant la fenêtre en béton, comme s'ils avaient été seuls dans un lieu privé. Puis s'appuya contre une colonne, face à elle, les bras étendus de chaque côté sur la tablette destinée aux verres et aux cendriers, figure d'atlante au corps solide nettement plus satisfaisante d'un point de vue architectural. « Les gens ont droit à un passé et à un présent, autant qu'à un avenir. » Il fit un grand geste de la main, et une coupelle de cacahuètes se renversa en silence. Geste dévastateur, qui parut avoir désintégré un morceau de la colonne. « Vous devez vous douter que j'en vois tous les jours, de ces gens qui meurent sans avoir vécu. Ce qui compte, c'est ce que nous sommes maintenant, pas ce que nous deviendrons. Ou plutôt, c'est une seule et même chose.

— Je le sais bien. » Même ses enfants étaient déjà otages de l'avenir — on parlait de leurs aptitudes pour les sciences ou les langues, de ce qu'ils voulaient être plus tard ; on n'avait jamais pris la peine de leur demander sérieusement ce qu'ils voulaient être maintenant. « Même ceux qui ont vécu pleinement mourront un jour, dit-elle. Il est difficile de dire où réside la plus grande ironie. » C'était à lui qu'elle devait de telles découvertes. Elle se hissait à sa hauteur, mais ne tarderait sans doute pas à retomber dans l'indifférence, l'absence de curiosité.

« J'ai presque trente-quatre ans, dit-il, et je vis avec trop de vide autour de moi. » Elle se représenta sa droiture dans un espace dégagé, semblable à la maison dépouillée de ses parents. « Vous ne pouvez pas imaginer... attention, je ne dis pas ça méchamment... Mais vous, qui avez tout — l'amour, les enfants, la beauté, des tas d'amis —, comment pourriez-vous comprendre l'être informe que je suis ? Comment pourriez-vous savoir ce que c'est que la solitude, le désespoir ? »

Si ces sentiments n'étaient pas son lot quotidien, elle en avait du moins perçu le reflet dans une glace. Elle sentit l'idée qu'il se faisait de son existence l'envelopper comme un vêtement encombrant, la sentit se refermer sur elle comme un piège. Elle s'abandonna contre le dossier rigide, lui, debout très droit, en face d'elle. Contraste allégorique de l'amour profane et de l'amour sacré, où son extase amoureuse faisait figure de profanation. « Et pourtant, dit-elle, pour sauver encore quelque chose, il n'y a rien eu de plus beau dans ma vie que ces moments que nous avons passés ensemble à l'hôpital à regarder les clichés. »

Il revint jusqu'à la banquette et reposa sa main sur la sienne — contact aussi essentiel, aussi externe, que des empreintes de doigts sur une radio. « C'était comme Paolo et Francesca. »

Il faudrait qu'elle cherche ça dans un dictionnaire en rentrant. Pour l'instant, elle fixa sa main posée sur la sienne et pensa, sans moquerie : En fait de *Latin lovers*, il y a mieux.

« C'est vrai que nous n'aurions pas supporté les mensonges », dit-il.

Le premier mensonge avait été celui de Grace, enlevant sa robe et disant d'une voix étouffée, la tête enfouie dans le tissu noir : « *Scharnhorst.* » « Depuis que je suis mariée, dit-elle, je n'ai jamais échangé un seul baiser d'amoureux, sauf avec vous, le jour de mon anniversaire. »

Il sourit. La petite Grace, si parfaite, si protégée. « Il y a si peu de rire dans l'amour illicite. Et s'il y en a, il doit toujours s'accompagner de l'impression que l'on rit aux dépens de quelqu'un d'autre. »

La dernière fois que Grace avait ri, c'était avec Christian, à propos de la blague de Sir Manfred. « Je suis sérieuse », dit-elle. Le baiser, le mensonge, le rire — plus rien ne serait à nouveau sérieux, jugé à cette aune. « Je suis sérieuse », répéta-t-elle, tandis qu'il souriait, fort de son expérience plus grande et de sa moindre sensibilité ; fort d'une vertu toute relative, puisqu'elle lui venait du fait que c'était Grace, et pas lui, qui était prête à blesser l'autre. Il regarda son visage, avec une sollicitude qui se trompait d'objet. Grace refusait d'être appelée à témoigner. Elle se souvint de la manière dont, un jour en Corse, on lui avait détourné la tête pour lui épargner un certain spectacle.

« Une fois dans un nouveau contexte, avança-t-elle, vous oublierez tout ça.

— Je continue à rêver d'une fille que j'ai connue quand j'avais dix-huit ans. » Il se refusait à faire écho à ses platitudes, à percevoir sa vérité. Oui, il rêverait de Grace, à Leeds. « La vitesse de refroidissement des souvenirs, dit-il, varie avec la température. » Jetant un coup d'œil autour de lui, il vit le tapis gaufré, les rideaux aux allures de guirlandes, la colonne aux fragments de cacahuètes, la corne d'abondance au vert pisseux. « Quelle horreur, cet endroit ! » La condamnation n'était qu'un prélude aux adieux.

« Il est à l'image du monde, dit Grace Thrale.

— Je vous ai dit beaucoup de choses en pensée, mais rien qui soit aussi désespéré que cela. Et puis, elles n'avaient pas pour cadre le monde réel. » Sur quoi, il se corrigea : « Sauf que, bien sûr, il y avait le désir », extravagance sommairement écartée. Son accent s'était fait plus prononcé, et il donna à sa parole un peu de temps pour se remettre, contrôlant son élocution comme on ravale des larmes. « Ce que je veux dire, c'est qu'en pensée on conserve toujours un peu d'espoir, malgré tout. On ne peut pas dire adieu en imagination. Ça, on ne peut le faire que dans la réalité, avec son être de chair et de sang. Même le désir a moins à voir avec la chair qu'un adieu. »

Son visage n'avait jamais eu l'air moins contemporain qu'en ce moment. Était à l'image de ces premières photographies, qui mettaient si bien à nu la souffrance et la conscience d'un individu.

« Je vais donc devoir vous perdre. » Elle aurait aussi bien pu être en train de prendre congé d'un invité : Adoré... vraiment adoré... adorable.

« Je ne peux pas faire plus », dit-il, en retirant sa main et en la passant dans ses cheveux flamboyants, comme il l'aurait fait dans une banale situation de perplexité. Il se leva à nouveau, prit son manteau sur la chaise, et se tint debout devant elle. Tous ces gestes, accomplis très rapidement, rappelaient qu'il avait l'habitude de faire face à la souffrance des autres. « Je vous dépose en passant. Je vais prendre un taxi. » Son retour à des expressions du quotidien fut un coup fatal. Preuve ultime que les hommes étaient forts, ou faibles.

Ils se faisaient face, maintenant, comme prêts à se disputer. Et les spectateurs furent soulagés de constater qu'ils avaient l'air normal.

« Je vais rester ici encore quelques minutes. » Incapable de seulement envisager le taxi, dans lequel il refuserait résolument de la prendre dans ses bras. Elle croisa les mains devant elle, avec ce geste posé qu'elle avait parfois pour contenir le désespoir. Levant la tête pour le voir partir, elle avait tout de l'enfant qui, au bord d'une route de campagne, salue de la main une voiture qui passe en trombe.

Quand Grace atteignit la rue, la pluie avait cessé, et l'obscurité était tombée. Des hommes et des femmes sortaient du travail, épuisés ou euphoriques, tous également pâles. Et la chaussée mouillée luisait de l'éclat des phares, plus brillante que le ciel clair plein d'étoiles. Des bruits de moteurs, de voix, de pas, de transistors assuraient les vibrations d'un monde en mouvement. Cette démonstration de retour à la normale la poussait, de manière tout à fait gratuite, à la rencontre des vainqueurs — Jeremy, dont il fallait baigner l'œil dans une solution d'acide borique, Hugh et son goût pour les mathématiques, Rupert et sa passion inattendue pour Yeats, et Christian, avec sa façon de dire : « C'est bien le meilleur gigot que j'aie mangé depuis des années. » Tout un monde qui devait célébrer son triomphe sur elle, comme elle n'allait pas tarder à le découvrir. Ils riraient les derniers, de ce rire innocent et terrifiant que leur permettraient leurs prétentions justifiées et leur amour licite.

Avec ces perspectives devant elle et ces pensées dans la tête, Grace Marian Thrale, quarante-trois ans, se tenait silencieuse sur le seuil d'un hôtel, dans son vieux manteau bleu, et regardait les voitures et les étoiles, le grondement de l'existence dans les oreilles. Et comme un grand poète ou un souverain tragique des temps anciens, elle en appela à son créateur, se demandant combien de temps elle allait devoir encore passer sur une pareille terre.

34

Paul Ivory écrivait à sa mère :

Ma chère Monica,

Ce serait vraiment dommage de vendre la propriété des Barbades sans avoir une idée claire de l'endroit où tu veux te réinstaller. C'est ennuyeux, je n'en doute pas, mais le monde entier n'est plus qu'une pagaille fort coûteuse, où les paradis fiscaux se raréfient. Franchement, je ne te vois pas en Irlande, et je ne pense pas que tu serais le moins du monde amusée par leur dernière version de la bataille de la Boyne.

Ma pièce a toujours autant de succès, bien que les critiques aient été fort tièdes. Ce qui doit vouloir dire que le pays m'a adopté pour de bon. C'est peut-être cette étreinte de boa constricteur qui m'empêche de continuer à travailler. Je gaspille beaucoup de mon temps en ce moment, et je suis même allé au zoo — mais je dois dire que c'était à cause de Felix, qui espère y tourner un film, et voudrait me le voir financer. Je finirai sans doute par me laisser convaincre — tous les fils des gens que je connais font un film, pourquoi pas le mien ?

Le seul autre événement un tant soit peu marquant de ces dernières semaines a été une réception donnée par Manfred Mills dans sa nouvelle maison. Victoria Square a toujours été un endroit rébarbatif, mais il y a maintenant une ellipse en béton en plein milieu, comme une sorte de monument préhistorique, ou de couverture de ciment destinée à cacher à la vue quelque monstruosité intransportable. Tertia n'ayant pas voulu m'accompagner, j'ai emmené Felix. Le fils de Manfred — qui a l'âge du mien, mais est d'un sérieux épouvantable et fait partie de l'équipe de cross-country de son université — nous a accueillis sur les marches et nous a dit d'un air déterminé : « Je tiens absolument à ce que vous vous amusiez. » Je ne peux m'empêcher d'imaginer que c'est à ces gens-là qu'appartient le royaume des cieux. À l'étage, un curieux mélange — trop de banlieusards à parler trains et métro, et un essaim d'employés de l'administration qui gravitaient autour de Manfred, pleins d'une attente obséquieuse, comme autant de gigolos autour d'une riche veuve. Déférant à la moindre de ses opinions. En d'autres termes, un petit monde terriblement conventionnel — à l'exception d'un pianiste tellement timide que tout le monde lui paraissait célèbre, un prêtre catholique qui n'était effectivement pas marié, et un danseur russe qui n'était pas encore passé à l'Ouest. Manfred, pour l'occasion, s'était fait friser les favoris et s'était bardé de médailles. Madeline, quant à elle, avait eu la sagesse d'attraper une pneumonie et ne s'est pas montrée.

Parmi tous ces fonctionnaires à l'échine souple, il y avait Christian Thrale, parfaite caricature du bureaucrate. Avec lui, tout devient bulletin d'informations en provenance du palais. Quand je lui ai demandé des nouvelles de sa femme, dont je me souviens comme d'une personne assez agréable, il m'a répondu avec une délicatesse lourde de sous-entendus : « Grace n'est pas très bien aujourd'hui. » Pareille affectation est rare. Il était venu avec sa belle-sœur — que j'ai bien connue à une époque, mais que je n'avais pas revue depuis des lustres, et qui est veuve maintenant depuis quelques années. Elle arrivait de New York et devait séjourner brièvement chez les Thrale. Toujours beaucoup d'allure — du moins en comparaison avec ce ramassis de banlieusards et d'inspecteurs des impôts —, encore qu'en équilibre précaire au bord de la distinction, piège contre lequel on ne saurait suffisamment mettre les femmes en garde. Jeune, elle affichait déjà cette fâcheuse tendance.

Cette rencontre m'a poussé à écrire une ou deux pages aujourd'hui. J'aimerais en faire quelque chose, mais pas simplement le genre réception-rassemblement final à la manière proustienne. Non seulement cette veine-là a été exploitée *ad nauseam*, mais je ne suis pas d'un âge suffisamment vénérable pour le dernier volume de Proust. Pas plus, bien sûr, que ne l'était Proust lui-même. Il n'était guère plus âgé que moi quand il a décrit cette scène. En fait, il a triché. Mais il savait évoquer le futur aussi bien que le passé.

Je crois qu'il est sage de ta part d'accepter l'invitation de Washington, dans la mesure où nous risquons fort d'avoir bientôt un nouveau gouvernement et de voir les parents de quelqu'un d'autre installés à l'ambassade. Si tu vas aux États-Unis comme prévu, tu pourrais peut-être m'envoyer les critiques de presse que tu trouveras sur le film tiré de *Catastrophe naturelle*, qui devrait sortir à peu près à cette époque. Mon agent les conserve jusqu'à ce qu'il les ait toutes avant de me les envoyer, et je ne peux guère compter sur les amis pour ce genre de service, sauf si elles sont franchement défavorables.

Felix me demande de te remercier pour le chèque que tu lui as fait parvenir pour son anniversaire. Pardonne-lui de ne pas t'écrire lui-même, et sois bonne avec lui, comme tu l'es avec

Ton fils affectueux

Caro dit : « Paul Ivory était à une soirée à laquelle je suis allée cette semaine. » Elle déjeunait avec Ted Tice.

« Paul doit commencer à accuser les années.

— C'est étonnant, il n'a pratiquement pas changé.

— Je parie que, comme Dorian Gray, il a un portrait de lui qui se dégrade lentement dans un placard. »

Caro songea que Paul n'avait rien perdu de sa maîtrise de

soi, même si son sourire était maintenant moins fréquent et moins intense. Il se ménageait, comme un danseur qui prend de l'âge ; et se réservait le droit, à l'occasion, d'être celui qui s'ennuie.

« Son fils était là, dit-elle. Très grand, très mince. » Une sorte de cavalier émacié : cheveux blonds tombant en longues mèches, front et nez élégants, anatomie déliée. Yeux plus authentiquement vides que ceux de Tertia. Peut-être d'une grande simplicité, dans un registre égoïste ; mais une bonne éducation ne peut-elle pas donner l'illusion de l'intelligence ? Vêtu d'un sarrau de lin blanc rebrodé de fleurs de couleur, les poignets bordés de volants de dentelle, et retombant en cloche sur un jean aussi moulant qu'un collant d'acrobate. Il avait les pieds nus. On aurait pu s'exclamer : Quel beau garçon ! Au lieu de quoi, Caro s'était présentée. On lui assena quelques monosyllabes, comme autant de bornes plantées dans le sol et fermant toutes les avenues sans exception. Le jeune homme n'avait pas oublié ce qu'il avait à dire : il avait tout bonnement choisi un rôle muet. Flegmatique et, en dehors des poignets, parfaitement lisse. On lui parlait comme à un enfant : « Comment t'appelles-tu ? Tu vas à quelle école ? » Il s'appelait Felix, et il devait entrer quelque part — sans doute Oxford, plus vraisemblablement Cambridge — à l'automne. Quand quelqu'un s'était approché, il avait disparu aussitôt, après un effort considérable pour rester jusque-là. « Je suis certaine, dit une femme, qu'il sera chirurgien, il a ces doigts extraordinaires, légèrement recourbés au bout. »

Caro n'avait pas remarqué que le garçon avait les mains de Paul. Quand celui-ci était venu la trouver, elle avait regardé le bout de ses doigts. « Éloignons-nous un peu de ce prêtre et de sa suffisance œcuménique », avait dit Paul.

Dans le restaurant, Ted Tice regardait les paupières baissées de Caro ; la tragédie, ce n'est pas que l'amour ne dure pas, mais bien qu'il dure.

On apporta un plat de poisson panné, qu'ils partagèrent. Caroline Vail n'avait pas prévu qu'elle pourrait un jour rencontrer Paul Ivory sans émotion. En lieu et place du trouble escompté, il y avait eu le sentiment des hasards de la vie, et la confirmation que Paul garderait une place privilégiée dans sa mémoire jusqu'à la fin de ses jours.

« Attention aux arêtes », dit Ted Tice. « Comment va Josie ? » demanda-t-il encore. Il aimait parfois, avec Caro, à s'enquérir d'affaires domestiques, ce qui l'élevait au rang de familier. Toute sa vie, il s'était efforcé de parvenir au moins à ce semblant d'intimité.

Josie, qui était allée en Suède avec une association de consommateurs et y était restée, attendait un enfant. « J'ai l'intention d'aller la voir là-bas, dit Caro, en septembre, après la naissance du bébé. J'aurais aimé... » ajouta-t-elle, avant de s'arrêter devant l'évidence. Oui, elle aurait aimé... tout en étant incapable d'imaginer Adam Vail grand-père.

Elle supportait sa perte avec autant de calme que le monde pouvait raisonnablement, ou déraisonnablement, en attendre d'elle. Mais, dans l'intimité, n'avait pas cessé ses suppliques maladroites, à Dieu ou aux morts, et continuait à défigurer le souvenir en le noyant de larmes amères ; tandis qu'Adam, dans ses pensées, restait toujours imperturbable. « Le souvenir est bien plus insupportable encore que tout ce à quoi on s'attend, dit-elle à Ted Tice. Ce que je veux dire, c'est que si on ne met pas un terme à cette obsession du passé, si on ne dit pas un jour “assez, je n'en veux plus”, on risque de voir ses souvenirs les plus heureux se transformer en moments de détresse. »

Son expression, et la manière impétueuse dont elle avait dit « assez, je n'en veux plus » semblaient si peu compatibles avec des propos pessimistes que Ted faillit sourire. « Caro, nous ne sommes pas encore assez vieux pour ce genre de récriminations.

— Paul m'a dit l'autre soir que je courais le danger de devenir une vieille dame distinguée.

— Je suppose que ce qui l'a agacé, c'est que tu sois restée aussi belle. »

Ted regarda Caro sortir une arête de sa bouche. À son poignet, une grosse montre, qui avait dû appartenir à Adam Vail. Il lui suffisait de lever le poignet, et son mari était là, sur son pouls, gardien de son temps.

Je n'ai pas d'elle de souvenirs très heureux, et pourtant les heures passées avec elle ont été les meilleurs moments de ma vie.

« Et puis, dit Caro, on a tendance à déformer les souvenirs à son avantage, par vanité ou par remords. En tout cas, c'est ce que je fais, moi. Mais pas toi — toi, tu es né honnête, et tu t'es contraint à respecter la vérité. » Elle songeait au travail de Ted, en termes toujours aussi vagues, imaginant un monde de silence et d'exigence.

« Il y a des gens qui, même au télescope, ne voient que ce qu'ils veulent bien voir, dit Ted. Comme ils le font quand ils regardent à l'œil nu. Il n'y a pas de vérité sans désir de vérité. » Détournant le regard, comme honteux. Je ne peux même pas lui dire que je lui ai été fidèle ; elle n'a jamais exigé de moi cette forme-là de vérité.

Caro s'essuyait les doigts, tout en pensant que c'était peut-être le fait de ne pas avoir d'enfants qui vous ramenait ainsi au passé. D'un autre côté, il était difficile d'envisager un quelconque avenir en la personne du fils de Paul Ivory. « Tu as une photo de tes enfants ? » demanda-t-elle à Ted.

Celui-ci sortit son portefeuille. Il montra une photo de deux adolescentes et d'un petit garçon, debout à côté de leur mère. Les femmes, blondes, un peu compassées, le gamin, les cheveux foncés, hilare.

« Nous n'avons jamais été aussi jeunes que ça », dit Caro, en parlant des enfants. Tenant la photo précautionneusement par les bords, elle ajouta : « Ta femme est très jolie.

— Et tout à fait digne d'être aimée. » Ils avaient depuis longtemps cessé de s'étonner de ce que Caro et Margaret ne se fussent jamais rencontrées. Caro lui rendit la photo, qu'il regarda un moment. « Mon fils est le portrait craché de mon frère au même âge. »

Caro avait oublié ce frère, qui n'existait que sous la forme d'une griffure dans l'œil de Ted. « Que fait-il, ton frère ?

— Il voulait être fermier, et s'est débrouillé pour faire ses études dans un lycée agricole. Depuis quelques années, il cultive la terre sur un principe de participation aux bénéfices dans une coopérative du Yorkshire. Il travaille très dur, mais écrit aussi des articles pour des revues spécialisées et a même rédigé un traité éminemment respectable sur les campagnols. Il a une femme taciturne, qui travaille aussi dur que lui, et une fille, très jolie. »

(À la soirée chez Manfred Mills, Paul Ivory avait dit à Caro : « Mon frère s'est enfui avec une petite vendeuse. » À quoi Caro avait répondu : « Moi aussi, j'ai été vendeuse. Nous ne sommes pas nécessairement "petites". »

Paul appelait toujours le sarcasme. Les relations de Ted, elles, respiraient une saine candeur.)

« Ainsi, vous avez fait tous les deux ce dont vous aviez envie.

— En un sens, oui. » Ted regardait toujours la photographie, sur laquelle son fils tenait un chien disgracieux dans les bras. « Le chiot s'appelle Phobos. Fils de Mars. » Il la rangea, sortit un cliché noir et blanc tout froissé, et le lui tendit. Il était curieux de voir comment elle allait parer le coup.

Sur fond d'un coin de jardin à Peverel, une jeune fille de profil, cheveux noirs flottant librement sur les épaules, une main levée. Caroline Vail tenait la photo dans sa main ouverte. Un léger frisson parcourut son visage : la crainte peut-être, à moins que ce ne fût l'effort pour refouler les larmes. « Je ne me souviens pas de cette robe », dit-elle.

Elle lui rendit la photo. Ainsi donc, elle avait ressemblé à cela. Dans la salle de restaurant, l'illusion de l'existence s'étendit à tout — fourchettes, pieds de table, col rayé d'une chemise, doux picotement d'une banquette en velours sur les mollets.

Ted aurait été désolé de la faire pleurer, même après avoir fait de son mieux pour y parvenir.

« Quand tu passeras en septembre, en allant en Suède, tu me feras signe ? dit-il.

— Promis.

— Tu tiendras ta promesse, dis ? » On aurait cru entendre un enfant.

« Mais oui. J'aime bien te voir, tu sais. »

Il fallait monter quelques marches pour accéder à la rue. Elle passa devant, et Ted regarda le balancement du manteau écarlate sur ses genoux. Vit ses chaussures aussi, brillantes comme du verre noir, et songea qu'il n'avait jamais vu ses pieds nus.

L'après-midi était déjà bien avancée. Caro prenait le métro. Ted l'accompagna jusqu'au guichet. « Au revoir. » Ils s'embrassèrent. Il regarda son manteau rouge franchir le tourniquet, gagner l'escalier mécanique, puis commencer à glisser, et s'éloigner, s'enfonçant toujours plus bas : Eurydice du monde moderne. Au dernier moment, elle se retourna, sachant qu'il serait là.

35

Par une chaude matinée de ce début d'été, Mrs Vail était dans le cabinet d'un médecin en face de chez elle. Elle lisait à haute voix les lettres d'un tableau accroché au mur. Ses yeux foncés étaient assombris et dilatés. « Je vais vous faire une ordonnance, dit le médecin.

— Pour un collyre ?

— Non, pour des verres. »

Elle le dévisagea, les yeux écarquillés.

Le médecin avait les cheveux blancs, l'haleine aigre. « Le temps finit par vous rattraper. Vous avez toujours été jusqu'ici celle qui était capable de lire la première le nom sur la coque du bateau ou l'annonce sur le tableau d'affichage, je me trompe ? Vous pouviez déchiffrer les toutes petites lettres. Et voilà, comme je vous le disais, le temps finit par vous rattraper. La nature n'aime guère les exceptions.

— Nous ne sommes pas sur cette terre simplement pour apaiser la nature.

— Elle se venge sur les exceptions, la nature. Et sans crier gare, en plus. Nous autres, gens ordinaires, savons plus ou moins comment les choses risquent de se passer pour nous. » Le médecin lui tendit une feuille et repoussa son bloc d'ordonnances. Trois mois plus tard, il devait mourir dans un accident d'avion alors qu'il se rendait à Rome pour un congrès d'ophtalmologie.

Une fois dans la fournaise de la rue, Caro sentit ses yeux la brûler. Elle fouilla dans un sac digne de Dora, à la recherche d'un mouchoir. Elle avait du mal à distinguer le bord du trottoir. Un homme qui sortait d'un cabinet médical juste à côté l'appela par son nom.

« Toi, ici ! »

C'était bien de Paul, sur un continent étranger, de se montrer surpris de rencontrer Caro dans la rue qu'elle-même habitait.

« C'est Paul ? » Comme si elle avait été aveugle pour de bon.

Il la regarda tandis qu'elle séchait ses yeux, plus grands et plus foncés que dans son souvenir. « Mon fils est atteint de leucémie », dit-il. Les larmes se mirent à ruisseler sur ses joues sans autre forme d'encouragement.

Un doigt sur le menton, les yeux fermés, elle resta un instant paralysée par la nouvelle. « Quel cauchemar !

— Ce n'est que la triste réalité. Même si j'essaie de me convaincre depuis un mois que je vais me réveiller. » Ils restaient là, indifférents à la rue comme à la chaleur. Les gens passaient, et regardaient comme ils l'avaient toujours fait. La ville cahotait pesamment autour d'eux, salie, épuisée.

Paul lui raconta comment on avait découvert la maladie. Il avait amené Felix à New York parce qu'il avait entendu parler d'un médecin, d'un hôpital, d'un nouveau traitement. Tertia arriverait après le 4 Juillet.

Caro porta la main à ses cheveux brûlants. « Veux-tu venir chez moi un moment ? J'habite juste en face. »

C'était elle, maintenant, qui avait la clé. En la tournant

dans la serrure compliquée, elle dit : « Il n'y a personne. Je reste en ville pendant la période de congé, pour travailler. »

L'entrée était fraîche. Surfaces nues. Sur une console, une liste rédigée à la main : « Journal, dégraissage, courses chez Gristede. » Dans le séjour, rideaux qui se gonflaient et se dégonflaient sous le souffle d'un climatiseur. Une chaise, une banquette, et une table au dessus de verre, débarrassées de leurs housses de protection.

« Tu as quelque chose à boire ? » demanda Paul. Il ne s'était jamais intéressé aux conditions dans lesquelles elle vivait, et pouvait donc se comporter comme s'ils s'étaient séparés la veille, sans avoir besoin d'être mis au courant de ce qui s'était passé entre-temps.

Elle eut le même sentiment d'une simple reprise après une interruption. Ou peut-être d'un apogée.

Paul enleva sa veste et la laissa tomber sur une chaise. Il fit le tour de la pièce au mobilier enseveli, pendant que Caro allait chercher une bouteille et des verres. La vision encore brouillée, elle avait beaucoup de mal à le servir. Paul se jeta sur la banquette et mit sa main devant ses yeux, paume à l'extérieur, bras habillé de blanc pointant en l'air. Pour la première fois, il ne paraissait pas à son avantage ; avec sa jambe de travers et son coude tordu, il suggérait un appareil moderne cassé qu'il serait plus facile de remplacer que de réparer.

Quand il ôta la main de son visage, Caro lui tendit le verre glacé. « Le traitement est terrible. C'est surtout ça qui le fait souffrir en ce moment, dit Paul.

— Je me souviens qu'il était fort beau.

— Avec ces nouveaux médicaments, il y a un espoir.

— Où il y a de l'espoir, il y a sursis, dit-elle en s'asseyant.

— Mais le temps... dit-il. Ce temps qui ne passe pas. » Il posa son verre sur le sol, à côté de la banquette, où il forma un rond de condensation. Laissa sa main pendre à côté. « Et ça peut durer longtemps, très longtemps. Et je suis bien obligé d'espérer que ce sera le cas. »

Après la mort d'Adam Vail, Caro ne cessait de demander l'heure, pour découvrir qu'elle n'avançait pas.

« Il est au courant ?

— Oui, et il en a pour l'instant plus de rancœur que de peur, dit Paul. Par certains côtés, Felix est comme Tertia. »

Caro commençait à voir Paul plus nettement : sa peau rougie par le manque de sommeil, et pourtant terne, ses yeux bleus rougis également, et ses paupières cobalt, le désordre léger de la cravate et du col. Il était étrange qu'un homme écrasé par de tels soucis dût se raser, s'habiller, sortir dans la rue, en arborant tous les signes extérieurs de la décence et de la correction, et que le monde en attende autant de lui. Elle prit son verre et le remplit à nouveau. « Je vais chercher quelque chose à manger.

— Non, reste. » Comme s'il avait été chez lui, et pas chez elle. Il sembla prêt à lui saisir le poignet, mais ne le toucha pas, faisant simplement trembler le verre qu'elle avait à la main. Point de contact dans ce geste, seulement le désir de la retenir. « Si je ne t'avais pas rencontrée, j'aurais passé la journée sans trop de mal. C'est le fait de pouvoir parler qui te démolit.

— Que puis-je faire ?

— Rien. Rester ici. Dans un moment, il faudra que j'aille dans les quartiers chics voir une connaissance de Felix qui s'occupe de trier des photos — des diapos d'un voyage qu'ils ont fait ensemble. On a pensé que ça pourrait lui faire plaisir de les voir, il n'arrive pas à se concentrer suffisamment pour lire.

— C'est sa petite amie ?

— Felix est homosexuel », dit Paul.

Caro, immobile sur son siège, et Paul exposé à son regard. Comme jamais, même à l'époque où il reposait à son côté.

« C'est comme si on n'avait jamais su jusqu'ici ce qu'était la souffrance », dit-il.

Il avait atteint la cinquantaine, mais ne s'en était pas sorti sans dommage. « On devient conscient d'une terrible ignorance, dit-elle, quand on regarde en arrière. Ignorance de ce que l'avenir vous réserve.

— Cette rage... contre le destin, contre Dieu, dit Paul. Pas simplement le sentiment de son impuissance, mais l'impression d'être entièrement au pouvoir de quelqu'un, de quelque chose. Les médecins, les infirmières, qui ont toute autorité pour vous annoncer le pire, ou pour vous mentir. Toute autorité aussi pour se tromper. Je n'ai jamais supporté l'idée qu'on puisse avoir un quelconque pouvoir sur moi. »

Il se redressa sur la banquette et alluma une cigarette qu'il laissa se consumer entre ses doigts. Un spectateur aurait pu se demander si Paul savait encore qui il avait en face de lui.

« Est-ce que je peux revenir demain ?

— Je suis ici tout le week-end, je travaille.

— Tu travailles ?

— À une traduction, de l'espagnol.

— Ah, oui... j'ai vu ça. » Qu'il ne lui ait posé aucune question sur elle, sur sa vie, sur la façon dont elle avait vécu la mort de son mari, investissait une atmosphère quasi onirique de réalité. Et conférait à sa présence le statut d'un fait objectif — aussi concret, disons, qu'une statistique ou une discussion sur des problèmes d'argent. « C'est un cendrier ? demanda-t-il, en éteignant sa cigarette. Alors, à demain. »

Caro le reconduisit à la porte. La referma aussitôt sur la chaleur étouffante de la rue, et se demanda s'il allait revenir. Elle emporta l'assiette décorée dans la cuisine, la rinça, dans une odeur de nicotine mouillée.

Pendant la nuit, elle descendit de sa chambre pour voir des coussins pilés et un verre avec de la glace fondue. Dans la cuisine, il y avait l'assiette de Palerme. Des années plus tôt, elle avait cherché des preuves de sa propre présence dans cette maison. Aujourd'hui, c'était l'existence même de Paul qui devait être prouvée en ces lieux. Quand le soleil se leva, Caroline Vail regardait, du haut de la maison, un ciel de plomb.

Le courrier lui apporta un gros journal, un mot d'Una et une lettre d'Irlande.

Caro ouvrit la porte, laissant entrer un courant d'air brûlant.

« Tu pensais que je ne viendrais pas. » Aussi ponctuel qu'un acteur, il donna l'impression de devoir reprendre la scène répétée la veille. Il ôta sa veste et s'assit sur la banquette. Avec sa chemise mouillée sur le devant et entre les omoplates, son corps semblait plus mince, plus visible.

« Tu loges où ? » Un hôtel pourrait servir de garant à l'existence de Paul Ivory.

« Au St Regis. »

Elle apporta des sandwichs sur une assiette, et un verre de whisky. Paul n'encourageait pas la sollicitude : il avait un service plus important à lui demander. Il lui dit que Felix avait dormi et ne souffrait pas. Tertia avait appelé de Londres. « Si tu voyais sa peau, ses dents, ses cheveux. Ses cheveux s'arrachent par poignées, comme du chaume, dit Paul, qui tenait son verre à deux mains. Ses si beaux cheveux. »

Au bout d'un moment, il dit encore : « Cela te surprend peut-être que je puisse autant aimer quelqu'un. »

Ce n'était pas l'amour qui était nouveau en lui, mais le fait de se sentir responsable.

Des paroles pour tromper l'attente. Dans la lumière cireuse, le visage de Paul était un masque d'un cuir souple et délicat, ou d'une soie couleur citron : traits rendus exsangues non pas tant par le sentiment intérieur que par les démonstrations extérieures. Apparitions en public et photos innombrables avaient épuisé le stock de vraisemblance, ne laissant plus que cette enveloppe. Chaque exploitation successive avait emporté un peu de substance, jusqu'à ce qu'il ne reste plus qu'une mince pellicule d'expression.

« Ce qui est terrible, ce n'est pas le sentiment de culpabilité, que je ressens à peine, même maintenant, dit-il. Mais l'idée qu'il faut payer pour ses fautes. »

Était-ce à elle qu'il pensait en disant cela ? Il la regardait dans la semi-obscurité qui ne révélait qu'un fauteuil, une forme assise. Elle aurait aussi bien pu être une vieille sorcière qu'Hélène de Troie. « Beaucoup de gens à ta place auraient sans doute la même impression, dit-elle. C'est implicite dans la question elle-même : Pourquoi moi ? Le sentiment d'avoir été tout spécialement désigné pour un tel châtiment.

— Tu sais très bien que ça n'a rien à voir avec quelque chose d'aussi banal. » Paul était encore capable d'établir une certaine complicité. « Mais je n'ai jamais été vraiment sûr de ce que tu savais. »

Il reposa son verre, et attendit. Caro finit par dire : « Qu'es-tu venu me dire ? »

Paul, assis sur la banquette, serrait légèrement les mains entre ses genoux. Il allait parler maintenant de cette voix, naturelle et presque belle, qu'il réservait à la vérité. Et c'est de cette voix qu'il dit : « Un jour, j'ai laissé mourir un homme. »

Il gardait les yeux rivés sur le visage de Caroline Vail. C'est elle qui, dans la pénombre, finit par baisser les yeux.

« J'avais vingt-cinq ans. C'était juste avant qu'on se rencontre, toi et moi, cet été-là à Peverel. » Du ton de quelqu'un qui parle de la pluie et du beau temps. « Je dis que je l'ai laissé mourir, mais en fait je l'ai tué. Je pensais que tu étais peut-être au courant. » C'était cela qu'il était venu lui dire.

« J'ai vu... je me doutais qu'il y avait quelque chose... » Elle aurait bien ajouté « de ce genre », mais le meurtre n'a rien qui lui ressemble.

« À certaines réflexions ou expressions, à ton regard parfois, je me disais que tu devais savoir. Même si tu ne pouvais pas connaître toute la vérité. » Les yeux de Paul étaient maintenant bien visibles dans le masque de cuir souple, et paraissaient vulnérables, comme si les cils et les sourcils avaient été brûlés par le feu du regard. La femme n'avait pas baissé les siens, et le fixait au prix d'un effort intense. « Tu te souviendras peut-être... », ces formules toutes faites paraissaient vraiment absurdes : il devrait exister un vocabulaire spécial pour traiter des vies ravagées. « À Peverel, il y avait un couple âgé qui venait parfois aider pour les dîners, pour le service, la vaisselle, le rangement, ce genre de chose.

— Oui, on les avait engagés pour le mariage de Grace, dit Caro. Et ils étaient là le soir où les Thrale ont fêté tes fiançailles avec Tertia.

— C'étaient les Mullion. Ils venaient au château comme extra quand il y avait des invités pour le week-end. Ils avaient un petit-fils qui, à l'occasion, donnait aussi la main — amenait les voitures devant le perron, emmenait les gens à la gare, rendait des petits services. C'est comme ça que je l'ai rencontré, au château, deux ans à peu près avant que je fasse ta connaissance. Je suis sorti un soir dans le jardin après le dîner, et il traînait par là. » Paul serra fortement les paupières, tic oublié depuis longtemps. « Je devrais plutôt dire que je l'avais vu dans le jardin et que c'est pour cette raison que je suis sorti à mon tour. Il s'appelait Victor. »

Je te vois le soir, je regarde depuis la fenêtre à l'étage, et je te vois dans le jardin, seul.

« Il s'appelait Victor Locker. La fille des Mullion s'était mariée dans le même milieu londonien sordide que celui que ses parents avaient essayé de rejeter toute leur vie. Elle avait épousé une brute du nom de Godfrey Locker, un type avec une grosse tête aplatie, de tout petits yeux, des dents pointues, un profil de baleine ; et elle-même avait — à moins qu'elle ne l'ait acquis à son contact — un caractère à la hauteur du sien. Je ne sais pas ce qu'il faisait au juste dans la vie, c'était un de ces types qui vivent à coups de petits boulots, mais ont toujours une affaire louche en attente. Il avait travaillé sur les docks, puis aux charcuteries Smithfield, et pendant un temps avait été livreur. Il y avait quatre enfants, qui avaient tous une vie d'enfer. Le père, comme je l'ai dit, s'appelait Godfrey, mais ils ne l'appelaient pas papa, ils l'appelaient God. Je t'assure que c'est vrai.

— C'est là que tu as eu l'idée de ta pièce, *Un ami de César* ?

— Oui. Quand je me suis mis à fréquenter Victor, j'allais là-bas, j'allais chez lui. La famille habitait Kennington, au milieu de la plus complète dévastation. Victor disait que son père était dévastateur d'intérieur de son métier. Les enfants étaient terrifiés par leur père, par ses mains, ses bottes, son sourire mauvais. La mère était un vrai chameau, une harpie, doublée d'une ivrogne. Victor était l'aîné — il avait seize ans quand je l'ai rencontré —, encore qu'il y eût une fille plus âgée, qui avait eu l'intelligence de disparaître une bonne fois pour toutes. Et c'est là que je passais tout mon temps libre quand j'ai commencé à fréquenter Victor, chez les Locker à Kennington. Tu as compris, bien sûr, que Victor et moi, on était amants.

— Oui.

— Le père était prudent avec moi. Il avait son idée, et ne voulait surtout pas m'effrayer. Il me regardait, les babines retroussées sur ses dents de scie, l'air de dire : Ton tour viendra, à toi aussi. Les grands-parents, les Mullion, n'étaient pas terribles, c'est sûr, mais ils étaient à plusieurs coudées au-dessus de Godfrey Locker. Ils voulaient faire quelque chose pour le jeune Victor. Ils n'ont rien trouvé de mieux que de le placer dans les maisons de campagne des environs pour des petits travaux — ce qui avait au moins l'avantage de le sortir de temps à autre de Kennington, mais ça n'a pas tardé à dégénérer, parce qu'il s'est mis à piquer des trucs et à penser à un coup monté de l'intérieur qu'il aurait exécuté avec des copains. Et puis, il y avait l'argent qu'il se faisait avec moi, et les hommes comme moi. » Paul but une gorgée, et s'essuya la bouche d'un geste grossier, histoire d'évoquer Godfrey Locker. « Tu avais compris, non ? À mon sujet ?

— Oui, oui.

— Mon père a été le premier à le remarquer. Le premier, avec sa citation sur son lit de mort. On ne pourrait pas arrêter cet appareil un moment ? »

Caro se leva et éteignit le climatiseur. Elle ouvrit la fenêtre, en retenant le rideau sur le côté. La rue était vide, les détritus collés à la chaussée comme s'ils ne devaient plus jamais en partir ; les arbres, des créatures vivantes flairant l'orage.

« Avec le temps qui passe, on se trahit de plus en plus souvent, et souvent délibérément. En règle générale, on nous repère facilement, à notre manière de nous moquer des homosexuels. » Paul esquissa un sourire. Il la regarda revenir à son fauteuil, s'asseoir. « Tu prends ça avec beaucoup de calme.

— Que veux-tu que je fasse d'autre ?

— Question qui signifie que tu as épuisé toutes tes réserves de compassion à mon égard. » Simple constatation, énoncée sans trace de regret, et le ramenant à lui-même. « C'est terrible, mais même en te racontant tout ça, en parlant comme ça, je n'arrive pas à ne plus penser à Felix. Toutes ces histoires n'ont plus grande importance, aujourd'hui. » Mouvement de tête animal trahissant la perplexité. « Bref, c'est grâce aux rencontres qu'il avait pu faire au château lors des week-ends que Victor a obtenu un emploi, si on peut appeler ça un emploi, de chauffeur et d'homme à tout faire chez un célibataire qui avait une maison de campagne près de Marlborough. Entre Marlborough et Avebury, pour être précis. Le type était décorateur, un métier très à la mode à l'époque. Il s'appelait Howard. Tu vois le tableau d'ici. Il avait un appartement à Londres et passait les week-ends à la campagne. Et pendant la brève période au cours de laquelle je ne pouvais pas me passer de Victor, j'allais là-bas moi aussi, le week-end, logeais dans un hôtel minable des environs, et traînais en attendant que Victor ait fini son travail. Je n'ai jamais su si son employeur avait conscience de le partager avec un autre. On ne pouvait guère ajouter foi aux paroles de Victor, dans ce domaine comme dans les autres.

— Tu descendais à cet hôtel de campagne. Celui où tu m'as emmenée. »

Dans des circonstances fort différentes, je peux te l'assurer.

« Exact. »

Il y avait donc eu la satisfaction qu'il avait éprouvée à tromper Tertia au moment même de ses fiançailles avec elle. C'était Caro, alors, qui avait été dans la confidence. Mais il y avait maintenant l'ignorance dans laquelle elle avait été tenue d'une tromperie plus grande encore, plus secrète : Paul l'avait possédée à l'endroit — dans la chambre même, le lit même — où il possédait son amant. Son plaisir le plus intense, sans doute, sans qu'elle l'ait jamais su.

N'avait-il pas dit : J'ai toujours eu un faible pour la pièce dans la pièce ?

« Je n'ai jamais su non plus si Godfrey Locker et son fils faisaient aussi chanter le décorateur. Quand ils ont commencé avec moi, c'était sur une toute petite échelle. Je donnais déjà de l'argent à Victor, bien entendu, et au début, ça n'a pas changé pas grand-chose à l'affaire. L'histoire est bien connue, et c'est le seul signe chez moi d'innocence juvénile que d'être tombé dans le piège. À moins que ça n'ait été le résultat d'un excès de confiance — j'étais habitué à toujours gagner, et m'étais mis dans l'idée que c'était moi qui les utilisais, eux. Quand les enchères ont commencé à grimper, j'ai continué à fournir, mais je voyais très bien où cela allait me mener. Victor avait mis la main sur un magazine dans l'appartement de son employeur et avait compris que je n'allais pas tarder à connaître le succès — il y avait une interview à propos des préparatifs en vue de ma première pièce, et une photographie de moi en compagnie de Tertia. D'un côté, il y avait tout ça, et de l'autre, la débâcle, les Locker, le chantage, le scandale, l'éventualité d'une condamnation. Plus j'obtiendrais du monde ce que je voulais et plus grandirait le pouvoir des Locker. Ce n'est qu'aujourd'hui que je connais des jours aussi terribles que ceux que j'ai vécus alors. »

Caro, elle, dans sa cuisine glacée, avait voulu mourir.

« Il semblait incroyable que je ne puisse pas arriver à triompher d'eux avec les armes dont je disposais — intelligence supérieure, relations influentes. Victor, lui, avait... de l'intelligence ce serait trop dire, mais une forme d'intuition. Les enfants de brutes développent cette faculté très tôt, dans la nécessité où ils sont de constamment anticiper l'horreur. Il était très futé, par exemple, à propos de ma pièce, et trouvait exactement ce qu'il me fallait quand j'avais besoin d'une expression ou d'une réplique. Il n'avait pas d'idées, simplement de l'astuce. Mais il accordait une valeur tout à fait disproportionnée à cette aptitude, en raison du milieu d'où il sortait. Les rejetons des prolétaires ont en commun avec ceux des riches qu'ils ne disposent d'aucun contexte pour évaluer leurs limites.

« Bref... il s'est alors passé quelque chose qui semblait devoir arranger mes affaires. Godfrey Locker conduisait de nouveau une camionnette de livraison à cette époque, et il a eu un accident sur Great North Road. Un bras cassé, une hanche fracturée, et un traumatisme crânien qui l'a laissé dans le coma pendant près d'une semaine. J'avais sauté un ou deux week-ends à Marlborough — ou Avebury —, mais là j'y suis allé le vendredi, dans l'espoir de persuader Victor d'accepter une grosse somme une fois pour toutes, pendant que son père était hors course. Ce soir-là, au moment où il avait un moment libre pour manger, il est venu au pub comme d'habitude, mais je suis allé à sa rencontre sur la route. Je commençais à avoir peur des méthodes des Locker, et je me disais qu'ils risquaient de vouloir fabriquer des preuves avec le patron du pub, lequel, à en juger par sa mine, aurait pu faire partie lui aussi de la dynastie des Locker. Nous sommes restés dans la voiture, et Victor m'a, comme on dit, ri au nez à l'idée qu'il pourrait me laisser tranquille. "Tu fais partie de mon avenir, mon vieux. C'est une tireuse de cartes qui me l'a dit." Les cartomanciennes, il adorait. "Tu es mon plan de retraite", a-t-il ajouté, et il a rejeté la tête sur le dossier en s'esclaffant. Je l'avais choisi à cause de son physique, et voilà maintenant qu'il me rappelait son père.

— Il ressemblait à quoi, physiquement ?

— Blond, les yeux clairs. C'était pratique... les gens nous prenaient pour des frères, du moins tant qu'il n'ouvrait pas la bouche. Ce soir-là, comme je l'ai dit, il m'a rappelé son père. Renversé en arrière, il riait... "Ça va rouler pour moi, dit-il, maintenant que God est démoli.” L’accident du vieux l’avait mis dans un tel état d’excitation, pour ne pas dire de transe, qu’il en était hystérique ; il faut dire que c’était un motif de satisfaction légitime, sinon totale, pour toute la famille.

« Nous avons convenu de nous retrouver le lendemain matin à un endroit au bord de la rivière où nous étions déjà allés quelquefois, quand Victor devait rester debout toute la nuit. Il rentrait parfois très tard d’une soirée avec son décorateur et, après avoir rangé la voiture, venait me retrouver, sans prendre le temps de dormir, après le lever du soleil. Il traversait un pont en aval et remontait la rivière. Celle-ci faisait un coude, juste au-dessous d’une route, c’était là que nous nous retrouvions, à l’abri des arbres. La rivière était tellement étroite à cet endroit qu’elle ressemblait davantage à un ruisseau, et depuis la route on ne pouvait en soupçonner l’existence, encore moins deviner qu’il y avait une berge rocheuse sous les saules. Même Victor aimait bien le coin. Si je dis que même Victor aimait l’endroit, c’est parce qu’il avait peur de l’eau, et était rassuré de voir qu’il n’y avait là qu’un petit filet de rien du tout qui coulait sur les galets au milieu d’un fouillis de roseaux couchés. Il avait peur de l’eau parce qu’il ne savait pas nager, comme la plupart des pauvres de cette génération, mais, pour ne pas perdre la face, prétendait qu’une tireuse de cartes dans une fête foraine lui avait dit qu’il mourrait noyé.

« J’avais découvert cette phobie, parce qu’une fois je l’avais emmené passer quelques jours sur la Riviera, croyant lui faire plaisir. Au lieu de quoi, il avait été terrorisé par la mer, sans parler de son humiliation quand il avait dû avouer qu’il ne savait pas nager. »

La chaleur, le sable, la mer. Les plantations de citronniers, les vignes, les murs blancs.

« Après l’avoir vu ce soir-là, je suis rentré à l’auberge. Je ne me suis endormi qu'à l'aube, et quand je me suis réveillé, l'heure était déjà passée de notre rendez-vous au bord de la rivière. Je suis parti quand même, j'ai laissé la voiture au bord de la route, dans un tournant, comme je l'avais toujours fait, et j'ai fini à pied. Une fois descendu sur la berge, j'ai trouvé Victor endormi sous les arbres. Il avait été debout toute la nuit, et il avait cette faculté de pouvoir dormir comme une souche à tout moment. Je l'ai trouvé à nouveau très beau à cet instant, et j'aurais donné n'importe quoi pour qu'il meure.

« Je suis resté un moment à côté de lui à le regarder dormir, et à souhaiter qu'il ne se réveille jamais. Je n'avais pas la moindre intention de lui faire du mal, je voulais simplement qu'il cesse d'exister alors qu'il avait encore sa beauté et qu'il ne s'était pas fait prendre. Et pendant que j'étais là, un homme est passé, de l'autre côté de la rivière, à quelques mètres de nous. Nous n'avions jamais vu personne à cet endroit, il n'y avait pas d'accès, ni de sentier, simplement une étroite bande d'herbe le long du cours d'eau. L'homme s'est arrêté sous les arbres et nous a regardés, m'a regardé moi. J'ai dit que je ne pensais nullement faire du mal à Victor, mais ce que l'inconnu a vu sur mon visage l'a fait s'arrêter. »

Paul s'interrompit, attendant que Caro dise quelque chose. Devant son silence, il reprit son récit. « Nous nous sommes regardés par-dessus ces quelques mètres de pierres et d'eau, et je lui ai fait un signe de tête et un sourire. J'étais habitué à convaincre les gens sur ma bonne mine, et lui, je l'ai aussitôt détesté pour ne pas s'y être laissé prendre. Il a vu en tout cas que Victor n'était qu'endormi — il a bien regardé pour s'en assurer —, et, au bout d'une minute, a repris son chemin vers l'amont. Que pouvait-il faire d'autre ? Il reste que son apparition m'avait troublé, et j'ai commencé à avoir peur que Victor ne se réveille et ne se mette à nouveau à ressembler à son père. Il y avait quelque chose d'effrayant dans le fait que je restais là, à épier son sommeil dans la clarté de ce matin. Et au bout d'un moment, la crainte de le voir se réveiller et changer du tout au tout est devenue si insupportable que je suis parti, en le laissant dormir là comme une souche. »

Nouveau mouvement de tête, comme celui d'un patient cherchant à atténuer la douleur causée par l'examen de sa blessure.

« Quand j'ai atteint le sommet de la berge, je suis tombé sur un policier en uniforme qui s'apprêtait à descendre. Une idée m'a aussitôt traversé l'esprit : l'homme que j'avais vu sur l'autre rive quelques minutes plus tôt avait alerté la police, et j'étais prêt à nier tout ce que, au demeurant, je n'avais pas fait. Le policier n'aurait pas déparé une scène de théâtre : il était sans âge, l'air convenable et responsable. Avant que j'aie eu le temps d'ouvrir la bouche, il m'a dit qu'ils évacuaient cette portion de la rivière parce qu'elle allait être submergée. Un gros orage arrivait de l'ouest, et une digue risquait de céder à environ quatre cents mètres en amont de l'endroit où nous nous trouvions. L'année précédente, un paysan avait construit un petit barrage sur un affluent pour se créer une réserve d'eau, et il y avait toute chance pour qu'il cède. Deux ingénieurs étaient sur place, prêts à ouvrir une brèche dans la construction avant que le déluge arrive, et ce pour éviter que ne soit submergé le village qui se trouvait en contrebas. C'était le seul endroit, là où nous nous trouvions, où ils s'attendaient à une montée brutale des eaux, parce que c'était particulièrement étroit. "Ici, ça va monter pratiquement jusqu'à la route, dit-il, mais ailleurs, il n'y aura aucun problème." Un de ses collègues était posté un peu plus loin, et ils installaient des barrières sur la route. "Y a personne d'autre, là en bas ?" Je n'ai même pas eu à dire non. Il a bien regardé par-dessus le bord, vers l'amont et vers l'aval et, bien entendu, la seule chose qu'il ne pouvait pas voir, c'était Victor.

« "Nous avons des ordres pour faire évacuer ce goulet, a-t-il dit. Mais si vous remontez un peu la route, vous serez aux premières loges."

« Tout en marchant, je ne cessais de me dire : Et s'il se réveille ? Je n'avais à ce moment-là que ce qu'on pourrait appeler des pensées d'ordre pratique, et ne songeais à rien d'autre, ni n'éprouvais le moindre remords. Je me suis dit : Je pourrai toujours dire que je ne suis jamais descendu sur la berge. Et même si Victor appelle ou se montre, il n'aura aucun moyen de savoir que je l'ai fait. Tout se passait comme si j'avais complètement oublié l'apparition de l'inconnu. J'ai donc entamé une conversation avec le policier, qui, lui, a tout de suite été séduit. Quand nous avons atteint l'endroit où j'avais laissé la voiture, il y a eu un échange de signaux, et une voiture de police a descendu la route à petite vitesse pour s'assurer que tout était OK. Au bout de quelques minutes, une petite explosion a retenti, un peu de fumée est montée au-dessus des arbres, et l'on a entendu le bruit de l'eau. Tout a été très vite, c'était fini en quelques minutes — d'abord un petit torrent, puis la rivière qui enfle, enfin, comme ils l'avaient dit, une montée soudaine dans l'étranglement. À cet endroit, la vague a atteint le sommet des saules, qui, après son passage, s'inclinaient jusqu'à terre comme des cheveux mouillés, si bien que tout au-dessous était parfaitement visible, y compris la petite saillie rocheuse où Victor s'était endormi. Et qui était maintenant libre de tout occupant. »

À la fenêtre, le voilage se gonfla et prit son envol, comme soudain délesté. Un vent violent s'était mis à souffler, prélude à l'orage. Rien de plus qu'une tentative de la nature pour se montrer à la hauteur de l'occasion. Paul poursuivit son récit. Chacune de ses pauses était ponctuée par le sifflement de la bourrasque et, dans le lointain, les longs roulements du tonnerre.

« Paroles et comportement me venaient avec une facilité incroyable. Je me voyais agir, m'entendais parler, ayant déjà mis l'événement à distance. Alors que, pendant ce temps, Victor était en train de se noyer dans la Kennet. Il nous a fallu attendre que l'autre policier remonte la route dans la voiture de police. Un temps qui m'a semblé interminable — vingt minutes peut-être —, mais quand la voiture est arrivée, il n'y avait rien de neuf à signaler, et les deux hommes sont restés un moment à bavarder au milieu de la route, en attendant le signal de fin d'alerte des ingénieurs. Pour finir, il y a eu un coup de sifflet, quelqu'un est venu vers nous en agitant un drapeau vert, et une ou deux voitures sont passées. J'avais déjà décidé de retourner à l'auberge et d'y passer une bonne heure à faire semblant d'attendre, au cas où. Au cas où. Mon policier allait dans la même direction, et je l'ai pris dans ma voiture. Enjoué comme tout. Quand nous sommes arrivés près du lieu de l'explosion, nous nous sommes arrêtés pour qu'il puisse échanger quelques mots avec les hommes qui étaient là. Et quelqu'un a dit : “Il y a un type qui a été coincé ici à cause de cette histoire et qui aurait besoin qu'on le dépose à la gare.” C'était le promeneur de la rivière. Une bonne heure s'était écoulée depuis notre bref tête-à-tête.

« Il s'est approché de la voiture, et a vu qui était au volant. Il ne savait rien. Et pourtant, il a compris aussitôt, à mon allure. Debout à la portière, il m'a percé à jour. » Main de Paul devant ses yeux. « C'est le seul moment où les deux policiers ont hésité. L'espace d'une seconde, ils ont senti que quelque chose clochait, et, bien entendu, c'était sur lui, pas sur moi, que portaient leurs soupçons. Ils lui ont jeté un coup d'œil appuyé, pour être sûrs de se le rappeler. L'instant d'après, c'était fini, l'homme montait à l'arrière de la voiture et nous roulions en direction de la gare, mon policier n'arrêtant pas de bavarder. On dit que pour une blague, il faut être trois : un pour la raconter, un autre pour la comprendre, et un troisième pour passer à côté. C'est peut-être aussi ce qui se passe pour des tas d'autres choses. C'était bien le cas dans la voiture, entre moi, lui, et le policier, qui n'avait pas compris.

« Le contrecoup de l'événement commençait à se faire sentir, et l'effort que supposait la conduite m'a paru colossal. Mes mains sur le volant... Il faut tenir bon, voilà ce qu'on se dit — comme s'il s'agissait d'un devoir à accomplir, ou d'un acte d'héroïsme. Le type de la voiture achevait une randonnée dans les comtés de l'Ouest. Il reprenait son travail le jour même. Il s'était arrêté dans le coin pour aller voir Avebury Circle, qu'il soit damné à jamais, et maintenant il fallait qu'il arrive à temps pour son train. Il avait laissé ses bagages à la gare. On a appris tout cela parce que le policier lui a tout de même posé quelques questions, sentant qu'il y avait comme un malaise dans cette voiture, mais sans pouvoir en identifier la cause. »

Paul dit : « Je suis rentré à l'auberge », et but une gorgée

Caro revit, au bout de tant d'années, le comptoir sale, les bouteilles collantes, le patron de l'auberge. La chambre. Le lit. Le sang versé à deux reprises

« J'y étais encore quand l'orage a éclaté. L'après-midi même, j'étais de retour à Londres, après avoir conduit sous un déluge comme je n'en ai jamais vu. Rien sur Victor avant le soir. Son corps avait dû être entraîné jusque sous le pont qui se trouvait plus bas et rester coincé là. Quand l'orage a éclaté, il a emporté le pont, et le corps a été retrouvé au milieu des débris. Si bien qu'on n'a jamais fait le lien entre cet "accident" et la soudaine montée des eaux plus en amont. Son employeur, le dénommé Howard, ne s'est pas réveillé avant le début de l'orage, et n'avait pas la moindre idée de l'heure à laquelle Victor était sorti. Il n'y avait qu'eux deux dans la maison ; et Howard avait passé une grande partie de la journée à cuver son vin. On a conclu que Victor se trouvait sur le pont au moment où celui-ci a cédé dans la tempête — c'était un endroit où il traversait souvent, pour aller faire des courses au village ou se rendre au garage. À l'auberge, on aurait pu établir un lien avec moi, mais voir la police venir mettre son nez dans ses affaires était bien la dernière chose que souhaitait le patron. Godfrey Locker était toujours à l'hôpital avec une sévère commotion cérébrale, il y est resté des semaines, et quand il a fini par en sortir, il s'est retrouvé accusé d'homicide par imprudence. Il ne s'est jamais vraiment remis de l'accident, et, deux ans plus tard, il était mort. Cette partie-là de l'histoire, je l'ai apprise par bribes, plus tard, des Mullion. »

Paul dit : « Je n'aurais pas pu rêver mieux, même si Dieu en personne s'en était mêlé. » Et posa son verre par terre. « Sauf qu'il y avait ce. homme. Qui allait lire le compte rendu dans les journaux. sans pouvoir être sûr de rien. » Il se leva, alla jusqu'à la table où il se servit un autre verre « Tout en sachant pertinemment ce qui s'était passé. » Il regarda Caro des pieds à la tête, soupesant sa réaction comme s'il évaluait sa silhouette. « Beaucoup de gens — ou peu s'en faut, sans doute tout le monde — ont quelque chose de louche, voire de criminel, à se reprocher, mais parviennent malgré tout à vivre sans se poser de question au sein de la société. Ce que je viens de te raconter est d'un tout autre ordre. Après une histoire pareille, la vie au sein de la société ne peut être qu'une imposture. » Il se rassit, tenant toujours son verre à la main. « Et ça, pour moi, c'était fascinant, et même terriblement excitant. »

De temps à autre, les voilages s'entrouvraient, révélant un ciel sombre où filaient les nuages. La pièce était maintenant plongée dans l'obscurité.

« Il y avait la terreur, bien sûr, l'horreur, même. Mais aussi un sentiment de triomphe, celui que l'on ressent à tromper, et donc à dominer, l'humanité entière, à défier les lois naturelles. L'impression d'un surcroît d'être, d'une toute-puissance, quelque chose de très semblable à ce que doivent ressentir les héros qui ont risqué leur vie pour défier le pouvoir et ont survécu. Tous les mystères s'étaient rangés de mon côté. Je vivais avec un constant trop-plein d'énergie à l'époque — j'ai commencé à retravailler ma pièce, avec cette récente expérience en toile de fond, et j'en ai fait quelque chose de bien meilleur. C'est à ce moment-là aussi que j'ai décidé d'épouser Tertia. Aucun des deux ne prétendait aimer l'autre. Elle était au courant de ma bisexualité. Chacun de nous avait ce que l'autre voulait — elle souhaitait conserver ses avantages sociaux mais sortir de son mausolée pour trouver quelque chose de plus amusant ou de plus insolite, ou peut-être entrer dans un monde nouveau où elle pourrait totalement lâcher la bride à son aptitude à l'ennui. Quant à moi, je ne cherchais pas simplement à pénétrer dans la citadelle des hautes castes mais à m'y ménager une place confortable. Comme tu peux voir, nous ne manquions d'ambitions ni l'un ni l'autre.

— Est-ce que tu as... Tertia est au courant, pour l'histoire de Victor ?

— Non. Mais ce qui m'attirait, entre autres, chez Tertia, c'est que, même si je le lui avais dit, elle n'aurait pas manifeste la moindre surprise. C'est à peu près ce à quoi elle se serait attendue. » Paul se renversa contre le dossier de la banquette et tapota un coussin à plusieurs reprises du bout des doigts. « Il m'arrivait parfois de me demander si je ne lui avais pas tout raconté... tellement elle était convaincue que j'étais capable du pire. »

Peut-être savent-ils l'un comme l'autre que chacun est capable du pire : cela crée des liens.

« Après la mort de Victor, je souhaitais plus que jamais trouver la sécurité à l'intérieur du château. C'était un abri sûr, le dernier endroit où l'on irait chercher un suspect. Au château, crois-moi, on veille au bien-être des occupants. Il m'avait suffi de voir, ce matin-là dans ma voiture, comment la police s'était trompée de cible, comment les regards des policiers s'étaient portés directement sur celui qui avait le physique et le parler de l'emploi, sans rien d'autre que son innocence pour plaider en sa faveur. » Paul cessa de tapoter le coussin et regarda Caro dans les yeux. « Mais tu dois avoir entendu une partie de l'histoire au moins, de sa bouche à lui.

— De la bouche de qui ?

— Tice, bien sûr. »

Dehors, une pluie battante ruisselait sur les vitres. Caro ne put retenir une exclamation : « Mon Dieu ! » Elle entendit sa voix couvrir l'orage. « Oh, mon Dieu, non !

— C'était Tice, l'homme sur l'autre rive. Bien sûr que c'était lui. Et tu le savais. » Il l'accusait carrément.

« Mais non.

— Il te l'a forcément dit. Il avait toutes les raisons de le faire. » Comme s'il soupçonnait un coup par-derrière.

Caro joignit les mains et les garda serrées l'une contre l'autre. « Non. Mille fois non. »

L'émotion balaya la pièce comme un vent de tempête, comme une bannière déployée dans les airs. La femme n'avait pas bougé, mais on la sentait bouillonner à l'intérieur.

« C'est là que ma chance a tourné pour la première fois. Le jour où, des semaines plus tard, quand tout cela était déjà loin derrière moi, je suis arrivé à Peverel au volant de ma voiture pour tomber sur Tice dans la cour. Le premier signe que m'envoyait Dieu pour me dire que je n'étais pas à l'abri de son sens de l'humour. Tice, à côté de la voiture, me dévisageant de son œil griffé, faisant revivre la scène au bord de la rivière. Je savais que j'aurais dû dire tout de suite qu'on s'était déjà vus ce jour-là, si je voulais mettre la balle dans son camp. Et je n'ai pas pu. Il a attendu, et mon incapacité à évoquer l'épisode l'a renforcé dans sa certitude. Bon Dieu, comme j'ai détesté me retrouver avec lui dans cette maison, dormir sous le même toit ! Partager une salle de bains avec cette personnification de la vengeance divine ! Tout avait fonctionné à merveille jusque-là, mais ce détail montrait qu'il y avait des impondérables qui échappaient à mon contrôle. » Paul regarda les mains jointes de Caro. « Et puis il y a eu toi. »

Il se leva pour aller fermer la fenêtre. Le fait qu'il se lève et se déplace signalait le début d'une nouvelle séquence. On ne pouvait qu'appréhender maintenant sa prochaine profanation.

Caroline Vail se sentait empêchée comme par un obstacle quasi matériel de reconnaître le rôle qu'avait joué Ted Tice. Elle qui avait parlé à Paul d'ignorance devait maintenant mesurer l'étendue de celle dans laquelle elle avait passé plusieurs années passionnées de sa vie. Cet orgueil, cette présomption, cette exaltation de ses propres convictions, ce désir de se montrer humaine, ces efforts pour bien faire, où tout cela l'avait-il menée ? À cette femme d'âge mûr en train de se tordre les mains dans un salon et d'en appeler à Dieu.

La connaissance, elle l'avait appelée de ses vœux, mais pas sous cette forme. La connaissance s'était transformée en un courant furieux capable d'engloutir un homme.

Paul Ivory essayait de fermer les rideaux, tendant le bras vers cette fenêtre inconnue.

Caro fut soudain révoltée par la présence de Paul dans la maison d'Adam Vail.

Retraversant la pièce, Paul dit : « Alors ?

— J'étais en train de me dire qu'Adam aurait détesté tout cela.

— J'avais pourtant cru comprendre qu'il avait un penchant pour les pécheurs. Ou bien était-ce seulement pour les hors-la-loi ? » Paul et son incorrigible cynisme.

« Il condamnait toute forme de violence. » On aurait dit une banale épitaphe pour homme d'Église, alors que les sentiments éveillés en elle avaient quelque chose d'animal : ces chaises, ces tables fuyaient Paul, comme le faisait tout ce qui meublait la mémoire de cette femme. Paul était devenu le symbole du toc, un objet mis au rebut, un cerf-volant déchiqueté tombé du ciel. Il était capable de tout réduire, de tout rabaisser, jusqu'à ce qu'il ne reste plus rien que le décor d'une auberge louche.

Et dire qu'un jour elle avait été éblouie par la personnalité de cet homme.

Paul se rassit. Tambourina sur la banquette, de ses longs doigts recourbés. Quelques mois plus tôt, dans la résidence de Victoria Square, les yeux de Caro s'étaient attardés sur ces mains. Elle avait joué, ce soir-là, à la femme âgée, sage, obligeante, sans rancune. Salutaire vanité maintenant réduite à rien.

« C'était donc pour te venger de lui, dit-elle, de Ted, que tu m'as séduite ?

— Il y avait de ça, évidemment. Je t'enlevais à lui, qui restait une fois de plus à regarder, impuissant. La jalousie est, de toute façon, une manifestation d'impuissance, et la sienne se combinait à cette autre frustration. Je me vengeais aussi de cette réapparition dans des circonstances aussi pénibles pour moi. Sans compter que je rendais par la même occasion la monnaie de sa pièce à Tertia, qui s'était mise à faire défiler ses amants sous mon nez. À ce moment-là, il y a ce type des régiments de la garde royale qui venait passer des week-ends au château, il est mort aujourd'hui, il y avait longtemps déjà. Je prenais un risque dans les deux cas — à vouloir faire enrager Ted et à me mettre à dos Tertia. Et j'aimais ce risque.

— Oui.

— Tu t'en souviens, je vois. Toute expérience était parfaitement insipide sans une dose de risque ou de tromperie. Avec toi, tout a changé. Je n'aurais jamais cru qu'on puisse s'attacher à ce point, que ce soit à un homme ou à une femme. Que tu sois capable d'éveiller en moi un tel sentiment t'a donné du pouvoir sur moi, et m'a fourni une raison de plus de te laisser tomber cet après-midi-là, quand Tertia nous a trouvés au lit — quand j'ai vu que tout ce que j'avais soigneusement construit risquait de s'écrouler. »

Godfrey Locker lui-même ne se serait pas montré plus brutal.

« Cet après-midi-là, quand nous sommes partis en voiture, en te laissant à la fenêtre, Tertia m'a obligé à arrêter la voiture au bord de la route. Nous sommes allés dans les champs, et elle m'a forcé à la prendre là, par terre. Histoire de me marquer de son sceau. »

Ainsi donc, ce jour-là, chacun d'eux était passé d'un partenaire à un autre. Un type de la garde royale, mort aujourd'hui, il y a longtemps déjà.

« Dans les semaines qui ont suivi, j'ai repris le contrôle de ma vie. J'ai travaillé à ma pièce, et ça marchait bien. J'étais comme survolté, et chaque jour m'ouvrait de nouvelles perspectives — je n'ai jamais travaillé aussi vite depuis, ni aussi bien. » Paul se trouvait toujours aussi intéressant. « Ils ont raison de continuer à répéter que c'était ma meilleure pièce. Je n'ai jamais mis autant de moi-même dans les suivantes. Je voulais fixer les Locker dans l'esprit des gens. Je sais que ça peut paraître grotesque, mais je voulais que la pièce soit une espèce de monument à la mémoire de... »

Il allait dire « Felix ».

Geste de dénégation. « À la mémoire de Victor. Je ne l'avais pas aimé sur le moment, pas plus lui que quiconque, mais je commençais à le voir plus nettement — un pauvre petit salopard à qui on n'avait jamais donné sa chance. Il ne m'obsédait pas, et l'expérience elle-même s'effaçait de ma mémoire, comme l'œil griffé de Ted Tice. Victor était mort sans souffrir, sans se réveiller, comme je l'avais souhaité. Sauf si on commençait à s'interroger sur le tonnerre de l'eau qui déferle, et la terreur de l'asphyxie. Le seul souvenir qui me hantait encore, une fois de temps à autre, c'était celui de Godfrey Locker. La peur qu'il m'inspirait ne m'a d'ailleurs jamais passé, même après l'annonce de sa mort. Aujourd'hui encore, je ne suis pas loin de croire, à certains moments, qu'il est toujours en vie, et il faut que je fasse un calcul rapide pour me dire qu'il aurait au moins quatre-vingt-dix ans. C'est un de ces individus qui ne meurent jamais. Comme Hitler.

« Tout marchait donc bien pour moi. Je savais que la pièce était bonne, et elle m'a effectivement apporté le succès, et puis j'avais l'argent et le château. Quand tu es réapparue, j'ai été stupéfié de constater à quel point j'avais besoin de toi, parce que je n'avais ressenti aucun manque jusque-là. J'ai pensé que ça s'atténuerait très vite, mais c'est l'inverse qui s'est produit. Il y avait des moments où je ne supportais pas d'être loin de toi, tout le reste me paraissait insuffisant. Au bout de la première année, j'ai commencé à me demander si je n'allais pas divorcer pour vivre avec toi. Ce qui a provoqué une réaction contraire, dans la mesure où tu étais étrangère à ma nature profonde, et voulais le rester. Sous ce rapport, ton amour était pour moi handicapant, comme si tu me forçais à mettre le nez dans ma honte. Quand je trouvais de la force ailleurs, par le biais du travail ou parce que j'étais dans une bonne passe, je n'avais qu'une envie, c'était de l'utiliser contre toi, pour te prouver que je n'étais pas enchaîné, que je pouvais partir, sinon je voyais bien que je finirais par tout t'avouer. Et qu'en te parlant de la mort de Victor, non seulement je mettrais ma sécurité entre tes mains mais je te révélerais ma nature profonde. »

Les éclairs projetaient leurs sourires grimaçants dans la pièce, le tonnerre faisait trembler la terre entière.

« Et puis, une fois de plus, il s'est passé quelque chose. Un soir, tu m'as mis au courant du crime de Tice, et, d'un seul coup, ce personnage est sorti de ma vie, parce que je savais maintenant qu'il ne pourrait jamais soulever la question de Victor sans s'exposer lui-même. Si son secret venait à être connu, qui voudrait encore l'employer, dans la branche qui était la sienne ? Je n'étais pas assez idiot pour croire que c'était par peur qu'il s'était tu à mon sujet. Le bon côté du vice, c'est qu'il vous donne un nez — en même temps qu'un œil et une oreille — pour dénicher la vertu. Comment aurais-je jamais pu travailler si je n'avais eu pour me guider que ma propre personnalité ? Le fait même que l'affaire ait présenté, du point de vue de Tice, un point de moralité très complexe était une garantie supplémentaire de sécurité. » Paul s'interrompit, le temps de retrouver le fil de son récit. « Tu m'aimais assez alors, dit-il, pour m'accepter tel que j'étais, même avec un meurtre derrière moi.

— Oui.

— Mais je savais aussi qu'après m'avoir raconté l'histoire

de Tice, tu finirais un jour par raconter la mienne. Si je te disais la vérité à propos de Victor, un jour tu en aimerais un autre suffisamment pour lui confier mon secret.

— J'ai donc été doublement punie pour cette confidence. » Seules les années intenses passées avec Adam Vail l'empêchaient de voir sa vie se défaire devant elle.

« Révéler le secret de Tice était quelque chose de typiquement féminin. Et pour moi un avertissement qui venait à point. Tertia, à ce moment-là, s'était aperçue de la place que tu occupais dans ma vie, et le vivait très mal. Sans compter qu'elle avait sans doute peur, depuis le temps que durait notre liaison, que je finisse par la quitter. L'enfant, c'était elle qui le voulait, pour, une fois encore, laisser sa marque sur moi. J'étais passablement content de voir la situation réglée, d'une certaine manière, parce que je me savais incapable de vivre tout ça : amour, révélation, métamorphose. » Une pointe de sarcasme dans le dernier mot, mais pas de cynisme. « J'avais aussi recommencé à voir un garçon, de façon épisodique, une façon parmi d'autres de prendre mes distances vis-à-vis de toi. Il s'appelait Valentine — sa mère avait été une fan du cinéma muet. Il m'avait été passé par un acteur qui avait joué dans mes deux premières pièces. C'est comme ça que je l'ai récupéré, le petit Valentine au visage de fouine.

— Je me souviens de lui. » Un radiateur qui sifflait dans un coin, et le garçon qui picorait des raisins.

« Dieu sait ce qu'il est devenu. »

J'étais passablement content de voir la situation réglée. Dieu sait ce qu'il est devenu. Les jambes croisées de Caro glissaient l'une sur l'autre, sous l'influence conjuguée de la transpiration, de la lotion corporelle et de la moiteur apportée par l'orage. La sueur coulait, la poitrine se soulevait et retombait. Sous une robe de coton, la palpitation animale d'un cœur

« Il serait tentant, aujourd'hui, de plaider ma jeunesse. Mais je ne cherche pas à plaider quoi que ce soit. Et puis, l'excitation inhérente à ce genre d'expérience n'était pas de ces plaisirs que je pensais, même alors, dépasser en prenant de l'âge. »

Il y avait des gens qui s'assuraient le concours de la mort, comme stimulant ou instrument : Paul, Dora, Charlotte Vail.

« Le besoin d'avouer a été quelque chose de totalement arbitraire et inattendu qui a surgi au moment où ont commencé les ennuis de Felix. On imagine mal d'ordinaire qu'un état d'esprit puisse venir vous surprendre, comme un événement fortuit. Le désir de confession peut être pressant sans être nécessairement lié au repentir ; il peut tout aussi bien venir d'une envie d'impliquer les autres. Dans l'idéal, on ne devrait, j'imagine, avouer ses forfaits qu'à son pire ennemi, étant donné qu'il est le seul à pouvoir vraiment vous absoudre. Dans le cas présent, ce ne pourrait être que Tice. » Une pause, puis il enchaîna. « Sinon, on a forcément l'impression d'être amoindri. De la même manière que la mort de Victor m'avait rendu plus fort, le fait de t'en faire part, aujourd'hui, représente pour moi un amoindrissement, aussi indécent que le crime lui-même. » Toujours cet ego si puissant, qui faisait que ses péchés même arrivaient à l'impressionner. À cet instant, il n'éprouvait rien pour Caro, laquelle venait de recevoir son aveu comme elle avait, un jour, reçu son amour, sans faire usage du pouvoir qu'il lui conférait.

« Ce que je n'arrive pas à croire, dit Paul, c'est que Tice ne t'en ait jamais parlé. En te voyant te tourner vers moi — et avec une arme pareille à sa disposition. C'est tout bonnement inconcevable. N'importe qui l'aurait fait, à sa place.

— Oui. Non. » Adam Vail, peut-être pas.

« En l'occurrence, son silence le rend sublime. C'est une

des vertus du silence, de toute façon, mais il s'agit là d'un cas extrême. Une noblesse d'âme d'un autre âge (Paul pouvait encore surprendre par la précision de son vocabulaire) que l'on pourrait rencontrer dans un roman, mais en laquelle on a du mal à croire. J'avais oublié que la chose était censée exister. »

C'était Tice, l'homme sur l'autre rive, bien sûr que c'était Tice. Caro ne parvenait pas à assimiler le rôle de Ted, pas plus qu'à affronter la terreur respectueuse dont il semblait être porteur. Problème redoutable, encore à résoudre, que l'esprit refusait même d'aborder. Et pourtant, qu'est-ce qui pouvait bien atteindre Edmund Tice, puisque, maintenant, il était sublime ?

À moins que ce ne fût pour elle qu'elle eût peur. La connaissance n'en avait pas encore fini avec elle.

« À peine croyable, dit Paul. Cette maîtrise de soi.

— Qui mène au pouvoir souverain. »

Il lui jeta un œil curieux. « Son ascendant est arrivé vingt ans trop tard. » Il se leva, prit sa veste sur la chaise. « À l'heure qu'il est, son crime a toutes les apparences de la vertu. C'est ce qui arrive à tout acte de générosité, si l'on attend suffisamment longtemps. Mes forfaits, eux, ne peuvent attendre du temps et de la dissimulation que prescription. » À parler de lui pendant si longtemps, Paul se sentait réinvesti d'une importance qu'il fallait absolument garder hors d'atteinte de Ted Tice. À épuiser ainsi son propos, il renouvelait son énergie.

Jusqu'à ce jour, ils auraient pu imaginer sans trop de peine que, une fois seuls dans une pièce, ils puissent tomber dans les bras l'un de l'autre par une sorte de continuité fatale, comme dans une pièce, ou jouer quelque autre scène appropriée du répertoire. Mais pareilles imitations étaient devenues impensables ; et aucune vérité ne se ferait jour, en paroles, qui n'ait été déjà dépassée. Comme ils étaient par ailleurs privés de toute solution qui ne relevât pas du langage — comme pleurer, ou faire l'amour —, ils ignoraient l'un et l'autre comment mettre un terme à leur entrevue.

Enfilant sa veste, Paul se trouva en train de suggérer que le moment était venu pour eux de recouvrer leur être social. « Tu seras en Angleterre en septembre ? » Son ton laissait entendre qu'il était prêt à désavouer ce qui venait de se passer. Son seul regard aurait suffi à désintégrer la femme qui l'écoutait sur son fauteuil.

« Je passerai avant d'aller en Suède.

— Pour l'instant, dit-il, je suis incapable de faire des projets. » Il doutait d'avoir envie de jamais revoir Caro. « Tu seras chez ta sœur ? » Remarquable la façon dont il pouvait se reprendre et revêtir veste et normalité, même dans les circonstances présentes.

Caro le raccompagna à la porte. Après l'orage, une chaleur moite ; un soleil humide qui faisait perler une pellicule d'essence à la surface de la chaussée fumante. L'eau de pluie s'écoulait dans des caniveaux paresseux, redéposant des saletés. Qu'espérer d'autre d'une journée dont personne ne pouvait attendre purification ni rafraîchissement, dans un endroit qui semblait être lui-même un défi morose aux éléments ?

« Caro, adieu. »

Paul prit le métro à la station de la 77e Rue. Dans le wagon, la chaleur était palpable, la puanteur irrespirable. Rayées et couvertes de graffitis, les parois se prolongeaient par un sol en caoutchouc lacéré par endroits. Des sièges en plastique moulé, abîmés et durs comme du métal, se faisaient face en longues rangées contrites. Par terre, des mégots de cigarettes, des emballages graisseux, la page des sports d'un journal froissée sur le rictus d'un champion millionnaire. Une cannette de bière roulait d'un côté à l'autre, tandis que le wagon tanguait dans un fracas énorme. Incapable d'atteindre une poignée, Paul était étayé par les flancs en jean de trois filles au visage fermé. Au niveau de ses yeux s'inscrivaient les injonctions colorées de la publicité : « Venez au pays du parfum », « Donnez à l'université de votre choix ».

Personne ici ne se sent vraiment tranquille. N'importe lequel de ces hommes à l'air sombre pourrait vous confronter à ses injonctions personnelles : ton sac, ton portefeuille, aboule la montre. Tout le monde a le teint brouillé, de l'acné, des rougeurs, des poches sous les yeux, une peau fatiguée, tendue, comme si ces gens étaient là, sous terre, depuis trop longtemps. Dans un pareil endroit, comme dans n'importe quel enfer, pas de privilégiés : les attachés-cases ne confèrent ni pathétique ni immunité, tout bijou devient une cible.

À la 86e rue, une femme fanée en robe à fleurs rouges monta en se frayant un chemin avec une force surprenante. Les portes se refermèrent, mais la rame ne bougea pas : test d'endurance qui ne suscita aucune réaction parmi les passagers, pas même un soupir. Un garçon et une fille, des Portoricains, accrochés à une barre tachée, se coincèrent leur chewing-gum dans la joue pour s'embrasser. Un haut-parleur crachota dans l'air pestilentiel une pétarade pareille à une pluie d'étincelles en fusion projetées par un chalumeau. La rame redémarra, sans susciter ni surprise ni soulagement. Tous ces gens auraient pu être les fondateurs d'une nouvelle race d'individus dédaignant de s'exprimer, indifférents à la cruauté comme à la compassion, ou même à leur propre malaise. Si là, au milieu d'eux, Paul tombait soudain raide mort sur le sol luisant de crasse, il ne serait rien de plus qu'un obstacle gênant la sortie. De la même façon, on n'accordait aucune attention au fait qu'il restât sur ses pieds, alors qu'il se sentait mal.

Un garçon aux cheveux frisés, comme un petit arbre, se leva de son siège : son bras, telle une branche traversant une forêt de membres enchevêtrés, vint toucher l'épaule de Paul.

« Tiens, papy, assieds-toi. » Mortel parmi les mortels, le garçon eut un grand sourire pour les autres passagers. Incapable de résister au meilleur, ou au pire, en lui. Il n'avait pas cessé de faire craquer les jointures de son pouce.

Paul se glissa sur le siège libéré. Conscient qu'une exception extraordinaire avait été faite à son endroit, mais incapable de remerciements.

Chez elle, Caroline Vail ouvrait la lettre, encre violette, écriture inconnue, postée en Irlande :

> Sans vouloir aucunement troubler la paix de votre existence, je pense que vous devriez être mise au courant des ennuis de Dora, de la situation difficile...

36

« Elle perd la notion du temps », dit Grace.

Grace et Caro allaient rendre visite, dans la petite voiture de Grace, à Charmian Thrale. Christian avait eu gain de cause, et sa mère était désormais dans une résidence pour personnes âgées, appelée Oak Dene, ou Forest Manor, à moins que ce ne fût Park View.

« À un moment, elle va se rappeler les dates des anniversaires des trois garçons, sans rien oublier. Et à un autre, elle s'imagine que Chris et moi venons tout juste de nous marier. » La voiture tourna pour franchir un portail flanqué de piliers en brique. « D'après eux, ce serait un problème de circulation. »

L'herbe assoiffée était en train de mourir, en ce mois de septembre d'une sécheresse exceptionnelle.

La directrice de l'établissement était plus que capable. Grande, un peu hautaine, les cheveux gris, elle avait la sagesse de garder ses distances et refusait d'accepter, ne fût-ce que par un regard, de possibles affinités avec Caroline Vail. Une fois que l'on s'était permis ce genre de chose, il n'y avait plus moyen de s'en sortir. Caro était redevenue une sœur, marchant aux côtés de Grace le long d'un couloir carrelé : deux femmes occupées à des tâches féminines. C'était un soulagement, de temps à autre, que d'apparaître conventionnelle, irréprochable, même aux yeux froids d'une principale grisonnante — en l'occurrence, chargée de classes terminales.

Ces deux-là s'étaient promenées au bord de la mer après l'école. Aujourd'hui, c'était la mort qui étendait son immense domaine autour d'elles.

« Ils pourraient quand même faire quelque chose pour masquer cette odeur de désinfectant », dit Grace.

Charmian Thrale était dans une section réservée aux pensionnaires encore valides. La surveillante d'étage, une petite femme à l'air friable, était corsetée, et évoquait un frêle esquif de bois enfermé dans une coque de fer. Elle leur dit que les visites, il n'y avait pas mieux pour le moral. Et les fit entrer dans une chambre minuscule où Charmian était assise dans un fauteuil recouvert de chintz, les mains posées à plat sur les accoudoirs. Ses cheveux étaient blancs et rares, ses yeux immenses, d'un bleu délavé, et son corps décharné, réduit à l'état de portemanteau pour des manches et des épaules en coton, la tête pendant sur un cou filiforme recourbé comme une fleur de pissenlit sur sa tige.

La fenêtre donnait sur un potager entretenu par les pensionnaires encore actifs. Il y avait une plante, toute raide et laide, sur l'appui intérieur. Une penderie ouverte laissait voir la glace qui habillait l'intérieur de la porte. Sur la table de nuit, une photo de mariage de Grace et Christian. À côté des flacons de pilules, un bâtonnet terminé par un bourrelet de coton sale, du genre de ceux dont on se sert pour se nettoyer les oreilles. Sur le lit, une paire de lunettes cerclées d'or et un livre.

Grace embrassa sa belle-mère et dit : « J'ai amené Caro avec moi. » On était tenté d'élever la voix. « Caro part pour la Suède, où elle va voir sa belle-fille.

— J'aimais beaucoup ma belle-mère, dit Charmian Thrale. Et je trouve injuste que les belles-mères soient toujours stigmatisées.

— Cela vaut pour les deux sortes de belles-mères », dit Grace. Et la vieille dame lui effleura la joue d'une main marbrée.

« Alors, on s'est faite belle ? » cria la surveillante. Charmian eut un regard poliment amusé, ou terriblement cynique. Son dos courbé habillé de coton touchait le dossier. D'elle-même, elle n'aurait jamais choisi des vêtements dont les couleurs n'allaient pas ensemble. Son visage avait été poudré et on lui avait même mis du rouge aux joues. Caro et Grace se reflétaient dans la glace de la penderie — souriantes, encore bienheureuses. Va donc à présent retrouver ma Dame dans son boudoir ; dis-lui que la plus épaisse couche de fard n'empêchera pas qu'elle en vienne là. Puisse-t-elle en rire !

« Il faut qu'elle voie son émission à la télé à onze heures, elle y tient absolument. » La surveillante eut un sourire épanoui. Charmian Thrale était une enfant difficile, qui venait enfin de faire des progrès encourageants.

La vieille dame dit avec une lucidité remarquable : « C'est une émission sur un poète, Rex Ivory, que j'ai rencontré plusieurs fois, et que Sefton connaissait bien.

— C'est pas possible ! » L'infirmière était incapable de se rappeler qui était le poète lauréat en date maintenant que John Masefield était décédé.

Quand elle fut sortie, Charmian Thrale dit : « Quand on est vieux, on est aux yeux des autres un sage ou un imbécile. On ne vous autorise rien entre les deux.

— C'est toute la vie qui est un peu comme ça », dit Caro.

Une fois qu'on l'eut aidée à se mettre debout, Charmian

Thrale apparut comme une fragile construction menaçant de tomber en ruine, faibles braises soigneusement entretenues qui ne devaient à aucun prix s'enflammer à nouveau sous peine de complète combustion. Grace et Caro la soutinrent pour la conduire dans le couloir. Par une porte ouverte, une voix de vieillard, haut perchée, cria : « Non, je vous en prie, non ! » Dans une chaise roulante, un homme à l'aspect de bois flottant joignit le bout des doigts et entonna d'une voix de fausset :

Deux officiers allemands traversèrent le Rhin,
Parlez-vous,
Pour embrasser les femmes et boire le vin,
Parlez-vous.

Dans une pièce retirée, un poste de télévision se déchaînait, en présence de plusieurs rangées de chaises vides. D'une main experte, Grace manipula un cadran. Des barres de couleur se déplacèrent horizontalement, des éclats de voix se firent entendre. Un présentateur affublé d'un postiche fit un grand sourire et donna l'heure. Des points colorés se pourchassèrent sur l'écran. Sur une musique de Delius apparut un paisible paysage habillé de teintes tropicales ; et une voix off annonça avec componction : « Le Derbyshire. »

Un jeune homme qui faisait de ses occlusives des coups de glotte exprima l'avis que cette émission présentait un intérêt tout particulier en raison du récent renouveau d'intérêt pour Rex Ivory. Une solennité appliquée, en même temps que des lunettes à monture d'écaille, évoquaient un entraînement spécial à la présentation des programmes à caractère culturel. Des photographies apparurent sur l'écran — un bébé rougeaud, un écolier, un jeune militaire, un quinquagénaire spectral ; et, en gros plan, la page de garde d'un livre. Les téléspectateurs se rappelaient sans doute qu'un exemplaire de ce petit volume, daté de 1915 et dédicacé par l'auteur, était allé chercher une fort coquette somme lors d'une récente vente aux enchères.

Avec une parfaite maîtrise d'elle-même, Charmian Thrale éclata de rire.

À l'écran, on présenta un homme replet doté de favoris blancs : c'était l'artisan de la redécouverte de Rex Ivory. En congé sabbatique, le professeur Wadding connaissait un succès amplement mérité avec sa brillante biographie critique du pœte, dont un exemplaire apparut alors à l'image : *Le renoncement comme affirmation : symbole et sacré dans l'œuvre de Rex Ivory*. Déjà un classique de la critique moderne, au dire des spécialistes. Le docteur Wadding avait interrompu son travail de pionnier sur les lakistes afin de faire bénéficier Rex Ivory de sa perspicacité d'exégète.

Le professeur américain expliqua qu'il n'avait en aucune façon abandonné Wordsworth : « Il n'y a pas de danger, vous savez. » Mais rappela que lors de sa visite en Grande-Bretagne en 1946 il avait rencontré et interviewé Rex Ivory. Il avait écrit au poète, pris d'une impulsion soudaine, et avait reçu en retour une charmante invitation à venir lui rendre visite dans le Derbyshire. « Et dire qu'à ce moment-là, j'ai hésité, se remémora-t-il.

— Par peur d'avoir "froid aux pieds", docteur Wadding ? »

L'éminent lettré expliqua que l'expression « avoir froid aux pieds » qui voulait dire « hésiter » en anglais venait de l'épisode historique qui avait vu, un jour de janvier 1077, le pape Grégoire VII faire attendre le futur empereur germanique Henri IV dans la neige de Canossa. Dans son cas, l'hésitation avait été due, plutôt, aux doutes qu'il nourrissait sur l'opportunité d'injecter le facteur personnel dans le dialogue entre le critique et le créateur.

« Et vous n'avez jamais varié, docteur Wadding, dans votre opinion de cette œuvre ? »

« Ils n'arrêtent pas de l'appeler docteur, dit Grace.

— Comme on dit le docteur Goebbels », fit Charmian Thrale.

Le professeur assura que Rex Ivory avait fait d'une éthique du renoncement une clé de la connaissance de soi. Pour sa part, il qualifierait Ivory d'aristocratique, de patricien, de prestigieux, et voyait en lui, sans conteste, le poète majeur de sa génération.

« Il est impossible que son costume soit vraiment de cette couleur », dit Caro.

Les lunettes de Wadding lancèrent quelques éclairs. « Telle que je la vois, ma tâche consiste à retracer les origines de son entéléchie. »

On présenta alors un éditeur qui raconta qu'il avait connu le moment le plus pénible de toute sa carrière professionnelle ce samedi matin d'après-guerre où la maison avait découvert que le papier manquait pour imprimer comme prévu une édition du *Champ à demi moissonné*. « Je n'exagère rien en disant qu'en tant que maison d'édition, nous étions catastrophés. » Dieu merci, ils avaient aujourd'hui le privilège de publier le brillant ouvrage du docteur Wadding.

Ce fut ensuite le tour d'un jeune, un bandeau autour du front, qui vint parler de l'émergence de Rex Ivory comme poète du mouvement antiguerre. Son sentiment était que le message de ce dernier à la jeunesse pouvait être résumé dans cette formule : « Perds pas la foi, bébé. »

Cette expression, expliqua le professeur Wadding, était une invocation de l'enfant Jésus. Il enchaîna en disant qu'il aurait aimé savoir quel rôle pouvait être assigné à un poète tel que Wordsworth dans le monde d'aujourd'hui.

Le garçon haussa les épaules. « Pour moi, c'est un nom sur

un T-shirt. Rex, ajouta-t-il, a un côté cool, comme qui dirait C'est un mec relax. Et ça, ça me branche. »

Les intervenants regardaient le public invisible pour juger des effets produits.

« Comme si c'étaient eux, dit Grace, qui nous regardaient, et non l'inverse. »

On repassa le film de l'interview qu'était allée faire la BBC dans les Dukeries juste après la guerre — Sealyham terriers, massifs fleuris, bibliothèque sombre, visage maigre, cheveux clairsemés, cils très clairs. Rex Ivory tassant du tabac dans une pipe, et clignant des yeux à chaque tapotement de son doigt : un jouet parfaitement synchronisé. Après les couleurs fantaisistes du début, le noir et blanc faisait authentique.

« En sépia, ce serait encore mieux », dit Caro.

Le vieux film tressautait, imitant les clignements du poète. Ivory avait une voix légère, méticuleuse, qui semblait appartenir à un autre siècle. Il répondait certes poliment, mais de lui-même ne livrait aucune information. La première influence dont il se souvenait ? Un exemplaire relié cuir de *Sohrab and Rustum* que lui avait offert une tante qu'il aimait beaucoup pour son septième anniversaire. « Je pourrais encore réciter la totalité de l'œuvre — par cœur, comme le dit cette belle expression. »

L'interviewer s'empressa d'intervenir : « Ainsi donc, sans le hasard de la générosité de votre tante...

— La générosité n'est jamais le fait du hasard. »

L'autre sourit, mais tenta de se rattraper. « Notre critique le plus éminent a dit que seule la littérature qui change la société est susceptible de passer à la postérité. J'imagine que vous n'êtes pas d'accord ?

— Pour ce qui est de passer à la postérité, dit Rex Ivory, bien malin qui saurait le prévoir.

— Évidemment. Mais le critique en question maintient que notre siècle, entre tous, est éminemment réceptif à une littérature de convictions morales. Et il vous accuse de n'avoir pas su le sentir. »

Les paupières d'Ivory tombèrent. Il aurait pu être sur le point de s'endormir, ou se trouver dans une situation critique. Au bout d'un moment, il dit : « J'ai connu les tranchées, voyez-vous. Lui, pas. »

La couleur envahit de nouveau l'écran, avec violence. Le docteur Wadding intervint : « Je pense pouvoir élucider ce point. » Grace coupa le son et dit : « Ils vont sûrement faire intervenir Paul.

— Le fils de Paul Ivory vient d'être très malade, dit Charmian Thrale.

— Christian a entendu dire qu'il résistait d'une manière étonnante. »

À cet instant, Paul apparut à l'écran. Grace remit le son. Le visage de Paul commençait à se déliter, à l'image d'une substance malsaine qui se désagrège. Les yeux, la bouche, l'expression n'étaient plus tout à fait complémentaires, comme dans le portrait-robot d'un suspect ou d'un fugitif. Plus maigre, plus âgé, mais toujours charmeur, il était très à l'aise dans ces apparitions publiques.

« Mon père était un pur esprit, un innocent. Il possédait des vertus désuètes — esprit de sacrifice, modestie, charité, courtoisie. Attachement à des idéaux démodés. Moi-même, je suis très différent, mais j'ai toujours eu — et j'ai encore — énormément de respect pour l'homme et pour son œuvre. »

Caro aurait pu, elle aussi, être en train de dormir. Le bocal de Marmite sur la table. Ici aussi, on crève de faim.

Adam Vail avait dit un jour : « Ils mettront les grands mystères à contribution. »

Paul éluda avec grâce une allusion à son œuvre à lui.

« Après tout, nous sommes ici pour célébrer le travail de mon père. » Convié à donner son opinion sur la stature littéraire de Rex Ivory, il se montra à la fois franc et judicieux. « Ce n'était peut-être pas un grand poète, mais c'était un poète authentique. »

Charmian Thrale regardait l'écran avec une politesse extrême. Quand le professeur Wadding réapparut, elle demanda à ce qu'on éteignît le poste.

On l'aida à rejoindre sa chambre où elle s'assit dans son fauteuil à fleurs. « Rex était le seul encore vivant, dit-elle. Tous les autres avaient l'air d'être morts. » Et elle ferma les yeux.

Christian était debout dans le hall quand Grace et Caro rentrèrent. Il se surprit à penser, non sans étonnement, que de ces deux femmes, belles toutes les deux, l'une était son épouse.

« Prêtes pour le thé, on dirait ? » lança-t-il.

Grace se rendit à la cuisine, où on l'entendit remplir la bouilloire. Caro resta dans le hall. Elle avait un foulard coloré sur la tête, bleu paon, et leva la main pour l'enlever. Son geste plaqua sa robe sur le côté de sa poitrine ; et Christian, songeant au flanc souple d'un chat, s'imagina posant la main à cet endroit.

« Dis donc, Caro, tu gardes sacrément la ligne. »

Ainsi donc, j'en suis au stade où je garde encore la ligne. Elle dénouait son foulard.

« Tu dirais qu'elle est de quelle couleur, ta robe ?

— Terre de Sienne brûlée.

— Voilà qui me rappelle le temps où j'étais encore un gamin en culotte courte à jouer avec une boîte de couleurs. » Christian, comme son père avant lui, s'attachait à la protection des expressions en voie d'extinction.

Caro finit d'enlever son foulard. Sa lourde chevelure tomba en cascade sur ses épaules. À peine un fil gris çà et là. Christian se demanda si elle les teignait. Il y avait une scène d'un roman — le titre lui reviendrait sûrement — dans laquelle un homme retrouvait longtemps après son amour de jeunesse, les cheveux tout blancs. Christian éprouva un choc du même genre à l'idée que Caro pût se teindre les cheveux. Il la regarda avec de grands yeux.

« C'est encore leur couleur naturelle, pour l'instant », dit Caro.

Elle pénétra dans le séjour et s'approcha de la cheminée, où elle s'appuya du coude sur la tablette. Une glace ovale, que Grace avait achetée à Bath, renvoya sa lassitude. Puisse-t-elle en rire !

La bouilloire siffla dans la cuisine, et fut réduite au silence. Aujourd'hui, on passait son temps à allumer ou à éteindre des appareils.

Christian se laissa tomber dans un fauteuil, qui exhala un soupir capitonné.

Grace reparut avec le plateau du thé. Des petits sandwichs, un gâteau. Les deux femmes s'assirent à leur tour — Caro et Christian face à face, et Grace sur le côté. Il y avait une lumière chaude aux fenêtres, dans les tons bronze de la robe de Caro.

« Alors, on n'est pas bien ici ? » Pour Christian, le confort domestique était un substitut tout à fait honorable du bonheur. Les deux femmes dirent de sa mère ce qu'il avait envie d'entendre ; et il répondit : « L'établissement est de premier ordre. De tout premier ordre.

— Ta mère fait preuve de beaucoup de courage », dit Caro. L'expression nécrologique consignait déjà Charmian Thrale à la terre : Au terme d'une longue vie supportée avec un grand courage...

« Dieu du ciel ! s'exclama Christian, quand Grace fit le compte rendu de l'émission télévisée. Rex Ivory... Il m'a fait cadeau de *The Golden Treasury* pour mon dixième anniversaire. C'est une sorte de monument national à l'heure qu'il est, non ?... Tu peux me passer un sandwich ?... Eh bien, c'est le genre de chose qui vous rajeunit pas. »

Grace tendit une assiette.

« Ils sont à quoi ?

— Au cresson.

— Un tantinet fibreux pour moi, j'en ai peur.

— Les autres sont aux œufs de poisson.

— Ces bons vieux œufs de poisson, dit Christian en se servant. Je dois l'avoir encore quelque part, *The Golden Treasury* », poursuivit-il en brossant quelques miettes. Quand Grace se leva pour aller chercher de l'eau chaude, il dit : « Je prendrai ma seconde tasse dans le bureau. »

Il se rendit dans la pièce voisine, où le travail du week-end attendait sur son bureau. Il ne se passait pas un jour sans que l'Afrique fît des siennes. Par la porte ouverte à deux battants, elles le virent, ou plutôt le regardèrent, déplier un journal et se mettre à l'aise dans un fauteuil confortable.

D'où elle était assise sur la banquette, Caro regarda Grace porter sa tasse de thé à Christian. Le menton de Grace n'était plus aussi nettement dessiné, sa taille non plus. Sous le fermoir d'un collier, sa nuque était légèrement renflée. En ce moment, Caro regardait sa sœur avec une tendresse qu'elle n'avait jamais eue pour elle : l'intimité de l'enfance avait toujours donné l'impression d'un retrait, d'un suspens, comme si elle devait un jour être ranimée. Dans ses souvenirs, Grace était toujours généreuse. Ce qui était rare chez un enfant, songea Caro.

Leur dissemblance ne s'arrêtait pas là : chacune avait

exercé si peu d'influence sur la vie de l'autre, et elles n'avaient jamais échangé que de rares confidences. Il n'était même plus évident aujourd'hui, comme c'était le cas par le passé, que Grace pût se contenter de chintz et de porcelaine et d'un mari disant : « Un tantinet fibreux », ou remontant son pantalon le soir avant d'annoncer : « Il me faut mes huit heures. » Impossible d'être vraiment certain que Grace fût restée une simple spectatrice. Ceux qui n'avaient vu en elle que l'alter ego de Caro s'étaient peut-être trompés du tout au tout.

Selon toute vraisemblance, Grace avait connu une expérience qui ne pouvait être que l'amour, ou alors, elle avait eu quelque révélation intérieure. Paul Ivory avait dit : « Un état d'esprit peut venir vous surprendre, comme un événement fortuit. »

Pour Caroline Vail, Ted Tice était devenu « sublime » au sens propre : c'était lui qui, de très haut, dominait ses pensées, lui l'événement qui occupait ses heures de veille et de sommeil. Sa plus grande force avait été son secret ; la vérité même de son être était indissociable de son mystère.

Caro retrouvait les vertus de la mémoire, caressait des éventualités aussi peu substantielles que des souvenirs. Pour la première fois, elle avait des rêves dans lesquels Ted et elle étaient amants, dans un décor inconnu et plein de couleurs. Elle restait éveillée et songeait qu'elle lui avait si peu donné, même en matière de gentillesse ; se souvenait de propos superficiels, de paroles banales, dures, dignes de Paul Ivory. Ted lui avait mis son image sous les yeux, et elle n'avait rien trouvé d'autre à dire que : « Je ne me souviens pas de cette robe. »

Elle songeait qu'elle pourrait aller vers lui, et pourtant s'y refusait. Elle imaginait son arrivée, son bonheur à lui. Son œil griffé, sa joie.

Elle se représentait Margaret Tice dans sa beauté blonde.

Quand elle se regardait, elle, dans son miroir, nue ou habillée, elle était consciente d'un certain pathétique. Consciente de toutes ces femmes avant elle qui avaient fait de même. Son corps était un vêtement qui n'était pas sorti de son armoire depuis des années : pas porté, pas montré, inconnu.

Elle savait qu'il risquait de perdre ses illusions. Et pourtant il était terrible de penser qu'elle avait la possibilité d'aller vers lui, mais s'y refusait.

En marchant dans les rues, Caro avait pensé à Ted Tice. Assise à sa table de travail, elle avait été étreinte par la peur de mourir sans l'avoir revu. Un jour, elle avait écrit sur sa page : « S'il se présentait maintenant, je ferais tout ce qu'il me demanderait. »

Si Ted venait à mourir, elle serait dans le monde comme dans une pièce où plus personne ne la regarderait.

Elle ne contrôlait pas davantage ces fantasmes qu'elle n'avait contrôlé les transformations de son corps à l'adolescence. Elle essaya de comprendre comment la chose était arrivée, et découvrit qu'elle avait dû être en quête de quelque extrême. Un extrême qui pouvait être la force, pure et terrible, de la volonté affirmée d'un homme. Comme si Ted Tice avait créé en elle cet événement par le seul pouvoir cosmique de l'amour.

Elle était incapable de changer, mais capable d'agir.

« J'envisage un voyage en Australie, dit Caro à Grace.

— Tu as une raison précise ?

— Je m'aperçois que j'y pense de plus en plus ces temps-ci. Ce qui semble être une bonne raison pour y retourner. » Un silence. « Tu viendrais avec moi ?

— Combien de temps ? Quelques semaines ? »

Elles parlaient à voix basse. Christian, s'il les entendait, penserait probablement qu'elles parlaient de problèmes de santé, et serait rassuré par leur soumission.

« J'aimerais voir ce que j'ai été incapable de voir à l'époque », dit Caro. Elle était restée aveugle devant beaucoup de choses, qu'elle pourrait au moins peut-être reconquérir.

En un éclair, Grace revécut certaines nuits d'été — ses déambulations dans une maison sombre, portes et fenêtres grandes ouvertes dans l'espoir d'un courant d'air. Une ville tout entière tournée, dans l'attente, vers la mer. « Revoir le Pacifique, dit-elle.

— Tu te souviens, quand nous étions petites, Maman s'asseyait dans un fauteuil en rotin sur la pelouse au crépuscule, pendant que nous jouions ? » Tout en parlant, Caro caressait d'une main quasi maternelle la manche de sa robe bronze. « Il y avait une pergola de rosiers grimpants, une rangée de roses trémières, le citronnier, et la balançoire. Maman s'asseyait les soirs d'été sur un fauteuil de jardin et nous surveillait. » Elle avait voulu dire : veillait sur nous.

« C'était Dora », dit Grace.

Elle se leva pour aller dans la pièce voisine. « Tu m'as appelé ? demanda-t-elle à Christian.

— Non, je ne faisais que bâiller. »

Au moment où elle tournait les talons, il lui dit : « Tu peux prendre le journal, il n'y a rien dedans. »

À plusieurs reprises, le matin ou le soir, Grace avait récemment interrompu ses occupations pour se consacrer à son mari. Elle avait laissé la vaisselle dans l'évier pour monter le trouver à l'étage. Une fois, il était en train de se servir de son rasoir électrique et ne l'avait pas entendue ; une autre, c'était son jet dentaire.

Christian était heureux d'être débarrassé du journal, dans lequel il y avait une lettre, sur les traités, signée simplement « Elphinstone ». Car Elphinstone, qui avait été anobli à la suite de son inscription sur la liste des distinctions honorifiques par un Premier ministre sur le départ, écrivait maintenant fréquemment sur des sujets d'intérêt public. Quand il avait été fait pair du royaume, Christian, ravalant son orgueil, avait téléphoné pour présenter ses félicitations. Accueilli avec assez de gentillesse par Mrs — ou plutôt Lady — E., il avait entendu une voix étouffée dire à l'arrière-plan : « Par pitié, ne me le passe pas. »

Christian avait dit à Grace : « Qu'est-ce que ça peut me faire qu'Elphinstone ait couché avec quelqu'un à Downing Street ? »

Grace revint dans le séjour, le journal à la main. Elle s'assit sur la banquette à côté de Caro. « Tiens, je voulais te montrer ça. »

Il y avait une photo de scientifiques quittant une conférence gouvernementale. On y voyait Ted Tice, flanqué d'hommes politiques, qui regardait droit devant lui. Il avait ce visage civilisé que l'on voit à l'interprète encadré par deux chefs d'État au sourire grimaçant.

« Comme tu vois, il sera en Suède en même temps que toi. » Grace lut à haute voix que le professeur Tice présenterait une communication sur la controverse qui faisait actuellement rage parmi les astronomes. Grace avait là un avantage sur Caro, ayant entendu parler, grâce à ses fils, des trous noirs, du rayonnement rouge, du big bang. « J'imagine que tu le savais.

— Je n'ai pas appelé Ted, cette fois-ci. »

Grace observa sa sœur tandis que celle-ci tripotait le gland d'un coussin. « Ta vie est tellement remplie, dit-elle.

— D'événements qui n'arrivent qu'à moi. Ta vie à toi a un sens pour les autres. » Caro n'avait jamais vu Grace hausser les épaules auparavant. Elle poursuivit : « Comment une vie peut-elle paraître sans but quand d'autres en dépendent ?

— Le renoncement comme affirmation », dit Grace en

souriant. Elles n'avaient oublié ni l'une ni l'autre la maison de retraite, l'écran de télévision ; ni la manière dont Charmian Thrale avait dit : « Tous les autres avaient l'air d'être morts », en parlant de ceux qui n'étaient plus conscients de leur propre absurdité. Grace demanda tout à trac : « Tu as aimé Paul Ivory ?

— Oui.

— J'imagine que ça s'est mal terminé.

— Oui.

— Tu as dû être très malheureuse.

— Je suis morte, à ce moment-là ; et Adam m'a ressuscitée. » Elle avait voulu prononcer ces mots d'un ton léger, au lieu de quoi, elle les dit avec le plus grand sérieux. Elles faisaient fi de toute prudence, seul moyen pour elles d'évacuer la violence des sentiments qui les animaient.

« Je vous ai aperçus un jour ensemble dans la rue. J'ai vu la distance que vous laissiez entre vous, pour qu'on ne vous voie pas vous toucher. » Un silence, puis Grace poursuivit : « Si seulement j'avais su. Ou si seulement j'avais pu t'aider. Mais tu ne dépendais pas — tu ne pouvais pas dépendre — de moi pour ta stabilité.

— Et tu veux me dire quelle aide je t'ai apportée, moi ?

— Oh, moi, à cette époque, j'étais censée avoir trouvé la mienne. » Même petit sourire, ni amer ni satisfait.

« Et maintenant, je peux t'aider ? demanda Caro.

— Non. »

Penchées l'une vers l'autre, elles communièrent un instant dans la douleur d'une tragédie qui n'était pas exclusivement la leur. Puis Grace se leva et se dirigea vers le piano, comme vers un refuge. Se retourna et regarda Caro. « Au début, on attend quelque chose de la vie. Par la suite, c'est la vie qui attend quelque chose de vous. Quand on finit par comprendre que les deux reviennent au même, il est souvent trop tard pour attendre quoi que ce soit. » Ce que nous sommes maintenant, pas ce que nous deviendrons. Une seule et même chose.

« Je ne crois pas que l'attente prenne jamais fin », dit Caro. L'attente de la vie elle-même, puis celle de la mort. Valda avait dit une fois : « Il y a l'attente. » Par ce mot, les femmes entendaient le désir d'aimer, d'être aimées : les grandes espérances. « Même les petites espérances tombent sous le coup de l'incertitude générale — l'attente d'une arrivée, d'un coup de téléphone, d'une lettre.

— La lettre, c'est ce qu'il y a de pire », dit Grace.

Debout à côté du piano, elle faisait face à Caro. Si elle s'était tournée, Caro se serait levée pour aller l'embrasser, lui aurait dit : « Chérie », comme une amoureuse. Mais elles restèrent chacune à leur place, à se regarder.

« Y a-t-il quelqu'un, aujourd'hui, que tu aimes ? » demanda Grace. Quand Caro ne répondit pas, elle poursuivit : « Parce que tu ne m'as jamais paru aussi belle.

— Tout à l'heure, je me suis souvenue que, même enfant, tu étais généreuse. » La générosité n'est jamais le fait du hasard.

Grace restait à côté du piano, et écoutait.

Caro dit : « Si Ted appelle... » Les coins de sa bouche n'avaient plus rien d'humain. On aurait dit qu'elle n'allait jamais plus pouvoir parler. « Si Ted Tice téléphone, je ne veux pas qu'il sache que je serai en Suède. Ni le voir là-bas. »

Grace n'aurait jamais pensé voir à sa sœur un tel rictus. Mais songeait à la lettre — immédiate, pleine, innocente de tout retard — qui maintenant n'arriverait plus. Ou à cette autre lettre, payée au prix d'une souffrance toute particulière — lent écoulement intérieur d'espoir et d'humiliation —, qui, semblablement, ne pouvait exister. Peut-être, un jour, y aurait-il un mot poli qu'elle n'attendrait plus ; qui raviverait une seconde la blessure. En attendant, elle avait appris à hausser les épaules.

Grace avait découvert que les hommes préfèrent ne pas aller jusqu'au bout des choses. Quand l'inverse se produisait, c'était un véritable événement : quelque chose dont on se souvient à jamais.

« Les femmes n'ont pas le choix, elles doivent aller au bout des choses, dit Grace. L'enfantement, par exemple, ou l'amour sans espoir. Les hommes peuvent toujours échapper au pire. »

Il y avait des exceptions : Ted Tice, ou son propre fils. Ce serait terrible si Rupert devait un jour sacrifier sa vie, comme Ted l'avait fait. Terrible, mais pas impensable.

La lumière entrait par de hautes fenêtres, des giroflées dans un vase répandaient leur parfum. Deux femmes, l'une assise, l'autre debout, étaient silencieuses. Et, dans la pièce voisine, un homme dormait, comme un bébé.

37

Il s'informa à la réception. Elle était sortie. Le hall de l'hôtel était surchauffé par un midi d'été sans fin, et s'allumait ici et là de vitrines brillamment éclairées dans lesquelles étaient exposés des bijoux en argent et des objets convexes en verre ou en bois. Ted alla s'asseoir dans un fauteuil en cuir, tenant à la main un magazine qu'il n'ouvrit pas : il avait tout d'un détective. Des couples qui se dirigeaient vers les ascenseurs jetaient un coup d'œil à cet homme anguleux, vigilant ; remarquaient son haut front et son œil abîmé.

Un touriste corpulent, vêtu d'un ensemble en crêpon typiquement américain, trébucha, sa myopie aidant, sur les pieds de Ted Tice. Une femme sortit d'une cabine téléphonique en souriant. Un garçon élancé passa, tiré par deux caniches en laisse.

Ted retourna à la réception, rédigea un message, écrivit le nom de Caro sur l'enveloppe. Le réceptionniste fit une remarque sur le temps inhabituel pour la saison, regrettant la sécheresse. « Ce matin, à Londres, il pleuvait », dit Ted.

L'employé avait vu le visage maigre de cet homme dans un journal, en relation avec une cérémonie universitaire. L'allusion à la sécheresse constituait de sa part un hommage poli, codé. Plus tard dans la semaine, il dirait à sa famille : « Il était à l'hôtel mardi. En chair et en os. »

Edmund Tice atteignait l'apogée de sa carrière.

Ted sortit sur le quai et regarda le port : les petites embarcations, le bateau pour la Finlande, une rangée de ferries proposant des excursions sur les lacs ou les canaux. Ciel immense, pleine lumière. À force d'évoquer Caro, il en avait comme usé le souvenir. Debout au bord de l'eau, il vivait les derniers moments de trente ans de sa vie.

La veille, Grace lui avait dit au téléphone : « Il reste si peu de temps pour dire la vérité. »

Debout dans le soleil, il se décolorait comme toute l'Europe du Nord. La terre suédoise était emportée comme du sable fin : un monde qui s'envolait sur le vent, réduit en poussière. Dans la campagne, les bouleaux s'inclinaient jusqu'à terre, mourant dans un sol trop mince. Seule la mer restait sceptique, d'un bleu arctique : mêmes odeurs de sel et de goudron, mêmes mouettes plongeant sur les détritus.

On disait que la sécheresse risquait d'altérer la topographie à jamais. C'était faux : en moins d'un an, la terre aurait repris ses droits.

Quand il revint à l'hôtel, Caro était à la réception et demandait sa clé. Tendant la main pour recevoir son message.

Il resta un peu en retrait, observant cette étrangère aux cheveux sombres. Qui allait se retourner, et être enfin redécouverte.

Il l'aidait à descendre dans le bateau, ouvert et pourvu de banquettes en bois, comme un petit bus. Entièrement recouvert à l'intérieur d'un vernis rendu collant par le sel et le soleil. À peine une dizaine de passagers, mais deux fois plus de bouées de sauvetage circulaires sur lesquelles s'inscrivait le nom du bateau, l'umlaut en rouge.

« Encore qu'on ne se noierait pas dans un canal, dit Caro.

— C'est la mer, en fait. Une voie navigable qui est reliée à la mer. » Il y avait un panneau, en trois langues : le ferry effectuait un tour des canaux deux fois par jour, tant qu'il faisait beau.

Elle avait dit : « Sortons ! » S'était rendue sur le quai, là où il n'y avait ni murs pour l'enfermer, ni portes, ni rideaux, ni lits. Exposée à la lumière du soleil, elle avait dit : « On pourrait prendre un bateau. » Ils embarquèrent sur un esquif qui ne ferait pas demi-tour sur leur simple demande. C'étaient là les dernières décisions qu'elle prenait. Une fois ce bateau en mouvement, elle deviendrait passive.

Elle s'assit sur une banquette à lattes et noua un foulard sur sa tête, le même foulard aux couleurs vives qu'avait admiré Christian une semaine plus tôt. À son côté, Ted Tice observait ses mouvements, qui semblaient, même à ses yeux à elle, avoir une précision et un sens tout particuliers, comme des gestes accomplis en rêve. C'était elle qui lui emplissait les yeux, et non la mer.

Un homme en uniforme jeta sa cigarette dans l'océan, et cracha. À ce signal, les moteurs se mirent en route. Bouillonnement d'écume blanche — un garçon aux pieds nus libéra le cordage qui les retenait attachés. Au tout dernier moment, un couple de touristes arriva en courant, un enfant en remorque, et embarqua dans la précipitation — grands gestes, force cris, halètements, bruits de chaînes. Anglaise, la famille, l'homme, très féminin, la femme, très masculine, l'enfant, un chérubin : ils choisirent des places au soleil, roses et embarrassés, mais riant devant cette joyeuse conclusion et ce sauvetage de dernière minute. Dès le départ, une fin heureuse.

Le bateau voguait, laissant derrière lui un palais, un opéra, un musée, une forteresse ; des ponts, des tourelles, des prisons, des clochers. Une ville entière dûment équipée. L'activité humaine ne figurait plus une interruption mais était intégrée à la mouvance ambiante. Ils avançaient dans la lumière d'un monde passé, ou d'un monde autre. Le décor apparaissait décoloré, imparfait, manquant du brillant lustré de la modernité. Ou peut-être étaient-ce eux qui manquaient de ce regard moderne qui donne de la précision aux scènes anciennes et les fait apparaître, comme les reproductions en couleurs des grands tableaux, plus nettes, plus brillantes, mais moins grandioses que leurs originaux.

Le ferry tangua dans le sillage d'un petit vapeur. L'enfant hurla de plaisir devant cette nouvelle menace, certain maintenant que tous les dangers se surmontent. Ted et Caro se retrouvèrent projetés l'un contre l'autre, et ne se séparèrent pas.

« Je me disais, avant que tu arrives, dit-il, que c'est à peine si je savais encore à quoi tu ressemblais. J'avais perdu ton image à force de me la représenter. » Il était dans le hall de l'hôtel, et elle s'était retournée : il avait retrouvé bien plus que son image.

« Je n'ai jamais été aussi heureuse de voir un visage humain », dit Caro. Qui scrutait maintenant les plis et les ombres de son visage avec une attention extrême, comme une conscience en chercherait une autre dans les instants qui précèdent la mort ou la bataille : crise ultime de l'existence, si intimement partagée, indivisible. Le moi sublime, et pourtant impuissant.

Le bateau tournait lentement dans un petit bras de mer, calme et étroit, où le lierre recouvrait une berge basse et où les arbres s'inclinaient au-dessus de l'eau. Ils apercevaient des pelouses uniformes au milieu des arbres, et des maisons blanches et carrées. Des hommes et des femmes aux cheveux blonds se promenaient dans des jardins desséchés et regardaient passer le bateau, s'abritant les yeux de la main. Un adolescent assis dans un fauteuil en rotin tenait un livre ouvert. Caro ôta sa montre — la sienne, une montre de femme montée sur un petit bracelet en or. La posant sur ses genoux, elle trempa les doigts dans l'eau. Ted prit la montre. En sentant la tiédeur de la gourmette, il eut l'impression de la tenir elle, tout entière.

Quand elle retira sa main de la mer, il la sécha et la retint dans la sienne.

« Jamais je ne t'avais touchée jusqu'à présent.

— C'est vrai. »

Un silence. « Me diras-tu que tu m'aimes ? demanda Ted Tice.

— De tout mon cœur. »

L'homme regarda les arbres courbés sur l'eau blanche. Il avait les yeux pleins de ces arbres, de leurs stries, de leurs larmes. « J'ai du mal à imaginer que quoi que ce soit puisse venir m'enlever ce bonheur.

— Mon chéri, dit-elle.

— Mon chéri », fit-il en écho, essayant sa tendresse sur sa langue, un acte d'amour. « C'est la première fois que je me trouve sur l'eau avec toi. » Prenant les éléments à témoin.

Quand il porta la main à ses cheveux, le foulard glissa. En quittant sa tête, les couleurs semblèrent lui enlever un peu de son ressort. Jusqu'alors sereine, plutôt docile, elle se fit solennelle et opaque. Il la vit bientôt s'interroger sur les heures et les années à venir, qui lui étaient encore fermées, inconnaissables. Lui seul pouvait savoir, s'étant depuis toujours préparé à ce moment. Un moment qu'il avait mis si longtemps à créer qu'il ne pouvait être une surprise pour aucun des deux.

Il était conscient de la couleur qui se retirait d'elle. « Aie confiance en moi », dit-il. Il lui offrait son amour sous forme de sagesse, voire de génie. Comme si lui savait, elle pas.

Les passagers du bateau virent le Canal royal, comme ils l'avaient souhaité, mais virent aussi deux êtres qui personnifiaient l'amour. Une femme au teint pâle, les cheveux sombres flottant au vent. Le bras tendre d'un homme passé sur le dossier du siège, serrant de son autre main celle de la femme. La joie tranquille dont tous rêvaient, nuit et jour. Peut-être aurait-on pu vaguement deviner quelque tragédie — deuil, ou maladie. La femme avait cette luminosité qu'on voit à ceux qui vont mourir.

Ils longeaient maintenant la rive, à l'endroit où un vieux vaisseau en chêne et en pin, portant le nom d'un roi, était en cale sèche, remonté après des siècles du fond de l'océan : figure de proue, ponts, gaillard d'arrière. Entraîné par le fond en raison d'un trop grand nombre de canons de bronze ; remonté à la surface au grappin pour distraire les foules. L'enfant s'était mis debout sur un siège pour mieux voir, et on lui parla des pirates, des coffres pleins de plats en étain et de pièces d'or et d'argent marquées d'une couronne. Il reçut une nouvelle fois confirmation de sa croyance en la survie de toute chose.

Le bateau pénétra dans un canal plus large. Caro raconta l'histoire de Paul Ivory. Donnant raison à Paul qui avait dit : Un jour, tu en aimeras suffisamment un autre pour lui raconter mon histoire.

Bien des années plus tôt, assise sur un mur, elle-même avait assuré à un jeune blanc-bec : Les choses se passent si bizarrement.

« Est-ce que tu as jamais revu cet Allemand que tu avais aidé pendant la guerre ? » lui demanda-t-elle. C'était la première fois qu'elle y faisait allusion.

« Oui, à de nombreuses reprises.

— Et tu ne t'es jamais fait connaître ?

— Non. Pas plus que lui ne m'a reconnu — même avec

mon œil. » Un silence. Puis : « Il est tellement sûr de lui, alerte, assertif, et moi, je l'observe depuis le terrain du secret qui nous lie sans que nous le partagions. Comme Dieu. Ce qui me confère un pouvoir auquel je ne suis pas prêt à renoncer. Il a beau avoir l'air éveillé, en fait il dort, et, moi, je veille.

— C'est ce que tu as ressenti à mon égard, à l'époque, quand j'étais avec Paul ?

— Je n'ai jamais eu, ni souhaité avoir, aucun pouvoir sur toi. Ce qui, dans ces termes-là, est faux, bien entendu. Je voulais le pouvoir le plus grand qui soit. Mais pas la supériorité, ni l'autorité.

— J'ai beaucoup pensé, ces dernières semaines, à l'été où nous nous sommes rencontrés. Je me souviens de journées entières, de conversations entières. Ou peut-être les ai-je inventées.

— Sefton Thrale, le télescope. » Ce passé que Ted Tice, une vie durant, avait habité seul. Ils essayaient de découvrir comment ils en étaient arrivés là, et n'y parviendraient jamais. Ils étaient à nouveau, et pour un bref instant, innocents, comme n'importe quel couple d'amants. « On parle maintenant de télescopes gigantesques, reprit Ted, et de plates-formes dans l'espace.

— Ce pourrait être un moyen de se débarrasser de la Terre, par dépit.

— Tu veux dire, parce que nous avons été incapables de la faire marcher convenablement ?

— Non, parce qu'elle était trop belle et trop grande pour nous. »

Le ferry commençait à faire demi-tour, pour les ramener. Il décrivit une large courbe, traçant un éventail dans les eaux paresseuses. Ils avaient mis longtemps à l'aller, mais le retour serait rapide. Une fois le demi-tour accompli, il y eut un changement de régime, les moteurs se firent plus puissants, le bruit plus fort. Les passagers, aussi, avaient eu leur compte de bonté et, par ailleurs, avaient trop chaud. L'enfant ne cessait de courir d'un bord à l'autre du bateau, comme s'il avait voulu le faire chavirer, et posait d'une petite voix précise des questions insistantes sur la profondeur de l'eau.

« Josie doit m'attendre à l'hôtel. » C'était à nouveau comme si Caro franchissait une porte pour embarquer sur un bateau. « C'est loin, cette université ? demanda-t-elle.

— À peu près quatre-vingts kilomètres. Une voiture vient me chercher. » Ce soir-là et le lendemain, une université rendait hommage au travail de Ted Tice. « Je dois faire un discours là-bas demain après-midi. Ensuite, tous ces gens partent pour Rome et la Sicile, où il y a un congrès. Moi, je ferai ce que tu voudras, et irai où tu seras », ajouta-t-il.

Caro regarda l'enfant. Le bébé de Josie, qu'elle avait tenu ce jour-là dans ses bras, ne tarderait pas à courir lui aussi sur un pont et à poser des questions auxquelles personne ne saurait répondre. Elle ne regarda pas Ted, mais l'enfant et le monde vers lequel ils revenaient.

« Ils se débrouilleraient bien sans moi, dit-il, si je mourais. » Il ne parlait pas du congrès, mais du monde. « Alors, pourquoi pas si je continue à vivre ? »

Ferait-elle preuve de davantage de force en acceptant ou en refusant ?

« J'ai peur de te quitter, de te perdre », dit Ted. Il la regarda de profil, comme il l'avait fait une fois, il y avait longtemps, quand ils étaient assis dans un car de campagne. Mêmes cheveux épais, yeux sombres plus enfoncés. Dans une robe d'été, son sein était la matérialisation du désir. « Tu ne t'en iras pas. Quand je t'appellerai demain matin, tu seras là. »

Ne meurs pas. Ne disparais pas.

« Oui.

— De toute façon, je te retrouverai. »

Les fenêtres de sa chambre donnaient sur l'eau. Filtrée par des rideaux de grosse toile, la lumière du matin apparaissait rosée, comme la peau entre deux doigts ou sur le pourtour de l'oreille.

Pour la dernière fois, Caro était couchée seule dans un lit.

« Tu as dormi ? »

Elle était renversée sur les oreillers, le téléphone à la main.

« Je n'ai pas arrêté de me réveiller pour penser à ça. Penser à toi.

— C'est tellement nouveau pour moi d'imaginer une chose pareille. »

En paroles, ils étaient déjà réunis.

« Moi, je n'ai pas dormi », dit Ted.

Sur le rideau, des vrilles enroulées et des fleurs pareilles à des étoiles. Du quai sous la fenêtre parvenaient la pétarade d'un bus matinal, les coups de sifflet d'un bateau, les cris virevoltants des oiseaux de mer. Une faible lumière illuminait une femme sur un lit.

Il dit : « Je n'ai jamais été aussi heureux. »

Elle se voyait dans la glace, tournée sur le côté. Léger sillon entre les seins, cheveux répandus sur un oreiller. Soie claire, épaules blanches, tout ce qu'il fallait pour combler un cœur.

Elle s'aimait et se désirait elle-même, comme si elle avait été Edmund Tice. Comme s'il s'agissait d'une partie d'elle-même dont elle devait se séparer à jamais.

Il dit : « Je n'ai jamais été aussi heureux.

— Peut-être pourrais-tu t'en tenir là. En soi, c'est déjà un succès. » Elle voyait son reflet dans la glace de la penderie.

« Il en restera toujours quelque chose.

— Si tu partais, je te retrouverais. Comment pourrais-je accomplir mon temps de vie comme les autres, à m'interroger, à me flétrir et à compter mes morts ? À me féliciter d'avoir échappé à la vie ? » Après une pause : « Je serai bientôt avec toi. »

Quand elle se leva, elle écarta le rideau et regarda la rue, le port. Elle pensa à l'enfant au bord de la mer qu'elle avait été, puis à la femme qui avait vécu dans des pièces immenses, comme celles qu'on voit dans les rêves, et dans des jardins touffus. Elle pensa à des continents et à des villes, à des hommes et des femmes, aux paroles prononcées, aux êtres aimés. À l'enfant de Josie. Comme si elle passait en revue tous les moments de sa vie vécus avec grâce, afin de les offrir en atténuation de sa faute.

« J'avais dit que je te retrouverais. »

À l'aéroport, aucun signe du matin, du temps qu'il faisait, absence totale de substance. Lumière blanche, air raréfié, et un panneau qui annonçait : « Départs. »

« Je serais déjà partie, sans cette grève. » Elle était appuyée sur le comptoir de l'enregistrement. Elle mit sa main dans la sienne. « Oui, il y a une grève à l'arrivée.

— Je rends grâce à Dieu et au mouvement syndical.

— L'amour moderne. »

Devant eux, un homme disait : « Regardez votre liste, vous verrez que je suis classé VIP. »

Une fille en uniforme fit glisser son crayon au bas d'une colonne de noms. « Vous êtes VIP de première, deuxième ou troisième catégorie ?

— Vous saurez que je ne suis pas le premier venu. »

Caro était la suivante dans la queue. Ted Tice empêcha un porteur de s'emparer de ses bagages. « Viens avec moi un moment et parlons un peu. »

Ils s'assirent sur des sièges en plastique. Un panneau disait : « Passagers en transit. » Ted lui effleura le visage. « Dans une heure, il y a un vol pour Rome. » Il rendait les choses tellement simples, avec ses monosyllabes. « Si tu le prends, je te rejoins là-bas ce soir. » Efficace, tranquille, indestructible. « Je reste pour faire mon discours cet après-midi. Avec le charter, je peux être à Rome dans la soirée.

— Ted, fit-elle, en se mettant à pleurer comme une enfant. Ted, qu'est-ce qui va changer pour nous ?

— Quelque chose a déjà changé. »

Comme chez une enfant, la curiosité, ou la peur, arrêta ses larmes.

« J'ai téléphoné à Margaret. Je lui ai tout dit. »

À nouveau, comme sur le bateau, la couleur se retira de sa chevelure. « Quel malheur ! » dit-elle, en s'appuyant contre son bras. Elle cessa de pleurer, par déférence pour les larmes d'une autre. Comme si on lui avait parlé d'une bataille, livrée très loin, dans laquelle beaucoup étaient appelés à périr.

Ted faisait preuve d'une grande tendresse : elle avait besoin d'aide pour traverser cette épreuve. Malgré lui, sa force éclatait au grand jour, comme une joie impossible à contenir. Il avait peine à croire qu'autant de souffrance dût accompagner son bonheur. Il avait passé un bras autour d'elle, la main posée sur son sein. Il songea à sa fierté et à sa détermination passées, certain qu'elle les retrouverait. Pour l'instant, elle était appuyée contre lui et pleurait, lui donnant enfin son amour.

Ils étaient naturels, et paraissaient pourtant aussi irréels, dans cet endroit anonyme, qu'un couple d'amants sorti de la mythologie.

Quand elle se redressa sur son siège, elle s'essuya les yeux et dit : « Mon amour. »

Il lui caressa les cheveux. « Je vais chercher le billet », dit-il, incapable de réprimer le tremblement de sa voix sur ces mots on ne peut plus banals. Il sortit un crayon et un morceau de papier, sur lequel il inscrivit le nom d'un hôtel à Rome. Ils échangèrent ce nom, ils voyaient déjà le Sud.

Avant d'atteindre la salle d'embarquement, les passagers devaient franchir une sorte de porte réduite à un cadre, où ils étaient fouillés — à la recherche d'or, peut-être, ou d'armes. Les sacs devaient être déposés sur un tapis roulant, et glissaient au bas d'un petit toboggan.

Caro se souvint de la fois où elle avait dit au revoir à Edmund Tice, dans cette station de métro. Emportée au milieu d'une foule par un escalator, elle avait levé la main, et il l'avait regardée partir. Il y avait eu, bien avant, un autre au revoir, dans un autre aéroport, au cours duquel il lui avait dit : « Je suis prêt à accepter n'importe quelles conditions », et elle était restée lointaine, ne se doutant pas qu'il s'agissait d'une simple répétition.

Les passagers franchissaient un à un la porte démantelée. Une femme en tailleur rose s'exclama : « J'espère que cette machine n'abîme pas les perles ! »

Tous rivalisaient d'inquiétude quant à ce qui risquait d'être abîmé. « Je ne risque rien avec mon pacemaker ? » « Et les radiations ? » Un homme en costume de tweed se précipita pour empêcher un carton de tomber au bas du petit toboggan.

« C'est les joyaux de la couronne que vous avez là-dedans ?

— Non, un joli service à thé, si vous voulez tout savoir. »

Ils réclamaient leurs bagages, s'y accrochaient, les surveillaient jalousement : l'excitation du départ. Un homme corpulent, aux cheveux blancs, avait un air vaguement familier.

Vêtu d'un ensemble en crépon, il se servait d'un sac en cuir comme d'un bélier pour s'ouvrir un passage. Il ne salua pas Caro, peut-être parce qu'il était myope. C'était l'ophtalmologiste new-yorkais qui lui avait conseillé de porter des lunettes.

Paul, ce jour-là, dans la rue écrasée de chaleur, disant : « Caro ? » Plus tard, Paul sur le seuil de sa porte, disant : « Caro, adieu. »

Elle se souvenait d'adieux sur des paquebots. Le déjeuner à bord, que Dora n'avait pas aimé. Fanions, mouchoirs, le monde avant une guerre. La grosse masse quittant le port de Sydney à son allure tranquille, en route pour le paradis.

« Votre vol », lui disait-on. Elle continuait à regarder en arrière, au cas où Ted aurait été là. « Votre vol est en train d'embarquer. »

Dans l'avion, on la conduisit jusqu'à un siège près d'un hublot. Au-delà de la passerelle, on voyait un bouquet d'épicéas, sombres, reclus, authentiques. Sur le tarmac, les techniciens faisaient des gestes avec les mains, des signaux avec des drapeaux. Leurs cheveux blonds, leurs tenues bleues se gonflaient sous l'effet de l'air qui s'échappait des réacteurs. Ils portaient un appareil pour se protéger les oreilles du rugissement des moteurs.

Le rugissement se devinait, à ses répercussions sur les bleus de travail et sur les épicéas. Dans la cabine, on n'entendait rien. Simplement, au moment où l'avion quitta le sol, un long sifflement d'air — comme la respiration suspendue de l'humanité à l'instant où une œuvre polie par le temps vient à crouler ; ou comme l'ultime halètement de la coque et de l'océan au moment où sombre un navire.